俄国小说史

任子峰 著

图书在版编目(CIP)数据

俄国小说史/任子峰著.—北京:北京大学出版社,2010.1
(21世纪外国文学系列教材)
ISBN 978-7-301-15544-8

Ⅰ.俄… Ⅱ.任… Ⅲ.小说史-俄罗斯-高等学校-教材 Ⅳ.I512.074

中国版本图书馆 CIP 数据核字(2009)第 121193 号

书　　　　名:	俄国小说史
著作责任者:	任子峰　著
责 任 编 辑:	唐　薇　王晓宇
标 准 书 号:	ISBN 978-7-301-15544-8/I·2133
出 版 发 行:	北京大学出版社
地　　　　址:	北京市海淀区成府路 205 号 100871
网　　　　址:	http://www.pup.cn
电 子 邮 箱:	zbing@pup.pku.edu.cn
电　　　　话:	邮购部 62752015　发行部 62750672　编辑部 62767347
	出版部 62754962
印　刷　者:	河北涞县鑫华书刊印刷厂
经　销　者:	新华书店
	730 毫米×980 毫米　16 开本　30 印张　580 千字
	2010 年 1 月第 1 版　2010 年 1 月第 1 次印刷
定　　　　价:	48.00 元

未经许可,不得以任何方式复制或抄袭本书之部分或全部内容。
版权所有,侵权必究　举报电话:010—62752024
　　　　　　　　　　　电子邮箱:fd@pup.pku.edu.cn

序　言

李明滨

我们同子峰教授才几年不见,没想到他这么快就写出了《俄国小说史》,一部近60万字的巨著。其效率实在令人惊叹。须知写历史,不是写小说,或是写诗歌,只要有灵感就行。而是要靠勤奋,辛苦劳作,搜寻资料,爬罗剔抉,竭泽而渔;还要梳理归纳,理清脉络,提到理论高度来分析,得出应有的结论。他告诉我花了几年功夫,锲而不舍,心无旁骛,想的和做的就是这件事。果然功夫不负有心人。他搜集的资料颇为齐全,分析得又极为细致。分析中时有新意,读来令人兴味陡增。有些资料和论断是一般讲俄国文学通史时所未见,或别人不甚注意的。

20世纪60年代的北大俄文系学人,大概都了解子峰是一位中外文学兼通的人才。他求学期间,就立志"治俄文,穷俄事"且兼注于修炼中文,实践了先师曹靖华教授勉励学生的话语:"中外文并举,两条腿走路。"毕业后留校任教,后调入南开大学中文系,涉猎更广,学术视野更加开阔,理论功底更加深厚,具有了中外文学比较研究的实力。

外文系的学人,一般都抱有当翻译家的理想。无论文学作品,或文艺论著,只要能翻译就行。然而时至20世纪90年代,俄国文学的情况已发生变化。一个世纪前我国开始引进的俄罗斯古典文学,经过几代译者和编辑的努力,这项工程已基本完成,有关的重要论著亦相继翻译出版。即便是俄罗斯文学史书,也早有了布罗茨基主编的《俄国文学史》(上、中、下卷)的中译本。80年代甚至出版了几种第二代俄国文学史书的中译。面对新的形势,子峰适时地舍弃单纯翻译一途,转向研究,决定自己动手撰写。这不能不说是一种学术的眼光和敏感。

俄国小说,无论在俄国或中国,都影响巨大,在文学史上按体裁的分类里也举足轻重。况且俄国学者在上世纪六七十年代已写了类别史,无论长篇小说史,或中篇小说史,均已成书在案,直接翻译过来也未尝不可。比起重新构造、别撰新书当是容易得多。不过,那毕竟是译作,缺乏我国学者的治学心得,而且译本读来总有相当的"隔膜"。所以本书作者决然"避轻就重",知难而进,遂有了今日这部填补空白之作,它成为我国学者首次撰写的这类史书。

首先是关于研究对象的界定。俄国学界依欧洲文艺学的体裁分类惯例,即所谓文学作品体裁"三分法",把不属于诗歌和戏剧的文学作品,统统归入"Проза",翻译过来就是"散文"。这令我国读者时常感到困惑:"散文"等于"小说",或包括"小说"?同时,俄国人在处理宽泛的概念"散文"时,又是就其中的内容分别对待的,细分出长篇、中篇和短篇小说,以及特写、故事、传说等等。长篇和中篇小说已有人撰史,短篇则无人涉及。这又使我国读者增加一层困惑。本书作者从我国实际出发,按照我们对文学作品体裁的分类习惯,除去诗歌,戏剧两类外,再划去散文一类(按我习惯真正属于"散文"的体裁),只专门研究"小说"一类,把长、中、短篇小说熔于一炉,作整体观照。在时限上也定为11—19世纪,正是俄国小说从产生到高度繁荣的历史时期。这样在我国读者看来,简捷明了,脉络清晰,在体例和内容上就具有了我国学者著作的特色。

其二是关于本书的目标。作者抱负,其目的在于"探讨俄国小说发展的内在规律,总结它的创作经验、思想艺术成就和特点",既为发展学科本身,亦为我国学术界提供借鉴。仔细读来,应该说这个目标已经达到。本书不但系统阐明俄国小说从产生、发展到繁荣的历史,而且揭示了它外来的影响和本土的依据,尤其是外来因素如何被"俄国化"问题。这方面过去讲俄国文学通史时较少涉及,往往按从苏联译过来的史书"照本宣科",而对方学者又常避而不谈的(由于时代的原因使他们避谈"西方"的影响)。如今本书作者在新的时期有新的考察和收获,实为可喜。

俄国古代文学在漫长的岁月中,除了12世纪古典文学少数几颗"明珠",再无其他足以称誉世界的名著。尽管如此,本书作者在小说寻踪探源时,还是点点滴滴找出了小说一路走来,有哪些明显可观的足迹,并且阐述从18世纪到19世纪初小说怎样与文学整体同步建立起具有民族独特性的。

实际上,从18世纪到19世纪初叶,俄罗斯文学在其成长发展中,已积累了宝贵的经验。无论整个民族文学,还是单项小说,都是善于借鉴,把西欧文学进展中的种种流派统统吸收过来,为我使用。一旦发现某种流派不适合需要,便迅速抛弃,再找新的、更为适用的流派为武器,加以掌握、运用和发展。西欧17世纪以来几百年间先后出现的古典主义、启蒙主义、感伤主义、浪漫主义诸多文学流派,俄国在18世纪的一百年间都试过了,最后在19世纪30、40年代才选定现实主义,让它成为发展俄国19世纪文学的有力武器,本书在客观地叙写小说史时,正是阐明了俄国文学的这条发展规律。

作者提出,19世纪是俄国小说的黄金时代,特别用了大篇幅予以论述(在总共12章中用了10章，占全书的六分之五），从40年代的崛起、50、60年代的繁荣、70年代的继续发展到80、90年代达到高峰。前后四个阶段，不但历史分段合理，脉络清楚，而且各个阶段的小说形态、特点，都有精到的论断。普希金的诗体小说，莱蒙托夫的"心灵辩证法"，果戈理"高超的讽刺艺术"，赫尔岑和车尔尼雪夫斯基的"社会哲理"，屠格涅夫的"敏感、简洁和优美"，民粹派作家前所未有的贴近生活和文学语言的大众化，谢德林"尖刻、辛辣的讽刺"，陀思妥耶夫斯基"虚幻的现实主义"和"复调"叙事，契诃夫的"简炼、精致"，最后归结到托尔斯泰为"史诗形式的伟大创造者"，等等。这些见解有的前人曾经论及，有的前人论而不细，当然，也有的未曾被涉及。但作如此明晰的分析和系统的归类，则是作者的功力。他向我们展示了俄国小说创作的丰富和多样。

其三是本书兼具专著和教材的特色。作为论著，其深刻和严谨的分析，已如前述。作为教材，则做到了全面系统，又重点突出。全面系统的历史知识为学生"科班出身"所必须，否则将来处理个别作家作品时难免局促踌躇，不敢纵向深入，或横向刘比，因为只"见木不见林"。重点突出大作家，则是掌握一国乃至一个历史时期的文学所必须的。因为论国家和历史时期的文学成就，毕竟是以大作家为标志的。现在作者明确地告诉我们，俄罗斯正是以普希金、果戈理、屠格涅夫、陀思妥耶夫斯基和托尔斯泰这五大长篇小说作家而傲称于世界。他为五位作家都设立专章，既叙写他们的生平与创作，又细析其长篇代表作品，让人了解到俄国文学正是因19世纪长篇小说如此集中出现的非凡成就而享誉世界的。

最后，在我看来，作者的新著还另有一层新的意义。北大自上世纪50年代初曹先生组建俄罗斯语言文学系，就致力于突出文学特色。不但培养了翻译家，而且创建了俄苏文学学科，至80年代学科臻于完备。就著作和教材而言，已出有俄苏文学的通史、断代史和按体裁分类的诗歌、小说史等等，以及一系列作家的专论。唯其中分量很重的一类俄国小说史（从古代到19世纪）迟迟未见问世。北大办系向以治史见长，缺此一大项目，未免令人遗憾。如今子峰君勉力耕耘，收获如此硕果，成为完善学科的重要补充。为此，让我们由衷地庆贺他的新书诞生，并且记住他对于学科的贡献。

2009年6月6日

目 录

序　言（李明滨）/ 1

绪　论 / 1

第一章　11—17世纪俄国小说的孕育和萌芽 / 8
　　第一节　俄国小说的孕育 / 8
　　第二节　俄国小说的萌芽 / 16

第二章　18世纪俄国小说的初步形成 / 23
　　第一节　小说的命运：文学家族中的"丑小鸭" / 23
　　第二节　"彼得故事" / 26
　　第三节　艾明、楚尔科夫和拉季舍夫的创作 / 29
　　第四节　卡拉姆津 / 34

第三章　19世纪二三十年代俄国小说的新探索 / 43
　　第一节　19世纪初俄国小说成长的社会文化氛围 / 43
　　第二节　浪漫主义中篇小说 / 47
　　第三节　长篇小说 / 61

第四章　普希金 / 75
　　第一节　"一座非人工所能建造的纪念碑" / 75
　　第二节　诗体小说《叶甫盖尼·奥涅金》/ 80

第三节 散文体小说 / 93
第四节 《上尉的女儿》/ 99

第五章 40年代现实主义小说的胜利 / 107
第一节 "自然派"在斗争中崛起 / 107
第二节 40年代小说创作概观 / 111
第三节 别林斯基的小说美学 / 117
第四节 莱蒙托夫的小说创作 / 128
第五节 赫尔岑的小说创作 / 135

第六章 果戈理 / 146
第一节 "文坛盟主"的艺术人生 / 146
第二节 中短篇小说 / 152
第三节 《死魂灵》/ 162
第四节 高超的讽刺艺术 / 174

第七章 五六十年代现实主义小说的繁荣 / 181
第一节 小说发展概况及其特点 / 181
第二节 "新人"小说和"反虚无主义"小说 / 189
第三节 平民知识分子小说家和皮谢姆斯基、斯列普佐夫 / 194
第四节 车尔尼雪夫斯基 / 204
第五节 冈察洛夫 / 222

第八章 屠格涅夫 / 236
第一节 萍踪游子的艺术之路 / 236
第二节 《猎人笔记》及其他中短篇小说 / 242
第三节 《罗亭》和《贵族之家》/ 253
第四节 《前夜》和《父与子》/ 261
第五节 屠格涅夫的小说艺术 / 273

第九章 70年代现实主义小说的继续发展 / 281
第一节 时代的变迁和小说的新特点 / 281
第二节 民粹派小说家 / 286
第三节 萨尔蒂科夫-谢德林 / 298

第四节　列斯科夫 / 315

第十章　陀思妥耶夫斯基 / 324
　　第一节　命途多舛的小说艺术家 / 324
　　第二节　中短篇小说 / 332
　　第三节　《罪与罚》/ 340
　　第四节　《白痴》/ 347
　　第五节　《卡拉马佐夫兄弟》/ 353
　　第六节　小说艺术的开拓与创新 / 360

第十一章　八九十年代小说的演变和发展 / 369
　　第一节　多元化文学流派语境中的小说新景观 / 369
　　第二节　现实主义小说家 / 379
　　第三节　契诃夫 / 389
　　第四节　柯罗连科 / 405

第十二章　托尔斯泰 / 417
　　第一节　走向"天国"的人生旅程 / 417
　　第二节　中短篇小说 / 422
　　第三节　《战争与和平》/ 435
　　第四节　《安娜·卡列尼娜》/ 442
　　第五节　《复活》/ 450
　　第六节　文学巨擘的艺术特质 / 457

结束语 / 466
主要参考书目 / 470

绪　论

一

俄国小说起步较晚，但一旦崛起就突飞猛进，特别是19世纪，名家辈出，灿若群星，成就辉煌，标志着小说艺术的高峰，令世界瞩目。俄国小说是世界文学中的瑰宝，它是俄国人民的骄傲，也是全人类的宝贵财富。探讨它发展的内在规律，总结它的创作经验、思想艺术成就和特点，不仅对世界文学学科的基本建设、对我们国家俄国文学的深入研究极为必要，而且对繁荣我国的文学艺术，尤其是小说创作也有促进作用和借鉴意义。这是作者撰写这本书的目的。

当前研究俄国小说的著作除了一般俄国文学史的部分章节外，国内外这方面的专著大致有这样几种：苏联科学院文学研究所弗里德连捷尔等主编的《俄国长篇小说史》(1962—1964)、梅拉赫主编的《19世纪俄国中篇小说》(1973)，国内的则有彭克巽著《苏联小说史》(1988)、许贤绪著《当代苏联小说史》(1992)。唯独缺失研究11—19世纪末俄国小说发展历史的专著。而这将近漫漫千年，恰恰是俄国小说从兴起、发展到繁荣昌盛、走向最辉煌的历程。这段空白无疑是俄国文学研究的一大缺憾。我们这部著作就想贡献一点微薄之力，虽不敢妄称填补空白，但愿作引玉之砖，以期有更多、更优秀的研究成果问世。

我们的研究对象当然是俄国小说。但是哪些作家、作品应该纳入研究范围，或者说有资格入史，恐怕意见并非一致。笔者曾看到 И.А.古尔维奇写的题为《19世纪俄国文学中的小说》(1991)的一本小册子，是供开放大学使用的教材。该书根据词典的解释,将"小说"(беллетристика)一词的含义概括为三点:(1)文学作品,(2)叙事散文,(3)"消遣读物"。据此,该书作者将叙事文学作品分为两部分:优秀的、高级的归入"经典作品";次等的、二流的,但又有一定思想艺术价值的则称之为"小说"。我们认为,对小说的这种理解和划分是值得商榷的。首先,我们是把小说作为一种文学体裁而言的,凡是以散文的形式,通过一定的故事情节对人物的命运、性格、行为、思想、感情、心理以及人物之间的关系和人物活动的环境进行具体的艺术描写的作品,都可以称之为小说。因篇幅长短和容量大小,小说有长、中、短篇之分;根据思想艺术质量,作品又有优劣高低之别,对它们自然有不同的评价。但不论其篇幅长短或质量优劣,都属于小说这种体裁范畴。其次,将小说视为"低级"的、"鄙俗"的"消遣读物",这种观念早已过时,不应再以这种观点来界定小说。

苏联时期的研究体例是将长篇小说和中篇小说分别进行探讨(短篇小说未涉及),我们则将长、中、短篇小说熔于一炉,将11—19世纪末的俄国小说贯穿为一体,进行综合的、系统的研究,探讨它发生、发展、繁荣的历史,勾勒小说思潮、流派嬗替变化的轨迹,阐明其思想艺术特质以及对世界小说艺术发展的贡献,特别是对小说艺术大师和重点作家进行了详尽评述,力图在体例和内容上体现出自己的特色。

二

就世界文学发展的一般规律来看,小说的兴起晚于戏剧和诗歌。有的论者将欧洲小说的起源追溯到公元前6世纪到公元2世纪之间,认为《荷马史诗》是欧洲小说之滥觞,而公元2世纪古罗马作家阿普列尤斯创作的《金驴记》(又名《变形记》)是欧洲第一部长篇小说。俄国社会发展远远滞后,俄国小说的兴起自然也晚很多。直到11—16世纪,俄国小说还在文化和文学的母体中孕育。公元988年,基辅大公符拉基米尔定基督教为国教,随之,《圣经》、圣徒传等大批宗教书籍和历史演义、小说、故事等世俗作品从拜占廷、保加利亚、南斯拉夫、希腊等国译介进基辅罗斯。这对尚在孕育中的俄国小说提供了借鉴,对它的诞生无疑起到了积极的促进作用。同时,基辅罗斯时期,俄国的本土文学也有了最初的收获。除了圣徒传、历史故事外,编年史《往年的故事》和英雄诗史《伊戈尔远征记》是该时期最重要的两部作品。13—15世纪蒙古人入侵时期则产生了许多反映俄国人民反抗侵略、英勇斗争的战争故事。这些作品中的诸多生动的故事情节、场景渲染、形象塑造、性格刻画、细节描写等小说要素已显露出来。此为俄国小说的孕育阶段。

17世纪，随着俄国专制农奴制国家的巩固和发展，它同西方的经济文化交流加强了，欧洲的文学作品，特别是骑士小说被介绍到俄国。骑士小说冲破宗教禁欲主义的藩篱，表现了对世俗生活的热爱和对爱情的追求，它的引入对促进俄国文化和文学的"世俗化"有积极影响。这一时期的俄国文学逐渐摆脱了宗教的羁绊，向世俗化、民主化、现实化方向发展，涌现出许多以普通人为主人公的故事，有劝诫说教味浓厚的教诲故事，如《戈列-兹洛恰斯基的故事》、《萨瓦·格鲁德岑的故事》；有反映城市世风人情的世态故事，如《弗罗尔·斯科别耶夫的故事》、《卡尔波·苏图洛夫的故事》；还有大量的富有民主精神和批判意义的讽刺故事，如《谢米亚卡的审判故事》、《棘鲈的故事》等等。这些故事更加接近现实生活，关注个人的命运，注重人物性格和心理的刻画，尤其是有了艺术虚构，使叙事文学脱离了"真人真事"的窠臼而有了更广阔的想象空间。这些文学现象表明，17世纪俄国小说已初露嫩芽。

18世纪彼得大帝的改革开放大大加强了俄国的经济实力。经济的发展和城市的繁荣，使市民阶层迅速成长壮大，成为更加广泛、庞大的读者群体，而通俗易懂、趣味性、消遣性的叙事散文更适合他们的口味。读者的需求和趣味是文学发展演变的动因。所以，随着市民阶级的崛起，小说也逐渐兴旺起来。正如黑格尔所说，小说是"近代市民阶级的诗史"。

18世纪最初25年，俄国流行的是反映彼得一世时代的社会生活和思想意识变化的"彼得故事"。这类故事还比较粗糙、幼稚，有明显的模仿痕迹。30—80年代，俄国文坛是古典主义的天下，小说被认为"伤风败俗"而备受歧视，根本没有资格登上大雅之堂，只能以手抄本的形式在坊间流传。而18世纪的欧洲，小说园地在启蒙思想的浇灌下呈现出一片繁荣景象。法国启蒙作家的哲理小说、英国的现实主义小说和感伤主义小说，皆成就斐然。18世纪中叶，欧洲作家萨勒日、伏尔泰、卢梭、笛福、斯威夫特、菲尔丁、理查逊、歌德、塞万提斯等人的作品相继被译介进俄国，为俄国作家提供了艺术借鉴，有力推动了刚刚起步的俄国小说的发展。直到此时，文学界对小说的偏见才渐被克服，小说的地位才有所改变，创作数量逐年增加。

此时，俄国出现了第一批敢于在作品上署名的小说家，其代表者是艾明和楚尔科夫。1763年艾明创作的《无常的命运》(又名《米拉蒙德奇遇记》)是俄国第一部独创的长篇小说，曾广为流传。他还创作了俄国第一部政治讽刺小说《地米斯托克利历险记》，俄国第一部书信体小说《艾米涅斯特与多拉弗拉通信集》。与艾明相比，楚尔科夫更加关注社会生活和普通人的生活际遇，可称为俄国现实主义小说的先驱。他为后世留下了《爱嘲笑的人》(又名《斯拉夫故事》)、《阿基琉斯历险记》、《俊俏的厨娘》(又名《荡妇奇遇记》)等作品。他们作为小说园地的拓荒者,为俄国小说的发展铺垫了道路。

18世纪最后20年是俄国感伤主义流行时期。这一思潮的代表人物是卡拉姆津,他以革新精神在爱情小说、历史小说、"哥特式"小说等不同题材领域进行尝试、探索,积累了宝贵的艺术经验。他的小说《苦命的丽莎》、《大臣之女娜达里雅》和《城总管夫人玛尔法》代表了俄国感伤主义文学的最高成就。卡拉姆津笔下的人物不再是某一类人的代表或抽象思想、道德的符号,而是形象鲜明的、个性化的、活生生的人,他描写的是他们的命运遭际和喜怒哀乐,尤其擅长揭示人物细微的心理活动和感情变化。他的小说结构严谨,叙事生动,感情浓烈,语言活泼自然、富有表现力。正是经过卡拉姆津的创作实践,俄国小说才有了质的飞跃,作为一种文学体裁才真正形成。

进入19世纪,俄国发生了对文化和文学有深远影响的两大历史事件:1812年的卫国战争和1825年的十二月党人起义。这两大事件不仅有力地促进了俄国社会意识的觉醒和高涨,正是在这种时代精神的影响下,俄罗斯民族文学才得以建立;而且为西学东渐提供了契机,通过十二月党人,进步的西方文化,特别是以自由、平等、人道主义为其精髓的人文精神传入俄国,使西方文化与俄罗斯传统文化发生冲突、碰撞,进而交流、融汇,才造就了19世纪俄国文化和文学的灿烂辉煌。

19世纪20、30年代是浪漫主义主导俄国文坛的时期,浪漫主义中篇小说曾一度繁荣,按题材可分为历史小说、上流社会小说、幻想小说等,代表作家有名噪一时的马尔林斯基及奥陀耶夫斯基、波戈津、波列伏依等。30年代,长篇小说开始兴盛起来,一类是追思往事的长篇历史小说,以浪漫主义小说家拉热奇尼科夫的成就最高;一类是反映现实生活的长篇世情讽刺小说,主要作家有伊兹梅洛夫、纳列日内等。后者的《俄罗斯的吉尔·布拉斯》(又名《契斯佳科夫公爵奇遇记》)在俄国流浪汉小说(即"骗子小说")的发展演变中起着承上启下的作用,被认为是果戈理的《死魂灵》的前奏。

20年代起现实主义逐渐兴盛起来,至30年代末期最终取代浪漫主义而成为文坛中的主流。

20、30年代是俄国小说发展的重要时期,小说创作迅猛发展,并逐渐超越诗歌、戏剧而在文学中占据主要地位。这一时期,普希金登上文坛在俄国文学史上具有里程碑式的意义,他的诗体小说《叶甫盖尼·奥涅金》和其他散文作品为现实主义小说奠定了基础。他的丰功伟绩是最终完成了建立俄罗斯民族文学的历史任务,正是从他开始,俄国文学才赶上欧洲文学前进的步伐。

40年代是俄国现实主义小说胜利并迅速崛起的时代。这一时期,"文坛盟主"果戈理的创作,特别是他的《死魂灵》为现实主义小说树立了光辉范例,有力推动了小说艺术的发展。一批青年作家师法果戈理,形成所谓的"自然派"。别林斯基认为,"自然派"代表了俄国文学发展的方向,充分肯定了这一新的文学流派的功绩。在捍卫"自然派"的斗争中,别林斯基全面而系统地阐明了他的美学观,为现实主义小说奠定了坚实的理论基础。这样,在果戈理的带领和别林斯基的指引下,"自然派"迅速成长壮大,成为文坛的主力军,涌现出许多优秀作家和作品,如格里戈罗维奇的《乡村》和《苦命人安东》、赫尔岑的《谁之罪》和《偷东西的喜鹊》、屠格涅夫的《猎人笔记》、冈察洛夫的《平凡的故事》、陀思妥耶夫斯基的《穷人》、谢德林的《矛盾》和《一件错综复杂的事》等等。现实主义小说取得辉煌胜利,从此蓬勃发展,欣欣向荣。

50、60年代俄国小说园地姹紫嫣红,进入空前繁荣时期。小说家风云际会,灿若群星,交相辉映,形成一支强大而卓越的创作队伍。40年代涌现的许多优秀作家如日中天,创作正值巅峰时期;同时,以车尔尼雪夫斯基为首的新一代平民知识分子作家也步入文坛,为作家队伍注入新生力量,改变了贵族作家一统天下的格局。50、60年代的小说广泛反映社会现实,深刻揭示时代的矛盾,题材更加丰富多样:迫切而尖锐的农民问题,城市底层人民的疾苦,工人阶级的生活及斗争,"多余人"的命运,刚刚登上历史舞台的平民知识分子即"新人"的精神风貌,此外还有与"新人"小说对立的所谓"反虚无主义小说"等等,几乎所有社会生活领域的问题都在小说创作中得到反映。小说体裁类型多种多样,中短篇小说继续流行,长篇小说优势明显,其中既有社会批判小说和讽刺小说,也有社会心理小说、社会哲理小说、社会政治小说、史诗性历史小说、自传性小说等。艺术风格、手法多彩多姿,特别是心理描写艺术日臻完美,俄国小说这一独树一帜的美学特征已展现出它的艺术魅力。

70年代俄国社会处于转型期,即农奴制废除后向资本主义过渡的时期。资本主义的迅速发展引发的各种社会矛盾促成了民粹主义运动的兴起。这一革命运动成为贯穿整个70年代的最重要的历史事件。一般俄国文学史常常将70—90年代划为一个文学发展时期,但我们认为,不论就社会发展阶段,还是就小说所呈现出的特点,将70年代作为一个独立的时期更合适。

70年代俄国小说继续繁荣。老一辈作家屠格涅夫、陀思妥耶夫斯基、托尔斯泰等不断推出名著佳作,成就卓著。在70年代俄国进步文坛上,谢德林起着举足轻重的作用。曾经写过"反虚无主义小说"的列斯科夫思想发生转变,逐步接近进步文学阵营,创作了代表作《大堂神父》和许多优秀短篇。这一时期文学中的一个突出现象是,随着民粹主义运动的开展,一批民粹派作家登上文坛,他们的作品对于了解资本主义崛起后的俄国社会现实,特别是农村状况,提供了丰富的、宝贵的资料。作为一个作家群体,民粹派小说家在俄国文学史上占有不可或缺一席之地。

这一时期的小说出现了一些新的特点。随着时代的变迁,作家关注的焦点发生变化,目光集中在俄国踏上资本主义道路后出现的各种社会矛盾和问题。小说题材更加广泛。探索型主人公大量涌现:有探寻新的人生道路的贵族青年,有来自社会底层的反抗者,有愿为人民解放献身的革命知识分子等。适应70年代急剧变化的社会形势,特写、中短篇小说类的小型体裁崛起,成为小说创作中的一道令人注目的景观。小说的艺术形式和表现手法推陈出新,如陀思妥耶夫斯基独创的复调小说和怪诞、梦幻、象征等手段,谢德林的夸张、荒诞的讽刺艺术,民粹派小说家的艺术描写与政论相结合的叙事方法等。

19世纪最后20年是俄国历史上社会急剧动荡的时期。面临即将到来的社会变革,各种社会思潮进行着激烈斗争。而社会思想斗争的复杂性、激烈性决定了小说发展的多元化、多取向。这时期,小说流派繁多。批判现实主义小说独领风骚的局面被打破,但仍保持着其主导地位。老一代作家仍壮心不已,老马奋蹄;年轻一代新秀辈出,头角峥嵘。契诃夫、柯罗连科成为照耀文坛的两颗明星。同时,80年代自然主义出现,90年代象征主义兴起。而随着无产阶级登上历史舞台,以高尔基为代表的无产阶级文学应运而生,新浪漫主义又成为弥漫于这一时期小说中的一种思潮。各种思潮、流派互相冲突,又互相借鉴,互相影响,形成多元并存、共同繁荣的新景象。

俄国文学正跨入百花齐放、百家争鸣的"白银时代"。

三

现代文学批评方法可谓五花八门,但每一种批评方法都不是完美无缺的,都是从某一个角度切入和观照文学现象,都有自己的特点,也都有自己的局限性。对待文学批评方法,我们既不赶时髦,生搬硬套,也不故步自封,墨守成规,应当以开放的心态,兼收并蓄,不拘一格,灵活运用。但是,既然文学归根结底是社会生活的反映,而且是形象地反映生活,是人类的一种审美创作活动,一个作家、一部文学作品,都是特定时代的产物,是以其特有的艺术形式反映一定阶段的社会生活,不能超越时代,不能超越历史。那么,我们认为,研究文学、包括研究俄国小说,坚持历史唯物主义原则指导下的社会历史批评和美学批评相结合的批评方法,是最切实的、有效的。也就是说,既要将作家、作品置于一定的历史条件下,对其社会思想意义作出客观公允的评价,同时,也要站在今天的历史高度,恰如其分地指出其历史的局限性,还要从审美的角度,对其艺术价值予以充分的肯定。我们注意到,一般俄国文学史(包括俄国学者撰写的文学史)偏重作家、作品的思想性研究,而忽略其艺术性的评析,所以,我们这部论著力图对这种偏颇有所矫正,注重对小说艺术的审美透视,不仅对俄国小说每个发展阶段的艺术特点进行总结,而且加强了对作家、作品的艺术成就的品评和赏析。当然,我们做的还远远不够。此外,在分析作品时,我们还尝试运用了原型批评、心理批评、比较方法等,点点滴滴,很不成熟。

俄国小说作为俄罗斯民族文化的一部分,作为世界文学中的一部分,不可能独立存在,它是在俄罗斯民族文化的母体中孕育成长的,是在与世界文化和文学,特别是与欧洲文化和文学的对话、交流中发展起来的。因此,我们不能把俄国小说作为一个封闭的系统进行研究,而应当将它置于世界文化与俄国文化的坐标系和参照系中进行考察、研究,探讨社会政治、思想、宗教、哲学等文化因素对小说发展、演变的影响;要把它放在欧洲小说的大系统中,进行横向的、共时性的比较研究,既阐明二者之间的相互影响,又突出俄国小说艺术发展的规律和民族特点。这就需要广阔的学术视野,更需要占有详实的资料。在这方面,我们自感心有余而力不足,切盼同行们继续努力,做更深入研究,获得更丰硕的成果。

第一章　11—17世纪俄国小说的孕育和萌芽

11—17世纪为俄罗斯古代文学时期，俄国文学史一般将其分为三个阶段：基辅罗斯时期(11—12世纪)，蒙古人入侵和东北罗斯统一时期(13—15世纪)，莫斯科中央集权国家建立和巩固时期(16—17世纪)。如果依照俄国小说发展的轨迹来看，我们则可以将11—17世纪这七百年的文学分为两大阶段：第一阶段——11至16世纪，是俄国小说的孕育期；第二阶段——17世纪，是其萌芽期。无论前一阶段还是后一阶段，俄国与周边国家的交往和联系过程中，外国文学，特别是叙事文学，随之被译介到俄国，这对俄国小说的诞生无疑有积极的促进作用。而俄罗斯本土最早产生的宗教文学和世俗文学则是催生俄国小说问世的决定因素。

第一节　俄国小说的孕育

小说是文学家族中的后起之秀。尽管对小说的界定、小说的起源等问题分歧颇多，但小说的兴起晚于史诗、戏剧、诗歌，对此多数论者恐无异议。同欧洲小说一样，俄国小说也是文学中的"后生子"。小说的诞生离不开文学和文化母体的孕育，最初，它也扯不断与历史故事、神话传说、史诗、戏剧、诗歌的血缘关系。欧洲小说如此，俄国小说亦然。

公元988年，基辅大公符拉基米尔定基督教为国教。为了宣传基督教教义，从拜占庭、保加利亚和南斯拉夫引入了大批宗教书籍。基辅罗斯时期，圣经的某些重要部分，如《旧约》中的摩西五经、列王记、士师记、先知书、《新约》中的福音书等已被介绍进来，而完整的圣经是在15世纪才被翻译过来。圣经不仅是宗教经典，而且是一部文学总汇，它除了宗教教诲作用外，还具有极大的审美意义：它既有奇妙瑰丽的神话传说，情节生动的短篇小说，也有形象鲜明、激情澎湃的先知书……圣经的流传，无疑对俄罗斯小说的孕育起了潜移默化的作用。

除了圣经外，基辅罗斯时期还广泛流行圣徒传，它讲述的是圣徒的生活、苦难和虔信基督教的故事。圣徒传是一种纪实性的人物传记，但其中不乏曲折的、吸引人的故事情节。如这一时期从拜占庭翻译过来的《叶甫斯塔菲—波拉基塔传》。

波拉基塔原是罗马的军事统帅，是个异教徒。一次打猎中，他追捕一只漂亮的梅花鹿，当远离仆人时，梅花鹿停下来开口说话，劝他改信基督教。回到家里，妻子对他说自己做了一个梦，梦中一位神人也劝她信基督教。于是夫妻二人皈依基督。波拉基塔受洗时改姓叶甫斯塔菲。当他再次来到偶遇梅花鹿之地时，神警示他即将面临严重考验。叶甫斯塔菲发誓要坚强忍受降临到他命运之上的一切苦难，决不背叛信仰。果然，一连串灾难发生了：由于瘟疫，他家的牲畜死了，奴隶亡了，家又遭抢劫。他带着妻儿背井离乡，外出流浪。不幸妻子被掠，孩子被猛兽叼走。五十年过去了，叶甫斯塔菲孤独一人，栖身偏僻小村，给人看守庄稼，亲人们杳无音信。此时，敌人进犯罗马，皇帝到处寻找以前英勇善战的军事统帅波拉基塔。终于，人们找到了他，回到罗马，他即率军出征御敌。期间，他的儿子们偶然相遇，并找到了母亲。妻儿又回到叶甫斯塔菲身边，一家人终于团圆。然而，他的故事并没有以此而告终。自从喜爱叶甫斯塔菲的皇帝去世后，他即失宠，新即位的皇帝要求叶甫斯塔菲在阿波罗神庙前献祭，他断然拒绝，为此遭到严刑拷打，最后与妻子、儿子们一起死去。由于叶甫斯塔菲在种种考验面前所表现出的坚贞不移的信仰和忍受苦难的顽强精神，他被后人尊为圣徒。

这个故事不仅情节曲折生动，而且注意了在种种生活境遇中展示人物性格。

《瓦尔拉姆和印度王子约萨夫的故事》是通过格鲁吉亚流传到拜占廷的，译成俄文不晚于12世纪，后在古罗斯广泛流行。故事讲述的是：印度王子约萨夫在隐士瓦尔拉姆的感召与规劝下抛弃奢华生活，接受洗礼，改信基督教，并让他的人民也信奉基督教。他将王位让于他人，与瓦尔拉姆一道过起隐修生活。这篇作品虽然不是严格意义上的宗教文学，但具有浓厚的宗教色彩，充满醒世警言和道德教诲。

除了宗教性作品之外，还从异域译介了一些历史演义性作品，其中最有代表性的是长篇小说《亚历山大传》。在基辅罗斯时期（约在12世纪）这部作品由希腊语译成俄语。它记述了马其顿皇帝亚历山大的生活经历和丰功伟绩，对他在远征欧亚诸国过程中的种种历险和奇异见闻作了绘声绘色的描写，充满传奇色彩,因此,与其说这是一部历史小说,不如说是一部惊险小说。14世纪还有一本由南斯拉夫介绍到罗斯的塞尔维亚的长篇小说《亚历山大》,它与前者在一系列细节上有所不同,而且亚历山大的罗曼史在作品中占有重要地位。

历史演义作品的译介对俄国的编年史的编写和历史演义作品的创作起了很大促进作用。

14世纪以后,传入罗斯的翻译作品比以前更多。随着人们的阅读趣味的悄悄变化,翻译作品的内容和风格也在发生变化。译者所选择的已不仅仅是记述历史事件或重要历史人物的活动故事,而是描写形形色色的人物和种种有趣事件的作品,所注重的也不仅仅是历史纪实和宗教教诲功能,而同时是作品的可读性和趣味性。如15、16世纪之交从德语翻译的描写特洛伊战争的长篇小说《特洛伊的故事》。小说中,既描写了激战、决斗、智谋、英雄功绩,同时穿插叙述了美狄亚与伊阿宋、帕里斯与海伦的爱情,阿基琉斯对特洛伊王之女波吕克塞娜的恋情等等,此类典型的中世纪骑士小说的浪漫情节占相当大的比重。再如15世纪介绍到罗斯的《印度王国的故事》描述了印度这个对古罗斯来说不啻是海外奇闻的古老国度的物阜民丰,以及多姿多彩的风土人情,充满异域情调,读来意趣盎然。此外,14世纪传入罗斯的还有另一类滑稽可笑的、接近民间口头文学的故事,《所罗门和刻陶洛斯的故事》即是此类作品的范本之一。它讲述的是古希腊神话中聪明的刻陶洛斯马人以其智慧征服了所罗门王及其大臣们,并帮助他们建造耶路撒冷神殿的故事。

无论是译介的圣经、圣徒传这类宗教文学,还是历史演义、小说、故事等世俗性作品,都对处于起步期的俄国文学产生深远影响,而对尚处于孕育中的俄国小说则在艺术构思、结构模式、写作技巧等方面提供了参照、借鉴和经验,对其孕育、诞生起着催化作用。

古罗斯的文人一方面引来异域文学的活水浇灌自己的文学园地,同时又在这块刚刚开垦的处女地上辛勤耕耘、播种,并有了第一批收获。当然,在基辅罗斯时期,文人创作尚未超越宗教的藩篱。

《鲍利斯和格列勃的故事》就是俄国人自己创作的一篇圣徒传。这篇传记据说出自僧侣雅可夫的手笔,写于11至12世纪初。它取材于一段真实的历史。基辅大公符拉基米尔去世后,其长子斯维雅托波尔克遂登上大公王位,为了独揽大权,就蓄意谋害亲兄弟鲍利斯和格列勃。当鲍利斯得悉父亲的死讯后,其卫队欲以武力为其夺取王位,但遭到鲍利斯的拒绝,因为出自对国家利益的考虑以及根据弟弟必须服从兄长的道德原则,他不愿与兄长争权夺利,于是他的卫队弃他而去,只有少数亲兵跟随着他。当他得知兄长的阴谋后,他不仅不设法脱身,反而顺从地等待着厄运的到来,并祈祷上帝饶恕其兄谋害亲兄弟的罪行。这样,斯维雅托波尔克的罪恶阴谋遂轻易得逞。

然后,斯维雅托波尔克又派人给格列勃送信,要他火速来看望病危的父亲。格列勃毫无疑心,日夜兼程向基辅进发,行至中途,另一个兄弟雅罗斯拉夫差人告诉他:父亲已死,兄弟被杀,劝他不要去基辅。格列勃为父兄哀声痛哭。此时,斯维雅托波尔克派来的杀手已到,他们拔剑出鞘,跳到格列勃的船上。生死关头,格列勃从容镇静,请求让他做完祈祷。待格列勃祈祷已毕,杀手遂将他杀害。

雅罗斯拉夫举兵声讨斯维雅托波尔克的罪行,最终于1019年将其击溃。斯维雅托波尔克仓皇逃出罗斯,死于荒野。

这个故事的主旨是谴责诸侯内讧和兄弟相残,将鲍利斯与格列勃作为品德高尚的圣徒为其树碑立传。其独特之处在于,它没有按照人物传记体的结构模式平铺直叙地记述主人公从生到死的整个一生,而是着重描写鲍利斯和格列勃被残害的过程和情景,而且通过他们临死前的祈祷和沉思,揭示了他们的心理活动。这些都是符合小说创作规律的。

此外,如《基辅山洞修道院圣徒传》、《修道院长丹尼尔巡礼记》等,其中也有一些有趣的故事。

与宗教文学并存的还有世俗文学,《往年的故事》和《伊戈尔远征记》是基辅罗斯时期最重要的两部著作。

《往年的故事》又称《俄罗斯编年序史》,是留传至今最古老的一部编年史,据说是12世纪初由基辅山洞修道院僧侣涅斯托尔在前人历史记载的基础上汇编而成,其全名是《这是往年的故事,俄罗斯国家是怎样来的,首先在基辅为王的是谁,俄罗斯国家是怎样起源的。》

《往年的故事》是以圣经传说开头的。大洪水过后,诺亚的儿子们建邦立国,各据一方,因建立"巴比伦之塔"而受到耶和华的干预,结果统一的语言被变乱为七十二种语言,由此衍生出不同的民族;接着叙述了斯拉夫人的分布、历史和生活情况;然后集中讲述了基辅城的建立:基辅城建立之前,那里曾发现神光,后来一个叫做基的罗斯人和他的兄弟在此建立了一座城市,取名基辅,这里成了俄罗斯的发祥地。这一部分想象成分很多,具有浓厚的基督教色彩,将俄罗斯纳入到整个基督教大家庭中。

从公元852年开始,编年史开始按年代记载古代罗斯发生的重大历史事件。它生动记述了历代基辅大公开拓疆土、建功立业、治理国家的英雄事迹。如奥列格出征沙皇格勒(即拜占庭的君士坦丁堡);伊戈尔两次征讨拜占庭;奥尔迦施巧计为夫复仇;符拉基米尔定基督教为国教等等。编年史的最后部分记载了各地王公争权夺势,内讧纷起,兄弟阋墙,互相残杀,表示了对诸侯内讧的谴责和祖国命运的忧虑。

《往年的故事》堪称俄罗斯的第一部文学作品，它体现了最初文史不分的特点，包括各种各样的文学样式，既有历史记实，也有民间故事、传说、传记等等，其中一些故事情节生动，富于情趣。如奥尔迦为丈夫伊戈尔复仇的故事。

伊戈尔大公去德列夫梁人那里收缴贡赋，因贪得无厌而被杀。奥尔迦决心为夫报仇。伊戈尔死后，德列夫梁人派使者来到基辅，劝说奥尔迦改嫁他们的王公马洛。奥尔迦吩咐使者次日再来，届时请他们乘船到大公的府邸。同时，她又命人在府邸旁边挖了一个大深坑。当德列夫梁人的使者洋洋得意地乘船来到大公府邸时，奥尔迦命令武士将他们扔进了大坑，她走到坑边，嘲笑地问道："对如此的敬意你们还算满意吧？"使者答道："我们死得比伊戈尔还惨。"奥尔迦随即命人将他们活埋了。德列夫梁人第二次又派出使团，其成员由德高望重的男子组成。奥尔迦请他们沐浴，暗中派人将他们活活烧死在澡堂中。第三次，当奥尔迦在丈夫墓前为其追荐亡灵时，她又下令将前来迎接她的德列夫梁人的侍卫队全部杀死。三次复仇得手，奥尔迦仍不罢休，她又率领儿子们和军队围攻德列夫梁人的都城。敌人紧闭城门，不敢出战。奥尔迦心生一计，声称不再向他们课以重赋，只要他们每户交三只麻雀即可作罢。德列夫梁人未识破其中的诡计，立即照办。而奥尔迦便命令士兵在麻雀的脚上缚上火绒，点燃后放飞。鸟儿齐向城里的巢飞去，顿时，全城一片火海。人们惊慌失措，纷纷逃出城外，不是被杀，就是被俘。这样，奥尔迦凭其机智，四次巧施计谋，为亡夫报了仇。

有的故事不仅叙事生动，而且已有了初步的细节描写和心理刻画。如1097年纪事中记述的瓦西里卡被害的场面。沃伦公达维德向基辅公斯维雅托波尔克进谗言说，捷列鲍夫尔公瓦西里卡正蓄谋反对他们，于是二人设下圈套，必置瓦西里卡于死地。斯维雅托波尔克遂邀请瓦西里卡来基辅作客，后者不知是计，欣然前往。主人将客人领到一座房子里。达维德也在座。他心怀鬼胎，因此既不安又害怕，呆呆地坐在那里，哑然不语。当瓦西里卡同他谈话时，他甚至没有听见，支支吾吾，不能作答。斯维雅托波尔克和达维德先后借故离去，随之一伙仆人闯了进来，将瓦西里卡按倒在地，随手拿起一块木板压在他身上，几个人坐在上面，压得瓦西里卡的骨头吱吱作响；接着，掏出利器，将他的双眼刺瞎。失去知觉的瓦西里卡被放在一辆大车上运走……

这段故事通过一系列细节描写再现了瓦西里卡被害的可怕场面，揭示了害人作恶的达维德的惶恐不安的心理，表现了对制造阴谋、挑起内讧的诸侯的谴责。

在《往年的故事》中，作者还注意了形象的塑造和性格的刻画。如基辅大公斯维雅托斯拉夫体现了威武、豪壮的俄罗斯勇士的风采："健步如豹。身经百战。

行军之际……无帐篷,寝鞍褥,枕马鞍,士卒亦然。征讨前常差人前往告曰:'吾必歼汝!'"而符谢沃洛德·雅罗斯拉维奇公则具有虔诚、善良的性格:"自幼虔敬上帝,热爱真理,关心不幸者和穷苦人,尊敬主教和神父,尤爱修士,对其一切要求,皆施舍不吝。"

故事情节的生动性,细节描写,形象塑造,性格刻画,心理展示等等,这些都是小说体裁的必备要素,虽然这些艺术要素在《往年的故事》中还仅仅是初步的,但已孕育了小说的胚芽。

《伊戈尔远征记》(12世纪末)是一部著名的英雄史诗,于1795年被文献收藏家穆辛-普希金发现,作者不可考。这部作品叙述的是,伊戈尔王公由于立功心切,未经基辅大公的允许,擅自率军征讨入侵南方的波洛夫人(突厥游牧民族之一),不幸战败被俘,后又逃回基辅。史诗的主题是号召俄罗斯王公停止内讧、团结御敌,洋溢着爱国主义精神。

在叙事、情节铺陈、人物刻画、场景描写等方面,史诗与小说是相通的,而就文学的发展演变来看,史诗早于小说,因此,前者对后者的影响是自然而然的。

在《伊戈尔远征记》中,我们首先看到的是对激烈战斗场面的描写。史诗以饱蘸激情的笔墨渲染了双方在草原上的交战、厮杀:"魔鬼的儿女们用呐喊隔断了原野,/而勇敢的俄罗斯人用红色的盾牌遮断了原野","像这样的战斗却还未曾听说!/从清早到夜晚,/从夜晚到天明,利箭纷飞着/马刀在头盔上铿铿地砍,/钢矛喀嚓嚓破裂着/在那不知名的原野,/在波洛夫的土地中间。马蹄下的黑土中撒满了尸骨,/浸透了鲜血,/忧愁的苗芽已在俄罗斯国土上长出。"

在形象塑造上,作者已注意到在矛盾对立中刻画人物性格。他一方面赞扬伊戈尔的爱国主义精神和坚强勇敢、一往无前的英雄品格:"为保卫俄罗斯国家,/他充满战斗精神,/率领起自己勇敢的队伍/奔向波洛夫的国土";他那颗勇敢的心"是用坚硬的钢铸制,/是在无畏的大胆里炼成";他对战士们发出号召:"啊,我的武士们/和兄弟们!/与其被人俘去,/不如死在战场——俄罗斯人,我希望同你们一道,或者抛下自己的头颅,/或者就用头盔掬饮顿河的水。"另一方面,又谴责伊戈尔为了"一逞刚勇",为了追求个人荣誉而冒险出征,结果战败,给祖国造成巨大灾难和损失。这样从正反两方面去表现伊戈尔的性格,就使得这一人物形象更加丰满。伊戈尔的兄弟、勇敢的"野牛"符谢伏洛德的形象,则体现了俄罗斯民间勇士的性格特征。他和他的战士们"在号声中诞生,/在头盔下长大,/用长矛的利刃进餐,/他们认识道路,/他们熟悉山谷,/他们紧张起弓弦,/打开了箭囊,/磨快了马刀";他在战场上纵马驰骋,"用利箭向敌军纷纷射去,/用钢剑劈击他们的头盔"。基辅大公斯维雅托斯拉夫是理想化的君王形象,他号召王公们消除内讧,团结一心,共御外侮,保卫祖国,这一形象体现了团结、统一、爱国的思想。伊戈尔的妻子雅罗斯拉夫娜被认为是俄罗斯古代文学中第一个优美的女性形象,她的哭诉,不仅是为丈夫,而且也是为那些血洒沙场、为国捐躯的战士们,表达了饱经忧患的俄罗斯人民的悲伤和愿望。基辅大公的"金言",雅罗斯拉夫娜的哭诉,实际上就是独白,是内心感受的倾诉,读者从中窥视到了人物的思想和情感的波澜。独白的运用,表明作者对人物内心世界的关注,这在俄罗斯古代文学中是难能可贵的。

《伊戈尔远征记》具有鲜明的民间文学风格,艺术手法丰富多彩,如对比、比喻、象征、寓意、拟人化等等,俄国的小说艺术无疑会从中汲取有益的营养。

"Повесть"一词之古义是"故事",现义是"中篇小说",可见,"故事"和"小说"有着天然的联系。"故事"在基辅罗斯时期就已产生,主要是历史故事,如上面所谈到的《往年的故事》、《鲍里斯和格列勃的故事》等,而在蒙古人入侵和莫斯科中央国家集权时期,"故事"则大量出现,更多的是战争故事。面对外族的侵略,俄罗斯人民奋起反抗,留下了许多可歌可泣的英勇斗争的故事,如《拔都攻占梁赞的故事》、《顿河彼岸之战》、《大战马迈的故事》、《脱脱迷史进犯莫斯科的故事》等等。

《拔都攻占梁赞的故事》写于13世纪末或14世纪初,作者不详。1237年成吉思汗之孙拔都率领大军进犯俄罗斯,首当其冲的就是梁赞公国。梁赞大公尤里·英格列维奇恳请符拉基米尔大公联合抗敌,但遭拒绝。他与王公们商议后,决定派以其子费得尔·尤里耶维奇为首的使团携带贡礼去见拔都。拔都收下礼物后答应不再进攻梁赞公国,但要求梁赞王公们将自己的姊妹和妻女送来,供他床笫之欢。一梁赞贵族向拔都进谗言,说费得尔的妻子出身皇族,长得十分美丽,于是拔都特别点名要费得尔的妻子。费得尔冷笑着答道:"我们基督徒不会为你这个狡诈的皇帝效劳,将自己的妻子送来供你淫乐……你只有战胜我们,才能霸占我们的妻子。"拔都大怒,下令杀死费得尔及其所有随从,并暴尸荒野。消息传到梁赞,王妃抱着幼子跳楼自尽。

梁赞大公决心决一死战,他对王公和将士们说:"我们宁愿以死换取不朽的荣誉,不愿受邪教徒的奴役。"梁赞人在边界与拔都的军队展开激战,他们同仇敌忾,奋勇作战,"一人当千,二人当万",使敌人损失惨重,但终因寡不敌众,全军覆没。梁赞城在敌人包围下坚守五天,全体军民誓与城池共存亡,直至战斗到最后一人。梁赞城陷落后,只见尸横遍野,无一人存活,"仿佛大家共饮了一杯死亡之酒","既无父母哭儿女,儿女哭父母,也无兄弟哭兄弟",全体梁赞人都为国捐躯了。

拔都血洗梁赞城之后，又继续征讨苏兹达里和符拉基米尔。此时，梁赞贵族叶夫巴季·柯拉夫拉特正在车尔尼科夫，当他得知梁赞城的惨案后立即星夜赶回。目睹一片惨景，他怒不可遏，很快集合起城外幸存的一千七百多名武士，带领他们去追杀拔都。面对无比强大的敌人，他们无所畏惧，满怀报仇雪恨的怒火，奋勇杀敌。勇士叶夫巴季身先士卒，左劈右刺，所向披靡，歼敌无数，最后壮烈牺牲。俄罗斯将士们英勇不屈的精神，甚至连敌人也为之感动，他们说从来没有见过，甚至没有听说过如此勇敢无畏的战士。拔都对叶夫巴季十分敬佩，他说："如果我有这样的部下，我会紧紧地把他拥抱在胸前。"故事以尤里大公的伊戈尔回到梁赞、重建家园结束。

这篇故事充分表现了俄罗斯人民"宁为玉碎，不为瓦全"的爱国主义精神和不可征服的英雄气概。故事情节完整，节奏分明，描写生动，富有戏剧性。对战斗场面，尤其对梁赞城军民拼死抗敌，直至全部牺牲的惨烈场景的描写十分感人。叶夫巴季形象的刻画比较成功，故事赋予他许多俄罗斯民间壮士的性格特点：武艺高强，勇猛过人，一往无前。敌人对他的敬仰更突出了他的英勇、忠贞、爱国。

1380年，鞑靼金帐汗国马麦又率军入侵，企图进犯莫斯科，莫斯科大公德米特里·伊万诺维奇率领东北罗斯各公国的联军出征迎战，在顿河上游库利科沃草原展开一场大会战，大败马麦。于是产生了一组创作于不同年代的关于库利科沃大战的作品，其中有历史编年纪事、叙事诗《顿河彼岸之战》、《大战马麦的故事》等等。

《大战马麦的故事》大约创作于15世纪初，作者不详。故事详细记述了库利科沃大战的经过。作者将联军统帅德米特里作为光明和正义的首领，表现了他的英明、果敢和豪爽的性格，而将敌人马麦视为黑暗和罪恶的化身，予以严厉谴责。故事不拘泥于历史事实的准确性，常有时代和人物错乱的现象，但这不是作者的错误，而是为了加强艺术表现力故意为之。另外，故事中出现了虚构成分，如人物的独白、王公之间的信函往来、德米特里的妻子含泪送别丈夫出征的情景、诺夫哥罗德市民大会通过决议支援德米特里大公的场面等等。故事的叙事倾向、描写成分增强了，其生动性和趣味性也随之显示出来。

库利科沃大战中马麦被击溃后，金帐汗国的王位被脱脱迷史夺得。1382年，脱脱迷史汗又率军进犯莫斯科。由于俄罗斯诸王公不能协调行动，致使莫斯科被攻克，并遭到严重破坏。《脱脱迷史进犯莫斯科的故事》即描述了这一事件的始末。故事作者谴责了弃城逃跑的主教和贵族，而赞扬了普通市民，特别是商人顽强抗敌的英雄行为。生动的叙述、抒情性的沉思、修辞性的重叠、对比手法的运用等等都显示了故事的无名作者的非同寻常的写作技巧。

11—16世纪的俄国文学中,"历史主义"是其指导原则,不论编年史、英雄史诗、人物传记、历史故事、战争故事等都以历史事实、真人真事为基础,不主张虚构,这自然限制了小说的发展,因为,在一定意义上说,没有艺术虚构就没有小说创作。但是,我们也看到,情节的展开、场景的渲染、细节描写、人物刻画、对人物内心世界的关注、以及虚构等等,这些小说因素已初露端倪,虽显稚嫩,但终有一天,这些胚芽会破土而出、茁壮成长的。

第二节 俄国小说的萌芽

1480年俄罗斯人民彻底结束了蒙古-鞑靼人长达240年的统治。16世纪初莫斯科中央集权国家建立,统一的俄罗斯国家最终形成。经过君主与封建诸侯之间的激烈斗争和政权的屡次更迭,以及17世纪初反抗波兰、瑞典侵略的胜利,专制农奴制国家逐渐巩固和强大起来,俄国历史进入重要的转折时期。

17世纪对于俄罗斯来说是一个非同寻常的世纪,它终于摆脱几百年以来外族的侵略压迫、内部的混乱纷争所造成的停滞、落后状态,开始向新时期过渡。

随着专制农奴制的巩固和发展,俄罗斯加强了同西方的经济交流,欧洲的先进技术被引进俄国。而经济的交流又促进了文化的交流,西方文化越来越多地进入俄国社会生活。

17世纪,欧洲更多的文学作品被介绍到俄国,其中占重要地位的是骑士小说。这类作品多数译自波兰语,也有少数译自捷克语和突厥语。

骑士小说大致有两类:一类是讲述骑士对贵妇人的所谓的"典雅爱情",表现的是世俗之爱;另一类是讲述骑士寻找盛过耶稣受刑时流的血的圣杯的故事。圣杯是基督的象征,寻找圣杯就是追求与基督的神圣结合,追求灵魂不死。所以,寻找圣杯表现的是宗教理想之爱。不论前者还是后者,冒险、激战是不可缺少的情节因素。

《王子鲍瓦的故事》是译自波兰的一篇骑士小说。故事一开始讲述狠毒的王后米丽特里萨害死国王,另寻新欢,又企图谋害儿子鲍瓦。鲍瓦趁机逃跑,投靠津捷维国王,并爱上国王之女德鲁日涅夫娜。很多人都向公主求婚,鲍瓦与竞争者展开斗争。接着小说描写了鲍瓦与各个勇士的决斗,与外敌的激战,情敌的背信弃义,鲍瓦的被俘和被囚等等,经过种种磨难,鲍瓦与德鲁日涅夫娜终成眷属。命运使他们分离又重聚,最后,鲍瓦杀死犯罪的母亲,为父报仇雪恨。

另一篇译自波兰的骑士小说《金钥匙彼得的故事》,主题也是骑士对贵妇人的忠贞爱情。主人公隐姓埋名,因他的头盔上挂着两把金钥匙作装饰物,故被称为金钥匙骑士。命运虽使他与爱人天各一方,长期分离,但他们之间的爱情甚笃，始终不渝。

译自捷克的《捷克王子金发瓦西里的故事》讲述捷克王子瓦西里向法国公主波里梅斯特拉求婚，但高傲的公主不愿屈尊降贵，下嫁附属国的王子，因此断然拒绝了这门婚事。王子不善罢甘休，他化装成平民，匿名来到法国，在那里他以演奏古斯里琴的高超技艺迷惑住了好奇的波里梅斯特拉，她自愿投怀送抱，委身于瓦西里。这样，公主不得不恳求这个"平民"娶她为妻，瓦西里终于如愿以偿，征服了高傲的公主。这篇作品与俄罗斯民间口头创作很接近。瓦西里精明、慧黠，富于心计，总是千方百计以达到既定目标，他与彬彬有礼的骑士相去甚远，而更像17世纪俄国流行的"骗子小说"中的人物。

骑士小说的积极因素主要在于它对宗教世界观的叛离，它所表现的对世俗生活和爱情的追求和向往，是与宗教禁欲主义格格不入的。骑士小说将爱情这一世俗化的主题带进了俄罗斯，对人们冲破宗教道德观念的禁锢有积极作用；另外，骑士小说是近代小说发展的重要阶段，它的引进对正在孕育中的俄国小说有十分重要的启迪意义。

17世纪俄国的叙事文学有很大的发展变化。

俄罗斯统一国家的建立促进了各地区之间的经济交流和商品流通，全俄统一的市场形成。随着商品经济的发展，平民阶层（商人、市民）的势力增长。这种新的经济关系和阶级关系的变化大大促进了俄罗斯文化的"世俗化"，文学进一步冲破宗教的束缚，更加接近现实生活。文学主人公也随之发生变化，王公、贵族、僧侣、教士逐渐被商人、市民、甚至农民所取代，文学的民主主义和现实主义倾向增强。这种现象特别表现在17世纪涌现出许多以普通人为主人公的故事，按题材可分为教诲故事、世态故事和讽刺故事。

一、教诲故事

这类故事具有浓厚的劝诫说教味道，宣扬封建家长制的道德观念，宗教影响的痕迹较明显。其中最著名的是《戈列-兹洛恰斯基的故事》和《萨瓦·格鲁德岑的故事》。

前一篇故事是用无韵诗体写成，创作于17世纪中叶，作者不详。故事是从叙述亚当、夏娃偷吃禁果而被上帝逐出伊甸园，经历种种磨难、痛苦来赎罪的传说开始的。不过，作者对人类始祖的犯罪作了新的解释。在圣经中，亚当、夏娃偷吃禁果是因为魔鬼的诱惑，而故事的作者认为，人不听从圣训，完全在自己，在于人心的蒙昧，在于人性的弱点，而不是魔鬼的引诱，不是因为外在力量的影响；

而不听教诲,则必遭不幸。

　　故事的主人公是一个不知其名的青年,他讨厌父母那一套循规蹈矩的教导,想要随心所欲地去生活,于是离家出走。他自命不凡,招摇过市,炫耀财富,结果屡遭欺骗,同时,魔鬼戈列—兹洛恰斯基又幻化成天使长的模样来引诱他,怂恿他去"过奢华生活,去杀人,去抢劫"。在魔鬼的迷惑控制下,年轻人纵酒狂饮,寻欢作乐,荡尽财产,陷入困境。此时,他才想起了"救赎之路",于是进入修道院,削发为僧,这才摆脱了魔鬼的纠缠。这个故事宣扬了圣经中"浪子回头"和宗教拯救思想,显然未脱宗教影响的痕迹。但是它又与宗教文学有明显不同:宗教文学认为,人寺院作"上帝的仆人"是无上荣耀的事,只有"虔诚"、"圣洁"之士才有资格,而在这篇作品中,寺院根本不是理想生活之所在,只不过是在现实生活中走投无路的人的避难所。

　　这篇故事意在表明:年轻人应当听从父母的教导,否则要遭不幸。魔鬼戈列—兹洛恰斯基即"不幸"、"厄运"之意,主人公自己选择了"不幸的命运",因此魔鬼如影随形地跟随他,难以摆脱。父母及故事中的"善良的人们"是保守的传统道德观念的体现者。故事的作者显然是站在旧传统一边而谴责年轻人的堕落的。主人公则是青年一代的代表,他的思想和行动,表现了随着新时代文明曙光的初露,年轻一代渴望挣脱旧传统观念的束缚,追求自由生活的心绪。

　　从艺术角度来看,这篇作品有三点值得注意:首先,无名主人公是俄国文学中第一个虚构的、概括的艺术形象。在形象塑造上,这篇故事已摆脱了真人真事的旧窠臼,虚构是小说创作的一个最基本的艺术要求,作品在这方面作了初步尝试。其次是对个人及其命运的关注。在中世纪,个人淹没在氏族、阶层、群体之中,其命运也取决于氏族、阶层的传统或准则。只有在17世纪这一历史转折时期,随着中世纪思想文化的变化,个人及其命运的思想才得到发展。苏联著名文学史家利哈乔夫认为,《戈列-兹洛恰斯基的故事》在这方面迈出了决定性的一步。[①] 而个性化同样是小说创作的艺术要求之一。其三是魔鬼形象的寓意。他不仅仅是与人为敌的外在力量的象征,同时也是年轻人的二重人格的象征,是人的内心世界中"恶"的象征,正是在"恶"的诱惑下,年轻人才一步步堕落下去。这种象征手法在以后的文学创作中被广泛应用。

　　与《戈列-兹洛恰斯基的故事》异曲同工但更富有创新精神的《萨瓦·格鲁德岑的故事》比前者稍晚,大约写于17世纪60年代,作者不可考。

　　萨瓦·戈鲁德岑是富商之子,受父派遣出外经商,却被一有夫之妇所迷惑,堕

---

① Д. С. 利哈乔夫:《10—17世纪俄罗斯文学的发展》,俄文版,1973年,第149—150页。

入情网不能自拔,痛苦之中,他甚至希望魔鬼能助他一臂之力。一念未了,一个自称是他的"兄弟"的年轻人即刻出现在他面前,表示愿意为他效劳,只要求他立下一个小小的字据。此人就是魔鬼幻化而成。萨瓦毫不犹豫,立刻签约,将灵魂出卖给魔鬼。在魔鬼的帮助下,萨瓦得以与情人私通,过着淫乐生活。以后,他与魔鬼一起漫游俄罗斯,又从军入伍,魔鬼还教授他军事本领,在斯摩棱斯克反击波兰侵略者的斗争中,他表现勇敢,立下战功,作为英雄回到首都。萨瓦的欲望和虚荣得到满足。然而,还债的时刻到了,萨瓦大病一场,一群魔鬼跑进他的屋里折磨他,他痛苦万分。这时他才诚心忏悔,恳求圣母宽恕,并立誓出家为僧。圣母显灵,那张卖身契落在教堂的地面上,打开一看,却是一张白纸,表明契约已失效。萨瓦病愈后,遵守诺言,进修道院当了僧人。

这篇作品的主题与上一篇相似。作者视淫欲、享乐为罪恶和堕落,并站在宗教道德的立场上予以谴责,他希望以宗教信仰来抑制现实生活中的种种诱惑,显然,他的观点是保守的。

这篇作品的创新之处在于:它力图在广阔的历史背景和现实生活中展示个人的命运,故事的时间跨度约占17世纪初三十多年,其中包括1632—1634年俄国军队在斯摩棱斯克粉碎波兰侵略军的重要历史事件。情节的发展和场面的转换不是随意拼凑,而是由主人公的思想、欲望、行动以及命运的起伏来推动,这样,通过艺术构思,使作品成为思想、艺术上完整、统一的整体。魔鬼的形象同样是主人公内心世界的矛盾的外化,是他身上存在的阴暗的一面——淫逸、享乐、轻浮、虚荣,是他的"第二个自我",是他的伴生对偶形象。这一形象揭示了人性的矛盾性、复杂性。作品还突破爱情描写的禁区,表现了爱情在人的生活、情感中所引起的波澜。这篇作品已具备长篇小说的雏形,因此,俄国学者认为,它是俄国第一部长篇小说。[①]

二、世态故事

这类故事已完全摆脱了宗教的影响,主要描写城市日常生活、人世间的欢乐,表现出对旧的伦理道德的否定。主人公也并非什么有德行的人,而是一些老于世故、机智圆滑、善于追求钱财和享乐的人,为达目的,他们巧舌如簧,诡计多端,甚至招摇撞骗,因此,这类故事又称作"骗子故事",如《弗罗尔·斯科别耶夫的故事》、《卡尔波·苏图洛夫的故事》等。

---

① 《俄国小说史》第1卷,俄文版,苏联科学院出版社,1962年,第39页。

《弗罗尔·斯科别耶夫的故事》的主人公弗罗尔是尼日哥罗德的一个破落贵族，穷困潦倒，平日靠替人写状子、打官司为生，俗称讼棍是也。他不信神，不信鬼，只相信自己的聪明机智和随机应变的本领。他的人生目标就是发财致富、出人头地；他的座右铭是："要么死了算，要么作大官。"为达此目的，他不择手段，收买、欺骗、讹诈，无所不为，对于他来说，根本没有神圣不可侵犯的东西。

为了跻入上流社会，他决定要攀上一门好亲事。他看中了富有、显赫的御前大臣纳尔金-纳肖金的待字闺中的独生女儿安努什卡。圣诞节时，趁这位大臣开晚会之机，他男扮女装，潜入大臣的宅邸，设法接近安努什卡，并收买奶妈，骗取了姑娘的爱情，安努什卡偷偷地将他藏在闺房中达三天三夜之久。后来，安努什卡遵从父意去莫斯科，弗罗尔也跟踪而至。他又扮成车夫，通过奶妈，将安努什卡骗出来，与她偷偷成婚，而纳尔金-纳肖金还蒙在鼓里。当发现女儿不知去向时，这位御前大臣去求见皇上，皇上让他发布一个通告，责令谁弄走他女儿速来报告。弗罗尔则请求另一大臣为其说情。当御前大臣得知事情真相后，百般刁难弗罗尔，他巧于应对，请求宽恕，最终，父亲原谅了他们，承认了这门婚事，并赠给弗罗尔领地和财产。岳父死后，弗罗尔继承家产，得享荣华富贵，直至终其天年。

这个故事表现了非名门望族的中小贵族与大贵族之间的斗争并逐步排挤和取代后者的历史情况。主人公虽然采取种种欺诈手段，但佚名作者却完全站在他这一边，不仅不谴责他，反而赞许他的精明狡黠、随机应变、巧于周旋、见多识广、老于事故。

这部作品在结构上分为两部分：以主人公结婚为界线，第一部分主要是对事件和主人公行为的描写，第二部分则侧重对人物内心感受的揭示。而不论描写人物的行为还是内心感受，都是为了刻画人物性格。在这方面，作品已有了长足进步，人物具有鲜明个性：弗罗尔狡猾机智，安努什卡很有主见，在爱情婚姻上，不再盲从父母之命，而是以大胆的行动表明自己的选择权利。这部作品可称作是俄罗斯文学中"骗子小说"之滥觞，也是现实主义小说的萌芽。

《卡尔波·苏图洛夫的故事》讲述了一个俄国妇女智斗色狼的故事。商人卡尔波·苏图洛夫要外出经商，嘱咐妻子塔吉雅娜急需钱时可向他的朋友、商人阿法纳西去借。当塔吉雅娜去求助时，阿法纳西却趁机向她求爱，以作为对他的报答。塔吉雅娜找神甫出主意，而神甫并不比阿法纳西好多少。她又去找大法师，道貌岸然的大法师顿起歹意。塔吉雅娜假意应允，约三人同时在自己家里幽会。第一个到的是阿法纳西，接着神甫又来敲门，她对阿法纳西说是丈夫回来了，遂把他藏在柜子里。她用同样的方法摆脱了神甫和大法师的纠缠。最后，她与之商定好的女仆出现，三个色狼被带去见军政长官，被处以罚款。故事的结局颇为有趣：军政长官和塔吉雅娜瓜分钱财。故事讽刺了商人、神甫和大法师的淫荡无耻，赞扬了塔吉雅娜的聪明、机智、勇敢，是一篇颇具薄迦丘小说色彩的作品。

三、讽刺故事

17世纪下半叶，讽刺故事大量出现，这是社会意识觉醒的标志，是人民与统治集团斗争的反映。这类故事将批判矛头直指封建统治者、贵族地主、教会，充满民主主义和社会抗议精神，具有鲜明的现实主义倾向。如著名的《谢米亚卡的审判故事》揭露了法官贪赃枉法、鱼肉人民的恶行。

故事讲两兄弟，弟穷兄富，弟弟向哥哥借了一匹马运柴，但没借到套具，他只好将木柴捆在马尾巴上，结果进门时将马尾巴碰掉，哥哥不饶，拉他去见谢米亚卡法官。路上，他们在神甫家过夜，饥饿难忍的弟弟从板床上掉下来，正好把神甫的婴儿压死，神甫也要控告他。经过一座桥时，走投无路的弟弟想从桥上跳下自杀，碰巧又压死从桥下经过的老头，老头的儿子自然不放过他。来到法庭，被告根本不想申辩，拿出预先用布包好的石头要砸法官，受贿成性的法官以为包的是钱，于是作出以下判决：马和神甫之妻皆归被告所有，直到马重新长出尾巴，神甫之妻生了小孩为止；命被告站在桥下，老头之子站在桥上跳下，将被告压死。结果，三个原告只得向被告赔罪，恳求他不要强迫他们执行法官的判决。退庭后，法官派人去取贿赂，发现里面包的是石头，吓得他连忙感谢上帝，保佑他没有被石头打死。

这个充满喜剧色彩的讽刺故事揭露了法庭的黑暗、昏庸和法官的贪赃受贿，它是古代俄罗斯法庭审判的讽刺性模仿，是17世纪俄国司法现实的真实反映，具有明显的社会批判意义。

另一名篇《棘鲈的故事》写于17世纪前期，它以拟人化的艺术手法描写了农民和贵族之间的斗争。鳊鱼和雅罗鱼是罗斯托夫湖里的居民，外来者棘鲈请求让他在湖中生活一段时间，心地善良的鳊鱼和雅罗鱼接纳了它，放他到湖中。可是，棘鲈却大量繁殖起来，并以欺骗和暴力强行霸占湖泊。鳊鱼和雅罗鱼将棘鲈告上法庭，经过一番审判，法官判定原告有理，遂将棘鲈交给他们处理。为了逃避惩罚，诡计多端的棘鲈对他们说：既然法官把我交予你们，那就从尾巴开始将我吃掉吧。鳊鱼和雅罗鱼看到棘鲈如此狡猾，就想从头开始吃他，可是，他的头都是骨头，而尾巴都是刺，都没法下嘴，没办法只好把他放了。鳊鱼和雅罗鱼自称是农民，而棘鲈则以贵族子弟自居。这篇作品反映了现实生活中贵族地主对农民的压迫和掠夺，表现了压迫者的专横霸道

有的故事揭露了僧侣表面道貌岸然掩盖下的伪善、欺诈、贪婪，描写了神学

校对学生的摧残,如《神甫萨瓦的故事》、《卡里亚津寺院的请愿书》等这类富有民主精神和社会批判意义的讽刺故事使文学在接近现实生活的道路上向前跨进了一大步,也为俄罗斯文学的讽刺倾向奠定了基础。

小说只能在文学发展的一定阶段才能产生。首先,文学要成其为真正的文学,要从"公务"、"宗教"等实用性功能中摆脱出来,开始追求反映广阔的社会生活和人生百态,追求阅读性、欣赏性、趣味性。其次,个性受到重视,特别是普通人受到关注。个人不再是某一群体的代表、"类"的代表,个人有自己的独特的命运,有自己的喜怒哀乐,并且在作品中得到相应的表现。第三,开始注重人物性格的刻画,通过人物与周围世界的关系、人物的思想感情,尤其是对人物的内心世界的开掘,来展示其性格特点,而不仅仅局限于人物外部行动的描写。四、艺术虚构在创作中有了自己应有的地位,冲破"真人真事"的窠臼,让虚构的人物在虚构的环境中活动着。因为,只有虚构才能给想象插上翅膀,才能在艺术的时空中翱翔。

纵观17世纪的俄国文学,以上因素已在不同的作品显示出来,尽管是初步的、幼稚的,却是可贵的。"小荷才露尖尖角",它定会展露出自己的一片新绿和芬芳。

第二章 18世纪俄国小说的初步形成

第一节 小说的命运:文学家族中的"丑小鸭"

彼得大帝在位期间(1682—1721)励精图治,锐意改革,建立新型军队,创办工厂,振兴工商业,兴办学校,发展科学文化事业,改革国家管理机构等等,从而大大促进了俄国的发展,俄国开始跻身于欧洲大国的行列。

彼得大帝的改革推动了文学的进步。当然,比起经济的发展,文学的变化要缓慢得多。18世纪最初25年称为彼得时代,是古代文学向新时代文学的过渡阶段。这一时期,俄国文学完成了它的"世俗化"过程,即摆脱了宗教思想的束缚和影响;文学的现实主义倾向加强了,并且逐步形成了新的读者群体和新的文学趣味。随着工商业的发展和城市的繁荣,市民阶层迅速成长壮大起来,因此读者成分发生了很大变化。文学不再仅仅是贵族独享的奢侈品,广大商人、市民乃至识字的农民也是它的读者。而通俗的、消遣性的小说更适合他们的口味。广大读者的阅读兴趣和需要,是文学"世俗化"和小说发展的重要动因之一。

18世纪20年代流行的是所谓"彼得故事",它反映了彼得改革时代的社会生活和思想意识的变化。这类作品还很幼稚,模仿痕迹较明显。但就整个18世纪来说,散文作品并不占主导地位,小说更是文学家族中被人看不起的"丑小鸭",它只配以手抄本的形式在社会上慢慢流传。18世纪俄国文学的主要成就是诗歌和戏剧。30—80年代是古典主义流行时期,涌现出诗人康捷米尔、罗蒙诺索夫、杰尔查文、戏剧家苏玛罗科夫、冯维津等著名作家。在古典主义作家看来,只有诗歌是文学,而小说则根本没有资格登上文学的高雅殿堂,因为它缺乏或根本不存在道德训诫功能,它只能导致"伤风败俗",使人沉湎于"奢靡和肉欲"等等。古典主义作家对小说的歧视和否定,无疑阻碍了小说的发展。这种偏见直到18世纪中期之后才有所改变。

而18世纪的欧洲,在启蒙主义思潮的浸润下,小说却呈现出一片繁荣景象,成就斐然。法国启蒙作家孟德斯鸠、伏尔泰、狄德罗、卢梭开创的具有鲜明民主性和强烈战斗性的哲理小说,充分发挥了小说的启蒙教育作用,丰富了小说的体裁样式。英国的笛福、斯威夫特、菲尔丁、斯摩莱特继承并发展流浪汉小说的传统,创作了大量以社会现实生活为内容、以中下层人物为主人公的作品,将现实主义小说推向新阶段,为小说艺术的发展作出了贡献。而理查逊的书信体小说则为感伤主义文学树立了典范,在欧洲小说发展史上占有重要地位。德国狂飙突进运动的代表人物歌德在理查逊、卢梭的影响下创作的《少年维特的烦恼》,在欧洲引起巨大反响,曾风靡一时。

欧洲小说的成就引起了俄国文学界的关注和兴趣,18世纪中叶,勒萨日的《吉尔·布拉斯》、理查逊的《帕美拉》、卢梭的《新爱洛伊丝》等名著的俄译本相继问世。随后,塞万提斯的《堂吉诃德》、笛福的《鲁滨逊漂流记》以及伏尔泰、斯威夫特、菲尔丁、歌德等名家的作品也翻译过来。同时,被译介的还有17世纪法国贵族沙龙文学和德国"巴罗克"文学流派的五花八门的小说。一批职业翻译家应运而生,如符·捷普洛夫、伊·阿基莫夫、伊·叶拉金、伊·希什金等。甚至古典主义作家特列佳科夫斯基(1703—1769)也参与到翻译工作中来,他翻译了法国作家波尔·塔尔曼的小说《爱岛游记》和让·巴克莱的《阿尔盖尼达》。翻译家的辛勤劳动有力地推动了俄国小说的发展,首先,欧洲小说被介绍到俄国,不仅扩大了俄国读者的文学视野,提高了他们的阅读趣味和鉴赏力,而且为俄国小说创作提供了经验和艺术借鉴;其次,翻译家努力为小说正名,反驳来自古典主义者对它的非难和攻击,匡正人们对它的偏见,为小说争得了生存权和地位;最后,在翻译家的努力下,翻译作品告别手抄本而实现了向印刷本的跨越(俄译本《爱岛游记》即是于1730年正式印刷的第一部文学作品),从此,小说才得以进入图书市场,才能争取到更多的读者,其影响力大大提高了。

从18世纪中期开始,小说渐渐发展起来。起初是以翻译小说为主,60年代俄罗斯作家的原创作品才占主导地位。小说地位的改变和影响的扩大甚至吸引古典主义代表作家赫拉斯科夫也创作起小说来。1768年他完成了中篇小说《努马·彭庇里乌斯》,塑造了古罗马改革家、皇帝努马·彭庇里乌斯的理想君主的形象,以期为君王树立行为典范,表达了作者拥护开明君主制的思想。80、90年代他又创作了长篇小说《卡德姆与加尔莫尼娅》和《波里多尔,卡德姆与加尔莫尼娅之子》。古典主义戏剧家冯维津也步其后尘,于1786年发表了中篇小说《卡里斯芬》,写智者卡里斯芬劝导马其顿王亚历山大以德政治国,反被专制君王杀害的故事,以古喻今,讽刺女皇叶卡杰琳娜二世朝廷的腐败。青年时期的克雷洛夫创作了中篇小说《卡伊勃》(1792),借嘲笑北方君主卡伊勃的暴虐无道及其臣仆的奴颜婢膝来影射俄国现实。

50年代之后,小说的数量逐年增加。据统计,1730—1754年整整25年仅仅印刷了5部小说,而在其后的5年间(1755—1759)则出版了31部小说。此后数量增长更快,60、70年代每年出版数量是两位数字,80、90年代则是三位数字。整个18世纪共出版小说839种(不包括再版)。[①] 小说体裁多种多样:惊险小说、爱情小说、历史小说、风土人情小说、国事政治小说、感伤主义小说等等。俄国小说渐渐摆脱了受歧视、受排挤的"丑小鸭"的尴尬地位。

随着小说地位的改变,俄国出现了第一批敢于在作品上署名的小说家,费·艾明和米·楚尔科夫是其代表。此外,还有米·波波夫、瓦·列符欣等。前者创作的《古代斯拉夫》(1770—1771)以斯维德洛桑王子寻找正在举行婚礼时被巫师掠走的姐姐及其丈夫为情节线索,中间穿插了许多斯拉夫和俄罗斯神话传说和民间故事,将读者带到了遥远的古代俄罗斯社会;后者创作的10卷集的《俄罗斯故事》(1780—1783)其内容包括两部分:古代俄罗斯勇士故事和日常生活故事,颇具俄罗斯壮士歌和史诗的风格。这两部作品继承和发扬了俄罗斯民间文学的传统,为后世作家提供了创作素材。

尽管第一批小说家的作品尚不成熟,还有模仿的痕迹,还没有形成和体现出俄罗斯文学的民族特点,艺术上还存在着这样那样的不足,但作为小说园地的拓荒者,他们为俄国小说的创作积累了经验,为其发展开辟了道路,而成为连接18世纪和19世纪俄国小说的不可缺少的环节。

80、90年代是俄国感伤主义盛行时期。在欧洲,感伤主义反映了资本主义发展时中小资产阶级的思想和要求。在俄国,这一文学思潮的兴起,首先是因为随着工商业的发展和城市的繁荣,"第三等级"即商人、小资产阶级、市民阶层也成长壮大起来,他们要求表达自己的思想情绪的、适合自己的趣味的文学。其次,西欧的启蒙主义思想传入俄国,自由、平等、个性解放之风开始在俄罗斯的大地上吹拂,文学民主化的要求也随之增强了。加之卢梭的《新爱洛伊丝》和歌德的《少年维特之烦恼》已被译介进来,使人感到耳目一新,这为俄国感伤主义文学树立了样板。

[①] 布拉果依:《18世纪俄国文学史》,俄罗斯联邦教育部国家师范教育出版社,1955年,第366页。

感伤主义的美学原则与古典主义大相径庭。感伤主义文学的主人公趋向民主化,他们不再是古典主义热衷于描写的帝王将相,而是多情善感的普通人。这一流派反对古典主义的人物形象概念化、类型化倾向,而注重表现具体的个性,这有助于人物形象的个性化。与古典主义崇尚理性相对立,感伤主义推崇感情,着重描写和表现人物内心世界的情感波澜,特别是人物的痛苦和不幸,以唤起读者的同情;在描写人物内心感情活动的同时,作者常常抒发自己的情怀,表达对人物和事物的褒贬态度,语言带有强烈的感情色彩。

俄国感伤主义盛行时期,小说发生了质的飞跃,在促进这一飞跃中,感伤主义文学的代表人物尼·卡拉姆津可谓功莫大焉,他的小说《苦命的丽莎》和《城总管夫人玛尔法》代表了感伤主义文学的最高成就,正是经他之手,俄国小说才真正形成。而同时代的亚·拉季舍夫则为俄国小说注入了灵魂——深刻的思想性和强烈的批判精神。

第二节 "彼得故事"

18世纪最初25年,俄国广泛流行的是手抄本的所谓"彼得故事",它主要反映彼得一世时代的社会生活,特别是彼得改革带来的世风和思想意识的变化,洋溢着时代气息。其中最有代表性的如《俄罗斯水手瓦西里的故事》(全名为《俄罗斯水手瓦西里·柯里奥茨基和佛罗伦萨国美丽的公主伊拉克丽娅的故事》)、《俄罗斯骑士亚历山大的故事》(全名为《勇敢的俄罗斯骑士亚历山大及其情人吉拉与叶列奥诺拉的故事》)、《贵族之子的故事》(全名为《某贵族之子的故事,由于自己杰出、优秀的学问他如何赢得了荣誉、声望和骑士称号,因为其善行又如何被赐封为英国王子》)等。这些作品创作的具体年代不详,作者均不可考。

《俄罗斯水手瓦西里的故事》讲述的是贫穷贵族青年瓦西里告别父母,来到新首都彼得堡,当了一名水手。他凭借自己的聪明才智,努力学习航海技术,成绩出众。随后又请求与其他水手一起去荷兰学习。到了荷兰,瓦西里住在一位商人家里。他既聪明又勤奋,深得商人喜欢和信任,经常派他带领满载货物的船只到英、法等国去经商,给商人带来巨大收益。两三年过去了,瓦西里执意要回国探望年迈的父母,于是商人让他带着三只货船回国探亲。

不幸,瓦西里的船队在海上遇到风暴,船只被巨浪打翻,他侥幸抓住一块木板,漂流到一小岛上,落难加入海盗团伙,并被推举为海盗头目。一天夜里,趁海盗出外抢劫之际,瓦西里救出两年前被海盗掠来的佛罗伦萨国王的女儿伊拉克丽娅,二人一起逃往奥地利。在这里,他受到国王的款待,并得知佛罗伦萨国王正到处寻找女儿,答应谁找到公主,就将公主嫁给谁,并成为王位继承人。

不久,佛罗伦萨的海军上将来到奥地利寻找公主。他诱骗瓦西里和公主上了船,途中将瓦西里打得半死,扔到海里。回到佛罗伦萨,将军慌称公主是他找到,请求国王将公主许配他为妻。瓦西里大难不死,辗转来到佛罗伦萨,在举行婚礼的那一天,终于与公主重逢。将军受到应有的惩罚,瓦西里与公主终成眷属。佛罗伦萨国王去世后,瓦西里继承王位。

《俄罗斯骑士亚历山大的故事》的主人公亚历山大与瓦西里一样,聪颖机敏,富有才智,但喜玩乐。他来到法国,谈情说爱,好不快活,为了寻找失散的爱人,他的足迹遍及世界各地,历尽无数惊险和磨难。《贵族之子的故事》讲述某个并不富有的贵族的儿子在科学院学习,才智过人,博得国王的独生女儿的深深爱慕。后来他被派往英国,又凭其广博知识和卓越才华而深得英王赏识,封他为大元帅,让他管理国务大事,并同意将女儿许配他为妻。

以上三个故事有一个共同的主题,即青年人的命运问题。由此自然使人联想起同样表现这一主题的17世纪的教诲故事《戈列-兹洛恰茨基的故事》和《萨瓦·格鲁德岑的故事》中的主人公的遭遇,他们离家出走,受到魔鬼的诱惑和捉弄,丧失了自我,陷入迷途,面对所遭遇的种种不幸和磨难,他们无能为力,走投无路,最后只得遁入修道院,忏悔认罪。在故事的作者看来,世俗的花花世界存在着种种诱惑,年轻人不听教诲,放浪其间,必然堕落,只有皈依宗教,灵魂才能得救,只有修道院才是避难所。这些故事宣扬的是宗教思想和封建家长制的旧的传统道德观念。

而彼得时代的三个故事则赋予这一主题以全新的思想内容。为了追求新的科学知识,瓦西里来到首都彼得堡,选择了当时最时髦、最另人羡慕的职业——到舰队当了一名水手。他努力学习航海技术,并怀着强烈的求知欲到荷兰留学;小贵族之子则在科学院学习,并成为教授。这无疑是彼得改革和当时青年人积极进取的精神面貌的真实反映。

新的时代给青年人带来了截然不同的命运。他们踏入社会,获得了知识,增长了才干。虽然他们也遭遇到许多困难和挫折,但困难和挫折不但没有摧毁他们,反而为他们提供了展示自己的品格和才干的机会。他们凭着自己的聪明、机智、勇敢,不仅战胜了艰难险阻,而且赢得了尊严、荣誉和地位:瓦西里被海盗推举为首领,奥地利国王与他兄弟相称,最后,竟登上了佛罗伦萨国王的王位;亚历山大曾以"仇恨和胜利骑士"的称号驰名欧洲,英王、法王待他为上宾;贵族之子被封为大元帅,并委以管理国务人事的重任;而且他们都博得了少女们的爱情。与17世纪教诲故事的主人公迥然不同,他们不再是生活中的失败者,不必到寺院里闭门思过;他是生活中的胜利者,是时代的佼佼者,可以尽享人世间的幸福、荣华。而他们之所以获得荣誉、地位,不是靠出身和门第,而是凭借自己的智慧和才干。这些都反映了彼得改革带来的思想意识的变化和社会的进步。

他们是彼得时代青年的代表,在他们身上不仅反映了社会思想意识的变化,而且展现了同时代人的精神风貌:对科学知识的追求,闯荡世界的勇气,对事业、荣誉的渴望,对世俗幸福的向往。显然,启蒙思想已在青年心中萌芽。这样的形象在彼得大帝改革之前是不可能出现的。这些形象已具备了某些艺术概括成分,这是艺术虚构的进一步发展。

除了男主人公之外,故事中还出现了几个令人瞩目的女性形象。彼得大帝的改革为俄罗斯妇女带来了第一次解放,她们可以走出家门参加社交活动,可以在舞会上与男人跳舞、交谈。随之,妇女的思想、事物观点以及行为方式,也发生了变化,这首先表现在对爱情、婚姻的看法上。故事中的几个女性对意中人的选择,不是取决于对方的出身和地位,而是自己内心的感情要求,看中的是对方的品貌和才干。为此,她们拒绝了地位显赫的未婚夫,而选择了像瓦西里、亚历山大这样的普通青年。而一旦她们作出选择,就对爱情忠贞不渝。瓦西里被害之后,佛罗伦萨公主伊拉克里娅被迫嫁给海军上将,但她心中却始终保持着对瓦西里的那份深挚的爱情,在即将出嫁的日子里,她身穿丧服,以绝食表示反抗。痴情的艾列奥诺拉得知亚历山大用情不专时,即一病不起,郁郁而终。法国宫廷事务大臣之女吉拉为了追随亚历山大,远离家乡,颠沛流离,历经磨难,在即将回到俄国之时,亚历山大不幸溺水而亡,吉拉痛不欲生,遂拔剑自刎。在埋葬贵族之子时,他初恋的爱人悲痛欲绝,撞棺而死,而后英国公主听到这一噩耗,也倒地身亡。这几个女主人公虽然有的被作者写成非俄罗斯人,但实际上却体现了彼得时代俄罗斯妇女的思想意识和性格特点。她们忠贞、坚强、勇敢,勇于为爱情和幸福而斗争,即使为此献出生命也在所不惜。

17世纪的教诲故事中,爱情往往被写成一种被禁止、受谴责的"罪恶"情欲,而在彼得时代的故事中,对爱情的这种错误观点完全改变了。作者肯定和赞扬男女之间真挚、热烈的爱情,并把对爱情的态度作为衡量人物道德品行的尺度。通过故事情节的进展,作者描写了男女青年爱情的艰难、曲折的历程,运用各种艺术手段如独白、对白、书信、抒情诗、咏叹调等,表现主人公热恋中的内心感受:思念、喜悦、欢乐、激动、哀怨、失望、痛苦……

彼得时代的文学毕竟处于新旧交替的过渡时期,小说仍处于稚嫩的幼芽阶段,此时的作家力图表现新的人物、新的意识,但似乎还没有创造出与之相适应的的艺术手段,在形象塑造、情节铺陈、语言运用等方面,还存在着明显的不足。形容男主人公就是"漂亮"、"聪明"、"机智",形容女主人公则是"容貌姣好"、"美貌难以言传"之类,而缺乏具体的、特点鲜明的性格刻画,结果导致人物形象类型化。读者不难发现,这些故事既从俄罗斯民间文学中汲取了艺术经验,更明显地受到欧洲骑士小说和惊险—爱情小说的影响：历险、海盗、沉船、比武、决斗、离别、偶遇、殉情等情节被大量地运用到作品之中（尤其是《俄国骑士亚历山大的故事》）。男女主人公的恋情具有骑士爱情的色彩，如对女性美的崇拜，对女性殷勤有礼的态度，男女青年的敏感多情，表达爱情的方式等。据考证，17世纪末翻译的、在俄国广泛流行的《鲍瓦王子的故事》《金钥匙彼得的故事》《西班牙贵族道尔朵尔纳的故事》《七智者》》等小说对彼得时代的故事有着直接的影响。①

尽管这些故事存在着这样那样的不足，但是在其并不完美的艺术形式中，却显示出18世纪后半期俄国小说的某些特点——对启蒙思想的张扬，对普通主人公命运的关注，对个人情感的肯定，对日常生活的兴趣。这些特点首先在费·艾明和米·楚尔科夫的创作中体现出来。

第三节　艾明、楚尔科夫和拉季舍夫的创作

从50年代俄国古典主义开始衰落至80年代感伤主义兴起，在这一过渡时期，费·艾明和米·楚尔科夫的小说创作占有重要地位。

费多尔·亚历山大罗维奇·艾明（约1735—1770）的生平颇为与众不同，他的出生年月、地点，他的出身、民族均不详。他自称是土耳其人，可能生于乌克兰某地，据说曾就学于基辅神学院。他曾漂泊四方，足迹遍及欧、亚、非许多国家，见多识广，掌握几门外语。1761年他来到俄国，定居彼得堡，先在陆军士官武备学校教授外语，后从事翻译，不久即开始文学创作。他的奇特经历和广博见闻为其创作提供了丰富的素材，也赋予他的作品一种惊险色彩和异国情调。

艾明的文学活动生涯虽然只有短暂的7年，但成果颇丰。他创办了杂志《地狱邮报》，自己一人撰稿，独自支撑；他共发表了25部著作，其中包括7部长篇小说，除了翻译作品外，至少有4部是他自己创作的。

1763年他创作的第一部长篇小说《无常的命运》（又名《米拉蒙德奇遇记》）。小说的情节线索是土耳其青年米拉蒙德和埃及苏丹之女玖姆布拉历尽艰难曲折终成眷属的爱情故事。通过这一线索，作者将米拉蒙德及其朋友费里达特在土耳其、埃及、摩洛哥、西班牙、葡萄牙、英国等国的游历、冒险、奇遇串连在一起，描写了各地的风土人情、奇闻趣事。这种大故事套小故事的松散结构与《俄罗斯骑士亚历山大的故事》极其相似。可以说，这部作品既是对俄国前一时期叙事文学的继承，又是对欧洲历险小说的模仿。虽然这类历险小说很迎合当时广大读者

---

① 《俄国小说史》第1卷，苏联科学院出版社，1962年，第44—45页。

的阅读口味,但惊险性并不是作者追求的目的,而是艺术表现手段。作者力图通过这种艺术手段表现爱情战胜一切的巨大力量。不管"无常的命运"在米拉蒙德的生活道路上设置了多少障碍,给他多么沉重的打击,他始终痴心不改,对玖姆布拉的爱情深沉执着,坚定不移;正是爱情的力量激励他战胜重重艰难险阻、阴谋、诱惑,终于与爱人幸福团聚、结合。对小说的主人公来说,爱情是第一位的,是压倒一切的。小说所表现的这种思想倾向,显然是与古典主义所宣扬的感情要服从理性和义务大唱反调的。

《无常的命运,又名米拉蒙德奇遇记》是俄国第一部独创的长篇小说,问世后即广泛流传,颇受欢迎,曾三次再版,卡拉姆津在少年时代也曾饶有兴趣地阅读过这部作品。

同是在1763年发表的《地米斯托克利历险记》是一部政治讽刺小说,它叙述古希腊雅典统帅地米斯托克利被逐出雅典,与其子四处漂泊、历尽磨难的故事。虽然小说沿用的是传统的惊险小说的情节模式,但重点却是对社会政治问题的严肃思考。在小说中,作者通过费米斯托科尔和儿子就政治、经济、军事、民事、哲学等问题的议论,表明了自己的社会政治观点。小说将读者带到了古希腊时代,为贪赃枉法、贿赂公行的官场描绘了一幅讽刺画。这是一种借古喻今的笔法,笔锋所向直指俄国的贪官污吏。这部作品堪称俄国第一部国事政治小说。

艾明还创作了俄国第一部书信体小说《艾尔涅斯特与多拉弗拉通信集》(1766)。作品讲述了一对贵族青年的爱情故事。家境困窘的贵族青年艾尔涅斯特已结婚,但妻子离他而去,且传闻已死,于是他又爱上了富家贵族小姐多拉弗拉,二人书来信往,情意缠绵,不料,艾尔涅斯特的妻子突然归来,爱情之舟搁浅了,一对恋人只好劳燕分飞。这部小说显然受到卢梭的《新爱洛伊丝》的直接影响,但在卢梭小说中造成爱情悲剧的矛盾冲突——门第、地位、等级的不平等却不见了,有情人难成眷属只是由于艾尔涅斯特的妻子的意外归来,这样,小说的思想意义就大打折扣了。

这部小说最突出的艺术特点是对人物的内心世界的详尽剖析。书信体对俄国小说来说是一种全新的艺术形式,它最适于深刻地揭示人物的心理活动。每一篇书信都是人物的内心独白,作者运用这种自由的艺术形式,将主人公热恋之中复杂、隐秘的内心感受展现出来:欢悦、希望、疑虑、痛苦等。肯定人的感情,抒发感情,高扬感情,是这部作品的思想意义之所在,也使它成为俄国感伤主义小说的开山之作。

艾明的作品的缺陷也是显而易见的。在内容上,他的小说脱离俄国的社会生活,人物也似乎不食俄国的"人间烟火";在艺术上,结构松散,情节拖沓、冗长,人物缺乏鲜明的个性,语言粗糙。但是,他在心理描写上所取得的成就却是为人所公认的,更何况他是俄国第一位长篇小说作家,第一部国事政治小说、第一部感伤主义小说的作者,作为开拓者,他对俄国小说发展的贡献是不能抹杀的。

如果说艾明的创作中令人瞩目的是他的心理刻画,那么,他的同时代人楚尔科夫则擅长现实日常生活描写。

米哈依尔·德米特里耶维奇·楚尔科夫(约1743—1792)是一位平民作家,有关他早年生活的资料很少,他生于何时何地不得而知,他大概出身于小商人之家。楚尔科夫从小就表现出对文学的兴趣,他不顾父亲的反对,执意进入莫斯科大学附属平民中学学习。以后他做过演员、宫廷侍从、小官吏等,还创办了讽刺杂志《杂拌儿》(1769)和《帕尔纳斯货郎》(1770)。与此同时,他还从事文学活动,其中除了文学创作外,值得指出的是,他很重视民间文学的搜集和整理,1767年他出版了《简明神话词典》,力图将斯拉夫神话加以系统化,其中许多资料为后世作家所采用。1770—1774年,他整理并出版了《歌曲集》,共收入俄罗斯歌曲900多首,其中有民歌400多首。作为作家,楚尔科夫先后创作了《爱嘲笑的人》(又名《斯拉夫故事》)(1766—1768)、《阿基琉斯历险记》(1769)和《俊俏的厨娘》(又名《荡妇奇遇记》)(1770)。

《爱嘲笑的人》是一部中短篇小说集,共5卷,1—4卷发表于1766—1768年,12年之后,即1789年,第5卷才得以问世。小说集有两个叙述者:虚构的作者"我"及其朋友、一位快活的僧人。某退伍上校及其妻子去世之后,留下女儿一人,为了排遣孤女的寂寞,"我"和僧人每天晚上就轮流给她讲故事。小说情节就这样展开。"我"讲的都是神话和惊险故事,借用于希腊神话、奥维德的《变形记》、《圣经》、《一千零一夜》、骑士传奇等,只不过经作者加工而俄罗斯化了。

僧人讲的故事则截然不同,大部分是广为流传的、但经过加工整理的俄国民间故事、趣闻轶事,风格轻松、幽默。尤其是第5卷中的三篇小说则直接取材于俄国现实生活,颇具讽刺性和批判性。《蜜糖饼干硬币》讲述一地主以开蜜糖饼干店为名,暗中贩卖私酒,借以大发横财的故事。《宝贵的狗鱼》一篇的讽刺色彩更鲜明,它揭露了官吏巧取豪夺、中饱私囊的丑行。一长官上任,严词拒绝当地商人的送礼和贿赂,很快这位长官严厉、廉洁的"美名"就流传开来。后来商人们得知,长官有一癖好——特别喜欢狗鱼,于是他们马上到养鱼池买了一条最大的狗鱼送去,长官高兴地接受了。此后,凡是有人有求于他,就买一条狗鱼送给他。谁知鱼池是长官的农奴经营的,他每次接受的狗鱼都又放回鱼池,结果大家买的都是同一条鱼。如此,五年之中这条狗鱼竟给长官带来了五千多卢布的收益。这是一则笑话,但对于搜刮民脂民膏的俄国官僚界却富有典型意义。《悲惨的命运》描写了农民的不幸遭遇。俄国农民处于社会的底层,没有地位,受人歧视,但作者站在民主主义的立场上,首先肯定了农民对于国家、民族的巨大作用:和平时期,农民"是国家主要的供养者,战时是国家坚强的保卫者……一个国家没有农民,就像一个人没有头一样,是断然不行的"。然而,这"国家的主要供养者和坚强的保卫者"的命运又如何呢?与农奴相比,国家的自由农民的生活境遇似乎要好一些,但他们的命运掌握在农村的土豪恶霸手中,遭受沉重剥削、压迫,同样在苦难中熬煎。童年时代他们食不果腹,饥肠辘辘;25岁之前则起早贪黑,辛苦劳作;然后就被送去当兵,在战争中或受伤致残,或沙场殒命。作者描述了青年贫苦农民瑟索伊·弗法诺夫一家的悲剧。瑟索伊被强迫入伍当兵,战斗中负伤,失去右手,复员回家。当他走进家门时,呈现在他面前的竟是惨不忍睹的场面:父亲在院里上吊自尽,母亲被斧头砍死,三个月的小妹妹和四岁的弟弟也被杀死。为什么会发生这种惨剧呢?其根源就是非人的、不堪忍受的生活条件。《爱嘲笑的人》第五卷比拉季舍夫的《从彼得堡到莫斯科的旅行记》问世早一年,它首次触及农民问题,揭示了农民悲惨的生活境况,反映了俄罗斯文学中日益增长的反农奴制情绪。

《俊俏的厨娘》(1770)是一部长篇小说,但只有第一部问世,第二部或是遭检察机关查禁,或是未完成。小说叙述了一个出身社会下层的女子的生活经历。玛尔托娜的丈夫是一个贫穷的小上官,不幸在1709年的波尔塔瓦战争中阵亡,年仅19岁的玛尔托娜成了寡妇。她天性纯真、幼稚,但没有受过什么道德教育,而且周围鄙俗的社会环境也没有给她以好的影响,她坦然承认道:"可是,美德我从来没有体验过……我不知道世界上什么是知恩报恩,我没有听谁说过,我以为,就是不知恩报恩,照样可以活在世上。"她失去了丈夫,无以为生;她幼稚、懵懂,缺乏道德约束,于是,为了生存下去,她只好出卖色相。就这样,在卑劣、龌龊的社会环境中,她一步步沉沦下去。玛尔托娜所选择的生活道路当然是错误的,但是,像她这样一个没有地位、衣食无着的弱女子,又能有什么好命运呢?所以,归根结底,是不公正的社会迫使她步入歧途的。玛尔托娜是值得同情的。

这部小说在情节结构上类似当时欧洲流行的描写风土人情的历险小说和流浪汉小说,如笛福的《摩尔·弗兰德斯》(1722)、勒萨日的《吉尔·布拉斯》(1715—1735)等,即通过主人公的种种经历、奇遇来描摹世态人情,反映社会生活。楚尔科夫运用的就是这种艺术手法。这是一种朴素的现实主义,也就是说,在反映现实、刻画人物等方面,尚未达到对现实主义艺术原则的自觉的、理性的把握,还停留在低级的、初步的阶段。但是,楚尔科夫的创作已表明,他开始摆脱古典主义美学的窠臼(如高雅趣味,人物的类型化,重理性轻感情等),也与艾明的创作迥然不同,他的目光关注着俄国社会,他以普通平民为主人公,着重描写他们的生活际遇,在人物刻画上已体现出个性化倾向,而且注意到人物性格的发展变化与周围环境的关系,这都是楚尔科夫小说创作中的新因素。楚尔科夫可称为俄国现实主义小说的先驱。

亚历山大·尼古拉耶维奇·拉季舍夫(1749—1802)是俄国现实感伤主义的代表作家,出身于贵族,曾留学德国,在那里受到法国启蒙运动思想的熏陶。回国后在元老院等部门供职,同时从事创作。1790年因《从彼得堡到莫斯科的旅行记》的出版而获罪于女皇叶卡杰琳娜二世,被判处死刑,后改判流放西伯利亚,服苦役10年。1801年获释,次年自杀。列宁称他是俄国第一位革命家。

《从彼得堡到莫斯科的旅行记》是拉季舍夫的代表作,全书以札记的形式记录了作者从彼得堡到莫斯科沿途的见闻和感受,虽然没有连贯的情节,但贯穿着一个统一的主题思想:反对专制农奴制。作者满怀同情感叹农民的悲惨命运:"我举目四顾,人们的苦难刺痛了我的心。"在地主的残酷压榨下,农民过着赤贫的生活,家徒四壁,无以为炊,只靠糠皮度日。农奴连起码得人权都被剥夺,仟老爷随意鞭打,其妻女被奸淫霸占。作者进一步指出,农奴制度与专制制度是互相依存、紧密相连的,前者为后者的经济基础,后者为前者的政治支柱。农民之所以贫困无权,地主之所以横行霸道,归根结底就在于沙皇专制政权的统治。《旅行记》中很多篇章揭露了沙皇官僚贪赃枉法、为非作歹、残害人民的罪行;最后将矛头直指最高统治者:沙皇的皇袍上沾满人民的鲜血和泪水,手指缝里有人的脑浆,他是"社会上的元凶,最大的强盗"。在《自由颂》中,作者歌颂自由,歌颂暴力革命,号召人民起来把沙皇这个"最可恶的恶棍"和"天字第一号罪犯"送上断头台。这首诗充分反映了拉季舍夫的最激进的革命思想,体现了《旅行记》所达到的思想高度。

女皇叶卡杰琳娜二世读到《旅行记》时,不禁怒发冲冠,在书页上写下批语:"作者存心恶毒","目的是要激怒农民起来反对地主和政府",是"比普加乔夫还坏的暴徒"等等,并立即下令逮捕了拉季舍夫。《旅行记》全部被焚毁,一直被列为禁书,只有少数手抄本流传下来。

就体裁样式来看,《旅行记》当然不是小说,它包括多种文学体裁,如短篇小说、笑话趣闻、新闻、纪实、政论、颂诗等,不拘一格。但它对俄国小说的影响是不能忽视的。

《旅行记》对俄国小说、也是对整个俄国文学的巨大影响,首先在于它将丰富的社会内容、深刻的思想性和强烈的批判精神注入到俄国文学的机体之中,从而开创了俄国文学与解放运动紧密结合的优良传统;也只有具备了这些因素,俄国小说才能获得灵魂和生命力,这对俄国小说的发展是至关重要的。

《旅行记》采用第一人称的写法,叙事主人公直面读者,敞开胸怀,将自己的所见所闻、所思所感倾吐出来。他既是一个多情善感、忧国忧民的热情的爱国者，又是一位善于思考、睿智、严肃的思想家，他站在进步的启蒙主义立场上，恨专制社会之不公，怒沙皇鹰犬之狠毒，哀同胞之凄苦，叹世风之日下，各种感情无不洋溢着高昂的革命激情和理性的批判精神。这一叙事主人公是俄国叙事文学中第一个具有高度智力修养的人物，"就这一点来说，他预示了19世纪30—40年代俄国小说智力型主人公的出现。"①

第四节　卡拉姆津

尼古拉·米哈依洛维奇·卡拉姆津(1766—1826)出生于西伯利亚的一个小地主家庭，少年时代曾先后在西伯利亚和莫斯科的寄宿中学学习，同时在莫斯科大学旁听。在莫斯科他结识了启蒙主义者、杂志发行人诺维科夫，并一度参加共济会的活动。其间，开始文学翻译和创作活动，并受诺维科夫委托编辑俄国第一本儿童刊物《儿童读物》，他的第一部小说《叶甫盖尼和尤丽雅》即在此刊物上发表。1787年他翻译出版了莎士比亚的悲剧《裘力斯·恺撒》，这是莎剧的第一个俄译本（戏剧家苏马罗科夫改编的《哈姆雷特》和叶卡杰琳娜二世改编的《温莎的风流娘儿们》除外）。在为译本所写的序言中，卡拉姆津认为，莎士比亚是一位深知人心的伟大艺术家，"像莎士比亚那样如此洞察人的本性的作家是不多的。他所有的华美场面都是对真实情景的直接模仿……他笔下每一种等级、每一种年龄、每一种激情、每一种性格的人物，都用自己特有的语言讲话。他总会为每一种思想找到形象，为每一种感受找到表情，为每一种内心活动找到最佳语言。"②对莎士比亚这种中肯而新颖的见解深得别林斯基的赞赏，认为卡拉姆津"对艺术的理解而超越了自己的时代，因此，不仅值得我们注意，而且使我们感到惊奇"。③从此，卡拉姆津确定了自己未来的生活道路：立志献身于文学事业。普希金说他是第一位把文学视为"人生的主要事业"和"神圣职业"的作家。

1789年卡拉姆津到欧洲游历，历时一年半。回国后，他创办了文学月刊《莫斯科杂志》(1791—1792)，除了刊登他自己创作的《一个俄国旅行家的书简》、《苦命的丽莎》、《大臣之女娜达里雅》等作品外，还向读者介绍欧洲和东方的优秀文学作品，登载文论、书评。这本文学批评刊物成了新的文学思潮——俄国感伤主义的喉舌。几年之后，他又主编大型文学和政治刊物《欧洲导报》(1801—1803)。

---

① 《俄国小说史》第1卷，苏联科学院出版社，1962年，第63页。
②③ 引自布拉果依《18世纪俄罗斯文学史》，俄罗斯联邦教育部国家师范教育出版社，1955年，第519页。

1803年他的最后一部小说《城总管夫人玛尔法》(又名《征服诺甫哥罗德》)告竣。其间他还致力于长篇小说《当代骑士》的创作,但未完成。

此后二十多年,直到生命终结,卡拉姆津全力以赴撰写12卷本的《俄罗斯国家史》,上至远古,下至17世纪。他的政治观点是温和的保守主义,其理想是君主立宪制,按他自己的话说,他的立场处于"贵族和民主主义者、自由主义者和奴颜婢膝者"之间,走的是一条"中间路线"。这种政治观点就贯穿在《国家史》中。这部著作规模宏伟,资料丰富,文笔生动形象,为普希金的历史剧《鲍里斯·戈都诺夫》和后世许多文学作品提供了素材。普希金对这部巨著给以高度评价,说它"可以在欧洲面前引为骄傲"。

卡拉姆津的文学活动是多方面的,他译介外国文学作品,主办杂志,创作小说,还写了许多诗歌,但其主要贡献在小说方面。他的小说分三部分:爱情小说——《叶甫盖尼和尤丽雅》(1789)、《苦命的丽莎》(1792)、《尤丽雅》(1794);历史小说——《大臣之女娜达里雅》(1792)、《城总管夫人玛尔法,又名征服诺甫哥罗德》(1803);惊险小说——《博恩霍尔姆岛》(1794)、《西耶拉-莫列纳》(1796)。

中篇小说《叶甫盖尼和尤丽雅》是卡拉姆津的处女作,他称之为是一部"真正的俄罗斯小说"。作者以饱蘸感情的抒情文字讲述了一对青年的爱情故事。孤女尤丽雅寄居在已故母亲的好友Л夫人家,爱上了其子、在国外求学的叶甫盖尼。不久,叶甫盖尼归来,Л夫人也早已有意促成这对年轻人的婚事,但好事难全,叶甫盖尼患病,不幸夭亡,一段美好爱情遂成泡影,尤丽雅和Л夫人陷入永远摆脱不了的哀伤和痛苦之中。作者感慨无常命运之残酷,尘世幸福之易逝,不禁哀叹道:"就这样,我们可爱的少年从世界上消逝了。永别了,德行与纯真之花!你的遗体长眠在我们共同母亲的怀抱里,但是,构成你的真正生命之精神,则会沉浸在永恒的无限欢乐之中,等待着他未能在这里与之相结合的爱人。永别了!"小说以饱含哀伤的喟叹结束。这部作品可看作是《苦命的丽莎》的前奏。

《苦命的丽莎》是卡拉姆津的代表作,它描述了一个农家姑娘的悲剧命运。农家女儿丽莎年幼丧父,母亲体衰,她独自支撑起家庭,靠织布、织袜子、卖花养活母亲。一次与贵族青年埃拉斯特相识,二人很快坠入爱河。但埃拉斯特是个浮浪子弟,因赌博荡尽家产,只得与一富孀结婚,而将痴情的丽莎抛弃,丽莎痛不欲生,跳湖自尽。

虽然这部小说的情节还没有突破贫穷少女被富家子弟始乱终弃的老套路,但作品立足于俄国现实生活,并将一个普通的农家女儿作为主人公置于作品的中心位置,这无疑是俄国文学的一大进步。在小说整个情节的演进和矛盾冲突发展过程中,作者的同情始终在丽莎一边。美丽的丽莎是大自然的女儿,淳朴的乡间生活陶冶了她勤劳、善良、纯洁、真挚的品格。"农家人也懂得爱",她不仅懂得爱,而且爱得热烈、执着、痴情,一旦成为爱情的俘虏,就会倾注自己的全部感情。她的美德和优秀品格恰与轻薄的埃拉斯特及其道德观念形成鲜明对照。但她毕竟是一个涉世未深的少女,不谙世态人情,看不到她与埃拉斯特之间因社会地位悬殊所造成的无形鸿沟,她天真地相信埃拉斯特的甜言蜜语,她被爱情所陶醉,毫不设防地献出了少女的贞操和全部柔情,而一当发现被骗和被抛弃,已悔之不及,悲剧降临也就不可避免了。

埃拉斯特是个相当富有的贵族公子哥儿,和其他贵族纨绔子弟一样,他曾"沉湎于卑下情欲",出入上流社会,"在世俗的逸乐中找寻欢乐",但常常令他失望,因此感到苦闷。自从遇到丽莎之后,不禁为她的美丽、温柔、纯真所征服,仿佛一股大自然的纯结、鲜活、清爽、欢快的气息扑面而来。他感到,在丽莎身上,"他找到了他的心找寻了很久的东西"。"大自然召唤我到他的怀抱中去,去享受它那纯洁的欢愉,"他想着,于是,暂时放弃了上流社会的生活。他获得了丽莎的真挚的爱情,感到欢欣鼓舞,仿佛灵魂也焕然一新,精神似乎也变得高尚了。他觉得,"一切上流社会的浮华的作乐,与这种天真无邪的灵魂的真诚友谊注在她心里的欢愉比较起来,全都是毫无价值的了"。他曾信誓旦旦,要与丽莎相爱相守,永不分离。但是,贵族子弟那种朝三暮四的轻浮性格是根深蒂固的,那种"只想着自己的快乐"的卑劣的道德观念是不会改变的。当埃拉斯特的欲望得到满足之后,他的热情就慢慢消退了,"丽莎已不再是无暇的天使,不再能点燃他的幻想,使他的灵魂感到狂喜"。他经不起上流社会的诱惑,又去狂博滥赌,结果荡尽家产,为了摆脱困境,便与一个老富孀结婚,留给丽莎的仅仅是一百卢布和一声"真诚的叹息"。

卡拉姆津对以埃拉斯特为代表的贵族青年的放荡、轻浮、薄情给予了谴责,但仅仅是道德批判,而未能将个人品行与其所处的社会环境联系起来。这反映了卡拉姆津对人性的基本观点。他相信人的本性是善而不是恶,他在《关于幸福的谈话》(1797)一文中谈到:"人们做了很多恶——毫无疑问——但坏蛋很少……真正的坏蛋,或者因为是恶而喜欢恶、因为是善而仇恨善的人,几乎是诗人的臆造,至少是超乎天性的怪物,按自然规律来说是不可理解的人。"[①]所以他并不认为埃拉斯特是一个居心险恶的引诱者,而倒是一个"相当聪明"的年轻人,"也有一颗善良的心,一颗本性善良但不免柔弱而轻浮的心"。小说展示了他在感情与理智冲突之中的内心矛盾和二重人格。他在感情上一时爱上丽莎,但为

---

① 引自《俄国小说史》第1卷,苏联科学院出版社,1963年,第73页。

了摆脱经济上所陷入的困境,在理智上经过一番权衡,他又不得不与富孀结婚。当得知丽莎的下场后,他懊悔不已,痛苦自责,骂自己是杀人凶手。显然,作者对埃拉斯特性格的刻画遵循的是"人性法则"而不是"社会法则"。这不仅使埃拉斯特的形象变得模糊,而且也不能揭示这场悲剧的深刻的社会原因。我们认为,丽莎的不幸,这场爱情悲剧,归根结底是社会的不平等造成的,而不能将其原因仅仅归结于情势所迫和埃拉斯特性格的弱点,这样就削弱了作品的思想力量和批判意义。

小说立足于俄国的社会生活,描写的是现实中活生生的人物及其感情世界,这对俄国文学步入现实主义发展道路无疑是很大推动。不过,作者对人物所处的特定社会环境和现实生活画面并没有给以准确、具体、清晰的描写和展示。小说的情节是在农村展开的,但读者看不到在专制农奴制压迫下农民的苦难生活,听不到他们的呻吟,展现在我们面前的却是一幅田园牧歌式的画面:"丽莎的父亲又勤快,又会种地……是个相当富裕的农民";"茂盛的、绿油油的、百花盛开的草地","树林旁边放牧着大群的牲畜","牧人吹着芦笛";"鸟儿振翅高飞,啾啾歌唱"……似乎一切都生机勃勃,怡然自得。作者将农村生活涂上一层理想化的色彩,这与拉季舍夫笔下的俄国农村那种一片赤贫破败、饥寒交迫、家破人亡的真实写照相去甚远。

卡拉姆津没有能够成功地展示人物所置身的社会环境,但对主人公的内心世界和情感波澜作了细致入微的描写。这是这部作品的艺术成就,也是它最突出的艺术特点。作者以细腻和充满感情的笔调描写了爱情进程中丽莎的复杂的心理活动:初识的羞涩,热恋的欢愉,期待的不安,对幸福的期盼,离别的痛苦,被遗弃后的绝望等等。作者运用了多种艺术手段和技巧来揭示人物的微妙心理活动。以景喻情,通过景物描写表现人物的不同心境,是他常用的手法之一。例如,获得爱情之后,丽莎陶醉在幸福之中,此时,她眼中的大自然色彩缤纷,喜气洋洋:"啊,妈妈!多美的早晨!野地里一切都是多么愉快啊!云雀从来没有唱得这样好听过;太阳从来没有照耀得这样亮堂过;花儿也从来没有这样好看过!"当热恋中的丽莎一时陷入迷误,失去贞操后,她非常害怕,觉得自己犯了罪,"这时候亮起闪电,响起雷声……暴风雨雷霆万钧地轰响着;雨从乌云里倾泻下来,好像是大自然在为丽莎失去贞洁而痛哭。"用一场突然降临的暴风雨恰如其分地表现了女主人公心灵的巨大震动。而通过人物的表情、动作、眼神来反映心理活动的例子更是不胜枚举。如第一次幽会时,丽莎难以抑制内心的激动不安,小说中写道:"她站起来想走,但不能够……丽莎低下眼来,双颊通红,心扑通扑通跳着,站在那里——她没有力量推开他的双手……"在诸多心理描写手法中,对卡拉姆津来说,最具特点的就是,他善于将一种心理过程分解成一连串能体现感情色彩变幻的细节,以表现人物的微妙的心灵运动。① 比如描写丽莎与埃拉斯特离别时的痛苦心情:"她倒下去,跪在地上,双手举向天空,眼望着逐渐远去的埃拉斯特。"通过倒地、跪下、举手、眼望几个连续动作,将此时丽莎交织着惜别、依恋、痛苦、希望、绝望的复杂心绪传达出来。

在今天的读者看来,《苦命的丽莎》或许是一部平平常常的作品,毫无特别之处。但是,我们评价一部作品,不能仅仅以现在的审美目光为尺度,而要将它放在当时特定的历史条件下来考察,看它给文学宝库奉献了什么新的东西,这才是历史唯物主义的态度。

《苦命的丽莎》一反古典主义的美学原则,对普通人命运的思考,对活生生的人的感情世界的关注,对人物心理的精细剖析,感情洋溢的抒情性,以及语言的晓畅生动,都令人耳目一新,仿佛小说园地吹来一股清新之风,因此获得很大成功,人们争相阅读。对于已经习惯于"有情人终成眷属"和善者得报、恶者遭惩的传统的喜剧结尾的广大读者来说,小说的悲剧结局无疑会引起心灵的强烈震撼,女主人公的不幸遭遇不知使多少读者为之伤心落泪,很多人甚至相信这是一个真实的故事,纷纷跑到丽莎投水自尽的池塘边去凭吊亡灵,以寄托同情和哀思。同时,许多效颦之作也纷纷出现,什么《苦命的玛莎》(伊兹玛依洛夫,1801)、《被诱惑的根里叶塔》(维钦斯基,1801)、《不幸的玛尔嘉里塔》(匿名,1803)、《可怜的玛丽亚的故事》(匿名,1805)等等,可见影响之大。

与《苦命的丽莎》不同,《尤丽雅》写的是莫斯科上流社会的爱情纠葛。矛盾围绕着三个人物展开。尤丽雅漂亮、迷人,但性格比较轻浮,曾一度被仪表非凡、内心却冷漠自私的N公爵所迷惑,但经过一番斗争和权衡,最终还是选择了真诚、腼腆、文质彬彬的阿里斯为夫。婚后,专门以追逐女人为能事N公爵又插足他们的家庭,不稳重的尤丽雅又与之调情,爱情生活再起波澜,家庭濒临破裂。好在阿里斯的美德和柔情感动了她,使她认识和感受到真正爱情的可贵,才使家庭免于崩溃。小说结尾,夫妻二人移居庄园,过起了幸福的生活,以此证明"幸福的夫妻和父母的快乐才是世间最大的快乐"。在小说中,女主人公始终在情与理之间犹豫、徘徊,几次处于堕落的边沿,但最终没有沉沦下去。由于小说对上流社会人物的心理,尤其对"女性的内心矛盾"的成功描写,因此,成为19世纪20、30年代流行一时的所谓"上流社会小说"之先声,也是俄国心理小说的雏形。

《大臣之女娜达里雅》也是一部感伤主义的爱情小说,只不过作者将故事发生的时间和背景移到了莫斯科公国伊万四世当政时期。小说的中心内容是首席

---

① 布拉果依:《18世纪俄国文学史》,俄罗斯联邦教育部国家师范教育出版社,1955年,第536页。

大臣之女娜达里雅与一位失宠的显贵之子阿列克赛之间的爱情故事,而历史背景不过是作品的一个虚拟的框架,是为了给作者自称是"从爷爷的奶奶"那里听来的故事提供一种历史氛围。所以,它像历史小说,但实际上是纯粹虚构的爱情小说。作品中,作者所擅长的心理描写艺术得到了又一次展现。不过,作者遵循感伤主义的美学标准,将主人公及其爱情心理作了现代化处理。例如,一对情人见面时,竟激动得脸色苍白,泪如泉涌,呼吸困难几乎到了要昏厥的地步。这些都是18世纪末感伤主义小说中常见到的场面,而不是彼得大帝改革之前莫斯科公国时期的人物的行为特点。另外,小说对莫斯科公国时期的社会生活也理想化了。总之,作者依照自己的愿望,对历史和人物作了随心所欲地处理。因此,俄国的研究者认为,作品中已显露出即将取代感伤主义的新文学思潮——浪漫主义的某些特点,故而,小说被称作浪漫感伤主义的田园诗。①

  卡拉姆津在其创作的后期,逐渐从现实生活题材转向历史题材,并最终专心致力于历史研究——撰写《俄罗斯国家史》。1803年他完成了中篇历史小说,也是他最后一部作品《城总管夫人玛尔法》(又名《征服诺甫哥罗德》)。这部作品问世的背景是:1801年沙皇亚历山大即位后实行自由主义改革,社会思想界一度活跃,对国家体制问题展开讨论。思想较进步的人士主张,俄国君主专制应该受宪法的约束,即实行君主立宪制,反动贵族则要求完完全全保持专制制度。因此,是实行专制制度,还是君主立宪制,还是共和制,就成为《城总管夫人玛尔法》关注的主要问题。另外,法国大革命的结果也令卡拉姆津大失所望,早年的启蒙主义理想破灭了。这部作品就是卡拉姆津对法国大革命的思考。

  故事发生在15世纪。莫斯科公国逐渐强大起来,大公伊万三世在位时,为了加强中央集权,攻占了实行共和制的诺甫哥罗德公国,残酷镇压人民的反抗,将其合并到莫斯科公国中。在小说中,卡拉姆津的立场是站在君主政体一边的。法国大革命之后,卡拉姆津眼看自己年轻时代所抱的启蒙主义理想成为泡影,他的思想发生了变化,退而拥护君主政体,主张实行开明君主制。不过,他思想上又是矛盾的。他自称是俄国专制制度的"忠实臣民",但"感情上却是共和主义者"。从加强俄罗斯国家中央集权的历史性需要出发,他拥护伊万三世攻占诺甫哥罗德,而从道义和感情上,他又对共和派充满同情,对独立、自由的诺甫哥罗德的败落表示"由衷的悲伤"。作品就是卡拉姆津的这种矛盾态度的形象图解。这种态度尤其在主人公玛尔法的形象上体现出来。

  小说的中心人物城总管夫人玛尔法·鲍列茨卡娅是共和制的坚定拥护者。

---

  ① 见帕·别尔科夫:《卡拉姆津的生平与创作》,《卡拉姆津选集》,俄文版,1964年,第29页。

大军压境时,她率领全体军民奋起反抗,英勇战斗,她的两个儿子为保卫自由的诺甫哥罗德献出了年轻的生命,当她得知这一噩耗时,表现得异常平静,说道:"诺甫哥罗德的父亲、母亲们,现在我可以告慰你们了。"面对强敌,她毫无惧色,与伊万三世的特使霍尔姆斯基进行了激烈辩论和坚决斗争,后者极力向诺甫哥罗德的人民证明君主专制制度对共和制的优越性。这位坚定的共和主义者,宁肯牺牲性命,也决不背弃自己的信念,向专制主义屈服。最后,玛尔法被处死刑。刑场一场将小说推向高潮,具有强烈的艺术震撼力。玛尔法大义凛然,从容不迫地走上断头台。刑场上一片寂静。她对人民高声说道:"伊万的臣民们!我是作为一个诺甫哥罗德的公民而死的!"随之慷慨就义。之后,霍尔姆斯基代表伊万三世向人民发表演说:"并不是常常招致严重后果的自由,而是良好的体制、公正的司法和安全才是公民幸福的三大支柱;在万能的上帝面前,伊万将这些许诺给你们……他许诺俄罗斯以荣耀和福祉;他以自己的和所有继承人的名义发誓:对于俄国的君主来说,人民的利益永远是亲切和神圣的——否则,上帝将惩罚违背誓言的人!他将断子绝孙……"这里道出了卡拉姆津对最高统治者的希望和忠告。不过这只是作者的良好愿望罢了,因为,这些许诺和誓言不过是动听的谎言,统治者从来没有兑现过。

　　玛尔法是俄国文学中第一个女性英雄公民形象,卡拉姆津是满怀同情和热情去塑造这一形象的。但是,他在玛尔法身上看到的更多的是狂热和激情,而不是高尚和理智。这是他此时的思想立场所决定的。在小说中,卡拉姆津尽力保持叙事的客观性和中立性,为此他假称这部小说是偶然落入他手中的一部古代手稿,其作者是被伊万三世驱逐出诺甫哥罗德的一位知名人士,当这位作者写这部作品时,卡拉姆津确定,他已经认识到了这一事件的历史必要性,但当他描写某些场面时,"诺甫哥罗德人的血显然在他身上沸腾着"。尽管如此,政治嗅觉特别灵敏的书报检查机关仍然从小说中嗅出了某种味道,特别是玛尔法的形象使他们感到恐惧,他们认为,小说似乎在煽动暴乱,因此拒绝签字出版。一位检查官在给政府当局的报告中称,小说渗透着"雅各宾党人的精神"。其实,卡拉姆津是站在君主政体一边的。

　　《城总管夫人玛尔法》以其尖锐的政治主题在同时代人中引起了强烈反响,其受欢迎的程度不亚于《苦命的丽莎》,别林斯基说:"《苦命的丽莎》和《城总管夫人玛尔法》使全体公众神魂颠倒。"

　　此外,卡拉姆津还创作了两部前浪漫主义的"哥特式"惊险小说——《博恩霍尔姆岛》和《西耶拉—莫列那》。与卡拉姆津的其他小说不同,这两部作品都远离俄国的社会现实,前者的故事情节在斯堪的纳维亚半岛展开,后者则将读者带到了热情奔放、富有罗曼蒂克精神的西班牙;情节虚幻、紧张、充满神秘色彩,人物则是非凡的、具有狂热的、甚至残酷激情的人,作品弥漫着浪漫主义氛围。这两部小说表现了作者对激情的看法:"激情保持在一定的限度之内是有益的,超过了限度就是有害的。"就其思想意义来说,这两部作品自然不能与作者的其他作品相比,但在语言的诗意性、情节的生动性以及艺术技巧方面却颇具审美意义。此类作品证明了卡拉姆津小说创作的广泛性,也成为俄国浪漫主义小说之先声。

卡拉姆津在爱情小说、历史小说、"哥特式"小说等不同领域进行尝试,取得了空前的、令人瞩目的成就,在艺术方面富有革新意义。

他的小说肯定了个体的人(而不是抽象的人、全人类的人)和个人的思想感情,尤其关注普通人的命运及其情感世界。他的小说中的人物不再是全人类利益和抽象道德观念的体现者,而是活生生的人,他们有自己的喜怒哀乐。在他的小说中,"俄国公众第一次在俄文中看到了爱情、友谊、欢乐、分离以及其他名称,不是把他们当作空洞的、抽象的理解和华美的辞藻看待,而是当作在读者心灵中得到反应的字眼看待……被认为是对于人的精神天性的深刻渗透。""以卡拉姆津为代表,俄国文学才第一次从罗蒙诺索夫给他装的高跷上跳到了地面上。"[①]

塑造鲜活而富有个性的人物形象是小说艺术的基本特征之一,应该说,卡拉姆津的小说创作已经达到了这一要求。他笔下的人物,形象鲜明,有独特的个性,如纯真痴情的丽莎,轻浮浅薄的埃拉斯特,忠贞坚强的玛尔法,冷漠自私的 N 公爵等等。特别是他擅于揭示人物的内心世界,描写细微的心理活动和感情变化,在这方面他所达到的艺术高度是前人和同时代人所无法匹敌的。尽管他在这方面的尝试还不完美,还有待进一步发展,但已展现出俄国小说的基本特质之一——出色的心理描写艺术。卡拉姆津堪称俄国文学心理描写艺术的真正奠基者。

卡拉姆津的小说克服了前人如艾明、楚尔科夫等人的小说结构松散、情节拖沓、平铺直叙的弊端,他的作品结构严谨清晰,情节简洁统一,不枝不蔓,发展迅速,引人入胜,有很强的可读性。而且叙事生动,极富抒情性,有浓厚的感情色彩,颇具感染力,能引起读者的共鸣。

卡拉姆津是文体和语言的改革家,他对文学语言的革新作出了重大贡献。19世纪初俄国文学界围绕着语言要不要革新问题进行了持续近二十年的论争。进步的革新派的领袖就是卡拉姆津。他倡导彻底打破古典主义将语言分成高、中、低三种文体的严格界限,废除某些陈旧的古教会斯拉夫语,引入日常口语,吸

[①] 《别林斯基选集》第 3 卷,上海译文出版社,1980 年,第 252、251 页。

收外来语,并创造一些表达新思想新概念的新词语,以形成一种丰富、灵活、生动、既是文学语言又是日常口语的俄罗斯全民语言。他还提出"怎么说就怎么写"、"说写一致"的主张,提倡文学创作要使用口语。虽然他所说的"口语"还仅限于有文化的上流社会使用的日常语言,而排斥人民大众的语言;虽然他未能彻底解决俄罗斯文学语言问题,但是,毕竟将俄罗斯语言革新向前大大推动了一步。卡拉姆津身体力行,他的小说摆脱了僵化、呆板、陈腐的书卷气,语言晓畅生动,活泼自然,格调清新,富有表现力,开一代新风。谈到卡拉姆津的小说创作和语言革新时,别林斯基指出,卡拉姆津以前的小说是"文绉绉的,学究气,辞藻华丽,与生活没有任何联系",是他"首先在俄罗斯以活生生的社会语言代替僵死的书本语言……是他首先在俄罗斯开始写小说……在他的小说中,人们活动着,平凡日常生活中的情感和内心生活被表现出来。"①普希金对这位前辈的文学功力也备加推崇,他写道:"我国文学中谁的散文最好?"他坚定地回答:"卡拉姆津。……这还不是最大的褒奖。"②

  卡拉姆津以其前人和同时代人难以比拟的小说创作艺术成就无可争议地证明,经过他的努力,俄国小说作为一种独立的文学体裁业已形成,这就为19世纪俄国小说的茁壮成长、欣欣向荣奠定了基础。也正是因为卡拉姆津小说的艺术成就,所以才赢得了广大读者的喜爱。19世纪初,他的小说不仅在彼得堡、莫斯科的贵族上流社会,而且在外省贵族和有文化的商人、市民中流行。1799年,亚·费·梅尔兹里雅科夫在一篇文章中谈到工匠和农夫关于《苦命的丽莎》的一次谈话,他写道:"对于卡拉姆津来说,什么会使他感到更欣慰呢?什么比称赞更愉快呢?农夫、工匠、僧人、士兵——所有的人都知道他,所有的人都热爱他。"③卡拉姆津在当时读者心目中的崇高声誉由此可见一斑。正是他造就了与以前相比人数众多的读者阶层,他培养了读者的文学修养和欣赏趣味,而读者阶层的扩大和文学修养的提高,则是小说艺术发展的必要条件。卡拉姆津的文学功绩正是表现在这里。

---

① 《别林斯基全集》第7卷,苏联科学院出版社,1955年,第132—133页。
② 《普希金全集》第11卷,国家文学出版社,1962年,第18页。
③ 鲍·谢·梅拉赫:《19世纪俄罗斯中篇小说》,列宁格勒:科学出版社,1973年,第62页。

第三章　19世纪二三十年代俄国小说的新探索

第一节　19世纪初俄国小说成长的社会文化氛围

18世纪末俄国小说初步形成之后,紧接着俄国就跨入了19世纪。19世纪20、30年代是俄国社会历史发展的转折时期。这一时期的社会文化环境成为俄国小说成长发展的土壤。

19世纪初俄国社会转折的标志是1812年的卫国战争及其之后的十二月党人革命。

1812年拿破仑率领60万大军入侵俄国。俄国上下群情激昂,同仇敌忾,展开了英勇的卫国战争,最后击败了侵略者。卫国战争的胜利,大大促进了俄国社会意识的觉醒。通过这次战争,俄国人民认识到了自己足以扭转乾坤的伟大力量,社会觉悟大大提高,对于自己所处的屈辱的农奴地位感到强烈不满,渴望从农奴制的压迫下解放出来,要求社会改革、废除农奴制的呼声日益高涨。尤其是一批追击拿破仑军队而远征欧洲的青年贵族军官,亲眼目睹了欧洲的社会现状,受到法国大革命余风和欧洲革命运动的熏染,呼吸到了自由、平等、博爱的空气,顿觉眼界大开,思想产生巨大飞跃,同先进的资本主义的欧洲相比,更痛切地感受到俄国的腐朽落后和进行社会变革的必要性、迫切性。革命思想开始在他们心中酝酿。回国后,这些未来的十二月党人即秘密结社,展开革命活动,并于1825年举行起义。所以,十二月党人别斯图热夫称,卫国战争是"俄国自由思想的开端"。十二月党人运动虽然失败了,但是这次革命意义重大,影响深远,正是这些"从头到脚用纯钢铸成的英雄"(列宁语)唤醒了后来的革命者,从而揭开了俄国解放运动的第一幕——贵族革命时期。

卫国战争和十二月党人革命有力地促进了俄国社会民族意识的觉醒和高涨。30年代,许多秘密小组纷纷建立,各种社会思潮活跃。社会思潮的活跃和相互斗争,促进了俄国文学对社会现实的关注和与解放运动的结合。俄罗斯历史的发展、祖国的命运和前途、社会变革的途径、民族性格及特质、人民性等问题,成为思想界、文学界热切关注和不断探索的重要课题。正是在这样的社会思想文化氛围中,创建具有民族独特性的文学(当然也包括小说)就成为摆在俄罗斯文学界面前的迫切任务——这一任务最终由普希金完成——而只有建立起特点鲜明的民族文学,俄罗斯文学才能走向世界,才能在世界文学殿堂占有一席之地。所以说,20、30年代是俄罗斯文学、俄罗斯小说发展的关键时期。俄罗斯民族文学的确立正是在民族意识高涨这一时代精神的影响下实现的,此其一。其二,卫国战争和十二月党人革命为西学东渐提供了契机。以十二月党人为代表的俄国社会精英是西方文化的接受者和传播者,通过他们,以自由、平等、人道主义为其精髓的西方人文精神在俄罗斯大地上生根、开花、结果。19世纪俄国文化及文学的灿烂辉煌,归根结底是西方文化与俄罗斯传统文化冲突、撞击,交汇、融合的结果。西方人文精神为俄罗斯文学注入了丰富的营养,赋予它新质与思想内涵。强烈的批判激情,对迫切社会问题的关注,与解放运动的密切联系,对人民命运的关怀,深厚的人道主义精神,理想主义的光辉……俄国文学尤其是小说所具有的这些特点,显然与西方人文主义精神的浸润和滋养分不开。由此可见,19世纪初的卫国战争和十二月党人革命这两大历史事件,对俄国文学以及俄国小说艺术的影响是重大而深远的。

要不要引进西方进步的思想文化,这是自18世纪初彼得改革时期以来俄国进步派和保守派长期争论不休的问题,19世纪初又由此引发了一场关于语言问题的大辩论。卡拉姆津是倡导语言改革的革新派。为了推进俄罗斯文学语言和全民语言的建立,他极力主张废除某些陈旧的教会斯拉夫语,吸收外来语,引入活泼生动的口语,并创造一些新词以表达新思想新概念。他的改革主张无疑具有进步意义,但却遭到了以亚·谢·希什科夫(1754—1841)为首的保守贵族集团的反对。他认为卡拉姆津的语言改革实际上是将法国的革命性的语言和精神引入俄国,是对俄罗斯教会的蔑视和威胁,坚持要保留教会斯拉夫语。1811年希什科夫组织了"俄罗斯语言爱好者座谈会",参加者除了老诗人杰尔查文外,还有一些顽固、保守的古典主义作家。他们攻击卡拉姆津派,极力反对俄罗斯语言的任何改革。1815年,一批赞成语言改革的青年作家成立了"阿尔扎马斯社",其成员有茹科夫斯基、巴丘什科夫、普希金、维雅泽姆斯基等,卡拉姆津被选为名誉社员。他们对"座谈会"进行了有力批驳和反击。虽然革新派并没有彻底解决俄罗斯文学语言问题,但为普希金最后完成这一历史任务扫除了障碍,铺平了道路。作为文学创作不可或缺的工具,文学语言对小说创作是至关重要的,如果没有完美的文学语言,就不可能有完美的小说艺术。因此说,19世纪初这场语言论争对俄国小说艺术的发展起了很大推动作用。另外,这场论争又绝不仅仅是语言之争,实际上是要不要引进和吸收西方思想文化的问题,是进步和保守两种思想的斗争,其影响已远远超出语言之外。

随着社会思想的活跃,各种杂志也相继创刊。进步杂志有作家尼·亚·波列沃依创办的《莫斯科电讯》(1825—1834)、莫斯科大学教授、批评家尼·伊·纳杰日金创办的《望远镜》(1831—1836),稍后普希金于1836年创办了《现代人》,安·亚·克拉耶夫斯基于1839年创办了《祖国纪事》。这些刊物宣传进步思想,抨击黑暗社会现实,在与专制农奴制斗争中发挥了积极作用,特别是《现代人》和《祖国纪事》后来成了民主阵营的舆论阵地和反对专制农奴制的思想堡垒。同时,这些杂志还积极扶植文学事业,刊登具有进步思想内容的作品,成为培养作家的摇篮,对推动俄国文学的发展起了作用。

19世纪20年代,俄国文学完成了从古典主义和感伤主义向浪漫主义的过渡。

浪漫主义于18世纪末19世纪初形成于西欧。法国大革命之后不合理的社会现实,启蒙主义理想的破灭,弥漫于社会的普遍不满情绪,是浪漫主义产生的社会原因。德国的古典哲学和法国空想社会主义为浪漫主义提供了理论基础。感伤主义注重个性和情感描写为浪漫主义在创作方法上开辟了道路。虽然由于作家的立场、观点不同,浪漫主义在思想倾向上有积极和消极之分,但作为同一时代的产物、同一种文学思潮,在文学主张、创作方法上又有共同特征,如崇尚创作自由;重主观、理想,重抒发个人情感;主张"返回自然";重视民间文学和口头创作;在艺术手法和风格上强调夸张、想象等。

俄国浪漫主义归根结底是法国大革命、1812年卫国战争和国内农民运动在作家思想和创作上激起的反响。不同思想立场的作家在心理上所引起的反响不同,因此反映到创作中就表现出不同倾向。一些人对刚刚过去的18世纪末法国大革命和1773—1775年普加乔夫起义还记忆犹新,心有余悸,对动荡的社会现实不满,流露出悲观遁世的思想情绪,他们追求虚幻、神秘的理想世界,沉湎于对个人痛苦、哀伤的吟咏。这就是消极浪漫主义,其代表人物是茹科夫斯基。这是保守贵族面对激烈的社会变革而产生的惶惑不安心理的反映。而另一部分人则从轰轰烈烈的法国大革命和卫国战争中受到鼓舞,在高涨的民族意识激励下,萌生了变革俄国落后现实的迫切愿望,因此在他们的创造中表现出强烈的反抗精神、对自由的追求和高亢的公民热情。这就是积极浪漫主义,其代表人物是普希金和十二月党人作家。俄国浪漫主义盛行于 20 年代,30 年代仍能感受到它的余波。

20 年代俄罗斯文学中的现实主义亦渐形成。在此之前,俄罗斯文学中的各种思潮、流派都程度不同地具有现实主义因素,20 年代的现实主义就是继承、发展以前的现实主义传统的基础上而形成的。这一时期的现实主义无论在概括现实生活的广度和揭示的深度上,还是在人物形象描写、特别是典型性和个性化的刻画上,都还处于初级阶段,而且道德说教成分较多,因此可称之为"启蒙现实主义"(Просветителъный реализм),其代表是寓言作家克雷洛夫、戏剧作家格里鲍耶多夫、小说家纳列日内等。1825 年普希金的悲剧《鲍里斯·戈都诺夫》、诗体小说《叶甫盖尼·奥涅金》第 1 章的发表,标志着俄国现实主义文学的初步形成。从 30 年代后半期开始,现实主义渐趋兴旺,并最终将浪漫主义取而代之。

19 世纪 20、30 年代俄国文坛各种文学思潮同时并存,既有逐渐走向衰落的感伤主义,也有正在盛行的浪漫主义,还有刚刚兴起的现实主义。与此相适应,小说创作也呈现出不同流派。感伤主义小说仍在流行,继卡拉姆津的《苦命的丽莎》之后,出现了许多模仿性作品。1825 年十二月党人起义被镇压之后,文坛一度沉寂。20 年代末,浪漫主义小说崛起,起初,中篇小说流行一时,作家中以马尔林斯基的创作成就最大,其次还有奥陀耶夫斯基、波戈津、波列沃依、巴甫洛夫等,其中某些作家的作品中已有明显的现实主义因素。30 年代初,长篇小说逐渐兴盛起来,长篇历史小说风靡一时,代表作家如米·尼·扎戈斯金、伊·伊·拉热奇尼科夫等;此外还有描写世态风情的长篇小说,其代表作家有亚·叶·伊兹梅洛夫、瓦·特·纳列日内等。特别应当指出的是,普希金作为散文作家于 1831 年发表了第一部散文作品《别尔金小说集》,果戈理的处女作《狄康卡近乡夜话》也同时问世,这两部作品是俄国小说艺术渐趋成熟的标志。此后,小说创作迅猛发展,并取代诗歌的地位而成为文学中的主要体裁。关于当时小说创作的兴盛情况,别林斯基谈道:"今天,整个我们的文学都变成了长篇小说和中篇小说。颂诗、叙事长诗、故事诗、寓言,甚至所谓,或者更确切点说,从前所谓的浪漫主义长诗,泛滥过、淹没过我们文坛的普希金风的长诗,——这一切,现在不过是给人提醒那快乐的早已逝去的时代的遗物罢了。长篇小说打倒了一切,吞没了一切,而和它一起来到的中篇小说,却把这一切的痕迹也给铲平了,连长篇小说也恭敬地让开路,让中篇小说走到前面去。什么书最被人爱读和征购?长篇小说和中篇小说。什么书使文学家旦夕间致富,获得房屋和田产?长篇小说和中篇小说。我们的一切文学家,有天禀的和没有天禀的……写的是什么书?长篇小说和中篇小说。"①此时的小说的地位已今非昔比,昔日的丑小鸭已变成白天鹅,她羽翼渐丰,正蓄势待发,准备展翅高飞了。

　　小说艺术之所以后来居上,得以如此迅猛发展,归根结底是时代精神的需要。随着俄国社会的发展和社会意识的提高,人们已不愿意生活在蒙昧之中,而希望对社会现实、对周围的生活、对自己的生存状态有更清醒、更深刻地认识,这就要求文学如实地反映现实生活,深入地揭示社会矛盾。这就是时代的需要。小说这种艺术形式具有极大的包容性,无论就其反映生活的广度和深度,较之诗歌和戏剧具有更大的优势,而且更生活化、通俗化、大众化,更为日益扩大的读者大众所接受、所喜闻乐见,因此,小说的迅速崛起就是必然的了。

　　虽然19世纪初的俄国小说发展迅速,然而,与建立具有俄罗斯民族特征的小说艺术尚有差距,要完成这一历史任务,俄国小说家面临的课题首先是要确立这样的观念,即小说是生活的一面镜子,它要贴近现实,反映现实,特别要反映出俄罗斯民族的精神和生活,反映出俄罗斯民族的世界观。其次,在小说美学上,要摆脱传统的窠臼,如冒险小说、流浪汉小说或称"骗子小说"、道德劝戒小说等老样式,固定不变的、"程式化的"情节模式,呆板的结构框架;要正确处理人物与环境的辩证关系,即人物是其所处环境的产物,环境则是人物活动的舞台,二者密切相关,而不能割裂开来;要在人物性格的个性化上下功夫,使其成为"这一个",而不是"千人一面"或大同小异等等。19世纪初的俄国小说虽然在这些问题上作了一些探索,但远没有解决,这些任务要留待30年代下半叶和40年代来完成。只有彻底解决这些问题,俄国小说才能欣欣向荣,迎来自己姹紫嫣红的春天,才能屹立于世界文坛,展示自己独特的风采。

第二节　浪漫主义中篇小说

　　19世纪20年代末,浪漫主义中篇小说兴盛起来,曾一度是俄罗斯散文中的主要体裁,占有特殊地位。谈到俄国中篇小说时,别林斯基指出:"我们的中篇小说开始得不久,真的不久,即从本世纪20年代起。在此之前,它是由于新奇和风尚,从海洋彼岸搬过来强制地移植在本国土壤上的异邦植物,也许,正因为这样,所以它没有扎下根。……在20年代中,显示出创作真正中篇小说的最初尝试。这是普遍的文学改革时期,这文学改革是认识德国、英国和新法国文学,以及正确理解创作法则之后的结果。"②别林斯基所说的这种"真正中篇小说"指的是不

---

① 《别林斯基选集》第1卷,上海文艺出版社,1963年,第145页。
② 同上书,第160—161页。

同于那些充满陈腐说教的道德教诲小说和自作多情的感伤主义小说的新型小说,其首倡者是马尔林斯基,紧跟其后的是他的同道——浪漫主义小说家。"马尔林斯基、奥陀耶夫斯基、波戈津、波列伏依、巴甫洛夫、果戈理——这些便是俄国中篇小说史的全部历程。"①

马尔林斯基(1797—1837)是十二月党人作家亚历山大·亚历山大洛维奇·别斯图热夫的笔名,出生于彼得堡一个没落贵族家庭,曾在龙骑兵团当军官。1824年加入十二月党人团体"北社",思想激进,属于共和派。他积极参加十二月党人起义,失败后被判处死刑,后改为流放西伯利亚。1829年被遣送到高加索当兵,1837年在一次与山民的战斗中牺牲。

1818年马尔林斯基即开始文学评论活动。他每半年或一年对俄国文坛创作情况进行一次评述,是20年代重要的文学批评家,他的文评以文笔生动、机智横溢、正确的审美趣味、新颖大胆的见解而著称。他是浪漫主义的坚定拥护者,他的《评波列伏依的长篇小说〈上帝墓前的誓言〉》(1833)一文被认为是浪漫主义迟发的宣言。他的文学批评活动在反对古典主义确立浪漫主义的斗争中起过重要作用。他还写过一些抨击沙皇专制的浪漫主义诗歌,并与雷列耶夫共同主办十二月党人的机关刊物《北极星》。但使他享誉文坛的是小说创作。

从20年代起他即开始写小说,其创作可分为两个阶段:1825年之前为第一阶段,主要写历史题材小说,如《罗曼与奥尔迦》(1821)、《背信者》(1825)、《奈高津要塞》(1825)、《雷瓦尔比武》(1825)等。十二月党人起义失败之后,他在高加索当兵期间,重又拿起笔来,开始第二阶段的小说创作。这一时期,他的小说从历史题材转向现实生活题材,主要作品如《考验》(1830)、《巡航舰"希望号"》(1832)展示了贵族上流社会情场上的风流韵事;《阿玛拉特别克》(1832)、《穆拉·努尔》(1834)描写了粗犷、强悍的高加索山民的生活,极富地方民族情调;《别洛左尔中尉》(1831)、《航海家尼基京》(1834)表现了俄罗斯人的英雄性格和爱国精神。引人入胜的情节,轻松迅疾的叙事风格,坚强勇敢的性格,奔放狂热的激情,爱与恨的激烈冲突,雄奇壮丽的自然风光,这些特点使他小说字里行间洋溢着浪漫主义精神,给19世纪初的俄国文坛带来一股清新之风。他一扫古典主义的陈腐之气,选取现实生活中的人物作为描写对象,运用日常生活中活生生的语言,使文学创作更贴近生活,因此他的小说受到读者的普遍欢迎而风靡30年代,他则被人们誉为"散文方面的普希金"而名躁一时。别林斯基从俄国文学发展的角度肯定了他的创作,指出他是作为古典主义的敌人和浪漫主义的捍卫者而跃

---

① 《别林斯基选集》第1卷,上海文艺出版社,1963年,第174、161、163页。

登文坛的作家,他是"我们第一个小说大家,是俄国中篇小说的作者,或者更确切点说,它的首倡者",①他"给了俄国文学许多好处,对于俄国文学来说,是向前迈进了一大步"。②马尔林斯基的小说之所以受到读者的青睐,别林斯基指出,是因为他的作品"有着最新的欧洲手法和特色;到处可以看到智慧、教养,到处可以发现以新颖和真实令人吃惊的个别的优秀思想;再加上他的虽然不无矫揉造作、堆砌辞藻之弊,却也还独创而辉煌的文体——这样,你对于他的无限成功就不会觉得惊奇了"。③

别林斯基在肯定这位小说家的才能和贡献的同时,还深刻地、一针见血地指出了他的缺点。尤其是在30年代之后,当普希金和果戈理以真实地描写现实生活的作品开辟了现实主义发展的新阶段的时候,浪漫主义已成明日黄花,马尔林斯基小说的缺陷暴露得更突出了。归纳起来,别林斯基批评他的小说大致有以下几方面的缺点:(一)作品"没有任何深度,任何哲学",④"没有生活的真实","一切都是虚构的",⑤"辞藻多于思想";⑥(二)人物缺乏个性,主人公"都是一个模子里刻出来的";⑦(三)语言矫揉造作,辞藻雕琢、华丽,充满陈词滥调,人物语言不符合情境化、个性化、口语化的要求;(四)小说中常常夹杂着与主题无关的冗长的插叙和议论。

弗·费·奥陀耶夫斯基(1803—1869)出身于贵族家庭,系十二月党人诗人亚·伊·陀耶夫斯基的堂兄弟。毕业于莫斯科大学专修班。之后与志同道合者组织哲学小组,热衷于德国古典哲学研究。1824年与十二月党人丘赫尔别克一起发行丛刊《摩涅莫辛涅》(1824—1825)。他虽然不是十二月党人,但对这些革命志士充满同情和尊敬。

奥陀耶夫斯基深受德国古典哲学的影响,因此,从文学活动之始他就宣称自己是所谓"哲学浪漫主义"文学流派的代表。⑧他力图将文学与哲学有机结合起来,运用虚幻、讽刺等艺术手法表现种种生活现象,并揭示其中所蕴涵的哲理。这一特点使他的作品别具一格。

30、40年代是奥陀耶夫斯基文学创作的繁荣时期。1834年他的短篇小说集《形形色色的故事》问世。幻想与现实、讽刺与哲理相融合是这部作品集的的突出特点。《一群少女走在涅瓦大街上多么危险》叙述一群少女在涅瓦大街的一家店铺逗留,离去时,其中一个姑娘落下,店铺老板是个巫师,把她锁在屋子里,掏

---

①② 《别林斯基选集》第1卷,上海文艺出版社,1963年,第174、161、163页。
③⑤ 同上书,第163—164、162页。
④⑥⑦ 同上书,第96页。
⑧ 弗·费·奥陀耶夫斯基:《中短篇小说集》,儿童文学出版社,莫斯科,1985年,第11页。

出她的心，割下她的舌头，将她做成了一个只知道让人打扮、呵护，一无所能、没有思想、没有感情的洋娃娃。这则讽喻故事的寓意就在于它揭示了贵族社会的教育对人的感情的戕害，年轻一代恰是这种教育的牺牲品。有些作品暴露了官吏界的恶德丑行。如《六品文官伊万·鲍戈丹诺维奇·奥特诺舍涅在晴朗的星期日没能向上司祝贺节日的故事》描写一群官吏嗜赌成性，他们通宵达旦、昏头昏脑沉醉在牌桌旁。《无名死尸的故事》则讽刺了官吏们的趋炎附势、贪污受贿、敲诈勒索：脱离尸体的灵魂来到县衙的一个小官吏面前，要求将尸体归还他，这个阿谀奉承、八面玲珑的刀笔吏却趁机索要贿赂。现实生活、日常事件一经虚幻手法的点染，就会产生强烈的艺术效果，寻常的事物即变得不同寻常，显得更鲜明突出、引人注目，其讽刺意义也随之彰显出来。这种幻想和讽刺相结合的艺术风格对年轻的果戈理有直接的影响，后者的《狄康卡近乡夜话》即是明证。

30年代后期和40年代初奥陀耶夫斯基创作了中篇小说《气仙女》（又译《西里费达》，1837）、《火怪》（又译《萨拉曼得拉》，1841）和《敞景画》等。这组作品，现实与幻想杂糅，其艺术手法类似《形形色色的故事》。这些作品涉及人类理智的某些未知领域，也写了巫术、炼丹术、魔法之类的东西，充满神秘、怪异的色彩，从中可以看到谢林唯心主义哲学对作者的影响。这几篇作品受到别林斯基的批评。作为一个具有强烈使命感的批评家，别林斯基极力倡导现实主义原则，号召作家贴近现实、反映现实、为变革现实而斗争。正是站在这样的立场上，他指责奥陀耶夫斯基的这一组作品脱离现实生活，将读者引向虚幻世界，是在"维护某种奇怪的幻想"，甚至过甚其词地说"《火怪》是虚假的荒诞不经的破烂货"。[①] 其实，只要仔细阅读作品就会发现，说奇道怪并非作者追求的目的，只不过是一种艺术手段，借助这种手法，作者可以从一种虚幻的、假定的特殊视角观察事物，透视生活，往往会获得更深切的感悟，会赋予作品更发人深思的寓意。《气仙女》一篇即是如此（见后面分析）。

30年代奥陀耶夫斯基还完成了两部重要的、取材于上流社会生活的中篇小说《公爵小姐咪咪》（1834）和《公爵小姐济济》（1839）。两部作品通过贵族青年的爱情婚姻问题，表现了上流社会人与人之间的虚伪关系，暴露了这个社会精神的空虚和道德的堕落。这两部作品对贵族社会生活、人物关系、人物心理等都有真实描写，是奥陀耶夫斯基的小说创作向现实主义过渡的标志。关于这两部小说下面再作评述。

40年代奥陀耶夫斯基的名作《俄罗斯之夜》（1844）问世。这是一部中短篇

[①] 弗·费·奥陀耶夫斯基：《中短篇小说集》，莫斯科：国家文学艺术出版社，1959年，第483—484页。

小说集,其中一些篇目早在结集出版之前就已经发表而为读者熟知。小说集的主导思想之一就是肯定生活中的诗意性原则和人的高尚精神追求。在作者看来,富有诗意性的东西是生活中、人性中主要的、不可或缺的元素,没有它,生活就会变得空虚、庸俗,生命之树就会枯萎、凋敝。几篇讽刺短篇如《旅长》、《死人的嘲笑》、《最后的自杀》等就表达了这种思想。《旅长》记述了一个五等文官临死前对自己一生的回忆和反思。他同周围许多人一样上学、结婚、供职……平平淡淡、庸庸碌碌度过了一生。当即将告别人世时,他才豁然醒悟,他怀着惭愧的心情回顾自己的人生道路,"整个一生以其赤裸裸的丑恶呈现在面前",生活是如此空虚而毫无意义,"自己身上却没有保留一点思想,一点感情"。这是一个没有明确人生目标和高尚精神追求的庸人的人生悲剧。之所以会这样,在作者看来,不仅是因为主人公缺乏"富有诗意的天性",更主要是"无情的社会条件"窒息了人的美好天性,扼杀了人对高尚理想的追求。半个世纪之后,托尔斯泰的《伊万·伊里奇之死》(1891)又进一步深化了《旅长》的主题。

奥陀耶夫斯基认为,能最充分、最深刻表现人的生活和精神中最富有诗意的东西的唯一语言——就是音乐。《俄罗斯之夜》中有一组专门描写音乐家及其创造生活的作品,如《贝多芬的最后奏鸣曲》、《塞巴斯蒂安·巴赫》、《即兴演奏家》等。对艺术和艺术家的创作劳动、献身精神、高尚人格的赞美是这几篇作品的主旨。贝多芬、巴赫是真正的伟大艺术家,他们把奋力攀登艺术的最高境界视为自己的天职和不懈追求的目标,他们将自己的人生理想寄托于艺术,将毕生精力奉献于艺术。贝多芬即使在晚年失聪的艰难情况下,仍在想象中捕捉音乐形象,终于完成了他的最后一首奏鸣曲。这些沉醉在艺术创作中的艺术家——这些身上最富诗意的人,尘世的喧嚣,世俗的欲望和利害得失,对他们来说是格格不入的。"只有浸沉在寂静的、无言的祈祷中的心灵",才能创造出能够揭示人生的神秘目的的音乐(《塞巴斯蒂安·巴赫》)。只有体验劳动的艰辛,才能深知收获的快乐。而即兴演奏家不肯为艰苦的创作付出心血,只是轻而易举地、随心所欲地演奏着,因此体验不到贝多芬、巴赫的创作劳动的痛苦和快乐。这是即兴演奏家的悲哀。高尚的理想、人性的诗意是与功利主义、利欲熏心水火不相容的。《俄罗斯之夜》中有的篇章对资本主义社会盛行的功利主义原则进行了批驳。《无名的城市》以乌托邦式的手法描写了一个城市的生活,在这里,一切都服从于"利益"这一铁律,一切都打上功利主义、实用主义的烙印,人人为己,贪婪自私,互相仇视,最终导致内讧、战争和城市的灭亡。对资本主义及其道德原则的批判是奥陀耶夫斯基创作中令人感兴趣的新因素。

以虚幻的形式反映现实生活现象,对人的神秘精神世界的探求和描写,富于哲理和讽喻性——这是奥陀耶夫斯基小说的美学特点。

30年代一些平民作家步入小说界,他们是波戈津、波列伏依、巴甫洛夫。适应时代和文学的发展,这些作家的创作具有更多更明显的现实主义因素,但总体上仍未超越浪漫主义的美学原则。

米·彼·波戈津(1800—1875)出身于农奴家庭,1806年获得人身自由。早年具有民主主义思想。其中篇小说《乞丐》(1826)反映了农奴的悲惨生活和命运:一个农奴青年的未婚妻被贵族老爷霸占,他奋起反抗,结果被充军,后沦为乞丐,惨死于莫斯科。《黑病》(1829)描写一个商人家庭出身的富有才智的青年,企图摆脱黑暗、愚昧、野蛮的生活环境,未获成功,终于自杀。小说以惊人的真实描绘了一幅封建商人的"黑暗王国"的十足的风俗画。《市场上的新娘》(1828)仿佛是《黑病》的续篇,将外省野蛮的风俗习惯展现在读者面前。这些作品得到了别林斯基的好评,说"他的诗歌世界,是平民百姓的世界,是商人、小市民、小地主和农夫的世界,我们必须说实话,这些地方他描写得非常成功,非常真实"[①]。批评家接着指出:"波戈津君的才能是描写我们下层社会风俗的才能,因此,当他忠于自己的倾向时,是引人注目的,超出范围时,立刻就失败。"[②]所以当他在《黑病》中描写一个有才能的青年与卑劣环境作斗争时,他就没有足够的才能把它很好地表现出来了。30年代波戈津的思想发生了变化,成了一个斯拉夫主义者,曾任反动杂志《莫斯科人》的编辑,鼓吹"官方民族性"。

尼·亚·波列伏依(1796—1846)是商人之子,曾主编《莫斯科电讯》。他的小说以其形式与内容的多样性而令人瞩目,既有长篇,也有中篇,既有历史题材,也有现实生活题材,取得了相当的成就。《上帝墓前的誓言》(1832)是一部回眸过去的长篇历史小说。而在中篇小说《画家》(1833)中,作者将目光转向现实,小说描写一个有才能的画家,渴望在艺术上有所成就,然而现实生活和命运给他安排的只是给名门闺秀画像之类的琐屑小事,徒有抱负而不能施展,精神上感到压抑,他企图挣脱周围环境的束缚,于是努力奋斗,开拓前程,但以失败告终,他离开祖国,客死异乡。小说表现了贵族社会对艺术的摧残和平民的愤懑。这篇作品成为果戈理的小说《画像》的先声。长篇小说《阿巴董娜》(1834)同样是写平民艺术家的命运的,不过作者将小说的背景移到了德国。作品通过一个出身市民的德国诗人在戏剧界奋斗而终不得志的遭际,暴露了艺术界的勾心斗角、尔虞我诈的内幕和上流社会的腐败堕落、冷酷、虚伪。主人公最后只得离开这污浊与是非之地,在理想化的市民生活环境和家庭小天地中寻求安宁幸福。《一个俄国士兵的故事》(1834)是一部优秀中篇小说,讲述青年农民西多尔随苏沃洛夫元帅远

[①②] 《别林斯基选集》第1卷,上海文艺出版社,1963年,第166、167、168页。

征意大利的故事。对农奴制度下农民的贫困生活和悲惨命运、农村官吏们的横征暴敛、残酷的兵役制度、士兵的日常生活的真实描写,是小说的出色篇章。另外,小说的叙事风格值得称道,它采用第一人称,以主人公自白的方式讲述自己的经历,感情真挚、朴实,语言真实、自然、纯净,很切合人物的身份。别林斯基称赞波列伏依的作品具有"惊人的多方面性",而且"每一篇都镌刻着真正才能的烙印",他的小说"都是以感情的温暖、优美的思想和对现实的忠实性见长的"。[①]

尼·费·巴甫洛夫(1803—1864)是农奴之子,八岁时获得人身自由。1825年毕业于莫斯科大学。1835年发表的《三部中篇小说》给他带来了声誉,受到普希金和别林斯基的好评。《命名日》一篇描写一个农奴音乐家的不幸命运,其中饱含着作者对童年时代痛苦、屈辱的农奴生活的深切体验。主人公虽有音乐天赋,但就因为是农奴,喜欢他的地主小姐弃他而去。沮丧之中,一次玩牌时输掉,他就逃跑了,他被抓回来,并被送去当兵。因为在战斗中他表现得异常勇敢,即被擢升为军官。刚刚时来运转,命运的结局却出人意外:他偶而来到情人家里,与其丈夫不期而遇,二人决斗中他不幸毙命。作者常常将一些偶然性事件作为推动情节发展和解决矛盾的手段,这必然有损于对主题的深入挖掘,也削弱了作品的抗议力量。《土耳其刀》是一篇尖锐有力的作品。主人公勃罗宁因决斗由军官降为列兵,专横傲慢、睚眦必报的上校欲趁机霸占他的女友为妻,并百般挑剔,对他实行体罚。勃罗宁不甘屈辱,遂予以报复,将上校杀死,故被判处"乱棍刑",被活活打死。这篇作品的有力之处就在于它极其真实地暴露了沙皇军队内部的黑暗、野蛮,士兵的毫无权利和悲惨处境,以及由此激起的愤怒和反抗。小说因其尖锐性甚至引起沙皇政府当局的关注,尼古拉一世在批示中称作品的"含义和目的极为恶劣"。第三篇《拍卖》将讽刺矛头指向上流社会,它的伪善、腐化、冷酷、寡廉鲜耻都在作者的笔下暴露无遗。巴甫洛夫的这三篇小说以其叙事简洁、语言流畅、情节发展迅速、故事的戏剧性见长,但缺乏对人物性格的精细刻画和对生活真实的深刻把握。

1839年巴甫洛夫的第二本作品集——《新中篇小说集》问世。它包括《假面舞会》、《恶魔》和《一百万》三篇小说,都是上流社会生活的素描,从中可以明显感受到作者对上流社会的嘲讽和批评,但其力度和尖锐性已大不如以前了。此后,巴甫洛夫就完全脱离了文学创作,他的思想立场也发生了变化。60年代初他成为反动杂志《我们的时代》和《俄国导报》的编辑。正如赫尔岑所说,巴甫洛夫在宪兵军官面前放下了自己的土耳其刀。

[①] 《别林斯基选集》第1卷,上海文艺出版社,1963年,第166、167、168页。

30年代初青年果戈理崭露头角,短短几年就连续发表了《狄康卡近乡夜话》(1831—1832)、《密尔格拉得》(1835)、《小品集》(1835)三部小说集,以其卓越才华和斐然成就震惊文坛,一颗耀眼的巨星冉冉升起。

这一时期的浪漫主义中篇小说按其内容归类主要有以下几种。

(1) 历史小说

历史小说之所以成为这一时期的重要体裁之一,首先与1812年卫国战争激起的俄罗斯民族意识的高涨有很大关系。民族意识的觉醒和高涨,使作家、尤其是十二月党人作家对俄罗斯祖国的历史产生了极大兴趣,他们深知历史及研究历史的政治意义。十二月党人鲁宁曾说道:"历史不仅对好奇或是思辨是需要的,而且在崇高的政治领域为我们指引方向。"[①]他们通过祖先的丰功伟业和英雄事迹激发人民的爱国热情,鼓舞斗志,号召人民为自由解放而斗争。历史小说在他们手中常常是抒发公民激情、寄托社会理想、服务于政治斗争的工具;而历史人物则往往是表达他们的思想的传声筒。召唤过去的亡灵,借用历史人物,是为了演出历史斗争的新场面。这就是十二月党人作家对待历史的态度。因此,在他们的作品中对历史人物的描写存在着非历史主义倾向,常常将历史人物理想化、现代化。

其次,英国小说家司各特的作品的广泛流行激发了人们对历史小说的兴趣。司各特以深邃的目光和广阔的视角观照苏格兰、英国以及欧洲各个时期的重大历史事件,描绘了一幅幅波澜壮阔、引人入胜的历史画卷,将各个时代的矛盾斗争、社会生活、世态人情、风俗习惯等淋漓尽致地展现出来。他的小说具有强烈而深厚的历史感,它突破了17、18世纪流行的流浪汉小说、"哥特式"小说、感伤主义小说的模式,开创了一种新的体裁——历史小说,从而大大扩展和丰富了小说的表现范围,因此司各特被誉为欧洲"历史小说之父"。司各特的小说获得了世界性的声誉,法国的斯丹达尔、巴尔扎克、梅里美、雨果,意大利的曼佐尼,美国的库柏等都以他为师,步其后尘,创作了许多优秀历史小说。1820年开始司各特的作品被陆续翻译到俄国,1826—1828年译介形成高潮,司各特的名字、他的作品及其人物在社会各界读者中几乎人人皆知。他的作品既契合了俄罗斯民族意识的觉醒和高涨,又提供了历史小说的范例,这无疑对俄国历史小说的创作与流行起了很大推动作用。

十二月党人作家的历史小说往往集中于两大主题:诺甫哥罗德公国和波罗

---

① С. М. 彼得洛夫:《19世纪俄国文学史》第1卷,俄罗斯联邦教育部国家师范教育出版社,1963年,第25页。

的海沿岸地区(即古代德意志的利沃尼亚)的骑士阶层。这两大主题与十二月党人文学的基本思想有着紧密联系。始终保持着市民大会制度和自由民主传统的诺甫哥罗德公国被十二月党人视为民主国家体制的雏形,体现着他们的社会理想;而中世纪波罗的海沿岸地区的骑士阶层之所以引起十二月党人的兴趣,则不仅因为这一地区经常与古罗斯发生摩擦和冲突,从而演绎出许多极富浪漫色彩的故事,而且还因为对骑士生活的描写中往往渗透着十二月党人对封建制度的批判。

别斯图热夫(马尔林斯基)早年创作的中篇小说《罗曼与奥尔迦》(1823)将读者带到了古老的共和制诺甫哥罗德公国时期。故事发生在1396—1398年间。正当诺甫哥罗德庆祝与德国签定和约五周年的时候,突然传来消息:莫斯科大公瓦西里·德米特里耶维奇派来特使,以战争相威胁,要诺甫哥罗德臣服莫斯科。在市民大会上,就这一有关公国存亡的问题,人们各抒己见,有人主张归顺,以换取和平;热血青年罗曼则号召诺甫哥罗德全体人民武装起来,抗击敌人。罗曼受诺甫哥罗德行政长官的委托,秘密前往莫斯科,以期说服大臣,并使莫斯科大公改变主意。不料,他一来到莫斯科即被投入监狱。随后,瓦西里大公派大军进攻,诺甫哥罗德人民团结一心,准备战斗。罗曼被人救出,立即奔赴战场,与诺甫哥罗德将士一起,经过一番战斗,击溃敌人,取得战争的胜利。小说在罗曼与心爱的人奥尔迦的婚礼中结束。

作品中,作者满怀激情地描述了古老的诺甫哥罗德公国的民主风尚。如在庆祝与德国媾和的节日里,全体诺甫哥罗德市民欢聚一堂,举行午宴,"富人与穷人,显贵与平民,正教徒与异教徒并坐在一起",欢声笑语,互相祝福,洋溢着兄弟般的情谊与友爱;事关诺甫哥罗德的一切重大问题,都要召开市民大会,共同讨论,作出决定等等。古老的民主传统与现行的专制制度形成了鲜明对照,其中透露出作者、这位未来的十二月党人对沙皇专制制度的批判和对自由民主理想的向往。作者赞颂了以英雄青年罗曼为代表的诺甫哥罗德人民为了捍卫来之不易的自由民主权利而表现出来的英勇无畏的斗争精神。罗曼是作者刻画的热爱祖国、英勇顽强的战士形象。在市民大会上,他慷慨陈词,号召同胞们奋起抗敌;他肩负重任,置生死于度外,只身独闯莫斯科;在狱中,他不惧威逼利诱,对祖国忠贞不渝;他忠于爱情,但为了祖国和人民的利益,他可以牺牲个人的幸福……这一形象体现了十二月党人心目中为自由、为社会利益而献身的人民战士的特征,也可以说是十二月党人爱国志士的自我写照。

马尔林斯基的另一部中篇小说《奈高津要塞》(1825)反映的是14世纪初德意志利沃尼亚骑士阶层的生活。在与德意志骑士团的一次战斗中,诺甫哥罗德的青年战士符谢斯拉夫负伤,被奈高津要塞的主人埃瓦尔德·封·诺尔杰克骑士俘虏。在埃瓦尔德的夫人、善良的爱玛的细心护理下，他很快康复，并受到夫妇二人的热情款待。行为放荡的罗姆阿尔德·封·梅骑士垂涎于爱玛的美色，但遭到拒绝，为了达到占有爱玛的可耻目的，他造谣中伤，一方面说符谢斯拉夫与爱玛关系暧昧，另一方面又向秘密法庭诬告埃瓦尔德私通俄国，结果后者被判死刑。他乘人之危，将爱玛骗走，妄图霸占。此时符谢斯拉夫已弄清楚，爱玛原来是自己两岁时在战乱中失踪的亲妹妹。最后，符谢斯拉夫在一支俄国武装商队的帮助下，救出埃瓦尔德与爱玛，夫妻二人终又团聚。小说赞扬不同民族友好往来，和睦相处，谴责造谣生事、挑拨离间的阴谋诡计，揭露了骑士团和秘密骑士法庭践踏人性、迫害无辜的残暴行为。小说的故事情节虽然纯属虚构，但它反映的时代背景和历史氛围还是真实的；而巧妙的构思，紧张的故事，人物昂扬、奔放的情感，加之决斗、劫持、阴谋、秘审、劫狱等情节，则赋予这部作品以典型的浪漫主义特征。

十二月党人作家非常重视祖国历史上反抗外国侵略和国内压迫的英雄人物，期望以先辈的光荣事迹激励人民起来斗争。十二月党人作家格林卡(1786—1880)的中篇《济诺别依·波格丹·赫麦尔尼茨基》(又名《解放了的小俄罗斯》，1817)取材于16世纪乌克兰人民抗击波兰侵略者的斗争事迹。主人公赫麦尔尼茨基是为祖国独立而奋斗的战士，是伟大的民族英雄。他酷爱自由，更珍视民族的独立自由，他不能容忍侵略者践踏祖国的土地，更不堪作强权的奴隶。他对父亲说："不，我的父亲，你不是将生命赐予奴隶，也不是教育我作奴隶……啊，不就是你自己……说出自由的全部魅力吗？……"小说歌颂了以赫麦尔尼茨基为代表的乌克兰人民的热爱自由、勇于斗争的精神，在某种程度上可以说是果戈理的小说《塔拉斯·布尔巴》的先声。

另一位十二月党人小说家亚·奥·柯尔尼洛维奇(1800—1834)的中篇小说《祈求上帝不徒劳，效力沙皇不落空》(1825)以及长篇小说《安德烈·别津梅内依》再现了辉煌的彼得时代和彼得一世的伟岸形象。作者对彼得大帝励精图治的革新精神倍加赞赏，将他刻画成一位精力充沛、大胆无畏、富有献身精神的英雄人物。值得指出的是，与其他十二月党人作家在处理历史事件和历史人物时常犯有的非历史主义的弊病不同，柯尔尼洛维奇不是随心所欲地去写历史，他的小说是建立在大量文献资料的基础上的，因此，他对当时的生活习俗、人物及其相互关系、乃至彼得大帝本人的形象，都作了比较真实的描写。

总的说来，尽管十二月党人笔下的主人公不同，但是他们的思想、感情、甚至语言都大同小异，因为他们不过是作家的传声筒，是十二月党人的公民激情、自由精神和爱国主义的表达者。这些作家只是借鉴了司各特的历史小说的某些外在的表现手法，而没有真正掌握其内在的历史主义精髓。历史主义作为一种思想、创作原则只有在后来的普希金的历史小说《上尉的女儿》中才真正体现出来。

从30年代开始,长篇历史小说逐步取代中篇历史小说而成为这一时期的主要创作体裁之一。

(2) 上流社会小说

较之历史小说,上流社会小说更贴近现实。上流社会的生活及人物的思想、精神和心理,上流社会的生活环境对人的不良影响等等,是这类作品的中心主题。

马尔林斯基的《考验》和《巡航舰"希望号"》描写的是贵族上流社会司空见惯的情场韵事。男女主人公以其对真挚、热烈、不合贵族社会道德规范的爱情的追求,向上流社会的淫荡、堕落、伪善、逢场作戏提出挑战。同时,作品也表达的这样的思想,即社会责任和义务高于个人幸福,从而否定了那种背离责任和义务的疯狂的、丧失理智的情欲。《巡航舰"希望号"》的主人公普拉文舰长在暴风雨来临之际,不听劝阻,擅离职守,执意去幽会情人维拉,结果,巡航舰被暴风雨摧毁,十几名水手丧命,普拉文自己也因返回舰上时负伤,流血过多而死。维拉则被丈夫遗弃,在流言蜚语的折磨中客死异乡。

两篇小说字里行间贯穿着对贵族上流社会的讽刺和谴责。作家以尖刻的语言抨击了贵族阶级的崇洋媚外和缺乏民族自尊心,说彼得堡"一切都是拍卖来的,——既没有一个俄国人的社会,也没有一句俄国话!""在俄罗斯找不到俄罗斯人",只能"看到一个巴黎社会的仿制品"。上流社会的舞会,不过是男子寻芳猎艳、女子待价而沽的场所,这里一切取决于或门第、或财富、或官阶、或锦绣前程,"看上去他们倒好像是在交易所,而不是在跳舞厅里"。作家一针见血地揭露了贵族社会的思想空虚和缺乏个性:"没有个性使一切都结上了一层冰。你想细看特点那是枉然,你永远弄不明白这些人是些什么人,他们持什么意见,微笑时毫无表情,话语里找不到思想,勋章下看不见真心。"在上流社会里,一切都淹没在虚伪、冷酷的冰水中,"在这个圈子里,爱情就是虚荣,而友情就是奇想"。决斗历来被上流社会视为维护所谓个人尊严和荣誉的手段,而作家却嘲讽了这种传统陋习的庸俗无聊:"您曾见过多少次决斗是为了正经事?实际上都是为了女演员,为了打牌,为了马,或者为了一份冰淇淋。"

奥陀耶夫斯基的中篇小说《公爵小姐咪咪》堪称是一幅上流社会的忠实图画,通过对贵族社会的爱情、婚姻和日常生活的描写,表现了作家对贵族妇女的地位、命运,贵族社会的道德观念等问题的思考。主人公咪咪公爵小姐在婚姻选择中蹉跎岁月,年龄已逾30,眼看韶华即逝,花容日衰,仍待字闺中,因此,难以言喻的嫉妒、愤恨、失望、痛苦在胸中燃烧,并化为一种狠毒、愤怒、报复之火发泄出来。在社交场合中的尴尬地位,使她加入到"品德高尚"、"老年持重"的太太们的行列,这些人组成无形的"道德法庭",专门监视、窥探、议论他人,甚至无中生有,捕风捉影,制造流言蜚语,诽谤中伤无辜。咪咪故意散布艾丽扎与格拉尼茨基的"绯闻",致使三个无辜青年受到戕害:格拉尼茨基在决斗中毙命,其情侣利蒂雅则成了寡妇,艾丽扎在痛苦中郁郁而亡。公爵小姐咪咪这类人的存在是一种社会现象,是无所事事、精神空虚、道德堕落、风尚败坏的贵族上流社会的必然产物。因为在这个社会中,"对于姑娘来说,生活的唯一目的就是嫁人",而嫁不出去的老姑娘就会遭到世人的窃窃私议、冷眼和嘲笑。这种命运恰恰落在公爵小姐咪咪身上。内心的痛苦、愤懑、不平转化成狠毒的报复情绪,以流言蜚语贬毁他人成了这个老姑娘维护自己的脸面、免遭他人讥笑的手段。公爵小姐咪咪可恨可恶,但又可悲可怜,她同样是贵族上流社会的牺牲品。

　　在贵族社会,嫁不出去的姑娘的灵魂和性格被扭曲了,那么嫁出去的姑娘的命运就好吗?利蒂雅,"不管愿意不愿意",母亲就将她嫁给一位年老多病的伯爵,不久,丈夫去世,尚在花样年纪,就成了寡妇。艾丽雅的命运也只能和一位老男爵结合在一起,丈夫对她毫不关心,终日"沉醉于自己的爱好:早晨闻鼻烟,晚上玩维司特,而空闲时间就为自己谋求种种奖赏而奔忙"。通过这几个女性形象,作家提出了贵族上流社会妇女的地位和命运问题。

　　小说对贵族社会的人物关系及人物的行为、心理,对舞会及社交场上贵族妇女的争风斗法,对牌桌旁的飞短流长、闲言碎语以及贵族的种种生活情态,都作了生动、准确的描写,表现了作家对日常生活的敏锐观察力和深刻感受力。这篇作品得到了别林斯基的好评,说它是"优秀的俄罗斯中篇小说之一"。①

　　奥陀耶夫斯基的另一部中篇小说《公爵小姐济济》的主题思想同样是关于妇女社会地位问题的思考。贵族少女济娜伊达(爱称济济)纯洁、善良、聪明,爱上了外表英俊潇洒、热情、健谈的青年戈罗德科夫,然而这个内心伪善、卑鄙、阴险的骗子,不仅在感情上欺骗了济济,而且企图将她姊妹俩的产业据为己有。当济济终于认清了戈罗德科夫的真实面目,准备揭发控告时,却遭到了上流社会的訾议和诟骂,在这个人心险恶、道德败坏的社会中,济济始终未能建立起幸福生活。这篇小说中的现实主义因素较多,而且在人物性格刻画和心理描写方面取得了新的成就。

　　巴甫洛夫的《拍卖》和《假面舞会》对上流社会作了有力揭露和讽刺,在作者笔下,上流社会就是拍卖场,在这里什么都可以买卖,只要你有钱,官衔、荣誉、地位、爱情、婚姻等等都可以买到;上流社会就是假面舞会,这里的一切都是伪善、

---

① 《别林斯基全集》第8卷,莫斯科:苏联科学院出版社,1955年,第313页。

欺骗、谎言、友谊、爱情、德行、善举等等不过是掩盖丑恶、肮脏、腐败的假面具罢了。

(3) 幻想小说

20年代中期幻想小说开始兴起,并且很快形成热潮。当然,这种幻想小说与后来的科学幻想小说不同,它不是对自然现象和生活现象的理性把握和科学说明,而往往是对不可知的事物和现象的非理性地、带有神秘主义色彩地描述和解释,而且,重要的不在于这种描述和解释是否合理、正确,而在于以虚幻的艺术手段表达某种思想和寓意。

这种幻想小说的流行首先与宗教思想观念的影响有很大关系。宗教哲学宇宙观认为,除了我们人类生活的现实的"此岸"世界外,还有一个神秘的、不可知的"彼岸"世界,在这个世界中,既有占主宰地位的、代表"善"的神,也有与之相对立的、代表"恶"的魔鬼,两种力量都想干预人类的现实世界,它们之间的斗争就决定着人世间的祸福和人类的命运,而人类却无能为力,它是不可知的、神秘莫测的。俄国作家自幼就受到东正教的熏陶,宗教思想潜移默化地影响着他们,特别是对那些唯心主义思想严重的作家,其影响更大、更强烈。于是,他们就将自己对不可知的、不可解的事物的神秘体验通过创作表达出来。其次,小说创作受到俄国民间文学的浸润,而民间文学在古代多神教和后来基督教的影响下,不仅充满神与魔——善与恶——斗争为主题的种种神话、传说、故事,同时也有许多迷信、神秘成分。因此,民间文学成为幻想小说以及宗教神秘观念的来源之一。再次,19世纪初德国古典哲学、特别是谢林的哲学在俄国知识界风行一时,很多人在潜心研究,其唯心主义体系为幻想小说创作提供了哲学基础。最后,德国浪漫主义作家霍夫曼的作品于20、30年代在俄国流行开来,他那富有神秘怪诞色彩的作品为幻想小说树立了样板,产生了很大影响。这样,在浪漫主义大潮的推动之下,幻想小说创作一度形成热潮,20、30年代的著名作家几乎没有一个人不涉足这一领域,甚至连普希金、莱蒙托夫、果戈理也参与进来,他们分别创作了《黑桃皇后》、《什托司》[①](未完成)和《画像》,将幻想小说推向顶峰。

俄国文学中第一篇原创幻想小说是安·波果列尔斯基(即阿·阿·别洛夫斯基)于1825年在《文学新闻》上发表的《拉斐尔多夫卖罂粟糖饼的女人》。小说的背景是莫斯科郊区小人物的日常生活。一个老太婆白天在街上卖罂粟糖饼,晚上在家里给人算命,传说她能与魔鬼打交道。一天夜半时分,她当着孙女玛莎的面作法,她养的一只黑猫竟幻化为人,玛莎吓得晕了过去。老太婆感到自己在

---

① "什托司"(ШТОСС),一种纸牌赌博。

世上已时日不多,就决定将一生积攒的财产让玛莎继承,但有一个条件:她必须嫁给婆婆为她选择的未婚夫。玛莎只好答应下来,老太婆就把百宝箱的钥匙交给了玛莎。不久老太婆去世。一天,玛莎的父亲将一位姓穆尔雷金的九等文官带到家中,他自称是玛莎的未婚夫。玛莎惊恐地发现,此人就是婆婆家那只黑猫变的,她非常害怕。夜里,她就把婆婆给她的白宝箱的钥匙扔进水井里,此时她看见,那只趴在井架上的黑猫尖叫一声,掉到水井里,井水立刻沸腾起来。这样,老太婆的魔法就被破除了。

玛莎继承了百宝箱,同时也妖魔缠身——得到了一个黑猫幻化的未婚夫,终日生活在恐惧之中。所以,小说的寓意明晰而深刻:金钱就是一种魔力,魔力缠身就会带来种种不幸,弃绝这种魔力,生活、身心才会安宁。另外,与专门以神秘、怪诞、恐怖取胜的志怪小说不同,这篇作品真实描写了社会下层的小人物及其日常生活,而且这种描写占很大篇幅,压倒了对神秘、怪异气氛的渲染。对作者来说,幻想本身不是目的,而是表达思想、展现生活的一种手段。普希金非常喜欢这篇作品,他在给兄弟的信中谈到:"老太婆的那只猫真是妙不可言,我一口气把小说读了两遍,现在我对穆尔雷金一直念念不忘……"[①]

奥陀耶夫斯基的《气仙女》(1837)描写了一个精神病患者的神秘的内心体验。主人公米哈伊尔·普拉东诺维奇对充满伪善、欺骗、自私、仇恨、沽名钓誉、阿谀奉承的现实生活感到失望,他来到乡下,在已故叔父的庄园里发现了几箱巫术和炼丹术书籍,出于好奇,他开始阅读,并逐渐沉溺其中而不能自拔,以至精神变态。当他沉迷在实验和神秘幻想中时,一幅幅令人赏心悦目的景象如梦如幻地展现在他面前:时而是盛开的玫瑰,时而是迷人的仙女,时而是繁华喧闹的城市,时而是光辉灿烂、绚丽多彩的新世界——那里"兄弟亲吻着兄弟,暴力屈服在无辜者面前"……陶醉在这神秘而奇妙的世界里,他感到幸福、欣悦、兴奋、满足。然而,当他的朋友请医生治好他的病,使他重新回到正常生活状态之后,他反而非常懊丧,因为,他在病中使他精神上感到愉悦和满足的那些高尚而美好的东西也随之消失得无影无踪。他又变成了一个为日常俗务奔忙的、和其他人一样的"正派"人,并且常常以酒解闷。

别林斯基曾批评这篇作品是在"维护某种奇怪的幻想",但是奥陀耶夫斯基不同意对他的批评,认为这种指责是一种"奇怪的幻视"[②]。这篇作品确实描写了主人公神秘的内心体验、幻觉,但他的怪诞行为是一种精神和心理上的病态,是由于沉迷巫术、炼丹术而造成的。所以,小说揭示和批判了巫术、炼丹术对人

[①] 《普希金全集》第 10 卷,国家文学出版社,1958 年,第 133 页。
[②] 弗·费·奥陀耶夫斯基:《中短篇小说集》,国家文学艺术出版社,1959 年,第 483—484 页。

的危害。但我们认为，小说的重点并不在这里，其主旨是要揭示人的心灵的高尚追求与庸俗的日常生活之间的矛盾：庸俗的现实生活只能造就庸俗的人，而不能满足和实现人的心灵的高尚追求，人们只好在幻想中寻求精神慰藉。因此，主人公宁愿沉醉在幻想之中，而不愿回到庸俗的现实生活中来。这无疑是对现实的嘲讽。小说的意义即在于此。

扎果斯金的《霍波尔之夜》(1837)由一系列故事组成。在一个秋雨霏霏之夜，几个客人聚集在一个单身汉的庄园里，为了消磨时光，轮流讲可怕的故事。其结构形式类似薄迦丘的《十日谈》。虽然这部作品当时并未引起批评界和读者的关注，但却是30年代一部典型的幻想小说。

此外，奥·索莫夫根据乌克兰民间故事创作的《美人鱼》(1829)和《妖婆》(1833)也属于此类作品。

除以上三大类小说外，还有一些反映平民阶层生活的作品，如前面谈到的波戈津的《乞丐》、波列沃依的《画家》、巴甫洛夫的《命名日》，以及奥陀耶夫斯基的描写寄人篱下的养女的屈辱生活的《卡佳》(又名《一个养女的故事》)(1834)等。这类作品虽然数量不多，但却表现了作家的民主思想和人道主义精神，代表了俄国文学的发展方向，为40年代崛起的"自然派"做了铺垫。

第三节　长篇小说

20年代是俄国中篇小说的时代，30年代长篇小说兴盛起来。中篇小说的风行，旅行记、特写、生活速写、抒情散文等其他形式的散文的创作，以及各种外国小说的译介，都为长篇小说的创作提供了经验和借鉴。如果没有这些经验的积累和艺术的借鉴，长篇小说就不可能发展起来，也不可能从原来的惊险小说、劝谕教诲小说、风土人情小说等演变成一种新型的长篇小说。这时期的长篇小说大致有两类：一类是反映现实的世情讽刺小说，另一类是追思往事的历史小说。对现实和历史的关注，表明人们对那些脱离生活实际、纯粹虚构的作品的疏离，是俄国文学向现实主义转化的表现。

（一）长篇世情讽刺小说

这类小说关注社会现实，以写实手法对社会生活、世态人情做真实素描，其中贯穿着作者对事物的品评和道德教诲，以及揭露和批判激情，表现出毋庸置疑的民主精神。但忽视对人物性格的刻画及人物心理的描写，是这类小说的最大缺陷。世情讽刺小说继承了18世纪俄国小说（如楚尔科夫、艾明等人的创作）的思想艺术传统,同时也烙印着欧洲"流浪汉小说"的明显痕迹。

19世纪初最早的一部长篇世情讽刺小说是亚·叶·伊兹梅洛夫(1779—1831)的《叶甫盖尼》(又名《不良教育和结交的致命后果》)(1799—1801)。小说叙述贵族青年叶甫盖尼·涅戈加耶夫在贵族社会的不良教育下养成懒惰、无知、傲慢、自私、冷酷、道德败坏等恶习,终日与那些纨绔子弟、酒肉朋友厮混在一起,不务正业,度过了短促而堕落的一生。作品对华而不实、危害青年的贵族教育痛下针砭,以期醒世警人。虽然小说比较真实地、讽刺性地描写了贵族社会的日常生活,但作者直接的、过多的道德说教损害了作品的艺术性。类似的作品还有尼·费·奥斯托洛波夫的《叶甫盖尼雅》(又名《现时的教育》)(1803)。

在世情讽刺小说创作方面,成就最大者当属纳列日内。

瓦·特·纳列日内(1780—1825)出生在一个穷贵族家庭,其父穷困潦倒,后来竟成了普通农民。他神学校毕业后,入莫斯科大学深造,但因无力支付学费而未能完成学业。之后,他一直在高加索、彼得堡任小官吏。他的文学创作活动是以古典主义悲剧的模仿之作《僭称王德米特里》开始的,但该剧未获成功。

给纳列日内在文坛上带来声誉的是长篇小说《俄罗斯的吉尔·布拉斯》(又名《契斯佳科夫公爵奇遇记》)(1814)。无论从小说的标题、构思,还是结构特点,都可以看出这部作品是受法国作家勒萨日的小说《吉尔·布拉斯》的直接影响而写成的。同时,它又是俄国的"骗子小说"的进一步发展,成为这类小说链条中的重要环节,起着承上启下的作用。

小说主人公契斯佳科夫是一个只有两个农奴的穷困潦倒的小地主,其妻经不住一个过路的上流社会人物——斯维德罗扎洛夫公爵的花言巧语的诱惑,抛家弃夫,跟着人家跑了。为了寻妻,契斯佳科夫踏上了漫长而坎坷的道路。他从农村来到县城、再到莫斯科、彼得堡,他从事过各种工作——当过店员、学徒、秘书、看门人等,历经种种屈辱和磨难,目睹了世情百态,遇到形形色色的人物。经过这番人生磨励,契斯佳科夫也渐渐发生了变化,从一个自私贪婪的人变成了严肃对待生活、富有同情心的人。

纳列日内在小说前言中说道,他的任务就是要"在各种情态和关系中描绘风尚习俗"。循着主人公浪游的足迹,小说将种种生活场景展示在读者面前:风习古朴的地主庄园,达官贵人的豪华府邸,忙碌嘈杂的店铺,共济会的神秘礼仪……形形色色的人物在读者眼前呈现:宽厚善良的老地主,仁慈的农村小酒店老板,唯利是图的商人,形而上学哲学家,招摇撞骗的公爵,专横残忍的波兰总督……这五光十色的场景和各种各样的人物构成了一幅广阔的18世纪末19世纪初俄国社会的风俗画。

在这幅画面中,农奴的贫困艰难与贵族的骄奢淫逸形成鲜明对照。道德败坏、人面兽心的斯维德罗扎洛夫公爵即是贵族社会的代表人物之一。当回忆起自己的青少年时代时,他十分得意地说道:"那时我的主要作业就是和父亲一起去打猎;闲暇时,我就追逐家仆的姑娘们,或者把仆人召集起来,命令他们互相殴打,看到他们口鼻流血,一撮撮头发乱飞,我真是百看不厌。对这种花样翻新的强烈刺激父亲感到很惊奇,相信随着时间的推移,我一定会成为一个大人物。"站在读者面前的岂只是一个纨绔子弟,简直是毫无人性的恶棍、有爵位的坏蛋。他招摇撞骗,为非作歹,拐骗他人妻,玩弄后转手又倒卖给好色之徒;他对有巨额陪嫁的未婚妻极尽逢迎之能事,目的是为了骗取钱财,为贵族的族徽镀金,为门第增辉。以斯维德罗扎洛夫为典型,作者对贵族阶级的恶德败行给以有力鞭挞和嘲讽。

在这幅画面中,读者目睹了各级官僚的丑恶嘴脸,从基层法院的小小的书记员到威严的大法官,整个官场无不巧取豪夺,贪赃枉法,腐败堕落。"特级公爵"拉特隆就是沙皇官僚集团、特别是达官显贵的集中写照。拉特隆以残忍著称,在任波兰总督期间,实行暴虐统治,血腥镇压,是一个双手沾满人民鲜血的刽子手。他是沙皇的宠臣,亲信麋集,权倾八方,焰势赫赫,炙手可热。通过这一形象,作者暴露了贵族官僚集团的专横残暴、恣意妄为和欺压人民的本质。

在这幅画面中,作者的笔还触及了当时俄国的许多社会生活现象,比如曾喧闹一时的共济会的活动。小说以戏谑和嘲讽的语调描写了共济会的神秘礼仪,将其黑暗内幕暴露在光天化日之下。其头目打着慈善活动的幌子,蒙蔽、欺骗普通会员,骗取钱财,中饱私囊。

正因为这部小说的反对农奴制的思想倾向以及对贵族官僚集团的揭露批判,所以小说仅仅刊登了前三部分就遭到书报检查机关的查禁而夭折了。直到一个多世纪之后,即1838年,纳列日内的这部作品才以完整的面貌与读者见面。

分析包括勒萨日的《吉尔·布拉斯》在内的欧洲流浪汉小说,其结构不外乎由三个基本要素组成:描述主人公的漫游和人生经历;表现主人公所目睹的的五光十色的现实生活和所结识的各种各样的人物;对进入主人公视野的各种人物、事物进行道德哲学评论。[①] 纳列日内的这部小说完全符合这种结构模式。作品以契斯佳科夫从农村到彼得堡的人生足迹为基本线索,将他的种种经历、奇遇串连在一起,而且中间又镶嵌了许多小插曲和奇闻趣事,形成大故事套小故事的、枝权繁多的结构,主人公的亲身经历和耳闻目睹的世态人情就构成一幅18、19世纪之交的俄国社会的人间万象图而展现在读者面前。作品中,主人公是叙事者,

---

① 《俄国小说史》第1卷,苏联科学院出版社,1962年,第89页。

充当作者的代言人,他向读者讲述自己的经历和见闻,并对自己的行为、各种事件和人物进行议论评判,作者的主观倾向性和作品所蕴含的道德教诲意义即随之显示出来。

按照传统惯例,我们将契斯佳科夫称之为主人公,但是必须指出,这部作品的主要任务不是塑造契斯佳科夫的形象。虽然它师承勒萨日《吉尔·布拉斯》,但在主要人物性格刻画上要比后者逊色。来自社会底层的小人物吉尔·布拉斯的机敏、狡黠、坚强、随机应变以及不达目的誓不罢休的个人奋斗精神,给读者留下深刻印象。而在《俄罗斯的吉尔·布拉斯》中,作者并未着力在各种矛盾冲突中去刻画契斯佳科夫的性格,而将更多的笔墨用于对各个社会阶层的代表人物的描写和评判上,所以,契斯佳科夫的形象不够鲜明、突出。小说也勾画了契斯佳科夫的人生历程,但他的经历不过是串连作品情节、场景、人物的链条。通过这一链条展现由形形色色的场景和人物所构成的社会风貌,才是这部小说重点之所在。因此,有的研究者认为,《俄罗斯的吉尔·布拉斯》实质上是"无主人公"小说。[①]

《俄罗斯的吉尔·布拉斯》既显示了流浪汉小说的特点,也明显地存在着这类作品的缺陷:结构松散,枝蔓丛生,节奏拖沓,情节的演进往往不是靠矛盾发展的逻辑性、必然性来推动,而是借助偶然、巧合等手段来实现;主要人物形象不够鲜明,缺乏个性和典型性;对现实生活的开掘尚欠深入。尽管如此,但这部作品在文学史上承前启后的作用是不能忽视的。在俄国的流浪汉小说(即"骗子小说")的演变过程中,它是《死魂灵》的前奏。果戈理的这部名著无疑是"骗子小说"的登峰造极之作。

1816—1817年纳列日内完整了他的第二部长篇小说——《凶年》(又名《山民公爵》)。这部作品采用的仍然是流浪汉小说的结构模式,以凯伊图卡公爵在封建割据战争中战败后到各地求援为线索,描写了格鲁吉亚的世态、民情、风俗等,对封建统治者的愚昧野蛮、恣意妄为、争权夺利、鱼肉人民予以讽刺和谴责。作者将小说的背景移至高加索,描写的似乎是东方国度的风情,又给统治阶级的代表人物穿上东方民族的服装,借用这种讽喻手法,将矛头指向沙俄统治者。这部作品当时仍未逃过书报审查机关的眼睛,只是在作者去世之后,即1829年才得以问世。

此后,纳列日内又连续创作了三部作品——长篇小说《阿里斯焦恩》(又名《再教育》)(1822)、《神学校学生》(1824)和中篇小说《两个伊万》(又名《讼诉狂》)

[①] 《俄国小说史》第1卷,苏联科学院出版社,1962年,第92页。

(1825)。由于前两部作品受到沙皇政府书报审查机关查禁,因此,这三部作品的揭露批判激情不得不有所遏制。

《阿里斯焦恩》类似亚·叶·伊兹梅洛夫的《叶甫盖尼》(又名《不良教育和结交的致命后果》),批评了浅薄、浮泛的贵族教育的危害,并力图给贵族青年的再教育指明方向。主人公阿里斯焦恩在首都贵族寄宿学校读书,只学会了诸如跳舞、说法国话等一些华而不实的东西,成了一个不学无术的浮浪子弟,在上流社会的享乐中将家产挥霍一空,最后来到地主戈尔果尼的庄园。在这里,他生活在充满勃勃生机的大自然中,接触了人民,受到纯朴的宗教感情的熏陶,又阅读了卢梭的著作,经过一番再教育,他的思想感情发生了很大变化。显然,纳列日内试图用卢梭的"返回自然"的启蒙教育思想来改造俄国的贵族教育。为了体现这一教育思想,他在小说中描写了戈尔果尼的文明的、理想化的庄园。作者的这一理想之所在,不仅与京都贵族上流社会的浮华形成极大反差,而且与外省那些闭塞、愚昧、不开化的地主庄园形成鲜明对照。值得指出的是,作家在描写阿里斯焦恩的乡间生活时,塑造了许多个性鲜明的地主形象,有游手好闲、惹是生非的酒鬼,极其富有、却猥琐悭吝的守财奴,喜欢大吃大喝的饕餮汉等等。这些艺术形象在后来的果戈理的创作中塑造得更加鲜活、生动、典型。

《神学校学生》以17世纪乌克兰的社会生活为背景,展示了主人公涅奥恩·赫洛波金斯基的生活经历。涅奥恩自幼离开父母,由乡村教会执事抚养成人,入神学校学习,后来偶然来到梅姆诺恩的庄园,原来,梅姆诺恩是他的父亲。之后,他又到盖特曼①的宫廷服务,而盖特曼竟是他的祖父。纳列日内依然运用充满种种奇遇和爱情插曲的传统情节模式,再现了17世纪乌克兰的历史画面和极富民族特色的生活习俗,尤其是描写神学校生活的篇章,浸透着作者早年的亲身生活体验,显得格外真实生动而富于幽默感。这部作品不仅为后来果戈理在小说《维》和《塔拉斯·布尔巴》中描写神学校生活提供了艺术借鉴,而且直接影响了波缅洛夫斯基的创作,后者于1862—1863年发表了《神学校随笔》,同样暴露了神学校教育的黑暗。

《两个伊万》较之《神学校学生》更贴近现实,它取材于乌克兰的现实生活,描写两家地主为鸡毛蒜皮的小事诉讼不休,直至倾家荡产,最后在儿女的感化下和解,小说以两家联姻而结束。这部作品自然使读者联想起果戈理的小说《伊万·伊万诺维奇和伊万·尼基福罗维奇吵架的故事》。在对乌克兰现实生活的忠实描绘,对小贵族地主的空虚无聊、粗俗无知的批评,乃至情节的铺陈以及讽刺、幽

---

① 17—18世纪乌克兰的统治者。

默、喜剧风格等方面,二者确有异曲同工之妙。

对俄国社会现实、特别是日常生活的关注和真实描写,对社会弊端和丑恶事物的道德批判,使纳列日内的创作体现出现实主义和民主主义精神。他背离古典主义和浪漫主义的美学趣味,让高高在上的、威严典雅的缪司降临人间,让虚幻的理想融入真实的现实,从而拉近了文学与现实的距离,推动了俄国小说的发展。诚然,在小说艺术上,他还没有摆脱传统的"骗子小说"或历险奇遇小说的窠臼,对现实生活的挖掘和概括还有待深入,人物性格的复杂性、典型性和个性化不够,尤其是忽视对人物内心世界的探求。但这些缺陷都不能影响他在文学史上承前启后的地位。冈察洛夫称纳列日内为"果戈理的前驱",他为"自然派"开拓了道路。

到了 30 年代,世情讽刺小说有了进一步发展。有些作家试图突破流浪汉小说或"骗子小说"的固有模式,在思想和主题的深化、人物形象的刻画、情节结构等方面,都作了有益的探索,将这类体裁向前推进了一步。例如安·波果列尔斯基的长篇小说《修女》(1830—1833)即是。

《修女》第一部的故事情节在乌克兰一个闭塞、落后的贵族庄园里展开。主人公阿妞达在修道院受教育,在这里她不仅接受了上流社会的修养,而且开启了心智,精神上的渴望和追求日益强烈,她习惯于生活在自己的纯洁的心灵世界之中,而对周围鄙俗的环境感到格格不入。她与志趣相投的青年军官勃利斯托夫斯基相爱,却遭到了她的监护人克里姆·西多罗维奇·玖恩基克的百般阻挠。玖恩基克是一个拥有三千农奴的大地主,为人专横跋扈,残酷无情,睚眦必报。他自作主张,强迫阿妞达嫁给一个她十分讨厌的丈夫。小说第二部分,阿妞达离开庄园,远嫁他乡。途中,她逃跑了,就在被追缉者追赶的紧急时刻,仗义勇为的茨冈人瓦西里将她救下,并护送她回到她所爱的勃利斯托夫斯基身边,有情人终又团聚。

之所以说这部作品对突破"骗子小说"的传统模式作了有益尝试,主要是因为:(1) 塑造新的主人公。"骗子小说"的主人公或主要人物不外乎是骗子、投机钻营者、生活落魄者之流,这些人道德上有缺陷,他们除了关心改变个人的生活境况之外没有什么精神追求。而《修女》的主人公阿妞达则不同,在鄙俗的生活环境中,她始终保持着美好、纯洁的心灵;她不屈服于封建势力的压力,敢于为自己的爱情幸福而斗争。勃利斯托夫斯基是她的同道。他们反映了正在觉醒、成长的新的一代青年的某些特征。(2) 力图对现实生活的矛盾进行更深入的挖掘。阿妞达与玖恩基克的矛盾不仅仅是在婚姻观念上的迥异,而本质上反映了新一代青年与以玖恩基克为代表的顽固、腐朽的贵族地主阶级在思想感情和道德观念上的冲突,这种冲突深深根植于社会生活之中,是社会生活历史性发展变化的必然结果。这样表现现实生活的矛盾冲突要比"骗子小说"通过一些情节和场景来揭露某些局部的社会弊病深刻得多。(3)探求人物的心理世界。世情讽刺小说(包括纳列日内的作品)的主要缺点之一就是忽视对人物内心世界的描写,而《修女》则力求克服这方面的不足,展示了阿妞达的纯洁心灵和内心感受,她对周围生活的思考,对幸福爱情的向往等等,尽管还不够充分、彻底。(4)构建连贯、统一的情节结构。与"骗子小说"和纳列日内的作品那种用主人公的游历将形形色色的插曲、人物、场景串连起来的松散结构不同,《修女》的情节自始至终围绕着主人公阿妞达的命运和生活变迁展开,从而形成集中、统一、严整、合乎逻辑发展的情节结构,从小说结构学的角度来看,无疑是前进了一步。

随着小说地位的改变,甚至沙皇政府官方阵营和御用文人也认识到小说作为一种舆论工具的重要性,于是他们企图利用这一工具来宣扬统治阶级的思想。官方阵营的带头人是反动文人布尔加林,他于1829年发表了长篇小说《伊万·维日金》,副标题是"世情讽刺小说"。作品仍以"骗子小说"和历险小说为摹本,描写孤儿维日金在俄罗斯各地的流浪、行骗,最后,主人公的身世之谜终于揭开:原来他是一位公爵的私生子、百万家产的继承人,于是堂而皇之结婚,摇身一变成了"正人君子"。童年时代的不幸遭遇,良好教养的缺失,社会上的种种不良影响,使维日金屡屡误入歧途。在描写这一形象时,作者并没有赋予他像勒萨日及其追随者笔下的主人公那种机敏、随机应变、独立不羁等品格,无论人生旅途多么坎坷,维日金始终恪守消极保守的、小市民的处事态度,始终坚信上帝的仁慈和沙皇的英明,他从不怀疑社会现实的不公正,更谈不到与之作斗争。通过这一形象,布尔加林意在表明:人的"一切坏的方面都肇始于道德教养的缺陷","一切好的方面应归功于宽厚的心意"、"信仰和教育"。小说对现实生活中的坏人坏事进行了"善意的"讽刺,力图证明,社会罪恶产生的唯一根源是某些人背离了在社会中占统治地位的思想道德准则,而这些准则在作者看来是不可动摇的。由于该小说渗透着忠君保皇思想和维护现存秩序的道德说教,因此得到了官方人士甚至沙皇尼古拉一世的赞扬,在思想保守的贵族地主和小市民读者中曾流行一时。

(二)长篇历史小说

从30年代开始,长篇历史小说的创作形成热潮。人们对历史小说的兴趣,如前所述,固然与司各特的影响有很大关系,但根本原因是时代的需要,是俄罗斯民族意识高涨的表现,是俄国社会现实变革和发展的要求。现实是历史的延伸,历史是现实的序幕,以史为鉴,总结历史经验,用历史主义的目光透视现实,才可能找到解决现实问题的钥匙。因此,俄国思想界、文学界对祖国历史的兴趣日益强烈,历史精神愈来愈深入地渗透到社会思想和文学中。

创作以本民族历史为题材的长篇小说的领先人物是普希金。1826年他从流放地米哈依洛夫斯克回到莫斯科,第二年即开始创作长篇历史小说《彼得大帝的黑奴》,力图展现彼得大帝的人格魅力和他的伟大改革活动,反映彼得时代的社会矛盾冲突。但遗憾的是作者仅写了7章就辍笔了。别林斯基叹惋道:"多么可惜,普希金竟没有把这部长篇小说写完!什么样的朴素和深度,多么遒劲的的笔力,多么绚丽的色彩啊!如果普希金把这部小说写完,那么,俄国文学界就能庆幸产生了一部真正富有艺术性的长篇小说。"①

第一部长篇历史小说是《尤里·米洛斯拉夫斯基》(又名《1612年的俄国人》)(1829)。其作者米哈依尔·尼古拉耶维奇·扎戈斯金(1789—1852)系外省地主之子,长期任小官吏,1815年以剧作家的身份步入文坛,而使他赢得广泛声誉的是他的第一部长篇小说《尤里·米洛斯拉夫斯基》。扎戈斯金是"官方民族性"理论的拥护者,这种保守思想在他的作品中表现出来。

《尤里·米洛斯拉夫斯基》将读者带到了17世纪初波兰入侵俄国的战乱年代。小说描写1612年莫斯科被波兰人占领,大贵族纷纷投降,向波兰王子宣誓效忠,而广大民众则拿起武器,奋起反抗侵略者,为捍卫祖国的自由、解放首都莫斯科而英勇战斗,表现出高昂的爱国主义热情。但作者站在"官方民族性"的立场上,将俄国人民的这种爱国热情归结为对沙皇的忠诚,认为俄罗斯民族,包括贵族和平民,在效忠沙皇和笃信东正教这些根本问题上,历来都是万众一心、意志共同的。正因为如此,作者将主人公米洛斯拉夫斯基这个世袭大贵族的代表人物,描写成反抗侵略的民族英雄、人民思想情绪的表达者。在艺术手法上,该小说既借鉴了司各特小说的艺术经验,也保留着历险小说的痕迹。作者将主人公在战争年代的遭遇与当时的历史事件结合起来,并且以前者为中心,通过描写米洛斯拉夫斯基的游历、奇遇来展现历史事件和历史环境。不过与司各特的小说比较,《尤里·米洛斯拉夫斯基》尚缺少前者的那种深刻的历史主义。此外,小说对古代俄罗斯人民日常生活画面的成功再现,对农夫、哥萨克、僧人、强盗等鲜明性格的生动描写,曾得到普希金的赞许。《尤里·米洛斯拉夫斯基》作为第一部以本国历史为题材的长篇小说因为迎合了时代的要求,故而获得成功,畅销一时。

两年之后,扎戈斯金发表了他的第二部历史小说《罗斯拉夫列夫》(又名

---

① 《别林斯基选集》第1卷,上海文艺出版社,1963年,第584页。

《1812年的俄国人》)(1830)。这部堪称为《尤里·米洛斯拉夫斯基》的姊妹篇的小说将视点集中在俄国历史的又一关键时刻——1812年的卫国战争。作者在序言中直言道:"我写这两部小说,是想描写彼此相似却相隔两个世纪之久的两个值得纪念的历史时代的俄国人。我想证明,尽管俄罗斯民族的外部形态和面貌已完全改观,但是我们对皇帝的坚定不移的忠诚,对祖先的信仰的眷恋和对祖国的热爱并没有随之而改变。"显然,扎戈斯金创作这两部作品的目的就是要鼓吹"官方民族性"理论,这是非常明确的。

与他的第一部历史小说的结构相同,《罗斯拉夫列夫》的主要情节也是描述主人公在战争中的曲折经历:贵族青年罗斯拉夫列夫即将结婚之际,拿破仑率大军入侵,他即告别未婚妻波林娜,走上前线。途中偶遇被俘的法国军官塞尼库尔,出于同情,就介绍他到未来的岳母家养病。岂料塞尼库尔是波林娜两年前旅居法国时的恋人,二人遂旧情复燃。罗斯拉夫列夫负伤,回家探望,恰遇波林娜与塞尼库尔正举行婚礼,气愤之下,即刻离去。他来到莫斯科,在一商人家疗养。不久,莫斯科被拿破仑占领。罗斯拉夫列夫之友查列茨柯依潜入莫斯科,将他救出。拿破仑溃败,罗斯拉夫列夫随军远征,在敌人的一次突袭中被俘,来到普鲁士的但泽城。在这里,他与波林娜邂逅相逢,此时其夫已殒命于战场,随之她也在贫病交加中死去。很快但泽城解放,罗斯拉夫列夫归队。

小说以罗斯拉夫列夫的经历为叙事中心,以简略的笔墨再现了卫国战争中的某些场景,如俄国人民组织自卫军、开展游击战争、抗击侵略者,以及莫斯科大火、拿破仑的溃败等,但1812年的整体历史风貌及其时代精神并没有得到真实反映。当然,小说不是历史,允许虚构,不过,如果将罗斯拉夫列夫这一虚构的人物及其虚构的悲欢离合作为叙事的中心,以大量笔墨重点描写,而将真实的历史人物和重大的历史事件放在次要地位,寥寥数语,蜻蜓点水,甚至一笔带过(如对波罗金诺战役的描述),如此避重就轻,很难真实地再现当时的历史面貌,作品必然缺乏厚重的历史感和艺术的完整性。这是该小说的最大缺陷。在小说中,作者或直接或通过人物之口反复强调"无数的声音应和着神圣君王的强有力的召唤,所有的人的意愿和思虑都和他的意志融合为一";"要挺身保卫正教信仰和我们的沙皇";"愿上帝保佑我们的君王执政百年"等等,露骨地宣扬"官方民族性"理论,以迎合沙俄统治阶级的口味。当然,小说在艺术上也有可取之处,比如情节曲折,富有戏剧性,生活场面逼真,对话尤其是农民的对话很生动,将俄国农民的朴实、憨厚、直率,有时又胆小、愚昧等性格特点表现出来。

由于这两部小说宣扬了沙俄统治阶级的反动思想,因此备受官方和沙皇本人的青睐和赞赏。此后,扎戈斯金又写了《阿斯柯尔多夫之墓》、《布林斯克森林》等历史小说,但均无甚成就。

出于对扎戈斯金成功的嫉妒,布尔加林也先后抛出了长篇历史小说《僭称王德米特里》(1829)和《彼得·维日金》(1831),前者取材于16、17世纪之交俄国历史上的"混乱时期",后者反映的是1812年卫国战争。布尔加林玩弄文学与其说是对艺术的追求,不如说是政治投机,是为了邀功争宠,谄媚于最高统治者。他在《僭称王德米特里》的序言中表白道,他写这部小说的目的就在于证明:"不在合法政权的荫庇下,国家就不可能幸福,俄罗斯的伟大和安乐取决于我们对皇帝的热爱和信任,取决于对信仰和祖国的忠诚。"而在《彼得·维日金》中,布尔加林将虚构的主人公及其不可信的艳情、奇遇、招摇撞骗等情节硬与1812年的伟大卫国战争扯在一起,再加上喋喋不休的忠君保皇的道德说教,因此与历史主义相距甚远。

在长篇历史小说创作方面,浪漫派作家的成就令人瞩目,其代表人物是尼·波列伏依和伊·伊·拉热奇尼科夫。

波列伏依的《上帝墓前的誓言》(1832)叙述的是15世纪50年代莫斯科大公"失明者"瓦西里(即瓦西里·瓦西里耶维奇)与叔父尤里·加利茨基为争夺莫斯科公国的王位而进行的斗争,尤里之子瓦西里·尤里耶维奇和德米特里·舍米亚卡及其他王公也参与了这场内讧。在俄罗斯的历史上,瓦西里·瓦西里耶维奇代表正在形成的中央集权的进步力量和历史发展方向,而德米特里·舍米亚卡则是旧的逆潮流而动的封邑制度、割据势力的体现者。但波列伏依无视历史的真实,一味谴责莫斯科大公的专制独裁和他推行的欺诈政策,而将以阴险、狡诈、残暴著称的舍米亚卡描写成剽悍、勇敢、正义、反对专制的英雄。这样的艺术处理体现了浪漫派的历史小说创作原则——将主观激情和艺术想象力渗透到历史中,不必顾及历史事件和历史人物真实与否,而是将其为我所用,为我服务。贬责"失明者"瓦西里,同情舍米亚卡,其目的就是将矛头指向专制独裁、封建暴政。这自然使读者联想起沙皇尼古拉一世镇压十二月党人起义之后所实行的反动统治。这完全符合浪漫主义的艺术要求和十二月党人的精神,但却违背历史主义的原则。

历史小说在拉热奇尼科夫的创作中得到了进一步发展,他的作品体现了历史小说由浪漫主义向现实主义的过渡。

伊·伊·拉热奇尼科夫(1792—1869)出生于莫斯科富商之家,受到良好教育。曾参加1812年的卫国战争,并随军远征,到过巴黎。《一个俄国军官的行军札记》记录了他在欧洲的见闻和感受。退役后曾在国民教育部门工作,后来专事文学创作。他的主要文学遗产是三部长篇历史小说:《末代新贵》(1831—1833)、《冰宫》(1835)和《异教徒》(1838)。此外还创作了三部历史诗剧。

《末代新贵》描写的是彼得一世当政时期一段富有罗曼蒂克和戏剧性的故

事。主人公弗拉基米尔是彼得大帝的同父异母姐姐索菲娅与戈利岑公爵的私生子。索菲娅欲篡位,失败后被关进修道院。弗拉基米尔刺杀彼得大帝未遂,逃往国外。在国外,他密切关注着国内的局势变化,逐渐认识到彼得大帝改革的历史意义,改变了对后者的态度,愿意以实际行动补赎自己的罪过。当俄国与瑞典爆发战争后,弗拉基米尔秘密打入瑞典军队,并得到信任,他窃取情报,暗中帮助俄国军队赢得胜利。小说结尾,他回到俄国,得到彼得大帝的宽恕,但自觉年迈,无力参加彼得的革新大业,遂遁入修道院,了却余生。小说以赞佩的语言塑造了彼得大帝的形象,展现了他质朴与伟大相结合的人格,肯定了他的改革事业,至于伴随着改革他所实行的残酷政策以及他性格中专横、严酷的一面,小说则未能如实表现,显然,彼得大帝的形象被作者赋予了浪漫主义的、理想化的光辉。主人公弗拉基米尔的非凡经历具有浓厚的浪漫色彩,但这一形象缺乏民族特色和个性化特点。

《异教徒》则将故事情节置于15世纪伊万三世统治的莫斯科公国时期。德国医生艾连施坦慕伊万三世之雄才大略,毅然投奔莫斯科公国,欲以自己的才干效力于大公。但是,这位受到欧洲文艺复兴精神熏陶的知识分子既与愚昧、迷信、野蛮、落后的社会环境产生矛盾,又与封建专制的伊万三世政见不和,最终遭陷害,成为大贵族的阴谋诡计的牺牲品。小说的成功之处在于塑造了伊万三世的形象。他雄心勃勃,将建立强大的莫斯科公国和统一的中央集权国家视为己任,为实现这一目标,他采用强硬、严厉的政策和手段,专横、暴戾、残酷有加。这样,一位既有强烈使命感又性格严酷的君王的形象就凸现在读者面前。在这一点上,作者克服了在《末代新贵》中刻画彼得大帝形象时流于片面之不足。另外,作者将真诚的、富有天才的平民医生艾连施坦置于作品的中心,并通过他的被害致死谴责了伊万三世的野蛮、暴虐的统治。医生的悲惨遭遇不能不使当时的读者联想到19世纪30、40年代沙皇尼古拉一世反动统治下民主知识分子的苦难处境。在这里,作者的进步立场和人道主义思想表现出来。小说的情节紧张而富有戏剧性,但某些场景的安排和情节的转换不合情理,人物的某些行为不合乎其性格发展的逻辑,这是该小说艺术方面之不足。

《冰宫》是拉热奇尼科夫的历史小说中最成功、最著名的一部,被别林斯基称作是"俄国文学中最出色的现象之一"。

《冰宫》描写的是俄国历史上最黑暗的时期之一——18世纪30年代安娜·伊万诺夫娜王朝"比伦苛政时期"的一段故事。小说交叉着两条情节线索:一条是内阁大臣沃伦斯基与绝代佳人摩尔达维亚公爵小姐、女皇的宠儿列列米科热恋的爱情线索,这种狂热的、不合法的爱情最终导致一场悲剧:列列米科被毒死;另一条是沃伦斯基与女皇的幸臣、情夫比伦之间的政治斗争线索,这场残酷的、充满阴谋诡计的斗争以正义的毁灭而告终:内阁大臣以谋反罪被判死刑。前一条线索纯属虚构,在这条线索上安排了列列米科、玛丽乌拉、瓦西里、女巫等虚构人物;后一条线索遵循了历史的真实,在这条线索上则活动着许多真实的历史人物如安娜女皇、沃伦斯基、比伦、副首相奥斯捷尔曼、米希尼元帅、诗人特列季亚科夫斯基等。两条线索,互相交错,虚实结合,赋予小说浓郁的浪漫色彩和摇曳多姿的艺术魅力。

彼得一世去世后,安娜·伊万诺夫娜女皇当政。她优柔寡断,昏庸无能,贪图享乐,致使朝纲混乱,奸佞当道,其情夫、德国人比伦专权,把持朝政,滥施淫威,横征暴敛,残害百姓,在他的践踏之下,俄国如"冻僵"的世界,萧杀死寂,万马齐喑,民不聊生。小说以许多令人瞩目惊心的情节真实地再现了"比伦苛政"的残酷情景:比伦控制的追缴欠税办公厅的官吏们采用种种酷刑榨取民脂民膏,逼的一个一贫如洗的农民将自己的六个孩子杀死,他嚎叫着:"六条人命换你们的帐单!"比伦的党羽竟将告状人严刑拷打之后,在冰雪严寒中脱光衣服,从头到脚浇上凉水,冻成冰像;当"活口"游街时,人们惶惶然争相逃命,因为,只要他说一声"有人造反",就可能把你送上断头台……与人民的贫困无权、惨遭蹂躏形成鲜明对照的是沙皇统治阶级的奢靡腐败、寻欢作乐:女皇降旨建造冰宫,并极尽铺张之能事,在里面为宫廷侍从举行盛大、豪华的婚礼;女皇精神空虚,她挖空心思,别出花样,竟为一只宫廷母羊产崽举行满月庆典,众廷臣都献礼请安,真是荒唐之极;宫廷和达官显宦之家豢养侏儒和丑角成风,以供其取乐解闷……这一幅幅画面,真实地营造出比伦专权时期的社会氛围,反映了宫廷的腐败和人民的痛苦。同时,历史又是一面镜子,是现实的折射,安娜王朝的时代特征映照出靠残酷镇压十二月党人上台的尼古拉一世统治下的黑暗现状。从中读者看到了拉热奇尼科夫对现实的态度,听到了他的忿忿谴责之声。

为了突出反对宠臣比伦这一主题,作者对有的历史人物作了"变形"处理,如内阁大臣沃伦斯基和诗人特列季亚科夫斯基。历史上的沃伦斯基是个比较复杂的人物。他有爱国精神,在同比伦的斗争中扮演主要角色,起过历史进步作用,但同其他上层官僚一样,此人汲汲于功名利禄,贪污受贿,玩弄权术,手段残酷。而在小说中,沃伦斯基性格中的负面因素不见了,作者对这一形象作了单维诠释,给它涂上了过多的理想化色彩,被写成一位忧虑祖国命运,同情人民疾苦的忠良。他心中沸腾着神圣的爱国激情,为了社稷的安危,他同比伦及其党羽坚决斗争,虽遭陷害也无怨无悔,甘愿走上断头台,成了令人肃然起敬的殉难者。这与真实的沃伦斯基实在相去甚远。另外,为了表现沃伦斯基作为一个人的丰富的感情世界,作者虚构了他与公爵小姐列列米科的浪漫主义爱情,但在艺术结构上,这一情节有喧宾夺主之势,几乎压倒了与比伦斗争的政治情节,从而削弱了小说的社会主题。特列季亚科夫斯基的形象塑造也有失偏颇。当然,这一形象在某些方面反映了比伦专政时期文人的屈辱地位,但拉热奇尼科夫将这位诗人写成一个卑躬屈膝、怯懦无能、被人耍弄、滑稽可笑的小丑却不符合历史的真实。对这两个形象的描写,普希金曾提出批评。

小说中塑造得性格最鲜明、最完整的形象当属摩尔达维亚公爵小姐列列米科,也即茨冈少女玛丽奥莉察。她不仅有阆苑仙葩般的美貌,而且有纯真、美好的心灵,更承袭了茨冈人特有的火热激情。她虽伴君王,却并不关心宫廷的争斗,只生活在自己的感情世界里。爱情之火在她胸中熊熊燃烧,堕入情网不能自拔,对沃伦斯基一片痴情。爱情给她力量、勇气和智慧,敢于冲破重重宫禁传递情书、幽会情人,甚至将控告比伦的诉状巧妙地呈交女皇。一当她知道他们的爱情成了沃伦斯基反对比伦乱党这场关系国家命运的政治斗争的障碍时,她毅然斩断情丝,决定自杀,但却被政敌毒死,成了政治斗争的牺牲品。这是一个充满东方神韵的、富有光彩的形象,每个读者都会留下深刻的印象。

作为浪漫主义作家,拉热奇尼科夫感兴趣的不是历史人物的性格真实与否,而是人物的情感和心理。因此,对人物感情世界的关注和对心理冲突的描写是《冰宫》的显著艺术特点。沃伦斯基作为有妇之夫,明知婚外情有悖法律和道德,仍痴迷于列列米科;他也知道这疯狂的爱情会成为政敌攻击他的把柄,仍执迷不悟,一意孤行;当纳塔利娅回到他身边,他又被爱妻的柔情所感动,陶醉在妻子的怀抱里,一时中断了与列列米科的来往……政治与爱情、情感与责任的矛盾使沃伦斯基摇摆不定,小说将陷在情感旋涡中的人物的强烈心理冲突准确而清晰地揭示出来。列列米科更是性情中人,是火热爱情的体现者,作品对她在这场爱情历程中的种种体验和心理活动都作了细腻描写,读者有时可以通过她的一个眼神或者一个细微的动作,捕捉到她内心的波澜。而茨冈女人玛丽乌拉则是无私母爱的化身,为了女儿的幸福,她甘愿受苦受难、自残毁容、赴汤蹈火、在所不惜,她的一切行动,读者都可以从其心理活动中找到依据。当然,我们也注意到,人物的心理活动主要是通过作者的客观描写来展示,手法流于单调。

浪漫主义作家将描绘时代、地域的风俗习惯视为表现人民性和历史主义的重要方面。这一艺术见解在《冰宫》中得到具体体现。俄国宫廷和达官显贵的日常生活、豢养"小丑"之风、"活口"游街示众、冰宫内的杂耍、圣诞节的娱乐,以及民间的女巫驱魔治病、占卜迷信活动,尤其是"美人鱼"的狂欢之夜一节,被作者描写得绘声绘色,如梦如幻……所有这些都真实、生动地再现了那个时代俄国的民俗风情。

小说贯彻了雨果提倡的对照原则,美与丑、爱与恨、正义与邪恶、理想人物与奸雄佞臣、贵族的享乐与人民的血泪等等。强烈的对照在读者心中引起强烈的震动,从而产生强烈的艺术效果。小说还运用了种种象征手法,最明显的就是冰宫的象征意义。冰宫后面隐藏着多少阴谋诡计,它冰冷的外表下又掩盖着多少残酷的、践踏人性的罪恶勾当!然而,冰宫毕竟是短命的,它只能灿烂一时,腐败王朝、邪恶势力注定要土崩瓦解。此外,作品中的异国情调(茨冈女人)、密室阴谋、严刑拷问、深夜抛尸、秘密幽会、假面人、黑衣妇……这一切都使《冰宫》成为一部吊人胃口的、洋溢着浪漫主义气息的小说。怪不得小说问世后立即被抢购一空,一版再版,一时洛阳纸贵。

19世纪20、30年代是俄国小说发展的重要时期。这一时期,各种流派同时并存,既有感伤主义小说的余波,又有占主导地位的浪漫主义小说,还有崭露头角的现实主义小说。浪漫主义中篇小说繁盛一时,继而长篇小说又发展起来,这种令广大公众喜闻乐见的艺术形式最终取诗歌、戏剧而代之,成为文学创作舞台上的主角,显示出"满园春色关不住'的强劲发展势头。在继承以往传统的基础上,作家努力在小说园地开拓、探索,尽管他们还存在这样那样的不足,还处于过渡时期,还未能彻底脱离旧的轨道,但他们都力求创新,努力使小说更贴近俄国的现实,为建立具有民族独特性的俄国小说艺术作了铺垫,为40年代现实主义小说的胜利奠定了基础。正是在这种基础之上,普希金才最终完成了创建具有俄罗斯民族特点的小说艺术的历史任务。

第四章 普希金

亚历山大·谢尔盖耶维奇·普希金(1799—1837)在俄国文学史上的地位是无与伦比的,他是俄国浪漫主义文学的杰出代表和现实主义文学的奠基人,是俄罗斯文学语言的缔造者,是他将俄国文学引领上真正民族化的道路。普希金的诗歌、戏剧、散文等多方面的创作反映了俄罗斯人民的迫切愿望,体现了俄罗斯的民族精神和思想感情。别林斯基说:"只有从普希金的时代起,俄国文学才开始产生了,因为在他的诗歌中,我们可以感受到俄罗斯生活的脉搏在跳动着。"[①]高尔基则称誉他是"伟大的俄国人民诗人","伟大的俄国文学之始祖"[②]。正是从普希金开始,俄国文学才赶上了西欧文学前进的步伐,从此才跻入世界文学的行列。普希金对俄国文学的贡献和影响是不可估量的。

第一节 "一座非人工所能建造的纪念碑"

普希金于1799年6月6日诞生在莫斯科一古老的贵族家庭。父母爱好文学,伯父瓦西里·普希金是诗人,家中藏书丰富,而且他家与当时一些作家、诗人交往甚密,这样的家庭环境和文化氛围成为培育普希金的诗才的沃土。他天资聪慧,酷爱文学,涉猎颇广,7岁能诗。

1811年,12岁的普希金入彼得堡的皇村学校。这是一所刚刚成立的专

---

① 《别林斯基选集》第2卷,上海译文出版社,1979年,第404页。
② 高尔基:《俄国文学史》,上海译文出版社,1979年,第177页。

门培养贵族子弟的学校。当时校园里流行法国进步的启蒙思想,充满自由气氛,因此皇村学校被称为"自由的摇篮"。在这里,他结识了许多进步同学,其中有些就是未来的十二月党人,如普欣、杰尔维格、丘赫尔柏凯等。1812年爆发了抗击拿破仑侵略的卫国战争。卫国战争在普希金的心中激发起强烈的爱国主义感情,他和俄国人民一道经受了一次深刻的精神洗礼。战后他还结识了驻扎在皇村的参加卫国战争的青年军官恰达耶夫、尼·拉耶夫斯基(均为后来的十二月党人)等。普希金与这些热爱自由、反对专制的青年在思想上产生了共鸣,他们经常在一起读书、赋诗作文、纵谈国事,指摘时弊,自由的种子在普希金的心田深深地扎下了根基。

在皇村学校时,普希金沉醉于诗歌创作,期间他大约写了二三百首之多,多是习作性的。他正式发表的第一首诗是1814年的《致诗友》。尽管初露头角,但已显示出不凡才华。1815年,皇村学校举行由初级班升高级班的公开考试,年迈的大诗人杰尔查文作为嘉宾应邀出席。普希金当众朗诵了自己创作的歌颂卫国战争中俄国人民的英勇斗争的诗歌《皇村回忆》。那昂扬的激情、崇高的风格、流畅的韵律,令四座震惊,杰尔查文激动得热泪盈眶,赞叹道:"这就是那将要接替杰尔查文的人。"

1817年夏普希金从皇村学校毕业,到外交部供职。但他对仕途并不感兴趣,而是兴致勃勃地投身到京城的社交活动中,广泛结交志同道合的朋友,积极参加文学活动。1819年他加入了十二月党人秘密组织的外围文学团体"绿灯社"。在进步青年的影响下,普希金写了许多歌颂自由、抨击暴政的政治抒情诗和讽刺诗,如《自由颂》(1817)、《致恰达耶夫》(1818)、《乡村》(1819)、《童话》(1818)等。1820年他还完成了根据民间故事和传说创作的叙事诗《鲁斯兰与柳德米拉》。长诗洋溢着热爱生活、自由乐观的积极精神,它标志着俄国浪漫主义文学发展的新阶段。长诗脱稿的当天,俄国浪漫主义诗歌的奠基人茹科夫斯基将自己的画像赠给诗人,并题词:"失败的老师赠予成功的学生。"

普希金在诗坛上崭露头角,文学界在关注着这颗冉冉升起的明星,同时也引起了政府当局的恐慌,因为他的自由诗和讽刺诗到处秘密流传,影响极大。沙皇亚历山大一世十分恼火,他恶狠狠地说:"普希金弄得俄罗斯到处都是煽动性的诗,所有青年都在争相传诵。应该把他流放到西伯利亚去。"后经卡拉姆津、茹科夫斯基等人的奔走求情,普希金才被改为流放南方。

1820年5月普希金离开彼得堡,赶赴叶卡捷琳诺斯拉夫,在南俄总督英佐夫将军公署供职。普希金抵达后不久即患病,经英佐夫将军批准,他随同他的朋友尼·拉耶夫斯基一家人到高加索和克里米亚一带旅行和疗养。高加索的层峦叠嶂,克里米亚的绮丽风光,古老的历史传说,都给诗人留下美好的记忆和深刻的印象,成为他日后创作的素材。

9月普希金回到英佐夫将军公署的新驻地基希尼约夫。这里是十二月党人"南社"成员的活动中心。"南社"是十二月党人中的激进派,主张推翻帝制,建立共和;他们积极酝酿,准备在俄国掀起一场革命风暴。普希金正是在此时来到了这里。他结识了"南社"的领袖彼斯捷尔以及符·拉耶夫斯基、米·奥尔洛夫等革命者,参加他们的讨论会。在他们的影响下,诗人的民主主义和革命思想迅速发展,认为"只有激烈的震动才能消灭俄罗斯的根深蒂固的奴隶制度"。1821年他写了《短剑》一诗,公开鼓吹暴力革命,推翻专制,杀死暴君。此诗在南方军队中广为流传,起到很大鼓动作用。

南方流放是普希金思想飞跃、创作发展的重要时期。十二月党人革命思想的影响,被流放的境遇和对自由的渴望,对黑暗现实的愤懑和对美好理想的向往,加之南俄绚丽多姿的自然景色,高加索山民的剽悍性格,丰富多采的民族风情和民间传说,无不激动着诗人的心弦,撩拨起他的创作灵感。这一时期,除了抒情诗外,他主要是创作了一组浪漫主义叙事诗:《高加索的俘虏》(1821)、《强盗兄弟》(1822)、《巴赫奇萨拉伊的喷泉》(1823)和《茨冈》(1824)。

《高加索的俘虏》和《茨冈》是南方长诗中最好的两部作品,都是写贵族青年对上流社会的生活感到不满和厌倦,于是离开文明社会,想到大自然的怀抱和淳朴的高加索山民或茨冈社会中寻求自由自在的生活,但他们身上那种自私自利的劣根性和冷漠的处世态度使他们处处碰壁,不能见容于尚保持着原始古风的异族社会,最后只得又回归贵族社会。这两部作品的主题思想都是关于俄国贵族青年的精神状态和出路问题。长诗的主人公不甘沉沦、向往自由而又找不到出路,想寻求另一种生活而又心灰意冷,他们的冷漠和心灵的早衰是一代贵族青年显著的特征。后来普希金在《叶甫盖尼·奥涅金》中又进一步地探讨了这一主题。可以说,两部长诗的主人公是"多余人"奥涅金的雏形。长诗对高加索自然风光出色描绘,对山民和茨冈人生活习俗的真实再现,对主人公的性格和心理的刻画,都表现了诗人对现实生活的深入观察和准确把握,这为他向现实主义过渡做了准备。

叙事长诗一般都有故事情节的铺陈、环境和景物描写、人物的刻画、个性的对立、戏剧冲突的发展等等。这种艺术形式已具备许多小说因素,而且其容量更大,能包括更丰富的内容,能展示更广阔的生活画面。所以说,南方长诗在艺术上为普希金日后创作诗体小说《叶甫盖尼·奥涅金》做了铺垫。

1823年普希金被调往敖德萨,在沃隆佐夫总督手下供职,但二人不和,矛盾尖锐。而且,秘密警察又在普希金给友人的信件中发现他正在研究无神论,被认为是大逆不道。于是1824年7月,沙皇一道谕旨,将普希金革职,并把他遣送到他父母的领地米哈依洛夫斯克村,继续监禁。

1924年到1926年,普希金在米哈依洛夫斯克村度过了两年与世隔绝的、孤独的幽禁生活。在这里,他唯一的同伴就是陪伴他的奶妈。晚上,奶娘为了给普希金解闷,就给他讲故事。诗人在给弟弟的信中说:"这些故事多美啊!每一个故事都是一首叙事诗!"①每逢节日,普希金就穿上红上衣,扎上腰带,装束得像个农民,到集市上听盲人唱歌、讲故事,搜集民间歌谣、谚语,积极学习和研究人民的口头创作。同时,他埋头读书,研究历史,对人民的力量、人民在历史上的作用进行认真思考,有了进一步认识。这对诗人的思想和创作的发展无疑起了很大作用。他在一封信中说道:"我觉得,我的智力发展已经完全成熟,我可以创作了。"②米哈依洛夫斯克村流放期间是普希金熟悉和了解人民、接受人民的道德情操熏陶的时期,是向民间文学学习、从中汲取营养的时期,也是其思想和创作完全成熟的时期。

期间,普希金创作了一些具有浓郁俄罗斯民歌风味的抒情诗,如《斯金卡·拉辛之歌》、《冬天的黄昏》、《风暴》等;还写了《致凯恩》、《假如生活欺骗了你》、《酒神颂歌》等脍炙人口的名诗。但他最主要的收获是完成了诗体小说《叶甫盖尼·奥涅金》的主体部分四、五、六章和历史悲剧《鲍利斯·戈都诺夫》(1825)。

《鲍利斯·戈都诺夫》将读者带到16世纪末17世纪初富有戏剧性的、动乱的戈都诺夫王朝时代。悲剧通过假皇太子德米特里利用人民的不满情绪和人民的力量推翻戈都诺夫的暴虐统治这一历史事件,揭示了专制政权与人民的根本矛盾,肯定了人民在历史上的伟大作用,阐明了民意不可辱,得民心者得天下,失民心者失天下的深刻哲理。普希金这种进步的历史观以后在长篇小说《上尉的女儿》中又得到了进一步体现。

在艺术上,《鲍利斯·戈都诺夫》具有鲜明的现实主义特色。首先,诗人坚持历史主义观点,真实地再现了历史事件和历史人物。他说过,"真实地描写人物、时代、历史、性格和事件的发展"③是对一部历史作品的基本要求。这和浪漫主义作家随心所欲地改变历史、解释历史、为我所用完全不同。其次,普希金以莎士比亚为师,遵循他的艺术原则,多方面地刻画人物的复杂性格。他指出,莎士比亚创造的人物,其性格特征是丰富的、多维的。"是充满各种欲望和恶习的活

---

① 《普希金全集》第10卷,国家文学出版社,1958年,第108页。
② 同上书,第163页。
③ 同上书,第7卷,第652页。

生生的人物"①而不像莫里哀笔下的人物性格那样单一。普希金塑造的戈都诺夫的形象就具有多方面的性格：他既精明强干，具有雄才大略，又残酷、暴虐；他专横、固执，处事果断，可内心又忧虑重重、忐忑不安；执政中他是暴君，而在家庭中他却是慈父……这是一个活生生的人，而不是某种情欲或罪恶的化身。通过这一形象的处理，普希金揭示了人性的的复杂和内在的矛盾。第三，在形式上，这部悲剧完全打破了古典主义恪守的"三一律"，全剧23场，在广阔的背景上，两条情节线索同时展开，剧情历时7年之久。总之，普希金在这部剧作中进行了多方面的大胆革新，从而使俄罗斯戏剧踏上了现实主义道路。

1825年12月24日，十二月党人在彼得堡举行起义，遭到沙皇政府的残酷镇压，5位领导人被处绞刑，许多人被流放服苦役。消息传来，普希金心情异常沉痛。新登基的沙皇尼古拉一世为了拉拢这位名震全国的大诗人，宣布予以"赦免"，恢复他自由。1826年9月普希金终于结束了流放生活，回到莫斯科。沙皇在召见他时问道："假如12月24日您在彼得堡，您会怎么样呢？"诗人毫不犹豫地回答："陛下，假如那时我在彼得堡，一定在起义的行列里，在元老院广场上。"

普希金很快认清了尼古拉一世的伪善面目，从对沙皇的幻想中清醒过来。作为十二月党人的热情歌手，他没有背弃自己的同志和朋友，仍在残酷的世纪里，歌颂着自由，鼓舞人们去争取光明的未来。20年代后期创作的《先知》、《阿里昂》、《致西伯利亚的囚徒》等抒情诗就鲜明地表达了诗人的坚定信念。

30年代是普希金创作的颠峰时期，也是他丰收的季节。作为一个新的艺术途径的探索者，这一时期，他在创作上完成了两个过渡：一是从浪漫主义到现实主义的过渡，为俄国文学的现实主义方向开辟了道路；二是从诗歌到以散文为主的过渡，从而有力地推动了俄国散文体小说的发展。而且，随着诗人思想的成熟和对俄国现实生活认识的加深，他的作品题材更丰富，所反映的社会生活画面更广阔，思想更深刻，民主性和人民性更鲜明。

1830年普希金在父亲的领地波尔金诺度过了整整一个秋天。在这里，他远离上流社会的喧嚣和纷扰，埋头创作，硕果累累。在三个月中，他的代表作、诗体小说《叶甫盖尼·奥涅金》终于竣稿，还完成了他的第一部散文体短篇小说集《别尔金小说集》，此外还创作了四篇小悲剧和30多首抒情诗。这个丰收的秋天在俄国文学史上称之为"波尔金诺之秋"。

30年代是俄国历史上的一段黑暗时期。十二月党人起义被镇压之后，沙皇

---

① 《普希金全集》第8卷，国家文学出版社，1958年，第90页。

加强了反动统治,人民不堪忍受残酷压迫,纷纷起来反抗,"霍乱暴动",士兵起义,此伏彼起,社会动荡,矛盾尖锐。地主和农民的关系,农民起义、贵族的命运、社会改革等问题引起了普希金的关注和思考,也成了他创作的中心主题。30年代他创作了一组以农民暴动为主题的小说。《戈留辛诺村的历史》(1830)描写了在地主压迫下农民的悲惨处境,作者本来还要写农民的暴动,但可惜作品未完成。中篇小说《杜勃罗夫斯基》(1833)揭示了地主与农民的深刻矛盾,反映了农民的反抗斗争。长篇历史小说《上尉的女儿》(1836)客观地再现了18世纪70年代普加乔夫起义的历史画面,塑造了普加乔夫作为农民领袖的英雄形象,是俄国文学史上第一部描写真正农民起义的现实主义作品。

此外,30年代普希金还完成了小说《黑桃皇后》(1833)和长诗《青铜骑士》(1833)。

1831年普希金与娜达丽雅·冈察洛娃结婚。沙皇尼古拉一世垂涎娜达丽雅的美色,为了能经常在宫廷舞会上见到她,特授予诗人"宫廷侍卫"的头衔。这种官职通常是授予20来岁的贵族青年的,给30多岁的著名诗人冠以这种头衔显然是一种侮辱。普希金气得发狂。妻子的美貌轰动了整个彼得堡上流社会,法国大革命后流亡俄国的法国青年丹特士肆无忌惮地追求娜达丽雅,一时彼得堡社交界谣言蜂起,侮辱性的匿名信向诗人飞来。普希金忍无可忍,要求与丹特士决斗。悲剧已不可避免,决斗于1837年1月27日进行,普希金身受重伤,两天之后,一代诗魂溘然长逝,俄罗斯文坛上的明灯熄灭了。

诗人之死震撼了整个俄罗斯。诗人死了,但他的英名将彪炳史册,他的璀璨诗篇将世世代代永远传诵。正如他在死前写的《纪念碑》(1836)一诗中所宣称的:

  我为自己建立了一座非人工所能造的纪念碑,
  ……
  我的名声将传遍整个俄罗斯,
  它现存的一切语言,都会讲着我的名字。
  ……
  我所以永远能为人民敬爱,
  是因为我曾用诗歌,唤起人们善良的感情,
  在这残酷的世纪,我歌颂过自由,
  并且还为那些倒下去了的人们,祈求过宽恕同情。

第二节 诗体小说《叶甫盖尼·奥涅金》

所谓诗体小说,就是用诗歌形式写成的小说。它近似于叙事长诗,但又与叙事诗有所不同,它不仅仅是叙事和抒情,而更注重故事情节的铺陈、人物性格的刻画、戏剧性场面的设置、场景的描写等等,它所反映的社会生活更丰富;较之一般的叙事诗,其小说体裁因素更多些。这种体裁样式兼备诗歌和小说的特点,因此,《叶甫盖尼·奥涅金》在俄国诗歌史和俄国小说史中均有其重要地位。

南方流放时期,普希金曾一度醉心于拜伦的诗歌。1823年拜伦的诗体小说《堂·璜》问世,在拜伦的影响下,普希金即在这一年开始了《叶甫盖尼·奥涅金》的创作。从1823年到1831年,历时8年之久才完成了这部现实主义杰作。无独有偶,西欧文坛上第一部现实主义小说——斯丹达尔的《红与黑》也于1831年问世。普希金读了这部作品后,于1831年5月在给友人叶·米·黑特洛沃的信中称赞《红与黑》是一部好小说,他不禁为之着迷。① 而如果从1825年《叶甫盖尼·奥涅金》第一章的发表来看,那么它比《红与黑》还要早几年。所以说,《叶甫盖尼·奥涅金》不仅为俄国现实主义文学开辟了道路,而且也是欧洲现实主义文学的奠基作之一,由此可见它在世界文学史上的重要地位。

一

别林斯基称赞《叶甫盖尼·奥涅金》是"俄罗斯生活的百科全书"②。它从首都到外省,从城市到乡村,以前所未有的广阔视角,展现了俄国社会各阶层的生活、国家经济制度、社会文化思潮、政治事件、世态人情、风土习俗、自然景色等,应有尽有,反映了俄国整整一个历史时代的风貌及其矛盾。高尔基说:"它比以前卷帙繁多的著作更切实地更准确地说明并描写了那个时代。"③

彼得堡轻歌曼舞的舞会、剧院和灯红酒绿的宴会再现了首都上流社会的社交活动和贵族青年的奢靡生活;而拉林一家的日常生活以及奥涅金的伯父,那个一辈子只读过一本皇历、整日和女管家吵吵嘴、打打苍蝇的老地主,则是外省庄园地主的闭塞、庸俗、无聊的生活的真实写照,他们的话题不外是果酱、甜酒、猎犬、畜栏之类的琐事。吉雅娜的亲戚和她丈夫家的座上客组成了城市贵族的群像,在这些"京城里的精华、显贵和时髦的标本"中,既有"不可缺少的蠢人",又有"由于灵魂的卑鄙而臭名昭著"的恶棍。在他们那些毫无意义、枯燥无味、庸俗不堪的废话中,永远"看不到一星半点思想",不会迸发出一点"智慧之光",在他们那里,甚至"连可笑的蠢话也难以听到"。诗人不禁感叹道:"空虚的社会!"而出

---

① 见《俄国小说史》上卷,第157—158页。
② 《别林斯基全集》第7卷,俄文版,第503页。
③ 高尔基:《俄国文学史》,上海译文出版社,1979年,第120页。

第四章 普希金

席达吉雅娜的命名日宴会的"肥胖的普斯嘉科夫"们、"带着大大小小一群孩子从两岁到三十岁倾巢而出"的斯科季宁夫妇们以及"纨绔少年"、"庸俗的造谣家,老牌的骗子手,嘴馋、受贿、无恶不作的小丑"等等,则汇集乡村地主形形色色的人物,他们饱食终日,无所用心,却是农奴制的忠实卫道士,奥涅金在自己领地上实行的农事改革激起了他们的愤怒,竟众口一词地骂他是"危险的怪物"。"商人起来了,小贩在叫卖,/车夫蹒跚地走向停车场,/送奶的女孩匆忙地奔走,/晨雪在她的脚下沙沙响……"①诗人寥寥数笔就勾勒出一幅彼得堡市民生活的场景;而对13岁就被迫嫁人的达吉雅娜的奶妈以及采摘果子时被迫唱歌的农奴姑娘们仿佛不经意的轻描淡写中则展示了农民的不幸命运。从奥涅金和连斯基热烈讨论的古往今来的社会变革、法律制度、科学成果、生与死、善与恶、爱情等问题,我们可以看到当时进步贵族青年所关注的话题。而在作者的抒情插叙中读者又领略了诗人对社会、经济、教育、伦理道德、文学艺术等问题以及国内外著名作家、诗人的品评。尤其是诗人满怀激情以生花妙笔描绘了俄罗斯春夏秋冬四季大自然的瑰丽景色,将马车夫、农家儿童、奔驰的雪橇、鸣叫的牛羊、嬉戏的鸭群等尽收入诗篇,淳朴的民间风情洋溢其间,浓郁的生活气息扑面而来。

普希金创作《叶甫盖尼·奥涅金》期间,正是十二月党人起义从酝酿、爆发到失败的时期,这一震撼整个俄罗斯的重大政治事件,不可能不在这部作品中有所反映,于是诗人写下了小说的第10章,叙述了十二月党人的活动和准备起义的经过,但在沙皇尼古拉一世统治的黑暗时期,这是不可能公开发表的,诗人只好改变构思,将第10章付之一炬,如今读者看到的只是一些断章残篇,不过仍能从中窥见十二月党人活动的踪迹。在第8章结尾,诗人又以暗示的文字表达了对十二月党人的深切怀念之情:

> 但是那些在友爱的聚会里
> 听我朗诵诗篇的友伴……
> 有的已辞世,有的在远处,
> …………
> 《奥涅金》写完时,他们已不在。
> …………
> 噢,这样的人有许多被命运糟蹋!

短短的诗行隐含着诗人多少欲吐不能的胸中块垒啊!流放中的十二月党人、普希金的同窗好友丘赫尔伯凯读到这里,不由得热泪盈眶,他在日记中写道:"不,

---

① 译文引自冯春译《叶甫盖尼·奥涅金》,上海译文出版社,1982年。下同。

这不仅仅是艺术,而是心灵。"

总之,俄罗斯五光十色的社会生活都被诗人生动地描绘在这部作品之中,从而构成了一幅色彩斑斓的历史时代的画卷,为人物活动提供了真实的背景和环境。

二

就在着广阔的时代背景下,小说的主人公奥涅金登场了。通过他的生活和命运,小说表现了19世纪20年代进步贵族青年的苦闷、探求和觉醒,反映了他们的精神风貌,提出了当时一个重要的社会问题,即贵族知识分子与人民的关系、他们的出路问题。

第一次出现在我们面前的奥涅金是俄国贵族上流社会典型的花花公子。他终日出入于宴会、舞会、剧院,寻欢作乐,通宵达旦,在醉生梦死中消耗着生命。然而,时代前进的脚步声惊醒了贵族青年的酣梦,他们不再满足于贵族社会那种奢华、空虚的生活。奥涅金厌倦了灯红酒绿、纸醉金迷的狂热享乐,开始以怀疑和批判的眼光看待周围的世界。

奥涅金洞察了贵族上流社会人情的冷漠和虚伪,他心灰意懒,对生活失去了兴趣。为了填补心灵的空虚,他关起门来,想搞点写作,但贵族阶级好逸恶劳的恶习在他身上打上了深深的烙印,"艰苦的劳动使他感到腻烦";他又想读书,可是读来读去,觉得"全无意思"。他苦恼不安,郁郁寡欢,患了所谓"忧郁症"。为了继承伯父的遗产,奥涅金离开了喧闹的城市,来到了僻静的乡村。他本想在大自然的怀抱里摆脱"忧郁症",重新振作起来,然而,乡村生活同样不能排遣他胸中的郁闷,他和那些庸俗、保守的地主邻居们格格不入,没有共同语言,地主们也骂他是"无礼之徒",和他断绝来往。他曾试图搞农事改革,"用轻微的地租替代了世代的徭役的重轭",但目的不是出于对农奴悲苦命运的同情,而仅仅是为了打发时光,而且浅尝辄止,不能坚持到底。他脱离了旧的生活轨道,却又找不到新的目标,他依然苦闷彷徨,无所适从。

奥涅金看透了生活,"摈弃了世俗的浮华";他读过亚当·斯密的政治经济学和卢梭的《社会契约论》,接受了资产阶级进步思想影响;他热中于拜伦的作品,那些洋溢着反抗精神和自由热情的诗篇激动着他的心灵;他有"敏锐而冷静的头脑",用"讽刺挖苦的争辩"和"阴郁而刻薄的言谈"品评着一切,思考着种种社会问题;他不满现状,渴望一种新的生活。显然,他在精神上比周围那些仍沉醉在奢华生活中的贵族青年要高出一筹。

作者又通过贵族青年生活中最常遇到的爱情与友谊这两个问题,对奥涅金进行了严肃检验,更深入地剖析了他的性格,透视了他的内心世界。

在乡村,奥涅金结识了地主拉林家的长女达吉雅娜。奥涅金那与众不同的落拓不羁的性格、机敏尖刻的谈吐、对鄙俗事物的轻蔑和嘲讽态度,他思想中不时流露出来的新鲜气息,立刻对达吉雅娜产生了很大的吸引力,她将奥涅金视为知音,并大胆地向他倾吐了心曲。但是,此时的奥涅金对生活已如此厌倦,即使炽烈的爱情之火也燃烧不起他那冷若冰霜的感情。看惯了上流社会逢场作戏的奥涅金,不理解达吉雅娜的美好心灵和纯洁爱情,而错误地把少女的一片真情视同上流社会那些"女妖"们的感情冲动和卖弄风情;而且,他也不愿意用婚姻、家庭把自己束缚起来,正像他后来给达吉雅娜的信中所承认的:"独身生活虽然令人厌恶,但我不愿丧失自由。"于是,他板起面孔,煞有介事地将钟情的少女教训了一通,轻率地拒绝了她的爱情,铸成了难以挽回的大错。这不仅说明他不理解达吉雅娜的精神境界和她的爱情的真正价值,而且暴露了他自私、薄情的本性,他只想着个人的自由,而全然不顾对方的命运和对幸福的期望。

几年之后,奥涅金与达吉雅娜又在彼得堡邂逅重逢。达吉雅娜已不再是天真幼稚的乡村姑娘,而是京都上流社会众人倾慕的贵妇人了。此时,奥涅金却疯狂地爱上了她。这种前后矛盾的举动又如何解释?奥涅金看到,在上流社会,和那些忸怩作态、卖弄风骚的女人们比较起来,达吉雅娜如鹤立鸡群,那么端庄典雅,娴静质朴,仪态万方,不同凡响,在她身上根本找不到"称为俗气的东西"。达吉雅娜出污泥而不染,依然保持着纯净美好的品质,令奥涅金由衷感佩,这时,他才痛感那失去的爱情多么弥足珍贵,他极力想挽回铸就的错误,于是便不顾一切地追求达吉雅娜,跪倒在这位公爵夫人面前乞求爱情。另外,在奥涅金的狂热中或许还夹杂着卑琐的虚荣心。对他来说,不经过奋斗的爱情是乏味的,只有征服"涅瓦河边上繁华的京都一位难以接近的女神",才会在社交界引起轰动,才会给他"带来善于诱惑女人的名气",他的虚荣心才能得到满足。难怪达吉雅娜责备他"怎会成为卑微感情的奴隶"?他只听凭个人感情的驱使,而不考虑达吉雅娜此时的地位和处境。可见,奥涅金对达吉雅娜爱情的拒绝和追求,都是出于利己主义的动机,他未能摆脱贵族公子哥的自私自利的劣根性。

在对待友谊的问题上,更进一步暴露了奥涅金性格的矛盾。

连斯基是奥涅金在乡下时唯一的朋友。这位刚从德国归来的18岁的诗人,风华正茂,热情洋溢,心灵燃烧着熊熊火焰,胸臆中激荡着美好的希望,"这世上无情的骄纵淫乐/还没有使他神志麻木……世上层出不穷的浮华景象,/仍然使年轻人无限神往。"这是一个对生活还抱有玫瑰色幻想的、对现实缺乏清醒认识的浪漫主义者,是当时俄国贵族知识分子的另一种典型。这种人一当碰到残酷的现实,或者夭折,或者蜕变成玛尼洛夫式的佣人。

同奥涅金一样，连斯基与乡下地主老爷们格格不入，于是，这两个具有自由思想的青年"由于无所事事而成了朋友"。他们在一起争论各种问题，一切都受到他们的评判。不过，他们两个性格迥异，犹如"巉岩和波浪，诗歌和散文，冰雪和火焰"：一个看破红尘，另一个则满脑子罗曼蒂克的幻想；一个心灰意冷，另一个则热情似火。两个人对感情、人生、社会等问题的态度相去甚远。这就是他们之间必然发生冲突的潜在根源。

不幸的事件终于发生了。连斯基邀请奥涅金一起去参加达吉雅娜的命名日宴会。是日宾客盈门，熙熙攘攘。面对那些庸俗不堪的地主们，眼看达吉雅娜见到他之后那种激动不安、举止失常、几乎晕倒的样子，奥涅金心情沮丧，于是他想报复、戏弄一下连斯基。他故意向连斯基的未婚妻奥丽加大献殷勤、恭维调情，带着她翩翩起舞，致使连斯基妒火中烧，一怒之下，向奥涅金下达了决斗挑战书。这时，奥涅金才意识到事态的严重性，这场玩笑未免太过分了，并对自己的轻率行为深感懊悔和自责。他根本无意夺友人之妻，只要向连斯基解释清楚，表示道歉，一场误会即烟消云散。但他屈从贵族社会道德偏见的压力，害怕社会舆论的嘲笑，为了维护个人的"名誉"和"尊严"，竟接受了挑战，在决斗中一枪夺去了朋友的生命。奥涅金悔恨不已，他离开庄园，浪迹四方。这一事件同样暴露了奥涅金唯我主义的灵魂。

> 没有目的，无所作为地
> 白白混过了二十六个春秋，
> 在无所事事的悠闲中苦恼着，
> 没有官职、妻子和工作，
> 不管什么事他都不会做。

这就是奥涅金的人生足迹。纵观他二十多年的生活，可以看到他的矛盾性格如何统一于一身：他出身于贵族阶级，从小接受贵族教育的熏陶，但他厌恶贵族社会；他不愿与贵族社会同流合污，但又无力跳出这个环境，因为他与人民相距甚远；他鄙视贵族社会的庸俗和虚伪，但又无法挣脱它的道德偏见和习俗的羁绊；他天资聪颖，才智过人，博学多才，但缺乏工作能力和行动的毅力，干什么都半途而废；他不满现实，渴望有意义的生活，但又困惑迷惘，茫无目标，不知道追求什么，结果光阴虚度，毫无作为。他像无根的浮萍，在社会上找不到自己的位置，成了一个既不愿与贵族社会同归流，又不能同人民站在一起的"多余人"。这就是奥涅金的命运悲剧。"多余人"一词最早见于1850年问世的屠格涅夫的小说《多余人日记》，1851年赫尔岑在评论《叶甫盖尼·奥涅金》时，将无所事事、"永远不会站在政府一边"，也"永远不会站在人民一边"的奥涅金称为"多余人"。

所以，通过奥涅金这一形象，普希金提出了俄国贵族革命时期一个重要的社会问题——贵族知识分子脱离人民的问题。

"多余人"是十二月党人起义失败之后俄国社会这一特定历史时代的产物。贵族革命被镇压下去，新的平民知识分子革命尚未兴起，俄国解放运动正处于青黄不接的时期，社会上夜气如磐，黑暗而沉闷。此时的贵族知识分子不外乎三种类型：一类人颓靡堕落，沉溺于花天酒地、醉生梦死的享乐生活中，甚至汲汲于功名利禄，卖身求荣，甘心充当为沙皇统治者效劳的奴才；另一类是少数人，他们继承十二月党人的事业，不屈不挠继续为革命奔走呼号；介于两者之间的大部分贵族青年虽不甘堕落，不愿随波逐流、虚度一生，希望有所作为，但又看不到出路，找不到有意义的生活，因此苦闷、忧郁、迷惘、彷徨，精神上无所依傍。奥涅金就是这类贵族青年的真实写照，这一典型形象集中概括了一代贵族青年的精神风貌。

在19世纪20年代俄国的历史条件下，奥涅金不失为一个进步的贵族青年知识分子。他之所以进步，就在于愤世嫉俗，抨击现实，厌弃上流社会奢华、腐朽、空虚的生活，不甘沉沦，渴求另一种新的生活，尽管他自己也不知道究竟是什么样的生活，并且最终也没有找到这样的生活道路，但是他的愤懑、困惑、思索和探求，无疑是青年一代觉悟的表现，它反映了社会意识的觉醒。

奥涅金是俄国文学史上第一个"多余人"的形象，对俄国文学的发展产生了深远的影响，之后，随着俄国作家对贵族的命运和作用的继续探讨，又涌现出一系列"多余人"形象，从而构成了俄国文学史上独特的、多采多姿的"多余人"画廊。

达吉雅娜是小说中的另一个主要人物，普希金满怀感情地塑造了她的优美形象，在她身上寄托了自己的道德理想。达吉雅娜有一颗"俄罗斯的灵魂"，与自幼受到贵族上流社会教育的奥涅金不同，她是在俄罗斯民族传统的土壤上成长起来的。她出生在一个保持着古老习俗的乡村贵族家庭，从小受到农奴出身的奶娘的熏陶和影响，喜欢听民间故事，甚至像农村姑娘一样，迷信梦境、预兆、占卜。她在大自然的怀抱中长大，热爱乡村的田野、山峦、树林；她像田野上的一朵小花，朴素、淡雅、芬芳；她像林中的小鹿，胆怯、文静、安详。他厌恶嬉戏、玩乐和喧闹，喜欢独自沉思遐想，用种种幻想装点着"乡下的百无聊赖的日子"。在周围平庸的环境中，她显得那么落落寡合，在自己家里，"却好像别人家的姑娘"，她沉默寡言，忧郁孤独，严守着自己内心的小天地。她以书为伴，热中于阅读卢梭、歌德、理查逊等人那些充满柔情蜜意的小说，爱情的种子已在心田萌发，遐想中燃烧着对新生活的希望。她憧憬着，期待着、寻觅着，盼望能找到一位知己帮助她摆脱庸俗、窒闷的环境,走上新生活之路。

恰值此时,奥涅金出现在她面前。她看到这位青年那样风流倜傥,卓尔不群,其精神气质远在一般贵族子弟之上,于是勇敢冲破贵族社会的虚伪礼教的藩篱,主动向奥涅金敞开心扉,表白了爱慕之情,将自己的命运和对新生活希望寄托在他身上。达吉雅娜的勇敢精神、大胆追求以及真挚严肃的感情,与上流社会那些庸俗、浅薄、轻浮的贵族妇女不可同日而语。她给奥涅金的信是那样坦诚纯真、殷切执着、情意缠绵、荡气回肠,历来令多少读者感动的热泪盈眶!

遗憾的是,达吉雅娜并不了解奥涅金此时的心境,并未识透在他的鄙夷神情和讥讽谈吐中隐藏着一颗空虚冷漠的心,所以,奥涅金对爱情的拒绝令她困惑莫解,痛苦不已。奥涅金离家远游后,达吉雅娜造访了他的庄园,参观了他的书房,翻阅了他的书籍。从他醉心阅读的拜伦的作品中,达吉雅娜发现了引起他深思和共鸣的见解和思想,进而窥视到他心中的隐秘,对奥涅金的性格有了更深入了解:

> 这是个忧郁而危险的怪人,
> 是地狱的作品或天堂的造物,
> 是安琪尔或者傲岸的凶神,
> 他到底是什么?摹仿的诗文,
> 渺小的灵魂,还是个披着
> 哈罗德式的莫斯科人……

她终于明白了"她为之倾心的是什么角色",而且认识到,面对人生的种种困惑,深深陷入忧郁、苦恼、厌倦之中的奥涅金尚且无力自拔,还在苦苦地寻求着出路,又怎么能引导她走上新的生活道路呢?此时,"她的理智觉醒了。她终于懂得了,一个人除了爱情的痛苦和悲伤之外,还有其他的关切、痛苦和悲伤。"[①]通过这次造访,达吉雅娜领悟了人性和人生的复杂,从往日迷人的幻梦中醒悟过来,从而完成了她精神上的自觉,为她走出闺阁、步入社会、直面人生作了准备。

然而,达吉雅娜的命运注定是不幸的。她被带到莫斯科,在母亲的苦苦哀求下嫁给了一个她并不爱的胖将军,成了公爵夫人。多少人艳羡她那阔绰的生活和显赫的地位呀!但难能可贵的是达吉雅娜不迷恋荣华富贵,更厌恶社交界的空虚无聊和喧嚣纷扰,她仍然怀念和向往乡村那种自然、简朴、幽静的田园生活。她对奥涅金说:

---

① 《别林斯基全集》第 7 卷,俄文版,1955 年,第 497 页。

>……我乐于放弃
>这假面舞会的破衣烂衫，
>这豪华、喧闹、乌烟瘴气的场所，
>去换取一柜书或荒芜的花园，
>去换取我那寒伧的田庄，
>去换取偏僻的乡间，奥涅金，
>我第一次看见你的地方，
>还有换取那幽静的坟场，
>如今十字架和树枝的阴影
>正庇护着我那可怜的奶娘……

她的心灵依然那么纯真美好，感情依然那么真挚朴实，但她已不是那个胆怯、轻信、痴情、不谙世事的乡村姑娘了，她已经成熟了，对社会和人生有了更清醒、更深刻的认识。虽然她仍旧爱着奥涅金，但她拒绝了他的爱情，因为她认清了奥涅金的价值，丧失了对他所抱的期望。她清楚地认识到，他们之间有着难以逾越的社会障碍，命运已经注定，旧梦不能重温，爱情无可挽回，幸福永远无望。既然如此，又何必损害自己清白的名声，招致社会舆论的非议呢？所以她对奥涅金说："我爱您（这我又何必掩饰？）/但我已经嫁给了别人，/我将一辈子对他忠实。"当然，所谓的"清白"、"忠实"等等，说明她还深受传统封建道德观念的束缚，她无法超越阶级和时代的局限，但正因为如此，达吉雅娜才是俄罗斯妇女传统道德和悲剧命运的化身，她才称得上是"俄罗斯的灵魂"，也才显示出其性格的真实性、和谐性和完整性。

温柔、质朴的天性，真挚、深沉的感情，贞洁、贤惠的道德，纯洁、美好的心灵以及她所体现的丰富的人民性——这一切使达吉雅娜如此楚楚动人，魅力无穷，使她在无数优美的俄罗斯妇女形象的画廊中无可争议地占据了第一个位置，并且对俄国文学探讨俄罗斯妇女的命运、塑造她们的典型形象产生了深远影响。

不论奥涅金还是达吉雅娜，还是连斯基，他们的命运都是悲剧。人们不禁掩卷沉思，是谁造成了他们的不幸？悲剧的原因何在？归根结底，是腐败的贵族社会，以及专制农奴制度下整个社会环境，窒息和毁灭了年轻的一代，使他们的生活毫无意义，庸碌无为地虚度一生。他们的悲剧命运无异于对社会发出警示：社会不能再这样继续下去了！因此，别林斯基说，《叶甫盖尼·奥涅金》"表达了首次苏醒的社会自觉：这是无法衡量的功绩！"[①]

---

① 《别林斯基全集》第 7 卷，俄文版，1955 年，第 432 页。

三

《叶甫盖尼·奥涅金》堪称俄国第一部现实主义小说,为俄国小说创作提供了丰富有益的艺术经验和借鉴。

首先,这部小说忠实地再现了俄国当时的社会生活。别林斯基说:"我们在《奥涅金》中看到一幅俄罗斯社会的诗的图画,而且描绘了这个社会发展中最有意义的一段时期。"①小说的情节始于1819年,终于1825年。作者就跟随奥涅金的足迹对这一时期彼得堡、莫斯科贵族上流社会和乡村的现实生活以及与此相关的政治、经济、文化、民俗等方方面面作了广泛的全景式描写,从而构成俄国社会的缩影。为了忠实于生活,普希金一反古典主义和浪漫主义的美学原则,特意将所谓"平凡"、"低级"、"粗俗"的东西如日常琐事、生活习俗、农家生活场景等等都收入作品,并且加以典型化、诗意化,使之真实而形象地表现出现实生活的特征。

普希金不仅绘就了一幅一个时代俄罗斯社会的生动画卷,而且其中的细节也把握得非常准确。仅以经济细节为例,即可说明问题。如从"伦敦的化妆品商人/为了换取木材和油脂/从波罗的海的波浪上运来/满足人们挖空心思想要的东西,"读者就窥见了当时俄国对外贸易之一斑。奥涅金的农事改革试图以地租代替世代的徭役制,结果遭到地主们的强烈反对,这不仅反映了封建农奴制度下地主对农民的剥削方式及其变化,而且透露出农奴制度的危机。第一章写到奥涅金对亚当·斯密的著作颇有研究,论断相当深刻:

> 他懂得怎样使国家富强,
> 懂得国家靠什么生存,
> 知道从土地取得纯收益后,
> 它为什么就不需要黄金。
> 可是父亲不懂得他的学问,
> 总是抵押土地以对付穷困。

马克思曾将这几句诗作为研究俄国经济的资料,说道:"普希金在他的一首叙事诗中,说他的作品的主人公的父亲怎么也不懂得商品就是货币。但是俄罗斯人早就懂得货币就是商品。"②

---

① 《别林斯基全集》第7卷,俄文版,1955年,第432页。
② 《马克思恩格斯全集》第13卷,人民出版社,第167—168页。

其次，小说塑造了一系列典型人物。不仅奥涅金、达吉雅娜两个主人公是典型的，而且其他次要人物也典型真实，各俱特色。那个"来自雾气迷蒙的德意志"、对一切都抱有美好幻想、远离俄国现实的"半个俄国人"——浪漫主义诗人连斯基是贵族青年的一种典型。外貌娇艳靓丽而精神世界平庸苍白的奥丽加则是又一类贵族少女的代表。奥涅金的伯父，那个"整日和女管家吵吵嚷嚷，或者望望窗户，捻死个苍蝇"的老乡绅，是闭塞的庄园地主的真实写照。达吉雅娜的母亲拉林娜专断地管制丈夫，残酷地欺压农奴，生气就打婢女，为了防止婢女们偷吃果子竟然强迫她们不停地唱歌，这是专横跋扈、残酷无情的女地主的形象概括。参加达吉雅娜的命名日宴会的普斯嘉科夫、格沃兹金、斯科季宁、彼杜什科夫、布雅诺夫等地主群丑们，无一不是现实生活中活生生的人物。对这些人物，普希金运用速写技法，草草几笔，略加勾勒，其形象就鲜活生动地呈现在读者面前。

在古典主义或浪漫主义作家笔下，人物往往是类型化、概念化的，其性格是单一的、固定不变的。而普希金则遵循现实主义原则，展示了人物性格的发展变化和性格的复杂多样性。奥涅金从上流社会典型的花花公子到心灰意冷的"忧郁症"患者，再到无所适从、心灵难觅归宿的"多余人"，这是一个动态的发展过程，是随着奥涅金对社会现实认识的不断加深和思想的逐渐成熟而变化的。作为"多余人"，奥涅金的性格是复杂的、多维的、二重性的，充分体现了当时处于人生十字街头的贵族青年的精神矛盾和危机，堪称典型性格。

人物性格的演变应该符合性格发展的逻辑，不能破坏人物性格的典型性，这样才不违背生活的真实。按照普希金最初的构思，奥涅金决斗后离家远游，在南方旅行期间接触了十二月党人，并成为起义队伍中的一员。十二月党人起义被镇压后，普希金改变了构思，他将秘密写好的第10章焚毁，经过一番修改，使小说如现在读者看到的那样，在第8章戛然而止，奥涅金也最后定格在"多余人"的结局上。作者最终没有把奥涅金塑造成十二月党人，而写成了"多余人"，这与其说是考虑到当时的社会政治形势，不如说在艺术上更符合人物性格发展的逻辑，更符合典型化的要求。十月革命后，苏联文学界曾对奥涅金后来的性格走向进行过热烈争论，有人说他的性格不会发生什么变化，有人则认为他会成为十二月党人，双方各执一词，未能取得一致意见。其实这场争论没有多大实质意义，一是最后定稿的作品才是评价人物的根本依据，不能凭空臆测；二是"多余人"作为奥涅金的最后归宿最具典型意义，最能反映19世纪20年代进步贵族青年的精神面貌，其他的性格走向反而会有损人物的典型性，正如别林斯基所说："后来给奥涅金留下了什么呢？……我们是不得而知的，但又何必知道呢，如果这个丰富的性格没有用武之地,生活又缺乏意义!"①

"性格即命运",人物的命运是与其性格密切相关的。达吉雅娜最后嫁给她并不爱的胖将军,并不是作者随心所欲的安排,归根结底是由其性格所规定的。所以,普希金在给友人的信中说道:"你看,达吉雅娜跟我开了一个多大的玩笑!她竟然出嫁了,这是我从来也没料到的。"在妇女婚姻不能自主的封建制度下的俄国,背负着传统道德观念的枷锁的达吉雅娜难道还会有什么好命运吗?正如她自己所说:"对薄命的达尼亚,什么样的安排都一样……"

其三,小说正确地处理了环境与人物的辩证关系。人物总是生活在一定的社会环境中的,人物的性格、心理特征以及命运遭际,无不与他所处的社会环境有着密切关系。所以说,人物性格是社会环境的产物。在《叶甫盖尼·奥涅金》中,作者从奥涅金出身的贵族家庭、他自幼所受的华而不实的贵族教育、上流社会的空虚奢靡的生活、乃至他阅读的书籍以及接受的西欧进步思想等方面,展示了奥涅金具体的生活环境和氛围,正是这样的环境造就了他"多余人"的性格。同样,也正是乡村的大自然、与人民比较接近的田园生活和俄罗斯民间文化传统培养了达吉雅娜的朴实、真挚、善良的品格。环境为人物性格的形成提供了依据,同时,通过人物的活动,小说又展现了广阔的社会生活画面,为人物的活动提供了历史舞台。如此,环境与人物,二者相辅相成,辩证统一,从而塑造出"典型环境中的典型性格"。

其四,小说开拓了俄国文学心理描写的优良传统。心理描写是刻画人物性格的重要手段,普希金在继承前人的成就的基础上又在这方面作了进一步探索。《叶甫盖尼·奥涅金》的心理描写一般不为人注意,其实这一特点还是相当突出的。作者运用了各种艺术手段揭示人物的心理活动,如内心独白、梦魇、幻觉、人物的表情动作等等。我们不妨信手拈来几例加以说明。奥涅金接受了连斯基的决斗挑战书之后,心中难以平静,他"一个人对着自己的良心"作了一次严格的反省,"对自己进行了秘密的审判",为自己在命名日宴会上的轻率行为深深自责和悔恨;觉得自己应该对朋友好言相劝,使他那颗年轻的心平静下来;继而又想到,一个专门挑拨、造谣的老手已参与此事,如果拒绝决斗,必遭世人的轻蔑和嘲笑,"这就是社会舆论!"这段内心独白既表现了奥涅金的矛盾心理,也揭示了他屈从贵族社会的道德偏见的性格弱点。面对决斗,连斯基同样心绪沸腾。他先是愤恨轻佻的奥丽加,本不想再见她,但为了让她感到难堪,还是去找女友。见面后,看到奥丽加那样热情快乐、无忧无虑,他的嫉妒和恼怒尽消,心想:必须拯救她,

---

① 《别林斯基全集》第7卷,1955年,第469页。

绝不让奥涅金这个浪荡汉扰乱姑娘的心,"不能让那可鄙的毒虫咬坏纯洁的百合的花梗"。连斯基心神不定,"一会儿快乐,一会儿忧愁",最后与姑娘告别时,"他的心悲痛得几乎要碎了"。这段心理活动既有人物的内心自白,又有作者的客观描写,将连斯基的内心波澜和情感的反复转换表现得细腻而清晰。

梦魇、幻觉是一种下意识心理活动,它能折射出人物内心的隐秘。第3章写到达吉雅娜给奥涅金送去表白爱情的信之后,她心急如焚地等待着回音;黄昏时分,她站在窗前,默默地想着心事,不由地用手指在玻璃窗上写上了"奥"和"叶"两个字。突然,"一阵马蹄声!……她的心紧缩了。/更近了!奔跑着……叶甫盖尼/出现在院子里!"达吉雅娜立刻飞奔出去,奔向花园,倒在长椅上。其实,这完全是达吉雅娜的幻觉,它道出了钟情的少女盼望与心上人见面的焦急心理。第5章中,作者整整用了10节的篇幅描写了达吉雅娜做的一个怪梦:在茫茫雪原中,达吉雅娜迷了路,后面一只大熊紧追不舍,惊慌之中躲进森林中的一间茅屋,一看里面妖怪狰狞,群魔乱舞,而奥涅金竟是这里的主人。妖怪争抢达吉雅娜,"我的!"奥涅金大喝一声,妖怪顿时没了踪影。连斯基突然闯进,奥涅金与他争吵起来,随后抓起一把刀向他砍去,连斯基惨叫一声倒地,达吉雅娜从梦中惊醒……通过这场噩梦的描写,作者将达吉雅娜的爱情被拒绝后那种咬啮心灵的痛苦以及因命途难卜而惶惑不安的复杂心绪传达得淋漓尽致;同时也预示了即将到来的奥涅金与连斯基决斗。至于通过人物的一举一动、一颦一笑来表现微妙的心理活动,这类例子就更多了,不再赘述。当然,在心理描写上,普希金与后来的心理描写大师托尔斯泰、陀斯妥耶夫斯基相比还有差距,但是他在这方面的功绩在于为俄罗斯文学心理描写传统奠基铺路,为托尔斯泰的"心灵辩证法"作了准备。①

最后,关于抒情插叙。大量的抒情插叙是这部诗体小说的特点之一,作者直接出面,或品评人物,或议论世情,或进行争论,或抒发情怀,将自己的主观感受尽情流露出来。对叙事诗来说,这种抒情插叙无可挑剔,但它并不符合小说发展的趋势。随着小说艺术的发展成熟,作者越来越退居幕后和"不在场",其职责仅仅是客观描述,而避免主观议论。

所以说,小说中的抒情插叙是诗歌的残余,是小说发展初期的现象,随着小说艺术的不断成熟,它会逐渐消亡。

---

① 见《俄国小说史》第1卷,俄文版,1962年,第138页。

第三节 散文体小说

普希金在《叶甫盖尼·奥涅金》第3章中写到：

也许，按照上天的意愿，
我将不再做一个诗人，
新的魔鬼已潜入我的心坎，
我降低身份来写朴素的散文……

正如普希金所说，30年代他在创作上从诗歌转为以散文为主，这种转变顺应了世界文学发展演变的潮流。由于小说这种艺术形式能够更广阔地反映现实生活，更深刻地揭示人物的性格及其内心世界，同时也更为广大的读者大众所接受，因此，小说逐步取代诗歌而成为主要文学体裁，不仅是欧洲文学，同时也是俄国文学发展的必然趋势。早在20年代普希金就已经敏感地看到了这种变化。在1822—1825年期间，他曾建议诗人维雅泽姆斯基和别斯图热夫（即后来的马尔林斯基）转向长篇小说创作。1827年8月1日他又写信给《莫斯科信使》杂志的发行人米·波戈津，敦促他说，中篇小说"必须成为杂志非常重要的一部分，就像《望远镜》上那样时髦。"①他十分关注俄国小说的发展，对当时流行于俄国文坛的感伤主义和浪漫主义小说颇为不满，认为它们脱离俄国现实，矫揉造作，华而不实。他决心身体力行，对俄国散文进行一番革新。

1828年至1835年，普希金先后动笔写了《彼得大帝的黑奴》、《客人来到别墅》、《书信体小说》、《罗斯拉甫列夫》、《埃及之夜》等小说，但仅仅是开头，均未完成。他的第一部完整的散文体小说是1831年发表的《别尔金小说集》。

《别尔金小说集》由假托的作者别尔金记述的5篇独立的故事组成：《射击》、《暴风雪》、《棺材匠》、《驿站长》和《村姑小姐》。小说集对俄国社会各阶层的生活、思想乃至心理进行了生动描绘。《射击》写的是沙俄军官中经常发生的决斗事件，在一定程度上暴露了军官生活的空虚无聊和种种恶习。退伍骠骑兵军官西尔维奥早年因出风头与人结仇，决意伺机报复，为此他苦练枪法。当得知仇人就要结婚，他认为复仇时机已到，于是前去决斗。但看到仇人惊慌失措及其新婚妻子扑倒在地的情景，他内心已感到满足，毅然放弃决斗离去。最后在希腊民族独立战争中牺牲。西尔维奥的形象鲜明而有特色，他收入不多却喜欢请客豪饮，性情暴烈而又有几分豪爽，说话尖刻而待人又不失真诚，老练冷静而富有心

---

① 《普希金全集》第10卷，国家文学出版社，1958年，第341页。

计,颇具传奇色彩。《棺材匠》展示了彼得堡下层市民的日常生活。棺材店老板结交的都是鞋匠、面包师之类的人物,整日忙于丧葬事物,由于职业特点而形成的阴郁、孤僻、浅薄、自私、自卑的性格和心理。例如他总是希望病人快死,好多卖几口棺材,或者抬高价格,以次充好,欺骗顾客;他神经过敏地担心别人嘲笑他的行业,瞧不起他等等。这篇作品开启了描写城市平民生活小说之先河,是40年代兴起的"自然派"文学的萌芽。《暴风雪》和《村姑小姐》则取材于外省贵族生活,描写贵族男女青年一见钟情的浪漫故事。两篇作品的女主人公贵族小姐玛莎和丽莎,一个在法国浪漫主义小说的熏陶下长大,一个深受英国感伤主义小说的影响,都幻想两情相悦的罗曼蒂克式的爱情。为了实现自己的爱情理想,她们勇于冲破家庭的阻拦,或者冒着暴风雪与心上人私奔,或者装扮成农家姑娘与情人幽会。经过一番波折,有情人终成眷属,结局圆满。在情节处理上,虽然作者运用了某些浪漫主义手法,以增强小说的趣味性,但与流行的浪漫主义小说不同,他既没有将主人公美化成美丽公主和白马王子,也没有渲染他们爱情的缠绵悱恻,而是以朴实的现实主义风格描写了平凡的贵族青年的平凡的乡村生活,表现了他们对幸福爱情的热烈向往和积极追求。

《驿站长》是《别尔金小说集》中最优秀的一篇。在这一短篇中,作者怀着深厚的同情描写了一个地位卑微的老驿站长的悲剧。作品一开头就写道:"驿站长是什么样的人物呢?不折不扣的第十四等受苦人,凭着自己的官职只能免遭殴打,而且未必都能幸免……他们的职责是什么呢?难道不是真正的服苦役吗?他们日夜不得安宁。旅客们往往把旅途寂寞而产生的怒气发泄在他们头上。"维林就是这样的驿站长。他心地善良,安分守己,一生都在驿站辛勤工作,却经常受到达官贵人的欺凌。他生活中唯一的安慰就是他心爱的女儿杜尼亚。姑娘美丽、聪明、伶俐,父亲爱如掌上明珠,两人相依为命。可是,连这唯一的安慰也被人剥夺了:一个过路的骠骑兵军官明斯基诱拐了杜尼亚。维林对女儿的命运非常担心,因为他知道:"什么事都会发生的。被过路的浪荡鬼拐骗的,杜尼亚不是第一个,也不是最后一个,这些姑娘给玩弄了一阵就被扔掉了。这样的人在彼得堡很多,都是年轻的傻姑娘,今天她们穿的是绸缎丝绒,明天呢,你瞧,她们就得和小酒馆里的穷光蛋一起去扫马路了。"

驿站长维林难以抑制心中的痛苦和不安,去彼得堡寻找他那"迷途的羔羊"。他好不容易找到明斯基的寓所,那个军官塞给他几张揉皱的钞票,然后凶狠狠地把他推出门外。然而,金钱又怎么能够抵偿失去爱女的痛苦和遭受侮辱的感情呢?他把钞票捏成一团,愤怒地扔在地上,用脚跟狠狠地踩了几下,走了……这是小人物对权势者的蔑视,是对压迫者和不平等社会的抗议!虽然这种反抗还很微弱,但毕竟表达了被压迫者的愤愤不平的心声。

晚年的老站长孤苦伶仃,生活潦倒,终于在抑郁寡欢中死去。小说结尾,作者描写了驿站长荒凉的坟墓:"我们来到坟地,这是个荒凉的地方,没有围墙,竖着一个个木头十字架,连一棵能给这些十字架遮阴的小树也没有。我从来没有见过这般凄凉的坟地。"面对此情此景,读者无不为老站长的悲苦命运扼腕叹息。

《驿站长》记述了一个备受欺凌的小人物的辛酸和不幸,作者的悲天悯人之情感动着读者,深入人心,作品所蕴含的民主主义和人道主义精神即表现在这里。《驿站长》的意义就在于它成功地塑造了俄国文学史上第一个小人物形象,开创了小人物主题,之后果戈理、陀思妥耶夫斯基、契诃夫等继承和发扬这一传统,从而小人物主题成为俄国文学的一大特点。

普希金一贯主张写散文要做到准确、朴素、简洁、清晰。这应该奉为小说艺术之圭臬。他在《论散文》一文中写道:"精确和简洁——这是散文的首要特点。散文要求思想,没有思想,华美的辞藻也无济于事。"[①]《别尔金小说集》就体现了这种特点,尤其是《驿站长》一篇堪称俄罗斯散文体小说之典范。这个短篇朴实无华,无论情节还是语言,绝无哗众取宠之处。小说包括几年之中发生的故事,但作者不是平铺直叙,而是抓住关键情节,以故事叙述者"我"三次旅行访问驿站长的经过,来描述事件的发生、变化和结局,结构紧凑,情节发展迅速,决不拖泥带水。

特别值得注意的是《别尔金小说集》的叙事特点。小说集有三个作者:首先是故事的亲历者和提供者——《驿站长》是九等文官 А.Г.Н,《射击》是中校 И.Л.П,《棺材匠》是 Б.В,《暴风雪》和《村姑小姐》是 К.И.Т;其次故事的收集者和转述者别尔金;最后是真正的作者普希金。而且,各篇又运用了不同人称的叙事方法:《射击》和《驿站长》采用的是第一人称,"我"作为事件的亲历者和见证人讲述了事件的经过,表明了对事件和人物的褒贬态度,不仅使故事真实可信,而且小说的思想倾向也自然而然地显示出来。其他三篇采用第三人称,是全知全能的叙事视角,作者的立场更客观一些。不论采用第一人称还是第三人称,真正的作者普希金远远退居幕后,避免直接表露自己的主观倾向,使小说建立在客观描写的基础之上,从而大大增强了作品的真实感。这种叙事方式在俄国小说中亦属首创,具有开拓意义。

《别尔金小说集》以其简洁、朴素的风格和新颖的叙事方法开一代散文之新风,深受托尔斯泰赞赏,他在 1873 年 4 月致友人的一封信中写道:"请把别尔金的所有小说再从头读一读,对这些作品,每个作家都应该学习再学习。最近几

[①] 《普希金全集》第 7 卷,国家文学出版社,1958 年,第 15 页。

天,我就做这件事,我简直无法向你表达这种阅读对我所产生的那种良好影响。"①

随着社会的发展变化,资产阶级式的利己主义者开始在俄国封建制度的土壤上滋生。普希金已洞察到这种现象,于是他在1833年创作了著名中篇小说《黑桃皇后》,塑造了一个不择手段追逐金钱的资产阶级利己主义者的典型形象。

工兵军官赫尔曼仅有父亲留下的一点点遗产,只能靠薪俸维持俭朴的生活,丝毫不敢放纵自己。但他虚荣心很强,心里"怀着强烈的欲望和狂热的幻想",渴望金钱,幻想发财,过上流社会的奢华生活。他嗜赌如命,整夜整夜地坐在牌桌旁,紧张地注视着牌局的变化,却从不赌牌,唯恐把生活必需的几个钱白白输掉。当他在赌场上听说老伯爵夫人掌握着每赌必胜的三张牌的秘密时,内心里隐藏着的发财欲望如烈火般燃烧起来,日思夜想,不能自已,甚至一入睡就梦见纸牌、牌桌,梦见不断赢钱,不断把金币、钞票收入囊中。于是他决心得到这个秘密。为此他不择手段,先是幻想做87岁的伯爵夫人的情人,得到她的宠爱,后又改为热烈追求她的养女丽莎,以寻求接近伯爵夫人的机会。一天深夜,他潜入伯爵夫人的宅邸,跪在她面前,恳求她说出三张纸牌的秘密。遭到拒绝后,他又拔出手枪相威胁,结果把伯爵夫人吓死。老太婆的死并未触动他的铁石心肠,没有使他的良心受到谴责,而使他恼恨的却是那个秘密没有搞到手。至此,这个"侧面像拿破仑,灵魂像梅非斯特"的恶魔加冒险家的丑恶灵魂已暴露无遗。

为了更深入地挖掘赫尔曼的贪婪心理,小说特意设置了人物的一场梦魇。参加完伯爵夫人的葬礼后,赫尔曼心情沮丧地回到家里,立刻沉沉睡去。一觉醒来,已是深夜,再无睡意。突然,一个穿白衣服的老妇人飘然而至,他定睛一看,竟是伯爵夫人!伯爵夫人对他说:"我是奉命来满足你的要求的。3、7、爱司,这三张牌会使你连续赢钱,但有一个条件:一昼夜之内只能押一张牌,从此一辈子再也不赌博……"赫尔曼获得三张牌的秘密后,前两次果然奏效,赢了大量金钱,第三次赌博时因赢钱心切,出错了牌,结果又把赢的钱全部输掉了。发财梦彻底破灭了,赫尔曼疯了。

这篇小说揭示了金钱罪恶的主题,谴责了不择手段攫取金钱的新兴的资产阶级个人主义冒险家,反映了俄国社会关系的变化,为果戈理的《彼得堡故事集》和陀思妥耶夫斯基的《罪与罚》做了准备。作者通过三张纸牌的传说揭露一个冒

---

① 列·托尔斯泰:《论文学》,俄文版,1955年,第144页。

险家的丑恶嘴脸,可谓想象奇妙,匠心独运。有论者认为,《黑桃皇后》是一部压缩的长篇小说,只要将赫尔曼这类典型形成的环境、原因、过程等交代清楚,再加之对各种人物关系和社会生活的描写,就足以构成一部长篇小说,由此可见这篇作品的严谨、简洁、精炼。此外,小说的心理描写亦堪称道,作者运用内心自白、梦境、戏剧化场面等艺术手段将赫尔曼的疯狂、贪婪、冷酷、卑鄙的心理活动刻画得生动而深刻。以上这些使《黑桃皇后》成为中短篇小说之精品。陀思妥耶夫斯基曾对他的一位友人说:"在普希金面前我们都是侏儒,我们之中可没有那样的天才! 他的想象多么美,多么有力量! 不久前,我反复阅读了他的《黑桃皇后》。竟有如此的想象力! ……他以精细入微的分析追踪着赫尔曼的一举一动、他的一切痛苦、一切希望,以及最后可怕的、突然的失败。"[①]

30年代,普希金创作了一组以农民的悲惨遭遇、地主和农民的关系、农民暴动为主题的小说,其中以《杜勃罗夫斯基》(1833年创作,1841年发表)和《上尉的女儿》(1833—1836)最为著名。

《杜勃罗夫斯基》的素材来源于作者的朋友提供的一个故事:白俄罗斯的小贵族奥斯特洛夫斯基(小说最初的题目即是《奥斯特洛夫斯基》)因为土地问题与邻居争讼,败诉后被逐出庄园,于是他便纠集农民,抢劫地方官吏和地主,最后被投入监狱。普希金就以这件事为情节基础创作了《杜勃罗夫斯基》。小说通过贵族青年杜勃罗夫斯基为了替父报仇,投身绿林,率领农民反抗恶霸地主和官府的故事,揭示了贵族地主的内部矛盾,并在一定程度上反映了农民的反抗斗争。

世袭贵族、退休上将特罗耶库罗夫依仗其显赫门第、万贯家财、赫赫权势而威震一方,横行霸道,地主乡邻对他阿谀奉承、卑躬屈膝,连"省里的官员一听到他的名字就浑身发抖"。他残酷地压迫农奴,将女仆锁在房里干活,不许随便出门。他豢养着500多只猎犬,每逢有客来访,就领着客人参观豪华的狗舍,而他家奴仆的生活却连狗都不如。他粗野傲慢,每天欢宴滥饮、吃喝玩乐之余,花样翻新地搞恶作剧,以捉弄他人为能事,甚至将人推入熊房,让人熊撕斗,供他取乐。他与安德烈·杜勃罗夫斯基原是朋友,只因后者触犯了他的威严,于是就决意报复,他勾结官府,收买法官,用卑鄙手段侵吞了老杜勃罗夫斯基的全部产业,致使后者被气死。特罗耶库罗夫是恶霸地主的典型形象,他与杜勃罗夫斯基纠纷反映了贵族内部的矛盾冲突。

特罗耶库罗夫的专横跋扈、为非作歹与官府的支持怂恿、狼狈为奸密切相

[①] 引自 C. M. 彼得洛夫主编:《19世纪俄国文学史》第1卷,俄文版,1963年,第282页。

关。在小说中,普希金还揭露了沙皇政府官吏的丑恶嘴脸,尤其是地方法院的法官、陪审官、警察局长等,他们趋炎附势,为虎作伥,甘愿充当大贵族地主欺压人民的走狗和帮凶。他们秉承特罗耶库罗夫的旨意,践踏法律,伪造文件,无中生有,强行剥夺了杜勃罗夫斯基家的产业。农民对这些作恶多端的贪官污吏恨之入骨,愤怒之中将他们关在房里活活烧死,这实在是咎由自取。

与特罗耶库罗夫相对照的是穷贵族安德烈·杜勃罗夫斯基。他虽然家境衰败,地位卑微,但为人正直,性情暴烈,具有强烈的自尊心,人虽穷但志不短,他既不对特罗耶库罗夫低三下四,也不对官吏巴结逢迎。为了维护自己的尊严,他敢于冒犯恶霸特罗耶库罗夫,即使家破人亡,也不低头屈服。他与农民关系和谐,破产后仆人们也不愿离开原来的主人。普希金对这类尚保持着宗法制古风的贵族地主予以肯定和同情。

年轻的杜勃罗夫斯基得知家庭的变故,从彼得堡赶回家中,决心为父报仇雪恨,于是铤而走险,落草为寇,成为强盗首领。他率领造反的农民,抢劫地主的钱财,烧毁地主的房屋,贵族地主闻风丧胆,官府束手无策。令人奇怪的是,特罗耶库罗夫的田庄却安然无恙,他家的财产丝毫无损。原来杜勃罗夫斯基与特罗耶库罗夫的女儿玛莎从小青梅竹马,十几年过去了,他对儿时的朋友仍念念不忘。当了强盗后,他本来计划要在特罗耶库罗夫身上实现他的"第一个流血的壮举",为此,曾在他家周围做过周密侦察。就在他准备实行复仇计划时,玛莎宛如仙女般出现了,他的心平静下来。他放弃了复仇计划,并伪装成法国家庭教师来到特罗耶库罗夫家,在与玛莎三个礼拜的相处之中,以其聪敏、勇敢和自尊赢得了她的芳心。后来杜勃罗夫斯基被告发,他不得不离去,临行前,他向玛莎吐露了真情。两个相爱的人洒泪而别。特罗耶库罗夫将女儿许配给50岁的老色鬼威烈伊斯基公爵,玛莎执意不从,遂向杜勃罗夫斯基发出求救信号,但被其父发现。玛莎被迫与威烈伊斯基举行了婚礼,在回家的路上,被闻迅赶来的杜勃罗夫斯基一伙拦截,她无奈地说:"晚了。我行过婚礼了,我是威烈伊斯基公爵的妻子……我等您一直到最后一分钟……现在已经晚了。放掉我们吧。"杜勃罗夫斯基的希望破灭了,只好带着一颗破碎的心痛苦地离去。不久,他将强盗队伍解散,自己到国外隐居去了。故事到此结束,小说未完。

从整个故事情节来看,杜勃罗夫斯基之所以投身绿林,起来造反,并不是出于对沙皇专制农奴制的反抗,而是因为大贵族地主的欺压使他家破人亡,他才决意复仇,是统治阶级内部的倾轧将他"逼上梁山"。他的反抗仅仅是为了维护家族的利益和尊严,与广大被压迫农民奋起造反不论其动机还是其性质都是截然不同的,他不过想借助农民的力量,达到复仇的目的。他虽然参加了农民造反队伍,但始终与他们格格不入,在"强盗"们眼里他始终是"少爷",而他则称他的部下"都是些打家劫舍的家伙"。所以,他既不是贵族中的革命者,也不是真正的农民领袖。正因为他没有崇高的目的,他的反抗也就不能坚持到底,一当有"艳遇",他的心就软了,"复仇"也就被抛到九霄云外了。杜勃罗夫斯基投身绿林为盗,伪装为家庭教师周旋于仇人家,英雄救美人等情节,显然受到当时流行的西方侠盗小说的影响,致使杜勃罗夫斯基这一形象多了一些浪漫主义色彩,而少了一些现实主义因素。

小说可贵之处在于表现了农民对官僚地主的仇恨和他们的反抗情绪。当官员们前来没收杜勃罗夫斯基家的产业时,农民群情激愤,发出"一片极其可怕的喊叫","人群直逼过去",要收拾这帮恶吏。铁匠阿尔希普手持斧头,想把他们"送回老家";当杜勃罗夫斯基放火烧房子时,他悄悄地把门锁起来,将那群贪官污吏活活烧死。而当他看到一只小猫在熊熊燃烧的屋顶喵喵待毙时,他冒着危险爬上屋顶救下这只可怜的小动物。一方面疾恶如仇,另一方面又见善若惊,这一爱憎分明、富有反抗精神的普通农民形象成了小说的亮点。愤怒的农民起来造反了。但是,农民的反抗斗争是通过地主阶级的内部纠纷来表现的,而且成了"复仇艳遇"这一爱情故事的陪衬,农民暴动的主题没能充分展开,小说的现实意义不免受到削弱。

《杜勃罗夫斯基》触及了农民暴动的问题,而真正反映农民起义的气势和威力的则是长篇历史小说《上尉的女儿》。

第四节 《上尉的女儿》

正因为在《杜勃罗夫斯基》中农民暴动的主题未能充分展开,而且,贵族青年成为农民队伍的首领也缺乏典型意义,作品落入侠盗复仇这类流行小说的窠臼,普希金感到不满意,因此,小说没写完就搁笔了。此时,他萌发了一个重大的艺术构思:创作一部真正反映农民暴动的作品——关于普加乔夫起义的小说。为此,他查阅了大量有关这次起义的档案材料,并且亲自到奥伦堡、喀山一带考察,同当年参加普加乔夫起义的老人或目击者谈话,搜集了许多有关这次事件的传说、故事、歌谣。1835年他先写了一部《普加乔夫史》,翌年,又完成了长篇小说《上尉的女儿》。

一

发生于1773—1775年的普加乔夫起义是俄国历史上规模最大的一次农民暴动,曾给专制农奴制以沉重的打击。因此,沙皇统治阶级对普加乔夫恨之入骨,连他的名字都不许提及,否则即可招来麻烦,甚至杀身之祸。在沙皇政府严厉的书报检查制度下,根本不可能在作品中直接描写普加乔夫起义,为此,普希金在写作过程中不得不多次改变构思,几易其稿,最后他巧妙地采用了一个忠于沙皇的贵族青年军官格利尼奥夫的家庭纪事的形式,通过他在普加乔夫起义时期的遭遇和感受,来塑造普加乔夫的真实形象,展现农民起义的威猛声势。

沙皇政府和贵族社会一向把普加乔夫称之为杀人放火的"暴徒"、"强盗"、"贼寇"等等。反动文人也随声附和,极力给这位农民领袖脸上抹黑。普希金一反官方和反动文人的污蔑和诽谤,以艺术家的良心和勇敢塑造了普加乔夫鲜明、感人的形象,描写了他英雄、豪迈的性格。

为了这位农民领袖的登台亮相,小说在环境和气氛上作了渲染和铺垫。茫茫草原,狂风怒吼,大雪飞扬,天昏地暗,路断行人。这肆虐的暴风雪,既是自然景色的真实描绘,又可以说是对黑暗、险恶社会形势的暗喻。苍莽、雄浑、壮阔的背景,有力地烘托出普加乔夫的光辉形象和豪放性格;严峻、艰难的处境,方显出英雄本色。在这样的氛围中,普加乔夫一出场就给读者留下了极其深刻的印象。

暴风雪中,赴边塞途中迷路的格利尼奥大幸遇普加乔夫,他镇定而机敏地指引道路,使其从困境中脱险。在风雪的歌唱和马车的摇晃中,格利尼奥夫昏昏然进入梦乡。他梦见自己又回了家,母亲悲伤地告诉他,父亲快死了,可是他看见床上躺着的不是父亲,而是一个长着一大把黑胡子的庄稼汉。母亲说道,这是代他父亲为他主婚的人,要为他祝福。恐惧中,格利尼奥夫惊醒了。这个梦极有象征意义。那个一大把黑胡子的庄稼汉恰似普加乔夫,而且后来他确实成全了格利尼奥夫与玛丽娅的婚姻,并为他们祝福。这个梦成了格利尼奥夫的命运注定要与普加乔夫联系在一起的征兆。

格利尼奥夫顺利到达小客店。接着,作家通过格利尼奥夫的目光,勾画了普加乔夫的外貌:他40岁上下,仪表堂堂,中等身材,略显瘦削,肩膀宽阔,一把黑糊糊的大胡子,两只灵活的大眼睛,面部表情十分快活,却有点狡黠。初次见面,普加乔夫那精明机智、淳朴善良、古道热肠的性格就博得了格利尼奥夫的好感。临别时,格利尼奥夫不顾仆人萨维里奇的反对,以兔皮袄相赠,普加乔夫感激地说:"愿上帝报答您的善心。我一辈子也忘不了您的恩情。"这为以后两人的友情和小说情节的的发展埋下了伏笔。

不久,起义军攻占白山要塞,格利尼奥夫与普加乔夫第二次相逢,此时,普加乔夫已是起义军的领袖。"他身上穿着锈有金银花边的哥萨克大红袍。一顶耷拉着金色穗子的貂皮高帽子拉得低低的,几乎遮住了那炯炯发亮的眼睛。"他注重友情,以德报德,对格利尼奥夫在危难期间赠送兔皮袄一事念念不忘。因此,当他从俘虏的军官中认出格利尼奥夫之后,立即将他释放,并接见和款待他。在格利尼奥夫眼中,普加乔夫"容貌端正,很讨人喜欢,一点也显不出残暴的样子";"普加乔夫注视着我,有时微微地眯缝起他的左眼,显出令人诧异的狡黠和嘲弄的神情。最后他笑了起来,笑得那么真诚愉快,弄得我看着他,也莫名其妙地笑了起来。"格利尼奥夫看到,普加乔夫虽自称皇帝,但并不作威作福,他平易近人,与伙伴平等相处,每个人都可以自由发表意见,毫不拘束地与他争论。分别时,普加乔夫送给格利尼奥夫一匹好马、一件羊皮袄,让他或去或留,悉听自便。通过格利尼奥夫和普加乔夫的第二次相遇,作者进一步展现了这位农民起义领袖的宽厚仁慈、豁达大度、重友情、讲义气的品格。

为救助陷入贵族军官施瓦勃林的魔掌的未婚妻玛丽娅,格利尼奥夫再次求助于普加乔夫。当得知部下有人为非作歹、欺侮孤女时,普加乔夫非常气愤,他的眼睛闪着光,怒气冲冲地说道:"我手下的人有谁胆敢欺侮孤女?不管他多狡猾,也逃脱不了我的审判……让他知道知道,在我这儿胡作非为、欺侮百姓有啥下场。"他亲自陪同格利尼奥夫前往白山要塞,救出玛丽娅,成全了一对有情人的婚姻,并签发路条,以便让他们顺利通过关卡。这件事突出表现了普加乔夫的疾恶如仇和富有正义感。

格利尼奥夫对普加乔夫满怀同情和感激,他站在本阶级的立场上,"热切地想把他从他所率领的那伙歹徒中拉出来……拯救他的头颅"。他劝说普加乔夫向女皇认罪,请求赦免。普加乔夫坚定地回答,他是一不做二不休,接着他讲述了一个老鹰和乌鸦的故事。老鹰最后说:"不,乌鸦老弟,与其吃死尸活三百年,还不如痛痛快快喝一次鲜血……"鹰是普加乔夫的象征,他宁愿在自由的生活中哪怕度过短暂的一天,也决不苟且偷安,当一辈子奴隶。普加乔夫和他的伙伴们唱的那首歌谣《亲爱的翠绿的橡树林,不要喧嚷》,更表现了英雄的壮志豪情:

> 我有四个同伙死党:
> 头一个是沉沉黑夜,
> 第二个是钢刀一把,
> 第三个是骏马一匹,
> 第四个是硬弓一张,
> 还有我的密探,那就是利箭。

永远以黑夜、快马、钢刀、弓箭为伴,纵横沙场,痛快淋漓,一旦被捕,即笑对死亡,慷慨赴难,义无反顾地走上刑台。这悲怆、有力的歌声"以诗一般令人惊骇的威力"震撼了格利尼奥夫的心灵。小说结尾,作者这样描写普加乔夫从容就义的情景:"在对普加乔夫执行死刑的时候,他(格利尼奥夫)也在场,普加乔夫在人群中认出了他,还向他点了点头。"这乐观豪迈、视死如归的英雄气概多么令人感佩!

就这样,通过格利尼奥夫和普加乔夫的三次见面,作家从外貌到内心世界,层层深入地描写了这位农民领袖的形象及性格。在作家的笔下,普加乔夫完全不是嗜血成性的杀人强盗,而是一个朴实、正直、善良的农民,是一个献身人民的自由事业、英勇无畏、宁死不屈、具有强大精神力量的英雄。普加乔夫正是以其人格的魅力和精神力量征服了格利尼奥夫,而这位贵族子弟一向遵循父训,以"诚实"作为自己的处世原则,那么,通过他的目光和口所反映出的对普加乔夫的印象和评价,自然更真实可信。这也是作者所要达到的目的。在30年代,当普加乔夫被淹没在一片诬蔑、诟骂之中时,普希金敢于拂去历史的尘埃,还普加乔夫以本来面目,这对一位贵族作家来说,确实难能可贵。

普加乔夫之所以能成为人民拥戴的领袖,不仅在于他个人的英雄气质,而且还因为他与广大人民群众的血肉联系。他生活在人民中间,犹如鱼在水、鸟在林,自由自在;人民信赖他、热爱他,他走到哪里,那里就有他的立足之地。普加乔夫在暴风雪中出现在小客店时,正是他被官府追捕、处境最困难的时期,但他乐观自信,泰然自若,用暗语与店主人谈论着起义的情况。正因为他的起义事业是正义的,反映了人民的愿望和要求,所以受到人民的拥护。他揭竿而起,一呼百应,那些备受压迫的农奴、士兵、逃犯、哥萨克、异族人,如从军队里逃出来的伍长别洛博罗多夫,流放犯索科洛夫,被割掉鼻子、耳朵、舌头的巴什基尔老人等,纷纷聚集在他的麾下,汇成农民战争的滚滚洪流。斗争中,他勇敢机智,身先士卒,率领义军,反抗官府,惩处贵族,攻关夺塞,势如破竹,官兵望风披靡、土崩瓦解,而百姓却用面包和盐欢迎他们。普希金通过艺术描写再次证明了他在《普加乔夫史》中得出的结论:"所有的劳动人民都拥护普加乔夫……只有贵族公开地站在政府一边。"义军有广泛而深厚的群众基础,得到人民的热烈支持,因此节节胜利,其势如烈火燎原,迅猛异常:各地行政停顿,交通断绝,地主逃进森林,"整个广阔的边区烽火四起,景况十分恐怖"。义军轰轰烈烈的声威"震撼了整个帝国"。虽然由于社会形势所迫,普希金不能充分地全面地展示这次农民起义波澜壮阔的规模,但小说将其作为中心主题,并且以简洁的描写比较真实客观地反映了这次农民起义席卷草原的浩大声势,这在俄国文学史上是前所未有的,具有很大的历史进步意义。

如果说普加乔夫和他的起义大军表达了俄国农民的反抗精神,那么仆人萨维里奇则体现了俄国农民的另一面——奴性。这位老人具有劳动人民的本质品格——淳朴、真诚、心地善良，但在统治阶级思想的教化下，他的性格被扭曲了。他对主人忠心耿耿、死心塌地、忘我效劳，而对本属于同一阶级普加乔夫却持敌对和鄙视态度，这是意识蒙昧和不觉悟的表现。对待现实生活和贵族地主阶级，俄国农民中不同的人本来就持不同的态度，既有像普加乔夫那样富有革命和反抗精神的人，也有如萨维里奇一样尚处于不觉悟状态的人，而且后者占大多数，这也是农民起义屡屡失败的根本原因。作为这类农民的典型，萨维里奇的形象是真实可信的，而且对完整地、客观地表现那个时代俄国农民阶级的历史面貌是完全必要的。

普希金能以同情和公正客观的态度描写农民起义领袖和起义活动，这是他的历史功绩，是他的民主主义和人道主义在现实主义创作中的表现，而且在整个作品中，这种思想倾向占主导地位。但同时，我们也要看到作家的贵族立场所决定的思想上的局限性。普希金对农民运动的态度是矛盾的。他同情人民的疾苦，认为贵族地主的残酷压迫是激起农民暴动的主要原因；另一方面，他又认为农民起义是一种破坏性力量，在小说中描写了起义所造成的种种灾难，并且通过格利尼奥夫的口发出了"但愿不要看到这毫无意义而又残酷无情的俄国的暴动"的概叹。普希金希望变革俄国的现状，但他不主张采用激进、暴烈的革命方式。格利尼奥夫所说的"那种从移风易俗出发，不通过暴力行动而实现的变革才是最完善、最牢靠的变革"，就代表了普希金的主张。正是基于这种观点，他否定了农民起义这种斗争方式。对于世界观存在矛盾的贵族作家来说，这是不足为怪的，在这一点上，我们不必苛求于他。

二

普希金创作《上尉的女儿》，其目的不仅在于回眸历史，再现普加乔夫起义的画面，而更主要的是观照现实，从探讨变革俄国现实的愿望出发，力图从这次历史事件中总结和吸取教训，为贵族地主阶级指明出路，同时也为俄国社会指明出路。这一意图主要是通过对不同类型贵族的描写和评价来体现的。

普希金在小说中描写了两类贵族：一类是自私自利、毫无原则、寡廉鲜耻、与人民对立的反面人物；一类是正直、忠诚、廉洁，富有贵族的荣誉感和责任感，接近人民的仁慈、善良的好贵族。前者以贵族军官施瓦勃林为代表，后者以青年贵族格利尼奥夫为代表。

施瓦勃林心灵空虚，道德低下，一贯好寻衅滋事，他是因为决斗杀人被从近卫军贬谪到白山要塞服役的。在这里，他出于对格利尼奥夫的嫉妒，再次挑起决斗。他身为贵族军官，却丧失贵族的立场和原则，毫无气节，贪生怕死，见风使舵。白山要塞陷落后,他穿上哥萨克长袍,剃成哥萨克的发式,摇身一变,成了"叛军"的小头目。他投靠义军根本不是因为同情人民,或者理解起义的意义,而是为了苟且活命。此人卑鄙无耻,乘人之危,百般欺辱孤女玛丽娅,企图霸占她为妻。他心狠手毒,要放火烧死格利尼奥夫全家;他出伪证,诬陷格利尼奥夫参与叛乱,几乎置人于死地,最终他自己也没有好下场。普希金视施瓦勃林为贵族中的败类,揭露和鞭挞了他的恶德丑行。

在格利尼奥夫父子,特别是青年格利尼奥夫身上,作家表达了自己的道德理想。老格利尼奥夫具有强烈的贵族荣誉感和责任感,操守廉正,持家严谨。为了不让儿子沾染上流社会的恶习,特意将他送到偏远、荒凉、艰苦的边塞去经受锻炼,让他"干点苦差使,闻闻火药味"。临行时,他告诫儿子要忠心尽职,不可逢迎拍马,要记住一句老话:"爱护衣服从新始,珍惜名誉从小起。"格利尼奥夫经过生活的磨砺、战火的洗礼,终于从一个娇生惯养的小少爷成长为一名坚定的军人。在生活中,他始终遵循父亲的教导处世为人。他与仆人萨维里奇和谐相处,从不摆主人的架子,不盛气凌人。他忠于爱情,不顾个人安危,拯救未婚妻玛丽娅出火坑,使她免受凌辱。他富有人道主义精神,体量普加乔夫衣服单薄,立刻以兔皮袄相赠;对拷打俘虏极为反感;对战乱中人民遭受涂炭痛心疾首。他信守贵族的立场和道德原则,保持贵族的尊严,坚决拒绝向普加乔夫宣誓效忠和吻他的手。他多次与普加乔夫打交道,很同情和理解这位反抗者,而他的诚实和善良也赢得了普加乔夫的信任和尊重。但他始终没有投靠义军,没有背叛自己的阶级。当普加乔夫劝他留在义军服务时,他坚定地回答道:"不,我祖祖辈辈都是贵族;我向女皇宣过誓,我不能再为你效力了。"显然,在作者心目中,格利尼奥夫是贵族中的芝兰玉树,是贵族完美道德的体现者。普希金将变革俄国现实的希望寄托在这类贵族身上。

在对不同贵族的褒贬之中,传达出了普希金的心声。他希望贵族,特别是那些当权者,应该像格利尼奥夫那样保持贵族阶级高尚的道德情操,公正廉洁,忠于国家,热爱人民,革除弊端,实行开明政治,这样才能使国家强盛,民心安定,才能避免发生像普加乔夫起义那样危及整个帝国的暴动。反之,如果让贵族中的败类为所欲为,欺压人民,定会物极必反,激起人民的反抗,那时,就不得不再次收获农民暴动的苦果。前事不忘,后事之师。然而,19 世纪 30 年代的俄国,历史又再重演,农民处于水深火热之中,"霍乱暴动"此伏彼起,社会动荡不安。在今昔对照之中,当权者难道不应该得到某些启迪而有所醒悟吗?普希金创作这部小说,就是要以历史为鉴戒,为统治阶级敲响警钟。因此,别林斯基说,《上尉的女儿》是一部"着眼过去,说明现在,预示未来"的作品。

三

《上尉的女儿》发表在1836年12月23日或24日出版的《现代人》杂志第4卷上,一个月之后,即1837年1月29日,普希金告别人世。因此可以说,《上尉的女儿》是普希金的总结之作,代表了他散文创作的最高成就,是俄国现实主义小说园地里首先绽放的一朵奇葩,它那独特的风韵历来为人们所赞叹,为后世小说创作树立了艺术典范。

小说在结构上采用了家庭纪事的艺术形式。全书以贵族青年格利尼奥夫和上尉的女儿玛丽娅之间的曲折动人的爱情故事为情节线索,以主人公的独特视角切入历史画面,通过他的所见所闻和内心感受来描写普加乔夫的形象及其所领导的农民起义。这种结构形式显然是借鉴了司各特小说的艺术经验,即将虚构人物和历史人物、个人的命运与重大历史事件有机融合起来,历史事件影响着人物的命运,反之,又通过人物的遭际反映历史时代的风貌,二者相辅相成。但在叙事方式上《上尉的女儿》又与司各特小说有所不同。前者是以人物为故事的叙述者,采用第一人称的有限叙事视角来观察和描述历史事件;后者则是作者统领一切,采用全知全能的叙事方法。普希金的这种艺术构思颇具心裁,既是出于对险恶社会形势的考虑,也是为了艺术审美的需要。由格利尼奥夫以第一人称充当故事的叙述者,对历史事件和历史人物的评价代表了这位贵族青年的立场,这样,作者严密地隐蔽在幕后,作者的立场和态度藏而不露,以免由于险恶的社会形势和严厉的书报检查制度而惹祸烧身;同时又可以将家庭的悲欢离合、日常生活场景、个人遭遇、爱情故事、历史风云巧妙地熔为一炉,不仅使故事情节不枝不蔓,完整紧凑,而且增强了作品的真实感和生动性,使其更富有生活情趣和艺术感染力。这种叙事方法在《别尔金小说集》中已初露端倪,而在《上尉的女儿》中得到了进一步发展。

普希金倡导的准确、朴素、简洁、清晰的创作的原则在《上尉的女儿》中再次得到鲜明体现。

关于这部作品的体裁,有人认为是长篇小说,有人认为是中篇小说,俄国文学界和评论界意见也不尽统一,普希金自己称之为长篇小说,而别林斯基则称之为中篇小说。苏联科学院出版的《俄国小说史》也将其作为长篇小说加以分析论述,其理由是:这部作品所表现的主题是规模宏伟、意义重大的历史事件,人物有40来个(群众场面不计其内),虽说作品的篇幅不长,但并不能以此说明其情节简单,而是因为普希金的小说极其简洁、精练。的确,这部规模不大的作品浓缩了极为丰富的社会内容,容纳了形形色色的人物:外省贵族的家庭生活,边防要塞的军旅风貌,贵族青年的爱情纠葛,农民暴动的漫天烽火,两军阵前的搏斗厮杀,义军的军事会议,女皇的皇宫御园;人物上至沙皇、宫廷女官、封疆大吏,下至奴仆、边民、士兵、逃犯……五彩缤纷,构成一个特定历史时期俄国社会生活的一幅绚丽画卷。

在小说中,兔皮袄的运用可谓匠心独运。这件小道具看似微不足道,但在作品的情节结构中起着多方面的、重要的作用。首先,它是联结格利尼奥夫和普加乔夫的两个主要人物的纽带,正是有了它,才引出了以后两人的交往和友情;其次,它是刻画人物性格的手段之一,借助于它,格利尼奥夫对普通人的同情,普加乔夫的讲情重义,萨维里奇对主人的忠心耿耿,都鲜明地表现出来;再次,它是小说发展的一块基石,并在小说中起着穿针引线的作用,有了它的铺垫和勾连,故事情节才跌宕起伏地铺展开去。

普希金在艺术上总是千锤百炼,精益求精,写人状物都尽可能地删去多余的东西,遣词造句惜墨如金,力求达到最大限度的简洁、凝练。他将这种去除不必要的冗繁和修饰的简洁称之为"赤裸裸的朴素"。例如,在小说第 6 章描写了一个被白山要塞俘虏的残废的巴什基尔老人,后来在处死要塞司令时就利用了这一形象,这样处理既合情合理,又避免了在设置其他人物的累赘。再如,在第 2 章描写小客店时,起初作者是这样写的:"在桌子上摆着一盘子粥。墙上挂着一枝长枪和一顶高高的哥萨克帽。"后来修改时,把前一句删掉了,因为"一盘子粥"与情节没有多大关系,而长枪和帽子则是必不可少的细节,它说明农民起义正在秘密酝酿之中。果然,到了第 7 章,起义爆发了,长枪开火了,高高的哥萨克帽子也戴在起义者头上。

这部小说一反当时俄国文坛流行的文体矫饰、辞藻浮艳、华而不实的文风,通篇采用通俗、明晰、流畅的口语写成,既有民间语言的朴素美,又有文学语言的色彩美,为小说语言艺术的革新树立了榜样。小说中还引用了许多民歌、民谣、谚语、民间故事等,体现了普希金的创作与民间文学的血肉联系。果戈理在谈到这部小说的语言艺术时写道:"这绝对是俄罗斯最优秀的一部叙事作品。和《上尉的女儿》比较起来,我们的长篇小说和中篇小说,简直就像油腻腻的粥。这部小说的简洁和自然达到了如此的高度,以至于现实本身在它面前倒仿佛是不自然的、漫画式的。"[①]这样的赞语,小说是当之无愧的。

[①]《果戈理选集》第 6 卷,俄文版,1950 年,第 157 页。

第五章　40年代现实主义小说的胜利

如果说30年代是俄国浪漫主义向现实主义、诗歌向小说过渡的时期，那么，40年代则是现实主义胜利并蓬勃发展、现实主义小说确立并迅速崛起的时代。俄国现实主义文学的领军人物是果戈理，他于1841年发表的《死魂灵》为现实主义小说树立了一面光辉旗帜。此前一年问世的莱蒙托夫的《当代英雄》则为俄国现实主义小说的胜利和发展提供了有力支持。在果戈理的影响下，40年代初形成了"自然派"，涌现出一批现实主义小说家，如赫尔岑、格里戈罗维奇、冈察洛夫、屠格涅夫、托尔斯泰等。在捍卫"自然派"的斗争中，文学理论家别林斯基提出和奠定了现实主义小说的美学原则，为小说艺术的发展指明了方向，使其于50、60年代走向繁荣。

第一节　"自然派"在斗争中崛起

30、40年代是俄国历史上尼古拉一世统治的黑暗时期。为了强化专制统治，除了于1826年成立全国最高警察机关"第三厅"、颁布严厉的书报审查条例之外，1832年又由教育部长乌瓦罗夫炮制了"东正教、专制制度、民族性"三位一体的"官方民族性"理论。这一"理论"强调，东正教是"社会幸福和家庭幸福的保证"，专制制度是"俄罗斯政治生活的主要条件"，而俄罗斯的民族性的特点就是虔信宗教，拥护皇权，温良驯服。沙皇政府极力将这一反动理论贯彻到教育、出版、文学等部门，其目的就在于扼杀自由思想、抵制革命、欺骗人民。维护专职农奴制。

然而，自由思想是压制不住、扑灭不了的。俄国进步青年时刻关注和思考着祖国的命运和前途。30、40年代,在莫斯科和彼得堡相继建立了斯坦凯维奇小组、赫尔岑—奥加辽夫小组、彼得拉舍夫斯基小组等团体,探讨社会政治、哲学、文学等问题,宣传空想社会主义学说和革命思想,其很多成员后来都成为反抗专制农奴制的斗士。

40年代,社会思想界围绕着俄国向何处去的问题展开了热烈争论,各派政治力量和社会集团作出了不同回答,形成了斯拉夫派和西欧派两大派别,以及与这两派相对立的民主派。

在对现存制度的批判和否定、主张俄国必须进行社会变革一些问题上,斯拉夫派和西欧派的观点是一致的,它们之间的根本分歧和争论的焦点在于,俄国应该走一条什么样的历史发展道路。斯拉夫派认为,斯拉夫人有自己的民族独特性,它应该走自己特殊的、不同于西欧国家的发展道路,俄罗斯文化优于西方文化,应该坚持和发扬俄罗斯文化的优秀传统。斯拉夫派将俄国古老的宗法制社会和"村社"制度理想化,认为彼得大帝改革之前,俄罗斯民族在农民村社这种生活方式下,人民与贵族、皇权和谐相处,而彼得大帝的欧化改革破坏了这种和谐关系,使俄国脱离了独特的发展道路,因此,他们坚决反对亦步亦趋地效法西欧。斯拉夫派对彼得改革以前俄罗斯生活方式的怀念和对西欧发展模式的否定,其实质并非主张复古和反对进步与文明,而是强调维护和继承俄罗斯民族的文化传统,探寻一条符合俄国国情的、独特的发展道路。斯拉夫派是俄罗斯民族主义和传统文化的维护者,代表保守的贵族地主的思想立场,其代表人物有阿·斯·霍米亚科夫、尤·费·萨马林、基列耶夫斯基兄弟、阿克萨科夫兄弟等。

西欧派则是西方文化的崇拜者,他们将西欧的社会制度及其文化美化和理想化了。与斯拉夫派的观点截然不同,西欧派认为正是俄罗斯的传统文化阻碍了俄国社会的进步,俄国要敢于否定自己,学习和效法西欧,吸取西方文明的成就,走西欧资本主义发展的道路,才能摆脱落后面貌。不过,他们反对通过革命手段改造俄国社会,而主张走和平的改良主义道路。西欧派反映了贵族自由主义的思想要求,其代表人物季·尼·格兰诺夫斯基、瓦·彼·鲍特金、巴·瓦·安年科夫、康·德·卡维林等。

斯拉夫派和西欧派各执一端,观点相左,论争激烈。前者立足于俄罗斯民族传统,坚持俄国发展道路的特殊性,他们在继承和弘扬民族传统文化方面功不可没;后者则更看中世界历史发展的共同规律,强调借鉴和吸取西方文化,以促进俄国社会的进步,其主张更符合时代潮流。公正地说,这两派的争论从不同的方面有利俄国社会和思想的发展。

与上述两派相对立的是以赫尔岑和别林斯基为首的民主派。起初,他们也被视为西欧派,曾积极参与同斯拉夫派的论战,但在社会理想、变革现实的方式、对西欧资本主义的认识等重大问题上,他们同西欧派存在着明显分歧,终于在40年代中期与西欧派分道扬镳。他们既反对斯拉夫派拒绝西方进步文化,故步自封,抱残守缺的排外主义,也反对西欧派盲目崇拜和照搬西欧的社会模式,轻视和否定俄罗斯民族传统文化的虚无主义。他们主张以社会革命的方式推翻专制农奴制,实现社会主义理想。当然,这是乌托邦式的社会主义。赫尔岑和别林斯基代表一种新的社会思潮——革命民主主义和农民社会主义,主要反映了农民的利益和要求。

40年代社会思想的活跃还表现在当时的杂志活动。不同的思想阵营和文学派别拥有自己的刊物作为舆论阵地,展开激烈论战。进步刊物主要有《祖国纪事》和《现代人》。《祖国纪事》由安·亚·克拉耶夫斯基创办,1939年别林斯基主持该杂志的批评栏,赋予它正确的思想导向,使其声誉空前,发挥了巨大的社会作用。该杂志刊登和介绍莱蒙托夫、赫尔岑、涅克拉索夫、萨尔蒂科夫-谢德林等优秀作家的作品。别林斯基在文学评论中则以唯物主义观点阐明了艺术的本质和使命,确立了文学的现实主义原则,肯定并捍卫极度忠实于生活、赤裸裸再现现实的果戈理方向,奋起反击反动和保守阵营对果戈理及"自然派"的攻击,使该杂志一度成为当时最有影响、最受欢迎的刊物。1846年别林斯基离开《祖国纪事》后,杂志遂失去了它的光辉和锋芒,其影响日衰。

1847年涅克拉索夫和帕纳耶夫成为普希金创办的《现代人》杂志的发行人,别林斯基参加编辑部工作,并主持文学批评栏,从此,《现代人》步入辉煌时期。赫尔岑、屠格涅夫、冈察洛夫、格里戈洛维奇、陀思妥耶夫斯基等都是其撰稿人,在它周围形成一个进步文学阵营。40年代的《现代人》成为宣传民主主义思想的讲坛和进步文学阵营的喉舌。

与《祖国纪事》和《现代人》对立的是坚持反动和保守立场的杂志,其中首推法·维·布尔加林主办的《北方蜜蜂》。它是沙皇政府的御用工具,极力宣传"官方民族性",对进步文学极尽诽谤、中伤之能事。由彼得堡大学教授奥·伊·森科夫斯基主编的《读书文库》在文学问题上缺乏思想原则和独立见解,常以消遣性的作品迎合各种读者的口味,引导公众忽视对社会矛盾的关注。还常常攻击莱蒙托夫、果戈理等作家和进步文学阵营。米·彼·波戈津主办的《莫斯科人》由莫斯科大学教授斯·彼·谢维辽夫主持批评栏,杂志遵循"官方民族性"的理论,为东正教和沙皇专制唱赞歌,美化俄罗斯古老的宗法制度,成为斯拉夫派的宣传阵地。谢维订夫的文学批评贬低普希金和莱蒙托夫的创作的思想美学价值,指责果戈理和"自然派"所倡导的现实主义。在文学论争中,终因抵挡不住《祖国纪事》和《现代人》的强大影响,《莫斯科人》于1856年被迫停刊。

30、40年代俄国黑暗的社会现实,专制农奴制日益加深的矛盾,打破了人们对现实生活的幻想;社会思想的活跃和社会意识的进步也使人们对社会矛盾和种种弊端有了更清醒、更深刻的认识。时代要求文学更密切地关注现实,真实地反映现实,成为时代的一面镜子,将现实关系及其隐蔽的内在矛盾暴露出来,以进一步促进社会意识的觉醒,唤起人们变革现实的愿望和决心。正是在这样的社会思想条件下,现实主义思潮迅速发展起来。

现实主义的根本原则就是按照生活的本来样子描写生活,也就是真实地再现现实。所谓真实,不是对生活现象的机械地"摹写",而是要求通过对现实生活历史的、具体的、客观的描绘,揭示出生活的本质,这才是真正的艺术真实。而要做到这一点,就必须对杂乱纷繁的生活现象加以选择、概括、加工,塑造出鲜活生动、富有个性的,同时又能体现本质和普遍性的艺术形象,即典型形象。所以,典型性是现实主义的另一个基本特征。恩格斯对现实主义的经典概括是:"除细节真实外,还要真实地再现典型环境中的典型人物。"①

30年代初普希金的创作为俄国现实主义奠定了基础,而30年代后半期果戈理的中篇小说集《密尔格拉得》、《小品集》的发表,则进一步推动了现实主义的发展,特别是1842年他的长篇小说《死魂灵》的问世,标志着俄国现实主义文学发展的新阶段——"果戈理时期",也就是以极度忠实于生活、真实地再现现实、揭露批判社会弊病为主要特点的批判现实主义时期。

40年代步入文坛的一批青年作家,在别林斯基的指引下,师法果戈理,创作了许多真实描写现实生活的特写,如涅克拉索夫的《彼得堡的角落》、《官吏》,格里戈洛维奇的《彼得堡的手风琴手》、达里的《彼得堡的看门人》、《勤务兵》、《马车夫》,梭罗古勃的《四轮马车》等等。这些作品透视了彼得堡鲜为人知的穷街陋巷,将城市底层人民的苦难生活第一次展现在读者面前,暴露了社会的黑暗和不平。1844—1846年涅克拉索夫将这些坚持果戈理方向的青年作家的作品收集在一起,主编并出版了两本文集《彼得堡风貌素描》和《彼得堡文集》。这样就形成了一个以果戈理为首的新学派——"果戈理学派"。

然而,果戈理学派遭到了反动和保守阵营的仇视和攻击。他们极力抹杀果戈理作品的揭露批判倾向,诋毁他丑化俄国社会;反动文人布尔加林撰文指责果戈理及其追随者专门把目光盯住"肮脏的后院",只热中于暴露社会的阴暗面,不写光明,这是对俄国现实的诽谤;还污蔑那些描写下层人民生活的作品是"肮脏文学",称这些作家是卑劣低下的"自然派"。别林斯基挺身而出,奋起捍卫俄国文学发展的这一新方向,接受并承认了"自然派"的提法。当时还没有"现实主

---

① 恩格斯:《致玛·哈克奈斯》,《马克思恩格斯选集》第4卷,人民出版社,1972年,第462页。

义"这一美学概念,所以"自然派"就成了40年代批判现实主义文学流派的代名词。别林斯基写了很多论文,论述了"自然派"的历史源源、形成过程、特点及其意义。他指出,"自然派"的首要特点是忠实于生活和艺术描写的真实性,对现实生活不粉饰、不理想化,而是"在全部真实性上"复制和再现现实,将其全部可怕的丑恶和全部庄严的美揭示出来。但忠实于生活,并不是说机械地摹写现实,而是在作品中渗透着作家的人格、思想和理智。"自然派"的另一显著特点是面向广大群众,以农民、马车夫、看门人等所谓"下等人"为主人公,关注他们的命运,反映他们的疾苦、愿望和要求,体现出深厚的民主主义和人道主义精神。批评家为普通人民在文学中占有他们应有的位置大声疾呼:"难道农民不是人?那么,在这粗鲁的、没有受过教育的人身上有什么令人感兴趣的东西呢?什么呢?——他的灵魂、智慧、内心、情欲、爱好——总之一句话,同有教养的人所具有的一切完全一样。"[1]批评家指出,文学关注对象和文学主人公的这种转变,意味着"最后完成了我们文学想成为充分民族性的、俄国的、独创的和自成一格的东西的那种追求;这是意味着使它成为俄国社会的表现和写照,用活生生的民族利益把它武装起来"。[2] 这是新的文学流派的巨大功绩。批评家肯定,这种面向现实,再现现实,解剖现实的"自然派"正是俄国社会所迫切需要的,它"今人站在俄国文学的最前哨"。[3] 在捍卫"自然派"的论战中,别林斯基阐明了他的革命民主主义美学观点,为俄国现实主义小说奠定了理论基础。

在果戈理的影响和带领下,在别林斯基的维护和指引下,"自然派"在40年代的社会思想和文学斗争中崛起,俄国现实主义文学取得彻底胜利,从此,现实主义小说蓬勃发展,逐步走向繁荣。

第二节 40年代小说创作概观

40年代的俄国小说创作是以1840年莱蒙托夫的《当代英雄》的问世开始的,这部以巧妙构思和精湛心理描写而为人称道的佳作为俄国小说园地增加了一株奇葩。同年,两年之后,果戈理的长篇小说《死魂灵》又横空出世,以其对现实生活的赤裸裸描写和前所未有的讽刺、批判力量震撼了俄国文坛,为小说创作树立起一面光辉旗帜。青年作家群起效尤,以果戈理为楷模,创作了一批真实反映现实生活、特别是下层普通人民生活的作品,显示了"自然派"的创作活力。

---

[1] 《别林斯基选集》第2卷,时代出版社,1952年,第411页。
[2] 同上书,第154页。
[3] 同上书,第387页。

著名语言学家符·伊·达里(1801—1872)是首先关注平民百姓生活的作家之一,以笔名卡扎克·卢甘斯基发表了许多短篇、中篇小说。他的特写《彼得堡的看门人》、《勤务兵》、《马车夫》反映了沦落在城市底层的人民的日常生活,中篇小说《醉、梦与现实》和《巴维尔·阿列克谢耶维奇·伊戈里维》则描写了农奴、仆人的形象,谴责了地主的蛮横无理,指出农民也应享有平等的权利,表现了作者的民主精神。达理被认为是"风俗素描"这种文学样式的创始者,他的作品的最大优点是对人民生活的真实描写,在这方面提供了具有重大历史价值的文献资料。别林斯基赞扬达里的小说具有俄罗斯生活和风尚习俗的鲜明特点以及真实的艺术细节。其不足之处,如高尔基所说,是"不企图去进窥他所描写的人民的心灵深处"。① 应该说,达理的小说对普通人民生活的关注和题材的现实性对"自然派"的确立和壮大无疑起了很好作用。但后来他的思想趋于保守,50、60年代潜心于辞典编撰工作,再也没有创作出更优秀的作品。

尼·阿·涅克拉索夫(1821—1878)在创作初期既写诗又写小说。他的特写《彼得堡的角落》和中篇小说《亚历山德拉·伊万诺夫娜的一生》(1841)、《高利贷者》(1841)、《穷人克里木的故事》(1842—1843)等对社会各阶层的生活作了生动素描,特别是展示了被压迫被欺凌者的悲惨命运,并深入挖掘了造成他们不幸的社会根源。雅·布特科夫的中短篇小说集《彼得堡之峰》(1845—1846)同样将艺术焦点集中在彼得堡贫民窟的阴暗生活图景,暴露了城市贫富的对立和尖锐的社会矛盾,表现了对被压迫者的同情。不过,他的小说在描写小人物的悲剧时,常常是通过轻松幽默的趣事、笑谈的形式表现出来,缺乏思想的力量和深度。符·亚·梭罗古勃(1814—1882)的中篇《四轮马车》(1840)曾受到果戈理的《死魂灵》的直接影响,它以旅途随笔的形式描绘了外省生活的逼真图画,揭露了农奴主人性的堕落和生活的毫无意义。如老地主伊万·费得罗维奇在寄生生活中打发着时光,为了开心解闷,每天早晨酗酒之后,就想方设法地愚弄、折磨豢养的家庭小丑:或者不给饭吃,或者打耳光,甚至纵狗咬他,将他扔进水里等等。小说刻画了一系列地主、商人、官吏的讽刺肖像,不过对贵族有所理想化。别林斯基认为,《四轮马车》是俄国现实主义小说界引人注目的现象。伊·帕纳耶夫(1812—1862)的中篇《阿克焦恩》(1842)和《小儿子》(1845)将农奴的苦难生活和不幸遭遇呈现在读者面前,对地主老爷的残忍与不义则予以谴责。此外,亚·瓦·德鲁日宁(1824—1864)的《波林卡·萨克斯》(1847)也属于"自然派"作品之列,这部中篇小说以其主题的新颖独特而火热一时。贵族妇女波林卡得到了丈夫的允诺,准

---

① 高尔基:《俄国文学史》,上海译文出版社,1979年,第325页。

予她离婚另嫁,但是获得自由的她无力挣脱传统道德规范的束缚,不会运用自己的权利去争取爱情的幸福,最后死于肺痨。作品提出了妇女平权的问题,主张维护妇女在爱情、婚姻上的权利和尊严,同时也反映了贵族社会在妇女教育方面存在的缺陷。小说得到别林斯基的好评,说其中"有那么多的真理,那么多心灵的温暖和对现实正确而自觉的理解,那么多才情,而才情中又那么多独特性,因此,小说立刻引起了普遍关注"。①

40年代上半期,"自然派"的创作总体说来在艺术上还比较幼稚,多为纯粹写实性作品,虽然注重生活现象的真实,但尚缺乏对生活本质的深入挖掘、提炼和概括,人物的典型化、个性化也嫌不够。到了40年代下半期,"自然派"的队伍迅速壮大,在文学界的地位更加巩固,同时创作日趋成熟。许多才禀卓越的优秀作家崭露头角,具有高度概括性、深刻揭示社会现实本质的中长篇小说取代了注重写实的特写。赫尔岑的《谁之罪》和《偷东西的喜鹊》、屠格涅夫的《猎人笔记》(部分)、冈察洛夫的《平凡的故事》、陀思妥耶夫斯基的《穷人》、谢德林的《矛盾》和《一件错综复杂的事》等等纷纷问世,这些作品从不同方面广泛展现了俄国现实生活,并撕去表面的假面具,暴露了深刻的社会矛盾和农奴制的腐朽落后,表现出对备受欺辱的农民、奴仆、小人物的热情关注,针对种种不合理现象发出了"谁之罪"的诘问,对不公正社会表示强烈谴责。至此,"自然派"已显示出浩大声势,现实主义小说取得辉煌胜利。除以上后来驰誉文坛的伟大作家外,著名小说家格里戈洛维奇、阿克萨科夫也活跃在这一时期。

德·瓦·格里戈洛维奇(1822—1899)出生于辛比尔斯克省一地主家庭。1836至1840年先后就读于彼得堡军事工程学校和美术学院,之后在皇家剧院管理处供职,并在业余时间从事文学创作。1845年发表了反映流浪艺人的辛酸生活的特写《彼得堡的手风琴手》,成为"自然派"作家队伍中的一员;次年,中篇小说《乡村》的问世给他带来更广泛的声誉。

《乡村》描写了女农奴阿库琳娜的凄苦命运。她降生在肮脏的牲口棚里,生下来就成了孤儿,由女饲养员抚养,童年在苦难中度过,成人后终日劳累,被地主榨尽血汗。地主不顾她重病,强迫她嫁人,婚后经常遭受丈夫毒打和婆家的欺负。她忍气吞声,逆来顺受,走完了饱受折磨的人生历程。阿库琳娜是农奴的代表,她的一生不仅是农奴制度重压下俄国农村贫穷妇女而且是所有农奴命运的真实写照。所以,小说提出的不仅仅是贫穷妇女在家庭和社会中的地位问题,而是所有沦为农奴的农民的悲惨遭遇和农奴制度不合理的问题。小说对农民的日

---

① 《别林斯基全集》第10卷,俄文版,1955年,第347页。

常生活有逼真的描写。

1847年《现代人》杂志刊登了格里戈洛维奇的第二部中篇小说,也是他最优秀的作品——《苦命人安东》。小说继续和发展了农民生活和命运的主题。作品的主人公是贫苦农民安东,他不仅遭受地主的压迫剥削,而且还受到管家的欺凌和虐待。安东不堪忍受,奋起反抗,参加了农民暴动,决心惩处作恶多端的管家。按照作者原来的构思,小说最后以暴动的农民烧毁管家的房子,并将他扔进火里作结。显然,这是无法通过沙皇政府书报检查机关的审查的。为了使小说得以发表,格里戈洛维奇的朋友、《现代人》杂志编辑尼基坚科将结尾改写成安东被戴上镣铐,准备发配西伯利亚。尽管作了如此改动,但仍掩盖不了作品所表现的农民对地主压迫的愤怒和反抗情绪,小说具有鲜明的反农奴制色彩。

40年代,在小说领域,贵族上流社会和城市生活题材占据主导地位之时,格里戈洛维奇首先将目光转向农民及其生活遭遇,并以他们作为中心人物,连续创作了两篇小说。普通农民作为主人公进入文学殿堂,这是文学进程中的重大转变,在俄国文学史上具有开创意义。他先于屠格涅夫的《猎人笔记》真实描写了农民的生活,满怀同情地展示了他们的苦难命运、他们的情感和性格、他们的人性和尊严,尤其难能可贵的是表现了潜藏在他们心底的愤懑和反抗情绪。屠格涅夫称格里戈洛维奇的小说是"我们的文学接近人民生活的首次适时的尝试"。① 谈到这两篇描写农民生活的小说时,萨尔蒂科夫-谢德林动情地说:"我记得《乡村》,记得《苦命人安东》,记得那么清楚,仿佛一切就发生在昨天。这是第一场有益的春雨,第一次善良的、富有同情心的眼泪,是格里戈洛维奇首先表明这种思想,即农夫也像人一样生活着,从此这一思想便牢牢地扎根在俄罗斯文学和俄国社会中。"②

1848年发表的中篇小说《乐队指挥苏斯里科夫》讲述了一个农奴出身的知识分子的悲剧命运。苏斯里科夫是一个天才的音乐家,但因为出身于农奴,其作品的著作权被地主老爷据为己有,人的尊严备受凌辱,创作才能遭到摧残。后来,女房东招他为夫,他又受到妻子的辖制和虐待,抑郁不得志中他开始酗酒。偶然,机遇不期而至:一位贵族老爷邀他去彼得堡任乐队指挥。但是不幸,苏斯里科夫在去京城的途中病故。这篇小说的主题类似赫尔岑的《偷东西的喜鹊》,但没有达到揭露和抨击专制农奴制的思想高度。格里戈洛维奇的另一篇描写画家的遭遇的小说《一事无成的一生》亦属此类。

50年代格里戈洛维奇创作的两部长篇小说《渔夫们》(1853 和《移民》

---

① С.М.彼得洛夫主编《19世纪俄国文学史》第1卷,俄文版,1963年,第540页。
② 《俄国小说史》第1卷,俄文版,1962年,第433页。

(1855—1856)又回归农民生活题材,刻画了各种不同性格的农民形象,记载了极富特色的风土人情,提供了丰富的民俗学资料。《渔夫们》以格列勃·萨维诺夫一家人的家庭生活为中心,展现了资本主义侵入农村后所引起的变化和矛盾。作家一反将农民描写成温良、驯服、怯懦的受虐者的传统模式,而赋予格列勃以高大的身躯、宽阔的肩膀、鹰钩鼻子、敏锐的目光如此雄健的形象和勇敢、坚忍、富有正义感和同情心的美好品格,在他身上集中体现了劳动人民体魄和精神上的强大的力量。小说通过格列勃一家人捕鱼为生的艰苦生活,表现了农民同大自然的英勇斗争,以及在其中所表现出来的伟大力量和坚强性格。然而,以格列勃为代表的宗法制农民的落后的生产方式和生活方式已不符合时代的要求,随着资本主义势力的侵入,人们世世代代固守的生活方式改变了,农民发生了分化,有的成了生意人,有的成了小老板,有的破产成了雇工,连格列勃的几个年长的儿子也被迫离开家园,出外谋生。作家以其敏锐的洞察力和感受力首次在俄国文学中提出了宗法制农村与资本主义的矛盾这一新的社会问题。但在作者看来,是工厂的建立破坏了农村的生活秩序和道德基础,使人酗酒、腐化、堕落、破产、犯罪,使人脱离了土地和家庭,以至农村日趋衰败和瓦解。可见,作者是站在宗法制农民的立场上批判资本主义的。

如果说《渔民们》描写的是农民的家庭生活和为了生存而同大自然的斗争,那么《移民》则反映了农奴制度下农民的残酷生存条件,以及在此种生活境遇中他们的挣扎,揭示了农民与地主的深刻矛盾。小说通过季莫菲一家人在被迫移民的经历,描写了农民对故土的恋恋不舍、迁徙过程中的流离颠沛、创建新家园的艰难困苦等等,表现了俄国农民顽强的生命力和强大的精神力量,同时也表示了对专制农奴制和地主阶级的谴责。但作者又主张地主要以慈悲心肠对待农民,以改善农民的生活状况,这同样暴露了作者思想上的弱点。

50年代后半期,在革命民主派和自由派的斗争中,格里戈洛维奇站在后者一边,并于1860年与《现代人》决裂。此后长期搁笔。80年代又恢复创作,1883年发表的中篇小说《橡皮的孩子》表现了卖艺人的苦难生涯。作者满怀深情地描写了一个孤苦伶仃的男孩到马戏团学艺,在演出中摔死的悲惨故事,渗透着人道主义精神。

谢·季·阿克萨科夫(1791—1859)出身于世袭贵族家庭,在中学时就痴迷于戏剧和文学,后入喀山大学,未毕业就于1807年赴彼得堡,以便及早踏上仕途。1827—1832年任书报审查官,结识了文学界的许多朋友,与别林斯基、果戈理、屠格涅夫等人过从甚密。他的成名作《钓鱼笔记》(1847)和《奥伦堡猎人笔记》(1852)对俄罗斯大自然作了诗意般描写,显示了作者敏感、精细的艺术才能。

50年代中期,阿克萨科夫于40年代初开始创作的自传性三部曲《家庭纪事》(1856)、《孙子巴格罗夫的童年》(1858)和《学生时代》(1858)相继问世。三部曲内容连贯,一脉相承,通过作者对祖辈生活的记述和青少年时代的回忆,以写实的手法描绘了18世纪末俄国宗法制庄园地主生活的图画;作品记事翔实,朴实无华,真实可信,为认识和揭露农奴制及其罪恶提供了丰富的历史资料。

第一部《家庭纪事》不论就其思想意义还是艺术性都较之后两部更重要。在这部作品中,作者根据父母、亲朋和仆人所讲述的故事、传说,经过艺术加工,描述了巴格罗夫家族祖辈和父辈的家庭生活,展现了宗法制地主庄园中的虚伪关系和种种矛盾:祖父老巴格罗夫作为一家之长的无上尊严和绝对权威;妻子儿女对他的阳奉阴违;家庭成员之间的明争暗斗;地主们空虚无聊的寄生生活;村长对农民的欺压和诈骗等等。第2部《孙子巴格罗夫的童年》是作者对自己童年生活的回忆,通过一个天真无邪的儿童的目光和对周围事物的心理感受,映照出现实生活中的种种丑恶和不公正,小说被认为是俄国文学中描写童年生活的最出色的作品之一。第3部《学生时代》写的是作者中学和大学时期的生活经历,反映了他最初的文学活动和当时新旧文学的斗争。

在三部曲中,作者刻画了几个特点鲜明的地主形象。祖父老巴格罗夫没有受过什么教育,善与恶、粗暴专横与正直精明交织于一身。他乐善好施,慷慨助人,在饥荒年头赈济农民。可是他又要求农奴必须为他好好劳动,否则即惩罚不怠;为扩大产业,增加收入,他甚至不顾农民的痛苦和破产,强迫几百户农奴背井离乡迁移400俄里之外的新居住地。他精明强干,善于经营,持家有方,但又是庄园和家庭中主宰一切的专制君王,他发号施令,颐指气使,为了自己取乐,他挑动两个仆人互相撕打;暴怒时对妻子拳脚相加,甚至拔光她的头发……在他身上,地主阶级的本性暴露无遗。尽管表面上人人对他俯首帖耳、必恭必敬,可是他的的妻子儿女却利用种种机会愚弄他、欺骗他,而老巴格罗夫常常成为家庭成员之间勾心斗角、尔虞我诈的牺牲品。这是农奴制社会宗法制地主家庭中人与人的关系的真实反映。对母亲苏菲亚·尼柯拉耶芙娜,作者是满怀深情厚爱去描写的。她是城市官僚的女儿,聪明美丽,性格坚强,心地善良,通情达理,崇尚美好事物。但她骨子里却有贵族官僚的傲慢和根深蒂固的等级观念,他蔑视农民,在她心目中,农民是粗野、愚昧的,她与农民的生活格格不入,不让儿子与农民及其子女交往。

以上二人当属于地主阶级中正派人物的代表,至于那些劣等货色就更是另一副嘴脸了。库洛里索夫是声名狼藉、残忍暴虐的恶棍,他勾结官吏和警察,组织打手,纵酒淫乱,掠人财物,抢劫妇女,胡作非为,横行乡里,将折磨、刑罚别人当作一种享乐,仆人见了他浑身打颤。他的暴虐和恶行终于得到报应:他被农民毒死,这是他应有的下场。《孙子巴格罗夫的童年》中描写的那个大地主杜拉索夫则是另一种类型。他是远近有名的百万富翁，虽然没有受过什么教育，却装腔作势，故做义明状。他极力模仿京城的百万富翁，将从农奴身上榨取的大量钱财用来实现他的种种奇思怪想，以满足他享受奢侈豪华生活的欲望：他建造大理石喷泉、雕像和花园，将宅邸装修得如皇亲国戚的宫殿般富丽堂皇；他拥有自己的家庭乐队，还选派仆人特意到莫斯科学唱歌，以为他用餐时演唱；他以殷勤好客而自诩，每年举行几次招待会，全县人士都应邀出席；他甚至从英国运来两只体大如牛的猪猡，并为之建造了精美的房舍，供人参观欣赏……其生活之奢靡和心灵之空虚可见一斑。

三部曲还以简略的笔墨勾画了农民和仆人的群像。在《孙子巴格罗夫的童年》中，作者几次描绘了农民田间紧张劳动的场面，正是在与大自然的交融中、在辛勤劳作中，显示了他们的力量和指挥，并且在性格、心智上得到了磨砺和陶冶，培养了勤劳、坚韧、朴实、善良的品格。淳朴、温良的仆人艾弗谢依奇给读者留下了深刻印象，他对小主人塞廖沙无限关爱，悉心照顾，谆谆诱导，塞廖沙称他是"引导人、哲学家和朋友"，对他充满依恋和热爱之情。这些农民和仆人在人格和道德上，远比那些专横、残暴、虚伪、堕落、寄生的地主们要纯洁的多，高尚的多。

阿克萨科夫并不是一个充满揭露和批判激情的作家，而且他本人就是庄园地主，曾亲自经营产业，因此对已逝去的的宗法制生活不免流露出眷恋之情。但三部曲在对往昔生活的详尽而生动的记述中，在对地主和农民形象及二者关系的真实描写中，其揭露和谴责农奴制的思想倾向已自然而然地表现出来。作品朴实真挚、毫不做作地再现了农奴制度下地主庄园的宗法制生活的原貌，堪称为一部形象的历史。正因为如此，小说得到了革命民主主义批评家车尔尼雪夫斯基和杜勃罗留波夫的肯定，特别是后者专门撰写了《旧时代地主的乡村生活》一文，对小说作了详尽评论。

第三节 别林斯基的小说美学

维萨里昂·格里戈利耶维奇·别林斯基（1811—1848）是俄国卓越的文学理论家和文学批评家。出身于军医家庭。1829年入莫斯科大学语文系学习，期间曾组织进步文学团体。因编写具有强烈反农奴制倾向的剧本而于1832年被开除。1833年起为《望远镜》杂志及其增刊《杂谈》撰稿，从此开始文学批评活动。1838—1839年他曾主持《莫斯科观察家》杂志。30年代，别林斯基受德国唯心主义哲学的影响，认为世界是"绝对理念"的体现，并接受了黑格尔的"一切现实的都是合理的，一切合理的都是现实的"命题，错误地认为既然专制农奴制是现实的，那么也就是合理的，因此主张与现实妥协，一度造成精神危机。这就是所谓

"与现实妥协"时期。40年代随着反对专制农奴制呼声的日益高涨,别林斯基逐渐克服了思想上的迷误,坚定地站在革命民主主义立场上来,从而进入"向现实反抗"时期。1939年《莫斯科观察家》停刊后,他迁居彼得堡,先后在《祖国纪事》和《现代人》杂志工作,主持文学批评栏,发表了大量富有真知灼见的文章,并团结进步文学力量为两杂志撰稿,使其成为当时最有影响、最受欢迎的刊物,特别是后者成了宣传先进思想的阵地和培养作家的摇篮。别林斯基为杂志工作呕心沥血,以至积劳成疾。1847年春出国养病,期间写了著名的《给果戈理的一封信》,批驳了果戈理的《与友人书简选》中的错误观点。这封信是俄国革命民主主义者的宣言和纲领,也是他战斗的一生和文学批评活动的总结。1848年6月7日,别林斯基在彼得堡病逝。

别林斯基是30、40年代俄国革命思想的优秀代表和杰出的文学批评家,他将一生贡献给了俄国文学事业。他在文学批评活动中,总结了俄国文学发展的历程,并结合俄国文学的艺术实践阐述了他的一系列美学观点,为俄国现实主义美学和文学批评奠定了坚实的理论基础。尽管在别林斯基时代还没有"现实主义"这一美学术语,但从他对时代精神对文学的要求、"自然派"形成的过程及其特点、艺术与现实的关系、文学的真实性等问题的论述中,他已准确而充分地阐发了现实主义的实质和内涵。他的美学观点为俄国现实主义小说构筑了理论基础,指导和规范着小说创作。别林斯基的文学遗产极为丰富,卷帙浩繁,论述小说理论的著作主要有:《文学的幻想》(1834)、《论俄国中篇小说和果戈理的中篇小说》(1835)、《现代人》(1839)、《诗歌的分类和分科》(1841)、《艺术的概念》(1841)、《关于批评的谈话》(1842)、《亚历山大·普希金作品集》(1843—1846)、《1846年俄国文学一瞥》(1847)、《1847年俄国文学一瞥》(1848)等。

别林斯基的现实主义小说理论归纳起来有以下几方面:

一、艺术与现实的关系

艺术与现实的关系实质上是艺术的本质问题,这是别林斯基的美学思想和小说理论的核心问题。他对这一问题的认识有一个从唯心主义到唯物主义立场的转变过程。30年代,别林斯基受黑格尔唯心主义哲学和美学的影响,他基本上是以黑格尔的观点观察世界和解释艺术的。他把大千世界看作是"永恒理念"的呼吸,艺术则是理念的再现。他在最早的论著《文学的幻想》中写道:"用言辞、声响、线条和色彩把大自然一般生活的理念描写出来,再现出来:这便是艺术的唯一而永恒的主题!"又说道:"艺术是宇宙的伟大理念在其无数多样性的现象中的表现!"①这种观点与黑格尔所说的"美是理念的感性显现"②如出一辙。

虽然别林斯基把黑格尔的"理念"作为立论的出发点,但同时他又强调艺术与现实生活之间的联系,认为文学是民族生活和民族精神的表现。在同一时期写的《论俄国中篇小说和果戈理的中篇小说》一文中,他将文学分为"理想的诗"和"现实的诗"两大类,后者"忠实于生活的现实性的一切细节、颜色和浓淡色度,在全部赤裸裸的真实中再现生活"。③他认为,这二者之中,"现实的诗""更符合我们的时代精神和需要"。④他称赞果戈理是"现实生活的诗人",其特点是极度忠实于生活,"生活表现得赤裸裸到令人害羞的程度,把可怕的丑恶和全部庄严的美一起揭发出来"。⑤可见,尽管别林斯基早期受黑格尔唯心主义美学的影响,但同时在他的美学思想中已包含着现实主义因素,文学中的批判现实主义原则已初步显示出来。

随着别林斯基思想的发展,他的现实主义美学观愈来愈明确,愈来愈完善。40年代,他开始唯物主义认识论上论述艺术与现实的关系,认为"现实之于艺术和文学,正如同土壤之于在它怀抱里培养的植物一样"。⑥也就是说,一切文学艺术都是根植于现实生活的土壤中。他一再强调:"艺术是现实的再现;因此,它的任务不是矫正生活,也不是修正生活,而是按照实际的样子把生活表现出来。"⑦他特别指出,面向现实,忠实于生活,是俄国文学发展的方向,他在《1842年的俄国文学》一文中写道:"现代文学好的一面,是在于它面向生活,面向现实,今天,每一个有才禀的人,甚至是庸碌之才,都力求描写和刻画并非他梦中所幻想的东西,而是社会、现实里实有的东西。"⑧

艺术的出发点是"理念"还是现实,这是唯心主义美学和唯物主义美学的分水岭。别林斯基从"理念"到现实的观点转变,表明他已彻底摆脱黑格尔的影响,站到了唯物主义美学立场上来,从而从根本上阐明了艺术的源泉问题,使文学创作与现实生活紧密联系起来,为俄国现实主义小说的发展指明了方向。

---

① 《别林斯基选集》第1卷,上海译文出版社,1979年,第21、24页。
② 黑格尔:《美学》第1卷,人民文学出版社,1958年,第138页。
③ 《别林斯基选集》第1卷,上海译文出版社,1979年,第147页。
④ 同上书,第158页。
⑤ 同上书,第154页。
⑥ 《别林斯基选集》第3卷,上海译文出版社,1980年,第700页。
⑦ 《别林斯基选集》第2卷,上海译文出版社,1979年,第73页。
⑧ 《别林斯基选集》第3卷,第295—296页。

二、艺术的真实性

艺术的真实性是现实主义的基本原则，也是别林斯基美学思想中贯彻始终的一个重要观点，是他一贯坚持的信条，即使在他尚未摆脱黑格尔唯心主义美学的桎梏的30年代，他仍然非常重视这一原则。他一向反对逃避现实、美化和歪曲生活的伪浪漫主义，认为"有真实的地方，也就有诗"。① 他把真实性看作是衡量作家的才能和作品的优劣的首要标准。他强调指出，"一部真正的艺术作品，总是以真实性、自然性、正确性、现实性打动读者"，所以，艺术的基本要求就是忠实于现实，真实地表现现实。他接着写道："在艺术中，一切不忠实于现实的东西，都是虚谎，它们揭示的不是才能，而是庸碌无能。艺术是真实的表现，而只有现实才是至高无上的真实，一切超出现实之外的东西，也就是说，一切为某个'作家'凭空虚构出来的现实，都是虚谎，都是对真实的诽谤……"② 他正是以真实性为标准，赞扬了果戈理及"自然派"，而批评了马尔林斯基。前者的艺术作品是"在其全部真实性上的现实的复制"，以对现实的忠实描绘震撼读者的心灵；而后者的小说缺乏现实生活的真实性，人物没有个性，好像是臆造出来的。

真实地描写现实生活，并不是抛弃理想。既然文学作品是作家头脑的产物，就必然寄托着作者的思想、感情和理想。与浪漫主义不同，现实主义要求作家在创作中通过对现实生活的真实描写和对其本质真实的把握来表达理想。如别林斯基所说："今天，我们不是把'理想'这个字眼理解为夸张、虚谎、幼稚的幻想，而是理解为正如生活本身的现实的事实；可是，这不是从现实摹写下来的事实，而是通过诗人的幻想而产生、被普遍的（不是例外的、局部的和偶然的）意义的光所照亮、提升为创作绝品的事实，因此，它酷肖自己，忠实于自己，更甚于盲目的对现实的抄袭之忠实于原物。"③ 在这里，批评家强调了想象在创作过程中的重要作用，作家凭借想象，创造出不但形似而且神似、能体现事物的精神和本质、具有普遍意义的艺术形象，作家的理想就通过这种艺术形象自然而然地表现出来。只有这样的作品，才称得上是"创作绝品"。

真实地描写现实生活，决不是机械地、毫无选择地描摹自然形态的社会生活的表象。别林斯基颇有见地地指出："摹拟自然，不是画家，而是画匠，他们的摹

---

① 《别林斯基选集》第1卷，上海译文出版社，1979年，第154页。
② 《别林斯基选集》第2卷，上海译文出版社，1979年，第196—197页。
③ 《别林斯基选集》第3卷，上海译文出版社，1980年，第700页。

拟越是正确,对于任何不熟悉原物的人就越是毫无生气。"①艺术的真实不等于生活的真实,文学作品不是对生活中真人真事的照录,文学创作要求通过对生活现象的真实描写以揭示生活的本质,从而将个别提升为普遍。难得的是,别林斯基比后来的车尔尼雪夫斯基更好地把握住了艺术与现实的辩证关系。他屡次谈到:"艺术中的自然完全不是现实中的自然";"在诗里生活比在现实本身里还显得更是生活";小说中揭示的事实"既然提升到理想,即洗净了一切偶然的和个别的东西,就比现实本身还更现实"等等。② 这就是我们常说的:艺术来源于生活又高于生活。

三、文学创作规律和形象思维

别林斯基还探讨了文学创作的规律性及其思维方式的特殊性。

别林斯基在从事文学活动的早期,关于小说家的创作他是这样论述的:"创作的能力,是自然的伟大的禀赋;创作者灵魂里的创作行为,是伟大的秘密;创作的瞬间,是伟大的圣务执行的瞬间;创作是无目的而又有目的,不自觉而又自觉,不依存而又依存,这便是它的基本决则。"③此时,他特别推崇柏拉图的"灵感说",更强调文学创作活动的非理性、不自觉性、无目的性和神秘性。他说:"在创作中,自觉这个字眼不应该理解作理智的活动,思考的劳动……柏拉图称之为迷狂的灵感才是创作的独一无二的、起积极参与作用的东西,而理智则是和创作敌对、扼杀创作的。"④而随着他思想的发展和美学观点的成熟,他克服了对这一问题认识的片面性,越来越重视理智和自觉在创作活动中的作用。后来,他明确指出:"不自觉性不但不是艺术的必要属性,并且是跟艺术敌对的、贬低艺术的。"⑤他特别强调了思想对创作的指导意义,说道:"今天,所有的诗人,甚至包括伟大的诗人,都必须是思想家才行,否则,纵令具有才华,也无补于实际……科学,活生生的现代科学,今天变成了艺术的抚育者,如果没有科学,那么,灵感是虚弱的,才能是无力的。"⑥

别林斯基还进一步阐明了文学创作活动的本质特征——形象性问题。在俄国,他首次运用了"形象思维"这一术语。1838 年他在一篇论文中提出"诗歌是

---

① 《别林斯基选集》第 3 卷,上海译文出版社,1980 年,第 294—295 页。
② 转引自朱光潜:《西方美学史》下卷,人民文学出版社,1979 年,第 558 页。
③ 《别林斯基选集》第 1 卷,上海译文出版社,1979 年,第 178 页。
④ 《别林斯基选集》第 2 卷,上海译文出版社,1979 年,第 472—473 页。
⑤ 《别林斯基选集》第 3 卷,上海译文出版社,1980 年,第 107 页。
⑥ 同上书,第 568 页。

表现在形象中的思维"。① 第二年他又在评《智慧的痛苦》一文中更加明确地阐述了这一观点,指出,诗歌和哲学有着同样的内容,即现实生活中真实,但是诗歌并不表现在概念形式上,而是表现在形象形式中。"诗人用形象思索;他不证明真理,却显示真理。……呈现于诗人心中的是形象,不是概念……"②1941 年他又在《艺术的概念》一文中开宗明义地指出:"艺术是对于真理的直感的观察,或者说用形象来思维。在这一艺术定义的阐述中包含着全部艺术理论:艺术的本质,它的分类,以及每一分类的条件和本质。"③在《1847 年俄国文学一瞥》中,他再次对艺术与科学作了对比分析,更详尽、精辟地论述了二者之间的区别:

> 哲学家是用三段论说话,诗人则用形象和图画说话,然而他们说的都是同一件事。政治经济学家运用统计的材料,作用于读者或听众的理智,证明社会中某一阶级的状况,由于某些原因,业已大为改善,或者大为恶化。诗人则运用生动而鲜明的描绘,作用于读者的想象,在这是的画面里显示社会中某一阶级的状况,由于某些原因,业已大为改善,或者大为恶化。一个是证明,另一个是显示,他们都在说服人,所不同的只是一个用逻辑论据,另一个用描绘而已。④

在这里,别林斯基正确阐明了文学艺术不同于哲学及其他科学的思维特征,指出文学艺术是用形象、图画来反映现实生活和揭示真理的,它以描绘现实生活鲜明生动、真实感人的画面,诉诸读者的想象,打动读者的心灵。这样,别林斯基不仅将艺术与现实生活紧密联系起来,从而确立了艺术的现实主义原则,而且又阐明了艺术之所以为艺术,就在于它的形象性的本质特征,从而确定了艺术的审美原则,这对于俄国现实主义小说艺术的发展繁荣是有指导意义的。

四、典型说

文学艺术用形象反映现实生活,但仅此还不够,艺术形象还必须具有典型性,只有通过艺术形象的典型化,才能揭示生活的本质,才能达到艺术的真实。因此,别林斯基又着重探讨了典型化问题。在近代美学史上,是他第一次把典型化提升到艺术创作的首要地位。他在评《现代人》(1939)一文中说道:"典型性是

---

① 《别林斯基选集》第 2 卷,上海译文出版社,1979 年,第 15 页。
② 同上书,第 96 页。
③ 《别林斯基选集》第 3 卷,上海译文出版社,1980 年,第 93 页。
④ 《别林斯基选集》第 2 卷,时代出版社,1952 年,第 428—429 页。

创作的基本法则之一,没有典型性,就没有创作。"①批评家特别强调了典型性的重要意义。

那么,什么是典型呢?同他的艺术观一样,别林斯基典型观也有一个发展变化过程。起初,他受黑格尔的影响,认为艺术是"理念的感性显现",所以把典型看作是体现理念的个别形象。在评《现代人》中他明确地写道:"什么叫做作品中的典型?——个人,同时又是许多人……也就是说,把一个人描写成这样,使他在自身中包括着表达同一概念的许多人,整类的人。"②他以奥赛罗为例,认为这一典型是"嫉妒"观念的化身,"是这些嫉妒的人的整个范畴、整个类、整个部分的代表"。如果仅仅停留在这里,那么,这种典型说就不免有概念化、类型化之弊。但是,别林斯基认识到了这种说法之不足,强调真正的艺术典型不仅是某类人的代表,同时他又是活生生的、富有个性的"一个"人。他接着说:"在创作中,还有一个法则:必须使人物一方面是整个特殊的人物世界的表现,同时又是一个人物,完整的、个别的人物。只有在这条件下,只有通过这些对立物的调和,他才能够是一个典型人物……"③这段话很有见地,它准确地把握住了艺术典型的特质:共性与个性、一般与特殊的有机统一。

要达到共性与个性、一般与特殊"这些对立物的调和",别林斯基认为,就要通过集中、概括和提高,将艺术形象加以理想化。关于理想化,他是这样解释的:"'把现实理想化'意味着通过个别的、有限的现象来表现普遍的、无限的事物,不是从现实中摹写某些偶然现象,而是创造典型的形象。"他又说道:"诗人采纳了他从所描绘的人物的最鲜明、最突出的特征,而舍弃一切偶然的、无助于衬托个性的东西。"④由此可见,典型化的过程就是抛开偶然,揭示必然,舍弃表象,突出本质的过程。当然,理想化完全不意味着修饰和美化现实,而是通过对生活现象的集中、概括和提高,展示其本质和发展趋势。

别林斯基对典型作了这样精辟的概括:"每一个典型对于读者都是似曾相识的不相识者。"(又译为"熟悉的陌生人")⑤典型来源于生活,是现实中普遍存在的现象,因而使人有"似曾相识"之感;同时它又是作家独特的艺术创造,高于生活,所以读者又感到陌生而新鲜。

别林斯基还特别强调了典型形象的独创性、丰富性、多样性。他在评《马尔林斯基全集》一文中指出:"在一部真正的艺术作品中,一切形象都是新颖的,独

---

① ③ 《别林斯基选集》第 2 卷,上海译文出版社,1979 年,第 25 页。
② 同上书,第 24 页。
④ 同上书,第 102、139 页。
⑤ 《别林斯基选集》第 1 卷,上海译文出版社,1979 年,第 191 页。

创的,没有重复之弊,而且每一个都过着自己独特的生活。"①

典型的理想化过程,典型的共性与个性、一般与特殊的统一,典型的独特性和丰富多样性,这些论述就克服了典型类型化、概念化的弊端。

别林斯基关于文学创作中形象思维和典型化的论述,是对现实主义小说美学重大贡献。

五、文学的倾向性和社会功能

别林斯基在"与现实妥协"时期,当他还徘徊在唯心主义美学的阴影中的时候,他强调文学创作的无目的性和客观性,认为"诗歌在自身以外没有目的——它本身就是目的";"客观性,作为创作的必要条件,否定诗人的一切道德目的和控诉程序"②,因此,作家不应成为现实的评判者,而只作"不偏不倚见证人"。正因为他偏重创作的"无目的性"和"客观性",所以他更重视"现实的诗",认为它"更符合时代精神的要求";他"曾经一度是美的概念的热诚信徒",更赞赏"纯艺术性"的作品。

40年代,随着他摆脱思想上的迷误,他逐渐意识到自己理论上的偏颇,开始肯定文学艺术的思想倾向性,并坚决否定"纯艺术论"。他越来越认识到"客观性并不是艺术的唯一优点",主观性也是创作中必不可少的因素。在评《莱蒙托夫诗集》一文中他说道,一个人如果没有"复制生活现象的本领,那么,他就不可能是一个诗人,更不可能是一个艺术家;可是,在我们的时代里,诗人如果缺乏内心(主观的)因素,也是一个缺点";"一个具有伟大才能的人,充满着内心的、主观的因素,这就是他富有人情的标志"。③ 在评论果戈理的《死魂灵》时,他进一步区分了创作中的两种主观性:一种是违反和歪曲客观实际的片面的主观性;一种是"使艺术家显示为具有热烈的心灵、同情的灵魂和精神独立的自我的人的一种深刻的、拥抱万有的和人道的主观性"。渗透在果戈理的作品中的就是后一种主观性,这种主观性不允许艺术家"以麻木的冷淡超脱于他所描写的世界之外",而是要求他将自己的火热心灵和强烈感情投入到他所描写的事物之中。显然,别林斯基提倡和赞赏这种积极干预生活,深刻感受生活,热情反映现实的主观性。这也就是他后来反复阐明的所谓"激情"(пафос)。

激情说是别林斯基在1843年评《谢内依达·p—的作品》一文中首次提出来

---

① 《别林斯基选集》第2卷,上海译文出版社,1979年,第197页。
② 同上书,第96、110页。
③ 《别林斯基选集》第2卷,上海译文出版社,1979年,第506、507页。

的。他说:"诗作品中的思想就是激情。激情就是对某一思想的热烈体会和钟情。"之后,他又在论《亚历山大·普希金的作品》第五篇中对激情说作了更详尽的阐述。他认为,激情是产生于观念而又表现观念的"一种纯然精神道德方面的神明境界的热情",也就是说,激情是思想和感情互相融合的、达到崇高精神道德境界的一种热情,它渗透着艺术家的情感、性格、精神和理想,即思想倾向性;它是鼓舞、推动艺术家去创作的"自觉思想"和强大动力;它体现着艺术家全部作品的精神特点,抓住它,就"找到了打开诗人的人格和诗作品的秘密的钥匙"。这种激情不是艺术家偶然的心血来潮,或者飘忽不定的情感,而是时代精神和现实生活所激发、所影响的产物。这样,在别林斯基那里,创作中的主观性和客观性就达到了统一。激情说是别林斯基从黑格尔那里继承来的,但他对这一美学概念进行了改造和发挥,赋予它崭新的涵义。他将"激情"看作是来源于现实生活的崇高的热情、思想和理想,这样就将自己的学说建立在唯物主义基础之上,并且与俄国解放运动的现实联系起来。

别林斯基在其文学活动的后期,越来越重视包括小说在内的文学艺术的思想倾向性和社会作用问题。在《1847年俄国文学一瞥》中,他对"纯艺术论"进行了有力批判,指出:"纯粹的、超然的、无条件的、或像哲学家所说,绝对的艺术,在任何时候,任何地方,都是不存在的。"①他认为,文学艺术今天比任何时候更应该关注社会问题,为社会进步事业服务,而"夺去艺术为社会利益服务的权利,这是贬抑它,却不是抬高它,因为这意味着夺去它的最泼辣的力量,即:思想,使之成为消闲享乐之物,游手好闲的懒人的玩具"。② 别林斯基强调文学艺术的思想性和社会教育作用,这是他适应俄国解放运动斗争的需要对文学创作提出的革命性要求,对俄国小说创作具有指导意义。

六、民族性与世界性

别林斯基向来重视文学的民族性问题,一生都在为实现俄国文学的民族化而斗争。文学的民族性问题之所以重要,是因为它是衡量一个国家具有其独特性的文学是否确立的标志,是否能走向世界的关键。别林斯基说:"文学是民族的自觉,文学像一面镜子,反映着民族的精神生活。"③因此,一种成熟的文学,必须反映出民族的精神和生活的特征,必须表现出民族的世界观,必须摆脱摹仿而

---

① 《别林斯基选集》第2卷,时代出版社,1953年,第422页。
② 同上书,第427—428页。
③ 《别林斯基选集》第2卷,上海译文出版社,1979年,第396页。

形成自己的独特性。别林斯基之所以认为18世纪俄国尚未建立起自己真正的民族文学,就是因为当时的俄国文学还缺乏鲜明的民族特色,他指出:"只有从普希金的时代起,俄国文学才开始产生,因为在他的诗歌中,我们可以感觉到俄国生活的脉搏在搏跳着。这已经不是介绍俄国认识欧洲,而是介绍欧洲认识俄国了。"①因此,他把普希金誉为第一个民族诗人。后来,别林斯基对自己的这一观点作了修正,认为俄国文学的运动和发展"包含在对独创性和民族性的追求中,它的每一个成就就是走向这个目标的一步"②;俄国文学的民族性经历了古典主义和浪漫主义阶段,到了普希金和果戈理时期,"它感觉到了自己的力量,就从学生变成了大师,不在抄袭现成的欧洲生活图景",而"专门面向俄国生活和俄国现实了"。③

在民族性问题上,别林斯基既鄙弃西欧派轻视民族文化传统而对西方文明顶礼膜拜的奴性思想,也反对斯拉夫派故步自封、盲目排外的保守态度。他明确地指出:"若有人认为只有奴隶式地模仿外国人,才能够引起外国人的注意,那是大错而特错的。"同时,他又批驳那种将民族性等同于一味描写民族庸俗、落后的东西的错误倾向,说道:"民族性不是汇集村夫俗子的言语或者刻意求工地摹拟歌谣和民间故事的强调,而是在于俄国才智的隐微曲折之处,在于俄国式的对事物的看法。"④他非常赞同果戈理的话:"真正的民族性不在于描写农妇穿的无袖长衫,而在于表现民族精神本身。"⑤果戈理的作品十足真实地描绘了俄国生活画面,表现了俄罗斯人民的民族精神和对生活的态度,所以别林斯基称赞他是俄国作家中最富有民族性的一个。

别林斯基还精辟地论述了文学的民族性与世界性的辩证关系。他说过这样一段至理名言:"只有那种既是民族的同时又是一般人类的文学,才是真正民族的;只有那种既是一般人类的同时又是民族的文学,才是真正人类的。一个没有了另一个就不应该,也不可能存在。"⑥这段话揭示了一个深刻真理:只有立足于本民族的生活现实、富有民族特色的,同时又吸取全人类的艺术精华、反映人类生活的一般规律和人性的共同特点的作品,才能以自己独特的旋律和音调成为在世界文学艺术的交响乐中的有机组成部分。一句话,只有是真正民族的,才能成为全人类的,才具有世界意义。别林斯基又强调指出:"一个诗人越是富有天

---

① 《别林斯基选集》第2卷,上海译文出版社,1979年,第404页。
② 同上书,第3卷,第604页。
③ 同上书,第2卷,第168页。
④ 同上书,第1卷,第47页。
⑤ 《文学的战斗传统》,新文艺出版社,1954年,第2页。
⑥ 《别林斯基选集》第3卷,上海译文出版社,1980年,第187页。

才,他的作品就越是普遍,而这些作品越是普遍,就也越是富有民族性,富有独创性。"①批评家对俄国作家和俄国文学寄予殷切期望,希望涌现出众多的富有民族独创性的天才作家,推动俄国文学走向世界,为人类文明的进步作出自己的贡献。事实证明,别林斯基的预言实现了,19世纪俄罗斯文学已成为世界文学中的辉煌篇章。

七、小说批评原则

与一系列文学创作的理论问题相关,别林斯基论及了小说批评原则。在他那个时代,人们对文学批评还有种种误解,认为批评就是写文章骂人,甚至将街谈巷议、搬弄是非和诽谤也叫做批评。针对这种情况,别林斯基首先为"批评"一词正名,他说:"批评渊源于一个希腊字,意思是'作出判断';因而,在广义上说来,批评就是'判断'。"②而文学批评则是针对文学创作和文学作品的审美评价活动,其任务是既对作家的创作实践进行理论审视与研究,又对作品的独特性及优劣作分析和评价,判定它在文学体系中的的意义及地位。

那么,又如何进行小说批评呢?别林斯基提出了美学批评和历史批评相结合的原则。他在《关于文学批评的讲话》(1842)中明确指出:"不涉及美学的历史批评,以及反之,不涉及历史的美学批评,都将是片面的,因而也是错误的。"③所谓美学批评,就是从审美的角度关照文学,遵循文学自身的规律和特点评价作品,对作品的各种艺术要素、风格特征进行具体分析,指出它艺术上的优劣和艺术价值;因为,文学毕竟是文学,"美是艺术必不可缺的条件,没有美就不可能有艺术";"确定一部作品的美学优点的程度,应该是批评的第一要务。当一部作品经受不住美学批评时,它就已经不值得加以历史的批评了"。④但是,仅从美学的角度分析、评价文学作品还不够,因为,美并不是艺术的唯一要素,"光有美,艺术还是不会得到什么结果的,特别在我们今天是如此"。⑤所以,别林斯基历来反对纯美学批评,而主张在对作品进行美学批评的同时还必须作历史批评,如他所说:"每一部艺术作品一定要在对时代,对历史的现代性的关系中,在艺术家对社会的关系中,得到考察;对他的生活、性格以及其他等等的考察也常常可以用

---

① 《别林斯基选集》第3卷,上海译文出版社,1980年,第204页。
② 同上书,第574页。
③ 同上书,第505页。
④ 同上书,第582、595页。
⑤ 同上书,第595页。

来解释他的作品。"①也就是说,所谓历史批评,就是将作品置于它产生的特定历史条件下,联系时代、社会生活、社会关系、作家的思想等等,以确定作品的社会意义和作用。只有将美学批评和历史批评有机结合起来,才是科学的、全面的批评方法,才能对文学创作和文学作品作出正确而深刻的诠释和评价。别林斯基提出的这一批评方法,无论在俄国批评史还是在欧洲批评史上,都是重大的创新和突破,具有开拓意义。

别林斯基是30、40年代俄国进步文学界的思想领袖和精神导师,他的美学观点为俄国现实主义小说奠定了理论基础,他的文学批评活动指导着小说家的创作实践,培养和提升了公众的文学趣味和文学鉴赏力,为俄国小说艺术的发展和繁荣指明了正确方向。

第四节　莱蒙托夫的小说创作

米哈伊尔·尤里耶维奇·莱蒙托夫(1814—1841)是继普希金之后俄国又一伟大诗人,同时在小说创作方面也造诣非凡,他出生在莫斯科一贵族军官家庭,幼年丧母,由外祖母抚养成人。他天资聪颖,中学时代即开始写诗。1830年考入莫斯科大学,两年之后退学,遂入彼得堡近卫军骑兵士官学校。1834年毕业后在近卫军骠骑兵团服役。1837年普希金在决斗中遇难,噩耗传来,莱蒙托夫悲愤交集,拍案而起,创作了成名作《诗人之死》。诗篇震动了俄国文坛,22岁的年轻诗人被公认为普希金的继承人。莱蒙托夫也因此而被流放高加索。经外祖母多方奔走求情,1838年4月他又被调回原来的部队。重返彼得堡,莱蒙托夫名声大震,他的创作也进入全盛时期。1840年2月,因与法国公使的儿子巴兰特决斗,他再度被流放高加索。翌年7月15日,在一帮心怀叵测的贵族的唆使下,军官马尔丁诺夫同莱蒙托夫决斗,年轻诗人当场被杀害,遭到和他的前辈普希金同样的悲惨命运:"倒下了,为流言蜚语所中伤,/低垂下他那高傲不屈的头颅,/胸中带着铅弹和复仇的渴望!"(《诗人之死》)

莱蒙托夫的一生未满27年,虽然短暂,但创作成果丰硕。他写了四百多首抒情诗,二十几部长诗,以及戏剧等。对自由和斗争的渴望,愤怒而痛苦的呐喊,孤独而哀伤的呻吟,烈火般的叛逆精神,铸成他高尚的诗魂。他既是光彩夺目的诗人,又是艺术精湛的小说家,他的长篇小说《当代英雄》是继普希金的《叶甫盖尼·奥涅金》之后俄国现实主义小说创作的又一重大成果,语言精美,构思奇巧,

---

① 《别林斯基选集》第3卷,上海译文出版社,1980年,第595页。

尤其在心理描写方面对后世影响深远。

30年代俄国霍乱流行,民不聊生,农民暴动波澜起伏,大有再次爆发新的普加乔夫起义之势。农民运动及其命运引起了年轻而敏感的莱蒙托夫的密切关注。此时正在军校学习的他瞒着学校当局,悄悄地开始创作反映普加乔夫起义的长篇小说《瓦吉姆》(1833—1834)。

《瓦吉姆》以普加乔夫起义为背景,描写了一个破落贵族子弟为父报仇的故事:瓦吉姆的父亲当年因一场官司被地主鲍里斯·彼得洛维奇·帕里岑剥夺了全部家产,因此愤懑而死;年仅三岁的小女儿奥尔迦被帕里岑收养为奴,瓦吉姆则被送入修道院。瓦吉姆决心为父报仇,他逃出修道院,沦为乞丐。许多年之后,他自愿到帕里岑家当奴隶,以伺机报仇雪恨。他对妹妹奥尔迦说明了事情的真相,而奥尔迦却与帕里岑的儿子尤里坠入情网……

在当时的历史条件下,要直接描写普加乔夫起义是根本不可能的。而《瓦吉姆》将家族复仇的故事置于普加乔夫起义的背景下展开,从而巧妙地反映了农民运动的某些方面。教堂晚祷一场描写了农民暴动前夕的紧张气氛,以及农民心中蓄积已久的对贵族地主的仇恨,其势如滚滚岩浆即刻喷发而出:"在修道院的各道大门旁,已经聚集起骚动的人群,哥萨克式的帽子随处可见,刺刀和步枪在闪闪发光……新的支持者不断加入进来,一个个单人的呼号不断响起,越来越融汇成一片共同的轰鸣,融汇成一片持续不断的、声势浩大的怒吼,就好像闷热夏夜里那种连珠炮般的雷鸣……这是一幅十分可怕而又令人厌恶的图景……""地主老爷的每一桩旧劣迹和新暴行都被奴隶们记在复仇的账本上","他们要用鲜血洗刷自己所受的耻辱……从而使整个痛苦的一生得到补偿"。小说以这样的描写揭示了农民暴动的原因,表现了作者对农民革命运动的理解和对其正义性的肯定。同时,小说也通过一系列画面描写了农民起义的自发性和破坏性。

主人公瓦吉姆是破落贵族子弟,他是抱着洗雪家仇的目的而投身于农民起义队伍的。他对妹妹说:"昨天是乞丐,今天是奴隶,明天就会是一个暴徒。"他的心如烈火在燃烧,渴望着自由和复仇。报仇雪恨的强烈欲望使瓦吉姆变成了一个狂人,一个恶魔,他决定趁农民暴动之机将帕里岑全家斩尽杀绝。如果说瓦吉姆是残酷的、充满仇恨的恶魔,那么妹妹奥尔迦则是怀有爱心的天使。当瓦吉姆要将奥尔迦心爱的人、无辜的尤里置于死地时,她再也不能原谅哥哥,毅然离他而去。瓦吉姆身上兼有个人主义和渴望自由两种性格,是一个富有浪漫主义色彩的"拜伦式的英雄"。但小说未写完,这一形象以后如何衍化读者不得而知,后来,莱蒙托夫在浪漫主义长诗《恶魔》和《童僧》中进一步刻画了这两种性格。

1836年莱蒙托夫又开始创作中篇小说《里果夫斯卡娅公爵夫人》,但最后未完成,在这篇小说中,主人公毕乔林出场亮相,毕乔林性格初露端倪。小说描写毕乔林在彼得堡上流社会的生活和他的爱情纠葛。作者指出:"冷漠是当今的时髦,是时代精神。"毕乔林作为这个时代的产儿和贵族阶级的子孙,就必然带有时代和阶级的烙印,他傲慢、放浪、懒散、冷漠,把时间和精力完全耗费在上流社会的娱乐和爱情游戏上。小说一开始,读者就看到毕乔林乘坐马车在大街上飞奔,突然将一个政府小职员撞倒,他竟若无其事地扬长而去。他初出茅庐,急于在社交界树立起声誉,他相信社交界的一句成语:"他毁坏了多少人的名誉,也就赢得了多少次战役。"于是他就依照这一信条开始行动。他追逐他并不爱的丽莎维塔·尼古拉耶芙娜,当挑逗起她的热情时,他又写匿名信将她嘲笑一番,在她刚刚燃起的爱情之火上浇一瓢冷水。他玩弄了丽莎维塔的感情之后,转而又去接近他从前的恋人、现已嫁给里果夫斯基公爵的的薇拉·德米特里耶芙娜,以期再续前缘;而在他与薇拉的交往中,显然又包含着他对贵族上流社会的道德原则和婚姻关系的挑战。毕乔林虽然"常常显示出懒惰和事不关己的冷漠","但是,透过这层冷漠的外壳,里面常常活跃着一个人的真正本性";而在社交界,"人们都确认他的语言是恶毒而危险的"。这一切表明,在他那放荡不羁和冷漠懒散的外表下,还隐藏着热情而敏感、愤恨而叛逆的灵魂,毕乔林的性格已初步展现出来。《里果夫斯卡娅公爵夫人》拉开了毕乔林人生戏剧的序幕,4年之后发表的《当代英雄》又继续毕乔林的故事,这一形象更加丰满、鲜明、深刻。

1840年标志莱蒙托夫创作最高成就的长篇小说《当代英雄》问世。此前,小说的三个组成部分《贝拉》、《宿命论者》、《塔曼》已在《祖国纪事》上发表。《当代英雄》是继《叶甫盖尼·奥涅金》之后俄国文学中的又一部现实主义佳作。

小说由5篇各自独立而又相互联系的故事构成,通过对主人公毕乔林的几个生活片断的描写,展现了30年代贵族青年的精神面貌及其命运,从而揭示了时代的特征和矛盾。

毕乔林是个出身阀阅世家的贵族青年军官,风华正茂,聪明敏感,精力充沛,意志坚强,胆量过人,堪称贵族青年中的佼佼者。而且他不象许多贵族子弟那样在庸俗、空虚的生活中浑浑噩噩地混日子,他对上流社会感到厌倦和不满,曾反复思考人生的意义,渴望有所作为,但却找不到高尚的生活目标。他在日记中写道:"我活着是为了什么呢?我生来是为什么目的呢?……啊,真的,目的一定有过,并且真的,命运赋予我的一定是一种崇高的使命,因为我在我的心灵里感到无穷无尽的力量,但是我却猜不透这使命是什么……"毕乔林徒有聪明才智和无穷精力,但却找不到正确的人生道路,不知道他所肩负的崇高使命是什么,他的悲剧就在于此。

正因为毕乔林没有明确的人生目标,所以他感到苦闷、无聊,以至于放浪形骸,玩世不恭,把过剩的精力乃至青春和生命耗费在荒唐和冒险的事情上,以寻求刺激,填补心灵的空虚。在塔曼小城,他在好奇心和冒险欲望的驱使下,去跟踪一伙走私贩,结果他的财物被偷窃一空,还险些被推入大海丧命。在温泉疗养地,他故意挑逗他并不真爱的梅丽小姐,为的是借机与旧情人维拉幽会,并且使自命不凡的小军官格鲁希尼茨基难堪;他不仅玩弄了梅丽的感情,也使真正钟情于他的维拉痛苦不堪,并在由此引起的决斗中打死了格鲁希尼茨基,他自己也被流放到更边远的地方。在高加索服役期间,他不择手段地抢劫了契尔克斯姑娘贝拉,在千方百计地赢得了她的爱情后不久,又觉得"一个蛮女的爱情比上流社会的贵妇的爱情并不好多少,这蛮女的无知和单纯跟贵妇人的妩媚同样地使人厌倦",从而对她逐渐冷淡,致使贝拉惨死。他和一个信仰宿命论的军官打赌,用实弹手枪对准脑袋,扣动扳机,看能否将人打死,以证明人生死是否有定数……然而,无论是爱情和友谊,还是种种荒唐行为,都不能弥补他精神上的空虚,反而使他更加痛苦。他把自己比作梦见美酒佳肴的饿汉,醒来倍加感到饥饿和失望。他自己痛苦,同时也给周围的人造成痛苦;他自己感到不幸,也给别人带来不幸。他心里明白:"我是别人不幸的原因。"

毕乔林成了一个冷酷自私的自我中心主义者。他一切从个人出发,一切以我为轴心,从不顾及他人的利益,更很少考虑社会问题。他自己也承认:"说句老实话,除了自己以外,我们对一切都相当冷淡。""我的最大快乐——就是要使我周围的样样东西都服从我的意旨。"他戏弄别人,折磨别人,用别人的痛苦和不幸来发泄他胸中的郁闷,疗治他心灵的空虚,他毁了别人的生活,贝拉、梅丽、维拉等人都成了他贵族利己主义的牺牲品。他清楚地知道:"我的爱没有给任何人带来幸福,因为我从来没有为自己所爱的人牺牲过什么;我是为了自己、为了快活才去爱的。"作者同情毕乔林的命运,但同时谴责他损人利己的行为。他称不上是什么"当代英雄",毕乔林式的"当代英雄"不过是对时代、对社会的一种反讽而已。

毕乔林头脑聪慧而敏感,他深深了解自己内心的矛盾和人格上的分裂,他对朋友魏涅尔医生说:"我有两重人格:一个存在于'生活'这个词的完全意义里,另一个思索并裁判它。"他知道自己是个"道德上有缺陷的人",经常反省自己,审判自己:"难道,我想,我在世上唯一的使命就是破坏别人的希望吗?"为什么命运"总是把我跟别人的悲剧收场联系在一起"?我为什么"总是扮演刽子手或者叛徒的可耻角色"?究竟为什么?他自己也无法回答。

总之,毕乔林是一个半是恶魔半是天使、具有矛盾的、二重性格的人物:他得天独厚,聪明机敏,渴望行动,愿意迎接风暴,感到自己负有"一种崇高的使命",

但又看不到所追求的目标,在生活中找不到自己的位置;他孤傲、叛逆,鄙视世俗,厌恶上流社会,但灵魂空虚,游戏人生,行为乖戾,到处惹事生非;他精力旺盛,内心里热血沸腾,勇敢坚毅,豪放不羁,却又冷漠无情,心如铁石,是个利己主义者和自我中心主义者;他不满意别人,不满意现实,同时更不满意自己,经常大胆解剖自己,严厉谴责自己;他给别人带来许多痛苦和不幸,同时他自己心里更加痛苦,自己更加不幸……毕乔林是继奥涅金之后又一个"多余人"形象,别林斯基称他们是俄国两条靠近的河流,但二者的区别在于:奥涅金冷漠,而毕乔林更激愤;奥涅金懒散,而毕乔林更精力充沛,更渴望行动;奥涅金几乎没有自我批评,而毕乔林则常常反省自己,痛责自己。毕乔林的性格特点反映了19世纪30年代俄国贵族青年的精神风貌。

毕乔林曾抱怨命运,发出痛心的生不逢时的感叹;"我还有一个信念——那就是在一个极龌龊的夜晚我不幸地诞生到这个世界上来。"他还说:"我的灵魂已被尘世所毁,思想混乱,内心得不到满足。"毕乔林生活在30年代尼古拉一世统治的"残酷世纪"里,黑暗中他看不到光明,看不到前途,找不到有意义的生活和可以为之献身的崇高事业,纵然风华正茂、才智过人,也只能或者在上流社会的空虚无聊的生活中虚掷青春,蹉跎岁月,或者在毫无意义的荒唐事情上浪费无穷精力。令人窒息的时代,黑暗的社会,使毕乔林倍感压抑、痛苦、愤懑、绝望,更加嫉俗愤世、诅咒人生、蔑视道德规范。而贵族的生活和教育使他远离人民,贵族阶级的利己主义在他身上留下了深刻烙印,这也造就了他的自我中心主义。总之,毕乔林的性格矛盾可以从时代、社会和阶级中找到其根源。毕乔林的悲剧既是时代和社会的悲剧,也是贵族知识分子脱离人民的悲剧。

作者在小说序言中明确指出:"当代英雄的确是一幅肖像,但不是一个人的,这是一幅由我们整整这一代人的充分发展的缺点构成的画像。"毕乔林是30年代"多余人"的典型。这一形象的意义就在于:作者通过这一代表人物的刻画和性格剖析,对时代进行了沉痛思考,揭示了时代的深刻矛盾,谴责了造成一代贵族青年的悲剧的专制农奴制社会。但是如何解决已暴露出的时代的矛盾呢?莱蒙托夫无力作出回答,他不能给同时代人指出一条出路。正如他在序言中所说:"病症也许会诊断出来,至于怎样治疗它——那只有天知道了!"

除了毕乔林之外,其他人物虽然着墨不多,但刻画得也很成功。小军官格鲁希尼茨基的形象可谓是出色的艺术创造。此人装腔作势,夸夸其谈,好卖弄、出风头;他追求时髦风尚,故意装出一副落魄失意、历经磨难、忧郁痛苦的样子,实则是浅薄庸俗、蝇营狗苟、卑劣怯懦之徒。他癞蛤蟆想吃天鹅肉,煞费苦心地追逐公爵小姐,力图跻身上流社会,结果却扮演了小丑的角色;为此,他嫉妒、憎恨毕乔林,造谣生事,阴谋策划,挑起决斗,又暴露了他灵魂的卑鄙和性格的软弱。

这是贵族青年的另一种类型。与之相比,毕乔林更显得潇洒、真诚、深沉、坚定、果敢。还有平民出身的二级上尉马克西姆·马克西梅奇,这是一个在艰苦、危难和战争中千锤百炼的老兵,在有些愚钝、粗鲁的外表下隐藏着高尚的天性和一颗金子般的心。他善良宽厚,朴实热情,讲情重义,乐于助人,和蔼可亲,在他身上闪烁着俄罗斯人民美好品格的光辉。另外,纯真无邪、妩媚动人的契尔克斯少女贝拉,高贵、矜持、深情的梅丽公爵小姐等,无不描写得生动逼真。这些人物如烘云托月,使主人公毕乔林的性格更加突出、鲜明。

《当代英雄》是一部才情横溢的小说,它一问世,立刻引起文坛的瞩目,大批评家别林斯基盛赞道:"深刻的现实感,面向真实的忠实的本能,朴素,人物性格的艺术性描绘,内容的丰富,叙述的令人倾倒的魅力,诗意的语言,对于人类心灵和现代社会的深刻的知识,雄浑而又豪放的画笔……独特性和独创性——这些便是足以代表崭新的艺术世界的作品的特点。"[①]我们认为,小说的新颖、独创和叙述的魅力就在于它的巧妙结构和多方位的叙事视角,正是在这一点上,它开创了小说一个"崭新的艺术世界"。

小说在结构上可谓匠心独运,别开生面。如果按照故事发生的时间顺序来排列,《当代英雄》的篇章结构应该这样:《塔曼》、《梅丽公爵小姐》、《宿命论者》、《贝拉》、《马克西姆·马克西梅奇》。但作者别出心裁,将小说各部分像积木一样拆散、打乱,重新拼接、组合,于是一座光彩夺目的"七宝楼台"出现在读者面前。

《当代英雄》采取了倒叙手法,并且各部分分别运用了不同的叙事方法。《贝拉》一章由书中人物马克西姆·马克西梅奇充当叙述者,讲述了毕乔林抢夺贝拉的一段荡人心魄的爱情故事。在这一章中,毕乔林没有出场,对读者来说,他的形象还是朦胧模糊、扑朔迷离的,期望对他有更多、更深的了解,期望一睹他的"庐山真面目"。在接下来的一章《马克西姆·马克西梅奇》中,叙述者由马克西姆·马克西梅奇转到作者"我"身上。在小旅店里,"我"与毕乔林邂逅,读者期待的主人公终于亮相了。通过"我"的描绘,读者得以领略毕乔林的风采:匀称而苗条的身躯,宽阔的肩膀,像女人般娇嫩的皮肤,纤细、苍白的手指,白净而高贵的前额,冷森森、锐利而逼人的目光,"当他笑的时候,他的眼睛却不笑"……同时,读者还看到他对老朋友马克西姆·马克西梅奇那种不近情理的冷漠和怠慢。他为什么如此冷漠无情?他有过什么样的生活和经历?他心里隐藏着什么思想?……读者对这个人物仍感到困惑莫解,希望对他知道得多些、再多些。

---

① 《别林斯基选集》第2卷,上海译文出版社,1979年,第225—226页。

之后三章是毕乔林的日记，虽然也是采用第一人称，但叙述者"我"已不是作者，而是主人公自己。这是一种戏剧化的叙述方式，即叙述者置身于故事情节之中，处于事件旋涡的中心，以当事人的身份不仅描述事件的发展过程，而且直接面对读者现身说法，自我表现，自我透视，自我剖析，将内心世界赤裸裸地袒露出来。这种叙述方式使整个故事无中介地、自然而然地进入读者的意识之中，从而造成一种特殊的真实效果。此时我们感到，毕乔林与我们的距离那么近，我们不仅对他的一言一行看得清清楚楚，而且洞悉他心里的全部隐秘。其中《梅丽公爵小姐》一章是纯粹的日记体，包括18篇日记，占全书二分之一强的篇幅，是最重要的一部分。日记是心灵的自白。在这里，我们听到他心灵的倾诉，窥视到他心灵的每个角落，洞烛了他的精神面貌和心理发展轨迹，找到了他"多余人"性格形成的根据。

小说结构虽然打乱了故事的时间顺序，但却极其符合读者的思维逻辑和阅读心理：主人公究竟是什么样的人？他为什么有这样的行动？他是怎么想的？他的性格是如何造就的？等等。这一连串的问题不能不引起读者的思考，小说始终在调动着读者的心理期待，激发着他们的阅读兴趣，诱导他们迫不及待地读下去；主人公也由幕后到幕前，由远及近，由模糊到清晰，一步步向读者走来，并敞开心扉，将幽深、复杂、纷乱的内心世界展现在人们面前。读者终于对这个人物有了彻头彻尾、彻里彻外的认识。这种独特结构形式类似电影的蒙太奇手法，是一种艺术创造，赋予小说以特殊的魅力：它使小说避免了平铺直叙之弊而呈现出跌宕起伏和峰回路转之势，其审美效应如曲径通幽，萦回盘旋，引人入胜。

而小说不断变化的、多方位的叙事视角则成就了人物形象的丰满和立体化，以及心理描写的细腻和深邃。

为了成功塑造毕乔林的形象，作者选取了三个视点：马克西姆·马克西梅奇、"我"和主人公自己。不同的视点把目光集中到一点——毕乔林身上。三个叙述者分别叙述了主人公的不同生活经历和内心感受，三个视点透视出人物的外貌和性格的不同侧面。从不同叙述者和不同角度的透视中，读者领略了"横看成岭侧成峰，远近高低各不同"的审美效果。不同的叙述者和不同的视角而对人物产生的不同印象又互相交织、补充、印证，从而完成了主人公形象的立体塑造，一个矛盾的、具有二重性格的、有血有肉的、真实感人的艺术形象站立起来了。

以不同的叙述者、从不同的叙事视角去铺展情节、描写同一事物和人物，是现代小说区别传统小说的标志之一。在《当代英雄》发表的前后10年中，整个世界文坛上问世的著名小说，似乎还没有哪部作品像《当代英雄》那样运用如此灵活多变的叙事方法。这种叙事技巧是对传统小说艺术的发展和超越，年轻的莱蒙托夫堪称革新西方小说艺术的先行者，他以《当代英雄》架构起传统小说和现代小说之间的桥梁。

深刻细腻的心理描写是《当代英雄》另一突出艺术特点,历来为人所称道。小说的日记部分运用内心独白这一限制性内视角,这是解剖人物心灵最直接、最有效、最令人信服的叙述方式,它拉开了主人公心灵的帷幕,将其内部的隐秘纤毫毕露地展示给读者:他对生活和爱情的厌倦,他对生不逢时的慨叹,他内心的矛盾、痛苦以及对其原因的追问,他无情的自我审判以及灵魂发出的沉痛呻吟……此外,还通过人物的肖像、行动、自然景物的描绘等多种手段来揭示人物的心理特征和情感变幻。《当代英雄》以其出色的心理描写而成为俄国社会心理小说之滥觞,对俄国文学产生了深远影响。托尔斯泰把这部小说视为"奇迹",他的"心灵辩证法"即直接师承莱蒙托夫。

《当代英雄》彰显出莱蒙托夫在散文艺术方面的卓越才华。高加索雄伟绮丽的自然风光,波谲云诡的冒险故事,荡气回肠的爱恨情仇,主人公的心海波澜……作家写来无不摇曳多姿,充满浪漫情调。小说语言准确、精练,那优美的词句,绚丽的色彩,浓郁的韵味,处处洋溢着诗情画意,显示出作家唯美的艺术情趣。别林斯基赞赏小说的文体"有时像电光闪闪,有时像宝剑挥舞,有时像珍珠撒在天鹅绒上!"[1]果戈理在评价《当代英雄》时说道:"我们中间还没有人写过如此准确、美丽和芬芳的散文。"契诃夫也说:"我不知道有比莱蒙托夫更优美的语言。"

第五节 赫尔岑的小说创作

亚历山大·伊万诺维奇·赫尔岑(1812—1870)是位不同凡响的人物。他不仅是作家、政论家,还是哲学家、思想家和革命家,在俄国文学史和俄国解放斗争史上占有重要地位。他出生于莫斯科一显赫贵族家庭,是父亲与德籍家庭女教师的非婚生之子,故父亲让他姓赫尔岑(德语意为"心")。少年时代的赫尔岑即目睹了农奴的悲惨境遇,感受到他们对贵族地主的仇恨情绪。1825年沙皇尼古拉一世对十二月党人的残酷镇压,更激起他对革命者的崇高敬意和对专制制度的无比愤怒。14岁的赫尔岑和挚友奥加辽夫在莫斯科城郊的麻雀山上立下誓言,决心继承英雄们的事业,献身于俄国人民的解放斗争。列宁在《纪念赫尔岑》一文中说道:"十二月党人唤醒了赫尔岑。赫尔岑开展了革命鼓动。"[2]

1829年赫尔岑入莫斯科大学哲学系数理科学习。期间,他与奥加辽夫组织

---

[1] 《别林斯基选集》第2卷,上海译文出版社,1979年,第366页。
[2] 《列宁选集》第2卷,人民出版社,1975年,第422页。

政治小组,探讨社会政治问题,宣传资产阶级启蒙主义和空想社会主义,抨击沙皇专制制度。他的激进思想和革命活动早就引起了沙皇政府的注意,1834—1842年曾两度被流放。6年的流放生活使他有机会深入了解外省官场的腐败和农民的苦难,加深了他对俄国社会现实的认识。他获释回到莫斯科后,立即重新投入战斗。他努力钻研哲学、历史和自然科学,积极从事革命活动和文学创作活动。

赫尔岑的文学创作开始于30年代。早期作品有短篇小说《会见》、《群众》、《叶琳娜》、《里奇尼》、《威廉·潘》等。这些作品赞扬了与现实相对抗的坚强个性,贯穿着否定农奴制的思想,富有浪漫主义色彩。40年代是赫尔岑文学创作的丰收时期。1841年他发表了《一个青年的札记》,标志着他走向现实主义创作道路。随之又相继完成了《谁之罪》(1841—1846)、《克鲁波夫医生》(1847)和《偷东西的喜鹊》(1848)。这些作品继承了果戈理开创的"自然派"的优秀传统,提出了一系列俄国社会的迫切问题。

为了寻求俄国解放的道路,继续革命斗争,赫尔岑于1847年出国去欧洲。从此直到1870年病逝,他一直作为政治流亡者羁旅异国他乡。在欧洲,他观察了资本主义社会贫富对立的现实,特别是1848年欧洲革命的失败,引起了赫尔岑的悲观失望。他即对资产阶级民主丧失信心,又看不到工人阶级的力量,思想一度陷入危机。他转而把希望寄托于俄国高涨的农民运动,认为在推翻专制制度之后,可以依靠宗法制的农民村社实现社会主义,从而为后来的民粹主义奠定了理论基础。即使处于思想矛盾时期,他仍积极开展反对专制农奴制的斗争。1853年他在伦敦建立了"自由俄罗斯印刷所",印制革命传单和小册子。1855年又出版丛刊《北极星》(1855—1869),后来又与奥加辽夫一起创办了《钟声》杂志(1857—1867),刊登革命性文章,号召推翻专制农奴制,对当时的俄国解放运动起了巨大的鼓动作用。

侨居国外期间,赫尔岑花费了16年的时间完成了一部融日记、书信、随笔、杂感、散文、政论为一体的大型回忆录《往事与随想》(1852—1868)。全书共7卷,以作者的人生经历为线索,反映了自1812年卫国战争至1871年巴黎公社起义前夕半个世纪俄国和西欧的社会生活及重大历史事件,在广阔的历史画面上勾画了形形色色的人物,既是作者一生思想探索的总结,也是俄国和西欧社会生活的真实记录,内容丰富,思想深刻,文笔生动,在世界自传体文学中占有重要地位。

中篇小说

《一个青年人的札记》(1840—1841)是一部自传性中篇小说,记述了作者青年时期的成长过程。其中描写了外省小城马利诺夫的日常生活和各色人物。这一虚构的城市实际上是赫尔岑第一次被流放的西伯利亚的维亚特卡城的写照。作者以果戈理式的讽刺笔法写道,马利诺夫是"世界上最糟糕的城市",这里"没有一条缝隙能够射进旭日的光芒,吹入早晨的清风";这里的生活"是令人透不过气来的单调,是叫人讨厌的千篇一律";这里的人全都"齐脖子淹在泥塘里,忘掉了一切尊严、一切英勇气概;窄小、狭隘的概念,粗野、兽性的欲望……可怕又可笑!"作者不由地慨叹道:"可怜、可悲的生活呀!"这种单调、停滞、沉闷、空虚、庸俗的生活方式窒息了一切有生命力的东西,它是专制农奴制桎梏下整个俄国社会生活的缩影。作者笔下的画面和人物如此典型,他的笔锋如此击中要害,以至于小说发表后激起了维亚特卡城的官僚们的愤怒和不安,他们心怀鬼胎,纷纷对号入座,甚至扬言要控告作者。小说得到别林斯基的赞许,指出这篇"引起过普遍注意"的札记是"充满才智、感情、独创性和机智"[①]的作品;又说道:"照这些轻快的素描的翔实和生动看起来,早就可以测知作者是一位才禀卓著的长篇小说家。"

《克鲁波夫医生》(1847)是一篇极富讽刺性的作品。小说的副标题是"泛论精神病,特别关于它的时疫性发展。克鲁波夫医生的著作。"故事的叙述者是克鲁波夫医生,他作为一个精神病研究者经过对社会的长期观察,认为:社会上被公认为健康、正常的人,包括政府机关的官吏,实际上和疯人院里的病人毫无区别,而那些疯子"既不比其他一切人更笨,也不比他们更不正常";疯人们之所以那么凶狠,"是因为周围的一切都故意激怒他们,对他们心爱的思想加以不断的反对、残忍的否定,以至使他们变得冷酷无情"。可见,精神病患者是不正常的社会环境对他们的压迫、摧残而造成的。小说中特别描写了一个被人们当作"傻瓜"的青年辽夫卡,他虽然受尽世人的嘲弄、欺凌,但却有一颗比所谓正常人更纯洁、更善良、更高贵的心,他甚至对一窝失去妈妈的小鸟儿都心疼、怜惜、喂养、保护它们。克鲁波夫医生认为,社会上普遍存在着疯狂状态,一切都不正常。他居住的小城里有五千居民,"其中大约有二百人出于无所事事而受尽无聊的折磨,而四千七百人则由于无从休息而受尽劳累的折磨。凡是日夜工作的人全都一无

[①] 《别林斯基选集》第3卷,上海译文出版社,1980年,第321页。

所得,而什么都不干的人却不断赚钱,而且赚得很多。"克鲁波夫指出,历史不是别的,而是世代相传、从不间断的疯狂,"历史是狂人的自传"。小城这种黑白颠倒的"普遍疯狂"的世界,实际上是沙皇俄国社会的讽刺画。赫尔岑通过克鲁波夫医生在小城的见闻和对它的"病理学"研究,对专制农奴制痛加讥讽和针砭;而读者也必然从中得出结论:要改造这座"疯人院",就必须推翻专制农奴制。

《偷东西的喜鹊》是根据俄罗斯著名演员谢普金的回忆创作的,描写了农奴制度下农奴知识分子的悲惨命运。小说以三个人的一场争论开始,争论的焦点是为什么俄国优秀女演员很少?持斯拉夫派观点的人认为,"我们没有女演员,是因为这个行业不合乎斯拉夫妇女的贞洁、朴素的"。而西欧派的代表则认为,原因不在于斯拉夫妇女的天性,而在于俄罗斯民族文化的局限性:妇女生活圈子狭窄,缺乏生活和感情的切身体验,因而不能表现复杂深刻的情感,所以也不能产生天才的女演员。双方各执己见,互不相让。随之一位著名艺人加入了争论,他肯定俄国曾有过伟大的女演员,于是他谈起了女演员安涅塔的故事,反驳了斯拉夫派歪曲俄罗斯民族性格和西欧派对民族文化的老爷式态度。

安涅塔是农奴出身的女演员,才华卓越,她先是在外省一个戏班里,得到主人的赏识和培养,颇感满足。但不久主人病死,她和其他演员被卖给斯卡林斯基公爵。此人表面看来似乎是一位热情的艺术爱好者,是极富艺术鉴赏力的人,而实际上不仅是个厚颜无耻、道德败坏的老色鬼,而且是个残暴的艺术的破坏者,虐杀艺术天才的刽子手。他把演员视为他任意宰割的奴隶,企图玷污和霸占安涅塔,结果遭到严词拒绝,并被狠狠嘲笑一番。他恼羞成怒,暴跳如雷,吼道:"我要让你知道这样无法无天有什么好处!你敢跟谁说这话!你是说:你是个演员,不,你是我的奴隶,不是演员……我是你的主人!……你不是演员,你首先是听我摆布的东西。"这番话充分暴露了贵族地主阶级专横暴虐的本性。此后,安涅塔备受刁难、折磨、摧残、迫害,她的艺术才华渐渐枯萎,最后郁郁而亡。

安涅塔是个德艺双馨的演员,她不仅技艺超群,而且性格坚强、勇敢,富有反抗精神。作家通过她的肖像和表情揭示了她的内心世界:"一双黑色的大眼睛闪烁着不是东方人的温柔,而是某种悲哀和绝望的光。……这是苦难的、内心的、深刻的苦难的塑像。多么高贵、丰富的人。"正是她饱受苦难的生活经历和她的坚毅性格,使她对《偷东西的喜鹊》一剧的思想和角色有着深刻的理解。她对剧中那个善良、无辜的弱女子被诬告为小偷的不幸命运感同身受,所以成功地扮演了这一角色,淋漓尽致地表现了人物内心的痛苦、屈辱和怨愤:"在这个被压迫的女子的呻吟中响彻了愤怒和骄傲的悲号,那种在受到极端屈辱、丧失一切希望以后,又意识到自尊心和毫无出路的境遇而发展起来的骄傲的悲号。"安涅塔的舞台形象展现了她本人的性格以及她心中的愤懑不平和强烈抗议。面对公爵的强权、威逼和压迫,她宁愿毁灭自己的才华和生命,也绝不向恶势力低头,表现了顽强不屈的反抗精神。天才女演员的悲剧,是对摧残人的尊严和才能的专制农奴制的鞭挞和抗议。

作者鲜明的立场和饱满的感情,辛辣的讽刺与热烈的抒情相结合,客观的叙述描写穿插着理性的分析议论,赫尔岑的中篇小说的这些艺术特点,在他的长篇小说《谁之罪?》中得到了进一步体现。

长篇小说《谁之罪?》

《谁之罪?》是赫尔岑的代表作。小说于1841年作者第二次流放诺夫戈罗德期间开始创作,1846年在莫斯科竣稿。小说的"前篇"曾在1845—1846年的《祖国纪事》杂志上发表,1847年完整的单行本出版。

小说的情节围绕着三个青年男女的爱情和家庭生活展开。平民知识分子克鲁齐菲尔斯基大学毕业后来到退休将军涅格洛夫家任家庭教师,不久即与将军的私生女柳邦卡相爱,并建立了美满家庭。但好景不长,克鲁齐菲尔斯基的同学、贵族青年别里托夫从国外归来,闯进了他们的家庭生活,柳邦卡与他共坠情网。于是酿成了一场悲剧:克鲁齐菲尔斯基因为妻子爱上别人而痛苦忧伤,终日借酒浇愁;别里托夫由于破坏了朋友的家庭幸福而懊悔自责,只得再度出国远游;柳邦卡精神上受到极大折磨,一病不起。往日的同窗情谊、爱情幸福、家庭欢乐从此不复存在。

作者在小说中议论道:"我一点没有意思向大家细谈我所写的主人公的恋爱故事,因为诗神完全没有给我描写恋爱故事的才能。呵,我要歌唱的不是爱而是憎!"可见作者描写的不是令人愉悦的浪漫爱情,而是充满哀怨和忧伤的家庭悲剧,他要追问的是造成这场悲剧的究竟是"谁之罪"? 那么,到底是"谁之罪"呢? 是三个青年主人公吗? 不,他们都是这场悲剧的受害者和牺牲品。

别里托夫是小说着力刻画的中心人物。他出身于贵族之家,从小衣食无忧,备受呵护,但过着孤独生活,受的是"隐遁式"的教育。他的母亲和瑞士家庭教师"尽力不让伏洛佳(即别里托夫——著者)去理解现实。他们专心一意,不使这灰色世界上所发生的一切落进伏洛佳的眼中,不使他尝到现实生活的痛苦,而只给他描述辉煌的理想"。他虽然天资聪明,才华出众,胸怀大志,想干一番事业,但他不过是温室里的花朵,脱离实际的贵族教育使他脱离现实,不理解现实,也没有培养他实际工作的能力,他一踏入社会,就好像"进入完全陌生的国度",对周围的生活格格不入,一接触实际,他的聪明、才学和理想就被碰得粉碎。大学毕业后,他满怀热情地步入仕途,在事物局任书记官,但在这"丑恶肮脏而危险的宦海之中",他既不谙衙门之道,又不会起草公文,只是夸夸其谈,大发议论,任职三个月即被辞退。由于无所事事,他又研究医学、绘画、音乐,但很快冷淡下来,结果一事无成。然后,他在国外游荡了10年,厌倦了做客异乡的旁观者的角色,于是又回到祖国,想通过贵族选举谋个职位。可是,他来到NN城不到一个月,就遭到这里的贵族、官僚们的憎恶和仇视,他们觉得他是个怪物和叛徒,是专来揭发他们的隐私、反对他们的秩序的。别里托夫感到,自己面对的是"一个硕大无朋的官僚",像一个巨人,他"不但会拿起他的普通的石弓打断他的腿,说不定会用彼得大帝铜像下的花岗岩石压到他的头上"。在这强大的黑暗势力面前,自然,形只影单的别里托夫败下阵来。

投身政治失败之后,别里托夫又无意中闯入克鲁齐菲尔斯基的家庭生活。克鲁齐菲尔斯基夫妇原本陶醉在爱情和小家庭的幸福之中,而别里托夫的出现,彻底搅乱了这个家庭的平静和安宁。别里托夫以其优雅的风度、广博的知识、不俗的谈吐和对事业的热情感动了柳邦卡,赢得了她的芳心,她期望别里托夫能够引领她进入新的生活天地。而柳邦卡的温柔、同情和理解则使别里托夫那颗孤独、忧郁的心倍感温暖。于是他们相爱了。但是,面对这真挚的爱情,别里托夫最终动摇了,退却了,逃跑了。这固然说明他不忍心破坏朋友的家庭,同时也说明他性格的软弱,他是不可靠的。他自己尚且找不到人生道路,他又怎能帮助别人走向新生活呢?即使柳邦卡跟随别里托夫离家出走,与他结合,恐怕也难免重演克鲁齐菲尔斯基的家庭悲剧。

作为革命家和作家的赫尔岑,他赋予别里托夫在性格上较之前辈贵族知识分子更多、更积极的因素。别里托夫是个"热情的青年",他既不像奥涅金那样冷漠、懒散、不问世事,也不像毕乔林那样把精力浪费在爱情游戏和荒唐冒险事情上。别里托夫"内心里起伏着思潮,燃烧着热情","头脑中活动着种种的愿望、计划和期待";他牢记着乔塞夫老师的教导——"人生只有在斗争中才有价值",他不愿作生活的旁观者,更渴望有益的事业,更渴望投身于社会斗争。他进入莫斯科大学伦理政治科,毕业后步入仕途,后来又参加贵族选举等等,莫不是为了实现自己的梦想。但事实最终证明,别里托夫不仅在事业上,而且在爱情上,都是一个失败者。这到底为什么呢?别里托夫的不幸就在于:首先,贵族的出身和教养使他远离人民和社会现实,既没有造就他坚韧不拔的性格和勤奋踏实的作风,也没有培养他实际工作的能力,他纵然抱有良好的愿望,也不能做些有益于人民和社会的工作,更无力承担改造现实的任务;其次,沙皇专制农奴制的黑暗社会环境窒息了进步青年的才华和理想,面对乌烟瘴气的官场和官僚集团这一庞然大物,别里托夫感到那样力量渺小和孤立无援,如他所说:"我正如……俄国民间传说中的英雄一般,走到了十字路口,叫喊着'这旷野上有没有活着的人呀?'但是终于没有一个活人回答我的呼声……这正是我的不幸!"从这里我们看到了俄国40年代进步贵族知识分子所处的严酷的社会环境,在这样的时代,别里托夫只能成为不幸的牺牲者;同时我们也听到了黑暗中尚在孤军奋战的赫尔岑的无奈的、悲凉的心声。

别里托夫纵有比前辈更多的优点,但是,他的怠惰和软弱,他的幻想和空谈,他对生活的厌倦和无聊,他的无所事事和一事无成,都使他难以摆脱"聪明的废物"的悲剧命运,而成为"多余人"行列中的一员。

克鲁齐菲尔斯基是作为平民知识分子的代表而出现的。他是县城医生之子,家境贫穷,自幼备尝生活的艰难困苦,身体羸弱。幸而一次偶然的机会,他得到一位官吏的资助,得以进入莫斯科大学。他虽然没有特别灵敏的头脑和突出的才能,但凭着对学问的热爱和勤奋努力,他顺利完成学业,获得了学士学位。走出大学校门后,他几次求职失败,最终受聘于涅格洛夫将军家当家庭教师。在这里,他与柳邦卡,两个孤独者,两个天涯沦落人,同命相怜,灵犀相通,很快相爱并幸福结合。贫寒的出身,卑微的社会地位,不公正的社会现实,造就了克鲁齐菲尔斯基的软弱性格。他心地善良,温顺谦和,纯朴天真,富有同情心,像"处女般纯洁无暇",但缺乏斗争和反抗精神。他所看到的现实生活中的一切,"都好像与他有不共戴天之仇,都是异己的",于是他逃避现实,没有想到会跟现实生活交锋,遇到现实生活一开始进攻便退却了。所以,当筑起自己的爱巢之后,就一心只想躲在小家庭中过平静安宁的日子,陶醉于爱情的幸福之中。他视野狭窄,目光短浅,缺乏激情和高尚理想,没有投身到广阔的社会生活中去的欲望。在他的心目中,爱妻和平静的小家庭就是一切,就是他的全部精神寄托和生活理想,此外,他似乎再不需要什么了。作者认为,这种"酒里掺水式的生活"是贫乏的,"对于我们的心灵是不适宜的"。正是这种浅薄的理想和狭隘的生活方式最终导致了克鲁齐菲尔斯基的家庭悲剧。当别里托夫与他的妻子相爱时,眼看爱情被夺去,安宁的小家庭生活不复存在,他心中的理想楼阁坍塌了,他痛苦、绝望、一筹莫展,精神彻底崩溃。

与别里托夫相比,克鲁齐菲尔斯基就像侏儒,显得矮小、苍白、无力,与同一时期谢德林创作的《一件错综复杂的事》(1847)中萌生反抗情绪的平民知识分子对照,他也逊一筹。克鲁齐菲尔斯基的形象反映了尚未觉醒的平民知识分子的某些弱点。赫尔岑对平民知识分子表示同情,但没有看到这一正在崛起的新生力量必将取代贵族阶级而成为社会之中坚,因此没有能够通过克鲁齐菲尔斯基的形象充分展示平民知识分子的风采和力量。

小说中塑造得最成功的形象当属柳邦卡。高尔基认为"她是第一个以坚强独立的人之姿态在俄国文学上出现的女人"。① 不论别里托夫还是克鲁齐菲尔斯基,与柳邦卡相比皆相形见绌。

柳邦卡是涅格洛夫将军与女农奴的私生女,在家中处于一种极为尴尬可笑的地位,经常受到嘲笑、侮辱。她虽有父母却举目无亲,似小姐而非小姐无依无靠。孤独之中,她不得不把自己的悲哀、愤怒、烦恼、痛苦隐藏在心底。污浊的环境,屈辱的地位,反而促进了她的意识的觉醒,使她性格更坚强、内心更丰富、思想更深刻。她理解那些"幸福的人直到走进坟墓还不知道的事情",她认识到社会的不平等、不公正。她的血管里流着母亲的农民的血液,她厌恶那些傲慢而愚蠢的地主和官吏,认为农民比他们要好得多、聪明得多。她"最爱农民的简陋的茅舍,绕村而过的溪流和伸向远方的树林,爱听"时而从远方传来的歌声、打麦声、犬吠声、大车的轧轧声",喜欢和农家的孩子谈话,认为这些可爱的、相貌堂堂的孩子们中间"一定会培养出伟大的人才"。在涅格洛夫将军家的庸俗的环境中,柳邦卡的精神世界就这样发展着、成长着,她心田孕育着新生活的种子,胸中沸腾着火焰般的热情,身上蕴藏着被压抑的巨大力量,一遇适当时机,种子就要萌芽,热情就要迸发,力量就要化为行动。

与克鲁齐菲尔斯基的相遇,展开了柳邦卡生活新的一页。不幸的命运,共同的遭遇,将两个年轻人的心连在一起,他们互相理解,互相同情,互相爱慕,终于冲破地主的家庭牢笼,建立了自己温馨的爱巢。爱情的幸福,家庭的温暖,虽然能抚慰柳邦卡那曾被伤害的心灵,但她并不满足,她的心"在寻找力量,寻找大胆的思想",她渴望更广阔、更自由的天地,渴望更丰富、更完美的生活。

别里托夫的出现给柳邦卡那闭塞、狭隘的家庭生活带来一股清新的风,为她的内心"展开了一个新的世界"。她觉得别里托夫是"一个很坚强的人,……他负有伟大的使命,是个不平凡的人,他的眼中闪着天才的光",有一种强烈的、为"达到真理苦苦求索的的欲望",她从他身上发现了丈夫所没有的东西。她被别里托夫身上那种"奇怪的魅力"所打动、所吸引,于是深深地爱上了他。同时,她也赢得了对方的爱情。别里托夫认为,"她比大家站在惊人的高处",承认道:"我却惊奇于这女人的不平凡的力量,在她跟前拜倒了。她实在是一个令人惊奇的人物!"柳邦卡期望别里托夫成为引路人,能帮助自己走向广阔的新生活。但是,她的希望落空了,因为"多余人"别里托夫无力担当起开辟新生活的重任。柳邦卡的悲剧是注定的,因为专制农奴制的俄国社会不可能为处于被压抑的无权地位的妇女提供精神发展的条件和机会。尽管柳邦卡追求新生活的努力失败了,但

---

① 高尔基:《俄国文学史》,上海译文出版社,1979年,第290页。

却显示了她的独立意识、坚强性格和非凡的力量,她是俄国文学中探求妇女解放道路的先驱者,到了60年代,叶莲娜·斯塔霍娃、薇拉·巴甫洛芙娜等踏着她的足迹走上了社会活动的舞台。

三个主人公,三个不同类型的青年,虽然他们互有差别,但都天性美好,品德优良,富有才智,本应为人民、为社会做一些有益的事业,生活本应更有意义,然而,他们的思想、才智和精力都被压抑、窒息了,他们的爱情、他们的人生都以悲剧告终,这究竟是为什么?这又是谁的罪过?作者没有直接作出回答,但却启发读者去思考,并得出自己的结论。

在小说的"前篇",作者通过一系列人物的传记以及种种生活场景的描写,真实地再现了俄国专制农奴制度下的社会风貌。首先进入读者视野的是涅格洛夫将军和他的家庭生活。这个退职将军厌烦了城市荒唐无度的生活,便回到乡间经营自己的庄园。但他恶习不改,霸占了农奴的女儿碧眼美人杜尼娅,生下柳邦卡。当他决定与莫斯科一位贵族小姐结婚时,便把杜尼娅赏赐给了执事。此人粗鲁暴躁,冷酷无情,滥施淫威,要么把所有骂得出口的粗话劈头盖脸地扔向仆人,要么就用那根父辈传下来的鞭子在仆人头顶电闪雷鸣般呼啸,他认为这种"精神健康法"是让农奴服从他的最有效的手段。这个"可敬的"的家庭笼罩着"一股无穷无尽的空虚气氛",将军和他的太太饱食终日,无所用心。他们感兴趣的就是吃饭,一顿饭要整整花上两个钟头,油腻腻的饭菜和大量的酒一起塞进将军"皮球似的肚子里",塞进太太"脂肪丰满的肚子里",塞进食客、法国女人"皮包骨头、满是皱皮的肚子里"。至于人"为什么活动,为什么生活?"——他们从来不去思考这类问题,而且也没有必要。作者讽刺道,将军"实行的唯一的摄生法,就是从来不用脑过度而妨害消化"。你看他叼着一只樱木大烟斗,在大厅里踱来踱去,不时停下来,凝望窗外,眨眨眼睛,皱皱眉头,一副深思熟虑的样子,"一定以为他头脑中盘旋着头等重要的计划和想象,哪里知道盘旋着的只是烟雾,而且不是在头脑中,仅仅在头脑四周"!涅格洛夫将军集中体现了贵族地主阶级的本质特征:寄生腐朽、精神贫乏、道德堕落,这是一个完全丧失生命力的阶级。

随后,我们又跟随意欲参加贵族选举的别里托夫来到了NN城,结识了这个城市大大小小的官吏。这里有"除了省政府的决议书以外,从未读过书本"、却获得圣安娜勋章的顾问官,有享有"学问渊博"之名、但在职务上总是出错误的法院院长,有饶古的省检察官,有"吝啬而肮脏"的民事法庭庭长,还有阔绰的、以玩狗为乐事的将军……作者指出,这些官僚都有"各自的利害,各自的议论、各自的党派、各自的舆论和各自的习惯。而全县的地主或全国的官僚,在这些上又大致共同的。"这个城市的官僚群像就是整个腐败的沙俄官僚集团的缩影,作者对他们的讽刺自然也是对后者的鞭笞。

与之相反,赫尔岑又以深切同情的笔调描写了下层人民的生活遭际。县城医生老克鲁齐菲尔斯基一家蜗居在一所黝暗的、寒酸的小屋里,挣扎在"跟各种艰难困苦作不屈不挠的斗争之中",极度的贫穷,对明天生活的忧虑,无时不在困扰着他们。老医生在行医中处处受排斥,家庭中又祸不单行:五个孩子有三个相继夭折;为人正直的老克鲁齐菲尔斯基由于不肯签字证明被地主打死的马夫是"因病身故"而招致省长的仇视。作者痛心地写道:"处身在社会生活这样卑微的环境中,人的精神在接连不断的烦恼中会颓唐萎缩……永远永远地爬伏在地面上,连抬眼睛望一望太阳也不想了。"再看柳邦卡的生母杜尼娅的命运:涅格洛夫将军将她霸占、玩腻后,像物品一样把她赏赐给执事,她从"半边太太"又降为奴仆,从闺房又搬到下房。农奴哪有自己的人权和尊严,生杀予夺完全掌握在地主老爷手中!

赫尔岑笔下这一个个典型人物、事件和场景就构成了一幅专制农奴制度下俄国社会的真实图画:贵族地主的专横暴虐、作威作福、空虚无聊,农奴和下层人民贫穷、痛苦、备受欺凌。在这种畸形的、不合理的、黑暗的社会现实中,一切美好的、有生命力的东西注定遭到摧残、扼杀。由此,读者自然会得出结论:三个青年的爱情和人生悲剧,归根结底是整个专制农奴制度造成的。作者穷根溯源,对"谁之罪"的问题作出的回答,小说反对专制农奴制的主题思想鲜明地体现出来。

高尔基曾说,俄国文学是"提出问题的文学"。而《谁之罪?》涉及了家庭与婚姻、妇女地位、教育、知识分子的命运等重要社会问题,这些问题并不是孤立的,而是紧紧围绕着反对专制农奴制的主题提出来的。《谁之罪?》是俄国文学中最早的问题小说之一。

《谁之罪?》是"自然派"艺术园地收获的第一批硕果之一。小说不仅具有丰富的思想、深刻的主题,而且在艺术上也特点鲜明,颇有新意。

小说的结构别具一格。别林斯基指出,这部作品实在不是小说,而是"巧妙地连结成为整体的一组传记"。① 小说分前后两篇,"前篇"几乎全部由人物传记构成,如涅格洛夫将军传记、克鲁齐菲尔斯基的家庭纪事、别里托夫家的历史等等。作者说,五花八门的传记"展开了构成这世界的丰富内容"。通过人物传记及其生活场景既真实再现了俄国社会的面貌,展示了故事发生的时代背景和人物性格形成的社会环境,同时也为故事的进一步展开作了充分铺垫。"后篇"叙

---

① 《别林斯基选集》第2卷,时代出版社,1953年,第450页。

述了三个青年主人公的爱情纠葛,突出了他们之间的关系、矛盾冲突以及最后导致的家庭悲剧。而这场悲剧的根本原因何在呢?"前篇"则作出了启示性回答。

对现实生活的真实描写同充满激情的议论相交融。作者遵循果戈理方向和现实主义创作原则,运用典型化手法,通过对外省地主庄园和平民生活、NN城官场和彼得堡衙门的扫描,真实再现了整个专制农奴制俄国的社会面貌;他所塑造的涅格洛夫将军、别里托夫、克鲁齐菲尔斯基、柳邦卡等形象都概括了不同阶层人物的特征。在描述中,作者不时直接面对读者,或感慨世态,或评析事物,或议论人物,或串连情节等等,赋予小说浓厚的政论色彩。卢那恰尔斯基说,赫尔岑的小说"都被鲜明的政论火光照耀着"。[①] 别林斯基认为,赫尔岑的才能的"主要力量"在于"思想的威力";他"主要是思想家的性格",常常"是天资和幻想埋没于理智之中"。[②] 现实主义小说的艺术要求是:其思想倾向性应该通过故事的矛盾冲突、人物形象极其相互关系自然而然地流露出来,作者的观点越隐蔽越好。但思想型的小说家往往乐于直抒胸臆,直露地表达自己的见解。《谁之罪?》的明显的政论色彩显然是革命家、思想家的赫尔岑给他的作品打上的印记。

讽刺与抒情相结合。作者对美好善良的和丑恶的事物的爱、憎两种感情,就表现为讽刺和抒情两种笔调的交替运用。他师承果戈理的讽刺和嘲笑的手法,将犀利的笔锋指向官僚和贵族地主。在描写涅格洛夫将军的庄园生活和杜白索夫县贵族团长的家庭生活,以及刻画NN城官僚群像等章节中,都显示出赫尔岑的讽刺才能和批判热情。作者常常在丑恶可憎的人和事前面冠以"可爱的"、"可敬的"、"漂亮的"等字眼,其幽默的反讽效果异常明显。他还采用一些奇特、形象的譬喻,嘲讽意味溢于言表,如把地主比作"南瓜",把地主太太比作"辣椒",警察则比作"吞了苍蝇的大脑悠然回到暗角去的蜘蛛"。反之,对下层人民作者则表现出由衷的同情,对美好的事物给以热情赞美。小说中有很多场面,如克鲁齐菲尔斯基与父亲告别、别里托夫和乔塞夫在日内瓦重逢、柳邦卡和别里托夫在公园里相会等,都有强烈的抒情色彩,读来令人感动。

---

① 卢那恰尔斯基:《论俄罗斯古典作家》,人民文学出版社,1958年,第37页。
② 1846年4月6日别林斯基致赫尔岑的信,见《别林斯基全集》第12卷,俄文版,1956年,第270页。

第六章 果戈理

尼古拉·瓦西里耶维奇·果戈理(1809—1852)被誉为俄国文学的"散文之父",正是从他开始,小说体裁的主导地位才真正确立。他作为俄国现实主义文学的奠基人之一,为19世纪俄国文学开辟了新的发展道路。别林斯基说:"从果戈理开始了俄国文学的新时期,俄国文学通过这位天才的作家,主要转向了刻画俄国社会。"①他的讽刺作品如锋利的解剖刀,直刺沙皇专制农奴制的溃疡,从而有力地促进了俄国民族意识的觉醒和解放运动的发展。车尔尼雪夫斯基指出:"世界上早已没有一个作家,对于本民族,像果戈理对于俄罗斯一样重要。"②

第一节 "文坛盟主"的艺术人生

果戈理于1809年4月1日诞生在乌克兰波尔塔瓦省密尔格拉得县索罗庆采镇一个中等地主家庭。其父颇有文才,酷爱戏剧,曾自编自导喜剧,在乡间舞台演出。在父亲的影响下,果戈理从小就对文学和戏剧产生了浓厚兴趣。而且,他熟悉和热爱乌克兰的乡村生活及其丰富多彩的民间歌谣、传说、故事,这为他未来的文学创作提供了取之不尽的源泉。

1821年果戈理入波尔塔瓦省涅仁高级中学读书。中学时代,果戈理就显露出文艺才能,他创办刊物、写诗、编剧本,还是学校戏剧活动的积极分

---

① 《别林斯基选集》第2卷,时代出版社,1953年,第135页。
② 《车尔尼雪夫斯基论文学》上卷,上海译文出版社,1978年,第16页。

子。涅仁中学虽地处偏远,但时代风雨和革命思潮也波及这里,不少教师成了自由思想的信仰者和传播者。特别是别洛乌索夫教授,思想激进,公开在课堂上宣传法国资产阶级启蒙主义思想,反对专制暴政,果戈理深受其思想影响。同时果戈理还接触到了十二月党人的革命诗歌和普希金的禁诗,遂对社会现实产生不满情绪,民主主义思想在心里萌芽,他开始思考人生意义和理想的问题,决心作一个有益于祖国和人民的人。

1828年果戈理中学毕业后,满怀对未来生活的憧憬来到彼得堡,准备为祖国和人民贡献自己的才智。然而,彼得堡的残酷现实将他的美好理想击得粉碎。他多方奔走,却四处碰壁,所带费用,即将告罄,而工作全无着落,他十分苦恼。1829年7月,他倾其所有,以阿洛夫的笔名自费出版了在中学时写的一部叙事诗《汉斯·古谢加顿》。本想赚几个钱,以摆脱困境,但这部不成熟的作品遭到了严厉批评和嘲笑。果戈理羞愧难当,他跑遍书店,把存书全部收回,付之一炬。然后,他又抱着一线希望去投考演员,结果也落空了。他的幻想破灭,热情耗尽,灰心失望到了极点。

1929年末,果戈理总算在政府部门谋得一个小公务员的职位,次年又经人推荐转到封地局任抄写员,薪俸之微薄,甚至连自己的生活都难以维持,还须家里接济。小公务员的困顿生活使果戈理对畸形的社会现实有了进一步认识。社会的贫富悬殊,下层人民生活的辛酸,官场的腐败,世态的炎凉,给他留下深刻印象,成了他日后创作的丰富素材。

果戈理的第一篇作品虽然失败了,但他并没有放弃创作的念头。他从失败中吸取教训,认识到创作必须取材于自己熟悉的生活,必须贴近俄罗斯的社会现实。而他熟悉的自然是家乡乌克兰的生活了,于是他决定以乌克兰的民间传说和生活习俗为题材创作一组故事。他鼓起勇气,重新握笔,埋头写作起来。1830年初,他的第一篇乌克兰故事《圣约翰节前夜》在《祖国纪事》上发表,获得成功,受到大诗人茹科夫斯基的赞赏。在茹科夫斯基的引导下,果戈理步入文艺界。1831年春,他辞去小公务员的职务,一面当教师,一面从事文学创作,困窘生活开始好转。这一年夏天,他结识了心仪已久的普希金,二人很快就建立了深厚友谊。在以后的文学创作生涯中,普希金给了果戈理热情的鼓舞、指导和帮助,使他受益非浅。后来果戈理怀着对这位导师无比感激的心情说道:"我生活中的一切欢乐,我所有最美好的慰藉都是从他那里得来的,没有他的指导,我将一事无成,没有他为榜样,我一行也不可能写成……"

1831年9月,果戈理的短篇小说集《狄康卡近乡夜话》第一部问世,次年又出版了第二部。这部散发着乌克兰大自然和人民生活的浓郁气息、充满诗情画意的作品受到文学界的一致好评,普希金称赞它是一本"真正欢乐的书",它的问世是文学中"极不平凡的现象"。从此,果戈理在文坛崭露头角,声誉日隆。

1832年果戈理在莫斯科结识了作家波戈津、阿克萨科夫兄弟、扎戈斯金等,这些斯拉夫派文人思想偏于保守,与他们的交往和友谊对果戈理后来世界观的发展产生了消极影响。1834年,经茹科夫斯基推荐,果戈理到彼得堡大学任世界史副教授,他以渊博的知识、精辟的见解和生动的语言赢得了学生的推崇,但是,他的进步历史观与学校当局的见解相抵触,因而受到排挤,不久他即辞职,专事文学创作。

1835年果戈理连续完成了两部中短篇小说集《密尔格拉得》和《小品集》。这两部作品广泛而忠实地描写了现实生活,鞭挞了种种荒谬丑恶现象,触及了许多社会问题,具有深刻的思想性和社会意义,表明作者已从浪漫主义走向现实主义;同时作者的幽默、诙谐和讽刺才能有了进一步发展和提高,标志着果戈理高超、独特的讽刺艺术风格业已形成。别林斯基从这两本集子中看到了果戈理的非凡才能和独创精神,指出果戈理的小说开创了俄国文学发展的新阶段,并且称颂道:"至少目前,他是文坛的盟主,诗人的魁首;他站在普希金所遗下的位置上。"①

果戈理从小就喜爱戏剧,所以在写小说的同时,他也念念不忘戏剧创作。早在1833年他就曾构思一个揭露官僚集团的讽刺喜剧《三级弗拉基米尔勋章》,但预料剧本不会通过检查机关的审查,因此而辍笔,剧本未完成。后来,果戈理把它改写成四个独立的短剧:《官吏的早晨》、《讼事》、《仆役室》和《片断》。1833年他还创作了揭露婚姻中的金钱买卖关系和官僚贵族的庸碌无能的喜剧《婚事》,后经反复修改,于1842年才正式发表。

这一时期,创作喜剧的强烈欲望始终激动着果戈理的心。1835年10月他写信给普希金,请求提供给他随便什么题材,只要是俄罗斯的奇闻,他要写一部喜剧,并发誓要让人笑死。两个月之后,果戈理就根据普希金提供的素材,完成了著名的讽刺喜剧《钦差大臣》。他在《作者自白》一文中谈到了创作这部喜剧的意图:"在《钦差大臣》里,我决心把我当时知道的俄国的一切丑恶……收拢到一起,对这一切统统予以嘲笑。"②

的确,这部喜剧描绘了一幅俄国官僚集团的百丑图,将官场的腐败暴露在光天化日之下,对沙皇专制政权给以辛辣嘲讽和有力批判。1836年4月,《钦差大臣》首次在彼得堡上演,顿时轰动整个社会,特别是在贵族官僚阶层引起极大震动,同时也遭到了反动势力的围攻。据说沙皇尼古拉一世看完戏后不满地说:

---

① 《别林斯基选集》第1卷,上海译文出版社,1979年,第205页。
② 《与友人书简选》,安徽文艺出版社,1999年,第302页。

"嘿,这算什么戏!人人都不痛快,而我尤其如此。"有的人说这出戏是对俄国的诽谤和污蔑;有的人甚至说果戈理是俄国的敌人,应该把他发配到西伯利亚去。而进步文学界和民主阵营则从剧场里爆发的阵阵笑声中,看到了这部喜剧的巨大批判力量和深刻的社会意义,而对它给予了高度评价和赞扬。

《钦差大臣》所遭到的疯狂攻击完全出乎果戈理的意料之外,也使他格外伤心。他想找个安静的去处,躲开尘世的纷扰,专心致志地从事创作。1836年6月,他怀着困惑苦闷的心情离开祖国前往瑞士,之后又侨居巴黎、罗马等地。在国外期间,果戈理常常经济拮据,有时甚至濒临绝境,他不得不向朋友告借,总是生活在永远还不清的债务的困境之中,孤独和乡思时刻萦绕心头。他在给友人的心中谈道:"现在,我的面前和四周都是异帮,然而在我心里只有俄罗斯,不过不是令人厌恶的俄罗斯,而是一个美丽的俄罗斯。"①

早在1835年,果戈理就着手创作长篇小说《死魂灵》。旅居国外期间,他集中精力,继续埋头于这部作品的写作,至1841年夏天,历时7年,几经修改,《死魂灵》的第一部终告完成。这一年的10月,果戈理带着小说的手稿回到祖国,准备出版。他先将手稿交给莫斯科审查机关,但遭到愚蠢审查官的刁难和否定,后经别林斯基奔斡旋,小说才得以于1842年5月在彼得堡问世。《死魂灵》是果戈理批判现实主义创作的顶峰,它比《钦差大臣》更广泛地反映了现实生活,更有力地鞭笞了官僚和贵族地主阶级,更深刻地揭露了专制农奴制的腐朽,因此具有更大的威力,引起了更强烈的反响。赫尔岑说:"《死魂灵》震动了整个俄国。"②

《死魂灵》第一部出版后,果戈理于1842年再次出国,开始创作该小说的第二部。但就在此时,他的思想发生了危机。

果戈理的世界观中本来就存在着矛盾。他目睹俄国的丑恶现实,认识到农奴制的腐朽落后,所以他反对农奴制,但同时也反对用革命手段改造俄国,而主张开明君主制;不过由于他与进步文学界、特别是和普希金很接近,并经常受到别林斯基的支持和赞扬,故而在他创作的旺盛时期,民主主义思想在其作品中占主导地位,他写了许多深刻揭露社会矛盾、极有社会意义的优秀作品。40年代,俄国的社会政治和思想斗争很激烈,革命民主主义者同斯拉夫派和西欧派围绕如何改造俄国社会的问题展开论战,国内农民运动高涨,西欧革命运动风起云涌,面对这样的形势,果戈理感到无所适从,甚至恐惧不安。其次,他创作《钦差大臣》也好,《死魂灵》也好,其本意是想通过揭露和鞭挞社会丑恶现象引以为鉴戒,促进社会的改革,不料他的良苦用心被人曲解,他的作品在社会上引起那么

---

① 《果戈理全集》第11卷,俄文版,1952年,第60页。
② 《赫尔岑论文学》,上海文艺出版社,1962年,第72页。

强烈的反响,遭到政府官吏和反动文人的恶意攻击和诽谤,与朋友之间也发生了龃龉和对立,他心里感到很大压力,陷入孤独、郁闷、痛苦之中不能自拔。第三,果戈理长期生活在国外,脱离俄国现实生活,脱离进步文学界和民主阵营,保守文人(如茹科夫斯基、谢·阿克萨科夫、雅泽科夫)和宗教狂分子(如亚·奥·斯米尔诺娃、阿·彼·托尔斯泰)又包围着他,对他的思想产生了极为有害的影响,原来潜伏在意识之中的宗教观念和贵族保皇思想如今沉渣泛起,迅速滋长、发展,从而导致他思想混乱和精神颓靡。就是在这些内因外因的作用下,果戈理发生了思想和创作危机。

正是在这种精神状态中,果戈理开始了《死魂灵》第二部的创作。与第一部相比,第二部的批判锋芒大大减弱了,作家竭力想从没落的贵族地主阶级中寻找美德懿行、可供效法的"理想人物",力图给他那些腐朽、堕落的主人公指出一条道德新生之路,以达到重塑灵魂、疗救社会、振兴俄国的目的。在第二部的残稿中,我们果然发现了这样的理想人物,这就是柯斯坦若格洛和摩拉佐夫。柯斯坦若格洛认为,地主"必须对劳动怀有热爱",庄稼人"比谁都值得尊敬",他身体力行,"像牛一样拼命"干活;他精明能干,善于经营,不但庄园管理的井井有条,而且还开办工厂,事业兴旺;很多快要饿死的农奴都投奔他而来,他那里的庄稼汉,"正如歌谣里唱得那样,过着金银铺满地,铲子铲不尽的好日子"。柯斯坦若格洛可真是挽农奴制于即倒的"优秀人物"。摩拉佐夫是闻名遐迩的富豪,拥有几千万的家产,人们称赞他"不但可以管理地主庄园,简直可以管理一个国家"。此人笃信宗教,道德高尚,虽然富有,但生活简朴,乐善好施。他满怀爱心,苦口婆心规劝乞乞科夫们改邪归正,弃旧图新。摩拉佐夫扮演的是道德模范和道德说教者的角色。果戈理将俄国新生的希望就寄托在这类"理想人物"身上。

然而,果戈理笔下的"理想人物"是缺乏现实生活依据的,这种凭空杜撰也是违背他一贯坚持的现实主义艺术原则的。他在《作者自白》中一直强调:"我笔下的题材是生活,而不是什么其他东西。我研究实际中的生活,而不是想象的幻想中的生活";"我从不凭想象去创造任何东西,并且我也没有这种特性。在我笔下,只有那种我取自现实生活、取自我熟悉的素材中的东西才写得好"[①]。以前他忠实于生活,塑造出来的人物鲜活生动,笔端挥洒自如,嬉笑怒骂,皆成文章。如今他违背了生活的真实,只凭主观臆想,向壁虚构,结果塑造出的所谓"理想人物"虚假苍白,矛盾百出,毫无艺术感染力,连他自己都极为不满。后来他在《与友人书简选》中谈到,他本想"描绘一些表现我们民族的崇高品德的美好性格",

---

① 《与友人书简选》,安徽文艺出版社,1999年,第308、119、45、106、116页。

给世人"指出通向崇高和美的道路",可是这"本应当成为主要的东西"却"在《死魂灵》第二部里表现得很少并且展开的很弱"①。对果戈理这样一位才华卓越、蜚声文坛的作家,写作从来没有像现在感到如此艰难,他费尽心思,对初稿几经修改,但毫无成效。而他又是一位创作态度十分严肃的艺术家,对自己的作品要求一向十分苛刻,他宁肯让缺乏生活真实和艺术真实的作品死亡也决不会奉献给读者。1845年夏天,他一气之下,把《死魂灵》第二部的修改稿毫不留情地烧毁了。他痛苦万分,不禁失声痛哭。

1847年,果戈理发表了《与友人书简选》。这是作家思想危机时期的产物,集中反映了他的错误甚至反动观点。应当承认,果戈理在此书中仍保持着对社会现实相当激烈的批判激情。他对国家官僚机构普遍存在的贪污受贿、敲诈勒索、营私舞弊、为所欲为、无法无天等罪行给以有力抨击,对社会腐败、道德堕落痛心疾首。因此,该书出版时横遭审查机关的刀砍斧削,32篇书简中有5篇被整个撤掉,其他篇目中凡是抨击时弊的文字也通通被删去。结果,这部书原有的棱角都被抹平,使书中的错误观点更加鲜明突出。问题的症结在于:他虽然揭露、抨击了种种腐败现象,但他只是将其归咎于某些执行者的错误、某些官僚道德的堕落,而并没有从根本上否定现存社会体制。所以,他才在书中公然肯定君主专制和农奴制度,美化俄国宗法制社会;为他曾经无情揭露批判的贵族地主涂脂抹粉,称赞他们是"人民的精华";大肆宣扬宗教,为俄国教会唱赞歌,说什么"这个教会就像位贞洁的处女,唯独它从圣徒时代起保持着自己的毫无瑕疵的原始贞洁","这个教会及其深刻的教义……有能力解决一切疑团症结和我们的问题"②;鼓吹通过宗教信仰和道德完善以革除时弊、治国济世的乌托邦思想。更令人吃惊的是,他竟然自我否定,否定自己以前的作品的真实性、典型性和社会意义,说《死魂灵》"充满疏漏、落后时代的错误和对许多事物的明显无知"③,它"充其量不过是个早产儿"等等④。其实,在此书问世的前一年,即1646年,果戈理在《死魂灵》第二版序言中就在检讨:"在这本书里,许多描写是不正确的,不真实的,与俄国发生的情况不符。"⑤《与友人书简选》的问世引起了沸沸扬扬的争议,反动和保守文人喝彩叫好,进步人士的则给以严厉批评。身患重病的别林斯基看到《与友人书简选》,按捺不住激动和愤怒的心情,立刻奋笔疾书,写了著名的《给果戈理的信》。当然别林斯基看到的是经过审查机关删削、歪曲的文本,他没有可能一睹全书的本来面目(《书简选》的全本直到1952年才出版),因此,《给果戈理的信》中不免有偏激之处,但不可否认,别林斯基抓住了果戈理的反动观

---

① ② ③ ④ 《与友人书简选》,安徽文艺出版社,1999年,第308、119、45、106、116页。
⑤ 《果戈理全集》第6卷,俄文版,1951年,第587页。

点的实质,对他的批评固然严厉,但切中要害,一针见血;批评家还深刻分析了他的错误产生的原因和社会影响,指出了他的危险道路,诚恳希望他迷途知返。这封信阐明了革命民主主义者的政治纲领和文学主张,被列宁称之为"是一篇没有经过审查的民主出版界的优秀作品"①。

  同年,果戈理还写了《作者自白》一文,他回顾了自己的创作生涯,一面为自己申辩,一面又为《与友人书简选》的发表而流露出懊悔之情。当他收到别林斯基的信之后,那痛心疾首的严厉谴责令他大为震惊,他不得不承认其中一部分批评是正确的,但他并未彻底放弃自己的错误观点。在这种思想矛盾状态中,他又重新开始了《死魂灵》第二部的创作。

  为了求得心灵上的慰藉和平静,1848年春,果戈理在宗教情绪的驱使下去耶路撒冷朝圣。归来后回到俄国,继续辛勤地写作。但是在错误思想指导下,他灵感枯竭,笔墨生涩,不能真实地再现生活,也创造不出真实生动的艺术形象,心情沮丧失望之极。加之他人生的最后几年生活不安定,经济拮据,疾病缠身,更使他痛苦不堪。1852年2月21日深夜,他再次将经过修改的《死魂灵》第二部的几章手稿投入炉火之中。他宁肯将艺术赝品付之一炬,也不让它遗留世间。后来发现的几章残稿即是第二部的异文。从果戈理的几次焚稿中,我们看到了一个伟大作家的艺术良心。

  几天之后,3月4日,果戈理与世长辞。

  车尔尼雪夫斯基在总结果戈理的一生时说:"尽管你的错误是如此之大,作了哀痛思想和高尚意志的殉难者,但你仍然是俄罗斯的优秀儿子,你的功勋在祖国面前是永垂不朽的。"

第二节 中短篇小说

  果戈理的创作道路是从中短篇小说开始的,正是因为他在这一领域的开拓创新和所取得的辉煌成就,他才确立了"文坛盟主"的地位。

  果戈理中短篇小说的代表作有《狄康卡近乡夜话》、《密尔格拉得》和《彼得堡故事集》。

  《狄康卡近乡夜话》(1831—1832)是果戈理的成名作。小说集共包括8篇故事,以爽朗、风趣、阅历丰富的养蜂人鲁得·潘柯讲故事的形式连缀起来。作品大都取材于乌克兰的民间故事、传说、歌谣,经过作者的艺术再创造,赋予这些素材

---

① 《列宁全集》第20卷,人民出版社,1958年,第241页。

以新的内涵和新的生命,展现了乌克兰的诗情画意般的乡村风情,赞颂了劳动人民的淳朴、智慧、勇敢和热爱生活、热爱自由的性格,揶揄了黑暗势力的卑劣和愚蠢,整部作品散发着乌克兰泥土的芳香,洋溢着浪漫主义的浓郁气息。

《索罗庆采市集》、《五月的夜》和《圣诞节前夜》三篇描写了男女青年的真挚爱情。在索罗庆采市集上,美丽姑娘帕拉斯卡与青年小伙格列茨柯一见钟情,但他们的爱情遭到了后母的反对。在青年朋友们的帮助下,他们巧施妙计,利用红裬子和猪妖闹鬼的传说,冲破重重阻挠,终成眷属。在《五月的夜》中,青年哥萨克列夫柯和同村姑娘甘娜相恋,但他父亲——专横好色的村长因垂涎姑娘的美色,心怀叵测,从中作梗。一次,列夫柯偶遇女落水鬼,并帮助她捉住陷害她的妖精。为了报答列夫柯,女落水鬼将村长捉弄一番,巧妙地成全了一对青年的婚姻。《圣诞节前夜》的故事写得奇幻飘渺,优美动人。勇敢机智的铁匠伐库拉爱上了美丽的奥克桑娜,而调皮的奥克桑娜却故意嘲笑他,声言只有给她弄到一双女皇的鞋子才肯嫁给他。伐库拉为此闷闷不乐。一天晚上,魔鬼也来戏弄伐库拉,他机智地抓住魔鬼的尾巴,要魔鬼带他去彼得堡。魔鬼只得从命,帮助他在皇宫弄到一双女皇的鞋子,伐库拉把它交给奥克桑娜。其实姑娘早就爱上了淳朴、痴情的铁匠,她不过是和他开玩笑而已。这三篇故事赞美了青春和爱情,歌颂了善对恶、美对丑的胜利,表现了劳动青年对爱情和美好生活的勇敢追求。

《圣约翰节前夜》一篇触及了金钱罪恶的主题。青年长工彼特罗与主人的女儿碧多尔卡真诚相爱,但嫌贫爱富的父亲坚决反对,执意要把女儿嫁给波兰人。彼特罗一筹莫展,借酒浇愁。此时魔鬼趁机来引诱他犯罪,魔鬼与巫婆狼狈为奸,致使彼特罗在精神混乱疯狂之中杀死了爱人碧多尔卡的弟弟,为此他得到了两袋金子。彼特罗发了财,并且如愿以偿地与心爱的人结了婚,但罪行使他日夜不得安宁,以至神经错乱,结局悲惨。这则故事说神道怪,情节离奇,但寓意深刻:人如果经受不住金钱利欲的诱惑,就会堕入罪恶的深渊,必遭灭顶之灾。

《夜话》还表现了民族斗争中爱国主义思想。小说《可怕的复仇》塑造了反抗异族侵略、极富传奇色彩的英雄青年哥萨克丹尼洛的形象。当波兰人进犯时,为了保卫乌克兰的自由,丹尼洛奔赴战场,奋勇杀敌,为国捐躯。牺牲后,他的忠魂仍捍卫着祖国,横刀跃马,四处巡逻,最终将叛徒擒获处死。在这位英雄人物身上,作者表现了人民的爱国主义精神和坚强不屈的可贵品格。与丹尼洛形成对照的是他的岳父,此人卑劣、阴险,行踪诡秘,既是背神弃教、邪恶可怕的巫师,又是出卖祖国、投靠敌人的叛徒,最后被擒,尸体被投入万丈深渊,得到他应有的下场。小说中有一大段对第聂伯河的诗意盎然的描写:"第聂伯河在风平浪静的日子里是可爱的,那时它的广阔的河水浩荡而平稳地流过森林和山岳。不起一丝涟漪;没有一点响动。一眼望过去,你不知道这条雄伟的巨川是在流动着还是静止的,它仿佛整个儿是用玻璃做成的,像一条蓝色的明镜般的道路,不可测量地宽阔,无尽无休地修长,在一片绿色世界中向前蜿蜒伸展着……"作家描绘了第聂伯河变幻无穷的壮丽景色,饱含着对故土、对祖国的热爱之情。

《伊凡·费多罗维奇·希邦卡和他的姨妈》在全书中别具一格。与其他作品不同,这篇小说以写实的手法描绘了外省地主的生活画面。希邦卡不失为一个品行端正、温和善良的人,但学校教育、寄生生活使他完全丧失了生活能力,成了一个胆怯、猥琐的废物。快四十岁了还没有成家立业,姨妈要给他物色对象,可他一听说结婚就毛骨悚然。他和给他介绍的那位小姐在一起,竟如坐针毡,不知所措,半天才憋出一句话:"夏天苍蝇真多啊,小姐!"他姨妈却是个精明强悍、善于经营的女地主,从做果酱到打猎,从骂人到盘剥农民,样样在行。果戈理嘲讽了这些寄生虫的庸俗生活和极端贫乏的精神世界,他们与《夜话》中热爱生活、感情丰富、精神充实的普通人民形成鲜明对比。这是果戈理的第一篇现实主义小说,预示着他今后创作风格的改变。

《夜话》塑造了许多坚强勇敢、聪明机智、积极乐观的普通人民(农民、铁匠、教堂差役、哥萨克等)的美好形象,以鲜明的色彩描绘了他们的日常生活,表现了他们的生活情趣和理想,这在俄国文学史上是破天荒的。在以前的文学作品中,农民往往被描写成或者粗鲁无知,或者愚昧顺从,果戈理笔下那样的农民形象是罕见的,同时,《夜话》鞭笞了魔鬼、妖精、巫师、歹徒等丑恶势力。惩恶劝善,激浊扬清,道德判断,泾渭分明。《夜话》中,梦幻与现实交织,真实人物与妖魔鬼怪共处,构思奇妙,意趣盎然。作品中有许多描写乌克兰优美自然景色的动人篇章:绚丽多采的夏日原野,如梦如幻的五月之夜,银装素裹的冬日黄昏,雄伟浩荡的第聂伯河……诗情画意,令人神往。《夜话》格调清新、语言鲜活生动、诙谐幽默,常将嘲弄、讽刺寓于轻快的喜剧性描写之中,读来不禁为之捧腹。这些特点都赋予这部作品以浓郁的生活气息和民族色彩,另人耳目一新。正当俄国文学界正在对文学的人民性和民族性进行热烈争论时,果戈理则以《夜话》树立起榜样,为发展俄罗斯民族文学作出了积极贡献。

《夜话》受到普希金的赞赏,他在一封信中说道:"我刚刚读完《狄康卡近乡夜话》,它让我惊叹不已。这才是真正的喜悦,一种真诚的、自然的、毫不造作、毫无迂腐习气的喜悦。许多地方是那么富有诗意,那么充满灵感!在我们当代文学中,这一切是如此不同凡响,直到现在我还没有清醒过来……"①

---

① 《普希金全集》第7卷,俄文版,1949年,第261页。

1835年出版的《密尔格拉得》收集了果戈理1832—1834年创作的四个中篇小说:《旧式地主》、《塔拉斯·布尔巴》、《维》、《伊凡·伊凡诺维奇和伊凡·尼基福罗维奇吵架的故事》。虽然这部小说集的副标题是"《狄康卡近乡夜话》的续篇",但两者的风格有明显不同:如果说《夜话》是一曲充满神奇幻想的浪漫主义欢歌,那么《密尔格拉得》则是一幅色调沉郁的现实主义图画。

《旧式地主》将读者带进了一座古老破败的庄园,让人们目睹了一对老年地主平静而琐碎的日常生活。亚法纳西·伊凡诺维奇和普尔赫利雅,老两口相亲相爱,感情甚笃,相互体贴,相依为命。他们不问农事,任由村长和管事去欺骗、盗窃、抢劫,只管坐享其成,在自己庄园里过着与世隔绝的生活。他们跟动物一样,生活的全部内容就是吃喝,一天从早到晚,不停地将猪油饼、腌蘑菇、干鱼、包子、水果、汤、粥等等塞进肚子,然后就爬到暖炕上去睡觉。他们饱食终日,无所用心,只会用无聊之极的废话打发日子,直到进入坟墓。这篇小说以朴素真实的细节描写将宗法制旧式地主生活的庸俗、空虚、愚蠢和毫无意义揭露得淋漓尽致,从而昭示了封建地主阶级的没落。

两个伊凡吵架的故事的主题思想与《旧式地主》相同,但它的矛头在对准乡村地主的同时,还指向了沙皇官僚集团,而且揭露更深刻,讽刺更有力。两个名叫伊凡的地主,一个肥似蠢猪,一个骨瘦如柴,比邻而居,交情深厚,每天互致问候,星期日则手挽手去教堂做礼拜。两个贵族堪作人们行为之"楷模",素来被称为是"密尔格拉得的荣誉和装饰"。可是有一天,一个伊凡看中了另一个伊凡的一支猎枪,提出用物品交换,对方却执意不肯,为此两人争吵起来,一方骂对方是"公鹅",为了这个"鹅"字,两人翻了脸,从此断绝交情,成了仇人。两人互相诋毁,互相控告,官司打的难解难分,几经调解都无济于事,演出了一场让人捧腹的闹剧。

可笑的还有,为了这件无聊的讼事,密尔格拉得地方法院却倾巢而出,煞有介事地进行调解、审判。这些法官贪污受贿,昏庸无能,办案敷衍塞责,拖沓马虎,公堂上打瞌睡,判决书都没听清就签字了事,法院公文让猪叼走等等,不一而足。法院受理两个伊凡的诉讼后,随之将案卷塞进橱柜,一搁就是10年,直到两个伊凡衰老不堪、倾家荡产,这场官司也没有结果。昏庸法官一本正经地调解无聊官司,这又为小说增添了一层讽刺色彩。

这篇小说的深刻之处就在于,作者通过两个伊凡为了一个骂人的"鹅"字而掀起的轩然大波,步步深入地暴露了贵族地主的卑琐渺小、空虚无聊以及官僚机构的昏聩腐败。看到贵族地主如此愚蠢、堕落,现实生活如此令人压抑、窒息,作者深感忧郁和惆怅,在小说结尾不由地慨叹道:"诸位,这世上真是沉闷啊!"

果戈理后来在《与友人书简选》中谈到,唯独普希金抓住了他的才能的特点,诗人经常对他说:"还没有任何一个作家有才能把生活的庸俗现象展现得这样淋漓尽致,把庸俗人的庸俗描写的这样有力,以便将被肉眼忽略的琐事显著地呈现在大家的面前。"①的确,果戈理善于从日常生活中撷取素材,将人们熟视无睹、见怪不怪的庸俗现象提炼、升华为典型,予以揭露和谴责,以震撼灵魂,警醒世人。

在以上两篇小说中,果戈理式的幽默、讽刺得到了充分体现。关于这一特点,别林斯基说:"这是一种纯粹俄国的幽默,是一种作者仿佛在里面也装扮着傻子似的平静的、纯粹的幽默。"即作者装成"天真的傻瓜",以对丑恶事物歌颂、赞叹之名,行讽刺、挖苦之实。批评家又说,果戈理的作品"都是以愚蠢开始,接着是愚蠢,最后以眼泪收场,可以称之为生活的可笑的喜剧"②。开始引人发笑,最后令人感到可悲,不禁伤心落泪,这就是所谓的"含泪的笑"以及它的艺术感染力之所在。

在《密尔格拉得》中,《塔拉斯·布尔巴》一篇尤其引人注目。这是一部描写乌克兰哥萨克击抗波兰统治者侵略的历史小说,无论在题材还是在风格上都与以上两篇截然不同:愚蠢鄙俗的人物代之以高大的英雄形象,对阴暗现实的揭露代之以对光荣历史的歌颂,朴素幽默的写实笔法代之以高昂激越的浪漫主义情调。作者的意图是:今昔对比,以古代英雄人物映衬和鞭打现代堕落的子孙,正如作者所说:"借古喻今,你的语言就会增加三倍的力量。"

《塔拉斯·布尔巴》回眸民族斗争的历史,描写了17世纪乌克兰哥萨克英勇反抗波兰贵族压迫的故事。作者满怀崇敬的感情,用热烈、豪迈的语言歌颂了俄罗斯人民的英雄性格和崇高的爱国主义精神。这种性格和精神在主人公塔拉斯·布尔巴身上得到了集中体现。

塔拉斯·布尔巴是哥萨克的老联队长,他忠于祖国,热爱自由,勇猛剽悍,刚强正直,热情豪放。对他说来,哥萨克的荣誉和俄罗斯祖国是至高无上和神圣不可侵犯的,为此,他可以慷慨地献出一切。他的两个儿子刚从神学校毕业,但为了把他们锻炼成保卫祖国的坚强战士,他不顾妻子的劝阻,第二天就把他们送往哥萨克军营——谢奇。为了反抗异族的压迫,捍卫祖国的自由,他率领哥萨克和两个儿子奔赴战场。战斗中,他身先士卒,英勇善战,不时激励部下:"火药筒里还有火药吗?哥萨克的力量没有衰退吗?哥萨克们还没有泄气吗?"哥萨克斩钉截铁地答道:"火药筒里还有火药,老爹。哥萨克的力量还没有衰退!哥萨克们还没有泄气!"这位深受拥戴的老队长,带领哥萨克东拼西杀,所向披靡,让敌人

---

① 《与友人书简选》,安徽文艺出版社,1999年,第113页。
② 《别林斯基选集》第1卷,上海译文出版社,1979年,第183页。

闻风丧胆。

　　对待两个儿子截然不同的态度充分表现了塔拉斯·布尔巴爱憎分明、疾恶如仇的高尚品格,使这一形象更加高大、突出、感人。他的次子安德烈迷恋上波兰总督的女儿,他经受不住美色的诱惑而投敌叛国。布尔巴愤怒填膺,捉住安德烈之后,对他厉声喝道:"站住不许动!我生了你,我也要打死你!"他大义凛然,毫不犹豫地亲手处决了这个背叛祖国的不肖之子。而长子奥斯达普却是个忠勇的战士,不幸在战斗中被俘。布尔巴深切思念儿子,于是化装成商人,冒着生命危险潜入华沙,探听儿子的消息。在刑场上,他亲眼目睹了奥斯达普忍受敌人的酷刑折磨、英勇就义的悲壮场面。他心如刀绞,痛苦万分,但为坚强不屈的儿子骄傲,情不自禁地赞叹道:"好哇,儿子,好哇!"临刑前,奥斯达普呼唤着亲人:"爹!你在哪儿?你听见了没有?"老布尔巴不顾敌人的重重包围,在一片寂静中发出响亮的回答:"我听着呢!"这喊声惊天动地,不禁使成千上万的群众战栗起来。

　　塔拉斯·布尔巴最后在战斗中被俘,他在火刑柱上英勇就义的场面将这部英雄史诗推向高潮,也使布尔巴的形象放射出灿烂辉煌的光彩。敌人用铁链把他捆在树干上,用钉子钉住他的双手,树底下燃起熊熊大火,要把他活活烧死。但他毫不畏惧,继续指挥哥萨克战斗。他的眼睛闪烁着快乐的光芒向伙伴们告别,火焰吞噬了大树,老英雄壮烈牺牲。作者以饱含激情的笔调写道:"难道能在世界上找到这样一种火,痛苦,和这样一种力量,能够战胜俄罗斯力量吗!"

　　小说还描写了哥萨克的集体形象。那寻欢作乐的豪饮场面将哥萨克特有的粗犷、豪放、恣肆性格渲染的酣畅淋漓。在战场上,他们为了祖国的独立和自由、为了哥萨克的荣誉和光荣而舍生忘死、奋勇杀敌。那浴血奋战、捐躯疆场的壮烈情景惊心动魄,他们那炽烈的爱国情怀和英雄主义精神令人敬佩。《塔拉斯·布尔巴》堪称是一部英雄史诗。

　　《塔拉斯·布尔巴》是一部历史小说,但它并不在于真实历史事件和历史人物的记述,而是通过艺术虚构赋予故事和人物以鲜明的历史特点和时代精神。小说将现实主义和浪漫主义两种笔法熔于一炉,既真实地描写了英雄人民的斗争事迹、战场上的厮杀以及哥萨克社会的文化和习俗,同时英雄人物身上又寄托着作者的理想和希望,字里行间洋溢着为祖国而战的壮志豪情。深刻的主题思想,鲜明的人物形象,高度的人民性,激动人心的艺术表现力和感染力,使这部小说成为果戈理的优秀作品之一。

　　与创作《密尔格拉得》同时,果戈理还写了一组以彼得堡的社会生活为题材的小说——《彼得堡故事》。这本集子由1835年出版的《小品集》中的《涅瓦大街》、《狂人日记》、《肖像》三篇小说,以及稍晚写成的《鼻子》(1836)、《马车》

(1836)、《外套》(1841)和《罗马》(1842)组成。

《彼得堡故事》是果戈理对首都社会生活观察和思考的产物。小说集从不同的方面展现了彼得堡两种对立的社会：一面是挣扎在社会底层的"小人物"的穷困潦倒和痛苦屈辱，一面是投机钻营、追名逐利的大小官僚的厚颜无耻和志得意满。通过对比描写，作者对不公正的社会表示了强烈谴责。

《涅瓦大街》是一篇暴露性很强的作品。涅瓦大街是彼得堡社会的缩影。小说一开始，就描绘了涅瓦大街光怪陆离的画面：这里熙熙攘攘，万头攒动，衣冠楚楚的达官绅士，花枝招展的贵妇淑女，触目皆是大礼服、花领结、络腮胡、蜂腰纤足、珠光宝气……活像一个盛大的展览会。与此形成鲜明对照的是：衣衫褴褛的乞丐，穿着短得盖不住腰眼的老棉袄的工人，满身泥污的庄稼汉，矮小瘦弱的手艺匠……

在这样的背景下，小说的两个主人公——艺术家庇斯卡辽夫和中尉庇罗果夫出场了。

庇斯卡辽夫是位善良、热情、富有理想、然而贫穷潦倒的青年画家。他潜心于艺术，追求真、善、美，并且真诚地相信人的外形美和灵魂美是统一的。一天晚上，他和庇罗果夫中尉在涅瓦大街散步，看到一位黑发美人，不禁为之倾倒。在他看来，这位艳绝人寰的美女简直就是降临人间的天仙，正是他所追求的美之理想。在庇罗果夫的怂恿下，他尾随美人而去。他万万没有想到，他心目中美的偶像竟是一个妓女。但他并没有因此而失望，他相信，像这样美妙的灵魂是不会自甘堕落的，定是由于遭到什么不幸而堕入风尘的。他决心像拯救一件艺术品一样把少女救出火坑。于是他苦口婆心，规劝启发，希望她弃旧图新，并且答应与她结婚，和她一起生活。但他的良苦用心却遭到对方的嘲笑和拒绝。庇斯卡辽夫所追求的美的理想被残酷的现实击得粉碎，幻想破灭了，结果，他在绝望和狂乱之中自杀了。在这里，作者提出了美的理想与丑恶现实的矛盾问题，说明在这个社会中，一切美好的事物都被扼杀了，美根本不存在；那些表面看来似乎很美的东西，其实都是虚假的、骗人的，想在丑恶现实中寻找美，只会令人失望。

与青年画家不同，中尉庇罗果夫是另一类人，他自有另一番遭遇。此人寡廉鲜耻，玩世不恭，寻欢作乐，在穷奢极欲的彼得堡社会适得其所，好不逍遥自在。在同一天晚上，他同样遇到一个金发女郎，以为是可供他玩弄的妓女，于是也紧跟上去，结果发现人家是良家妇女。但他仍不罢休，几次上门搭讪、挑逗，最后被女人的丈夫臭骂一顿，饱以老拳，给扔了出来。当时他怒火满腔，愤恨之极，发誓要控告、报复。可是，当他走进一家点心铺，吃了两个馅饼，翻了翻《北方蜜蜂》，走出点心铺又在大街上遛了一会儿，一腔怒气便烟消云散，然后又兴致勃勃地参加舞会去了，而且这一晚上过得很愉快。

两个不同的人的不同遭遇引发了作者的无限感慨:"命运多么奇怪而令人不可捉摸地耍弄着我们啊!"善良、正直、献身理想的艺术家在彼得堡无立足之地,而像庇罗果夫这类既无德又无能、只知吃喝玩乐的庸碌之徒,在这里却如鱼得水,优哉游哉。作者以嘲讽的笔调写道:"千万可别去相信这条涅瓦大街啊!当我走过这条街的时候,我总是把斗篷裹得更紧些,尽量不去看迎面遇到的东西。一切都是欺骗,一切都是幻影,一切都和表面看到的样子不同!"涅瓦大街是彼得堡的缩影,也是俄国现实生活的化身。在作者的感慨之中,饱含着他初来彼得堡时生活失意、希望破灭的深切体验和感悟,以及他对丑恶现实的愤愤不平。

短篇小说《鼻子》继续《涅瓦大街》的批判主题。小说讲述了一个荒诞不经的的故事。八等文官柯瓦辽夫早晨醒来,突然发现自己的鼻子不见了,长鼻子的地方变成了平塌塌的一块。这真如五雷轰顶,可把他吓坏了。没有鼻子,这对一心只想升官发财的柯瓦辽夫少校来说非同小可。当初他来到彼得堡,就是希望能够飞黄腾达,运气好,弄个副省长;不然,在某个有油水的部门当个庶务官也可。他也不反对结婚,但先决条件是新娘必须带来20万卢布的陪嫁。可是现在失去了鼻子,一切都将化为泡影,他怎能不心急如焚呢?于是,他四处去寻找鼻子。在大街上,从马车上下来一位五等文官,"他穿着绣金的高领的制服,熟羊皮的裤子,腰间挂一口剑"。这五等文官正是柯瓦辽夫梦寐以求的,所以他觉得,此人就是他鼻子。他急忙上前讨要,可是转眼之间,五等文官不见了。随之,他又是求警察局长,又是去报社登广告,但均无结果。几天之后,柯瓦辽夫清早起来,一照镜子,发现鼻子好端端地长在脸上。他喜出望外,于是又继续四处钻营、做升官发财的美梦去了。

这篇小说情节看似荒诞,但寓意极为深刻。鼻子是一种象征,对于利欲熏心的柯瓦辽夫们来说,鼻子就是高官,就是金钱,就是他们全部人生目的之所在;失去鼻子,也就失去了一切。小说对柯瓦辽夫失去鼻子后的可笑嘴脸的揭露,就是对俄国官僚社会普遍存在的投机钻营、追名逐利的丑恶现象的尖锐讽刺。

《肖像》是一篇比较复杂的作品,它暴露了作者世界观的矛盾。小说叙述一个青年画家在金钱、名利的诱惑和腐蚀下走向毁灭的故事。恰尔特柯夫是个才华出众的艺术家,但他忍受不了清贫生活和文名寂寞,急于要炫耀自己的才能,以达到名利双收的目的。一次,他买了一幅旧画,从画框里意外地得到一袋金币。金币改变了他的境遇,也使他走上堕落的道路。他在生活上追求奢华和享乐,艺术上哗众取宠,竭力迎合上流社会的趣味,蜕变成专门为显贵服务的时髦画家,一时名声大噪,金钱滚滚而来。他把全部感情和欲望都集中于金钱,艺术才华毁灭殆尽,而嫉妒心理却恶性膨胀起来。他不能容忍别人超越自己,遇到优秀艺术品,他就不惜高价买来,然后像猛虎似地扑过去,将它扯碎,踩在脚下,歇斯底里地发出一阵狞笑。最后,他在精神狂乱中走向死亡。

这篇作品提出了一个尖锐的问题,即资本主义社会里金钱与艺术之间的矛盾,以及金钱对艺术的巨大腐蚀作用。随着资本主义的兴起,金钱的罪恶魔力日益显示出来,在金钱的驱动下,艺术变成赚钱的商品,艺术家堕落为金钱的奴隶。果戈理对金钱的罪恶进行了有力揭露,从而开创了对资本主义势力批判的主题,这是他小说创作的新元素。

但是,在该小说的第二部中作者思想上的矛盾就显露出来了。这一部分以倒叙的方式交代了画像的来历,并力图回答如何解决拜金主义社会里金钱与艺术的矛盾的问题。这一部分主要问题在于:宗教神秘主义代替了现实主义描写,道德说教代替了社会批判。在第二部中,写一个画家为将死的高利贷者画像,他画得如此逼真,甚至将高利贷者那可怕的魔鬼般的神气都灌注在他的肖像里。后来,这幅画像落在谁的手中,谁就会灵魂不安、梦魇缠身、恶念丛生,仿佛魔鬼附体。画家本人也连遭不幸,妻儿相继暴死。画家相信自己的画笔做了魔鬼的工具,因而受到了上天的惩罚,于是便削发为僧,遁迹深山,苦心修炼,净化灵魂,以求赎罪。几年之后,他回到修道院,重新作画,他画的圣像显示出一种崇高、圣洁、和谐、纯净之美,令众人感动、叹服。显然,果戈理力图以这个故事对在第一部中提出的问题作出回答,他的答案就是:艺术家只有用宗教道德净化和完善自己的灵魂,才能祛除一切邪念,抵制金钱的诱惑;才能使神圣的艺术殿堂免遭污染和毁灭。在这篇小说中暴露出来的宗教神秘主义和宗教救世观点在以后果戈理的思想中得到了进一步发展,并最终导致了他的精神危机和人生悲剧。

在《彼得堡故事》中,其精华之所在是以"小人物"为主题的小说,即《狂人日记》和《外套》。

《狂人日记》写一个小官吏由于社会不平等而精神上受到严重摧残以致最后疯狂的故事。主人公波普里希钦是个卑微的九等文官,在大人物眼里,他不过是供人驱使的奴才。尽管他终日勤勤恳恳、谨小慎微地工作,但仍经常受到上司的辱骂和同事们的嘲笑。他暗暗地爱慕部长的女儿,这在别人看来简直是癞蛤蟆想吃天鹅肉,因此遭到上司的斥骂:"喂,你瞧瞧你自己是个什么东西?你是个窝囊废,再不是别的什么。你身上一个钱也没有。到镜子里去照照你那副尊容吧,亏你还痴心妄想呢!"社会的不平等使这个小人物经常思考这样的问题:"为什么人要分成许多等级?我为什么是个九等文官?凭什么我是个九等文官?"他慢慢领悟到,这个社会之所以不平等,贫富不均,原因就是"世界上一切最好的东西,都让侍从官或者将军霸占去了"。社会的重重压迫,精神上的摧残折磨,使波普里希钦更加癫狂,他幻想自己成了西班牙皇帝,从此,他对那些欺下媚上的同僚们不屑一顾,部长在他眼里不过是一个"瓶塞子";他骂那些当官的是一批"吹牛拍马、趋炎附势的人","为了钱,他们甘心出卖父亲、母亲、上帝,这些爱慕虚荣、出卖基督的人!"结果,他被关进疯人院,受尽棍棒拷打、冷水浇头的摧残。他实在忍受不了这种折磨,发出了惊心动魄的呐喊:"妈呀,救救你可怜的孩子吧!……这世上没有他安身的地方!大家迫害他!"

小说采用日记体和第一人称的叙述方式,让主人公自我展示、自我剖析,从而真实而形象地表现了狂人的怪诞行为和混乱心理。在狂人那充满奇思怪想的心理活动中,读者感受到了一个被剥夺了人权的小人物郁积于内心的愤怒;在他那常常蕴涵着深刻思想和真理的貌似痴狂的语言中,人们听到了他对不平等社会的控诉和抗议。正是通过这种真真假假、虚虚实实的描写,作者借助狂人之口对迫害人、摧残人的官僚等级制度和不合理的社会现实进行了揭露和遣责。《狂人日记》对我国新文化运动的旗手鲁迅产生了深刻影响,他于1918年创作了同名小说,其思想深度更上一层楼。

《外套》是《彼得堡故事》中最优秀的一篇,也是俄国文学史上描写"小人物"主题的典范作品之一。小说写一个小公务员的悲剧。果戈理曾当过抄抄写写的小公务员,个中苦味,他深有体会。作者将自己的经历、体验、辛酸和同情都熔铸在主人公的形象中,因此写来尤为真切感人。

阿卡基·阿卡基耶维奇·巴施马奇金是个抄写文书的小公务员,官级九等,年俸四百卢布。他的姓巴施马奇金(俄语"靴子"之意)似乎就预示了他的悲惨命运:一生都要被践踏。他安分守己,忠于职守,兢兢业业,成年累月伏案抄写公文。然而他忠心服务换来的却是孤苦伶仃、穷困潦倒的生活和周围的人对他的歧视和侮辱。长官对他冷漠、粗暴,同事们捉弄、嘲笑他,而他却忍气吞声,逆来顺受,只是实在难以忍受时,他才呐呐地说道:"让我安静一下吧,你们干吗欺侮我?"那充满哀怜和乞求的声音真是令人痛彻心脾!卑贱的社会地位,奴隶般的工作,摧残了他的身体,扭曲了他的性格,使他完全丧失了人的尊严。他的背驼了,眼花了,精神贫乏,性情孤僻,连说话也嗫嗫嚅嚅、结结巴巴。彼得堡的冬天严寒难挨,于是添置一件新外套,就成了他生活中的唯一希望和精神上的唯一寄托。为此他含辛茹苦,省吃俭用,最后总算凑足钱做了一件外套。谁料到,当天晚上回家途中,外套就被人抢去了。这对他打击太沉重了。他去找警察局长,局长反而责怪他;他求助于新上任的一位"要人",反遭"要人"严厉训斥,以至于吓得他当即晕了过去。回到家里,他一病不起,不久就一命呜呼了。对于他的死,人们一点也不感到惊讶,仿佛世界上从来就没有过这个人似的。第二天,就在他的位子上出现了一个新的抄写员,而他的命运难道会比巴施马奇金好吗?

最后,作者给小说安排了一个荒诞离奇的结尾:巴施马奇金死后,他的鬼魂出现在彼得堡街头,挥舞着拳头追赶那些曾经侮辱过他的官员,还剥去了那位置他于死地的"要人"的外套,将"要人"吓得魂飞魄散。显然,这一情节是虚幻的、超现实的,并不符合生活的真实;而且敢于斗争的鬼魂与生前软弱可欺、逆来顺受的巴施马奇金完全判若两人,二者之间缺乏性格发展的逻辑性。不过,作者的这种艺术处理意在表现小人物的反抗和对压迫者的精神惩罚,倒也快慰人心。

果戈理满怀同情塑造了一个备受欺凌侮辱的小人物形象,描述了他可怜又可悲的命运,对剥夺人的权利和尊严的不合理社会表示了强烈愤慨。《外套》进一步发展了俄国文学的小人物主题,它所体现的深刻民主主义和人道主义精神对后世作家产生了很大影响,正如陀斯妥耶夫斯基所说:"我们所有的人都是从果戈理的《外套》中孕育出来的。"

随着果戈理的思想发展和对社会现实认识的不断深化,他的小说创作,从《狄康卡近乡夜话》到《彼得堡故事》,经历了从浪漫主义向批判现实主义的演变过程,他的讽刺艺术也逐渐成熟。在《夜话》中洋溢着诗情幻想的浪漫主义情调,弥漫着清新芬芳的、令人陶醉的气息,充满青春的、乐观的、爽朗的欢笑;轻松的幽默、诙谐和滑稽是其主要特色。那么《密尔格拉得》则更贴近现实,描写乡村地主的庸俗生活是其中的一大主题,揭露批判的力量加强了,隐含着忧郁和悲哀的喜剧性的讽刺取代了轻松的幽默。而到了《彼得堡的故事》,果戈理对现实生活的洞察更加深刻,他以赤裸裸的真实暴露了彼得堡社会的尖锐矛盾,对官场中的丑恶现象给以无情的讽刺,他的笑是辛辣、愤怒的嘲笑;而对被侮辱和被损害者则满怀深切同情,他的笑是深沉的、痛苦的"含泪的笑"。果戈理的笑的讽刺艺术日臻完美,成为他的小说独特的艺术手段和最鲜明的特点。

果戈理的中短篇小说为他以后的艺术道路打下了基础,于是他开始向长篇小说领域进军。

第三节 《死魂灵》

早在1835年果戈理便开始创作《死魂灵》。这一年10月17日他在给普希金的信中写道:"我已动手写《死魂灵》。故事拉得很长,将是一部卷帙浩繁的长篇小说,也许会使人发笑。……我力图在这部长篇小说中把俄罗斯反映出来,即便是从一个侧面也好。"①经过7年的辛勤劳动和几次修改,小说第一部终告

---

① 《果戈理全集》第10卷,俄文版,1952年,第375页。

完成。

果戈理先是把稿子送交莫斯科审查委员会，一位审查官一看到"死魂灵"三个字就喊道："灵魂是不朽的，不可能有死魂灵，作者企图反对永生。"后来当他们弄清楚"死魂灵"是指死亡的农奴时，他们又说小说反对农奴制，严禁此书出版。之后，幸亏别林斯基的鼎力相助，果戈理又将书名改为《乞乞科夫的经历》（又名《死魂灵》），以避免反对宗教之嫌，并对一些章节作了修改，小说这才得以于1842年在彼得堡问世。

按照果戈理原来的设想，他要把《死魂灵》写成规模宏伟的三部曲，类似但丁的《神曲》那样的一部伟大史诗，以此来展示俄罗斯的现在和将来，即从"地狱"经过"炼狱"走向"天堂"的历程。作品所要表现的是一个民族发展的历史，所以，作者将《死魂灵》称之为史诗。但是，可惜作者的这一宏伟构思未能实现，他只完成了第一部，第二部被付之一炬，只留下几章残稿。

一

《死魂灵》（第一部）写八等文官乞乞科夫来到某城，结交当地的官员和乡绅地主，然后走遍四乡，访问地主庄园，收买"死魂灵"。这桩奇闻立刻在城里引起一阵风波，流言四起，议论纷纷。乞乞科夫的丑恶行径被揭穿，他只得仓皇离去。

小说通过乞乞科夫收买死魂灵的经历，将城市和农村联系起来，广泛而深刻地反映了俄国的现实生活，将农奴制社会的污浊、腐朽、黑暗、罪恶赤裸裸地暴露在光天化日之下，成为一部深刻揭示俄国农奴制的矛盾和危机的卓越作品。

《死魂灵》作为俄国批判现实主义文学的典范之作，其主要艺术成就在于创造了一系列典型形象，其中那五个性格各异的地主形象尤为鲜明生动。

玛尼洛夫是乞乞科夫拜访的第一个地主。此人看上去亲切可爱，温文尔雅，颇有教养。他待人接物彬彬有礼，殷勤备至，脸上永远堆满笑容，说话甜得叫人发腻。刚和他见面，你不禁会说："一个多么令人愉快的善良的人啊！"可是过了一会儿，你就要说："鬼知道他是个什么玩意儿！"于是远远地走开，否则你会感到忍无可忍的厌倦无聊。原来，在玛尼洛夫那有教养的绅士派头的外表下，掩藏着的是极度空虚的灵魂。作者指出，每个人都有自己的个性特点，可玛尼洛夫却什么都没有。其实，什么都没有、什么都不是，这正是玛尼洛夫的特点。他一无所长，游手好闲，从不过问农事。书中有两个细节充分表现了他的无所事事和怠惰无能：桌子上有一本书，书签永远夹在14页，还是两年前的样子，原封未动；两把未完工的椅子几年都没有修理好，每有客来，他总是抱歉地说："别坐这两把椅子，它们还不能用哩。"玛尼洛夫饱食终日，无所用心，整天沉醉在不着边际的遐思冥想之中,至于他想些什么,只有上帝知道。例如,当送走乞乞科夫后,他就抽着长烟杆做起白日梦来:他想到能和乞乞科夫这样的朋友在河滨一起生活该多么幸福,然后又想在河边造一座桥,再造一幢有高高塔楼的大宅子,从那里可以一直望见莫斯科;接着又幻想他与乞乞科夫的亲密友谊会传到皇帝那里,于是皇帝恩赐他们每人将军官衔……果戈理将玛尼洛夫这类披着文明绅士外衣、精神空虚、懒惰成性的寄生虫的嘴脸刻画得入木三分。

女地主柯罗博奇卡是个只有88个农奴的小地主,她那闭塞、愚昧、顽固、卑琐的特性都刻在脸上,让人一览无余。她是个寡妇,孤居穷乡僻壤,寸步不离地死守着自己一点可怜的产业。她虽然与世隔绝,孤陋寡闻,但十分务实,精打细算,善于经营。她饲养家禽、家畜,种植蔬菜、果树,院里院外应有尽有。她生活的目的就是为了积攒钱财,她悄悄地、吝啬地把一个个小钱积存起来。在死魂灵的交易上,柯罗博奇卡的性格表现得特别明显。购买死魂灵的事情她闻所未闻,又不了解行情,因此她讨价还价,不肯轻易脱手,唯恐吃亏上当,更情愿把面粉、大麻、肉类等卖出去。当听说乞乞科夫是"为公家采购的",又破例以丰盛的早餐款待,为的是拉关系,让乞乞科夫给她推销农产品,以便赚更多的钱。这都表现了这个女地主的富有心计。但她又经不住乞乞科夫的花言巧语,结果还是上了当。这又表现了她的愚蠢无知。柯罗博奇卡是那种闭塞、愚陋、贪财、精神贫乏的旧式小地主的典型,她的庄园是过时的宗法制农村的缩影。

诺兹德廖夫则是另一种类型的地主。他是一个厚颜无耻、野蛮放荡的流氓无赖。用鲁迅的话说,他是"地方恶少式的地主,赶热闹、爱赌博、撒大谎、要恭维——但挨打也不要紧。"①他不务正业,玩马养狗,嗜酒好赌,吹牛撒谎,打架骂街,惹是生非。他表面上似乎坦白、直爽,实则蛮横、诡诈,处心积虑地暗算别人,就连乞乞科夫这样老练圆滑的人,不仅在他那里没有捞到半点便宜,反而被他敲诈威胁,吃尽苦头。后来在省长的舞会上,他当众揭穿乞乞科夫购买死魂灵的丑恶勾当,弄得后者狼狈不堪,不得不仓皇离开省城。在诺兹德廖夫身上集中反映了贵族地主阶级精神堕落的另一面——肆无忌惮、横行霸道、寡廉鲜耻。这类人就像寄生在俄国社会机体上的毒瘤,只要现存社会体制不改变,它便会继续滋生下去。所以作者说:"诺兹德廖夫还长久不会从这世界上消踪灭迹。"

第四个地主梭巴凯维奇的特点是精明、狡诈、贪婪。他的长相像一头熊,粗壮而笨拙。他的性格和心理也无不像熊一样贪婪和凶狠。他精明能干,善于经营,生财有道。他买的农奴个个身强力壮,这样可以给他带来更大的利益。另外

---

① 《几乎无事的悲剧》,《鲁迅全集》第6卷,人民文学出版社,1981年,第307页。

他还放高利贷,贩卖人口,残酷掠夺钱财。贪婪和饕餮好像钱币的两面在他身上紧紧地结合在一起。他感兴趣的是大吃大喝,吃饭时狼吞虎咽,把整只烤小猪、烧鹅连同半片羊胸脯吃个精光,直到肚子再也塞不进为止。在死魂灵交易上,梭巴凯维奇的狡猾、精明得到充分揭示。当乞乞科夫转弯抹角地谈到要购买死魂灵时,他立刻识破了对方的企图,并且意识到这正是捞钱的好机会,所以,一开口他就漫天要价,并且一一例举他的死魂灵都是鞋匠、木匠、泥瓦匠等等,声称像这样的能工巧匠在别处是找不到的,当然更值钱。乞乞科夫费尽口舌,讨价还价,最后总算拍板成交,梭巴凯维奇还偷偷在死魂灵名册中塞进一个女农奴,让行骗老手乞乞科夫连呼上当,心中大骂他是"下流坯"、"老狐狸"、"刮皮鬼"。作者借乞乞科夫的口指出,像梭巴凯维奇这类"刮皮鬼",在农村他们是榨取农民血汗的地主,到城市里就成为"盗用公款、侵犯国库"的贪官污吏,而一旦窃据要津,定会祸国殃民。作者感叹道:"唉,如果所有这些刮皮鬼都死尽灭绝就好啦!"

普柳什金是地主形象画廊中的最后一个地主。这是一个贪婪悭吝到了失去人性地步的僵死的守财奴,比世界文学中著名的吝啬鬼阿巴公、葛朗台更胜一筹。他卑微猥琐,生活寒酸,衣衫蓝缕,如同乞丐。他爱财如命,路上见到什么捡什么,哪怕是破鞋底、碎布片、小铁钉之类,也捡回去堆在仓库里。人们说,他走过的路,根本用不着再打扫。其实,普柳什金殷实富有,他有上千农奴,大片田产,仓库里粮食、布匹不计其数,由于常年积压,面粉硬得像石头,用斧头才能砍动,呢绒、麻布发霉腐烂,用手一碰就成了灰。病态的贪婪和自私使他身上本来就不深厚的"人的情感"日益枯竭。他不信任任何人,唯恐别人暗算他的财产。为此,他六亲不认,断绝与儿女的亲情,剥夺他们的继承权,让他们挨饿受冻;与朋友断绝来往,拒绝一切社交活动,与世隔绝,一个人在孤独中过着囚犯不如的生活。对农奴的剥削更是敲骨吸髓,致使他的农奴"像苍蝇一般大批大批地死掉",或者逃往他乡。他的庄园破败不堪,土地荒芜,房屋倒塌,到处长满青苔,一切都显得凄凉萧索,毫无生气。普柳什金是地主阶级腐朽、没落、衰亡的象征,他的庄园则是俄国农奴制和宗法制农村走向崩溃的写照。

谈及《死魂灵》中的地主形象时,赫尔岑说道:"果戈理终于迫使他们走出别墅,跑出地主的家院,于是他们就不戴假面具、毫无掩饰地在我们面前走过,他们是醉鬼和饕餮之徒,他们是权力的谄媚的奴隶,是毫无怜恤地虐待奴隶的暴君;他们吞食人民的生命和鲜血,竟是这样自然、平静,有如婴儿吮吸母亲的乳汁一般。"①是的,果戈理描绘的地主形象画廊是不朽的艺术创造,是他对俄国文学的

---

① 《赫尔岑论文学》,上海文艺出版社,1962年,第72页。

巨大贡献。在此之前，还没有哪位作家像果戈理这样塑造出如此形形色色、性格迥异而又鲜明生动的地主形象，也没有哪位作家像他那样毫不留情地撕去自称为"生活的主人"的伪装，将他们的寄生、贪婪、猥琐、堕落暴露在光天化日之下。他们身上散发着腐朽、死亡的气味，他们才是真正的"死魂灵"。从这些形象中，广大读者公众看到了俄国农奴制必然走向灭亡的趋势。小说的意义正在于此，也是它的伟大和不朽之处。

不过，我们也要看到，果戈理在描写这些地主时，并没有着重从他们与农奴的关系上去揭露地主阶级的残酷压迫、剥削的本质特点，而主要是从精神、道德的角度谴责他们人性的毁灭，而且对他们的堕落怀有痛苦和惋惜之情。果戈理在《与友人书简选》中关于《死魂灵》的四封信里说道："我的主人公们根本不是恶棍；我只要给他们中间每个人哪怕增加一个美好的特征，读者大概就会容忍他们所有人的。"[①]鲁迅先生也指出，果戈理"一共写了五个地主的典型，讽刺固多，实则除了一个老太婆和吝啬鬼泼留希金外，都各有可爱之处"，因为"果戈理自己就是地主"[②]。这是作者的局限性使然，对此我们不必苛求。

二

乞乞科夫是《死魂灵》的中心人物。他刚一出场，令人不可捉摸：他相貌平常，"外貌不俊美，但也不难看，不太胖，也不太瘦，不能说是年老，不过也不太年轻"，没有任何惹人注目之处；他说话谦和，对人恭维，关于自己则避而不谈，来到N市何干更是讳莫如深。而随着情节的展开，乞乞科夫的性格、品行、精神面貌和行为动机逐渐清晰起来；小说最后一章集中介绍了他的身世历史和生活经历，乞乞科夫终于露出其庐山真面目。

乞乞科夫出生于一个破落贵族家庭，虽说没有从先辈那里继承家产和钱财，却接受了父亲传授的处世秘诀：一要千方百计"博得上级的欢心"；二"顶顶要紧的是把钱省下攒积起来，钱这种东西可比世界上任何东西都靠得住。……不管你遭到什么厄运，钱不会出卖你。在这世上，有钱能使鬼推磨，有了钱什么事你都能办得到，什么路你都能够打得开。"乞乞科夫把父亲的教诲奉为座右铭和行为指南，把发财致富、尽享人间荣华富贵作为奋斗目标，开始了他的人生旅程。凭着他阿谀逢迎、恭维上司、见风使舵、投机钻营的本领，他曾一度捞得肥缺，步步高升。他表面上正直无私，廉洁奉公，背地里却贪污受贿，饱肥私囊。虽然他

---

① 《与友人书简选》，安徽文艺出版社，1999年，第113页。
② 《几乎无事的悲剧》，《鲁迅全集》第6卷，人民文学出版社，1958年，第370页。

在仕途上屡遭挫折,几度沉浮,但"他的性格中有一种百折不挠的力量",失败后从头再来,不达目的决不罢休。俄国农村经济日趋崩溃,加之灾荒连年,瘟疫流行,农奴大量死亡,头脑灵活的乞乞科夫从中看到了发财的大好时机,于是干起买空卖空的死魂灵交易来。原来,俄国大约每十年进行一次人口登记,其间,那些虽已死亡但尚未注销户口的农奴,地主仍要为他们交纳人头税。乞乞科夫就想钻这个空子,以极便宜的价钱收购名存实亡的死魂灵,然后办理好过户证明文契,这样就可以将死魂灵冒充活人作为财产抵押,向政府借得大笔贷款,以谋取暴利,大发横财。关于乞乞科夫购买死魂灵的传言后来在N市闹得满城风雨,人们议论纷纷,但都如坠五里雾之中,谁也捉摸不透其中的奥妙。可见,乞乞科夫之机敏、诡诈、老谋深算是一般人所不及的。

在购买死魂灵的过程中,乞乞科夫察言观色,随机应变,逢场作戏,巧舌如簧,见什么人说什么话,对不同人使用不同的手段,处处表现了他精明圆滑和老于世故。对"温文尔雅"的玛尼洛夫,他花言巧语、礼貌有加,与其交谈甚洽,于是没有花一文钱就白白得到了一批死魂灵。对愚蠢的柯罗博奇卡他则连哄带骗,逼其就范。与梭巴凯维奇他针锋相对,锱铢必较,讨价还价,迫使后者步步退让。他对普柳什金的装穷诉苦假惺惺地表示同情,并愿意负担死魂灵的人头税,结果,不但使那个吝啬鬼爽快地廉价卖出卖了死魂灵,而且对他感恩戴德,连呼他是"大恩人"、"救世主"。如此,乞乞科夫施展各种手段,转眼之间就成了拥有400农奴的大地主。人们相信他是百万富翁,他立刻声誉倍增,成了N市上流社会的宠儿,官员们对他恭维奉承,太太小姐争相向他献媚邀宠。可惜,他沉醉在发财致富的美梦中尚未醒来,他的丑事即暴露,他只得逃之夭夭。不过我们相信,乞乞科夫决不会就此罢休,一旦窥伺到时机,他定会卷土重来。

与那些按照传统方式经营庄园农业的地主们不同,乞乞科夫是在俄国诞生不久的资产阶级投机家的典型。他野心勃勃,一心想捞大钱、发大财,一夜之间就成为暴发户。与地主阶级相比,他更贪婪,更富有冒险性,掠夺手段更狡猾、更卑鄙、更疯狂。乞乞科夫的形象集中体现了俄国资本主义原始资本积累阶段新兴资产者的特征,具有深刻的典型性。这类人物是顺应俄国资本主义势力发展的历史潮流而登上社会舞台的,这从另一方面证明了俄国封建农奴制经济日益崩溃的趋势。所以,乞乞科夫的形象又具有鲜明的时代性。

三

在《死魂灵》中,果戈理除精细地刻画了地主和乞乞科夫的形象外,还以简略的笔墨勾勒了官僚集团的嘴脸。这里有脖子上挂着勋章,但不问政事,倒是擅长在手绢上绣花的省长;有"谈吐风雅,工于辞藻"、专爱说俏皮话的"哲学家"邮政局长;有"全城的衣食父母和恩人"、号称"魔法师"的警察局长,此人可谓职务精通、神通广大,"视察起各色铺子和市场来就像察看自己的库房一样",只消他在走过市场或者酒店时"眨巴一下眼睛",他家餐桌上的美味佳肴就应有尽有了。此外还有各种"窝囊废"和"懒鬼","非得踢他一脚才能够推动他去干一件什么事",否则"天塌下来他都不会站起来的"。这些人尸位素餐,玩忽职守,整天沉溺在舞会、玩牌、宴饮之中,然而贪污受贿、搜刮民脂民膏却极尽其能事。连索巴凯维奇都说:"城里没有一个好人:上上下下,大大小小,尽是些尔虞我诈的骗子手。尽是些出卖基督的大坏蛋。"作者写到,这些人在位不出三年,就会今天在城市什么地方以妻子的名义买进一幢房子,明天又在城市另一头买进另一幢房子;然后又在什么地方购得一处田庄,然后又购得一个水土肥美的村子。最后,捞够了,辞官退隐,换个地方定居下来,变成了地主老爷。这就是官僚们普遍的人生轨迹。这里暴露了俄国官僚集团贪污受贿的普遍性。

对乞乞科夫购买死魂灵一事,N市各机关部门大开绿灯,一路放行,尤其是民政部长更是竭力效劳,办理各种手续。而当有关乞乞科夫的谣言闹得沸沸扬扬之时,又听说新任总督要来视察,官僚们可吓坏了,个个胆战心惊,惶惶不可终日,人人都瘦得变了形,检查长甚至吓得一命呜呼。因为他们心里有鬼:既怕乞乞科夫的丑行牵连他们,又担心平日的劣迹败露。

小说中穿插的《戈贝金大尉的故事》则暴露了彼得堡上层官僚和沙皇宫廷反人民的本质。戈贝金大尉是在1812年卫国战争中失去一只胳膊和一条腿的残废军人,退伍后生活无着落,只好到彼得堡请求政府救济,但他求告无门,不仅得不到国家的抚恤,还屡遭那位身居要职的高官的冷遇和侮辱,最后被大兵押送回乡。他走投无路,只得铤而走险,当了强盗。为保卫祖国流血牺牲的人落得如此下场,而那些达官贵人却不顾人民的死活,只管坐享豪华奢侈的生活,这种不平等的、没有公理的社会为作者深恶痛绝。正是因为《戈贝金大尉的故事》触及了沙皇政权的反人民性的问题,所以书报审查机关坚决要删除这个故事,后来作者被迫改写,大大降低了揭露和讽刺的调子,这才得以勉强通过。由此可见当时俄国的思想文化专制是多么严酷。

四

《死魂灵》在揭露官僚和地主阶级、抨击农奴制的同时,还写到了俄国人民,虽然具体描写不多,但仍可从字里行间透露出在农奴制度残酷压迫下农民的悲惨境遇。在地主老爷眼里,农奴"不过是苍蝇,不是人",他们被剥夺了生活和生存的权利。在普柳什金庄园,农舍的"屋顶千疮百孔,像筛子一样";仆人在寒冷的天气里几个人共用一双靴子;"农奴像苍蝇一样大批大批地死掉"。同样,玛尼洛夫的农奴死掉的也"非常多",究竟有多少,连他自己也记不清。农民不堪忍受地主的残酷压迫,他们或者大批逃亡,或者为了过自由自在的生活,到伏尔加河上当纤夫,或者潜入山林,奋起反抗。官员们在议论乞乞科夫移民时,就非常担心农奴会暴动闹事。另外,小说第九章还写到弗希伐亚—司别斯村和鲍罗夫卡村的农民杀死一个地方警官的事情,原因是他像"一只骚雄猫",依仗权势到处寻花问柳、为非作歹。而戈贝金人尉最后投身绿林的故事,更反映了俄国"官逼民反"的现象。

　　果戈理在描写俄罗斯劳动人民时,并没有隐瞒他们身上某些愚昧和落后的弱点。例如乞乞科夫的仆人彼得卢什卡和马车夫谢里方,他们朴实善良,温驯顺从,安分守己,忠心为主人效劳,甚至认为老爷鞭打奴才是天经地义的。谢里方对乞乞科夫说:"要鞭打我,就鞭打我好啦,我决没有半句怨言。如果我应该挨鞭子,那么,为什么不能鞭打我呢?鞭打不鞭打,这全听主人高兴。鞭打是需要的,因为庄稼汉太放肆,规矩是一定得遵守的……"谢里方的形象得到了"官方民族性"的鼓吹者谢维辽夫的赞许,认为这是一个"完美的典型人物",在他身上体现了俄罗斯人民的民族性格[①]。其实,彼得卢什卡也好,谢里方也好,他们恰恰表现了某些俄国农民愚昧、奴性的一方面,这是封建农奴制长期压迫、奴役的结果。

　　果戈理在《死魂灵》中更主要的是展现了俄罗斯人民的本质特征:聪明、勤劳、勇敢、酷爱自由和强烈的反抗精神。

　　在农奴中间有很多优秀的能工巧匠、善于经营的商人、能写会算的仆人、适合当近卫军的大力士、未来的"学者"等等。他们虽然生活在被奴役的悲苦境遇之中,但不甘屈服,一心向往着自由。小说第七章中有一段乞乞科夫面对"死魂灵"名单的沉思遐想,其中特别畅想了逃往伏尔加河加入纤夫行列的阿巴库姆·费罗夫的生活和命运:"费罗夫眼下究竟在哪里呢?他已经跟商人讲定了工钱,现在正在一个粮食码头上吵吵闹闹地玩得快活。成群结伙的拉纤夫,帽子上插着鲜花,系着飘带,全都在寻欢作乐,在同他们的又高又苗条、戴着钱币编制的颈环、飘着绸带的情妇和老婆一一话别;轮舞,歌声,整个广场在沸腾,而这时,脚夫们在一片叫喊、叱骂和吆喝声下每人用钩子钩住10普特的货物,扛上背脊,然后把豌豆和小麦哗哗倒进深深的船舱里……直到有一天全部装进苏拉河上的货船,首尾不相见的船队和春天的浮冰一起开始鱼贯地漂往远方为止。到了那个

[①] 见《果戈理评论集》,复旦大学出版社,1993年,第96页。

时候,拉纤夫们,你们就有活儿要干啦!你们无疑会拿出原先发疯似的玩乐的劲头,同心协力地去吃苦,去流汗,一边拉着纤绳,一边哼着一支像俄罗斯一样无穷无尽的歌儿。"这有声有色的场景不正是俄罗斯人民的热情、力量和自信的写照吗?这里实际上是果戈理借乞乞科夫的沉思道出了自己的心声,表达了他对俄罗斯人民的聪明才智和热爱自由的天性的赞赏。

五

《死魂灵》是果戈理创作的最高峰,其艺术技巧达到了炉火纯青的境界。

在结构上,《死魂灵》沿用了古老的"流浪汉小说"或曰"骗子小说"的模式,即通过主人公的浪游将各种人物和生活场景串连、编织在一起,以反映一个时代的社会生活风貌。《死魂灵》即以乞乞科夫购买死魂灵的经历为线索,将地主与官僚、乡村与城市联系起来,描绘了一幅现实生活的广阔画面,将封建农奴制的"整个俄罗斯"呈现在公众面前。当然,较之往往流于结构松散、情节枝蔓的"流浪汉小说",《死魂灵》则布局严谨,情节发展波澜起伏。

《死魂灵》共有十一章。第一章写乞乞科夫来到N市,广泛拜会、结交各级官吏和乡绅地主。至于乞乞科夫何许人也?他又来这里何干?主人公对此讳莫如深。这给读者留下了悬念。第二章到第六章描述乞乞科夫走访地主庄园,购买死魂灵的经过。他共访问了五个地主。每章写一个地主,但对每个地主的出场方式写法各不一样,决无雷同,而且五个地主性格各异,所以死魂灵的交易也各式各样,充满种种戏剧性场面。可到底乞乞科夫为什么要购买死魂灵,小说依然未作交代,仍吊着读者的胃口。第七章到第十章写乞乞科夫回城办理死魂灵的过户手续,以及这件奇闻传开之后在N市引起的风波。正当乞乞科夫顺利完成死魂灵的交易,庆幸自己的阴谋勾当得逞之时,诺兹德廖夫不期而至,当众揭穿乞乞科夫在做死魂灵的买卖。小说情节陡然急转直下。顿时,谣诼纷起,气氛骤变,城市官僚人心惶惶,乞乞科夫也提心吊胆,准备一走了事。第十一章以乞乞科夫仓皇逃走结束,并穿插介绍了主人公的生平、性格和内心世界。至此,乞乞科夫的真实面目彻底暴露在读者面前,他购买死魂灵的谜底也最后揭开。小说第一章设置悬念,最后一章揭开谜底,环环相扣,层层展开,引人入胜。

在人物形象刻画上,《死魂灵》充分体现了现实主义的典型化原则。现实主义认为,人物是特定环境的产物,环境对人物性格的形成起着决定性作用。果戈理在塑造人物时,总是把他们与特定的环境联系起来,无论是地主还是乞乞科夫,他们的性格特征无不与农奴制度、他们的政治经济地位、生活方式和文化教养密切相关。同时,作家又善于抓住每个人物的个性特征,用他那"毫不容情的刻刀"精心雕琢,甚至加以夸张、放大,使其更加突出、鲜明,而人物既是某类人的代表、又是富有个性特征的"这一个"。果戈理塑造的人物已成为不朽的典型,有的已成为特指某类人物或某种含义的"符号"或"代码"。例如,说到乞乞科夫,人们自然而然就会联想到普柳什金;玛尼洛夫则成了脱离实际、夸夸其谈的空想家的代名词。谈到诺兹德廖夫,果戈理指出了他的普遍性,说他"还长久不会从这世界上销踪灭迹。他到处存在在我们中间,也许不过穿着另外一件褂子罢了"。关于乞乞科夫形象的典型性,别林斯基指出,他不仅存在于俄国,这些人穿着不同的服装出现"在法国和英国,他们不买进死魂灵,而是在自由的议会选举中收买活魂灵!"①

讽刺、幽默与抒情的奇妙结合是《死魂灵》的又一显著艺术特征。在小说中,果戈理的强烈的揭露、批判激情达到了前所未有的高度,而这种激情则是运用幽默、讽刺手段表现出来的。在鞭笞地主、官僚这些"生活的主人"时,作家通过对人物的外貌、语言、动作和场景的描写,造成幽默滑稽的情势,达到讽刺的效果。在讽刺的笑声中,读者既看到了作家对丑恶现象的抨击与否定,也感受到他对社会现实的深刻思考和忧虑,以及他内心的悲哀和痛苦。这是"具有热烈的心灵、同情的灵魂和精神独立的自我的人的一种深刻的拥抱万有的和人道的主观性"②。在《死魂灵》中,到处可以感受到作者的这种强烈的主观性。特别是在一段段抒情插叙中体现得尤为鲜明。

《死魂灵》中有许多类似普希金的《叶甫盖尼·奥涅金》中那种抒情插叙。在这些段落,果戈理抒发了自己的主观感受,有对青春年华的感念,有对作家使命的思考,有对自己的赤裸裸的写实主义的辩护,有对人性堕落的慨叹,有对俄罗斯语言的赞美,有对祖国和人民命运的忧思。尤其是最后一章中那段著名的歌颂俄罗斯祖国的插叙,字字句句都流泻着火热的爱国激情:"俄罗斯!俄罗斯!我看见你了,从那美妙迷人的远方看见了你:你贫瘠,凌乱,荒凉;你既不愉悦眼睛,也不惊心动魄……可是,究竟是什么不可捉摸的、神秘的力量把我往你的身边吸引?为什么飘荡在你山川平原上的忧郁的歌声总是在我的耳边回响缭绕?这里面,这歌声里面,蕴含着一股什么力量?是什么音律在灼热地吻我,闯入我的灵魂,萦回在我的心头不愿离去?俄罗斯,你究竟要我怎么样?究竟有什么不可捉摸的联系深藏在你我之间?你为什么这样凝望着我,你的一切为什么都向我投来满含期待的目光?……哦!俄罗斯!你是一片多么光辉灿烂、神奇美妙、至今未被世间认识的异乡远土哟!……"这些饱含着作者的主观精神的抒情插叙,不仅引导着读者对事物深入思考,而且大大增强了作品的艺术感染力。不

---

① 《别林斯基选集》第 3 卷,上海译文出版社,1980 年,第 457 页。
② 同上书,第 414 页。

过,有的段落是作家借用乞乞科夫的口来表达自己的观点和感受,如第七章乞乞科夫对阿巴库姆·费罗夫和纤夫们在河畔的欢乐劳动场面的畅想和对俄罗斯人民的伟大力量的赞美,第八章乞乞科夫对那些搜刮钱财、寻欢作乐的官僚们的愤怒谴责:"……省里闹歉收,物价在飞涨,可是他们呢,居然有心思开什么舞会! ……在一身行头上花掉上千卢布不算希奇! 可是,花得全是农民交上来的血汗钱,或者更糟,是咱们兄弟昧了良心捞来的钱。……"显然,这些话让巧取豪夺、与贪官污吏实属一丘之貉的乞乞科夫说出来是与其身份和性格不相合的。

  《死魂灵》中多处运用了象征手法,首先,小说的标题就富有象征意义:"死魂灵"不仅是指已死去的农奴,而且也寓指那些虽然还活着,但精神已僵死、如同行尸走肉的地主阶级,从而赋予作品以极大的讽刺意味。其次,上面已提及,小说的整体构思借鉴了但丁的《神曲》的象征意义。果戈理计划将《死魂灵》写成三部曲,以表现俄罗斯民族从"地狱"经过"炼狱"走向"天堂"的发展历程。第三,人物。小说中的地主画廊首先是从玛尼洛夫开始的。玛尼洛夫的特点是温文尔雅,甜腻腻的,爱幻想,整天沉醉在漫无边际的空想之中消磨时光。这一形象象征了一个人、一个阶级或一个民族充满幻想、温情脉脉的少年时代。画廊中最后那贪婪、悭吝、猥琐到了失去人性地步的守财奴普柳什金则隐含着一个人、一个阶级或一个民族精神堕落、僵死的寓意。从玛尼洛夫到普柳什金喻示了一个人、一个阶级或一个民族精神演变、退化的过程。第四,马车和道路。小说开始时,读者看到,乞乞科夫乘着他的轻便折篷马车在曲折、颠簸的乡间土路上从一个庄园到另一个庄园奔波,这寓指一个民族的坎坷不平的发展道路。小说结尾又出现了乞乞科夫的马车,但在这里,作者赋予马车以理想的意蕴,把俄罗斯祖国比喻成正在飞奔的三驾马车,她奔腾向前,其他民族和国家都退避一边,给她让开道路。但作家又忧心忡忡地问道:"俄罗斯,你究竟飞到哪里去? 给一个答复吧。"作家对俄罗斯祖国的光明未来充满信心,然而这光辉目标在哪里,又如何达到这一目标,俄国应该走什么道路,对这些问题,果戈理无法作出回答。象征手法可引发读者的联想,赋予作品更深刻的寓意和更大的张力[①]。

  《死魂灵》的语言生动幽默,极富个性化。果戈理善于运用个性化的语言刻画人物性格,他笔下的人物,不论是主要人物还是次要人物,都具有自己独特的语言、语调和修辞,收到只闻其声就如见其人的艺术效果。玛尼洛夫的语言多情善感,矫揉造作,充斥着华丽的辞藻和爱称。柯罗博奇卡愚蠢无知,她的语言粗俗、浅陋,甚至不知分寸,她竟对素不相识的客人乞乞科夫说:"你简直像口猪似

---

  ① 关于《死魂灵》的象征手法,可参阅《俄国文学史》(四卷本)第2卷,俄文版,苏联科学院俄国文学研究所,1981年,第567—571页。

的整个背脊和腰里都是泥浆!"诺兹德廖夫的语言特点是直率、快速、粗鲁,东拉西扯,口无遮拦,高声大嗓,言谈中夹杂着流氓无赖的词语,活现出一副地方恶少式的嘴脸。而乞乞科夫则是花言巧语,八面玲珑,见什么人说什么话,恰切地表现了他随机应变、圆滑狡诈的性格。

六

　　《死魂灵》(第一部)问世后,引起了巨大的社会反响,如赫尔岑所说:"《死魂灵》震动了整个俄国。"小说受到公众的欢迎,出版后很快被抢购一空。围绕着这部作品,文学界展开激烈论战。顽固保守分子如布尔加林、森科夫斯基、波列伏依等对作者滥加攻击、诽谤,诋毁他歪曲、丑化俄国社会,极力证明《死魂灵》与俄国现实"毫无共同之处",污蔑小说"形象不真实","趣味低劣","语言粗野","文法不通"等等,甚至无理要求果戈理辍笔,企图把他驱逐出文坛。而另外一些人如康·阿克萨科夫和谢维辽夫,则极力抹杀《死魂灵》忠实于俄国社会生活的现实性,将其与荷马的《伊利昂记》相提并论,名为赞赏,实则否定小说的尖锐的揭露批判倾向,歪曲它的思想意义。

　　别林斯基力排众议,从历史发展的观点阐述了《死魂灵》的巨大革新意义,对这部遭到贬损、歪曲的作品给予了正确的、崇高的评价。批评家指出,在普希金去世后麻木倦怠、平庸作品占优势的俄国文坛,《死魂灵》的问世,好像"在困人的腐臭的蒸热和旱魃中出现爽快的闪电的光彩一样";这是"一部纯粹俄国的、民族的、从民族生活的深处抓取来的作品,这作品是真诚而爱国的,无情地揭开现实的外衣,洋溢着对俄国生活的丰饶种子的热情的、神经质的、带血丝的爱;这是在构思和处理方面、在登场人物的性格和俄国生活的细节方面无限艺术的、在思想方面又是一部富于社会性、公众性和历史性的作品……"[①]是一部"无可测量地高出于一切现代文学所提供的作品之上,给文学带来重大影响"[②]的"文坛上划时代的巨著"[③]。

　　的确,《死魂灵》对俄国文学、特别是小说艺术的影响是巨大而深远的。它继承并发扬了普希金开创的现实主义传统,以其极度忠实于生活、深刻的思想性和尖锐的揭露批判倾向,为小说创作树起了一面旗帜,作家们都不约而同地群起效尤,从而使现实主义文学成为不可抗拒的潮流,小说艺术园地欣欣向荣,迎来了50、60年代繁花似锦的春天。

[①][②][③] 《别林斯基选集》第3卷,上海译文出版社,1980年,第414、704、700、458页。

第四节 高超的讽刺艺术

　　果戈理是俄国的讽刺艺术大师。他以讽刺为武器,与他挚爱的俄罗斯祖国和人民的敌人作斗争,对专制农奴制的丑恶现实进行无情地解剖,戳穿腐朽堕落的官僚集团和贵族地主的假面具,使他们无可逃遁地现出原形。他的讽刺作品对揭露批判旧制度,启发和唤醒人民的社会意识,推动社会的进步,发挥了很大的积极作用。

　　作为一个卓越的艺术家,果戈理的讽刺艺术手法是丰富多采的,我们的分析不可能面面俱到,这里主要就情节的选择和提炼、人物形象的塑造、场景的设置、逻辑错位等方面谈谈他的讽刺艺术。

　　一部优秀的讽刺作品,必然包含着现实生活的矛盾冲突,这种矛盾冲突推动着情节的发展,同时引发读者发自内心的笑声,以达到对丑恶事物的嘲讽的目的。专制农奴制俄国的现实生活本身就是畸形的、不合理的、可笑的,所以,不管是看似偶然的荒唐事件,还是那些微不足道的日常生活琐事,其中都包含着无数喜剧或悲剧。能否将现实生活中矛盾的、可笑的喜剧因素发掘出来,并提升为艺术珍品,这取决于一个作家观察生活、提炼生活的审美功力。而果戈理就是具有这种艺术才禀的优秀作家。

　　果戈理的杰出的艺术才能的秘诀就在于,他"可以把随手拈来的一切变为纯金"①。题材越是平淡无奇,就越显示出作家的才能。而果戈理就极其善于在日常生活中发现和捕捉人们司空见惯的庸俗和琐屑,将这些现象加以典型化,提高到普遍意义上来,创作出绝妙的讽刺作品。《伊凡·伊凡诺维奇和伊凡尼基福罗维奇吵架的故事》就很有代表性。吵架在日常生活中屡见不鲜,但仅仅为了一方骂了另一方是"鹅"而争吵,而且打了十几年官司,却是独具匠心之处。作者紧紧抓住"鹅"字大做文章。这个"鹅"字成了双方冲突的焦点,促使矛盾激化,两人都欲置对方于死地而后快。这个"鹅"把整个密尔格拉得的生活弄得沸沸扬扬,全城都转动起来:司法机关对这场无聊的官司进行审理,官僚贵族为两个冤家对头说和调解。作家把这个"鹅"字作为整个故事的枢纽,通过它而引起的轩然大波把外省官僚地主的庸俗、空虚、无聊淋漓尽致地展现出来。这个"鹅"字可以说是整篇作品的画龙点睛之处。

　　在这篇小说中,作家特别写到了两个主人公的生活习惯中的一些琐事。比

---

① 《别林斯基选集》第3卷,上海译文出版社,1980年,第414、704、700、458页。

如，一个伊凡爱吃甜瓜，一吃完午饭，就吩咐仆人拿来两个香瓜，亲自动手切开，就大嚼起来。吃完后，将瓜子用一张特备的纸包好，并在纸上留言："此瓜食于某日"。如有客人在座，就写上："与某君同食"。而另一个伊凡则喜欢洗澡，每当洗澡时，叫人把桌子放在水里，上置茶炊，他躺在齐脖子的水里，在清凉中享受喝茶的惬意。够了，用不着再多写什么了，仅这两个生活细节就足以把外省地主那种无所事事、百无聊赖、懒散怠惰的生活生动形象地表现出来。读到这里，谁不会哑然失笑呢？

同样，《旧式地主》描述的也是一对老地主夫妇的平淡得不能再平淡的日常生活。老两口感情甚笃，相敬如宾，彼此以"您"相称。两人唯一感兴趣就是吃喝。作者不惜笔墨、不厌其烦地描写了他们从早到晚相互客气地把各种各样的食物吃进肚子里的情景，将那种动物性生活的全部庸俗和卑陋暴露无遗。他们的生活如一潭死水，散发着腐败的气息，没有一丝风波，没有一点色彩。他们就这样在吃、喝和无聊的废话中打发日子，然后死掉。这些看似琐屑的素描多么深刻地揭示了生活的底蕴和全部真实！其中又包含着作者多么复杂的情感：对庸俗、愚蠢的人的嘲笑、讥讽，还有可怜、惋惜！

果戈理善于在看来似乎令人难以置信的荒唐事件中发掘其合理性，经过加工提炼，使故事情节和人物性格建立在生活真实的基础上，并在偶然性的情节中揭示事物的必然性。而决不是为了猎奇或单纯追求滑稽和笑料任意编造，以至于使人觉得不可信。这就是所谓的"酌奇而不失其真，玩华而不坠其实"（刘勰语）。《死魂灵》的故事情节看似荒谬，但却是现实的，它的荒谬性恰恰反映了俄国封建农奴制度的反动和黑暗。在残酷的农奴制的压迫下，必然会造成大批农奴的死亡或逃亡；而当农奴制经济日趋崩溃、资本主义势力逐步发展起来时，也必然滋生如乞乞科夫之类的资产阶级投机家、冒险家。所以，乞乞科夫购买死魂灵借以诈骗钱财这种罕见的、耸人听闻的事件中就包含着历史的必然性。而且，果戈理并不是就事论事，如果那样，写出来也不过是一件社会奇闻罢了；而是经过巧妙的艺术构思和加工提炼，以乞乞科夫购买死魂灵为线索，将庄园地主和城市官僚串连起来，构成一幅社会讽刺画，将"整个俄罗斯"暴露在公众面前，从而使作品获得巨大而深刻的社会意义。

果戈理常常将荒诞离奇的幻想情节嵌入现实生活的描写中，通过幻想与现实的交织、对比和矛盾，造成戏剧性冲突，增强讽刺效果。幻想并非任意想象，离奇不能离谱，必须与现实紧密结合，必须以生活为依据。短篇小说《鼻子》就是一例。鼻子突然平白无故地不翼而飞，这当然是人的幻觉，但对于八等文官柯瓦辽夫来说，这却是一种真实的心理反映，因为丢失了鼻子，也就断送了升官发财的机会。所以，这一幻想情节有其合理性。在寻找鼻子的过程中，柯瓦辽夫的幻觉与现实生活发生冲突,二者碰撞之中就出现了许多喜剧性场面。例如,柯瓦辽夫认定一位五等文官就是自己的鼻子,百般解释对方却不知所云;他去报社要求刊登广告寻找鼻子,以及请医生将找到的鼻子装上去等场面,读来不禁令人捧腹。小说以丢失鼻子这一荒诞不经的情节,对官场上汲汲于名利的虚荣心理予以辛辣的讽刺。《狂人日记》通篇描述的是因受迫害而精神错乱的小公务员的癫狂行为和怪诞心理。狂人狂妄无羁,嬉笑怒骂,痛斥社会的不平和官场的腐败。他的妄诞之中透露着清醒,痴语狂言却道出无情真理。狂人的言行成了果戈理鞭笞丑恶现实的有力武器。

人物是小说的灵魂,因为一部作品的意蕴主要是通过人物传达出来的。因此,塑造好人物和人物性格,就成为作家的首要任务。果戈理笔下的讽刺人物形象是那样神形兼备、活灵活现,这不仅取决于他对生活的深刻洞察和理解,而且得益于他描写人物的高超的、多种多样的艺术手段。

首先看肖像描写。在描写人物时,果戈理只需寥寥数笔,或者用一个形象的比喻,就能把这个人物的特征勾画出来,人物如浮雕般跃然纸上。例如,说瘦子伊凡·伊凡诺维奇的脑袋"像一只尖端向下的萝卜",胖子伊凡·尼基福罗维奇的脑袋"像一只尖端向上的萝卜",比喻既形象又贴切。在描写索巴凯维奇的形象时,作家把他比喻为"一只中等大小的熊",特别突出了他那粗糙、笨拙的外形:"他那张脸有一种类似五戈贝铜币那样的火红的、热辣辣的颜色。大家知道,世上有许多这样的脸,造化在捏造它们的时候,不曾多下功夫推敲琢磨,也不曾动用任何细巧的工具,譬如锉刀啦,小钻子啦,以及诸如此类的其他东西,却只顾大刀阔斧地砍下去:一斧头就是一个鼻子,再一斧头就是两片嘴唇,用大号钻头凿两下,一双眼睛就挖出来了,也不刨刨光洁就把他们送到世上来,说了声:'活啦!'"描写人物肖像,不仅要形像,更要神似,要表现出人物的内在精神和性格特征。请看果戈理是如何描写守财奴普柳什金的:看到他,你就"识别不出这是一个男人还是一个女人。他身上的那件衣服实在不伦不类,很像是女人的睡袍,头上戴着一顶乡下女仆戴的小圆帽";"系在他脖颈上的也是一件莫名其妙的玩意儿:不知是袜子,还是吊袜带,还是肚兜,反正说什么也不是领带"。再看他那双眼睛:"一双小眼睛还没有失去光泽,在翘得高高的眉毛底下骨溜溜地转动着,像是两只小老鼠从暗洞里探出它们尖尖的嘴脸,竖起耳朵,掀动着胡髭,在察看有没有猫儿或者顽皮的孩子守候在什么地方,并且疑虑重重地往空中嗅着鼻子。"一个贪婪吝啬的守财奴的丑陋嘴脸,及其时刻怀疑和提防别人觊觎他的财产的病态心理,都被作家神形毕肖地表现出来。

描写人物离不开人物的语言。果戈理笔下人物的语言是高度个性化的,往往三言两语就把人物的性格和精神表现出来。上面分析《死魂灵》时已谈及,这里不妨再举几例。《外套》中的小公务员巴施马奇金地位卑微,受尽欺凌,以至说话结结巴巴,总是加上一些前置词、副词或者毫无意义的小品词:"为了那个","这,简直是,那个……"等等。他说的一句"让我安静一下吧,你们干吗欺负我?"就充分传达出一个小人物的心声:无限的屈辱、哀怨和无奈。而那个算不得重要的"要人"却显赫而威严,说起话来声色俱厉,几乎不外三句话:"您怎么敢?您知道您在跟谁说话?您知道谁站在您面前?"在《伊凡·费多罗维奇·希邦卡和他的姨妈》中,希邦卡和地主小姐"谈情说爱"的场面颇具戏剧性。两人相对无言,希邦卡如坐针毡,脸涨得通红,好半天才鼓足勇气挤出一句话:"夏天苍蝇真多啊,小姐!""多极了",小姐答道。"哥哥用妈妈的旧鞋子做了一个苍蝇拍,可是一点用也没有,还是多得很。"只有空虚无聊的人才能说出如此空虚无聊的话。地主阶级的子弟竟是如此精神贫乏和庸碌无能,真是既可笑又可悲!

细节描写是果戈理刻画人物性格的重要手段。他特别善于通过物质环境细节的描写来表现人物的性格特征。玛尼洛夫的客厅里摆放着一套蒙着丝织料子的漂亮家具,可是有两把椅子罩着蒲席,几年都没有完工;桌子上放着一只饰有希腊女神雕像的精美的铜制烛台,而旁边的一只烛台却是瘸腿的,积满油垢。柯罗博奇卡的房间里糊着古旧的花纸,老式镜子后面塞着信、旧纸牌和破袜子。诺兹德廖夫的书房里"没有书房的任何迹象",只有墙壁上挂着的一把宝剑和两支枪;索巴凯维奇家里的所有家具都十分结实而笨重,每一件东西仿佛在说:"我也像一个索巴凯维奇!"特别是对普柳什金家的陈设的精心描写,堪称细节描写的范例。断腿的椅子,结了蛛网的停摆的时钟,螺钿剥落的破写字台上放着乱七八糟的东西:字迹麻麻的碎纸片、圈椅的断把手、干瘪的柠檬、浮着苍蝇的饮料、拣来的烂布头、不知何年何月主人剔过牙的发黄的牙签等等,还有布满灰尘的吊灯,墙角堆着的破烂……环境如其人,什么样的人物营造什么样的生活环境。透过物质环境细节的描写,读者清楚地看到了其主人的性格:玛尼洛夫的表面文雅而实质上的懒惰,柯罗博奇卡的闭塞守旧,诺兹德廖夫的粗野好斗,索巴凯维奇的笨拙、务实和精明,普柳什金的病态的吝啬和猥琐。将人物的无形的、内在的精神和性格化为有形的、可见可感的物质,即性格物质化,这是果戈理描写人物的高超的艺术手法之一。

果戈理还善于设计幽默、滑稽的场面,以营造喜剧气氛和讽刺效果,同时把人物的性格展现出来。例如《两个伊凡吵架的故事》中那段描写胖子伊凡·尼基福罗维奇进入法庭的情节颇具喜剧色彩:他的前半个身子挤进了法庭,后半个却还留在候审室里。他嵌在门当中,既不能前进,也不能后退,半死不活地挣扎着,法官急得大叫。这时一个膀大腰圆、喝得醉醺醺的办事员走来,和一个残废兵一起,二人齐心协力,用膝盖使劲往伊凡的肚子上一磕,痛得他哇哇乱叫,总算又把他推到候审室。然后拔掉门闩,打开另外半边的门,伊凡这才进入法庭。他倒在一只椅子上,除了不断地哼哼之外,说不出一句话来。场面的滑稽,人物的蠢笨,令读者忍俊不禁。

《死魂灵》中乞乞科夫和玛尼洛夫进入客厅时的小场景更是意趣盎然,饶有讽刺意味:

> 他们已经站在客厅门口有好几分钟,互相谦让着让对方先走。
> "赏个脸吧,别这样费心和我谦让,让我在后头走,"乞乞科夫说道。
> "不行,巴维尔·伊凡诺维奇,不行,您是客人,"玛尼洛夫一边用手指着门,一边说。
> "别客气,请您别客气啦。请吧,请您先走,"乞乞科夫说。
> "那可不行,请原谅,我决不能让这么一位令人愉快的、教养有素的客人在后头走。"
> "哪里说得上教养有素?……请吧,您先请。"
> "嗳,还是您先请。"
> "那怎么敢当?"
> "嗳,这理所当然嘛!"玛尼洛夫浮起令人愉快的微笑,说道。
> 最后,两个朋友侧着身子,相互稍微挤了一下,同时走进了门去。

这个场面将玛尼洛夫那种令人作呕的谦恭有礼和乞乞科的圆滑机敏、巧于应对的情态表现的唯妙唯肖,喜剧性的幽默之中渗透着嘲讽。

乞乞科夫向诺兹德廖夫购买死魂灵的情节极富戏剧性。乞乞科夫途中偶遇诺兹德廖夫,后者像老朋友一样,热情邀请他去自己家里做客。乞乞科夫心想:"看来,他干什么事都挺爽快,没准儿我可以不花钱向他要点什么东西来。"于是,他怀着想捞点便宜的心思欣然前往。当他转弯抹角地说明他购买死魂灵的企图时,诺兹德廖夫就骂他是"天下第一号的大骗子手"、"无赖",并扬言"出于友好",要把他在树上吊死。接着,诺兹德廖夫就死皮赖脸地缠着他,非要他买马、狗、手摇风琴之类的玩意儿,还强迫他打牌、下棋、赌钱,直到两人争吵、扭打起来。此时,诺兹德廖夫对家奴大吼一声:"揍他!"乞乞科夫吓得魂飞胆散,惶惶然溜之大吉。这场闹剧波澜迭起,妙趣横生,诺兹德廖夫的泼皮无赖性格被表现得淋漓尽致。

果戈理笔下的讽刺形象多是官僚、地主,这类人是金玉其外败絮其中,表面上高贵显赫、冠冕堂皇,实质上品德卑劣、灵魂丑恶。作家紧紧地把握住这些人的人性的内在矛盾，或者让其自我展示，自我暴露，或者戳穿其假面，揶揄讥讽。伊凡·伊凡诺维奇和伊凡·尼基福罗维奇是受人尊敬的贵族老爷，被誉为"密尔格拉得的荣誉和装饰"，但是不论生活上还是精神上都是十足的无聊、庸俗与渺小。乞乞科夫到处投机钻营、招摇撞骗，而他却自我表白"由于奉行真理在仕途上受尽挫折"，N市的官吏和太太们也称赞他是"忠诚老实"、"可敬可亲"的"上流社会绅士"，对他极力阿谀奉承。诺兹德廖夫明明是个吹牛撒谎、蛮横无理的恶棍，他却恬不知耻地说："我是一个正人君子，不说半点虚谎。"玛尼洛夫表面上一副优雅斯文、颇有教养的绅士派头，实际上是空虚无聊、一无所能的寄生虫。N市的警察局长"是全城的衣食父母和恩人。他和市民相处得亲如一家"；接着，作者笔锋一转，写道，他"视察起各色铺子和市场来就像在察看自己的库房一样……他是得其所哉，并且对自己的职务再也精通不过了……他办事实在聪明，进项比所有的前任要多上一倍"。一语道破了他贪污受贿、搜刮民脂民膏的实质。其他官僚、地主莫不如是。名与实、表与里、言与行的矛盾和鲜明对照，就构成笑料，自然而然就产生强烈的讽刺效果。

运用高尚、庄重的语言赞美庸俗可笑的事物，或者将风马牛不相干的东西联系在一起，造成逻辑上的错位和混乱，幽默、滑稽便油然而生，这也是果戈理常用的一种讽刺手法。例如，"伊凡·伊凡诺维奇是一个了不起的人！他很喜欢吃香瓜。"关于省长，小说通过乞乞科夫的口作了这样的评价："一个最受尊敬的人！再说，他对自己的职务研究得多么精深，理解得多么透彻啊！……一双手又多么灵巧啊！……他把各种各样家庭刺绣绣得多么好啊！"作为一个省长，如果感兴趣的是家庭刺绣，那么他对自己的职务精通到何种程度就可想而知了。除了人物之外，果戈理还用这种手法描写环境。如《两个伊凡吵架的故事》中写到："密尔格拉得是一个美丽的城市！……篱笆总是被各种东西装饰着，使它变得更是绚烂如画：一条绷紧的裙子，一件贴身的汗衫，或者一条长裤。"《死魂灵》中对N市的公园作了这样描写："公园里只有几棵生根很浅的枯瘦的树……虽然这几棵树还不及芦苇般高，可是报纸在描写挂灯结彩的节日时却写道：'感谢地方长官为民操劳，我城乃得享有庭园之乐，园内遍植嘉树，枝叶茂密，绿荫如盖，炎夏酷暑之时，惠人以清凉之佳趣'；又说"观夫市民满怀感激而心灵跃动不已，双目泪如泉涌，对市政长官感恩戴德，此情此景殊使人感动莫名而掷笔三叹也。"

讽刺艺术离不开夸张，夸张也是果戈理经常采用的手段。不过他的特点是：他一般不把事物夸张到荒诞的程度，而是着重现实主义的渲染。夸张的例子在果戈理的作品中比比皆是，兹不再赘述。

果戈理在《死魂灵》第七章中谈到了他文学创作的美学原则："透过世人所能

见到的笑和世人见不到的、没有尝味到的泪去历览人生!"就是说,他观察生活,评说世事,嘲讽时弊,表面上嬉笑怒骂,而内心里却含悲忍泪,痛心不已。所以,笑声与眼泪、喜剧与悲剧相互交融结合,就形成了果戈理独特的幽默讽刺艺术风格。别林斯基称之为"含泪的喜剧"①,也就是我们通常所说的"含泪的笑"。

果戈理的"含泪的笑"经历了一个发展过程。他早期的小说,如《狄康卡近乡夜话》,其主旋律是讴歌生活中积极和美好的事物,其特色主要是幽默,而由幽默引发的笑声是轻松、欢快的。随着他对现实生活的深入洞察和理解,他的艺术风格也逐渐发生变化,由轻松的幽默发展为辛辣的讽刺,爽朗的笑声变成了"含泪的笑"、愤怒的笑,笑的内涵更深沉,笑的社会批判作用更强烈。

在果戈理的作品中,他的讽刺矛头主要是指向专制农奴制俄国的统治阶级和社会生活中的丑恶现象。当他对官僚、贵族、地主的恶德败行大张挞伐时,他的讽刺是无情的,他的笑声是激愤的。但他作为一个贵族作家,又往往对本阶级的代表人物的腐败堕落感到惋惜、忧伤、痛心。他企图用讥讽的笑声鞭策他们,唤醒他们的人性,使他们翻然悔悟,弃旧图新。这种"补天"的意图在《死魂灵》第二部的创作中得到鲜明体现。在这种情况下,"含泪的笑"既是他抨击丑恶的有力武器,同时也反映了作家思想上的局限性。

果戈理还用笑的艺术描写被侮辱、被损害的小人物,既为他们的不幸命运鸣不平,同时又常常以幽默滑稽的笔调嘲笑他们身上的弱点,如愚昧、奴性等。不过,这笑声不再是轻松的或愤怒的,而是酸楚的、哀伤的,饱含着作家的同情和怜悯。这时,果戈理的"含泪的笑"充满了深刻的民主主义和人道主义精神。

果戈理的"含泪的笑"不论是鞭挞统治者,还是哀怜不幸者,其目的都是为了引起读者公众对社会现实的关注和思考。所以鲁迅先生说,果戈理是"以不可见之泪痕悲色,振其邦人。"②当你读他的讽刺作品时,你会觉得可笑,但读完之后,就感到一种深沉的悲哀笼罩心头。

因为,果戈理以残酷的真实暴露了专制农奴制俄国的腐败和丑恶,社会生活本身就是畸形的、可笑的、可悲的,面对这样的现实,读者自然会悲从中来。果戈理曾在《与友人书简选》中回忆起他给普希金朗读《死魂灵》初稿时的情景:普希金听着听着,脸色越来越阴沉。当朗读结束后,诗人心情忧郁地说道:"天啊,我们的俄罗斯是多么令人忧伤啊!"③这就是果戈理的"含泪的笑"所特有的艺术效果。

---

① 《别林斯基选集》第1卷,时代出版社,1952年,第244页。
② 《鲁迅全集》第1卷,第195页。
③ 《与友人书简选》,安徽文艺出版社,1999年,第114页。译文稍有改动。

第七章 五六十年代现实主义小说的繁荣

第一节 小说发展概况及其特点

一 在社会思想和文学论争中走向繁荣

我们将50、60年代的俄国小说界定在19世纪50年代中叶至60年代末。

50、60年代俄国社会面临的迫切问题是废除农奴制。围绕农奴制改革问题,两大阵营、两条道路展开了激烈斗争。一方面是维护地主阶级利益的自由派,他们惧怕革命,唯恐革命群众运动会推翻君主专制制度和地主阶级政权,因此极力主张由沙皇政府进行自上而下的改良。另一方面是以车尔尼雪夫斯基为首的革命民主派,他们代表广大农民的利益,主张以革命的方式推翻沙皇专制,彻底消灭农奴制。这是两种历史倾向、两种历史力量的斗争,它决定着俄国未来的发展方向。迫于国内日益高涨的革命形势,沙皇政府不得不于1861年3月3日(俄历2月19日)宣布废除农奴制。这次由沙皇政府实行的自上而下的农奴制改革虽然极不彻底,但却是俄国历史的转折点,从此,俄国踏上了资本主义发展道路,俄国解放运动进入第二阶段(1861—1895),即平民知识分子或资产阶级民主主义时期。新的历史时期提出了新的历史任务,社会生活发生了新的变化,这对文学产生了深刻影响,小说中出现了新的主题、新的矛盾冲突和新的主人公。

政治上的激烈较量在文学战线得到了直接反映,也形成了对立的两大派别——革命民主派和自由派。以车尔尼雪夫斯基和杜勃罗留波夫为首的革命民主派以涅克拉索夫主编的《现代人》、勃拉戈斯维特洛夫(1824—1880)主编的《俄国言论》以及赫尔岑在伦敦出版的《北极星》、《钟声》等报刊为舆论阵地,宣传革命思想,促进社会意识的觉醒,团结进步文学力量,坚持文学密切联系现实生活的正确导向,在推动俄国解放运动和进步文学的发展中起了巨大作用。属于自由派的杂志主要是亚·瓦·德鲁日宁(1824—1864)主编的《读书文库》和米·尼·卡特科夫(1818—1887)创办的《俄国导报》。两派以自己的报刊为论坛,就社会政治和文学问题展开激烈论战。

1855—1856年车尔尼雪夫斯基在《现代人》上发表了《俄国文学果戈理时期概观》。这部著作集中论述19世纪30、40年代俄国文学批评思想的发展,大力肯定别林斯基的美学观点和文学批评活动对促进俄国文学发展的重大意义。他指出,别林斯基的文学批评是经得起时间考验的,"到现在为止还能唯一保持它的生命力";之所以如此,就在于这种批评与俄国现实生活紧密联系在一起,自觉地为社会进步服务,对每一种文艺现象,它总是根据社会利益和社会需要、对俄国生活有怎样的意义来评价,"这种观念——就是它的全部活动的激情。它的特有的威力也就包括在这个激情里。"① 车尔尼雪夫斯基认为,别林斯基在文学批评方面所建树的功绩,"到今天,我们的学者中是没有一个人可以和他比拟的"。② 在《概观》中,车尔尼雪夫斯基对普希金给予了高度评价,认为他是无可争辩的伟大的民族诗人,是俄国现实主义文学的奠基者。但是,他更推崇果戈理,特别肯定果戈理方向。他把果戈理放在俄国一切作家的首位,称他是"俄国作家中无可比拟的最伟大的人",是"他第一个使得俄国文学坚决追求内容,而且这种追求是顺着坚实的倾向,就是批判的倾向而进行的"③;"果戈理方向至今仍然是我们文学中唯一强大的,富有成果的方向"。车尔尼雪夫斯基指出,果戈理不仅是一个天才的作家,而且是一个学派的领袖,所以他坚决认为:"世界上早已没有一个作家,对于本民族,像果戈理对于俄罗斯一样重要了。"④

针对《概观》,德鲁日宁于1856年发表了《果戈理时期的俄国文学及我们对它的态度》一文,与车尔尼雪夫斯基展开论战。他认为,一切文学批评可分为两大相互对立的理论体系:一种是"优美的批评",即为艺术而艺术的审美批评;另

---

① 《车尔尼雪夫斯基论文学》上卷,上海译文出版社,1978年,第250页。
② 同上书,第511页。
③ 同上书,第28页。
④ 同上书,第16页。

一种是"教诲的批评",即力图通过艺术进行直接道德说教的批评。他明确主张前一种文学批评,而诋毁果戈理时期别林斯基的现实主义批评是"教诲的批评",是俄国文学批评史上"虚假的篇章",没有什么成就,应该"重新评价40年代的批评"。他声称,真正的艺术只追求永恒的真、善、美,而不应该有任何功利主义目的,不应该为眼前的社会利益服务。这实际上就是鼓吹艺术脱离现实、脱离社会斗争的"纯艺术论"。鲍特金和安年科夫也相继发表文章支持德鲁日宁,形成宣扬"纯艺术论"的"三巨头"。"纯艺术论"者极力否定果戈理方向,认为"自然派"的密切联系现实、反映社会迫切问题的所谓"教诲艺术"缺乏生命力和艺术价值,必将随着时代的变迁而丧失其影响。同时,他们又歪曲普希金,把他描绘成一位远离现实生活、只追求"纯艺术美"的诗人,奉为超越一切社会纷争、高居奥林帕斯山上的神,从而把普希金与果戈理对立起来。总体上讲,"纯艺术"派的理论是唯心的,不过应当承认,这一派强调重视艺术创作规律和艺术的审美特征,以弥补社会历史批评的某些不足,这是可取的,而且他们对具体作家、作品的分析评论也不乏真知灼见。

这场关于40年代的俄国文学批评以及果戈理方向和普希金方向的争论,实质上是关系文学要不要为社会斗争服务、俄国文学究竟要朝什么方向发展的问题;是继续在现实主义道路上前进,还是走向"为艺术而艺术"的歧途。在这场争论中,一些进步贵族作家如屠格涅夫、托尔斯泰等,他们的态度是矛盾的。他们一方面不能接受车尔尼雪夫斯基的美学观点,赞同"纯艺术"派的某些见解,但在创作实践中仍继续沿着果戈理的方向前进。

文学中的正面主人公体现着时代精神,同时标示着文学发展的方向。围绕正面主人公问题,50年代末革命民主派和自由派又进行了一场辩论。

辩论是围绕屠格涅夫的小说展开的。屠格涅夫在小说《罗亭》(1856)中探讨了贵族知识分子的命运,塑造了言行不一、理论脱离实际的"多余人"罗亭的形象。接着又在小说《阿霞》(1858)中进一步揭示了"多余人"性格的矛盾和实质。与社会现实格格不入的奥涅金、毕乔林等"多余人"曾是19世纪20、30年代俄国文学中的正面主人公,然而随着时代的前进,"多余人"已成为历史舞台上的匆匆过客,到了50、60年代,他们已不适应新时代的要求了。新的时代、变化了的社会形势期待着新人的出现。文学要适应时代的要求,塑造出新的"当代英雄"。1856年车尔尼雪夫斯基在《评H.奥加辽夫诗集》一文中,就表现了对新人翘首以待的热切心情,并描述了新人应具有的品格:"他从幼小时候就熟悉真理,并不是抱着战栗的狂热,而是怀着欢乐的爱来观察真理;我们盼望着这样的人以及他的敢说敢想、同时又是平静果决的言论,从这种言论中听到的不是对生活表示胆怯的理论,而是证明理想能够支配生活,一个人可以使自己的生活同他的信念取得统一。"①这样的人就是正在登上历史舞台的平民知识分子。这是生气勃勃的一代新人,他们将成为俄国解放运动的中坚力量。

　　1858年车尔尼雪夫斯基发表了评论屠格涅夫的小说《阿霞》的著名论文《幽会中的俄罗斯人》。文中对男主人公这类"多余人"的性格作了淋漓尽致的剖析。这些人议论起社会、道德问题来往往是高谈阔论、娓娓动听,很能迷惑人,然而一当要求他们在关键时刻表明自己的态度,将言论付诸于实际行动时,他们就犹豫动摇,踌躇不前,不知所措,甚至临阵脱逃。这是些华而不实、毫无作为的废物。可是,自由派批评家一贯把他们美化成社会的"优秀人物"、"道德典范"。车尔尼雪夫斯基指出,时代变了,这种懦弱无能的贵族知识分子已经过时,比他们更优秀、更坚强的新人物已经出现了。这篇文章实际上已超越了对"多余人"和文学正面主人公的探讨,它通过对人物性格的分析,为那些花言巧语、侈谈"自由"、而政治上胆小怯懦、毫无气节、害怕革命的自由主义者描绘了一幅讽刺画像。

　　自由主义批评家自然不能接受车尔尼雪夫斯基的观点。德鲁日宁在1857年一篇评论屠格涅夫的小说的文章中谈到,实际事业是正面主人公生活的基础。他虽然也同意罗亭的悲剧在于不能将言论与实际活动结合起来,但他所理解的实际活动就是与现实生活和解。按照德鲁日宁的观点说,罗亭要投入到事业中去,首先必须达到"与他周围的环境尽可能的、必要的和谐一致"。② 安年科夫等人也持此论。他们批评屠格涅夫的主人公不能适应社会环境,所以成了"多余人"。他们所谓的与环境"适应"、"和谐",就是要进步人物放弃批判的武器,向丑恶现实妥协、投降。可见,自由派批评家所理解的文学正面主人公身上也散发着自由主义者的气味。安年科夫在1858年发表的《软弱人的文学典型》一文中阐述了他对文学正面主人公的看法。他认为俄国不需要那种"英雄人物"、"英勇的大丈夫"和"完整的性格",革新生活也不期望他们;而"软弱的人",即"多余人",才是正面的文学典型,他们才是创造生活的"历史材料",优秀的社会活动家就从他们之中产生。显然,这种观点是与车尔尼雪夫斯基所期待的文学正面主人公——一代"新人"大唱反调。

　　俄国文学应该坚持什么方向,应该塑造什么样的正面主人公,这都是有关文学发展的重大问题。围绕这些问题展开的辩论对50、60年代乃至以后的小说创作及走向产生了深远的影响。

　　同时,为了争取和影响作家队伍,革命民主派和自由派也进行了激烈斗争。德鲁日宁、鲍特金、安年科夫等极力拉拢屠格涅夫、冈察洛夫、列夫·托尔斯泰等

---

　①《车尔尼雪夫斯基论文学》下卷(一),上海译文出版社,1982年,第407页。
　② 戈洛文钦科、彼得洛夫:《19世纪俄国文学史》第2卷,俄文版,1963年,第20页。

贵族作家，对他们的美学观念和创作倾向施加影响，企图使他们离开现实主义道路而站在"纯艺术论"的旗帜下。车尔尼雪夫斯基、杜勃罗留波夫等革命民主主义批评家一方面大力支持这些作家进步的、现实主义的创作倾向，热情肯定他们创作上的每个成就；同时又诚恳地指出他们在思想和创作上存在的局限和缺点，努力使他们摆脱有害思想的影响。然而随着革命民主派和自由派的对立和斗争的日趋激化，终于导致屠格涅夫、冈察洛夫、托尔斯泰等人相继离开了《现代人》杂志，与革命民主主义阵营分道扬镳了。

正是在社会思想斗争和文学论战中，以车尔尼雪夫斯基、杜勃罗留波夫以及皮萨烈夫为代表革命民主主义批评家发展和深化了别林斯基创立的唯物主义美学和现实主义批评原则。车尔尼雪夫斯基在其美学论著《艺术与现实的审美关系》(1855)中，提出了"美是生活"的著名命题，全面论述了艺术再现生活、说明生活、对生活下判断的三大作用，为现实主义文学提供了坚实的唯物主义哲学基础。他的文学批评论著和批评实践活动始终指导着俄国文学沿着正确方向发展。杜勃罗留波夫是车尔尼雪夫斯基的亲密战友，他在《黑暗王国》(1859)、《黑暗王国的一线光明》(1860)、《什么是奥勃洛莫夫性格？》(1860)、《真正的白天何时到来？》(1860)等一系列论文中，遵循他倡导的"现实的批评"原则，将文学作品和现实生活紧密联系起来进行对比分析，深刻揭示社会矛盾，阐明作品的社会意义，无论在促进社会进步还是推动现实主义文学发展上，都有不可磨灭的功绩。皮萨烈夫虽然在世界观上存在矛盾，但他与车尔尼雪夫斯基、杜勃罗留波夫并肩战斗，坚持和捍卫文学的思想性和人民性原则，强调文学与现实生活、时代的先进思想的紧密联系，为丰富和发展现实主义批评和现实主义文学作出了重大贡献。他在评论屠格涅夫的《父与子》、车尔尼雪夫斯基的《怎么办？》而写的《现实主义者》(1864)和《有思想的无产者》(1865)等论文中，提出了精辟独到的见解。总之，50、60年代的现实主义文学批评以战斗的姿态投入文学论战，积极干预生活和文学创作，不但本身在斗争中得到了深化和发展，取得了辉煌成就，而且在思想、理论、美学方面为现实主义文学，特别是小说艺术提供了正确指导和有力支持。

有斗争才会有发展。在激烈的社会思想和文学论争的风风雨雨中，在进步的文学批评的大力支持下，50、60年代的俄国现实主义小说迅速发展壮大起来，进入空前繁荣时期。首先，形成了一支强大的、卓越的创作队伍。40年代踏入文坛的一批作家如屠格涅夫、冈察洛夫、列夫·托尔斯泰、谢德林等风华正茂，创作正值高峰时期。同时一批颇有才华的平民知识分子作家如尼·乌斯宾斯基、格·乌斯宾斯基、波缅洛夫斯基、列维托夫、列舍特尼科夫等又崭露头角，为文坛注入了新生力量。俄国小说家群星灿烂，交相辉映，异彩纷呈。其次，创作繁荣，硕果累累。不仅40年代流行的风貌素描、特写和中短篇小说继续流行,而且容量更大、更能深刻揭示和剖析社会矛盾的长篇小说占压倒优势,屠格涅夫的《罗亭》(1856)、《贵族之家》(1859)、《前夜》(1860)、《父与子》(1862)冈察洛夫的《奥勃洛莫夫》(1859)、车尔尼雪夫斯基的《怎么办?》(1863)陀思妥耶夫斯基的《被欺凌与被侮辱的》(1860)、《罪与罚》(1866)、《白痴》(1868—1869)、托尔斯泰的宏篇巨制《战争与和平》(1863—1869)等均问世于这一时期。第三,小说艺术提升到新的高度。这不仅体现在小说题材、类型、风格的多样化,而且文学典型、主人公形象也形形色色,艺术表现手法更加丰富多彩,特别是心理描写艺术已臻于完善,使俄罗斯小说在世界文坛独树一帜。总之,此时小说园地已是百花竞放,争奇斗妍,欣欣向荣,蔚为大观。至此,俄国小说已赶上欧洲小说前进的步伐。

二 50、60年代小说的特点

综观50、60年代的小说,可归纳为以下几个特点:

第一,贴近现实,广泛反映社会生活,深刻揭示时代的矛盾冲突。50、60年代是俄国农奴制度和资本主义制度的交替时期,社会矛盾尖锐,各种社会问题突出暴露出来。急剧变化的现实生活激动着作家的心,他们抱着强烈的使命感,积极干预生活,反映现实,提出时代的迫切问题,使俄国文学的现实主义传统继续发展和深化。而一批平民知识分子作家的涌现则改变了贵族作家的一统天下,促进了小说创作主题的进一步民主化。

农民问题是50、60年代最迫切、最尖锐的社会问题,所以,描写农民生活的主题明显加强了。平民知识分子作家尼·乌斯宾斯基的许多特写和短篇小说不仅真实地描写了农民的赤贫、苦难、不幸,而且还不加粉饰地暴露了他们的愚昧、保守、落后,并揭示了造成农民这种精神枷锁的社会根源。这是农民主题的一次深刻变革。平民知识分子小说家费·列舍特尼科夫的《波德利普村人》和亚·列维托夫(1835—1837)的《草原随笔》(1865—1867)反映了农奴制改革后农民的痛苦生活处境。一些贵族作家在农民题材领域也作出了新的贡献。如托尔斯泰的《一个地主的早晨》并没有将笔触停留在对农民贫困生活的表面描写上,而是深入到农民的内心世界,表现了他们对事物的看法,从而揭示了农民与地主之间不可调和的矛盾,这是作家在农民主题方面超越前人之处。

封建农奴制的崩溃、资本主义的发展,使城市的社会生活发生了急剧变化。资产者的巧取豪夺,金钱势力的猖獗,将多数人排挤到社会底层,他们在贫困和痛苦中挣扎。陀思妥耶夫斯基的作品题材多取自城市生活,特别是城市底层人民的疾苦引起他极大关注。他的《被欺凌与被侮辱的》和《罪与罚》将彼得堡贫民窟的可怕生活图景展现在读者面前,并深刻揭示了各类人物的精神、道德和心理面貌;《白痴》则揭露了拜金主义者的贪欲,愤怒控诉了金钱势力对美好事物的摧残和毁灭。此外,格·乌斯宾斯基的长篇小说《遗失街风习》(1866)广泛描绘了农奴制改革后外省小官吏、小市民、手工匠的惨淡生活画面,是60年代民主主义文学的重要作品之一。

随着资本主义的崛起,工人队伍迅速扩大,反映工人被压迫、被剥削以及他们觉醒、反抗的小说也应运而生,如列舍特尼科夫的三部曲《矿工》、《格鲁莫夫》、《哪儿更好?》。格·乌斯宾斯基的中短篇小说集《破产》(1869—1871)描写了工人的生活境况和自发的反抗斗争。将工人生活引入文学是对小说题材的新拓展。

平民知识分子登上历史舞台标志着俄国解放运动贵族革命阶段的结束、新的历史时期的开始。此时,小说中的"多余人"虽余音犹存,但在屠格涅夫的《罗亭》、《贵族之家》之后,冈察洛夫的《奥勃洛莫夫》遂将"多余人"主题画上了句号。代之而起的是平民知识分子即"新人"形象。屠格涅夫得风气之先,率先在《前夜》、《父与子》中塑造了"新人"形象,继之,车尔尼雪夫斯基的《怎么办?》以及波米亚洛夫斯基、斯列普佐夫等也描写了"新人"的成长历程,展现了他们的精神风貌。与"新人"小说相对立,文坛上出现了许多所谓"反虚无主义"小说,对"新人"和革命民主主义者大加诋毁和丑化。文学主人公的更迭和围绕他们所进行的争论,反映了时代的嬗替变化和社会思想斗争的激烈。

第二,文学主人公的多元化,对正面形象的新探索。文学主人公常常充当作家思想的载体,作家通过他表达对事物的看法,寄托自己的理想。在50、60年代俄国社会的变革时期,各个阶级、各种思想倾向的作家都力图通过作品的人物顽强地表现自己,因此,文学主人公必然呈现出多元化的特点。同时,文学主人公又是时代的产儿,什么样的时代有什么样的主人公。农奴制废除之后,俄国已开始新的历史时代,而新的时代呼唤新的文学主人公。这一时期,围绕正面主人公形象而展开的激烈争论,就是时代要求的反映。所以,塑造新的正面主人公是俄国社会向文学提出的必然要求,它作为一种历史任务摆在了作家面前。

在50、60年代的文学舞台上,活动着形形色色的文学主人公的身影。其中有"多余人"、忏悔贵族(托尔斯泰笔下的进行精神探索和道德完善的贵族人物)、"小人物"、小市民,以及不同精神风貌的优美的俄罗斯妇女形象。当平民知识分子登上历史舞台时,这支新生力量立刻引起众多作家的关注。于是,屠格涅夫、车尔尼雪夫斯基以及波米亚洛夫斯基、斯列普佐夫等小说家塑造了一系列"新人"形象,其中以车尔尼雪夫斯基笔下的"新人"最富有光彩。而随着工人大军的逐步壮大和工人题材进入文学,工人和工人领袖的形象也开始在文学人物画廊中占有一席之地。文学主人公向多元化发展,说明俄国社会生活的方方面面都在文学中得到及时反映,也是文学贴近现实,小说走向繁荣的标志。

第三,道德心理探索的深化。时代的变迁,历史时期的交替,不仅急速地改变着社会生活,而且冲击着人们的精神世界,使之在道德、心理上发生了巨大变化。这不能不引起素有强烈社会责任感的俄国作家的关注和思考。皮谢姆斯基的《一千个农奴》暴露了官僚社会的营私舞弊和贵族地主的贪婪、卑劣,赞扬了老学监戈德涅夫一家所恪守的纯洁、高尚的道德原则;小说肯定了主人公卡利诺维奇整肃吏治、铲除腐败的正义之举,同时也对他为踏上宦途、步步高升而不择手段的卑鄙龌龊行径进行了道德谴责。陀思妥耶夫斯基的《被欺凌与被侮辱的》以"小人物"的正直、善良、真挚对比贵族的道德堕落和灵魂丑恶,但又进行以苦为乐、用苦难净化心灵的道德说教。而《罪与罚》和《白痴》则反映了改革后资本主义的发展所造成的整个社会的道德危机,以及由此而引发的各种矛盾、冲突、堕落和犯罪。屠格涅夫的《贵族之家》着重从道德层面剖析了"多余人"性格,指出,主人公拉夫列茨基的悲剧命运在于他无力冲破传统道德义务的枷锁。托尔斯泰的三部曲《童年》、《少年》、《青年》和《一个地主的早晨》、《哥萨克》都把重点集中在描写贵族青年的精神道德探索过程;而在《战争与和平》中更从与人民的关系的高度来判断贵族的道德价值,表明贵族只有在接近人民的过程中不断进行道德完善,贵族阶级才有出路。车尔尼雪夫斯基则在《怎么办?》中阐明了新人的道德原则——"合理利己主义",寄托了自己的道德理想。对道德的深入探索,是作家对社会问题的理性思考,从而使作品提升到道德哲理的境界,具有更深刻的思想蕴涵。

道德探索往往与心理剖析结合在一起。伴随道德探索的深化,心理描写也越来越为小说家所重视。向人物内心世界深入开掘,展示人物心理活动的洪波微澜,成为刻画人物性格的重要艺术手段。这一时期,三大小说艺术家屠格涅夫、陀思妥耶夫斯基、托尔斯泰在心理描写上业已形成各自独具的艺术特点。至此,俄罗斯小说特有的风采和独标一格美学特征——深刻细腻的心理描写,已在世界文学中展现出来。

第四,小说题材、体裁、风格的多样化。面对50、60年代纷纭变化的社会现实,作家的视野更加宽广,现实生活中提出的各种问题都在他们的创作中得到反映。这样,与40年代比较起来,小说的题材更加丰富多样,农民生活小说、工人生活小说、城市底层生活小说、"多余人"小说、"新人"小说、"反虚无主义"小说等等,几乎囊括了社会生活的所有领域。灿若群星的小说家队伍在创作中显示出不同的个性特点,因此,小说的体裁、样式、风格也形形色色。长篇小说虽雄踞文坛,独步一时,中短篇小说、特写仍继续流行,此外还出现了系列特写,如《神学校随笔》、《破产》等。长篇小说中既有批判性、暴露性的社会小说(《被欺凌和被侮辱的》《白痴》《一千个农奴》)和讽刺小说(谢德林的《一个城市的历史》),也有社会心理小说(《罪与罚》)、社会哲理小说(《地下室手记》《怎么办?》)、社会政治小说(《序幕》)、自传性小说(托尔斯泰的三部曲、阿克萨科夫的《家庭纪事》)、史诗性历史小说(《战争与和平》)等。

各小说家随着艺术上的成熟,在叙事风格上也形成自己的特点。如屠格涅夫的清新、优美,陀思妥耶夫斯基的冷峻、阴郁,托尔斯泰的深邃、恢宏,冈察洛夫的细腻、舒缓,车尔尼雪夫斯基的政论、思辩,谢德林的辛辣讽刺。另外,尼·乌斯宾斯基的充满愤怒的沉郁不同于格·乌斯宾斯基的带有感伤的幽默,斯列普佐夫的嘲讽也迥异于列维托夫的抒情。不同风格的作家的作品组成了五彩缤纷的小说百花园,呈现出一派繁荣景象。

第二节 "新人"小说和"反虚无主义"小说

50年代末60年代初,平民知识分子作为一支新生社会力量取代贵族知识分子而崛起俄国历史舞台,顺应时代的要求,塑造平民知识分子形象、反映他们的生活与成长的小说遂应运而生。这样的人物形象当时称之为"新人",来源于车尔尼雪夫斯基的小说《怎么办?》。同"新人"成长的历史一样,描写他们的小说在思想和艺术上也经历了一个逐步成熟、不断发展的过程。

最初感受到俄国社会迫切期待有朝气、有积极行动能力的文学主人公这一时代要求的,是具有敏锐洞察力的屠格涅夫。他首先在《前夜》中塑造了英沙罗夫的形象。虽然英沙罗夫是保加利亚的革命者,还不是俄国社会所需要的英雄人物,但是,作家在英沙罗夫身上展现了"新人"的风采,寄托了他对"新人"的理想。《前夜》开启了"新人"小说的先河。随之,他又创作了长篇小说《父与子》,成功塑造了一个真正的俄罗斯的"新人"——巴扎罗夫的形象,展现了这位民主主义者的坚强性格和彻底否定现存制度及其原则的战斗精神。这部作品在"新人"形象塑造上大大提高了一步。但是,作家又把巴扎罗夫写成一个怀疑一切、否定一切的"虚无主义者"。而且,巴扎罗夫的思想是怎样发展的,性格是如何形成的,心路历程的轨迹是什么样的,这些都在小说中留下空白,读者不得而知。

"新人"作为新兴社会力量的代表,自然更引起平民知识分子作家的兴趣。与屠格涅夫创作《父与子》的同时,波米亚洛夫斯基发表了《小市民幸福》和《莫洛托夫》。这两部曲恰好弥补了《父与子》的不足,清晰地描写了平民知识分子莫洛托夫从对生活抱有幻想到与贵族决裂,再到寻找自尊、自强的生活道路的觉醒历程。但可惜,莫洛托夫并没有找到真正的生活归宿,以与现实妥协、苟安于小市民的幸福而告终。屠格涅夫是将巴扎罗夫作为"当代英雄"和"革命者"去塑造的,显然,与他相比,莫洛托夫要逊色许多,他不过是"新人"中的芸芸众生。

而将"新人"形象提升到近乎完美境界的是车尔尼雪夫斯基,他在《怎么办?》中塑造了"普通新人"罗普霍夫、吉尔沙诺夫、薇拉和"特殊新人"、职业革命家拉赫美托夫等形象。他们不仅有顽强的性格和坚定的意志,而且有丰富的精神世界和美好的理想,更有服务于社会、造福于人民的献身精神。革命家车尔尼雪夫斯基将自己的精神气质、思想观点、社会理想赋予"新人"身上,使这些形象格外光彩照人。60年代末,他又完成了《序幕》。小说围绕着农奴制改革,描写平民知识分子革命家伏尔庚、列维茨基同地主和自由派的斗争,具有鲜明的时代特点,弥漫着浓重的政治斗争气息。

《怎么办?》堪称"新人"小说的典范之作,对这类小说的发展产生了巨大影响,许多人纷纷效仿。其中仿作之一就是尼·巴任(1836—1878)以笔名霍洛多夫发表的中篇小说《斯捷潘·鲁列夫》(1864)。作家力图表现农奴制改革后反动势力猖獗时期平民知识分子革命者的活动,所以他把重点放在描写主人公鲁列夫的品格和行动上;他对体力和毅力的刻苦锻炼,生活和感情上的禁欲主义,努力用知识武装头脑,漫游俄罗斯,不断变换工作,对"事业"的忠诚,对人的热情关怀……几乎是拉赫美托夫的翻版。这部作品没有为"新人"小说增添什么新东西,总体上说并不是成功之作。

而展现60年代中期沙皇政府疯狂镇压革命运动的年代里"新人"的战斗风采的是斯列普佐夫的著名中篇小说《艰难时代》。作品在农奴制改革后农村生活的背景下,通过平民知识分子梁赞诺夫和贵族谢季宁的激烈辩论,表现了革命民主派同自由派之间的分歧和斗争。梁赞诺夫是巴扎罗夫式的人物,他无情地戳穿谢季宁的谎言和伪善,揭露了自由派的本质。在他的启发和感召下,玛利亚终于与丈夫谢季宁决裂,离开家庭,走上革命道路。

遵循《怎么办?》的思想艺术路线的还有伊·奥姆列夫斯基的长篇小说《稳步前进》(1870)。作者将主人公亚历山大·斯维德洛夫及其朋友们描写成热中于实际活动的革命者,他们开办义务星期日学校,免费为穷人治病等等,看起来似乎都是一些"小事",但是,正如《怎么办?》中薇拉创建缝纫工厂一样,他们的这些活动是与革命事业联系在一起的,是为实现他们的理想作准备。"稳步前进"仅仅是他们社会活动的工作方法,而不是他们变革社会现实所坚持的改良主义路线。

此外,农奴制改革后,还出现了一些完全背离《怎么办?》的思想路线的所谓"新人"小说。如阿·舍列尔-米哈依洛夫《烂泥潭,没有主人公的故事》(1864)、德·莫尔多采夫的《新人们》(1867)和《时代的征兆》(1869)即是。前者将平民知识分子描写成宣扬改良主义的自由派,后者则赋予"新人"以"多余人"的特点。这些作品都歪曲了"新人"的精神本质。

与描写"新人"和革命民主主义者的作品相对抗,从 60 年代开始,随着农奴制改革后反动势力的猖獗,出现了一些攻击革命民主运动的"反虚无主义小说"。这是文学战线革命和反动两种思想激烈斗争的必然反映。这类小说往往围绕农奴制改革不同阵营的斗争、改革前后的民主运动、以赫尔岑为首的国外侨民的革命活动、1863 年反对沙皇统治的波兰起义等社会政治事件展开情节,常常从报刊杂志上摘引资料,具有鲜明的政治性和纪实性特点,属于社会政治小说和政治纪实小说。

虽然不同作者对待民主运动和革命者的态度有差异,但是,"反虚无主义小说"在思想倾向、主题、情节乃至表现手法上有许多共同之处。表现"善"与"恶"两种力量之间的斗争,是这类小说的基本主题。不过,在作者笔下,"邪恶力量"的代表指的是"虚无主义者",即革命者和民主主义者,他们或者被写成缺乏理性的、狂热的冒险者和破坏者,华而不实的空谈家,或者被写成虽然真诚、坚强,愿意为人民的福祉而献身,但却盲目充当国外势力的工具和走卒,总之是些"革命的怪物"。而"善的力量"的代表则是传统道德和原则的维护者、有教养的、品德高尚的"真正的贵族",拯救俄国的希望就寄托在他们身上。这类小说的情节模式大致是:主人公因受"邪恶力量"的诱惑而误入革命运动的"歧途",于是围绕主人公"善"与"恶"、拯救者与诱惑者展开一场斗争,斗争的结局主人公或者得救或者死亡。尽管各个作者对革命运动的态度不尽相同,但基本观点是一致的,那就是:革命不过是茫茫的"浑浊的海",是虚幻的"海市蜃楼";革命运动"走投无路",没有前途。所以,"反虚无主义小说"的基本思想倾向是保守和反动的。至于它的表现手法,则既有现实主义的写实,也有浪漫主义的夸张,还有纪实小说的实证和惊险小说的紧张,等等,可以说是各种手法和风格的大杂烩。

俄国第一部"反虚无主义小说"是皮谢姆斯基的《浑浊的海》(1863)发表在卡特科夫主办的《俄国导报》上。作者指出,他创作这部小说的目的是要表现"最近我们蓬勃发展的假革命……详细、确实地描写这一切是何等的毫无意义,它是非人民的,甚至是可笑的"。[①] 作品的思想倾向已明确表达出来。

该小说结构松散,没有贯穿始终的统一情节,作者的着力点放在对各种事件和人物的描写上,以期展现出急剧变化中的俄国社会风貌。应该说,当作者描绘农奴制改革前贵族地主的生活画面时,其笔触是准确、鲜明、生动的,而且不乏批判、讽刺的激情。同时,作者还揭露了日益兴起的资本主义势力及其罪恶。在作者看来,资本主义关系的发展和革命情绪的增长,都是当今社会的时代特征及其

---

① 转引自《俄国小说史》第 2 卷,第 135 页。

"恶"的表现。包税商加尔金投机倒把,疯狂掠夺,贿赂官员,干了一系列罪恶勾当,后来他竟摇身一变成了"革命者"。皮谢姆斯基就这样无端地将资本主义的罪恶与革命活动联系起来。

在小说中还暗示,有名的1861年5月彼得堡的大火是波兰人和革命者组织策划的。反动报刊正是这样散布谣言以为镇压革命制造借口的。在这里,作者却同反动派唱起了一个调子。小说还对赫尔岑大加诽谤攻击。作品中写到,贵族自由主义者巴克拉诺夫为了赶时髦,偷偷阅读赫尔岑主办的《钟声》杂志,并去伦敦会见赫尔岑,将革命传单带回俄国散发。另一个萨巴耶夫青年也受到赫尔岑的"蛊惑",在偷运传单入境时被捕,流放西伯利亚,后来死在那里。在作者看来,赫尔岑就是在俄国传播革命思想的祸首,那些受他影响而被吸引到革命运动中来的年轻人都成了无谓的牺牲品。另外,小说中还写到了车尔尼雪夫斯基。书中人物普罗斯科里茨基即是影射这位革命家。作者对这一人物作了许多正面评价,例如他头脑聪明,知识渊博,凡是接触他的人,都会感受到他的力量、真挚和对革命信念的忠诚。但同时又强调,这不过是一种"书生气",一种盲目的、宗教式的"狂热",实际上他们并不了解现实,也不了解人民。其实,不了解人民的内心要求,不能正确理解时代精神的恰恰是皮谢姆斯基本人。他对50年代末60年代初俄国高涨的民主革命运动惊恐不安,在他的眼中,俄国就如同"浑浊的海",沉渣泛起,一片污浊、喧嚣、混乱,从中看不到任何振奋人心的东西。这种思想倾向的作品理所当然遭到进步批评界和读者的否定。

较之《浑浊的海》更为典型的"反虚无主义小说"是克留什尼科夫的《海市蜃楼》(1864)和列斯科夫的《走投无路》(1864)。

《海市蜃楼》的情节围绕着中心人物英娜·格罗别茨展开。英娜之父是30、40年代进步小组的成员,斯坦凯维奇、别林斯基、赫尔岑的亲密战友,曾被流放。英娜决心追随父亲,为真理而斗争。贵族青年鲁萨诺夫热恋着英娜,而英娜本人却被勃隆斯基伯爵所吸引,并与他一起逃往国外。勃隆斯基是波兰起义的领袖之一,波兰民族解放运动"贵族党"的代表人物,他正在西南边界秘密组织策划反对俄国的暴动。1863年波兰起义爆发。鲁萨诺夫奉命率领政府军与勃隆斯基领导的波兰起义军作战,期间,与英娜相遇,他极力想使她摆脱"邪恶力量"的控制,但遭到拒绝。小说最后,英娜侨居国外,孤独一人,身染重病。鲁萨诺夫前去救助,但此时,英娜既对勃隆斯基的热情已经消退,也对俄国的民主运动和赫尔岑的革命活动感到失望,她心灰意冷,看不到出路。

该作品体现了"反虚无主义小说"的典型的情节模式。在小说中,勃隆斯基伯爵扮演的是"诱惑者"的角色,他被作者描绘成波兰起义的领袖、"邪恶力量"的代表。此人诡计多端,善于玩弄两面派手段,是他将英娜引向毁灭的边沿。通过这一人物,作者意在表明,60年代初俄国的革命运动与波兰起义是内外呼应、互相关联的,国内的革命者后面有国外阴谋分子的支持。而"拯救者"的角色则由鲁萨诺夫充当。作家赋予这一人物诸多美好品德:高尚的公民感情,为人民服务的真诚愿望,对爱情执著而忘我的精神,甚至对敌人的宽宏大量等等。他是一个渐进主义者,宣扬逐步而稳妥的进行社会改良。这体现了作者本人的政治主张。他竭力想挽救英娜,但最终也未能如愿;他竭力想表现得很坚强,可实际上往往是软弱无力。作者本想将拯救社会的任务交给鲁萨诺夫这类改良主义者,而事实证明,他们无力担当"拯救者"的历史重任。作者思想上的矛盾在这里表现出来。

女主人公英娜是个性格坚强、热爱自由的姑娘,曾发誓以父亲为榜样,为社会正义事业而奋斗。她胸前佩戴着父亲送给她的礼物——一枚镶嵌赫尔岑肖像的胸章,以此表示对革命前辈的崇拜。她没有识破勃隆斯基的两面派嘴脸,完全被他迷惑,跟随他逃往国外。经历一番风雨和坎坷,她的人生阅历增长了,但同时她的热情也冷却了,理想破灭了,对革命运动感到厌倦、失望。她觉得,革命运动不过是虚无缥缈的"海市蜃楼",转瞬即逝。这就是克留什尼科夫对俄国民主运动的看法。

列斯科夫对俄国革命运动有自己独特的立场和观点。他认为,俄国的民主革命运动是有其社会根源的,专制农奴制度下黑暗、落后的社会现实是产生革命思想的土壤。另外,在他看来,在"虚无主义者"中间不仅仅都是流氓、恶棍,而且有思想先进、信仰坚定、道德高尚的真正的有识之士。因此他的作品与其他"反虚无主义小说"有所不同。

列斯科夫的长篇小说《走投无路》(1864)一开始就把读者带进了俄国外省小城令人窒息的日常生活氛围之中。在这"黑暗王国"里,女主人公丽萨备感压抑,她渴望跳出腐败、污浊的泥淖,去寻找更理想、更有意义的生活。正是对旧世界的不满和反抗使丽萨走向了虚无主义。作者以此表明,青年人的虚无主义情绪、俄国的革命运动是日益觉醒的社会意识反抗旧的、不合理的社会秩序的必然反映。在作者的笔下,丽萨是个纯真、善良、热情、富有同情心的姑娘,是小说所有人物中最美好、最鲜明的形象之一。可是,她的命运如何呢?她脱离了原来的生活环境,而在那些"虚无主义者"中间,她又感到孤独。在作者写来,革命运动队伍中混进了许多毫无德行的无耻之徒,丽萨未能在这里找到品德高尚的"新人"和理想的生活,最后被肺病夺去年轻的生命。作者力图证明,新生活在革命中是寻觅不到的,革命者的命运无不是悲剧性的。在小说结尾,作者通过一个商人的口说道:"他们让人民到这儿到那儿,而他们自己,说实在的,其实去哪儿的路都摸不清,没有我们这些人,他们永远找不到路。他们转来转去,一切都陷入走投无路的困境。"这就是作者给民主革命运动下的判词。

列斯科夫的第二部"反虚无主义小说"《结仇》(1870—1871)进一步发挥了《走投无路》中所表达的思想：民主运动正在蜕化变质，已演变成凶手、罪犯和骗子的集团。小说中的"虚无主义者"几乎都是精神空虚、灵魂渺小、道德低下的败类，只有少数人还坚守着自己的思想道德信仰。连作者自己也承认，这是他最拙劣的作品。《走投无路》和《结仇》受到进步人士的批评，也给列斯科夫的声誉带来损害。

继50年代末60年代初"反虚无主义小说"第一次泛滥之后，60年代末——70年代初和1880—1885年又出现了第二、第三次浪潮，涌现出科列斯托夫斯基的两部曲《盲从者》(1869)和《两种力量》(1874)、马尔凯维奇的长篇小说《来自红角的玛丽娜》(1873)《转折》(1880—1881)、《深渊》(1883—1884)等作品，对民主革命运动的毁谤和攻击更甚嚣尘上。

在这场"反虚无主义"的合唱中，一些著名小说艺术家也以自己的创作自觉或不自觉地参与进来。如冈察洛夫的《悬崖》、屠格涅夫的《烟》、陀思妥耶夫斯基的《恶魔》，都对"虚无主义者"和革命者进行了不同程度的歪曲和攻击，玷污了他们的艺术天才和艺术成就。

第三节 平民知识分子小说家和皮谢姆斯基、斯列普佐夫

随着俄国解放运动进入第二阶段，平民知识分子登上历史舞台，50、60年代涌现出一批平民知识分子小说家。他们大都出身贫寒，都经历过艰难曲折的人生道路，甚至遭受沙皇政府的监禁、流放、苦役的残酷迫害，忍贫受苦，历经磨难，大多英年早逝，人生花朵尚未绽放就凋谢了。与贵族作家比较起来，他们更接近人民，更了解人民的疾苦，这就决定了他们的创作具有共同特色：他们的作品充满批判精神，毫不掩饰地揭露了社会的不公正、人民的贫困、无权和备受凌辱，愤怒谴责了统治阶级的对人民的残酷压迫和剥削；他们对社会问题特别关注，在自己的作品中提出了诸如革新社会、消灭不平等的社会关系、改善人民的生存境况、争取妇女解放等重大而迫切的社会问题；由于他们来自人民，熟悉人民的生活，所以，他们把市民、工人、农民的生活题材引入文学，在他们的笔下，人民的生活习俗、思想感情、性格乃至心理特征，都表现的真实、准确、自然、鲜明；他们为平民知识分子树碑立传，塑造了积极进取、勇于开拓的"新人"形象，展现了他们崭新的精神风貌；在艺术风格上，一般说来，他们对生活现象的描述都具有细节的具体性和详实性，语言色彩严肃、沉郁、冷峻，因为他们目睹的更多是生活中的

黑暗、痛苦和不幸。他们的作品为我们认识50、60年代俄国社会现实提供了大量生动的历史材料,同时他们的创作加强了俄国文学的民主化倾向,为促进文学的进步作出了积极贡献,为以后俄国无产阶级文学的发展做了铺垫。

这一时期的平民知识分子小说家除了车尔尼雪夫斯基外还有尼·乌斯宾斯基、格·乌斯宾斯基、波米亚洛夫斯基、列舍特尼科夫等。

尼·瓦·乌斯宾斯基(1837—1889)出生于图拉省一乡村神父家庭。农民的赤贫、苦难和无权,农村不平等的社会关系,愚昧、野蛮的风俗习惯,从小就在他心中留下深刻印象。在图拉神学校长达8年的学习生活(1848—1856)使他对那里恶劣的生活条件、宗教对人性的摧残有了深切体验,更激发了他对宗教教条的厌恶和对周围环境的反抗。1856年乌斯宾斯基离开神学校,到他向往已久的彼得堡去求学。他先入彼得堡外科医学院,后又转入彼得堡大学历史哲学系,但未毕业就弃学而专门从事他热爱的文学事业。1857年他在《祖国之子》杂志上发表了最初的两篇短篇小说《老太婆》和《洗礼》。1858年开始为《现代人》撰稿,发表了《好日子》、《晚餐》、《猪崽》、《过路人》、《途中》、《蛇》、《大车队》等优秀短篇、特写。这些短小精悍、生动活泼的作品以残酷的真实展现了俄国农村的面貌:地主、富农对农民的敲诈和掠夺,农民的极度贫困和备受压迫,以及这种悲惨的生活境遇对农民在精神上所造成的不良影响——他们的愚昧无知、消极落后、酗酒、残暴等等。

1861年乌斯宾斯基的第一部作品集问世,立即引起了车尔尼雪夫斯基的关注,为此写了著名的评论文章《不是转变的开始吗?》。批评家特别赞扬作者深入观察人民的生活,不回避矛盾,不仅真实地再现了平民百姓的屈辱生活,而且大胆地、毫不隐瞒和粉饰地暴露了他们种种消极、落后的弱点。这正是乌斯宾斯基不同于前辈作家之处,也是他的功绩之所在。车尔尼雪夫斯基指出,新时代的文学的任务就是要真实地反映人民的生活,敢于说明真相,不掩盖他们的缺点,同时要指出产生这些缺点的社会根源,只有这样,才能唤起人民的自尊心和社会意识,使人民从沉睡中惊醒、奋起,抛开一切精神枷锁,为改变自己的不幸命运而斗争。所以在他看来,乌斯宾斯基对农民及其缺点的真实描写,不仅是俄国文学的新特征,是文学的一种转变,而且是预示社会变革的征兆。

然而,乌斯宾斯基并不理解车尔尼雪夫斯基的论文的深刻含义,更看不清俄国社会变革的形势,所以他未能继续与革命民主主义者并肩战斗,而于1862年与《现代人》决裂。此后,他在各地中小学任教,同时为自由派的,甚至反动派的报刊杂志撰稿,思想上误入迷途。农奴制改革后他创作的《侏罗纪层》、《侦查》、《乡村剧团》、《费多尔·彼得罗维奇》、《牧童叶戈尔卡》、《在地方自治局里》等特写依然继续农村生活的主题,反映富农的剥削、农民的赤贫和无权,并对自由派进行揭露。但他在文坛上的声誉已成过去,而被称为"被遗忘的作家"。自1884年起,他居无定所,四处流浪。漂泊不定的生活,经济上的困顿,精神上的孤独、痛苦、婚姻的失败,最终导致悲惨结局:乌斯宾斯基于1899年10月21日自杀。

尼·格·波米亚洛夫斯基(1835—1863)是彼得堡郊区一个贫穷的教堂执事的儿子。他的一生仅仅有29个年头,却有14年是在神学校度过的。神学校的野蛮制度,恶劣的环境,令人窒息的气氛,充满宗教偏见的教育,无疑是对波米亚洛夫斯基身心的极大摧残和戕害,但同时也促进他的思考和觉醒,激发了他的反抗情绪。所以,1857年他从神学校毕业后,拒绝担任教职,他被车尔尼雪夫斯基、杜勃罗留波夫的思想和文章所吸引,决心献身于文学事业。他在给车尔尼雪夫斯基的信中写道:"我深深地尊敬您,不但如此,我还是您的学生。我由于读《现代人》才确定了自己的人生观。"

走出神学校大门的波米亚洛夫斯基一面潜心文学创作,一面积极投身于社会政治活动。1860年起,他在彼得堡工人区星期日学校义务授课,向工人传授知识,很受欢迎。1861年秋他还参加了彼得堡大学生的示威游行。

1861年《现代人》刊登了波米亚洛夫斯基的成名作——中篇小说《小市民的幸福》和《莫洛托夫》。1862—1863年他又发表了他最成功的作品《神学校随笔》。同时,他还构思了长篇小说《兄弟姐妹》,但未完成。

1862年俄国反动势力日益猖獗,沙皇政府对革命运动进行疯狂镇压。车尔尼雪夫斯基等革命人士被捕,《现代人》被停刊,工人星期日学校被关闭……波米亚洛夫斯基在事业和精神上所寄托的一切都丧失了。这对他无疑是沉重打击。1863年10月他在郁闷和失望中病逝。得知他的死讯,被囚禁在彼得保罗要塞的车尔尼雪夫斯基写道:"我特别为当代诗人和散文作家中最强有力的一位——波米亚洛夫斯基而高兴。这是一个具有果戈理、莱蒙托夫的力量的人物。他的去世对于俄国文学是可怕的、巨大的损失。"①

两部曲《小市民的幸福》和《莫洛托夫》是60年代俄国文学中最早以平民知识分子为主题的小说,反映了他们的觉醒和个人奋斗的历程。莫洛托夫是一个小炉匠的儿子,父亲去世后,受到一位好心的教授的资助完成了大学学业。他怀着对未来生活的幻想走出校门,做了贵族地主奥布罗西莫夫的秘书。主人一家表面上对他很尊重,他勤勤恳恳,努力工作,甘愿为主人效劳。一次他无意中听到主人夫妇谈话时说道:"这种人只要给块面包,让干什么就干什么……""到底是干粗活的平民,不知怎样总像是等待施舍似的……"这几句话强烈地刺激了

---

① 《车尔尼雪夫斯基全集》第7卷,俄文版,第683页。

他,使他从梦幻中醒悟过来,这时他才明白,在贵族地主心目中他不过是供人驱使的奴才;他才认识到,社会如此不平等,现实如此残酷。他愤愤不平地骂道:"贵族!……我们平民百姓哪些地方比你们差呢?我们是小市民,是平民,我们没有贵族风度吗?我们有自己的风度!"他的平民意识觉醒了,内心里充满对贵族的憎恨愤然离开庄园,去寻找自己独立的、有尊严的生活道路。

在《莫洛托夫》中,作者继续写这位平民知识分子为开拓自己的人生道路所作的努力。莫洛托夫漫游俄罗斯,做过各种工作,埋头苦干,拼命挣扎,经过 10 年奋斗,积攒了 1 万 5 千卢布,并且"适应了环境,学会了圆滑、委婉和机灵",经过一番周折,又与恋人结合,终于为自己营造了一个安乐窝,过上了心满意足的幸福生活。然而,这不过是一种个人的、狭隘的、庸俗的"小市民的幸福"。作者在小说结尾不无嘲讽地感叹道:"到头来不过是小市民的幸福。唉!诸位先生,真是有点无聊啊……"从幻想中觉醒的莫洛托夫意识到平民的尊严和力量,他本想凭借自己的才能去开创新生活,做些有益的事业,但不合理的社会没有为他提供有利的条件,他也无力改变社会环境的影响,最终与现实妥协,堕入庸俗的小市民生活的泥潭。作者一方面谴责社会现实对青年人的恶劣影响,另一方面也否定了主人公的个人奋斗道路。

小说中的平民知识分子艺术家切列瓦宁是另一种典型,与莫洛托夫形成鲜明对照。高尔基称他是"比巴扎罗夫'更彻底的'虚无主义者"[①]。他孤高傲世,与周围社会环境不相容,蔑视一切,否定一切;他不赞成莫洛托夫所选择的生活道路,认为这种个人幸福不应该是有志青年追求的人生目标。但是,他又缺乏健全、理智的思想,他的强烈否定精神未能进一步引导他去为变革现实而斗争,面对不合理的社会现实,他只是陷入深深的苦闷和绝望之中。莫洛托夫和切瓦宁代表了当时多数平民知识分子的两种生活态度、两条人生道路:或者追求个人幸福,或者悲观绝望。但是,对不满现状的平民知识分子来说,除此之外还有没有更有意义的生活和更积极的人生道路呢?由于作家本人没有达到当时最先进的革命民主主义者的思想高度,所以他无法对此作出明确回答。

《神学校随笔》是波米亚洛夫斯基又一部重要作品,包括 5 篇特写(第五篇未写完),是根据作者在神学校学习、生活的亲身体验和感受写成的,具有极高的真实性和可信性。在这部作品中,作者无情地撕去了神学校"圣洁"的帷幕,将一个鲜为人知的黑暗世界暴露在读者面前。神学校的生活是可怕的,在这里专横、野蛮、顽固、愚昧统治着一切,死记硬背,强行向学生灌输神学教条,一切科学的、进

---

① 《高尔基全集》第 25 卷,俄文版,1950 年,第 346 页。

步的书籍都被禁止,一切新鲜活泼的思想都受到压制。学生遭受种种惩罚是司空见惯:打板子、打耳光、鞭笞、罚跪、监禁等等,身心饱受凌辱、摧残。在这样的恶劣环境中,很多本来天性善良、聪慧的少年结果都变成了顽劣的无赖或愚蠢的傻瓜。这里不是教育人、培养人的学校,而是折磨人、戕害人的场所。

从另一方面说,平民知识分子又是在逆境中磨砺成长的。神学校的黑暗生活和思想奴役在那些善于独立思考的学生的头脑中起到催化作用,促进了他们的觉醒,培养了他们的分析批判能力,激发了他们的反抗精神。书中写道:"当他们头脑中出现思想动荡,心灵里产生了许多要求明确回答的重大问题,当信念开始崩溃的时候,这些人运用辩证法的力量,借助于对生活和大自然的观察,撕开了笼罩着他们心灵的种种矛盾和疑虑的迷网,开始阅读像费尔巴哈这样一些人的著作……此后,他们变成了坚定的无神论者……"这恰好说明,为什么在神学校里走出了像杜勃罗留波夫、波米亚洛夫斯基等这样的叛逆者和才俊之士。

神学校的黑暗暴露了俄国整个教育制度的弊端,而教育制度则是专制农奴制的产物。所以,《神学校随笔》的重要意义不仅在于揭露了神学校的罪恶和抨击了整个教育制度的弊端,而且将批判矛头指向了沙皇专制制度,专制、黑暗的俄国就如同一所令人窒息的神学校。作者的民主主义思想在小说中得到鲜明体现。

波米亚洛夫斯基的一生极其短暂,他的文学创作生涯仅仅4个年头,但他的作品有强烈的时代感,触及了当时许多迫切问题,如平民与贵族的关系、平民知识分子的人生道路、"小市民的幸福"、妇女解放、教育制度等。他的鲜明的民主主义思想,积极干预生活、深入观察生活的的创作态度,强烈的批判精神,对俄国文学的发展产生了积极影响。高尔基在回忆自己的创作道路时说道:"有三位作家——波米亚洛夫斯基、格·乌斯宾斯基和列斯科夫——各自以不同的方式影响过我对生活的态度。可能波米亚洛夫斯基对我的影响比列斯科夫和乌斯宾斯基更强烈。"[①]

费·米·列舍特尼科夫(1841—1871)出生于西伯利亚叶卡捷琳堡一邮差家庭,幼年丧母,寄居亲戚家,饱受饥寒之苦。1859年中学毕业后,在当地各机关任小官吏,同时开始文学创作,写过诗歌、小说、戏剧,积累了创作经验。1861年《比尔姆省新闻报》上刊登了他的第一篇特写《比尔姆的圣诞节节期》。1863年他来到彼得堡,并结识了《现代人》主编、大诗人涅克拉索夫,从此翻开了他生活和创作的新的一页。翌年,他的成名之作中篇小说《波德利普村人》在《现代人》

[①] 《高尔基全集》第25卷,第348页。

上一发表,立刻博得读者和评论界的普遍赞赏。随后,他去乌拉尔旅行,为他正在构思中的长篇小说《矿工》搜集素材。1866年这部作品即问世。接着他又完成了长篇小说《格鲁莫夫一家》(1866—1867)、《哪儿更好》(1867—1868)、《自己的面包》(1870)以及许多特写和短篇小说。

早年的困苦生活,紧张的创作活动,过度的劳累,严重损坏了列舍特尼科夫的健康,于1871年5月因肺病去世,时年仅30岁。

《波德利普村人》描写了农奴制改革后乌拉尔一带农村和城市工人的贫困生活。波德利普村是仅有6户人家的偏僻小村,农民世世代代过着贫病交加、牛马不如的生活。他们愚昧、迷信、无知,甚至连5个以上的数目都不知道。然而,贫穷痛苦的生活并没有泯灭人民对幸福的向往,人们再也不愿意照老样子生活下去。贫苦农民皮拉和瑟索卡离开村子,出外谋生,去寻找新的生活出路。

小说后半部,画面从农村转移到城市。皮拉和瑟索卡四处流浪,从事力不胜任的繁重劳动,处处受压迫、剥削,还遭受毒打、监禁。最后,他们当了纤夫,在一次事故中结束了悲惨的一生,至死也没有品尝过幸福的滋味。然而,生活在前进,年轻一代在成长。皮拉的儿子巴维尔和伊万比父辈更聪明、更进步了,成为有文化有技术的工人,见识越来越广,"脑袋越来越爱想事",周围的生活,社会的不平,引起他们的思考:"有的人生活富有,有的人生活贫困……有的人吃得饱饱的,有的人啃面包皮,为什么不是大家都富有?"故事以巴维尔和伊万的沉思结束,显示了新一代工人的觉醒,也表明了作者对人民的信心,相信他们一定会为争取更合理、更美好的生活而斗争。

《矿工》、《格鲁莫夫一家》和《哪儿更好?》是描写乌拉尔地区工人生活和斗争的三部曲。前两部以矿工托克勉卓夫和格鲁莫夫的家史为基础,描写了工人的悲惨生活,控诉了资本家对工人的残酷压迫和剥削。但工人们已不甘当牛做马,他们在逐步觉醒,反抗情绪日益高涨,工人中间已涌现出觉悟较高的先进人物如柯尔查金、格鲁莫夫等,他们与工人一起开始了自发的发抗斗争。《哪儿更好?》通过乌拉尔矿山、工厂、铁路以及彼得堡的工人到处寻找生活、工作"更好的地方"的经历,广泛地反映了工人的困苦处境和意识的觉醒,歌颂了先进工人彼得洛夫和科洛瓦耶夫不畏强暴,组织工人罢工,团结一致,反抗资本家的斗争。

列舍特尼科夫是俄国文学史上描写工人生活和斗争的小说家。他紧紧把握住时代的典型现象,真实地再现了农奴制改革之后资本主义开始迅速发展时期俄国无产阶级大军的觉醒、成长、壮大的历史过程,塑造了有觉悟、有反抗精神的先进工人的形象,这是富有开创意义的。另外,也是他首先把乌拉尔地区的现实生活和风土人情引入俄国文学的,为小说创作开辟了新的领域。作为平民知识分子作家,他熟悉普通百姓的生活和心理,所以,他善于运用活泼、生动、通俗的民间语言,描写劳动人民的日常生活,揭示他们的内心世界,在这一方面,他较之贵族作家更显示出自己的特点和优势。

除平民知识分子小说家外,在文坛上还活跃着其他一些小说家,如皮谢姆斯基、斯列普佐夫等。

阿·费·皮谢姆斯基(1821—1881)是一位卓有成就的小说家。出生于科斯特罗马省一没落贵族家庭。中学时代即尝试写小说。1840年入莫斯科大学哲学系学习,期间,广泛涉猎国内外文学名著。四年后毕业,曾先后在政府机关任职近10年,耳闻目睹了官场百态。1853年退职,专事文学创作。1848年开始发表作品,成名作是中篇小说《窝囊废》(1850)。主人公别什梅杰夫满怀高尚理想进入大学,毕业后回到家乡,涉足官场,不慎犯错误,加之他意志薄弱,优柔寡断,屈从环境,陷入小市民庸俗、琐屑的生活的泥淖中,贪杯酗酒,成了个一事无成的"窝囊废"。在这里,作者着重谴责了龌龊的社会环境对人的高尚追求和美好天赋的腐蚀和毁灭。随之他又发表了《喜剧演员》、《有钱的未婚夫》、《在彼得堡混过事的人》(均为1851)、《巴特马诺先生》(1852)、《吹牛的人》(1854)等中短篇小说,广泛描绘外省的生活风习,暴露贵族社会的空虚无聊和小市民的庸俗习气,表现农民的生活和他们的道德品质。

1854年冬,皮谢姆斯基迁居彼得堡后,开始了他创作的顶峰时期。1855年他在《现代人》上发表了中篇小说《她有罪吗?》,揭示了俄国妇女的无权地位和不幸命运,表现了对她们的真挚同情和关怀。该作品深得车尔尼雪夫斯基的好评,认为他是沿着"果戈理开辟的道路"前进的。1858年他用5年时间创作的长篇小说《一千个农奴》在《祖国纪事》杂志上问世。这部作品被公认为是他的代表作,给他带来了广泛声誉。

《一千个农奴》描述了一个非名门出身的知识分子奋斗钻营、跻身官场、跃居高位、最后跌落失败的坎坷生涯。卡里诺维奇大学毕业后,到外省一中学任学监,结识了退职老学监戈德诺夫一家,并与其女儿纳斯坚卡相爱。不久,他即辞职,怀着飞黄腾达的梦想来到彼得堡,然而,进身之门对他紧闭。为了踏入上流社会,他狠心抛弃了纳斯坚卡,攀附他并不爱的,而且有残疾的将军之女波林娜,摇身一变而成为有钱的名门贵婿,凭此踏上宦途,而且官运亨通,仅三四年即擢升为六品文官,被委任为副省长。他依仗手中大权,整肃纲纪,惩治腐败,清除积弊,结果却落了个被撤职的下场。

作品沿用"流浪汉小说"(或曰"骗子小说")的传统结构模式,以主人公卡里诺维奇的生活经历为线索,将县城中学、地主庄园、省政府衙门、首都报刊编辑部、贵族府邸的舞会、署长办公室等画面连缀起来,从而构成整个俄国社会生活的图景。这里活动着各种人物：卑劣无耻的梅季奥克里茨基科长，放高利贷的邮政局长，滥用职权、营私舞弊的警察局长和他的毒舌妇太太，极端吝啬而又讲究排场的将军夫人，道貌岸然、老奸巨滑的公爵，平庸无能、混迹官场多年的省长，还有纯朴善良的戈德涅夫一家人……作者通过对官场和贵族各色人物的描绘，一语中地地指出，盛行于这个社会的"唯一的生活定律"就是："人就是为了钱，钱就是一切"。他借助一个人物的口，揭发了官场的腐败："如今谁不受贿？……有人类的地方就有贿赂"；大小官吏贪赃枉法，敲诈勒索，"只要看出你有什么需要，就施展浑身的解数，把你的膏脂榨得干干净净"。小说暴露了社会的溃疡，让读者从中得出结论：农奴制的国家机构从上到下已腐败透顶，彻底的社会变革已刻不容缓。

　　主人公的最后命运又进一步加强了这一结论。经过一番奋斗，卡里诺维奇终于爬上高位，实现了自己的梦想。此时，他怀着"正义的国家原则的思想"，想凭借手中的权利匡正时弊，改善世风。他惩办贪官污吏，甚至拿老谋深算的伊万公爵开刀。但是他孤家寡人，势单力薄，又认识不到产生罪恶的深刻社会根源，结果，他的斗争不过是一道微弱的闪光，霎时间即被"黑暗王国"吞没。富有讽刺意味的是，当卡里诺维奇处心积虑、不惜一切卑劣手段汲汲于名利时，他可以一岁三迁，步步高升；而当他伸张正义，打击歪风，试图对国家机器作某些修整时，却被它击毁了。卡里诺维奇的失败表明：仅靠个人单枪匹马的点点滴滴的改良根本不能疗救这病入膏肓的社会，必须彻底变革现存社会制度，才能消灭产生社会积弊的根源。这部小说的客观社会意义和启迪作用就在这里。

　　主人公卡里诺维奇是个颇为矛盾的人物。他出身于平民，父母早亡，自幼寄人篱下，饱尝屈辱和辛酸，对社会的不平等有深切体验。但他又有强烈的虚荣心，特别是目睹了将军夫人的府邸和伊凡公爵的庄园的富贵荣华之后，更激发了他向上爬的欲望。为了出人头地，飞黄腾达，他背叛爱情，攀附权贵，投机钻营，不择手段。然而，他的良知未泯，社会责任感犹存，当他跃居高位、大权在握时，他决心惩办贪官污吏，与腐败现象作斗争。对不公正社会的愤愤不平和跻身上层社会的强烈虚荣心，趋炎附势和内心里对权贵的憎恶与鄙视，追名逐利而不择手段和革除积弊、改良社会的责任感与勇气，身上污迹斑斑而又不乏亮点。两种矛盾的品格集于一身，显示了卡里诺维奇这一平民知识分子形象的复杂性和独特性。正是因为这样，当时评论界对这一形象有截然不同的看法，有的说是正面人物，有的说是反面人物。我们认为，平民知识分子并不都是光彩四射的"新人"和革命者，也有如卡里诺维奇这种矛盾复杂的性格的"另类"，他们同样是嬗替变化的时代的产物，是俄国社会土壤的产物。

　　《一千个农奴》受到批评界的赞许。车尔尼雪夫斯基称它是"我们当代一位一流作家的杰作"。① 皮萨列夫则说:"按这部小说所囊括的现象的丰富多样来说,它肯定高于我们所有最新的文学作品之上。卡里诺维奇的性格构思得如此深刻,这一性格的发展与我们的生活的所有最重要的方面和特点如此紧密地联系着,即使就长篇小说《一千个农奴》写上 10 篇批评文章,也阐述不尽它的内容和内在意义。"②

皮谢姆斯基与革命民主派的机关刊物《现代人》杂志逐渐疏远。1857 至 1860 年,他参加了保守派的杂志《读书文库》的编辑工作,1861 至 1863 年任主编。随着民主革命运动的高涨和社会思想界斗争的尖锐,皮谢姆斯基陷入思想矛盾之中不能解脱,与革命民主阵营的关系日趋恶化。他在自己的杂志上化名发表一系列杂文,对进步人士组织的社会活动加以嘲讽,激起进步文学界的抗议。1863 年他迁居莫斯科,担任保皇派文人卡特科夫主持的《俄国导报》的小说部主任,并于同年在该杂志上发表了长篇小说《浑浊的海》,攻击革命民主运动,污蔑进步人士,从而开启了"反虚无主义小说"的浊流的闸门。

《浑浊的海》受到进步舆论界的谴责,使皮谢姆斯基的声誉下降。这引起他的反思,而反动统治的加剧也使他逐渐清醒,思想和创作随之发生变化。他在 1869 年发表的自传性长篇小说《40 年代的人们》中,通过主人公巴维尔·维赫罗夫的成长经历深刻地揭示了农奴制度下的社会矛盾,反"虚无主义"的错误倾向得到部分纠正。两年后他又完成了长篇小说《在旋涡中》(1871)。作品塑造了一个崇尚新思想、追求个性解放的女性叶莲娜的美好形象,并以她生活、爱情、事业上的遭际为中心,反映了 60 年代俄国的社会生活和种种事件。以前在《浑浊的海》中,作者曾对旅居国外的革命家赫尔岑加以诋毁,而在这部作品中则写到,叶莲娜虽然屡遭挫折,但她对自己的信仰和追求忠贞不渝,去世前仍与国外的革命家保持着通信联系。此外,小说还通过不同人物的口对赫尔岑、车尔尼雪夫斯基、杜勃罗留波夫等人予以肯定和赞扬。这一切表明,作者对俄国革命民主运动和进步青年一代的态度已有所转变。

皮谢姆斯基晚年的作品以暴露资产阶级的贪欲为基本主题。长篇小说《小市民》(1877)描写古老贵族与资产者的冲突;最后一部长篇小说《共济会员》(1880)取材于 30 年代,表现资产阶级的无耻和贪婪,赞扬共济会员的高尚精神。

瓦·阿·斯列普佐夫(1836—1878)是一位革命民主主义作家,反对沙皇专制制度的斗士。他出生于一个古老的贵族世家。其父是萨拉托夫的富有地主,曾

① 《车尔尼雪夫斯基全集》第 5 卷,第 455 页。
② 转引自戈洛文钦科、彼得洛夫主编《19 世纪俄国文学史》第 1 卷,俄文版,1963 年,第 546 页。

任龙骑兵团长。他15岁入奔萨贵族学院,但因为大胆的自由思想未毕业即被开除。1853年,17岁的斯列普佐夫进入莫斯科大学医学院学习,但医学对他没有吸引力,一年后即辍学。他曾一度在雅罗斯拉夫尔剧团当演员,不久又放弃戏剧。1860年秋,受俄国地理学会的委托去搜集民歌、谚语、故事。此行的成果是他于1861年发表了处女作——特写《弗拉基米尔卡与科良兹玛》。作品记录了他的旅途见闻,真实描写了工人、农民受地主和资本家残酷剥削的苦难生活。

1861年斯列普佐夫来到彼得堡,结识了涅克拉索夫、车尔尼雪夫斯基和萨尔蒂科夫-谢德林,成为《现代人》杂志的撰稿人。从此,开始了他文学创作和社会活动的鼎盛时期。1862至1863年他在《现代人》上发表了一组特写《关于奥斯塔什科夫的信》,针对贵族自由派的欺骗宣传,揭露了资产阶级在各种慈善机关和文化设施的幌子下对人民巧取豪夺的罪恶活动,戳穿了所谓城市繁荣、人民生活改善的谎言,在社会上引起强烈反响。他还创作了许多优秀的短篇小说,如《医院场景》描写了医院里种种腐败现象;《合唱练习》讽刺了教会人士的游手好闲和贪图享乐;《夜晚》揭露了自由派地主的伪善面目;《养女》和《夜宿》真实描绘了农村的生活图景,对农民的悲惨境遇深表同情。特别是1865年《现代人》刊登了他的代表作——著名中篇小说《艰难时代》,这是他文学创作的最大收获。

在从事文学创作的同时,斯列普佐夫还积极开展各种社会活动,如组织民主知识分子之间的互助,举办文学音乐晚会,为妇女开办讲习班等等。他受车尔尼雪夫斯基的《怎么办?》的影响,于1863年创办了著名的"旗帜公社",试图将车尔尼雪夫斯基倡导的男女平等、共同劳动的社会主义思想付诸实践。斯列普佐夫的社会活动引起了沙皇政府的注意,1864年他被捕入狱。由于亲人的奔走,不久即获释,但终生都在警察的监视之下。出狱后,他应邀担任《祖国纪事》杂志编辑部秘书,并继续辛勤写作。1871年《祖国纪事》上刊登了他的新作——长篇小说《好人》的前三章。翌年,他因病离开编辑部。晚年病魔缠身,1878年3月23日逝世。

《艰难时代》是斯列普佐夫最成熟的一部作品,它真实而及时地反映了农奴制改革后农村的现实生活,表现了60年代中期革命运动走向低潮的艰难时代民主派与自由派之间的冲突和斗争。

主人公梁赞诺夫来到同学谢季宁的庄园,小说随他的目光对农奴制改革后的农村生活进行了扫描:农村的贫穷落后,地主对农民的欺骗和剥削,农民的不满和反抗,农民被罚款、关押、鞭笞,以及调解人的视察,调解人会审法庭、村社大会,劳役或代役租等等。这些真实的画面令人信服地表明,农奴制改革并没有改变农村的贫穷落后面貌和农民的悲苦命运,它实际上是对农民的一次无耻的欺骗和掠夺。

梁赞诺夫是作者"十分出色地创造出来的一个平民知识分子的典型"(高尔基语)。他亲眼目睹了改革之后农民的悲惨处境,看到农民和地主之间不可调和的矛盾。他一针见血地揭露了地主对农民的残酷剥削和掠夺:农民辛辛苦苦地劳动着,而地主早在一旁虎视眈眈地等待着,一旦农民从土地里收获果实时,他们就走到农民面前,"按照有利于文明的规定,从他那里取走所应得的一切,而只给他留下那么一份,这正好是一个人为保持自己奴隶地位而不至于饿死所必需的一点点"。而地主却为自己的"宽宏大量"沾沾自喜。在与谢季宁的争论中,他戳穿了自由派贵族所谓的"仁慈"、"善心"、"人民利益"、"人民的原则"之类的空话和谎言,揭露他们口是心非,"讲的是一套,而做的是另一套"。他赞扬农民对地主的"慷慨"、"恩赐"保持着警惕,不为他们的伪善所欺骗。他把农民对地主的反抗称作"游击战",指出两个对立阶级之间的利益是不可调和的:"凡是有强者和弱者、富人和穷人、东家和雇工的地方——那里就有战争。"梁赞诺夫与谢季宁的争论,体现了革命民主派和贵族自由派的对立和斗争,具有鲜明的时代色彩。这场争论对谢季宁的妻子玛丽亚的思想产生了强烈影响,她彻底认清了自由派的伪善面目,表示"不能再这样生活下去",决心与丈夫决裂,离开家庭,按照梁赞诺夫指引的方向,去开始一种"全新的生活"。梁赞诺夫不愧为时代的英雄,即使在革命运动被镇压下去的艰难年代,他仍忠于自己的信仰,与自由派进行坚决斗争,尽管他看不到革命胜利的日子,但坚信"成功将是毫无疑义的"。他是旧制度的批判者,新生活的宣传者,革命思想的播种者,正是这样的"新人"为俄国的解放运动开拓了道路。

斯列普佐夫思想敏锐,善于观察和思考,在创作中坚持现实主义传统,及时反映农奴制改革后的现实生活,揭示时代的矛盾和特点;他的作品渗透着革命民主主义精神,风格朴实,擅长通过对话和场面描写塑造人物、表现作品的意蕴。

第四节 车尔尼雪夫斯基

尼古拉·加夫里洛维奇·车尔尼雪夫斯基(1828—1889)是俄国文学史上一个响亮的名字,他既是伟大的作家、文学批评家、又是美学家、哲学家、经济学家,更是卓越的思想家、革命家。他为俄国人民的解放事业鞠躬尽瘁,赴汤蹈火,毫无保留地贡献出自己的一生。

车尔尼雪夫斯基于1828年出生在萨拉托夫一神父家庭,其父很有文化修养,家中有丰富藏书,他自幼受到良好的文化熏陶。1842年入萨拉托夫正教中学,未毕业即退学。1846年他考入彼得堡大学历史语文系。他除醉心于国内外优秀的作家、作品外,还广泛研究德国的古典哲学、英国的政治经济学和法国的空想社会主义,尤其被赫尔岑和别林斯基的著作所吸引。俄国和西方的先进思想理论对他的革命民主主义和空想社会主义思想的形成起了决定性的影响。

1850年车尔尼雪夫斯基大学毕业后回到故乡萨拉托夫,在当地中学任语文教师。1853年春重返彼得堡。他一面为《祖国纪事》撰稿,一面写作学位论文《艺术对现实的审美关系》。秋末他结识了诗人涅克拉索夫,应邀参加《现代人》杂志编辑部的工作,主持两个最重要的、最富有战斗性的专栏:政治栏和文学批评栏。1857年,杜勃罗留波夫也加入编辑部。涅克拉索夫、车尔尼雪夫斯基、杜勃罗留波夫三人的名字都叫尼古拉,所以人称"尼古拉三雄"。在他们的共同努力下,《现代人》成了革命民主派的舆论阵地和进步文学的灯塔。

在《现代人》工作期间,车尔尼雪夫斯基发表了许多重要论著,涉及哲学、经济学、美学、文学等领域。《艺术对现实的审美关系》(1850)提出了"美是生活"的著名论断,强调艺术与现实的密切联系,彻底否定了黑格尔派的唯心主义美学,从而将美学稳固地建立在唯物主义的基础上,这是世界美学理论的一次革命。《俄国文学果戈理时期概观》(1855—1856)是一部重要的文学批评著作,作者批驳了自由派文人鼓吹的"纯艺术论",捍卫了果戈理学派的批判现实主义传统和别林斯基的文学批评活动的意义和功绩。他在《莱辛,他的时代,他的一生与活动》(1856—1857)以及论述普希金、果戈理、屠格涅夫、格里戈洛维奇、列夫·托尔斯泰、谢德林等人的文章中,对作家、作品从思想和艺术上作了精辟分析,阐述了一系列文学的重要问题,指明了文学发展的正确方向。作为别林斯基的忠实接班人,车尔尼雪夫斯基的充满革命民主主义精神的、战斗性的文学批评指引着俄国文学前进的道路。同时,他还完成了多种哲学、政治经济学论著,如《哲学中的人本主义原理》(1860)、《资本与劳动》(1860)、《对反对公社所有制的哲学偏见的批判》(1858)等。在这些著作中,他热情宣传唯物主义哲学观点、革命民主主义和社会主义思想。

50年代末60年代初围绕农奴制改革而进行的激烈斗争中,车尔尼雪夫斯基作为革命民主主义阵营的领袖,一方面揭露沙皇政府农奴制改革的欺骗性和掠夺性,戳穿贵族自由派的伪善嘴脸,一方面积极展开革命宣传,秘密进行革命活动。他和战友们起草并散发《农民的同情者向贵族统治下的农民的致敬书》、《告士兵书》、《致青年一代》等革命传单,号召人民起来,投入革命运动,推翻专制制度。车尔尼雪夫斯基的革命活动引起沙皇政府的注意。1862年6月,《现代人》杂志被勒令停刊8个月。7月7日,车尔尼雪夫斯基被捕,囚禁在彼得保罗要塞。

身陷囹圄的车尔尼雪夫斯基继续坚持斗争,甚至以绝食抗议政府当局对他的迫害。他以高昂的热情和顽强的毅力从事著述活动,他完成了长篇小说《怎么办?》,并着手创作长篇小说《故事中的故事》、中篇小说《阿尔菲利耶夫》(均未完成),此外还写了若干短篇小说和经济学、历史等方面的论文。

1864年2月,沙皇政府采取伪造证据的卑劣手段判处车尔尼雪夫斯基服苦役14年,并终身流放西伯利亚。沙皇亚历山大二世假惺惺地将苦役期限改为7年。5月19日,政府在彼得堡梅特宁广场以"国事犯"的罪名处以假死刑,当场示众。第二天,他即被押赴西伯利亚。他曾在伊尔库茨克盐场、涅尔琴斯克山区的卡达亚矿场和亚历山大工场服苦役。苦役期满后,1871年他又被放逐到更为偏远、荒僻的维柳伊斯克。

在苦役,流放的恶劣环境中,这位文学上的普罗米修斯以坚韧不拔的毅力和视死如归的殉难精神,背负着命运的十字架,高傲地忍受着深重的苦难。他斗志昂扬,仍孜孜不倦地工作着。在亚历山大工场服苦役期间,他创作了长篇小说《序幕》,还写了几个剧本,如《惹是生非的女人》、《没有收场的戏》等,供"囚徒"们演出。

车尔尼雪夫斯基在满目荒凉的西伯利亚度过了19年漫长的岁月。直到1883年,他才获准离开维柳伊斯克,前往俄国南方的阿斯特拉罕定居,但仍处于警察的严密监视之下。期间,他冲破政府当局的重重阻碍,翻译了德国历史学家韦伯的《世界通史》11卷,写了《艺术对现实的审美关系》第三版序言,还以不同的笔名发表了一些论文。

1889年夏,车尔尼雪夫斯基被允许回到故乡萨拉托夫。同年10月29日病逝,从而走完了他荆棘载途、饱经磨难的人生旅程。

小说理论

车尔尼雪夫斯基是费尔巴哈的信徒,他的美学观是建立在唯物主义哲学基础上的。他在《艺术对现实的美学关系》中,彻底摈弃与批判了黑格尔派的"美是理念的感性显现"、"美是理念与形象的完全一致"等唯心主义美学观点,明确提出了"美是生活"的论断,强调现实生活是艺术的源泉,艺术是现实的再现。这样,就把唯心主义美学颠倒的艺术与现实的关系重新颠倒过来,从而为现实主义文学艺术奠定了理论基础。但同时我们也必须指出,车尔尼雪夫斯基提出的"美是生活"的命题是建立在费尔巴哈的人本主义哲学基础上的,而人本主义不过是一种机械唯物主义,所以他不能正确地处理审美主体与客体、艺术与现实的辩证关系。他肯定现实生活是艺术的源泉,但片面地强调现实高于艺术,艺术不过是对现实的"苍白"、"无力"的复制,艺术是现实的"代替品"。既然车尔尼雪夫斯基的美学观点中存在着矛盾,那么在他的具体论述中所涉及的小说创作理论也必然有其长处和弱点。

(一) 小说与现实生活的关系

车尔尼雪夫斯基从"美是生活"这一命题出发,论证了艺术与现实的关系,肯定现实是第一性的,艺术是第二性的,艺术源于现实生活。那么,小说与现实生活的关系自然也是其中应有之意。他一再指出:"艺术的第一个目的就是再现现实。"①他在《俄国文学果戈理时期概观》中又谈道:"文学脱离了生活,假使也能够产生杰出的作品,这该是一般规律的奇怪例外。……这种事件是从来就不会有的。"②他驳斥了"艺术应当脱离生活而独立"的谬论,强调文学"就起本性来说,它不能不是时代愿望的体现者,不能不是时代思想的表达者。"③他认为,现实生活是包罗万象的,各种素材无所不有:"现实中有戏剧、小说、喜剧、悲剧、闹剧吗?——每分钟都有。"④

艺术再现现实是车尔尼雪夫斯基美学思想的核心之一,自然也就成了他衡量作家作品的标尺。他认为普希金的功绩就在于诗人"第一个以非凡的忠实性和洞察力描写了俄国风习和俄国人民不同阶层的生活"。⑤他推崇果戈理是"俄国作家中无可比拟的最伟大的人"⑥是因为作家对专制农奴制俄国现实的忠实再现和批判性揭露,从而奠定了批判现实主义文学的基础,成为"一个学派——俄国文学可以自豪的唯一学派的领袖。"⑦他在评论谢德林的《外省散记》中特别赞赏这位讽刺作家创作的真实性和对社会生活的透彻理解与深刻剖析。他称许尼·乌斯宾斯基的小说赤裸裸地、"毫不掩饰地"描绘了农民的苦难生活和他们身上的奴性、愚钝、恶习,认为这是俄国文学和社会变革的"一种很好的征兆"。如此等等。总之,凡是忠实于生活、再现现实的作品都会受到车尔尼雪夫斯基的肯定和好评。

他强调艺术来源于生活无疑是正确的,不过,他在阐述这一问题时却陷入了形而上学的迷误,存在着抬高现实、贬低艺术的偏颇。他认为现实生活中的素材

---

① 《车尔尼雪夫斯基选集》上卷,三联书店,1962年,第85页。
② 同上书,第566页。
③ 同上书,第594页。
④ 《车尔尼雪夫斯基论文学》上卷,三联书店,1962年,第73页。
⑤ 《车尔尼雪夫斯基论文学》下卷(一),上海译文出版社,1982年,第168页。
⑥ 《车尔尼雪夫斯基选集》上卷,三联书店,1962年,第151页。
⑦ 同上书,第161页。

"具有艺术的完美和完全",所以"不需要任何改变",就可以"重述"成为戏剧和小说。① 作家只须"描摹"生活现象,无须这么"创造"。因此,他认为,小说家"差不多始终只是一个历史家或回忆录作家"②。由此,他提出了包括小说在内的文学艺术只是现实的苍白的"复制品"和"代替品"之说。

(二)想象与虚构

小说家不是历史学家,小说创作不同于历史事实的记述。小说创作是一种用形象来思维的创造性的劳动,想象和虚构在其中起着必不可少的、特殊的作用,因此,就这一方面说,没有想象和虚构,就没有小说创作。车尔尼雪夫斯基一再强调,想象必须以现实为基础,如果超越现实,"它就会力竭而垮台,仅能给我们以模糊、苍白、不明确的浮光掠影"。③ 他也承认,艺术创作需要想象和虚构,这不是由于现实中缺少蓝本,而是由于作家对蓝本不熟悉或记不清楚,这就需要作家通过想象和虚构,对细节、人物或事件(即故事)加以修饰、补充,使人物更鲜活、生动,使事件更完整、更能显示出其本质和内在联系。④

但是,既然车尔尼雪夫斯基将现实摆在至高无上的位置,既然他抱定"将现实和想象互相比较而为现实辩护"的宗旨,那么,在处理现实与想象、虚构的关系时,就不免是片面的、矛盾的。他认为,"创造的幻想的力量是十分有限的","人绝不可能想象出比现实中所碰见的更高更好的东西"⑤;"虚构的人物差不多从来不会像活生生的人一样在我们面前显现出来"。⑥ 说来说去,最后他的结论是:"现实比起想象来不但更生动,而且更完美。想象的形象只是现实的一种苍白的、而且几乎总是不成功的改作。"⑦

(三)典型与典型化

典型是艺术创作的核心问题,对此,车尔尼雪夫斯基也有所论述。同其他问题一样,他的典型观也存在着矛盾。

典型是通过特殊反映一般,是个性和共性的统一。车尔尼雪夫斯基特别注

---

① 《车尔尼雪夫斯基选集》上卷,三联书店,1962年,第74页。
②⑥ 同上书,第73页。
③ 同上书,第111页。
④ 同上书,第72—73、97—98页。
⑤ 同上书,第109、111页。
⑦ 同上书,第101页。

重个性和个性的鲜明生动。他指出典型的创造不是从抽象概念而是从丰富多样的生活出发："诗人在'创造'性格时,在他的想象面前通常总是浮现出一个真实人物的形象,他有时是有意识地,有时是无意识地在他的典型人物身上'再现'这个人。"① 他强调的是"这一个"。另外,他反对自然主义的"照相式的摹拟",主张创造典型必须抓住人物性格的主要特征;"任何摹拟,要求其真实,就必须传达出原物的主要特征;一幅画像要是没有传达出面部的主要的、最富于表现力的特征,就是不真实;但是如果面部的一切细微末节都被描写得清清楚楚,画像上的面容就显得丑陋、无意思、死板。"② 注重人物的个性化,反对形象的概念化、单一化,这是车尔尼雪夫斯基的典型观值得肯定的方面。

由于车尔尼雪夫斯基思想方法上的形而上学,所以,他在阐述个别和一般的关系时就出现了偏差。典型化是什么?典型化就是通过对生活素材的加工、提炼、集中、概括,使个别升华到一般,使之比现实更高、更完美、更理想。这就是艺术来源于现实又高于现实的道理。而车尔尼雪夫斯基认定现实高于艺术,现实美高于艺术美,因此在他看来,根本就没有必要将个别提高到一般,他认为"这提高通常是多余的"。他反对"把一切个别的东西抛开,把分散在各式各样的人身上的特征合成为一个艺术整体"③ 因为,这样创造出来的"不是活生生的人",而是一般的、苍白的抽象物。车尔尼雪夫斯基否定集中、概括和提高,实际上也就等于否定了典型化。其实这种观点与他的艺术实践相抵牾的。他在小说《怎么办?》中塑造了那么多富有光彩的"新人"形象,这些人物无不是取自现实生活,又经过作者概括、提高而成为理想化的完美典型。

(四)思想性与艺术性

思想性与艺术性也是小说创作的一个关键问题,任何小说理论对此都不能回避。车尔尼雪夫斯基对这一问题的论述散见于他的文学批评文章之中。他一贯主张文学作品要成为"生活的教科书",因此他特别重视作品的思想性。在评价一部作品时,他总是把思想性放在首位。但是他认为,思想性和艺术性应该是统一的,不可分割的;要分析一部作品艺术上的优劣,首先要看作为作品的基石的思想内容是否真实,是否正确,如果思想内容有错误,有缺陷,那么其艺术性就会大打折扣,就不可能是完美的,因为"艺术性就在于形式与思想的协调一致",

---

①③ 《车尔尼雪夫斯基选集》上卷,三联书店,1962年,第71页。
② 同上书,第88页。

"只有体现正确思想的作品,才能成为富有艺术性的作品"。① 从这一美学观点出发,他在评论戏剧作家奥斯特洛夫斯基的剧本《贫非罪》的文章中指出,由于作家企图粉饰古老的宗法制生活方式,竭力渲染这种生活风尚的诗情画意,于是就把与剧情发展毫不相干的故事、插曲、独唱、舞蹈、化装晚会等等硬塞进剧本之中,结果破坏了作品的完整、和谐,成了"一种以活线脚把各种断片缝合起来的东西"。批评家由此得出结论:"才能的力量在于真实,错误的倾向要毁灭最坚强的才能。凡是在主要思想上是虚伪的作品,即使在纯艺术方面也总是薄弱的。"② 同样,在评论英国著名小说家萨克雷的小说《纽克谟一家》时也谈到,虽然萨克雷具有堪与狄更斯相媲美的"大气磅礴的才能",然而"这部小说的价值并不大,——甚至艺术价值也并不大",因为"长篇小说并没有生活,因为并没有一种使生活活跃起来的思想","富丽堂皇的形式和贫乏的内容,华丽的画框和放在画框里的空洞无物的风景,形成很不相称的矛盾"。③ 可见,一个作家如果没有时代的先进思想作指导,纵然有高度的艺术才能,他也不可能准确地把握生活,创作出既有思想意义又有艺术价值的作品。

　　车尔尼雪夫斯基重视作品的思想性,但这并不意味着他忽视作品的艺术性,恰恰相反,他非常注重对作品的审美分析,非常珍视作家的艺术成就。以上他对两位作家的评论就是着重分析作品思想方面的缺陷给艺术造成的损害。他对列夫·托尔斯泰的早期作品《童年》、《少年》和战争小说的评论更显示出其精细、敏锐的艺术鉴赏力。车尔尼雪夫斯基极为精辟地概括了这位青年作家艺术天才的两大特点:一是他善于描写人物心理变化的全过程,再现人的"心灵的辩证法";二是他对纯洁道德感情的追求,这给他的作品增添了一种特殊的艺术魅力。他十分赞赏托尔斯泰的艺术才华,说"他的作品是充满艺术性的,也就是说,每部作品都是正好充分体现了他企图通过这个作品所体现的思想。他从来就不说什么多余的话,因为多余的话是和艺术条件相矛盾的,他从来就不让那种同作品的思想格格不入的场景和人物的杂凑来破坏他的作品,——艺术的一个主要条件就在于斯。"④ 在这篇文章中,车尔尼雪夫斯基还提出了一个重要的诗学原则:"要是在作品中加进同诗的观念格格不入的成分,诗的观念就会受到破坏。"⑤ 所谓"诗的观念",这里所指的就是作品的基本思想。如果加入与作品的主题思想不

---

① 《车尔尼雪夫斯基全集》第 3 卷,俄文版,第 663 页。
② 《车尔尼雪夫斯基论文学》下卷(一),上海译文出版社,1982 年,第 51 页。
③ 同上书,第 26 页。
④ 同上书,第 276 页。
⑤ 同上书,第 272 页。

相干的东西,作品的统一性就会遭到破坏,其艺术性也必然受到损害。所以他对作家提出忠告:"诗的本质在于,使内容集中起来,加以冲淡就把诗毁了";"没有浓缩就没有艺术"。① 诚哉斯言。

(五)心理描写问题

小说艺术发展到 19 世纪发生了两大变化:一是从注重故事情节的铺陈到注重人物性格的刻画;二是从关注人物的外在行为转移到对人物内心世界的探索。读者感兴趣的不仅仅是故事怎样演变、人物怎样行动,而更期望窥视人物行为背后的内心的奥秘。这就促进了小说心理描写的发展。这是小说艺术的一大进步。而俄国小说向来以心理描写著称,从卡拉姆津到普希金、莱蒙托夫,再到 50、60 年代的屠格涅夫、陀思妥耶夫斯基、列夫·托尔斯泰,在这些作家的小说创作中,心理描写的艺术传统在不断发扬光大。作为美学家和文学批评家的车尔尼雪夫斯基自然在关注着国内外小说艺术的发展变化,尤其对心理描写方面所呈现的新特点、所取得的新成就特别重视。他在评论列夫·托尔斯泰的《〈童年〉与〈少年〉·战争小说集》的文章中,结合对作品的分析,阐述了他对心理描写的见解。

车尔尼雪夫斯基在文中特别指出了心理描写的重要性:心理分析几乎是赋予作家"创造才能以力量的最根本素质",是衡量作品艺术价值的重要标尺。他例举了几种心理分析的类型:一是"对人物性格的勾勒比较感到兴味",即通过人物性格的刻画来探察其心理;二是"对社会关系与世俗冲突给人物性格的影响感到兴味",即通过社会环境和人物性格的关系的描写,揭示人物的心理;三是表现"感情与行为的联系",即通过人物的行为透视其内心情感波澜;四是"热中于激情分析",即透过人物的种种强烈情感分析其心理变化。而托尔斯泰却与众不同,他最感兴趣的是"心理过程本身,心理过程的形式,心理过程的规律"②,即一种最初产生的感情、思想如何引发和转变为另一种感情、思想,随之又继续不断地发展演变下去,"从而把梦想与现实,把幻想未来与反映现在融为一体"。③ 车尔尼雪夫斯基将这种心理过程的演变称之为"心灵的辩证法",认为再现人的"心灵的辩证法",是托尔斯泰的才能、创作个性完全独创的特征,在所有卓越的俄国作家中,他堪称这方面的大师。这可以说是是车尔尼雪夫斯基对托尔斯泰的艺

---

① 《车尔尼雪夫斯基论文学》下卷(二),上海译文出版社,1983 年,第 246、245 页。
② 《车尔尼雪夫斯基论文学》下卷(一),上海译文出版社,1982 年,第 261 页。
③ 《车尔尼雪夫斯基论文学》下卷(一),上海译文出版社,1982 年,第 260 页。

术特征的天才发现、精确概括、绝妙评论。

　　车尔尼雪夫斯基进一步指出,托尔斯泰所独具的这种心理分析才能固然有其天性禀赋的一面,但仅仅这样是不够的:"才能只有通过独立的精神活动才得以发展"。托尔斯泰在其精神活动中,在对人生的真谛和意义的探求中,总是以非凡的毅力和锲而不舍精神进行自我反省、自我观照。这种自我观照"使他的观察力变得十分敏锐,教会他使用洞察万有的目光来观察人们",从中"研究人类精神生活的秘密"。这就是为什么托尔斯泰对人物内心的隐秘和情感波澜洞烛幽微并能纤毫毕现地揭示出来的原因。批评家指出,对人的内心的知识是一个作家的才能的主要力量,只有具备了这种特性,"才会真正变得有力而且坚强起来"。① 车尔尼雪夫斯基对心理描写艺术的总结和论述是对近代欧美小说理论的重大贡献。

（六）小说的社会教育作用

　　车尔尼雪夫斯基作为革命民主主义者、革命家和思想家,始终将启迪人民的觉悟,提高人民的社会意识视为己任,所以,他特别重视文学艺术的社会教育作用。他彻底批判了企图使艺术脱离现实而宣扬所谓"纯艺术"和"为艺术而艺术"的唯心主义观点,明确提出:"再现生活是艺术的一般性格的特点,是它的本质;艺术作品常常还有另一个作用——说明生活;它们常常还有一个作用:对生活现象下判断。"②

　　车尔尼雪夫斯基对艺术的三大作用又作了进一步说明。他认为,艺术应该面向包括自然和社会生活在内的整个现实,"而我们所理解的现实生活不单是人对客观世界中的对象和事物的关系,而且也是人的内心生活"③,即人的情感世界。再现现实既不是照相式的摹仿现实,也不是"修正"或"粉饰"现实,而是要深入现实,揭示生活的本质和矛盾,将生活的真相呈现在公众面前。说明生活就是要通过鲜明生动的形象来表现事物的主要特征,使人更好地认识它、理解它,从而"更好地理解生活"。作家既然对他所描写的生活现象感兴趣,那么就必然有意识或无意识地对这些生活现象做出判断,说明什么是真善美,什么是假恶丑,从而提高公众的认识能力和判断能力,激发人们对高尚美好事物的追求,这样,

---

① 《车尔尼雪夫斯基论文学》下卷(一),上海译文出版社,1982年,第267—268页。
② 《车尔尼雪夫斯基选集》上卷,三联书店,1962年,第102页。
③ 同上书,第93页。

"艺术就成了人的一种道德的活动"。① 所以,车尔尼雪夫斯基认为,要求包括小说在内的文学艺术应该成为"生活的教科书",或者如他在《俄国文学果戈理时期概观》中所说,成为"生活的服务者,思想的宣传者"。②

车尔尼雪大斯基之所以特别强调和重视文学艺术的社会教育作用,这与俄国的国情和社会状况有直接关系。在沙皇俄国,社会环境和人文环境极其严酷,在思想文化领域的专制,欧洲任何一个国家都无与伦比。在剥夺了言论自由的专制国家里,只有文学冲破重重审查,以隐晦曲折的形式传达人民的心声,反映时代的要求。在这样的社会条件下,文学就起着特别重要的作用,作家就肩负着神圣而沉重的历史使命。所以,车尔尼雪夫斯基说道:"诗人和小说家在我们这里,是没有人可以替代的。"③他要求文学艺术成为"生活的教科书",服务于社会,造福于人民,这样,就把文学艺术与俄国社会所面临的迫切任务——反对专制农奴制紧密结合起来,使之成为解放斗争事业的一部分。车尔尼雪夫斯基的革命民主主义精神,像一条红线贯穿在他的美学思想之中。

尽管车尔尼雪夫斯基的美学和小说理论存在某些矛盾和缺陷,然而瑕不掩瑜,他的"美是生活"的命题、艺术的三大作用等基本原则是意义重大、影响深远和富有生命力的。他的小说理论对俄国现实主义小说的发展具有重要的指导意义和推动作用。

《怎么办?》

车尔尼雪夫斯基不仅是杰出的美学家、文学批评家,而且是优秀的小说家。他写过不少短篇、中篇和长篇小说,其中最主要的是长篇小说《怎么办?》和《序幕》。

《怎么办?》车尔尼雪夫斯基被囚禁在彼得保罗要塞时创作的,从1862年12月14日动笔到次年4月4日完成,总共用了110天,即使在绝食的日子里也未曾辍笔。小说连载于1863年《现代人》第3、4、5期。

小说描写女主人公薇拉·巴甫洛芙娜不愿做买卖婚姻的牺牲品,在家庭教师罗普霍夫的帮助下跳出火坑,不久两人结合。薇拉积极投身社会活动,创办缝纫工场。两年后,薇拉又对丈夫的朋友吉尔沙诺夫产生感情。为了让薇拉和吉尔沙诺夫幸福生活在一起,罗普霍夫以假自杀的方式摆脱了这场爱情纠葛,毅然出

---

① 《车尔尼雪夫斯基选集》上卷,三联书店,1962年,第95页。
② 《车尔尼雪夫斯基论文学》上卷,上海译文出版社,1978年,第545页。
③ 同上书,第551页。

国。几年后他化名毕蒙特归来,结识了薇拉的女友卡佳·波洛卓娃,二人组成美满家庭。后来,罗普霍夫又与薇拉和吉尔沙诺夫相会,双方过从甚密,友好相处。

小说的副标题是"新人的故事"。所谓"新人",就是指刚刚登上俄国历史舞台的平民知识分子。小说集中塑造了一批新人的形象,通过他们的生活道路、精神面貌和社会活动的描写,作者提出了许多社会和道德问题,并试图对俄国最重要、最迫切的社会问题——与专制农奴制作斗争应该"怎么办"做出回答,那就是:像新人那样奋起斗争,并在他们的领导下,以革命的方式彻底摧毁沙皇专制制度,然后实现社会主义理想,俄国才有光明的未来。

小说描写了"普通的"和"杰出的"两类新人:薇拉、罗普霍夫、吉尔沙诺夫体现了普通新人的特点,拉赫美托夫则是杰出新人的代表。他们与俄国文学史上那些夸夸其谈、优柔寡断、一事无成的"多余人"迥然不同,他们朝气蓬勃,勇敢坚强,有理想,有抱负,脚踏实地,勇于为祖国和人民的利益而奋斗、而献身,他们是俄国解放运动第二阶段的中坚。

薇拉出生在庸俗、令人窒息的小市民家庭中,但她性格坚强,对压迫深恶痛绝,热烈向往自由独立的生活。她不屈服于专横、唯利是图的母亲的压力,顽强抗争,终于冲出家庭的牢笼,与罗普霍夫自由结合了。她不甘心生活在小家庭的狭隘圈子里,做丈夫的附庸,而要成为一个真正独立的人。她怀着强烈的进取精神,积极参加社会工作,按照全新的组织方式和生产方式创办缝纫工场,引导许多妇女走向自由幸福的新生活。在这些活动中,薇拉表现出惊人的智慧、顽强的毅力、出色的组织才能和实干精神,成长为一名社会活动家。通过薇拉的生活道路和其他几个新型妇女的形象(如梅察洛娃、波洛卓娃、"穿丧服的女人"等),车尔尼雪夫斯基提出了妇女解放的问题。他把妇女解放看作是全体人民自由解放的组成部分和重要标志,这样,就把妇女解放问题和整个民主主义斗争事业有机结合起来,具有鲜明的政治倾向性。

罗普霍夫和吉尔沙诺夫是小说中塑造的另外两个新人形象。作者指出,这样的典型刚刚诞生不久,但是成长很快,它是"时代的产物","时代的象征"。这些平民知识分子出身寒微,在贫困环境中长大,从少年时代起就不得不独立谋生,命途坎坷,饱经忧患。然而,正是艰苦的生活磨砺了他们,培养了他们坚韧不拔的意志、锲而不舍的精神和冷静敏锐的分析判断能力。他们热情诚恳,乐于助人,表现出高尚的情操和深厚的人道主义精神。薇拉曾在恶劣、污浊的生活环境中挣扎,是罗普霍夫帮助她跳出火坑,使她得以在新天地中自由呼吸。克留科娃是被践踏的、患重病的妓女,但吉尔沙诺夫不嫌弃她,而是怀着一片爱心启发她、教育她,把她从不幸遭遇中拯救出来,使她恢复了人的尊严,走向新生。他们脚踏实地,不尚空谈,刻苦钻研,献身科学事业,造福于人民。他们悉心钻研革命理论,开展革命实践活动,团结一批大学生、学者、作家和军官,组织革命小组,经常围绕国内外大事和社会、政治、哲学等问题进行讨论。他们还把薇拉的缝纫工场做为宣传革命思想的场所,开办星期日学校,对工人进行启蒙教育。新人对未来充满信心,罗普霍夫说:"我完全赞成穷人的愿望——但愿不再有穷人,这个愿望总有一天要实现:因为我们迟早会好好地安排生活,使世界上不再有穷人……"他们相信人类的"黄金时代"一定会到来。

小说除了描写薇拉、罗普霍夫、吉尔沙诺夫这些"新的一代平常的正派人"之外,还刻画了职业革命家拉赫美托夫的形象。虽然在小说中对这一形象描写的篇幅并不多,但他却是中心人物。小说关于开展秘密活动,组织革命力量,实行暴力革命,推翻专制制度,实现美好理想等重要思想,都是通过这个人物传达出来的。

一种常见的历史现象是:统治阶级内部总是有一小部分人分化出来,归附于先进的、革命的阶级。拉赫美托夫就是在50、60年代农奴制崩溃、革命运动高涨的形势下,从贵族地主阶级转到革命民主主义阵营的优秀人物。他由一个普通的贵族青年成长为职业革命家,是经历了复杂的转变过程的。

拉赫美托夫出身于古老的阀阅世家,他继承了一笔可观的遗产。他16岁来彼得堡时,不过是一个平常的正直善良的少年,当他遇到吉尔沙诺夫后,即开始了他的新生。在后者的指导下,他阅读了大量的革命书籍。一旦掌握了革命理论后,他立刻就投身到革命实践之中。为了了解人民的疾苦和愿望,为了改造自己的思想感情,他走出校门,深入到人民中去。他浪迹四方,几乎漫游了整个俄国,他什么活都干过:种过庄稼,当过木匠、搬运工以及各种行业的工人,有一次甚至以纤夫的身份走遍了伏尔加河流域。他和平民百姓相处融洽,人们喜欢他,纤夫们以伏尔加河上那位传奇式英雄的名字"尼基土希卡·罗莫夫"亲切地称呼他,表示对他的尊敬。

拉赫美托夫在物质生活和精神道德生活方面都恪守着"独特的原则",在人们心目中,他是一个"特别的人"。他弃绝享乐,生活极其简朴,一切向百姓看齐,为的是至少能体会一下人民的生活是多么贫困。他过着"斯巴达克"式的生活,刻苦锻炼身体,睡觉不铺褥子,有一次甚至睡在扎有几百枚铁钉的毡毯上,扎得浑身是血,目的是为了锻炼自己的意志,以便迎接随时可能遭遇的严刑的考验。他曾发誓:"不喝一滴酒,不接触女人。"他对深爱着他的女人说道:"我应该抑制我心中的爱情,对您的爱会束缚我的双手……我不应该恋爱。"他几乎放弃休息和娱乐,把全部时间都在工作上,"他的事情多得没有底儿,可又全跟他私人无关",整日四处奔忙,很少在家。他之所以在生活中遵循这套"独特原则",他说"完全是由于主义,而不是由于自己的爱好,由于信仰,而不是由于自己的需要"。

这是一个革命战士的高尚情操。他把革命的利益放在首位,自觉地克制自己的情感,放弃个人利益、爱情和幸福,全心全意投入到人民的解放事业中去。

《怎么办?》是在作者失去自由的情势下创作的,他不能把革命家拉赫美托夫的形象充分展开,只能勾勒出他的"淡淡的侧影",致使这一形象带有几分朦胧、神秘的色彩,还有某种程度的概念化成分,但仍是一个感人的艺术形象。他概括、集中了俄国50、60年代革命民主主义者的特质,也可以说是车尔尼雪夫斯基本人和他的战友们的精神风貌的真实写照。普列汉诺夫曾指出,在每个杰出的俄国革命家身上都有拉赫美托夫的气质。作者赋予这一形象以对革命事业的无限忠诚、自我牺牲的崇高精神和不屈不挠的坚强性格。这样的英雄人物虽然在现实生活中还是凤毛麟角,但他们对于生活却有巨大意义,他们"能使所有的人的生活欣欣向荣;没有他们,生活就会凋敝、萎缩"。作者称赞他们是"茶中的茶素,醇酒中的馨香……这是优秀人物的精华,这是原动力的原动力,这是世上的盐中之盐"。

小说还阐明了新人在社会生活和个人生活中所遵循的道德原则——"合理利己主义",从另一方面揭示了新人的精神面貌。新人们认为,人都是利己主义者,人总是根据利害打算而行动,行为的动机就是利益。罗普霍夫说道:"假如有谁能够使人家得到快乐,同时自己又没有什么不愉快,那么,照我看来,他这样做是合算的,因为他自己也会从这儿得到快乐。"在新人们看来,如果只为一己的蝇头小利孜孜以求,那是极端庸俗、狭隘的利己主义,是可鄙的;只有把个人利益与大众的利益密切结合起来,才是合理的;一个人只有为他人的幸福而着想,而斗争,他自己才能得到真正的幸福。可见,"合理利己主义"实质上是与那种自私自利、损人利己的极端利己主义格格不入的。车尔尼雪夫斯基倡导的是一种个人利益与人民利益、个人主义与集体主义、个人自由与社会责任和谐统一,人人为我,我为人人的新的道德观。这一理论的提出显然是受费尔巴哈的影响。费尔巴哈在《宗教本质演讲录》一书中写道:"历史上的新时代是什么时候开始的呢?到处是被压迫群众或大多数人提出自己合理利己主义去反对民族或等级的极端利己主义的时候开始的,是在各阶级或全民族战胜了少数统治者的狂妄自大,摆脱了无产阶级悲惨的、受压迫的状况而进入具有历史意义的光辉活动的领域的时候开始的。目前占人类多数的压迫者的利己主义就应该这样实现,而且一定会实现自己的权利并开辟新的历史时代。"列宁认为这段话含有"历史唯物主义的胚芽"。而车尔尼雪夫斯基的"合理利己主义"更充满革命精神,它不仅肯定了被压迫人民的个人权益的合理合法性,否定了统治阶级的特权的极端利己主义,而且体现了革命志士仁人高度的人道主义精神,甘愿为人民的自由解放和福祉而献身的伟大胸怀。车尔尼雪夫斯基的坚苦卓绝、慷慨奉献的一生就是实践其"合理利己主义"的光辉榜样。

新人们在相互关系上，在处理爱情、婚姻和家庭问题上，都遵循"合理利己主义"的原则。他们对爱情的理解是："爱一个人意味着什么呢？这意味着为他的幸福而高兴。为使他能够更幸福而去做需要做的一切，并从这当中得到快乐"；"爱情的意义在于帮助对方提高，同时也提高自己"。共同的信念、共同的事业使新人们建立了真正的爱情，他们彼此信任，互相尊重，互相支持，在开辟和建设新生活的道路上携手并肩，共同前进。正因为如此，所以他们在处理爱情和婚姻中的矛盾时就表现出高尚的品格。薇拉和罗普霍夫结婚两年之后，又爱上与她志趣相投的吉尔沙诺夫，三人对此都心照不宣，但是他们都为对方的幸福着想，因此都竭力克制自己的情感。为了不使罗普霍夫感到痛苦，薇拉鼓起全部热情去爱丈夫；吉尔沙诺夫则以种种借口不再拜访罗普霍夫家，主动疏远薇拉；而罗普霍夫虽然深爱着薇拉，但为了他所爱的人的幸福，在进行了一番冷静的利害分析后，以假自杀的方式主动"退出舞台"。他这样解释自己的行为："我决定不妨碍她的幸福，是为了我自己的利益；我的行为也有高尚的一面，但这行为的原动力却是我自己天性中的利己欲。"他成全了薇拉和吉尔沙诺夫的婚姻，他自己后来也建立了幸福、美满的家庭。"合理利己主义"使新人们具备了高尚、坦荡的胸怀和清醒、理智的头脑，遵循这一新的道德原则，生活中的许多棘手难题，都可以迎刃而解。

车尔尼雪夫斯基是一个社会主义者，他热切希望没有压迫、没有剥削的美好社会有朝一日能在祖国的大地上变为现实。他在《怎么办？》中满怀深情展现了未来社会的光辉远景。

薇拉走出家庭，投身社会活动，她按照西欧空想社会主义者的主张创办了缝纫工场。工场完全消灭了雇佣劳动和剥削，工人既是生产者，又是管理者，收益大家平均分配。在大家的共同努力下，工场日益兴旺发达，很快显示出巨大优越性："富裕代替了贫穷，清洁代替了肮脏，良好的教养代替了粗野。"大家生活在团结、友爱、温暖的集体大家庭里。通过薇拉的工场，作者具体阐明了社会主义的生产组织原则。

在薇拉的第四个梦里，车尔尼雪夫斯基放眼未来，浮想联翩，他用饱蘸激情的笔，浓墨重彩，以浪漫主义手法，描绘了一幅社会主义的灿烂美景。那时，人们摆脱了奴役的枷锁，成了自己命运的主人，人人自由劳动；劳动不再是沉重负担，而是生活中的一种享乐；人的身心得到全面发展，生活幸福欢乐，人间乐园永远是春天。"大自然欢笑着，也使人们欢笑，它把光和热、芳香和诗歌、爱情和幸福倾注到人们的心胸中，同时人们也从心胸中唱出欢乐和幸福、爱和善的歌——

啊,大地!啊,太阳!
啊,幸福!啊,欢狂!
啊,爱情!啊,爱情!
金光灿烂的爱情,
像一片朝云,
飘浮在峰顶!"

最后,作者向人们发出热情召唤:"未来是光明而美丽的。爱它吧,向它突进,为它工作,促它早日到来,尽可能地使它成为现实吧!"这振奋人心的号召鼓舞、激励着无数革命者和广大人民为埋葬沙皇专制的"黑暗王国",实现美好的理想而奋斗。

诚然,车尔尼雪夫斯基的社会理想还具有空想的性质,他幻想通过俄国古老的农民村社过渡到社会主义,这在实践上是行不通的。但是他那远大的目光和天才的预见性,他对美好未来的热烈憧憬和坚定信念,仍然是他思想中光辉动人的部分。

《怎么办?》的艺术性曾为很多人所诟病,但是,这样一部表达作者激进的社会观点和道德理想、具有丰富内容和深刻思想性的作品,竟然能够在沙皇政府当局的严密监视下,通过审查机关的重重关卡得以问世,这在很大程度上有赖于作品某些独特的艺术形式。

首先,小说的结构新颖、别致。小说的开场颇具匠心,采用了倒叙手法,从三个主人公薇拉、罗普霍夫、吉尔沙诺夫之间关系发展的转折点——罗普霍夫"自杀"的场面开始展开情节。作者有意沿用侦探小说的表现手法,故弄玄虚,意在给作品涂上一层扑朔迷离的色彩。另外,全书共6章,除最后一章外,每章的标题无非是女主角的恋爱和结婚,使人以为这不过是一个恋爱故事或者是一部言情侦探小说。作者这样安排,显然是为了迷惑审查机关。为此,作者不得不避重就轻,把主人公之间的爱情纠葛和家庭生活等次要内容作为小说的中心,而把他们的革命活动穿插在他们的私生活中间加以展开。职业革命家拉赫美托夫明明是作品的中心人物,可是作者仅用简略的笔墨勾勒了他"淡淡的侧影"。所以,小说主要是通过主人公的日常生活和社会活动、道德情操和性格特点,以曲折隐晦和"见缝插针"的方式巧妙地表达作者的革命思想,其中有很多言未尽意之处。

薇拉的四个梦在作品中有着特殊的意义。这四个梦不仅以象征和寓意的手法表达了作者的思想观点,而且在作品的整个情节发展中具有承上启下的作用。第一个梦表现了薇拉对自由、独立的热烈向往,预示她即将离家出走。第二个梦谴责了剥削阶级的寄生和腐朽,说明了劳动的伟大意义,指出新人应该通过劳动和积极的社会活动去变革现实。第三个梦描写薇拉的心理活动和感情变化，为她与罗普霍夫的关系做了总结，同时为她与吉尔沙诺夫的爱情的发展做了铺垫。第四个梦通过四个女神的形象展示了人类社会发展的各个阶段和妇女社会地位的变化，并展望未来，为社会主义社会谱写了一曲热情的赞歌。

结尾的第六章"布景的变换"似乎与全书的情节并无必然联系，其实这短短的一章含义极深，它是全书的总结，暗示革命的胜利。"布景的变换"寓指社会制度的变更，时间从1863年跳到1865年。此时云开雾散，日朗风清，革命胜利了，"穿丧服的太太"的丈夫也出狱了，她身着鲜艳长衫，手拿花束，与青年们共享胜利的欢乐。

《怎么办？》是一部社会哲理小说，政论性是它的另一主要艺术特点。不仅主人公们对妇女解放、伦理道德、社会政治、哲学、科学等问题有大段沉思和长篇议论，而且作者还有很多政论性插话和旁白。作者时而和他的主人公们对话，时而和读者交谈，时而又和顽固保守势力的代表——"敏感的男读者"辩论，驳斥敌人的谬见，阐明自己的观点。

由于小说是在监狱的极端恶劣的政治环境中写成的，作者不能直抒胸臆，因此运用了大量暗示、隐喻、比喻、象征等"伊索式"的语言。除了以上谈到的"布景的变换"、"敏感的男读者"外，还有如"未婚妻"暗示革命，"健康的泥土"比喻劳动人民，"腐朽的泥土"比喻寄生阶级，"有教养的要人"寓指沙皇政府的高级特务，"聪明的好人"指西欧空想社会主义者等等。特别是薇拉的四个梦里，象征性的描写俯拾皆是。

就整部作品的格调来看，它一反贵族文学常常流露出的空虚、感伤、悲观的没落情绪，而洋溢着明朗、欢快、昂扬的乐观主义激情，具有振奋人心的艺术感染力。所以列宁赞扬道："这才是真正的文学，这种文学能教导人，引导人，鼓舞人。"[①]尽管沙皇政府把《怎么办？》视为洪水猛兽，百般查禁围剿，反动文人对它大肆攻击诋毁，但是进步思想是封锁、扼杀不了的。《怎么办？》一直以各种手抄本的形式在革命青年和进步人士中间秘密流传，它成了追求真理的人们的"生活的教科书"和行动的指南，对当时和后世的社会生活产生了难以估量的影响。诚如普列汉诺夫所说："谁没有读过和反复读过这部著名的作品呢？谁没有被感动过，并在它的崇高影响下变得更纯洁、更优秀、更富有朝气和更勇敢呢？谁没有被它的主要人物的纯洁道德所激动呢？谁在读了这部小说之后不去深刻思考自己的生活，并严格地检查自己的个人志向和爱好呢？我们所有的人都从这本书

---

① 《列宁论文学艺术》第2卷，人民文学出版社，1962年，第897页。

中吸取了道德的力量和对美好未来的信念……你能给我们指出哪怕一部就其对国家道德和精神的发展的影响可以和小说《怎么办？》相比的最优秀的、真正的俄国文学作品来吗？"①

《序幕》

车尔尼雪夫斯基的第二部长篇小说《序幕》是 1865—1868 年在流放西伯利亚期间写的。《序幕》是原计划的三部曲中的第二部；第一部名为《昔日》，作者曾将这部作品的手稿寄给表弟培平，但他怕受牵连，所以把手稿烧毁了，没有流传下来；第三部《白厅的故事》未完成。《序幕》的第一部分《序幕的序幕》曾于 1877 年在伦敦发表，而整部作品直到 1905 年俄国革命之后，才从沙皇政府的禁锢下解放出来，与读者见面。

《序幕》是一部社会政治小说，它把读者带到了 1861 年农奴制改革前夕充满激烈的社会政治思想斗争的年代，真实而深刻地再现了两大阵营——革命民主主义者和资产阶级自由派之间的冲突和较量。

小说中革命民主主义阵营的代表人物是伏尔庚和列维茨基。

主人公伏尔庚的形象具有明显的自传性，他的外貌、性格、气质、思想观点都反映了车尔尼雪夫斯基本人的某些特征。伏尔庚貌不惊人，举止笨拙，不善辞令，似乎没有一点英雄人物的气质，然而却是一个真正的巨人，一个坚定、勇敢、富有远见卓识的革命家。他有崇高的革命理想，为了人民的利益，他甘愿赴汤蹈火，不惜一切牺牲。他以其深刻的思想和高瞻远瞩的目光而与众不同。还在农奴制改革的准备时期，他就看透了这次改革的阶级实质，一针见血地指出，沙皇政府导演的农奴制改革只会是一场丑剧，是一个大骗局。他认为，自由派和地主党之间的区别是"微不足道的"，他们狼狈为奸，共同欺骗和掠夺农民。他极端鄙视那些对人民花言巧语、招摇撞骗，而在统治阶级面前却奴颜婢膝、毫无气节的自由主义者，称他们是"吹牛家、空谈家和傻瓜"。他坚决反对自由派鼓吹的解放农民、但必须用钱赎买土地的妥协政策，而主张无条件地解放农民，"一切土地归农民，不付一文赎金！地主要活命的滚开！"他寄希望于农民革命，主张以革命手段彻底解决农民问题。但伏尔庚又清楚地看到，人民群众还缺乏政治觉悟，还是软弱的、分散的，还不能起来进行自己解放自己的斗争。他痛心地慨叹道："可怜的民族！奴隶的民族，从上到下，全都是奴隶……"列宁说，在这里，车尔尼雪夫

---

① 《普列汉诺夫文集》第 5 卷，俄文版，第 114 页。

斯基通过伏尔庚的口,说出了"真正热爱祖国的话"。[①]

作为革命领袖,伏尔庚经常教导战友和同志们,不要脱离人民群众的利益,不要忘记人民群众的斗争和支持;要勇于斗争,也要善于斗争,懂得斗争策略,当革命条件还不成熟的时候,"不应该急于求成","做什么都要等到瓜熟蒂落";对敌人决不妥协、调和,要善于识破自由派的伪善面目,不为他们的漂亮言辞所迷惑。伏尔庚的言行清楚地体现了车尔尼雪夫斯基的思想观点和斗争策略。

列维茨基是小说的另一主人公,他是作者以自己的亲密战友杜勃罗留波夫为原型而塑造的。杜勃罗留波夫英年早逝,作者把对挚友的怀念与热爱之情熔铸在列维茨基的形象中,特别是在小说的第二部分——《列维茨基1857年日记摘抄》中,具体展示了这位革命民主主义者的优秀代表的成长过程及其性格特点、道德情操和精神风貌。列维茨基是一个聪明睿智、才华横溢、生气勃勃、具有强大精神力量的青年,他自称是"民主主义者、社会主义者、革命者",他与专制制度势不两立,痛恨社会的黑暗和不平。最可贵之处是他身上那种无法遏制的火热激情,他如饥似渴地盼望投入实际革命斗争,并随时准备为人民的解放事业献身。他热爱俄罗斯人民,看到了他们的高尚道德和巨大力量,坚信人民一定会英勇奋起,为实现自己的美好理想而斗争。

在小说中,与革命民主主义者的光辉形象形成鲜明对照的是反动统治阶级的代表人物和自由主义分子。作者以有力笔触和讽刺线条勾勒了沙皇的亲信恰普林伯爵的漫画式形象,使这个地主党的头子、农奴制的忠实卫道士的粗鲁野蛮、愚蠢昏庸、冥顽不化的丑恶嘴脸跃然纸上。作者还通过政府大臣萨维洛夫、法学教授梁赞采夫揭露了自由派夸夸其谈,大唱改革高调,借以欺世盗名,而在沙皇政权面前又奴颜媚骨、妥协变节的伪善面目。

《序幕》中还描写了许多妇女形象,其中伏尔庚娜和梅丽这两个人物比较突出。

小说《序幕》就是作者献给妻子奥尔迦·索克拉托夫娜的。作者把爱妻的许多特征赋予了伏尔庚娜的形象。伏尔庚娜完全理解丈夫所献身的革命事业,自愿把自己的命运与丈夫结合在一起,并坚定地追随其后,义无反顾地踏着这条荆棘丛生、充满危险的革命道路走下去。他与丈夫同舟共济,对丈夫关怀备至,全力支持他的工作,是伏尔庚的贤内助。这是一个聪明、机敏、勇敢、大胆、有觉悟、有见识的新型女性形象。

梅丽是小说第二部中的女主人公,她的形象引人注目,她的人生道路发人深

[①] 《列宁全集》第21卷,第84页。

思。梅丽是农奴的女儿,是大地主伊拉东采夫家的女仆,但她与那些在小说中屡见不鲜的温驯善良、却愚昧无知的仆人迥然不同,她美丽动人,聪颖伶俐,庄重大方,富有个性。她不甘心永远居于卑贱的奴仆地位,渴望开辟一条独立、幸福的道路。可惜的是,她所追求的幸福理想不过是要"在上流社会取得一个地位",享受富贵荣华。梅丽最后做了伊拉东采夫老爷的情妇,她幻想通过这条道路跻入上流社会。列维茨基尖锐地指出,这是可耻的堕落。显然,梅丽的选择是错误的。作者认为,这种关于幸福的庸俗见解,是令人窒息的社会环境和鄙俗的传统观念对梅丽长期熏染的结果。在这里,车尔尼雪夫斯基谴责了污浊社会对一个美好灵魂的腐蚀与毒害。他以梅丽为例,从反面说明这样的道理:只有像薇拉、伏尔庚娜等新型妇女那样,积极投身到广阔的社会活动中去,从事于有益于人民的事业,才能踏上真正的解放之路,才能找到真正的生活和幸福。

这部作品在结构上独具一格。小说由两部分构成,这两部分不仅叙事方式不同,而且故事情节也不连贯,但二者互为补充,组成统一的整体。第一部分描写首都彼得堡的社会生活和政治斗争,第二部分则主要展示外省农村的生活场景。如此,作者就把50年代末整个俄国的社会面貌描绘出来。其次,人物性格的刻画很成功。每个人物都个性化的,即使同一类型的人物,也性格各异,决无雷同之感。正面人物如伏尔庚政治上的成熟、坚定、敏锐,但日常生活中却有点笨拙,甚至滑稽可笑;列维茨基热情洋溢,勇往直前,但有时还显得不够成熟;反面人物如恰普林的粗蛮、萨维洛夫的圆滑、梁赞采夫的伪善等等。再次,人物的心理描写也很突出。正面主人公精神世界高尚、丰富,反面角色灵魂的空虚、肮脏,作者都作了细腻描写。

第五节 冈察洛夫

伊凡·亚历山大罗维奇·冈察洛夫(1812—1891)是19世纪中叶著名的批判现实主义小说家。他的三部长篇小说《平凡的故事》、《奥勃洛莫夫》和《悬崖》真实而深刻地反映了农奴制改革前后俄国社会生活的变迁,在俄国小说史上占有重要地位。

冈察洛夫出生于辛比尔斯克一贵族兼商人的家庭。他的童年是在宗法制地主庄园的闭塞、平静、无忧无虑的生活环境中度过的,这成了他日后创作的重要素材。1820—1831年,他先后就读于贵族寄宿中学和莫斯科商业学校。但他对枯燥无味的商业毫无兴趣,而非常热爱文学,特别醉心于普希金的诗歌。1831年,商业学校未毕业,他即考入莫斯科大学语文系。当时莫斯科大学人才荟萃,莱蒙托夫、别林斯基、赫尔岑、奥加辽夫、斯坦凯维奇等都在这里学习,自由空气浓厚,各种小组十分活跃,不过他对政治活动表示淡漠,而把主要精力倾注在文学方面。

1834年,冈察洛夫大学毕业后回到故乡辛比尔斯克,在省长办公厅任秘书。不久即去彼得堡,在财政部供职多年。期间,他结识了画家尼·迈科夫(1794—1873),画家的家庭文艺沙龙为冈察洛夫最初的文学创作活动提供了良好条件。30年代末,他的两篇小说习作《癫痫》和《因祸得福》即刊登在这个文艺沙龙的手抄本文集上。1846年,他与别林斯基相识,这对他以后的思想和创作有很大影响。1847年他的第一部长篇小说《平凡的故事》在《现代人》杂志上发表,得到别林斯基的好评。不久,他开始构思两部新小说,即《奥勃洛莫夫》和《悬崖》。

但是,一个新任务打乱了冈察洛夫的创作计划。1852年他奉命以海军中将普佳京的秘书的身份参加了后者率领的俄国舰队的环球航行,访问了欧、亚、非沿海各国,其中包括中国和日本。因此,他成为19世纪俄国作家中第一个到过中国的人。回国后,他完成了两卷本的长篇游记《战舰巴拉达号》(1858),以清新优美的文笔生动记述了旅途见闻和各国的风土人情。

1856年冈察洛夫出任沙皇政府的首席图书审查官。他是一个比较稳重的官员,对进步文学一般持同情态度。在四年任期内,由于他的支持和帮助,一些进步作家的作品得以问世,如屠格涅夫的《猎人笔记》、《莱蒙托夫全集》以及涅克拉索夫的诗歌等。然而,他的政治态度毕竟趋于保守,与激进的革命民主主义观点格格不入,因此,在50年代末60年代初俄国革命形势高涨、社会思想斗争尖锐时期,继托尔斯泰、屠格涅夫之后,他也于1860年与《现代人》断绝关系,与民主阵营的分道扬镳对他后来的创作产生了负面影响。此后,他于1862至1863年担任官方杂志《北方邮报》的主编,1863年又任出版事业委员会委员,直至1867年退休。

1859年小说《奥勃洛莫夫》的发表是当时文坛上的一件大事,给作家带来极大声誉。而《悬崖》的创作却拖延了20年之久,直到1869年才问世。此后20多年,冈察洛夫是在疾病和孤独中度过的,写了一些短文、回忆录,如《文学晚会》(1877)、《在大学》、《记别林斯基的为人》(1881)等,以及文学评论《万般苦恼》(1872)、《迟做总比不做好》(1879)等。在这些文章中,作家回顾了自己的小说的构思和创作过程,并阐明了诸多小说创作的理论观点。

作为现实主义小说家,冈察洛夫始终坚持和捍卫现实主义方向,认为"现实主义是艺术最重要的原则之一"[①]。而现实主义最重要的特点是按照生活的本

[①]《古典文艺理论译丛》(一),人民文学出版社,1961年,第181页。

来面目再现生活,即真实性是它的基本要求。冈察洛夫十分重视小说的真实性。他指出,小说应该像镜子一样反映出生活现象、生活方式和风俗习惯;强调小说创作与现实生活的密切联系,要求作家写自己熟悉的、悉心观察的、有切身体验的东西,他说道:"我只能写我体验过的东西,我思考过和感觉到的东西,我爱过的东西,我清楚地看见过和知道的东西,总而言之,我写我自己生活和与之长在一起的东西。"①

冈察洛夫还阐释了他的典型观。现实主义的另一个基本特征就是典型化。他批评自然主义追求"单纯模仿自然"而屏弃典型化的错误观点,强调要对生活现象加以选择、集中、概括,这样才能创造典型,而"如果形象是典型的,它们就一定或多或少地反映出本身生活于其中的时代,唯其如此它们才是典型的"②。他还颇有见地地谈到典型形象与周围环境的辩证关系,指出小说家要揭示"它们(典型)与周围的生活怎样联系在一起,后者又怎样影响到它们"③;对形成人物性格的环境揭示得愈深,人物性格愈鲜明,典型的意义愈大。作家的创作实践为其理论提供了佐证。他笔下的不朽典型奥勃洛莫夫就极其鲜明地反映了地主阶级和封建农奴制走向灭亡的时代特征,而"奥勃洛莫夫性格"的形成又与所处的时代和生活环境紧密相连。

冈察洛夫非常强调想象在小说创作中的作用。文学作品来源于生活,但并不是生活中的一切现象都可以原封不动地照搬进艺术作品,而需要作家对纷纭复杂的生活现象进行一番分析、筛选、提炼、概括、集中,使之更具有典型意义,这样才能使生活的真实升华为艺术的真实。这就是文学创作的形象思维过程。冈察洛夫从自己的创作实践中深刻体会到想象、联想这一心理机制在形象思维过程中的重要作用,指出想象是从生活真实上升为艺术真实的必不可少的环节:"想象将永远是艺术家的手段",作家"所观察到的真实在他的想象中反映出来,他又把这些反映转移到自己的作品里。这就是艺术的真实"④。他认为,一切伟大的小说家如狄更斯、果戈理、托尔斯泰等,他们的创作都离不开想象;他自己也是在想象的影响下生活和写作的,没有想象,他的笔就没有力量,就不能发生效力。

冈察洛夫有关小说创作的真实性、典型性和想象的论述,凝聚着他创作实践的宝贵经验和体会,是十分中肯的。但他在论及形象思维时过分强调艺术本能

---

① 《古典文艺理论译丛》(一),人民文学出版社,1961年,第189页。
② 同上书,第149页。
③ 同上书,第154页。
④ 同上书,第182页。

和创作的不自觉性,并且认为只有已定型的生活和已积淀的典型人物才能成为艺术描写的对象等等,这些观点不免失之于偏颇。

《平凡的故事》和《悬崖》

冈察洛夫的主要文学遗产是三部长篇小说:《平凡的故事》、《奥勃洛莫夫》和《悬崖》。他在《迟做总比不做好》中回顾了三部小说的创作过程,谈到它们之间的内在联系。他说这"不是三部小说,而是一部。它们由俄罗斯生活从我所经历的一个时代到另一个时代的过渡这一条共同的线索,一个首尾一贯的思想联系着"[①]。从这个意义上来说,三部小说构成完整的三部曲,它们作为一个整体,反映了40至60年代俄国社会的演变:农奴制农村地主庄园的温情脉脉、保守落后的传统生活方式和道德原则如何被新兴资产阶级的生活方式和道德原则所取代。

《平凡的故事》是三部曲的第一部,反映的是俄国40年代的社会生活。40年代,俄国资本主义开始发展,伴随而来的资产阶级的生活方式及其人生观、价值观与贵族地主阶级传统的宗法制生活和道德原则发生了尖锐冲突,并且前者必将取代后者。《平凡的故事》就反映了新旧两种生活、道德原则的矛盾冲突和嬗替变化。这一主题思想主要是通过主人公亚历山大·阿杜耶夫和他的叔父彼得·阿杜耶夫两个形象表现出来的。

贵族青年亚历山大·阿杜耶夫在外省地主庄园里长大,自幼被宠爱娇惯,过着养尊处优的安逸生活。优裕的生活条件,脱离实际的贵族教育,"没能培养他具有正确的人生观和奋发图强的雄心壮志,去战胜他所面临的、也是每个人在前进道路上通常会遇到的困难",而使他成了一个不谙时世、不务实际、多愁善感、想入非非的"幻想家"。他吟风弄月,赋诗作文,幻想成为诗人;他相信忠诚不渝的友谊,向往缠绵悱恻的爱情;在他看来,生活应该富有浪漫情调,既充满脉脉温情、醉人的幸福,也有回味无穷的波折、烦恼和眼泪。但是时代在前进,生活在变化,未来在召唤。亚历山大已不满足于闭塞的庄园和狭小的家庭,京城的荣华富贵诱惑着他,于是他带着一套对世界和生活的观念,怀着一系列"美好的愿望",告别家乡和亲友,来到首都彼得堡。

然而,这个怀抱天真幻想的少爷在彼得堡冷酷的现实面前一次次碰壁。亚历山大原以为叔叔彼得·阿杜耶夫一定会非常热情地接待他、关爱他,没想到叔

[①] 《古典文艺理论译丛》(一),人民文学出版社,1961年,第148页。

叔对他态度冷淡,拒绝和他拥抱,像对待房客一样给他安排了住处,这使他很伤心。后来,叔叔又把乡下姑娘送给他的爱情信物——戒指和头发扔到窗外,把他的诗稿拿去糊墙壁。官场生活也使他大失所望。官僚机关如同一架破旧的、运转不灵的机器,令人感到沉闷、压抑。这里的人是那么虚伪、势利,刚刚认识,科长就"热情"邀请他去家中做客,实际上是骗他去赌博;副科长就向他借钱,可此人借钱从来不还。随后,他第一次恋爱被对方欺骗、抛弃,他最要好的朋友久别之后竟不愿抽出一点时间与他谈心,他的所谓"永恒的"爱情和友谊的信念破灭了。写作也屡遭挫折,出版社退回他的诗稿,他荣获诗人桂冠的梦想也化为泡影。现实生活彻底粉碎了亚历山大的不切实际的幻想,使他的头脑逐渐清醒起来。他终于接受了叔叔的人生哲学,以叔叔为榜样,用理智克制感情,直面现实,顺应潮流,重新开辟自己的人生道路。12年之后,亚历山大官运亨通,事业有成,30岁出头就成了一名稳健官员和精明的企业家,还攀上了一门有500个农奴和30万卢布陪嫁的亲事,荣华富贵全到手了。

亚历山大·阿杜耶夫的浪漫幻想、多愁善感、慵懒怠惰、不事劳动,是没落的地主庄园经济的反映,是旧的生活方式和道德观念的表现。他的转变则表明:封建宗法制的经济形态、生活方式及思想道德观念已经过时,应该被抛进历史的垃圾堆里去了。

与亚历山大对立的是叔父彼得·阿杜耶夫。这是一个新兴的资产阶级企业家的典型。他反对空谈和幻想,鄙弃矫揉造作,他讲求实际,精明练达,充满自信,富有实干精神,全力投入事业之中。他相信事业会赢得金钱,而金钱会带来安逸、幸福的生活。他劝戒侄子抛弃一切幻想,脚踏实地,努力工作,认为这是"时代的要求"。他冷漠无情,一切都从"利益"出发,一切都经过冷静"盘算和掂量",对他说来,根本不存在神圣的诺言,也没有永恒的友谊和忠贞不渝的爱情。他认为结婚是事业和利益的需要,他对妻子没有真正的爱,妻子说他是"假仁假义"、"装模作样"。遵循这一套人生哲学,彼得·阿杜耶夫努力奋斗,孜孜以求,刚刚50岁,就当上局长,是三品文官兼企业家。然而,由于他只追求金钱和物质上的满足,从不关心妻子精神和感情上的需要,正当他志得意满时,妻子却郁郁成疾。眼看妻子重病缠身,金钱带来的安逸、幸福的家庭生活也将告终,他追悔莫及。通过这样的结局,作者对彼得的人生哲学和生活方式表示了置疑和批判。

总之,冈察洛夫对彼得·阿杜耶夫的态度是双重的:一方面肯定了他的实干、进取精神和创业热情,与正在衰亡的、慵懒无能的贵族地主阶级相比,他代表着新兴的、进步的社会力量;另一方面,对他的冷酷无情、唯利是图又有所保留和批评,认为他的处世哲学和道德原则是不可取的。当然,由于历史条件和作家思想的局限性,冈察洛夫还不可能对资产阶级的本质有清楚的认识。

一个贵族青年人生道路转变的"平凡的故事"却反映了封建农奴制经济及其传统观念的崩溃和资本主义及其道德原则的兴起,昭示了俄国社会的变迁和历史发展的趋势。小说的社会意义即在于斯。小说问世后受到一致好评。别林斯基在给作家鲍特金的信中写道:"冈察洛夫的小说轰动了整个彼得堡,真是空前未有的成功,所有的意见都对他有利。……它对社会多么有益啊!它对于浪漫主义、爱好幻想、多愁善感和狭隘是多么可怕的一个打击!"①

《悬崖》是冈察洛夫的第三部小说,最初的构思产生于1849年,但它在作家的头脑里孕育了20年之久,直到1868年才完成,1869年在《欧洲导报》上问世。

小说原拟题名为《艺术家》,因为它讲述了一个爱好艺术的贵族青年赖斯基追求爱情的故事。赖斯基到乡下探望堂祖母,爱上了美丽的表妹薇拉,但薇拉倾心的是另一个青年马克·伏洛霍夫。马克思想激进,是一个否定一切的"虚无主义者"。薇拉不能容忍他那种粗鲁、傲慢、蔑视一切的态度和行为,二人关系破裂。最后,薇拉嫁给早就深爱着她的企业家杜新。赖斯基则漂泊海外,一事无成。

小说以这样的故事情节为载体,塑造了俄国社会转折时期几个典型人物,反映了19世纪40至60年代的社会生活面貌。

赖斯基是一个有良好教养的、颇具艺术才华的贵族青年,他醉心于写作、绘画、雕刻、音乐,自诩为"艺术家"。他具有自由主义和一定的民主思想,他认为自己虽然"不是新派人物,但也压根不是落伍者",他已感受到时代的变化:"旧世界正在瓦解,新生活的幼苗正在绽绿吐青,生活敞开它的整个胸怀,号召人们投入它的怀抱。"所以,他把"摧毁旧时代"、唤醒周围的生活视为己任。他与祖母争论,劝她无偿地解放农奴,给农民以自由;他同情和帮助被流放的革命青年伏洛霍夫;他呼唤沉醉于古文化研究的科兹洛夫走出象牙之塔,投入现代生活;他鼓励三个表妹苏菲娅、玛芬卡、薇拉勇敢地追求自由的爱情……然而,他意志薄弱,行动懒散,游手好闲,缺乏脚踏实地、埋头苦干的精神,干什么都浮光掠影、浅尝辄止,或者只有愿望而无行动,因此,他纵然天分过人,也是蹉跎半生,一无所成。作者说赖斯基是一个睡醒的奥勃洛莫夫,"他知道该怎么做,但是没有去做"。这一形象既有40年代"多余人"的某些性格,同时也体现了50、60年代那些只尚空谈、软弱无能的贵族自由主义知识分子的特征。从赖斯基身上,我们看到了贵族

---

① 《别林斯基书信集》第2卷,俄文版,莫斯科,1955年,第311页。

知识分子随着时代的变化而演变的过程。

伏洛霍夫是平民知识分子、民主主义者,因宣传唯物主义和社会主义思想而被流放的政治犯。他聪明机警,思想大胆,言辞激烈,性格坚强。他虽然两次被流放,但始终坚持自己的信仰,在政府当局的监视下,仍向青年们推荐禁书,宣传进步思想。他有时说话粗鲁,近乎无礼,但他心地善良,坦诚率直,朋友科兹洛夫说"他是心肠极好的人"。正是他的新思想、新见解和与众不同的性格吸引了追求新生活的薇拉,二人产生了爱情。但是由于冈察洛夫自60年代之后思想趋于保守,不能接受站在时代前沿的革命民主派的思想观点,所以给伏洛霍夫形象的塑造投上了阴影。作家给这位革命者的形象涂上了庸俗可笑的色彩,把他描写成一个否定一切、玩世不恭、粗鲁乖戾、令人厌恶的"虚无主义者",作者称之为"反面形象"。例如,为了表示对私有财产的否定,他借钱不还,随便拿别人的衣物,翻进果园偷摘苹果;随意撕毁书籍,用来卷烟、揩手指;他认为爱是"天然的人之大欲",爱情、婚姻是不承担责任和义务的,等等。显然这是对革命青年的丑化和歪曲,理所当然受到进步文学界的批评。但冈察洛夫辩解说,伏洛霍夫"不是社会主义者……不是民主主义者",而是"新谎言的代表",是他用谎言蛊惑、欺骗薇拉,将她引向"堕落"的"悬崖"。这类人物不能给俄罗斯社会开辟新生活。那么,能给俄罗斯带来新生活的是谁呢?作者认为是杜新。

杜新是冈察洛夫批评了赖斯基之流的贵族自由主义者、否定了伏洛霍夫之类的革命者之后而树立的理想人物。作家赋予这个地主兼企业家许多优秀品格:他有教养,思想明确,天性纯朴,心智健全,热爱劳动,热爱自己的事业,善于经营,用新的方法、"合理的原则"管理田产和林业,与农民、工人关系融洽。薇拉称赞他"永远是大家的表率"。作者称杜新是"俄罗斯的真正的新力量和新事业的代表者",是俄罗斯"可靠的未来"①,变革俄国的希望就寄托在杜新们身上。在小说结尾,作者让探求新生活的薇拉投入它的怀抱,就表现了作者的思想倾向。然而,作者又不得不承认,这个表现自己主观理想的人物是"一个苍白无力、模糊不清的画像"②。

别林斯基赞誉冈察洛夫"非常擅长描写妇女性格"。的确,小说中三个性格鲜明的女性形象——祖母达吉雅娜·玛尔科芙娜、薇拉、玛芬卡给读者留下深刻印象。

达吉雅娜·玛尔科芙娜是古老的、保守的俄罗斯社会的化身、宗法制生活秩序和道德观念的维护者。在她看来,旧的道德规范是不容怀疑和动摇的,祖辈的

---

① 《古典文艺理论译丛》(一),人民文学出版社,1961年,第177页。
② 同上书,第169页。

传统必须严格遵守。在作者笔下,她是一个精明能干的女主人,善于经营,治家有方,将"一个小小的王国"管理的井井有条。她既专制、威严、固执,又宽厚、仁慈、明理,比较体恤农奴的疾苦,深得人们的尊敬和爱戴,农民尊称她为"母亲"。作者将这一代表封建家长制的形象理想化了,给地主庄园生活制造了一种和谐、安宁、温暖的氛围,涂上一层玫瑰色彩。

薇拉是三个女性形象中最富有魅力的一个。她妩媚动人,神韵中自有一种神秘、含蓄的美,宛如"一尊美妙绝伦的雕像,洋溢着独特的生命气息"。然而,薇拉的魅力不仅仅在于容貌之美,更主要的是在于她优秀的精神气质。她具有出类拔萃的禀赋,特立独行的性格;她思想开放,藐视旧传统,不满足于地主庄园那种平静安逸、然而闭塞狭小的生活天地,憧憬新的生活,追求新的真理;她爱好读书,喜欢思考,有丰富的精神世界,对事物持独立见解,决不人云亦云,拾人牙慧;她高傲、倔强,严守着自己的内心世界,不让别人干涉她的思想自由和窥探她心灵的秘密。在爱情问题上,尤其显示出薇拉思想的深刻和目光的敏锐。赖斯基为她的绝色美貌所倾倒,苦苦追求她,但她看透了这位表兄不过是个缺乏深刻思想、艺术上浅薄、爱情上见异思迁的公子哥儿,不会给她带来她向往的新生活,因此她婉言拒绝了他的追求。当她遇到伏洛霍夫后,一方面被这位革命青年的新颖思想和独特性格所吸引,以为他会引领她实现自己的生活理想;另一方面也出于对这个政治犯的命运的同情,于是便大胆地爱上了他。然而当她发现他们在许多问题,特别是在爱情上观点不同时,她不得不痛苦地与伏洛霍夫分道扬镳了。薇拉的思想追求以及她这段不成功的爱情都是很有代表性的,真实地反映了19世纪60年代正在觉醒的俄罗斯妇女的心绪和情感历程。薇拉堪称文学史上俄罗斯妇女画廊中的优美形象之一。可是最后,作者又让薇拉怀着深深的懊悔心情回到代表旧道德传统的祖母的羽翼之下寻求庇护。这样的艺术处理,违背了薇拉性格发展的逻辑,同时表明,作者不能给追求新生活的青年一代指明出路,他的保守思想在这里又一次表露出来。

玛芬卡是与薇拉截然不同的另一种女孩。如果说薇拉像月夜一样充满神秘、撩拨人的想象的美,那么玛芬卡则是一个阳光女孩,"整个人就像鲜花、光线、温馨和春天的色彩所组成的一道彩虹"。她热情、开朗、快乐,散发着青春的气息。她爱唱歌,爱种花喂鸟,喜欢做家务,喜欢吃甜食。她对田园生活感到惬意,对祖母言听计从。她纯洁无邪,内心里没有烦恼和斗争,也没有什么精神追求,只盼望能寻觅到幸福的爱情,建立起一个温暖的安乐窝。这是一个天真善良,然而庸碌世俗的姑娘。眼下她正陶醉在与维肯季耶夫的爱情之中,出嫁后,她肯定会做个贤妻良母,生儿育女,成为俄罗斯妇女芸芸众生中的一员。

《悬崖》的孕育、创作时间长达20年,如作者形象地说道:"我把我的孩子怀得过久了。"这就导致了小说的时代背景的模糊和人物与环境的脱节。小说主要描写的是农奴制改革前40、50年代外省地主庄园的生活,而"虚无主义者"伏洛霍夫以及反映妇女解放思想潮流的薇拉却是60年代出现的人物,作者将他们塞进40、50年代社会生活的框架里,从而造成人物与环境的关系不协调。当然,小说在艺术方面的优点也是相当突出的,如鲜明生动的妇女肖像的刻画,细致入微的心理描写,炉火纯青的语言技巧等等。此外,还应特别指出两点:一是作者以细腻的笔触描述了地主庄园的日常生活、亲朋交往、节日庆典、命名日宴会、家庭纠纷、夫妻争吵等,以及生活在这种环境中的各色人物,绘就了一幅色彩缤纷的风俗画;二是作者用他的生花妙笔点染了一幅幅伏尔加河畔四时变幻的风景画,其艺术功力不让屠格涅夫,受到评论界和读者的一致赞誉。

《奥勃洛莫夫》

《奥勃洛莫夫》是三部曲中最优秀的一部,是冈察洛夫的代表作。小说的构思早在《平凡的故事》问世后不久即开始,1849年写成了前几章,其中第九章《奥勃洛莫夫的梦》于同年发表在《现代人》杂志上,10年之后,小说才全部告竣,1959年刊登在《祖国纪事》上。此时正值农奴制改革的前夕,要求废除农奴制的呼声空前高涨,思想界、文学界正在对沉睡、消极、停滞大行讨伐,小说的问世,仿佛一颗炸弹,在整个社会引起巨大反响,批评界也因为这部小说大为活跃。杜勃罗留波夫发表了著名论文《什么是奥勃洛莫夫性格》,对小说作了深刻分析。

小说塑造了一个腐朽没落地主的典型形象——奥勃洛莫夫,揭示了他内在的怠惰、停滞、萎靡不振、因循守旧、害怕变革的性格。这一形象及其"奥勃洛莫夫性格"是腐朽农奴制的产物。对这种性格的揭露和鞭挞,表达了整个社会强烈的反农奴制情绪和要求变革的愿望。这就是小说的社会意义和进步性之所在。

奥勃洛莫夫是一个拥有三百多农奴的地主,不可救药的萎靡、怠惰是他性格的主要特征。小说一开始,奥勃洛莫夫早晨醒来,就穿着一件肥大的睡衣,懒洋洋地躺在床上。他看上去三十二三岁,一副心不在焉的面孔上毫无确定的观念和专注的神情,全身洋溢着一种少有的温柔,"他那暗无光泽而又白得过分的脖子,小而肥胖的手以及软绵绵的肩膀,都显得他不像男性的气概"。他的思绪像自由的小鸟似地在脸上徘徊,然而思想又不能集中在一个念头上。就这样,一天过去了,他仍旧躺在床上。躺卧对他来说,"既不像对于病人或者瞌睡的人那样是一种必要,也不像对于疲乏的人那样是一种偶然的事情,也不像对于懒汉那样是一种享乐,因为这是他的常态"。他从早到晚在昏睡中打发日子,甚至连做梦都在睡觉。再看看他的房间,一切都杂乱无章:四壁挂满蜘蛛网,到处都蒙上厚厚的灰尘,镜子已"照不出东西,倒可以当作记事牌";桌子上是残羹剩饭和面包屑;摊开的书页已经发黄,报纸还是去年的;如果把鹅毛笔向墨水瓶里蘸去,苍蝇会从里面嗡嗡地飞出来……在这样的生活环境里,奥勃洛莫夫整日穿着宽大的睡衣、软软的拖鞋感到无比的舒适、惬意。

耽于幻想是奥勃洛莫夫的惰性的另一种表现形式。年轻的时候,"他还怀有种种憧憬,还希望着什么,对于命运和本身还有许多期待,还准备登上人生舞台,扮演角色……"他曾想拟定一个庄园的计划,但一直没有实现;他幻想自己成为一名所向无敌的统帅,去建立奇功伟业;他幻想自己成为有名的思想家和艺术家,荣获桂冠,受到人们的尊崇;他幻想着田园诗般的生活:晴空、田野、花园、露台,和太太在林荫道上散步,在河里划船,或者驾着马车到白桦林里野餐,或者在家里接待宾客,读书弹琴……奥勃洛莫夫简直在五彩缤纷的幻想中陶醉了。然而,这些不过是美妙的幻想而已,他从来就没有着手去实现,他只是为了在漫无边际的幻想中打发百无聊赖的日子。这突出反映了这个懒汉、寄生虫的空虚。

奥勃洛莫夫害怕生活,害怕变革,完全丧失了从事实际活动的能力。他虽是地主,有农奴和土地,但不会经营,不知道何时播种,何时收割;不知道四分之一普特燕麦和稞麦究竟有多少,值多少钱……他虽然上过名牌大学,受过高等教育,却不会处理最简单的事情。村长来信报告收成不好,房东催他赶快搬家,这两件小事竟搅得他六神无主,坐卧不安,他唉声叹气,烦恼不堪,抱怨道:"唉!生活不让人安静,到处折磨人!"他不理解人们为什么整天东奔西忙,访亲拜友,看戏、打猎、郊游,在他看来,"一天上十处地方——真是不幸!"生活对他来说简直就是沉重的负担。

朋友希托尔兹不忍眼看奥勃洛莫夫这样颓废、沉沦下去,极力要从沉睡中唤醒他、挽救他。经希托尔兹的介绍,奥勃洛莫夫结识了年轻姑娘奥尔迦。不久,奥尔迦有感于奥勃洛莫夫的纯真、善良和温柔,于是爱上了他。这位热情的少女决心用爱情的力量去感化他、改造他。在朋友的鼓励下,在充满活力的奥尔迦的影响下,奥勃洛莫夫开始振作起来,他离开床榻,脱下睡衣,走出家门,去访友赴宴,游玩娱乐,阅读朋友给他指定的书籍,制定管理庄园的计划……他感受到爱情的美好、幸福,看到了生活的五光十色;他一度变得开朗活泼,仿佛恢复了青春。但这不过是昙花一现,很快,他的热情就冷却了。面对爱情,他胆怯起来:一会儿认为奥尔迦错看了他,担心她会后悔而移情别恋,与其这样,还不如趁早结束;一会儿又害怕这种偷偷摸摸的爱情会遭到别人的议论和指责;最后,他厌倦了,不愿再为爱情奔波忙碌,特别是一想到结婚,想到有那么多事情需要料理,而他自己又没有能力去办,就感到头疼,不知所措。在他看来,结婚是何等的复杂、艰巨,面对一系列实际工作和严肃义务,他害怕了,动摇了,退却了。于是,他托病不再去赴约会,埋怨朋友希托尔兹"把爱情像种牛痘一样"种在他的身上:"这是什么生活,尽是悸动和不安!什么时候才有和平的幸福和安宁呢?"怠惰、懒散、颓靡的性格像病魔一样死死地缠住他,就是姑娘的火热爱情也无法挽救他。奥尔迦承认他不可救药,只好离他而去。

一场恋爱就这样结束了,奥勃洛莫夫又回到以前的生活状态。房东寡妇普希尼钦娜是个勤快、能干的主妇,烧饭做菜,缝补浆洗,样样在行,她跑前跑后,忙这忙那,为他安排了舒适、安逸的生活,对他照顾的无微不至、侍候得服服帖帖,他觉得这正是他所向往的生活。普希尼钦娜没有什么文化,但她温顺、驯服,对他百依百顺,决不会像奥尔迦那样要他做这做那,他认为这正是他理想的妻子。于是,他心甘情愿地娶了这个小市民寡妇为妻,在妻子给他布置的安乐窝里过着平静、舒适,然而极端庸俗无聊的生活,两次中风之后,一天早晨,悄无声息地死去,"就像一只忘了上发条的时钟停摆不走了"。

奥勃洛莫夫走完了他庸庸碌碌的一生,他的形象和"奥勃洛莫夫性格"就定型在读者的脑海里。人们不禁要问:奥勃洛莫夫天生就如此吗?他的性格是怎么形成的?作家在小说第一部的"奥勃洛莫夫的梦"一章中作了回答。

冈察洛夫认为,塑造典型形象不仅要描写它们是怎样表现的,而且还要揭示"它们与周围的生活是怎样联系在一起的,后者又是怎样影响到它们的"[①],强调人物性格与社会环境的密切联系。因此,作家在"奥勃洛莫夫的梦"一章中,介绍了奥勃洛莫夫的故乡,描述了他的童年生活,回顾了他成长的历程,深刻揭示了"奥勃洛莫夫性格"形成的生活土壤和社会根源。

奥勃洛莫夫卡——奥勃洛莫夫家的世袭领地,他童年生活的地方——是一座距离彼得堡一千多俄里的偏僻庄园。人们在这里过着与世隔绝的、愚昧无知的宗法制生活。他们不知道年月日,而是以季节、节日或各种事件计算时日;他们不知道村子以外的世界,外面的一点点消息或事情就会引起巨大骚动;他们迷信鬼神、预兆和一切怪诞传说。奥勃洛莫夫卡的地主们饱食终日,无所事事,全部生活就是人生三部曲——生育、结婚和安葬,中间还穿插着种种日常琐事:什么施洗礼、命名日、家庆、宴会、节日、团聚、问候等等。这里完全是一个闭塞、停滞、压抑、死寂的世界。

童年的奥勃洛莫夫就生活在这样的环境里。他和一切儿童一样,天性活泼,有强烈的好奇心和敏锐的感受力,喜欢到处乱跑,愿意自己做事,渴望见识新鲜事物。但是这一切都是不允许的。每当他想自己动手做事或者到院里跑跑,立

[①] 《古典文艺理论译丛》(一),人民文学出版社,1961,第 154 页。

刻就会有五六种声音阻止他,怕他跌倒、摔伤,冬天怕冻着,夏天怕热坏。他有无数仆人、保姆呵护、侍候着,一切事情都为他安排妥当。奥勃洛莫夫过着衣来伸手、饭来张口的娇生惯养的生活,而年幼的他也渐渐意识到:任何事情都无须他操心,一切有仆人侍侯,这是天经地义的,生活本来就应该是这样。小奥勃洛莫夫,一个活泼聪明的孩子,犹如温室里的花朵,由于过分的溺爱而被窒息了,逐渐衰颓了。

养尊处优、无忧无虑的寄生生活不仅扼杀了奥勃洛莫夫的活泼天性,而且毁灭了他青春的热情和上进心。上中学时他经常旷课,大学时代他对学习毫无兴趣。走出校门,踏上仕途,十品文官奥勃洛莫夫对衙门的沓杂的人群和纷繁的公文感到厌烦,没上几天班就称病辞职了。最后,堕落成一个离群索居、终日卧床不起的彻头彻尾的废物、寄生虫。对于这种懒散颓废、无所用心的生活状态,奥勃洛莫夫感到心安理得,他认为自己是"老爷",与别人不能相提并论,他大言不惭地说道:"哼,难道我也要奔走,也要工作?难道我不够吃?……难道我还缺少什么?伺候我,给我做事——似乎有的是人!托天之福,我一辈子还没有自己穿过袜子呢?要我操心吗?干吗要我操心?"

小说通过对奥勃洛莫夫童年生活的描写,以不可辩驳的事实表明,"奥勃洛莫夫性格""正是教育和周围环境的产物",是腐朽农奴制的产物。要根除"奥勃洛莫夫性格",就必须消灭农奴制度。这就是作者所要表达的最后结论。所以,杜勃罗留波夫给这部作品以高度评价。他指出,"奥勃洛莫夫性格"的出现是"时代的征兆",它是"解开俄罗斯生活中许多现象之迷的关键"。批评家还指出了奥勃洛莫夫与"多余人"的联系,进一步揭示了这一形象的社会意义。如果说他的前辈如奥涅金、毕巧林、罗亭等人还有过某些追求,在他们的时代还有一定的进步意义的话,那么到了奥勃洛莫夫,他的历史进步性已丧失殆尽,成了社会发展的绊脚石。奥勃洛莫夫是"多余人"家族中的最后一员,这一形象客观上反映了贵族的历史进步作用的消失和贵族革命时期的终结。

奥勃洛莫夫是俄国文学史上不朽的典型,它已深深地烙印在读者的心里,正如屠格涅夫说过,即使到了只剩下一个俄罗斯人的时候,他都会记得奥勃洛莫夫。"奥勃洛莫夫性格"也以其巨大的张力获得了更大的普遍性和概括性,它超越时代和国度的界限,成了怠惰懒散、因循守旧、不求进取、停滞不前的代名词,它对人的精神和社会机体有极大的腐蚀性和危害性,不断地同这种病毒作斗争是每个时代、每个社会所面临的长期而艰巨的任务。

小说中的另一个人物希托尔兹是作为奥勃洛莫夫的对立面和"奥勃洛莫夫性格"的批判力量而出现的。希托尔兹是德国工艺技师的儿子,他自幼生活在俄国农村，在父亲德国式的教育下，养成了热爱劳动的习惯和实际工作的能力。他体魄强健，精力旺盛，与苍白、虚胖、软绵绵的奥勃洛莫夫截然不同："他浑身由骨头、肌肉和神经组成，宛如一匹纯英国种的马。"他精明强干，果敢决断，追求事业的成功，是个很有成就的事业家。此外，在作者写来，希托尔兹还具有高度的文化修养和丰富的感情，他注重友谊，作为奥勃洛莫夫的朋友，他诚心诚意地、竭尽全力地帮助和挽救朋友。在希托尔兹身上，体现了新兴资产阶级的朝气和力量。最后，他和曾经与奥勃洛莫夫热恋的奥尔迦结婚，接管了奥勃洛莫夫的田庄，收养了他的小儿子，彻底取代了奥勃洛莫夫，成为生活的胜利者。作家的思想倾向十分明显，他肯定了新兴资产阶级的优越性，把对未来的希望寄托在希托尔兹这类人身上。然而，希托尔兹并不是"奥勃洛莫夫性格"的"解毒剂"。他与奥尔迦结婚后，也开始为自己筑造平静、安乐的巢，"奥勃洛莫夫性格"已在他身上萌芽。作者把希托尔兹的形象理想化了，而且对他的思想、事业，他到底忙些什么，都没有作具体描写，因而，这一形象显得不够真实。冈察洛夫也不得不承认："希托尔兹的形象是苍白无力的，不是现实的，不是活生生的，他不过是一个思想而已。"①

　　新生力量的真正体现者是奥尔迦。这是一个意志顽强、行动坚决、有思想、有追求的女性。她不受传统道德偏见的束缚，对事物有独立见解，充满对新生活的向往。她真诚地爱奥勃洛莫夫，因为她觉得他善良、正直，同时其中也包含着自我牺牲精神；她想用爱情的力量唤醒他，改造他，挽救他。为此，她制定了详细计划，坚持不懈，竭尽全力。但是，她的希望落空了——她无法使奥勃洛莫夫振作起来，最后离开了他。她与希托尔兹结婚后，富裕的生活，丈夫的疼爱，并不能满足她精神上的需要，反而使她心里产生了一种莫名的苦闷和烦恼。她不甘心拘囿于家庭生活的狭小圈子里，骚动不安的心渴望着什么，可究竟是什么东西，她自己似乎也说不清楚，只是一种朦胧的理想。但是，她接触的人，包括希托尔兹，并不能成为她的精神导师，引导她走向更广阔的天地，走向新的生活。奥尔迦的渴望和追求反映了当时进步青年的思想情绪。因此，杜勃罗留波夫说："奥尔迦，就其发展来说，她是俄国艺术家在现代俄罗斯生活中，仅仅能够找到的最高理想。……在她身上，比较希托尔兹，可看到更多的关于俄罗斯生活的暗示；从她身上，可以期待着能够把奥勃洛莫夫性格烧成灰烬，吹得四散的语句。"②

　　冈察洛夫以一部名著《奥勃洛莫夫》而跻身于俄罗斯小说艺术家的行列，他

---

① 《古典文艺理论译丛》（一），人民文学出版社，1961年，第157页。
② 《杜勃罗留波夫选集》第1卷，上海译文出版社，1983年，第125页。

的小说具有独特的艺术风格。

首先,冈察洛夫的小说情节简洁,结构紧凑。他善于从普通生活现象中发掘本质的、典型的东西,往往通过某个贵族地主的日常生活、平凡经历或爱情故事,反映新旧事物的矛盾冲突和嬗替变化,揭示富有时代意义的重大社会主题。故事情节一般是单线索展开,《奥勃洛莫夫》中只是奥尔迦与奥勃洛莫夫分手之后,小说才出现两条平行发展的故事线索——奥勃洛莫夫的结婚和希托尔兹的恋爱。小说中常常设置一两对、两三对相互对照的人物形象,如亚历山大·阿杜耶夫与彼得·阿杜耶夫、奥勃洛莫夫与希托尔兹、奥尔迦与普希尼钦娜、赖斯基与伏洛霍夫、伏洛霍夫与杜新、薇拉与玛芬卡等等。通过对照,更鲜明地显示出各自的精神风貌和性格特点。而在纵向上,三部曲的人物又体现出一种传承关系,如亚历山大·阿杜耶夫——奥勃洛莫夫——赖斯基,彼得·阿杜耶夫——希托尔兹——杜新,娜琴卡——奥尔迦——薇拉等,从而将三部作品联结成一个整体。而在一对相互对照的男主人公之间,则由女主人公将二者联系起来,最后通过女主人公的爱情取舍来体现作者的思想倾向和褒贬态度。这种人物设置模式与屠格涅夫的小说相似。

其次,冈察洛夫独擅胜场的是以圆熟、细腻的文笔对环境和人物作精雕细刻的描写,以展示典型环境中的典型性格。例如在"奥勃洛莫夫的梦"一章中作家对奥勃洛莫夫卡的日常生活、风俗习惯、琐碎的生活细节,乃至人们的心理特征等等进行了不厌其烦的描写,使读者完全置身于这座与世隔绝的宗法制地主庄园的死气沉沉的环境与氛围之中。这就为奥勃洛莫夫性格的形成提供了可信的依据。这一章历来被认为是俄罗斯文学中的精彩篇章。再如,为了突出奥勃洛莫夫的性格,作家在小说第一章详尽描写了他那副心不在焉的面孔,他的脸色,苍白而无光泽的脖子,肥胖的小手,软绵绵的肩膀,他的睡衣、拖鞋、房间里的摆设,他的待人接物,甚至仆人查哈尔的旧外套也点到了,给人留下极其深刻的印象,一个懒惰、颓废、萎靡不振的寄生虫的形象跃然纸上。杜勃罗留波夫称誉冈察洛夫笔下的形象丰满、逼真、富有立体感。

别林斯基则赞赏冈察洛夫"非常擅长描写妇女性格"。的确,他刻画的妇女形象活灵活现,个性鲜明,尤其是那些聪明、坚强、有思想、追求新事物新生活的优秀女性形象,如薇拉、奥尔迦,更是光彩照人,为读者所钟爱。

最后,冈察洛夫的小说节奏舒缓,叙事平静、沉稳,从容不迫。这一风格在《奥勃洛莫夫》中体现得尤为明显,与作家描写的农奴制生活的停滞和主人公的颓靡极为和谐。他的语言纯净、准确,文笔流畅、优美,为人所称道。

第八章　屠格涅夫

伊凡·谢尔盖耶维奇·屠格涅夫(1818—1883)是19世纪俄国最优秀的现实主义作家之一。在长达40多年的创作生涯中,他以敏锐的艺术嗅觉和深刻的洞察力把握时代的脉搏,迅速反映俄国社会的新思潮、新动向和重大事件,为读者提供了30—70年代俄国社会生活发展变化的一部完整的艺术编年史。他是杰出的文学大师,卓越的语言艺术家,才气磅礴,艺术卓越,享誉世界,为人称颂。他的作品不仅是俄国文学,而且是世界文学宝库中的珍贵遗产。

第一节　萍踪游子的艺术之路

屠格涅夫于1818年11月9日诞生在奥廖尔省一富有的贵族之家。父亲谢尔盖·尼古拉耶维奇是退役军官,对庄园事务很少过问;母亲瓦尔瓦拉·彼得罗夫娜颇有文化修养,精明强干,但乖戾任性,专横跋扈,大权独揽,以残酷虐待农奴而著称。屠格涅夫从小目睹了母亲及其他农奴主的暴虐和农奴的悲惨命运,激起他对农奴制度的憎恨和愤怒,罪恶的农奴制成了他心目中势不两立的敌人。后来,他在《回忆录》中写道,对于农奴制度,"我决定要斗争到底,我发誓永远不同它妥协……这就是我的'汉尼拔誓言'"①。

1827年,屠格涅夫全家迁居莫斯科。他在寄宿学校和家庭教师的辅导下完成中学学业后,于1833年入莫斯科大学语文系,一年之后转入彼得堡

---

① 屠格涅夫:《回忆录》,人民文学出版社,1983年,第4页。

大学哲学系语文专业。大学期间，屠格涅夫积极参加学生小组的活动，讨论社会和政治问题，关注着祖国的现状和未来，同时，对文学创作产生了浓厚兴趣。他醉心于当时盛行的浪漫主义诗歌，普希金、莱蒙托夫和英国的拜伦的作品让他崇拜得五体投地。他当时创作了近百首诗歌，都是习作性的，流传下来的很少。1834年他写了诗剧《斯捷诺》，是拜伦的《曼弗雷德》的模仿之作，直到80年之后，即1913年才正式发表。

1837年屠格涅夫大学毕业，翌年出国深造，在德国柏林大学研究哲学和古典语文。在这里，他结识了俄国社会活动家斯坦凯维奇和巴枯宁，这对他的精神发展颇有影响。1841年屠格涅夫回国。第二年，他在彼得堡大学通过答辩，获得哲学硕士学位。他本想在大学做哲学教授，但沙皇尼古拉一世为了杜绝自由思想在俄国的传播，下令取消了各大学的哲学课程。屠格涅夫当哲学教授的希望落空了，但俄国文坛却诞生了一位年轻作家。

1843年对屠格涅夫来说是具有重要意义的一年。这一年春天，他的第一部叙事诗《巴拉莎》问世。长诗通过奥涅金式的人物维克多与贵族小姐巴拉莎的不成功的爱情，展现了40年代"多余人"的蜕变和社会意义的丧失，预示了这类社会典型演变的最后归宿。长诗受到别林斯基的赞赏，认为它是"1843年俄罗斯诗歌中的一个突出现象"，显示了作者"非凡的诗歌天赋，那细致、准确的观察力，那从俄国生活底层发掘出来的深刻思想，那绝妙、细腻的讽喻（其中蕴含着多少丰富的感情啊）——这一切表明，作者不仅具有卓越的创作天才，而且是我们时代的儿子，他心中装满了时代的一切痛苦和问题。"[①]初登文坛的屠格涅夫得到大批评家的如此热烈的称赞，心里感到无比温暖和激动，他立即去拜访别林斯基，从此二人结下深厚友谊。与别林斯基的交往对屠格涅夫的一生和思想发展具有重要意义。正是在别林斯基的进步思想的影响下，屠格涅夫进一步加强了反对农奴制的立场，更坚定了他献身文学事业的决心，确立了他的现实主义的文学观点。正如屠格涅夫后来所说，别林斯基和他的《给果戈理的一封信》是"我的全部信仰"。

1843年屠格涅夫生活中发生的另一件事对他的一生产生了巨大影响。这一年秋天，他结识了来彼得堡访问演出的法国著名女歌唱家波丽娜·维亚尔多。这位芳龄22岁、才艺超群的女演员征服了屠格涅夫的心。尽管波丽娜已是有夫之妇，但屠格涅夫仍陷入情网不能自拔。为了自己的梦中情人，他甚至离开祖国，长期羁旅西欧，追随其左右，只是时而回国作短暂逗留。他对维亚尔多的崇

---

① 《别林斯基全集》第7卷，苏联科学院出版社，1955年，第78页。

拜和爱慕终生不渝，不过，随着时间的推移，这种难以实现的爱情梦想已转化成真挚而深厚的友谊。屠格涅夫与维亚尔多的这段罗曼史传为文坛上的一段佳话。

40年代，屠格涅夫还发表了叙事诗《安德烈》和《地主》（均为1846年），前者继续"多余人"的主题，后者描写农奴制度下地主腐朽生活习俗。此外，他还创作了大量抒情诗，其中的《叙事小曲》、《春日黄昏》、《秋》、《乡村》、《为什么我一再吟咏忧郁的诗句》、《当我和你分手的时候》等被作曲家谱为歌曲，广为传唱。屠格涅夫培育的一簇簇鲜艳芬芳的诗歌奇葩，为40年代的俄国诗歌百花园增色不少。

但是，屠格涅夫的兴趣逐渐从诗歌转移到小说方面。1844年他的第一部散文作品——中篇小说《安德烈·科洛索夫》在《祖国纪事》上刊载；1846年涅克拉索夫编辑的《彼得堡文集》收入他的短篇小说《三幅画像》；次年又发表中篇小说《好决斗的人》和特写《霍尔与卡列内奇》。至此，他彻底摆脱浪漫主义的影响，沿着现实主义道路坚定地走下去。

从1847年起，屠格涅夫开始为《现代人》杂志撰稿，几年间陆续在上面发表了二十多篇特写和随笔，后结集出版，这就是他的成名作、备受赞扬的《猎人笔记》。与此同时，他还创作了几部剧本，如《食客》（1848）、《单身汉》（1849）、《贵族长的午宴》（1849）、《乡居一月》（1850）等，为发展俄罗斯民族戏剧做出贡献。

1852年春，果戈理逝世。屠格涅夫在《莫斯科新闻》上发表了悼念文章《彼得堡来信》，当局以违反审查制度将他逮捕，随后被放逐到故乡斯巴斯科耶，流放期为一年半。其实，屠格涅夫获罪的原因与其说是那篇悼文，不如说是他创作了具有鲜明反对农奴制思想的《猎人笔记》。监禁期间，他又写了揭露农奴主专横暴虐的中篇小说《木木》（1852），向农奴制发出更有力的一击。1853年底，屠格涅夫获释回到彼得堡，《现代人》编辑部为他举行了盛大的欢迎宴会。他积极地投入该杂志的编辑工作。

描写贵族知识分子的命运和历史作用是19世纪上半期俄国文学的重要主题。继普希金和莱蒙托夫之后，屠格涅夫仍关注着这一问题。在文学创作初期，他在长诗《巴拉莎》和《安德烈》中就已尝试过"多余人"主题，50年代，他继续把目光集中在贵族知识分子身上，在他们中间寻找"当代英雄"。他先后创作了中长篇小说《多余人日记》（1850）、《僻静的角落》（1854）、《雅克夫·巴森科夫》（1855）、《罗亭》（1856）、《浮士德》（1856）、《阿霞》（1858）、《贵族之家》（1859）等，为俄国文学中的"多余人"画廊增添了许多典型形象。

50年代末，平民知识分子取代贵族知识分子登上历史舞台，俄国解放运动随之进入新的阶段。作为一个思想敏锐的现实主义作家，屠格涅夫洞察到时代的变化和社会发展的动向,感觉到必须塑造出能够代替贵族知识分子的新的艺术典型。于是他把目光转向新兴的平民知识分子。1860年他发表了长篇小说《前夜》,描写了一个保加利亚的爱国志士、平民知识分子英沙罗夫的形象,寄托了对"新人"的理想。两年之后,他又完成了标志着他创作高峰的杰作——长篇小说《父与子》,终于塑造出真正的俄罗斯的"新人"形象。

50年代末,俄国革命形势高涨,农奴制度迅速瓦解。围绕农奴制改革,俄国社会思想界展开激烈斗争。屠格涅夫虽然反对农奴制,表示要与它斗争到底,但是基于他自由主义和改良主义立场,他主张通过自上而下的改革废除农奴制,而反对革命民主主义者的暴力手段。政治思想观点上的分歧最终导致了他与革命民主主义阵营的决裂。自1847年起屠格涅夫为《现代人》撰稿,他一直与该杂志进行密切合作,但是到1860年他公开断绝了与《现代人》的联系。这成为他思想和创作发展的分水岭。1862年底,屠格涅夫被指控与流亡国外的革命者赫尔岑、巴枯宁等有联系,被牵连进所谓的"三十二人案",因而受到传讯。屠格涅夫立即上书亚历山大二世,表示忠诚,保证自己的信仰属于"温和派",虽然"独立不羁,但却诚挚善良"。他还捐献了两枚金币慰劳在镇压波兰起义中受伤的士兵。这种行为和政治态度遭到赫尔岑的痛斥和讥讽。

农奴制改革后反动势力甚嚣尘上,俄国解放运动处于低潮,改革并没有给俄国带来屠格涅夫所想象的"新纪元",加之与民主主义阵营的决裂,与"三十二人案"的牵连……这一切令屠格涅夫心灰意冷,悲观消沉,他对社会斗争感到厌倦,对俄国的变革丧失信心。他的思想发生危机,随之创作也走向下坡路。

1867年问世的第五部长篇小说《烟》就是屠格涅夫思想和创作危机的产物。作家将小说的故事放在1862年,围绕农奴制改革后俄国向何处去的问题描写了两种势力——反动贵族官僚集团和流亡国外的革命者之间的斗争。毋庸置疑,小说对反动贵族官僚、农奴主势力的揭露和鞭挞是有力的。作家以嬉笑怒骂、冷嘲热讽的犀利笔触,勾勒了上至沙皇宫廷、下至巴登—巴登赌场的一群高官显贵、将军命妇、大贵族、大地主的丑恶嘴脸,暴露了他们卑鄙龌龊的精神世界。他们骄奢淫逸,狂饮滥赌,腐朽堕落,装腔作势,愚蠢庸俗;他们仇视一切自由民主思想,视革命浪潮如洪水猛兽,恨不得把所有进步人士投入血泊之中;他们连1861年极不彻底的农奴制改革都不能容忍,妄图使历史车轮倒转,梦想有朝一日再恢复农奴制旧秩序。有的论者认为,《烟》对上层贵族官僚反动势力的批判揭露超过了作者的其他作品,此言不差。应该承认,这是这部小说强有力的一面。

而另一方面,小说又对与贵族集团对立的侨居国外的革命者进行了歪曲。虽然作者认为他们"几乎都是好人",但却给他们的形象勾勒上讽刺的线条,把他们描绘脱离祖国和人民、不了解人民的愿望和要求的狂热、无知、空谈、吹牛、造谣、撒谎的一群。尤其是这个集团的领袖谷柏廖夫，在作者的笔下成了一个没有坚定信仰、只"想当领袖"、玩弄革命辞藻的空谈家、投机分子、两面派。当革命转入低潮时，他脱掉民粹主义者的外衣，摇身一变，成为一个穷凶极恶的地主。诚然，混进革命队伍里的投机分子、政治骗子是有的，揭露他们的本来面目也无可非议。但是，把流亡国外的革命侨民（赫尔岑、奥加辽夫等是其优秀代表）写成一群乌合之众，其中竟没有一个正面形象，从整体和主流上予以否定，这不能不说是作者的政治偏见。

超越以上两个集团的人物是主人公李特维诺夫和西欧主义者波图金。他们是屠格涅夫的思想观点的传声筒。作家通过波图金的嘴鼓吹俄国必须学习西欧文明，走西欧化的发展道路，而李特维诺夫则是其改良主义路线的实践者。作家把这个半贵族半平民家庭出身的知识分子写成正直朴实、有事业心的劳动者。他到国外学习先进的农业技术，准备回国进行农事改革，干一番事业。但他缺乏意志，个性软弱，在感情生活上屡遭挫折，事业上也没有什么成就。在国外，他陷入一场爱情纠葛之中不能自拔，爱情失败后，他万念俱灰，感到人生如梦，一切不过是过眼烟云。回国途中，他望着火车冒出的一团团飘忽不定的烟雾，陷入沉思："忽然间他觉得一切都是烟，他自己的生活，俄罗斯人的生活，人类的一切，尤其是俄罗斯的一切。……他想，一切都好像老是在变化，在各方面推陈出新，而实际上还是一样，始终和原来一样，一切都不留痕迹地消失了，什么目的也没有达到……'烟，什么都是烟'！"主人公的这种心境实际上是作者对俄国社会生活和社会变革所表现出的悲观主义情绪的写照。

《烟》的问世引起热烈的反响和争论，不同的论者站在不同的政治立场给予了不同的评价，正如作者所说，他既触犯了右派，也触犯了左派。民主主义阵营对小说大肆宣扬西欧主义、歪曲丑化侨民革命者进行了严肃批评。

60年代末至70年代上半期，屠格涅夫还创作了《旅长》（1868）、《草原上的李尔王》（1870）、《春潮》（1872）、《普宁与巴布林》（1874）、《表》（1876）等中短篇小说，大多取材于作者早年听到的家庭逸闻，或者本人和亲友曾经历过的真事。乍看起来，这些作品似乎是沉湎于往事的回忆，没有涉及迫切的现实问题。其实，它们或表现被压迫者的不幸，或慨叹人世间的不平，或揭示人与人之间的关系，或描述爱情故事等等，都蕴涵着较深刻的社会意义，引发读者的思考。

70年代民粹派发起"到民间去"的运动。这是俄国历史上的重大事件。在国外期间，屠格涅夫就与流亡的民粹主义者彼·拉甫罗夫、格·洛帕丁等人有交往，并密切关注着他们的事业。因此，对屠格涅夫这位敏于捕捉和反映社会生活中的重大事件的艺术家，这场震动整个俄国的革命运动自然不会从他的视野里滑过去。从1872年开始,经过五年的创作过程,到1876年他终于完成了长篇小说《处女地》,反映了民粹派"到民间去"的运动以及作家对它的评价。

屠格涅夫对民粹派的态度是矛盾的:他认为这些革命青年是优秀而正直的人,视他们为反对沙皇专制制度的勇敢战士,钦佩他们的献身精神,对他们深表同情;但出于他自由主义的"渐进论"立场,他不赞同他们的奋斗目标和斗争方式,认为他们的事业不切实际,注定要失败。这种矛盾在《处女地》中鲜明体现出来。

在屠格涅夫笔下,民粹派革命家都具有赤诚、高尚的心灵和强烈的正义感,对人民怀有真挚的爱,渴望改变农民的悲苦境遇,甘愿为人民的利益牺牲一切,决心为革命事业献身。当反动势力攻击、诽谤这些革命者,沙皇政府残酷镇压民粹派运动的时候,屠格涅夫却赋予他们崇高的品德,加以赞扬,这是值得肯定的。但是由于作家不赞成民粹派的事业,不相信他们能够取得胜利,因此,他又对民粹派革命者和他们的事业进行了歪曲和讽刺。

主人公涅日达诺夫被写成一个悲剧性人物。他虽然怀有满腔革命热情,但内心充满矛盾。他深入民间做宣传,但不知如何发动农民起来造反,只能空喊口号;他感到自己和农民之间隔着一堵墙,他不理解人民,人民也不理解他;他做宣传失败后,悲观消沉,对革命事业怀疑、动摇,最后在苦闷、绝望中自杀身亡。而对马尔凯罗夫作者则做了漫画式的勾画,突出了他的智力贫乏、粗鲁、固执、蛮干。他到民间去发动革命,结果却被农民抓起来,痛打一顿,扭送政府当局。

屠格涅夫对民粹派"到民间去"的活动作了绘声绘色的描写,将一场严肃的革命运动写成可笑的滑稽剧。民粹主义者身穿农民的黄土布长衫,衣袋里揣着小册子,操着农民的语言,到农村去做宣传。然而,农民根本不听他们的,把他们当成疯子、骗子、狂徒,把他们骗到酒馆灌醉,嘲笑、戏弄、奚落一番,甚至抓起来送交政府惩处。作品中的农民个个都保守落后,愚昧无知。虽然民粹派的理论纲领是错误的,他们的斗争目标也不可能实现,但是,70年代的民粹派运动具有革命的、战斗的民主主义性质。显然,屠格涅夫没有把握住民粹派运动的精神实质。

屠格涅夫之所以否定民粹派运动,归根结底是因为它的革命的、战斗的民主主义与作家的温和的、渐进的改良主义背道而驰。小说前面有这样一段题词:"要翻处女地,不应当用仅仅在地面擦过的木犁,必须用挖得很深的铁犁。""铁犁"指什么?作者在给友人的一封信中谈到,"铁犁"指的不是革命,而是教育。小说的题词及作者的解释清楚地表达了作品的主题思想,也说明了作者的政治主张。这就是说,要开垦俄罗斯这块"处女地",要改造俄国社会,只能通过办教育之类的改良主义方法。作者的这种"渐进论"思想是通过索洛明的形象体现的。

　　索洛明是平民知识分子,纺织厂的经理兼工程师。他勤劳实干,精明稳健,朴实热情,愿为人民做好事,渴望底层阶级的胜利。那么如何实现底层阶级的胜利呢?他自称是"自下而上的渐进论者",主张通过自下而上的改良,稳步前进,达到改造俄国的目的。应当肯定,屠格涅夫从寄希望于自上而下的改革转变为主张自下而上的改革,这自然是一种进步。索洛明同情涅日达诺夫等民粹主义者,但嘲笑他们"到民间去"的活动。他说,现在要干的不是"堆筑障碍物,上边插上一面旗子,高喊共和国万岁"之类的不切实际的事情,而是要踏踏实实地工作,譬如教农民识字、开设医院,给农民看病等等。他自己身体力行,按照新的原则经营工厂,事业繁荣,深得人心。索洛明的成功与民粹派的失败形成鲜明对照。最后,涅日达诺夫自杀,他的爱人玛丽安娜投入索洛明的怀抱。小说以这样的结局表明"渐进论"对民粹主义的胜利。"未来是属于他的"——索洛明才是寄托着作者的理想、开垦俄罗斯处女地的人。

　　屠格涅夫在衰老多病的晚年仍笔耕不辍。1878—1882年他写了八十多篇散文诗。这些作品简短精美,蕴涵深刻,意味隽永,有对往事的追思,有对祖国挚爱之情的抒发,有对英雄主义精神的礼赞,也有对桑榆暮景的喟叹,无不凝聚着作家对社会、人生的哲理沉思和感悟。此外,他还写了《爱之凯歌》(1881)、《死后》(又名《克拉拉·米莉奇》,1882)等小说。

　　从60年代起,屠格涅夫大部分时间在欧洲度过,结交了许多欧洲著名的文学家、艺术家,特别与法国作家福楼拜、左拉、都德、梅里美、莫伯桑交往甚密,在欧洲拥有崇高的声誉和广泛的影响,对促进俄国和欧洲的文化交流、扩大俄国文学在西方的传播和影响作出了巨大贡献。

　　1882年初屠格涅夫患脊柱癌,翌年9月3日病逝于巴黎。遵照作家的遗嘱,遗体运回俄国,安葬在彼得堡沃尔科公墓。羁旅异乡的游子终于魂归故土,安息在祖国的怀抱里。

第二节 《猎人笔记》及其他中短篇小说

　　屠格涅夫除创作了六部长篇小说之外,还写了大量的中短篇小说。如果说他的长篇小说聚焦在时代的风云变幻和社会生活中的重大事件上,那么他的中短篇小说则偏重于文学的永恒主题——人性、情感、生死、美丑、爱情、大自然……从审美的角度来看,这些中短篇小说似乎更能突出体现屠格涅夫小说艺术的独特韵致和迷人魅力:那诗情画意的着力渲染,对人物微妙心理的细腻刻画,那悠悠的情思,淡淡的感伤,委婉缠绵的情调,那清雅的风格,瑰丽的文采等等,都彰显出作家卓越的艺术造诣。所以,很多读者更偏爱他的中短篇小说是不无道理的。

一

在屠格涅夫的中短篇小说中,《猎人笔记》[①]占有突出的地位。它是作者的第一部现实主义的优秀作品,使他在文坛上声誉雀起。1847年第一篇随笔《霍尔与卡里内奇》在《现代人》杂志上发表,博得广泛好评,此后,作者又陆续写了22篇故事,1852年以《猎人笔记》为书名结集出版单行本,1880年再版时又增加三篇。这部共收集25篇随笔或者短篇小说的集子,就是《猎人笔记》的最后定本。

别林斯基指出,《猎人笔记》之所以获得极大成功,首要原因就在于屠格涅夫"用以前任何人都没有这样接近的角度,接近了人民"[②]。的确,屠格涅夫在《猎人笔记》中将农民置于中心地位,饱蘸感情描绘了不同性格的农民形象画廊。他不仅以人道主义情怀描写了农民的痛苦生活,对他们的不幸命运表示关切和同情,而且展现了他们美好的心灵,热情赞美他们的聪明才智和优秀品德。在作者笔下,农民不仅是崇高道德力量的代表,而且是俄罗斯民族性格的一切优点的体现者。在人民形象的塑造上,这是屠格涅夫超越前辈作家之处。

打开《猎人笔记》,首先出现在读者面前的是霍尔和卡里内奇。这是两个不同的俄罗斯性格的典型。霍尔积极务实,精明能干,有头脑,是一个理性主义者,他凭着自己的才智和勤劳,创造出人丁兴旺的生活,同时赢得了人们的尊重。他的目光不仅仅局限于个人和家庭琐事上,他感兴趣的是行政管理和国家体制问题。作者甚至由他联想到彼得大帝,从这位平凡的"俄罗斯农民的淳朴、聪明的话语"里看出他身上蕴藏着彼得大帝一样的智慧、才能和力量。如果说霍尔"面向人世和社会",那么卡里内奇则"比较接近大自然",他热情乐观,善良随和,能弹会唱,热爱大自然,对大自然的美有敏锐的感受能力,"属于理想家,浪漫主义者,是狂热且富有幻想一类人物",体现出俄罗斯民族性格的另一方面。像霍尔和卡里内奇这样的农民,一旦抛开农奴制的枷锁,他们会迸发出怎样的力量,创造出怎样的生活呀!在《歌手》中,屠格涅夫进一步展示了俄罗斯人民的艺术天才。在农民歌手雅克夫的美妙歌声里"饱含人间真情、青春和芬芳的气息,又有一种迷人、快活和凄婉的忧郁情调。歌声中一种真实和火焰般的精神,一种俄罗

[①] 引文采用臧传真先生的新译本,北京燕山出版社,2004年。
[②] 《别林斯基选集》第2卷,时代出版社,1953年,第490页。

斯精神在散发,在回荡,它仿佛沁人心脾,撩拨了所有听歌的俄罗斯人的心弦。"连听众个个都有很高的艺术鉴赏力,听着雅克夫的歌唱,有的热泪盈眶,有的轻声啜泣,有的低头叹息。在《贝氏牧场》①中,作家怀着深挚的爱描写一群放牧的农家儿童夜晚围坐在篝火旁,讲各种精灵鬼怪的故事,赞赏他们热爱劳动、热爱生活、聪慧、勇敢、富于幻想的品质和纯真、美好的心灵,在他们身上,作家看到了俄罗斯人民的力量和祖国的未来。《离群的孤狼》中,在雷雨交加的夜里,看林人像幽灵似地出现了:"他身高肩宽,体魄健美。淋湿的家织麻布衬衣下面显露出强健的肌肉,下颌上卷曲的黑色胡须半遮着他那坚毅而极具男子汉气魄的面孔;相连的浓眉下面,有一双不大的褐色眼睛,无畏的注视者前方。"这是一个近似俄罗斯民间传说中勇士的形象,刚直、坚毅,身上蕴藏着无穷的力量,可是在农奴制的压迫下,他的性格被扭曲了,他对主人唯命是从,对护林工作尽职尽责,农民们都惧怕他。但是,这个巨人一旦觉醒,就会以威猛无比的力量砸碎身上奴隶的锁链,求得自身的解放。

在农民形象画廊里还有许多心灵崇高而圣洁的农村妇女形象。《活尸首》中的露克丽亚原是屠格涅夫当年极力阻止母亲卖掉的女农奴。她曾是仆人中的第一美人,身材苗条,皮肤白嫩,能歌善舞,聪明伶俐,是小伙子们追逐的对象。但不幸的是她被病魔禁锢在病床上已整整七年,变成一具"活尸首"。克露丽亚可以说是失去自由、终生被禁锢在土地上的农奴的象征。然而,任何束缚、任何折磨痛苦都摧毁不了她美好善良的心灵:她从不怨天尤人,总为别人着想,她念念不忘农民兄弟的疾苦,临死前她唯一的希望就是能够减轻一些农民的负担。《我的邻居拉季洛夫》中的奥莉娅渴望生活,渴望自由,她果断地冲破周围环境的束缚,追求理想的目标。《幽会》中农奴的女儿阿库琳娜是个憧憬幸福生活和忠贞爱情的姑娘,与她的纯洁、真挚、忠诚、痴情相对照,那个被地主阶级的道德观念所腐蚀了的自私、势力、薄情寡义的情人维克多显得那么渺小、可鄙。

然而,这些淳朴善良、富有聪明才智和强大精神力量的俄罗斯农民却呻吟在农奴制度下,他们的人权和自由被剥夺,他们的人格和尊严备受摧残。在《猎人笔记》中,作者真实描述了农民的痛苦生活和悲惨命运。苏乔克一生六十年中像物品一样被卖来卖去,从一个主人手里转到另一个主人手里,他没有固定的工作,依照主人的意旨,当过马夫、园丁、厨子、鞋匠、戏子、渔夫……甚至没有固定的名字,他被折磨得骨瘦如柴,所以被称为"苏乔克"(意为"小树枝")(《勒高甫

---

① 据1991年俄国出版的新版本《猎人笔记》的编者称,有证据证明历史上曾有一处贝什家族的牧场存在,该牧场位于姆岑斯克县纳米特克沃村,距屠格涅夫庄园十三公里。据此应译为《贝氏牧场》,以前译为《白净草原》系误译。见臧传真译本第72页。

村》)。白发苍苍的老农奴斯乔普什卡孤苦伶仃,居无定所,衣不遮体,食不果腹,"他活像一只蚂蚁,总是不停的地忙碌着……一切都是为了糊口,为了活命"(《马林果泉》)。女仆阿丽娜只是因为要求结婚而被主人视为大逆不道,受到惩罚,被剃光头发,遣送乡下,她所爱的人则被送去当兵,一对恋人活活被拆散(《叶尔莫莱和磨坊主女人》)。农民安季普一家被地主及其走狗总管迫害得家破人亡(《村长》)。这一幅幅生活画面,这一个个人生遭际,都是对罪恶农奴制的控诉。

《猎人笔记》的反对农奴制的主题思想的另一重要方面是对各种类型的地主形象的刻画:从崇尚古风的旧式农奴主到适应资本主义关系的新式地主,从残忍暴虐的迫害狂到"温文尔雅"的恶棍,从穷奢极欲的豪富到寄人篱下的没落者……形形色色,构成与农民形象形成鲜明对照的地主群像画廊。

《小户地主奥夫夏尼科夫》一篇中的那个老地主专横霸道,蛮不讲理,他骑马走着,随手用手指着别人的土地说"这是我的领地",土地的主人向法院控告他,结果被他抓去暴打一顿,那片土地也被他霸占。另一个地主科莫夫则是酒鬼,撒起酒疯来谁都惹不起,为了寻开心,他强迫农奴的女孩子通宵达旦给他唱歌跳舞。《叶尔莫莱和磨坊主女人》中的地主兹维尔科夫"以博学和才干享有盛名",脸上总是"露出甜蜜的笑容",其实他冷酷狠毒之极。女仆阿丽娜提出结婚这一最合乎人之常情的要求,他竟认为是"忘恩负义",没有"良心和人情",必予以严惩而后快,结果断送了阿丽娜的一生。《两个地主乡绅》中的斯捷古诺夫是旧式地主的典型,是恪守古风古训的老顽固。他的信条是"主子就是主子,农户就是农户……老子是贼,儿子也是强盗"。在他看来,任意凌辱、蹂躏农奴是主人的权利,他把鞭打农奴当成一种享乐,当仆人被打时,他一边喝着茶,一边微笑着,合着鞭打声嘴里发出"嚓—嚓—嚓!嚓—咂!"的节拍声。在《村长》中,作者刻画了另一类所谓"文明"地主的典型代表——宾诺奇金。此人文质彬彬,风度翩翩,举止优雅,谈吐不俗,是"本省最有教养的贵族和最令人艳羡的才郎"。然而,在漂亮迷人的外表下掩藏着的却是豺狼本性。一次喝酒时,仆人费多尔没有把酒烫温,他就轻声细语地吩咐另一个仆人:"费多尔的事……去处置一下。"结果,把那个仆人狠狠地毒打一顿。这个地主从来不亲自打骂仆人,只是远远地、不动声色地吩咐"处置一下"。而他却认为这是关心下人的幸福,"就是惩罚他们也是为了他们好"。这种假仁假义、虚伪阴险比粗暴野蛮更可恶。宾诺奇金的村长索夫龙则是一个代表新兴资本主义关系的富农形象,他横行乡里,残酷剥削、欺压农民,人们对他恨之入骨,骂他是"禽兽"、"恶狗"。

《猎人笔记》也反映了贵族地主的堕落。《马林果泉》中的彼得·伊里奇伯爵奢靡无度,纵情享乐。绣花长袍、假发、手杖、香水、鼻烟壶、油画等等,一切都是从巴黎订购的;宴请宾客,排场讲究,车水马龙,人们在家庭乐队伴奏下,在焰火轰鸣中翩翩起舞,通宵达旦……然而,曾几何时,他很快就把家产荡尽,客死于小旅馆中。《我的邻居拉季洛夫》中的费多尔·米哈依奇先前也曾声势显赫,如今一败涂地,成了寄人篱下的食客和供人取乐的玩物。只要主人一使眼色,他就立刻拿起一把破提琴拉起来,又唱又跳,洋相百出,活像一只摇尾乞怜的叭儿狗。然后,主人赏给一餐饭,他狼吞虎咽,一扫而光。昔日作威作福的大农奴主如今竟堕落到如此的地步!地主的破产和堕落昭示了农奴制度已日暮途穷,即将进入历史的坟墓。

《猎人笔记》可称之为系列短篇小说,虽然每个故事皆可独立成篇,但总体上又是一部完整统一的艺术品。首先,在农民和地主两个画廊的对照描写中传达出强烈的反对农奴制的激情,这一主题思想是整部作品的内核,是构成其思想统一性的基础。其二,作为小说的叙述者,猎人的形象贯穿始终,每篇故事都是记述他在行猎漫游中的所见所闻以及他对各种人物、事件的评价和看法,他将各篇串连为一体,成为结构全书的关键要素。其三,整部作品把作者的故乡奥廖尔省即俄罗斯中部的山川风物作为背景,每篇故事的情节在这样的环境、地点中展开,从而呈现出一幅广阔的、色调和谐一致的俄罗斯中部农村的生活图画。如此,从形式到思想,都确定了这部作品的统一性和完整性。

《猎人笔记》已显示出屠格涅夫在俄罗斯大自然描写方面独擅胜场的艺术造诣。他以猎人特有的敏锐感官捕捉大自然的细微变化,又以柔美的抒情笔调绘声绘色地描写出来,使大自然呈现出绚丽的色彩和鲜活的生命力。可以说,其中每一篇都是一首意趣盎然的抒情诗,一幅绚丽多采的风景画,一曲祖国大自然的热情赞歌。尤其是卷末收尾一篇"树林和草原"更堪称景物描写的典范之作。诵读这散发着大自然的芬芳气息的文字,读者不禁陶醉了;而优美的大自然与丑恶的现实生活形成的尖锐对照,又发人深思。

二

屠格涅夫的其他中短篇小说归纳起来大概有三类:人民主题小说、"多余人"主题小说和神秘怪异小说。

(一) 人民主题小说

在《猎人笔记》中,屠格涅夫从农民的生活到他们的精神道德世界进行了全方位的描写和展示,以前人未曾达到的深度对人民主题作了深刻挖掘。之后,虽然他的创作重点转向"多余人"主题,但对人民主题的探讨仍未中断,中篇小说《木木》(1854)、《客栈》(1855)、《不幸的姑娘》(1861)和《普宁和巴布林》(1874)即是《猎人笔记》主题思想的继续和发展。

《木木》是作者1852年被捕期间创作的。小说取材于真实的故事，其中那个恣意妄为的女地主的原型就是作者的母亲瓦尔瓦拉·彼得罗夫娜，哑巴格拉西姆是扫院人安德烈。小说通过农奴格拉西姆的生活遭遇控诉了农奴制对人性的摧残。格拉西姆身材高大，力大无穷，工作勤恳，心地善良、感情真挚，把仆人"当自己人看待"，因此得到人们的尊重。但是，在农奴制度的压迫下，好人却没有好命运。专横乖戾的女主人先是擅自作主将格拉西姆心爱的女人塔季扬娜嫁给鞋匠——一个不可救药的酒鬼，断送了格拉西姆的幸福，继而又强迫他溺死与之朝夕相处、相依为命的小狗"木木"，剥夺了他最后一点精神安慰。小说动人心弦之处在于通过一系列细节展现了格拉西姆的美好心灵：当塔季扬娜离去时，他把自己准备求婚时用的一条红棉布头巾送给了她作为纪念；他对刚刚救活的小狗"木木"精心照料，百般呵护，然后躺在它旁边"安静地快乐地睡着了"；在溺死"木木"之前，格拉西姆凄楚地看着心爱的"朋友"吃着"最后的晚餐"，"两颗大的眼泪突然从他的眼睛里落下来"……看到这些场面，读者也不禁泪眼朦胧了。格拉西姆的心灵之美与女地主的淫威形成的强烈对比就是对专制暴虐的愤怒抗议和对农奴制的有力的谴责。最后，格拉西姆愤然离开地主庄园，带着"一种不屈不挠的勇气，和一种交织着快乐和绝望的决心"，"好像一头雄狮，强壮地、勇敢地踏着大步走去……"表现了他无声的反抗和追求自由的决心。

《普宁与巴布林》中有许多自传成分。读者又一次从那个盛气凌人、蛮横霸道的祖母的形象上看到了作者母亲的身影。那个敢于对女主人的行为持异议的巴布林是作者童年时代的家奴、母亲的秘书费多尔·罗巴诺夫。当年罗巴诺夫曾与孩提时代的作家一起倾心交谈、讲故事、朗诵诗歌，作者称他是自己走上文学道路的最早的"启蒙老师"。小说中普宁与故事叙述者的友谊就反映了作者的这段经历。

这篇小说堪称一首歌颂人民的赞歌，无论就其思想性还是艺术性来说，都可以纳入屠格涅夫的优秀作品之列。其中巴布林的形象最为突出。巴布林是私生子，从小被抛弃，受尽磨难。艰苦的人生经历磨砺了他坚强的个性，培养了他的民主思想。他孤傲自尊，不卑不亢，知道自己的价值、权利和责任，敢说敢为，仗义执言，不能容忍女地主滥施权力的不义行为，为弱者鸣不平。他心肠极好，富有同情心，"别人的不幸、痛苦使他心神不安"，他扶危济困，收留了流浪汉普宁和孤儿穆莎，待他们如亲人，普宁说他是"极少见的大好人"。他是"共和主义者"，痛恨、鄙视一切压迫者和剥削者，"当他谈起政府的措施和身居显赫的大官时，话里话外充满了仇视和尖刻，充满了愤恨和厌恶"；正因为他的民主思想，使他与当时的彼得拉舍夫斯基小组接近，并且受到牵连，被流放西伯利亚。但是，在小说结尾处，当巴布林得知政府宣布废除农奴制的消息时，竟激动得泪流满面，泣不成声,高呼:"乌拉!乌拉!上帝保佑沙皇!"这似乎与巴布林的信仰相抵牾,这既反映了当时许多民众(包括一些进步知识分子)一时还未能识破沙皇亚历山大二世的伪善面目,也表明作者本人的改良主义立场。

普宁,一个助祭的儿子,一生历经坎坷。他性情温和,但爱憎分明。他热爱大自然,酷爱读书,尤其醉心于诗歌,诗是他的天赋、他的生命,他用诗歌开启了故事叙述者"我"的心灵,是引导这位孙少爷认识生活、认识世界的启蒙老师。普宁体现了俄罗斯人民智慧、诗意的一面。穆莎是个向往自由、意志坚强而又富有自我牺牲精神的"新潮女性典型"。她同情丈夫巴布林的信仰,并追随他来到西伯利亚;丈夫去世后,她仍然留下来,继续他未竟的事业。她是许许多多与丈夫同甘苦共命运、献身革命事业的进步俄罗斯妇女之一。

中篇小说《不幸的姑娘》和《客栈》表现了普通人民的不幸遭际。前一篇描写地主老爷的私生女苏珊娜遗产被剥夺,人格遭凌辱,受尽欺侮和折磨,被逼得走投无路而自杀的悲惨命运。后一篇叙述卑鄙恶毒的坏蛋与贪婪的农奴主狼狈为奸,以阴谋手段将善良、勤劳的农民纳吉姆逐出家门,将他经营的客栈霸为己有的故事。指斥建立在农奴制度基础上的强权和压迫,为被欺凌和被侮辱者鸣不平,是这两篇作品的共同主题。

(二)"多余人"主题小说

"多余人"问题是19世纪上半叶俄国文学中的重要主题,屠格涅夫自踏入文坛就为这一主题所吸引,创作了大量"多余人"主题的作品,除长篇小说《罗亭》和《贵族之家》外,还有《多余人日记》、《僻静的角落》、《雅可夫·帕森科夫》、《浮士德》、《阿霞》、《春潮》等,塑造了各种类型的"多余人"的形象。这些形象反映了俄国40、50年代贵族知识分子的精神特征、心理面貌、人生道路和命运悲剧。

《多余人日记》的主人公丘尔卡图林缠绵病榻,自感时日无多,在日记中回忆了自己的一生。性格内向,敏感多疑,病态的自尊和自卑,过分的内心自我分析,常使他陷入忧郁、痛苦和悲观失望之中。他回首往事,感到自己毫无用处,人生中没有自己的位置,甚至爱情生活中也是失败者,完全是一个"多余的人"。最后,抑郁而亡。自这篇小说发表后,"多余人"作为一类贵族青年知识分子的典型的名称得到普遍认同,并在俄国文学中确立下来。

《僻静的角落》中的退伍近卫军中尉韦列季耶夫聪明,不乏才华,但是懒散,意志薄弱,沉溺于杯中之物无力自拔,而且没有明确的人生目的,在游手好闲、酗酒放荡、自暴自弃中荒废年华。他毁了自己,也毁了别人:深爱着他的姑娘玛丽亚痛苦绝望,投水自尽。

《雅可夫·帕森科夫》中的同名主人公与一般"多余人"略有不同。帕森科夫家境贫穷,父亲把他送入寄宿学校后就杳无音信,他在好心的老师的帮助下和自己的艰苦奋斗下完成了学业，饱尝了生活的辛酸和世态的炎凉。因此，他不像奥涅金、毕巧林等"多余人"那样养尊处优、玩世不恭、精神空虚、无所事事，他善良，真诚，富有同情心，毫不自私自利，不畏艰苦，勉力工作。不过，他不务实际，主要生活在"理想"之中，自称是"一个梦想家"，朋友说他是"一个浪漫主义者"，他热烈地谈论着"真理"、"生命"、"科学"、"爱情"等，但实行起来却软弱无力；特别是没有勇气去追求爱情，他不敢大胆地向所爱的姑娘表白心迹，以至于临终都不为对方所了解。他平平淡淡地度过了短暂的一生，认为这"一生就是梦"。帕森科夫只能归入"多余人"之列。

《浮士德》中的男主人公"我"同帕森科夫一样，在爱情上也是怯懦者。他竭力向昔日的恋人、而今的有夫之妇薇拉介绍歌德的《浮士德》，力图以次唤醒她对幸福的渴望，使她摆脱狭小、鄙俗的生活圈子。然而，当薇拉在他的启发下燃烧起追求爱情和幸福的热情，并率先向他吐露心曲、表达爱意后，却猝然病逝。这场爱情无果而终。其实也不会有什么结果，因为当需要男主人公作出最后决断时，他肯定会犹豫不决，并且会以种种理由心安理得地退出这场爱情纠葛。不是吗，在小说结尾他说道："在我刚感到我爱上了她，爱上一个有夫之妇的时候，我就应该赶快离开。"对这位公子哥来说，这不过是一场感情游戏，它的悲剧性结局是注定的。

在表现"多余人"主题的中短篇小说中，《阿霞》和《春潮》是两篇富有特色的优秀作品。

《阿霞》通过一场温馨而又怅恨的爱情悲剧塑造了阿霞和H.H两个性格鲜明的形象。特别是阿霞，以其清新自然、不同凡响的气质在屠格涅夫塑造的一系列光彩照人的俄罗斯少女的形象中独标一格，熠熠生辉。

阿霞是贵族老爷和女仆的私生女，这种特殊身份造就了她的复杂性格。她生性腼腆拘谨，敏感多疑，倔强任性，既自尊又自卑，既敢恨又敢爱，爱憎分明。但是，她心地善良、纯洁、真挚，她崇尚人间真情，"感情上掺不得半点假"。她宛如田野里的一朵清新、质朴的小花，天然去雕琢，散发着沁人心脾的芬芳。在她那时而严峻、郁悒，时而无忧无虑，时而彬彬有礼，时而恣肆古怪的表象下涌动着躁动不安的心潮，这情感的波涛一旦冲决堤岸即不可收拾。正如她哥哥嘉庚所说："我们简直无法设想，她的感情有多么深，同时，她的这些感情是以多么难以置信的力量在她身上迸发出来。这感情像暴风雨那样突然向她袭来，叫她无法抗拒。"阿霞心里沸腾着对生活的渴望，她希望"干一番轰轰烈烈的事业，否则日子白白过去，生命转瞬即逝"；她呼唤着英雄，"一个非凡的人物"，梦想"长上翅膀"，与自己心爱的人远走高飞，"尽情地在高空翱翔"；而一旦她认为H.H正是她可以将整个生命和心灵信托的人，她就勇敢地向他敞开心扉，说出："我是您的……"这就是阿霞,一个不甘平庸的、深沉的、热烈的、坦诚的青春少女!

然而,阿霞所爱慕的"英雄"是什么样的人物呢?H.H 是世家子弟,生活优裕,事事称心;他年轻、快活,无忧无虑,随心所欲,想干什么就干什么。他毫无目的地到处漫游,茫然地浏览着这大千世界。在德国莱茵河畔的一个小镇,他偶尔结识了嘉庚兄妹。他对嘉庚的评价是:"缺乏锲而不舍的精神和内心的热情。青春在他身上不像泉水那样迸涌,只是亮着清悠的宁静的光。"其实,这也是他自身的写照。他同许多贵族青年一样,虽然风华正茂,但缺乏青春的热情,也没有明确的生活目标。他也像所有年轻人一样,渴望幸福的爱情,但当爱情降临时,他却三心二意,踟蹰不前。难道不是这样吗?当他了解阿霞的身世后,忽然感到这个少女亲切起来:"她的形象放射出多么迷人的光华,这形象在我看来是多么清新,多么神秘的魅力羞怯地从这个形象上透露出来。"他坠入了爱河,"心里点燃起来了对幸福渴望的火焰"。可是,到了需要他表明态度,作出决断的关键时刻,他胆怯了,退缩了,他"忧心如焚",顾虑重重:"娶一个十七岁那种性格的女孩子,这怎么能行?"他甚至委过于人,无端地责备阿霞:"这都是您的错,都怪您一个人。"在爱情的试金石面前,H.H 又暴露出"多余人"的优柔、怯懦、自私、渺小的灵魂。连爱情的考验尚且经受不住,他们还能成就什么大事业呢?

小说中层次分明、细腻入微的心理刻画,诗情画意、情景交融的风景描写,瑰丽神奇的意境,优美柔婉的文笔,都显示出屠格涅夫特有的艺术风格,无不给人以莫大的审美愉悦。难怪诗人涅克拉索夫说,这篇小说"洋溢着心灵青春的气息——像纯金那样富有诗意"。

如果说 H.H 面对爱的激情还只是犹豫、胆怯,那么,《春潮》中的男主人公萨宁则是爱情的可耻叛徒,是经不住美色诱惑的堕落者。

《春潮》描写贵族青年萨宁 1840 年在国外旅游期间的一段感情经历。萨宁是名门望族的少爷,正值青春年少,朝气蓬勃,正直热情,不乏勇气和正义感。在德国法兰克夫旅游期间,他应一个名叫杰玛的姑娘的求助,救活了她昏厥的弟弟,而受到一家人的感激。一次郊游时,一个醉醺醺的普鲁士军官侮辱杰玛,萨宁见义勇为,挺身而出,维护了姑娘的尊严,为此引起一场决斗。杰玛的未婚夫在这场冲突中表现出怯懦、庸俗和自私的本性,因而遭到姑娘的鄙视,她毅然与他解除了婚约。而萨宁却赢得了姑娘的芳心。他陶醉在无比的幸福之中。

和屠格涅夫其他描写"多余人"的小说一样,他总要在关键时刻设置一个情节,作为检验男主人公的道德价值的试金石。在萨宁筹划卖掉庄园、准备结婚的过程中,他结识了同学的妻子波洛左娃——一个妖冶、淫荡、诡诈的女人。萨宁经受不住这个美女蛇的挑逗和诱惑,终于拜倒在她的石榴裙下,再也无颜回到期盼着他的归期的恋人身边。杰玛家的老仆人骂他是"懦夫,卑鄙的叛徒"。贵族青年的那种软弱、缺乏毅力、优柔寡断、朝三暮四的劣根性在萨宁身上再次暴露出来。他不配得到纯洁多情的杰玛的爱。萨宁成了波洛左娃的情夫、奴才和玩物，受尽折磨和屈辱后，"终于被扔了出来，像一件穿旧了的衣服……"。痛苦的悔恨伴随他一生，这是命运对他的惩罚。《春潮》发表于1872年，此时，俄国贵族阶级早已完成其历史使命，再来探讨"多余人"的性格和命运似乎已事过境迁，但是萨宁的形象仍能引以为鉴，从中吸取有益的启迪和教训。

（三）神秘怪异小说

七八十年代，屠格涅夫进入暮年，病痛缠身，且羁旅异乡，常常陷入孤独、悲观情绪之中。此时，他对叔本华的唯心主义哲学产生兴趣，这又使他的悲观思想情绪中增添了非理性主义和宿命论成分。正是在这样的思想状态下，这一时期他偏离了一贯坚持的现实主义的轨道，创作了一组带有神秘色彩的怪异小说，如《奇怪的故事》(1870)、《狗》(1870)、《笃…笃…笃》(1871)、《梦》(1877)、《爱之凯歌》(1881)、《死后》(1882)等。这类作品离开社会问题，热衷于描写诡谲离奇的故事、梦境、梦魇、幻觉、幻想等，作家的笔触探入人物内心世界的深层，表现人的奇特心理、隐秘情感、欲望、意念等非理性精神状态。作品大量采用夸张、隐喻、象征等艺术手法，着意营造扑朔迷离、虚幻诡奇的意境，极富浪漫主义色彩。无论就其思想还是艺术方面，这些作品当属屠格涅夫的小说中的"另类"。

短篇小说《奇怪的故事》的女主人公索菲娅小姐年轻、单纯，她厌恶鄙俗的贵族生活环境，内心里涌动着一种对高尚信仰的追求。她认为"信仰的根基是自我牺牲……是毁灭"，于是她抛开家庭和亲人，毅然追随她心目中的"导师"，一个半疯的修士而去，任其驱使，忍受苦难，四处流浪，矢志将自己的一切奉献给对上帝的信仰，哪怕牺牲一切，哪怕毁灭，也义无返顾。女主人公并不是当时俄国进步女性的典型，她的行动或许是盲目的，难以理解的，她所选择的道路或许是错误的，但是她那种为了信仰而与贵族家庭彻底决裂的决心和自我牺牲精神震动了作者的心弦。从这一形象身上，他洞悉并理解了民粹派运动中女革命者的心理。后来，作家在散文诗《门槛》中刻画了民粹派女革命者的英雄形象。

《笃……笃……笃》描写了一个"宿命论者"的病态心理以及由此造成的悲剧命运。炮兵少尉捷格辽夫智力愚钝，知识贫乏，沉默寡言，非常孤僻，然而自尊心却很强。他是"宿命论者"，迷信命运，甚至狂妄地认为自己负有与拿破仑一样的使命：他相信预感、预言和预兆，相信吉凶，因此他始终处于疑神疑鬼的焦虑和惶惑之中。朋友开玩笑敲击墙壁发出的笃笃声使他惊恐不安，继而又似乎听到他曾爱过后又被他遗弃的姑娘在呼唤他的名字，他主观认定她是殉情而死，现在正从另一个世界召唤他。他痛苦自责，认为自己大限已到，是命定的，别无选择，于是开枪自杀。小说细致剖析了主人公的建筑在宿命论思想基础上的荒诞、病态的心理,正是这种心理导致他悲惨的人生结局。小说中着意渲染的大雾弥漫的黑夜,一闪而逝的人影,莫名其妙的低声呼唤……都充满神秘而恐怖的气氛,不禁令人心惊;最后,一切都得到合理解释,又让读者释然。这篇作品受到法国作家福楼拜的赞赏。

同样,短篇小说《狗》也是描写人的幻觉。每当夜间,地主波尔菲利就总感到房间里有一只狗在走动,搅扰得他心烦意乱,难以入睡;点上灯之后,又什么也没发现。其实不过是对人生莫名的恐怖心理所引发的幻觉而已。

《爱之凯歌》在16世纪意大利的背景下讲述了一段爱情故事。两个年轻朋友法碧和慕齐同时爱上了美丽的瓦列丽娅。姑娘难以定夺,就让母亲选择,并按照母亲的意愿与法碧成婚。慕齐远走高飞,遍游东方诸国,五年后归来,受到法碧的热情欢迎,遂邀请慕齐来家中居住。此时,瓦列丽娅压抑在心中的对慕齐的感情又死灰复燃,每当夜晚慕齐用小提琴奏起那首《爱之凯歌》的时候,瓦列丽娅就或者在梦中与慕齐温存,或者在梦游中二人幽会。按照弗洛伊德的理论,梦是被压抑的欲望的一种满足。瓦列丽娅埋藏在心底的对慕齐的那份情感,违反她的意志和理智,以不可克制的力量释放出来,在梦幻世界中得到了满足。

《死后》在描写爱情心理方面与《爱之凯歌》可以说是异曲同工。小说取材于一件真事:作者结识的一位动物学家阿列尼钦爱上外省歌剧演员卡德米娜,后来她在演出时服毒自杀,阿列尼钦因精神受到强烈刺激而发狂。小说一开始就说明,主人公阿拉托夫十分敏感,多疑,神经质,他相信在自然界和人的灵魂中存在着某种奥秘,相信冥冥之中存在着某种力量和鬼神。他过着孤独的隐士生活,很少与人交往,特别是对女性更是避之唯恐不及,但是他却有一颗善良而多情的心。一次音乐会上,女演员克拉拉·米莉奇给他留下深刻印象,对方也主动向他示爱,但他拒绝了。不久,报纸上登载消息:克拉拉·米莉奇在演出中服毒自杀。阿拉托夫震惊不已。随后他到克拉拉的家乡访问她的亲属,了解到她是一个纯贞、热情、敢爱敢恨的姑娘。此时他又热烈地爱上克拉拉。这爱情是如此炽烈,以至于克拉拉的形象总是浮现在他面前,而且夜夜与她梦中相会。最后,阿拉托夫大病一场,在"爱比死更强"的呓语中含笑而逝。其实,小说所表现既不是灵魂不死,也不是阴阳两界相通,也不是冥冥之中存在着某种神奇力量,它只是描写了在爱情的紧张、近乎病态心理的作用下所产生的幻觉和梦魇。爱神战胜死神,"爱比死更强"——小说歌颂的是爱的神奇、伟大的力量。

在这类小说中,屠格涅夫描写了现实生活中的某些神秘怪异现象,但他并不相信这些现象的产生是来自彼岸世界的某种力量的介入和干预。他在1875年2月22日给米留金娜的信中说道:"我主要是一个现实主义者,我最感兴趣的是人的活生生的真实面貌,对一切超自然的现象我视之漠然,也不相信任何的绝对和体系。"①这是他对这类不可思议的神秘现象所持的态度。

第三节 《罗亭》和《贵族之家》

虽然中短篇小说在屠格涅夫的文学创作总量上占有三分之二的比重,但是给他带来世界性声誉的主要还是他的长篇小说。

1880年屠格涅夫在总结自己一生的文学创作时写道,在自己的六部长篇小说中,他"竭尽全力和所能,力求认真而公正地将沙士比亚所谓的'the body and pressure of time'(形象本身和时代的印记)和俄国有修养阶层人士的迅速变化的面貌描绘出来,并体现在适当的典型中"②。的确,屠格涅夫的长篇小说通过各种艺术典型,描写了19世纪40至70年代俄国社会生活和社会思潮的"迅速变化",准确地再现了"时代的形象",从而构成俄国社会、思想、文化发展的艺术编年史。

屠格涅夫先后共创作了六部长篇小说:《罗亭》、《贵族之家》、《前夜》、《父与子》、《烟》和《处女地》,其中以前四部更为优秀。

一

《罗亭》写于1855年,翌年发表于《现代人》杂志第一、二期上。

《罗亭》的创作时期正是俄国农奴制改革的前夕。俄国思想文化界就废除农奴制、俄国的发展道路、俄国社会前进的动力,以及由此而引发的进步贵族知识分子的历史作用等问题展开激烈讨论。如果说屠格涅夫在中篇小说中主要是通过爱情生活揭示俄国"有教养阶层"——贵族知识分子的精神、道德、心理面貌,那么,急剧变化的时代则使作家不仅在精神、道德、心理方面评判贵族知识分子,而且将他们置于时代潮流和社会生活中,视其为一个时代社会舞台上的主角,着重思考和探讨其历史责任、作用和命运。适应这种需要,屠格涅夫自然而然从容量有限的中篇小说转为长篇小说创作,随即推出第一部长篇《罗亭》。

故事发生在名门贵妇达丽雅·拉松斯卡娅的庄园里。主人公罗亭的来访如同一石投入平静的湖水,激起层层涟漪。他那雄辩的口才,睿智的谈吐,独特的的风度,使四座震惊;他那广博的知识,深刻的思想,奔放的热情,拨动了人们的

---

① 《屠格涅夫文集》第12卷,俄文版,1958年,第475页。
② 《屠格涅夫文集》第11卷,俄文版,1956年,第403页。

心弦,特别是征服了贵族小姐娜塔丽娅的心。但是,当这位少女决心冲破家庭的羁绊,追随罗亭,去实现他所鼓吹的生活理想时,他却怯懦了,退缩了。罗亭无可奈何地告别了拉松斯卡雅庄园。他浪迹四方,漂泊无定,曾拟定过种种计划,但都半途而废,一事无成。1860年,当准备出版小说新的版本时,屠格涅夫对小说结尾做了修改,增加了罗亭高举红旗,牺牲在1848年巴黎六月革命的街垒上的场面,以此强调40年代俄国进步贵族知识分子的革命活动及其历史意义。

罗亭是个什么样的人物?按照传统观点,历来将罗亭纳入"多余人"的行列。70、80年代前苏联文学界不少人对此提出异议。著名文学批评家赫拉普钦科认为,罗亭身上确有脱离现实、不善行动的弱点,但同时也有愿为信念、理想献身的可贵品质。也就是说,他既有"多余人"的,又有"新人"的特点。有人甚至认为,罗亭是"时代的英雄"。那么,如何评价这个人物呢?重要的是将这一形象置于他生活的时代背景和社会条件下,联系时代的特点,对他进行客观的、历史具体的分析,指出其强的一面是什么,而弱的一面又是什么。

屠格涅夫是把罗亭作为19世纪40年代先进贵族知识分子的典型代表来描写的。顺便指出,这一形象是以40年代俄国著名的社会活动家、革命者巴枯宁为原型而塑造的。罗亭在大学时代曾是波科尔斯基小组(即暗指斯坦凯维奇小组)的积极成员,他具有高度的文化修养,醉心于黑格尔哲学,学识渊博,思想深刻,热情奔放,善于辞令,雄辩滔滔。他向人们宣传人生的意义和使命,鼓吹为真理和理想而奋斗,批评自私自利的卑鄙和懒散怯懦的可耻,并且随时准备为了大众的利益而牺牲个人的一切。他的"每一个字似乎都直接从他的灵魂深处涌现出来,燃着火焰般的信念"。显然,罗亭的青春活力和火热激情,他对人生意义和目标的深刻理解,他对真理的热爱和渴望,对理想的憧憬和追求,他的社会责任感等等,都是那些茫无目标、厌倦生活、无所事事的"多余人"所不具备的,所以,与其前辈如奥涅金、毕巧林等相比,罗亭要高出一筹,他进步得多,其社会意义也大得多。如果把罗亭放在他所处的时代加以考察,则更显示出其历史意义和作用。

罗亭是40年代的人物。40年代正是俄国历史上最黑暗的一页——尼古拉一世反动统治时期。沙皇政府实行高压政策,任何自由思想、革命活动都被禁止,社会蒙昧,人民尚未觉醒,进行革命行动的条件尚不成熟。在这专制肆虐、万马齐喑的年代,罗亭不与周围环境妥协,不与当权者同流合污,敢于用热烈而勇敢的话语,启迪蒙昧,在青年一代心中播撒真理的种子,激发起他们的高尚思想和追求理想的热望,已是难能可贵。娜塔丽娅如饥似渴地倾听着他的谈话,"一个个奇妙的形象,一个个光辉的新思想,像一股股淙淙的清泉流进她的灵魂,而在她那为伟大感情的崇高的喜悦所震撼的心田里,就悄悄地燃起神圣的火花,并且炽燃起来……"家庭教师巴西斯托夫说他"这个人不但善于使你震动,他还会推动你,不让你停顿,他还会使你彻底改变,让你燃烧起来"。列日涅夫对罗亭的高尚精神赞赏道:"热爱真理的火在你心里燃烧,而且,很明显,尽管你一生坎坷,这团火在你心中却燃烧得很炽烈……"又说道:"你已经尽力而为,一直坚持奋斗……还要求你怎么样呢?"是的,在 40 年代黑暗统治时期,罗亭做了他所能做的工作,起到了他的进步作用,其积极意义是不能抹杀的。所以高尔基指出:"在那个时代,理想家罗亭比实行家和行动者是更有益的人物。一个理想家——是革命思想的宣传者,是现实的批判者,是所谓开拓处女地的人;可是,在那个年代,一个实行家能够干出什么来呢?"①高尔基充分肯定了罗亭作为革命思想的传播者、启蒙者的积极意义。对推动社会进步来说,他不是多余的,而是有用的。60 年代登上历史舞台的平民知识分子正是在 40 年代进步贵族知识分子的启迪、教育下成长起来的。小说中,平民知识分子把罗亭视为自己的导师就体现了他的革命启蒙作用。

另一方面我们也要看到,罗亭作为贵族知识分子,确实有"多余人"那样的弱点,这同样是不容否认的。列日涅夫说,罗亭的一切不幸在于"他没有坚强的性格,没有热血","没有毅力"。罗亭耽于空想,缺乏脚踏实地、锲而不舍的精神,缺乏行动的毅力和决心,他说:"我生来就是随风飘啊,我不能停下来。"他承认自己始终是一个半途而废的人,"碰到一点挫折——我就彻底垮了"。他曾经试图实行农事改革、教育改革、疏浚河道等等,但一遇困难,就束手无策,结果一事无成。他深知自己的弱点,似乎早已预料到自己的命运,他在给娜塔丽娅的信中说道:"天赋给我很多,但是,在我离开人世的时候,既不会做出一件与我的能力相称的事,身后也不会留下一点值得称道的痕迹。我的全部才智都将白白浪费:我不会看到我所播下的种子结出果实。"他的畏难、软弱、怯懦在爱情问题上得到充分表露。在罗亭的人格魅力和热情的话语的影响下,娜塔丽娅深深爱上了他。但他们的爱情遭到母亲反对。当她约罗亭在阿夫久欣池塘边相会,要他拿主意的时候,罗亭却唉声叹气,最后嗫嚅地说:"当然是屈服。……向命运屈服,那有什么办法!"姑娘大失所望,伤心自己看错了人。平时高谈阔论自由和牺牲的罗亭却原来是个银样腊枪头。

对自身的矛盾性格罗亭也感到困惑不已,他扪心自问:"难道我真是百无一用,难道世界上竟没有我可以做的事情么?我常向自己提出这个问题,尽管我拼命在自己的眼里贬低自己,可我总不能不感到我身上有着并非人人都能有的才

---

① 高尔基:《俄国文学史》,上海译文出版社,1979 年,第 305 页。

能！究竟是为什么我的才能总不能结出果实呢？……这一切都是为了什么？给我解答这个谜吧！"

这真是一个谜！那么,罗亭的悲剧命运之根源何在呢？

我们认为,造成罗亭的命运悲剧的根本原因在于时代。他纵然怀抱理想,志存高远,想成就一番事业,愿为公众利益献身,但他生不逢时,在阴霾蔽日、夜气如磐的反动的40年代,险恶的社会环境窒息了他的进步思想,埋没他的卓越才能,使他的美好理想不可能付诸实现。在那样的社会条件下,一切有思想、有抱负的的青年不是被迫流亡国外(如赫尔岑、奥加辽夫、巴枯宁等),就是找不到用武之地而虚度一生。罗亭的悲剧是一代进步青年的悲剧,也是社会的悲剧,时代的悲剧。其次,罗亭的不幸是因为他脱离实际,脱离俄国的现实。他出生在远离人民的贵族家庭,大学时代在波科尔斯基小组里,他纵谈远大、空幻的理想,任思想在飘渺的五彩云雾里翱翔,却不能真正理解俄国的现实生活,他醉心于德国唯心主义的抽象哲学,却找不到变革俄国社会的具体途径和方法。正如列日涅夫所批评的,罗亭的最大不幸"就在于他不了解俄国……世界主义——是胡扯,世界主义者——是零,比零还不如;离开民族性就没有艺术,没有真实,没有生活,什么都没有"。这种批评可谓一针见血。罗亭即使怀有实现世界大同的远大理想,但脱离了民族的土壤,脱离了祖国的现实和人民,就成了无根的浮萍,就得不到人民的理解和支持,就是一个毫无价值的人。无怪乎罗亭感叹道:"做一个有用的人……谈何容易啊！……即使我有坚定的信念,相信我可以做一个有用的人……可是叫我又到哪里去找那些真诚的、富有同情心的人呢？"其三,罗亭的悲剧还在于言论与行动的脱节。如上所谈,他只尚空谈,不善行动,一切智慧和才能仅仅表现在口头上,一旦付诸实践就半途而废。娜塔丽娅看透了他的弱点,说他"从空谈到行动距离还很远"。"言语的巨人,行动的矮子",这一判词对罗亭的的性格来说可谓切中肯綮。

罗亭的整个形象,既包括他强的一面,也包括他弱的一面,是俄国40年代特定历史环境下进步知识分子的真实体现,反映了那个时代的本质特征。罗亭的形象是真实可信的,在他身上,既有"多余人"的弱点,也有"新人"的某些品格,可以说,他是俄国知识分子从"多余人"向"新人"过渡的一种典型。所以,萨尔蒂科夫-谢德林认为,罗亭是英沙罗夫、巴扎罗夫的先驱,他们"都是'美好情感'的真实代表,都是用自己不受监督的、令人尴尬的 nonpossumus[①] 对抗美好志向的那些幽灵的愚昧无知的仆从们的真正受难者"[②]。通过这一形象,屠格涅夫既肯定

[①] 拉丁文,"不许"、"不准"之意。
[②] 转引自《俄国小说史》第1卷,俄文版,1962年,第476页。

了40年代进步贵族知识分子的历史作用,也批评了他们理论与实践、言辞与行动之间的脱节,软弱、缺乏行动的毅力等缺点。罗亭只能做思想的宣传者、启蒙者,而不能做事业的实践者、革新者。如果说罗亭式的人物在40年代还起过进步作用,那么到了50年代,就已经不符合时代要求了。因为,50年代农奴制改革问题已提到议事日程上来,要求进步知识分子从宣传走向实际行动,为废除农奴制而斗争。俄国期待着坚强的、积极行动的"新人"的出现。

小说还成功塑造了女主人公、贵族小姐娜塔丽娅的形象。她勤奋好学,喜欢文学,尤其醉心于普希金的作品;她性格内向,善于思考和感受,感情深沉而强烈,憧憬高尚的真理,渴望新鲜美好的事物。罗亭那热情的话语、光辉的思想注入她的灵魂,激荡着她的情感,她热烈地爱上了罗亭。她一旦做出选择,就表现出奋不顾身的勇气。她不顾母亲的反对,决心冲破贵族家庭的藩篱,追随罗亭,哪怕走向天涯海角。她对罗亭说道:"您知道吗,我就会跟你去,您知道吗,我已经下定决心,不顾一切了?""当我对你说我爱你的时候,我是知道这句话的意义的:我准备作出一切牺牲……"她的勇敢坚强与罗亭的胆怯懦弱形成详明对比。娜塔丽娅体现了正在觉醒的俄国女性青年的思想追求。但很可惜,罗亭离去后,娜塔丽娅就失去了精神支柱,最后还是没有拗过母亲的意志,违心地嫁给平庸的沃伦采夫,终未摆脱传统封建势力的牺牲品的命运。

《罗亭》作为屠格涅夫的第一部长篇小说为他以后的创作提供了艺术经验和范式。简洁单纯的结构,迅速推进的情节,浓缩的思想内容,为数不多的人物配置,典型的人物性格,作品的抒情韵味等等,都成为作家后来长篇小说的特征。与30、40年代的一些小说不同,在这部小说中,作家的艺术焦点不是放在对社会生活、习俗的描写上,而是着重表现人物的精神生活。列日尼奥夫回忆了40年代大学生中进步小组的活动,罗亭在同各种人物的争论、谈话中探讨的也都是哲学、科学、教育、文学、艺术以及自由、真理、理想、道德、爱情等问题。这样,小说就再现了时代的思想潮流和人物,尤其是时代的代表人物罗亭的思想风貌。据此,俄国论界认为《罗亭》是一部社会思想小说。[①]

二

屠格涅夫的第二部长篇小说《贵族之家》构思于1856年,1858年完成,发表在1859年1月号的《现代人》杂志上。小说通过贵族青年拉夫列茨基和贵族少

[①] 见 C.M.彼得罗夫主编《19世纪俄国文学史》第2卷,1963年,第236页。

女丽莎的爱情故事,提出了个人幸福与社会义务、道德责任的冲突问题,表现了贵族知识分子的精神悲剧和"贵族之家"的没落。

拉夫列茨基出身于贵族世家,崇拜西欧的父亲从小让他接受的是"斯巴达克式"的教育,锻炼他的身体和意志,同时给他灌输全盘西欧文化。这种畸形教育使他成为脱离俄国现实、不谙世事、幼稚而又偏于固执的青年。他被瓦尔瓦拉的美色所迷惑,轻率地与她结婚,以致铸成终生大错。好在他的母亲出身农奴,他的血管里流淌着平民的血。他诚实、正直、善良,他同情人民,愿意接近人民。他虽然受过西欧文化的熏陶,但他并没有变成崇洋媚外的西欧派分子。他热爱自己的祖国,关心祖国的命运,他并不反对革新,但认为首先要了解祖国,要维护俄罗斯民族发展的独立性,要承认"人民当中有真理",并且对此"抱有虚怀若谷的态度"。为此,他与心目中没有祖国的西欧派分子潘申展开了激烈辩论,一一反驳了后者的谬论。在拉夫列茨基身上体现了斯拉夫派的某些优秀特点。

与罗亭相比,拉夫列茨基的不同之处在于,他克服了罗亭的"世界主义",更注重民族性,在思想上更接近人民;他不像罗亭那样夸夸其谈而缺乏实际行动,他力图克服言论与行动之间的脱节,希望做一个有用的人。他表示,回国后要"种地,尽量把土地耕耘得好些",他身体力行,小说结尾时,他果然学会了种地,并尽力改善农民的生活,成了"一个好的当家人"。作为罗亭的后继者,拉夫列茨基多了一些务实精神,但同时也少了一些罗亭的理想和激情的魅力。难怪他的同学米哈列维奇批评他说:"你是个利己主义者,没错!你只要自我享乐……你只想为自己生活……你——是个懒汉……你是可以有所作为的——然而却什么也不干……"拉夫列茨基并没有彻底克服贵族习气和懒惰、庸碌无为的劣根性,这种习性是导致贵族阶级走向没落的原因之一。

拉夫列茨基也有与罗亭相同的一面——那就是懦弱。这种懦弱主要表现在他对传统道德、习俗和宗教观念的屈服。当传言行为放荡的妻子瓦尔瓦拉在国外死去时,获得自由的拉夫列茨基遂向心曲相通、趣味相投的丽莎表达了爱慕之情,同时他也得到爱的回报。可是,妻子的突然归来使他建立幸福生活的希望一夜之间化为泡影。是选择与丽莎的美好爱情,还是选择对妻子的道德义务,这样一个尖锐问题就摆在他面前。这里顺便指出,屠格涅夫很是注重义务观念,他在不同的作品中屡次强调这一点。例如在《雅可夫·帕森科夫》中索非亚说道:"我们的生活不是由我们决定的,而且我们所有的人都有一个锚……那就是义务观念。"在《浮士德》中,作家又借主人公的口指出,人生的含义"不是去实现你所喜爱的想法和梦想,不管它们是多么崇高,而是去履行义务,这就是人生在世应该关心的事"。作家又在拉夫列茨基面前提出了这个问题。宗教观念十分强烈的丽莎力劝他宽恕妻子,与她和解,履行对家庭的义务,并毅然斩断情丝,决计隐遁修道院。拉夫列茨基既不能勇敢地对丽莎的宗教观念提出批评,也不能说服她回心转意,只好屈从命运的安排。这说明他并没有彻底克服"多余人"性格的弱点,没有勇气冲破传统道德观念和习俗的羁绊,去追求自由的爱情和幸福,这是他未能逃避与罗亭同样的悲剧命运的原因。正如杜勃罗留波夫所指出:"拉夫列茨基处境的戏剧性已经不是因为同自己的软弱无力作斗争,而是因为同这样一些观念和习俗的冲突,而同这样的观念和习俗的斗争确实会令甚至坚毅和勇敢的人也感到畏惧的。"①

拉夫列茨基并没有因为爱情的失败和幸福的丧失而陷入绝望,一蹶不振。他努力接近人民,经营自己的庄园,改善农民的处境。不过他清醒地意识到,他已是即将退出生活舞台的人,他的人生旅途就要终结。在小说结尾,他不禁慨叹道:"欢迎你,孤独的晚年!燃烧吧,无用的生命!"他虽然不免惆怅和伤感,但并不痛苦和忧伤,他把希望寄托在年轻一代身上,未来属于他们,他由衷地祝福:"玩吧,欢乐吧,成长吧,青春的力量!你们来日方长……"其实,这也是屠格涅夫心境的写照,作家既对走向衰亡的贵族阶级表现出哀惋之情,同时又期盼着一代新人的诞生。

女主人公丽莎是屠格涅夫塑造的一系列优美的俄罗斯少女形象的范例之一。她稳重娴雅,态度严肃,感情丰富而细腻,很有主见;她性情淳厚,待人真诚,没有贵族小姐的矫揉造作和傲慢矜夸之气;特别是她有一个善良、温顺的心,"她整个身心都渗透着责任感,唯恐伤害别人的感情"。"她的心是和人民息息相通的,她喜欢俄国人的聪明智慧",她的气质——包括她的深重的宗教意识——体现了俄国人民的性格,她颇似普希金笔下的达吉雅娜,亦可称为"俄罗斯的灵魂"。

与达吉雅娜一样,丽莎的性格和道德观念的形成也深受农奴出身的保姆阿加菲娅的影响。这个坚强、严肃、正直、虔诚的农妇不仅培养了丽莎真诚、善良的性格和热爱普通人民的感情,而且给她灌输了浓厚的宗教情感——经常给她讲述圣母的传记以及圣徒、苦行者、殉道者忍受苦难、勇于牺牲、为信仰献身的故事,于是,"无所不在、无所不知的上帝的形象,便以一种甜美的力量进入她的心灵,使她的心灵充满了纯洁虔诚的敬畏"。此外,狭隘、封闭的贵族家庭生活环境不能为丽莎的精神成长、发展提供良好的条件,她内心的追求找不到出路,只好将其智力、热情转移到宗教方面,以虔敬的、不懈的祈祷在上帝的怀抱中寻求安慰和寄托。宗教信仰既培养了丽莎的博爱和自我牺牲精神,也造就了她的宿命论思想和对生活的消极悲观态度,从而导致了她的人生和爱情悲剧。

---

① 《杜勃罗留波夫选集》第2卷,上海译文出版社,1983年,第270页。译文稍有改动。

出于宗教观念,丽莎相信宿命论,认为世上的一切都是上帝安排的,"幸福由不得我们,而是由上帝做主",个人只有尽义务的责任。这样,她把个人幸福和道德义务对立起来。为了义务,应该放弃个人幸福。而婚姻也是"由上帝结合在一起的,怎么可以分开"?因此,她极力劝说拉夫列茨基履行自己的义务,与妻子言归于好,破镜重圆。同样,出于宗教观念,丽莎由于自己爱上有妇之夫而怀有负罪感,深受良心的谴责,认为"这是罪有应得"。这种情感折磨着她,使她惶惶不安,她觉得"幸福与我无缘,就是在我希望得到幸福的时候,我的心也总是痛苦的"。经过一番内心的斗争,她决计进修道院。她这样做,既是为自己赎罪,同时也是为父辈赎罪,因为她知道"爸爸是怎样挣来我们这份家业"的,这些都要"用祈祷来求得赦免"。看来,丽莎的出家,一是宗教道德责任使然,二是出于贵族青年为本阶级忏悔和赎罪的心理。这样,丽莎的行为就增添了一层深刻的社会意蕴。但即便如此,丽莎的禁欲主义也是不可取的。

虽然在丽莎身上宗教道德观念压抑了她对爱情幸福的渴望,但是在她内心深处,宗教感情和人性的自然要求之间的斗争从未停止过,即使青灯黄卷,苦苦修行,岁月流逝,也无法消泯人的世俗情感。八年之后,当拉夫列茨基造访修道院时,见到昔日的恋人,丽莎难以掩饰内心的激动和苦涩即是证明。人性是任何力量都泯灭不了的。在对丽莎的悲剧命运的描写之中,既表现了作家对女主人公的同情,也隐含着对人性的肯定和对宗教的谴责。

《贵族之家》是作家为贵族阶级吟唱的一曲挽歌。忠实于现实生活的屠格涅夫从他心爱的人物身上看到了贵族阶级的没落,客观而形象地表明了俄国社会发展的必然历史趋势;而通过男女主人公的爱情悲剧,表现了即使像拉夫列茨基、丽莎这样"少数有教养的"优秀青年在那种社会环境中也没有好的命运,这不能不引起读者的深思。因此,当时进步批评界认为这是一部具有深刻思想内容的作品。

同时,在艺术上,《贵族之家》也有高超造诣。小说结构严整,情节波澜起伏,节奏张弛有致。心理刻画细腻而简洁:或通过人物的外在的动作、表情来揭示其内心微妙的情绪变化,或运用内心独白、沉思来表现人物的意识流动,或借助富有感情色彩的景物描写来渲染人物的心境等等,无不显示出作家的独特技法。全书弥漫着浓郁的抒情气氛,那如诗如画的自然景物,那动人心弦的音乐旋律,那饱蘸着作家的主观情感的抒情笔调,使男女主人公的爱情悲剧更加凄美感人,整部作品更富有艺术魅力。小说的发表引起热烈反响,屠格涅夫从此成为公众瞩目的作家。

第四节 《前夜》和《父与子》

在《贵族之家》中屠格涅夫怀着惋伤的心情告别了他多年来苦心孤诣塑造、探讨的"多余人"形象，将目光转向了正在登上历史舞台的一代新人，至此结束了他50年代的创作。

此时正是农奴制崩溃的前夕，俄国社会即将迎来大转折而进入新的发展阶段。贵族活动家已完成了自己的历史使命，推动社会继续前进的新的历史力量必定会取而代之。这种新的力量就是民主主义平民知识分子。才思敏锐的屠格涅夫立即把握住时代的脉搏，发现和捕捉到了刚刚出现的新的典型，连续创作了《前夜》和《父与子》，将时代的"新人"的风采展现在读者面前，他的创作也达到颠峰。

一

《前夜》完成于1859年，翌年刊登在《俄国导报》第一期上。

小说脱胎于一个真实的故事。屠格涅夫从熟人卡拉杰耶夫那里得到一个笔记本，上面记载了他自己的一段经历：他在莫斯科居住期间曾与一位少女相爱，可是一个姓卡特拉诺夫的保加利亚爱国志士闯进他们的生活，那位姑娘随之爱上了他，并追随他回国参加保加利亚的民族解放斗争，后来这位爱国者病故于威尼斯……获得这一素材，屠格涅夫惊喜万分，不禁叫道："这就是我要寻找的主人公！"

作家就根据这一素材创作了《前夜》。1959年11月13日，屠格涅夫在给谢·阿克萨科夫的信中谈到《前夜》的创作意图时写道："我的小说以这样的思想为基础：为了将事业推向前进……必须有一批自觉的英雄人物。"这样的"自觉的英雄人物"就是英沙罗夫。英沙罗夫是俄国文学史上第一个"新人"形象，这一形象的塑造是屠格涅夫的重大文学功绩。

英沙罗夫是保加利亚一个商人的儿子，他的祖国被土耳其人占领，八岁时，父母被土耳其人杀害，他与侵略者不共戴天，决心雪洗国耻家仇，为祖国的解放事业而斗争。解放祖国就是他的崇高理想，他在这神圣事业中找到了自己的生活目的和全部幸福。对他来说，个人幸福与社会义务是完全一致的，根本不存在任何矛盾。他热爱自己的祖国，只要一提起祖国，"他的全身似乎马上就表现出无限的力量和强烈的激动，他的嘴唇的线条变得更强硬、更坚决了，而在他的眼瞳深处，则燃烧起一种沉郁的、不可熄灭的火焰"。他随时准备为祖国的解放而赴汤蹈火。英沙罗夫是一位真正的爱国者、民族英雄。连对他抱有妒意的舒宾也不能不佩服道："他真是全心全意献身给自己的祖国——不像我们的这些空口爱国者,只会拍拍人民的马屁,只会空口吹牛。"正是这种崇高的爱国主义精神和解放祖国的伟大事业深深吸引和感动了贵族小姐叶琳娜:"解放自己的祖国!啊,多么伟大,说起来就多么叫人战栗的话啊!"

也正是为祖国献身的高尚理想造就了英沙罗夫的坚强性格,伯尔森涅夫称他是"一个钢铁似的人"。他意志坚定,行动果断,勇往直前,决不像"多余人"那样软弱怯懦,犹豫不决,言行不一。他不尚空谈,讲求实际,敢于行动。他曾坐过牢,被判处死刑,但严刑、死亡都摧毁不了他的钢铁意志,逃离敌人的魔爪后,仍继续从事救国活动。他一面在莫斯科求学,一面组织、团结同胞,"使大家都坚决地献身给一个共同的事业"。他为工作不辞辛劳,日夜奔忙,因此在自己的同志中间享有很高威信。当国内革命形势成熟,战友们召唤他回国参加战斗时,他并没有沉醉在个人的爱情幸福之中,也顾及不到病弱的身体,毫不犹豫,立即启程回国。可惜,壮志未酬身先死,他在途中病故了。

英沙罗夫的坚强、勇敢的性格在日常生活,特别是在爱情中也得到了充分体现。例如,在一次郊游中,几个醉醺醺的德国军官寻衅闹事,伯尔森涅夫被吓住了,噤若寒蝉;舒宾壮着胆子上前理论,他咬文嚼字、无关痛痒地说了一通,结果被歹徒推到一旁;英沙罗夫却挺身而出,见义勇为,不由分说,抓起那个大个子军官,"扑通"一声,扔到了湖中,众歹徒见状抱头鼠窜。面对强暴的不同态度,愈显示出英沙罗夫无所畏惧的英雄品格。

在屠格涅夫以前的小说中,几乎都是纯洁聪明、热情勇敢的女性和胆小懦弱、犹豫不决的男性,在女主人公的炽烈爱情面前,男主人公往往是退缩不前,甚至可耻地逃跑。而在《前夜》中,作家一反过去的惯例,让英沙罗夫胜利地经受了爱情的考验,并在爱情中进一步展示了他的高风亮节。当他意识到自己坠入情网时,他反而感到痛苦不安,因为他既不愿让儿女情长的感情妨碍自己献身的祖国解放大业,也不希望他心爱的姑娘与自己苦难的生活和安危莫测的命运联系在一起。因此,他极力压抑心中火热的恋情,并准备不辞而别。叶琳娜觉察这一隐情后,迫不及待地冒雨去找英沙罗夫,不期途中二人在小教堂相遇。小教堂相会是小说最动人的篇章之一。当叶琳娜按捺不住激动的心情,勇敢地、明确地表明了自己的心曲时,英沙罗夫感到"一种强烈的柔情,一种不可言说的感激将他坚强的灵魂碾成了粉末",从不流泪的他眼睛也模糊了。请看下面这段精彩对话:

"那么,你会随着我,到任何地方?"……

"任何地方,天边,地极!你到哪里,我也到哪里。"

"你不是在欺骗自己?你知道你父母永远也不会同意我们的婚姻?"

"我不是在欺骗我自己;父母不会同意,我也知道。"

"你知道我贫穷,几乎是个乞丐?"

"我知道。"

"你知道我不是俄国人,我的命运不容我住在俄国,你将不得不和你的祖国、你的亲人断绝一切联系?"

"我知道,我知道。"

"你也知道我已经献身给那艰苦的、不忘感激的事业,我……我们不仅要经历危险,也许还要忍受贫穷、屈辱?"

"我知道,一切我都知道……我爱你!"

"你知道你将不得不抛弃你所习惯的一切,在那边,独自一人,生活在陌生人中间,也许不得不亲手操作……"

她用手掩住了他的嘴唇。

"啊,我爱你,我的亲人!"

一面是无休无止的追问,一面是坚定不移的回答,一问一答将一对青年炽烈、真挚、坚贞的爱情,以及将爱情与革命事业结合起来、不畏艰难困苦的高尚情怀充分展现出来。

从以上分析中可以看到,英沙罗夫是一个与"多余人"完全不同的形象,作家在他身上展示了"新人"的美好品质,寄托着"新人"的理想。作家让这样的人物取代贵族知识分子,是完全符合时代要求的,是顺应俄国社会发展的历史趋势的。这显示了屠格涅夫清醒、敏锐的现实主义目光,首先应予以充分肯定。

同时,我们也应注意到,英沙罗夫是一位保加利亚的爱国者,而不是俄国的社会活动家,他与俄国社会所需要的英雄人物还有一定的距离。因为俄国和保加利亚所面临的任务不同。保加利亚是要驱逐外来的侵略者土耳其人,实现民族的解放。这是全民族的事业,容易得到社会各阶层的支持。而俄国社会迫切需要解决的任务是反对沙皇专制农奴制,是同内部的敌人作斗争,较之反对外来民族压迫,这一任务解决起来要复杂得多,困难得多。由于屠格涅夫站在贵族自由主义立场上,希望自上而下的改革,反对用革命手段彻底革新俄国社会,所以把英沙罗夫写成争取民族解放的爱国者,而不是改造俄国社会的革命者。总之,屠格涅夫在《前夜》中还没有真正解决俄国社会所需要的"新人"的问题。

"卒章显其志。"最后如何安排主人公的命运归宿,往往表现出作者的思想立场和情感态度。英沙罗夫尚未来得及回到祖国发动起义,开展民族解放斗争,作者就让他的生命终止了,这是颇有意味的。作家之所以这样处理,是由主客观情况决定的。故事发生在1853年,此时,平民知识分子作为一种社会力量尚不成熟,车尔尼雪夫斯基、杜勃罗留波夫等人还没有开展活动,还没有在社会舞台上展现其雄姿和风采。现实生活还没有向作家提供平民知识分子具体的革命活动,以及思想、生活状况和性格、心理特征。因此,屠格涅夫不能很好地把握"新人"的特质,致使英沙罗夫的性格不够丰满,形象有些模糊,至于这位爱国志士如何行动,如何组织、领导起义等等,他更无法做具体描写,所以只好在他还没有开展公民活动之前就让他过早地结束了年轻的生命。从作家的主观原因来看,他虽然推崇英沙罗夫的爱国主义精神,佩服他的坚强、勇敢,但并不赞成他的激进的革命行动,认为这是徒劳无益的,所以把这位英雄人物写成短命鬼。这里反映了作家思想上的矛盾。

女主人公叶琳娜是小说的中心人物。不仅小说情节围绕她展开,而且周围的人物由她来评价、衡量,英雄人物由她来选择,俄国社会的期待通过她来表达。这是屠格涅夫塑造的俄罗斯少女形象中最完美、最光彩、最富有魅力的人物。

叶琳娜虽然出生在贵族家庭,但父亲对妻子不忠,母亲多愁善感,他们疏于对女儿的教育,而将她推给家庭教师,在这样不和谐的家庭环境中,叶琳娜没有受到贵族小姐那样的溺爱和娇惯,她养成了独立生活,独立思考、判断的习惯和能力。她富有同情心,渴望积极的善行,贫病的受苦人令她不安,她诚心诚意地给予布施;甚至受虐待的小动物也引起她的怜悯,得到她的保护。随着年龄的增长,她对周围的空虚庸俗的生活愈来愈厌恶,开始思考人生的意义,不断发出心灵的扣问:"青春是为了什么?活着是为了什么?我为什么有一个灵魂?这一切都为了什么?"她向往更充实、更有意义的生活,渴望有益的事业,但究竟需要什么样的生活和事业,她自己也不清楚。一种莫名的紧张的期待煎熬着她的灵魂,感情的风暴在心底沸腾可又苦于找不到出路,她感到烦闷和苦恼。正如杜勃罗留波夫所指出的,在叶琳娜身上"表现出一种对某种东西的模糊的思念,那种近乎难以察觉却又无法抗拒的对新生活、新人物的要求,这种要求已经遍及整个俄国社会,甚至不仅限于所谓有教养的社会。在叶琳娜的身上如此鲜明地反映了我们现代生活的最好的愿望……"①叶琳娜的期待反映了俄国社会的普遍要求。

叶琳娜孤独、寂寞地生活着,她多么盼望一个可以信赖而又了解她的人,能够响应她内心的呼唤,帮助她、引导她走向新的生活道路呀!然而周围的人都不

---

① 《杜勃罗留波夫选集》第2卷,上海译文出版社,1983年,第295页。译文略有改动。

能令她满意。舒宾虽然聪明机智，才情焕发，但性情浮躁，反复无常，缺乏坚定的意志和持久的热情，不能从事任何严肃和有益的社会活动。伯尔森涅夫真诚善良，宽宏大量，乐于助人，潜心治学，但目光短浅，志向平庸，最高理想是当一名书斋里的教授，他的科学研究完全是脱离社会需要的古董。他也不可能成为叶琳娜的领路人。至于库尔纳托夫斯基更是一个没有信仰、只汲汲于名利的庸俗之徒。这些人都不能赢得叶琳娜的爱情。舒宾不得不承认："在我们中间，还没有一个人；任凭您朝哪儿看去，都找不出一个真正的人来。……如果我们中间真有什么像样的人，那么，那个年轻姑娘，那个敏感的灵魂，就不至于把我们扔在脑后……"

向当叶琳娜与英沙罗夫结识后，她立刻被这位爱国志士的崇高理想和不屈不挠的意志所深深吸引和感动，并从他所献身的伟大事业中看到了自己憧憬的、以前又无法言喻的生活理想。英沙罗夫正是她期待已久的意中人。沸腾在心中的情感如春潮奔涌而出，势不可挡。这位具有严肃理智和坚强性格的姑娘，社会舆论的压力、父母的反对阻挠不了她，她果敢地几次主动幽会心爱的人；前进道路上的贫困、艰险和屈辱吓不倒她，她毫不犹豫地追随英沙罗夫踏上了征程；她矢志不移，忠于丈夫的未竟事业，丈夫病逝后，她到起义军中当了一名志愿看护。叶琳娜的形象是鲜明的，性格是完整的，她比后来屈从于封建势力的娜塔丽娅和深受宗教观念束缚的丽莎高出一筹。她是俄罗斯妇女的新典型。只是在结尾，作者让叶琳娜面对丈夫的死亡发出了"我有什么权利得到幸福"，"我原是寻求幸福的，我所得到的，也许是——死亡，也许，这一切都是命定的；也许这中间有着罪孽"等等与这一形象不和谐的哀叹，这不符合叶琳娜性格发展的逻辑。由此联想到屠格涅夫总是将他的男女主人公的命运涂上悲剧色彩，就不是偶然的，这是作家的悲观思想的反映。作为艺术形象，叶琳娜具有重要的典型意义：她对理想和事业的向往和追求既表现了俄国进步妇女的觉醒，也反映了处于变革前夜的俄国整个社会的情绪——对新生活的期待和要求；她对英雄人物的选择则回答了俄国需要什么人的问题。

《前夜》问世后，受到进步人士和广大青年的热烈欢迎。批评家杜勃罗留波夫就此发表了一篇精彩的评论——《真正的白天什么时候到来？》(1860)。这篇论文的中心主题就是探讨关于"俄国的英沙罗夫"问题。批评家指出，俄国需要自己的英沙罗夫，他的任务不是同外部敌人作斗争，而是推翻"内部土耳其人"的统治，即消灭沙皇专制制度，这比英沙罗夫所面临的任务要复杂和艰巨得多。虽然在俄国，像英沙罗夫这样的英雄还很难出现，但批评家深信："在文学中必将会出现完美的、刻画得鲜明而生动的俄国的英沙罗夫的形象……这一天终究要到来的！而且,无论如何,前夜和随之而来的白天总是相距不远的:拢共不过一夜之隔吧!"①

这篇评论不啻是革命的号召书,它呼唤俄国出现自己的革命家,领导人民推翻专制农奴制,迎接俄国"真正的白天"即自由解放的到来。站在温和的自由主义立场上的屠格涅夫对杜勃罗留波夫从他的小说中得出的革命性结论自然无法接受,他立即去找涅克拉索夫,要求不要在《现代人》上发表此文,甚至发出了最后通牒:"任你选择吧,或者我,或者杜勃罗留波夫!"涅克拉索夫坚持原则,仍旧刊登了这篇文章。于是,以这件事为导火索,屠格涅夫离开了《现代人》,与革命民主阵营分道扬镳了。

尽管《前夜》没有完全解决俄国所需要的"新人"问题,但它毕竟塑造了俄国文学史上第一个平民知识分子主人公形象,它的开拓意义是不可磨灭的。

在《前夜》将要结尾时,舒宾问道:"在我们中间,什么时候才能有人呢?"乌尔发·伊凡诺维奇回答道:"给我们一些时间,自然会有的。"果然,两年之后,一个真正的俄罗斯"新人"出现了——他就是屠格涅夫的新作《父与子》的主人公巴扎罗夫。

二

《父与子》于1862年发表在《俄国导报》上,而小说的构思却是在1860年。这就是说,小说酝酿、创作期间,正是革命民主主义和贵族自由主义两大阵营围绕1861年农奴制改革进行激烈斗争的时期。这种斗争和冲突成为《父与子》创作的时代背景和历史基础。小说通过父辈与子辈的的争论和冲突,真实地反映了两大阵营之间的斗争,肯定了平民知识分子在社会生活中的积极作用,同时也折射出作家思想上的矛盾。

小说一开始,一个高大魁梧的身影就出现在读者面前:宽阔的前额,绿色的大眼睛,翘起的连鬓胡子,脸上挂着安详的、生气盎然的微笑,显示出他的自信和聪慧。这就是主人公巴扎罗夫。他应同学阿尔卡狄之邀到玛利因诺庄园做客,一来到这里,就与阿尔卡狄的伯父巴威尔·基尔沙诺夫发生了尖锐冲突。二人就社会制度、俄国人民、科学、哲学、艺术、道德等展开激烈论战。巴扎罗夫的性格和精神风貌随之在这种思想冲突中展现出来。

巴扎罗夫是平民知识分子,"祖父是种地的",父亲是退伍军医,他对自己的

---

① 《杜勃罗留波夫选集》第2卷,俄文版,上海译文出版社,1983年,第330页。译文略有改动。

出身引以自豪,表现出平民知识分子的尊严和自信。他是激进的民主主义者,信念坚定,态度鲜明。阿尔卡狄称他是"虚无主义者"。他蔑视贵族,反对贵族的制度、原则和权威,嘲笑他们标榜的自由、进步,说道:"贵族制度,自由主义,进步,原则……这么一堆外国的的……没用的字眼!对一个俄国人来说,它们一点用处也没有。"他大胆地提出要"否定一切",这其中的潜台词就是否定包括整个现行社会制度的一切。难怪巴威尔惊恐道:"说起来太可怕了……"巴扎罗夫并不是为了否定而否定,而是为了"先把地面打扫干净",也就是说,俄国的首要任务是推翻农奴制,把地基清扫干净,这样才谈得上建设。至于建设什么样的新生活,他说那就"不是我们的事情了"。毋庸置疑,他的否定精神反映了60年代进步青年的革命情绪。屠格涅夫本人也指出了巴扎罗夫的"虚无主义"所包含的革命精神,他在1862年4月14日给斯鲁切夫斯基的信中写道:"如果他叫虚无主义者,那就应该读作革命者。"并且特别强调了巴扎罗夫作为一个激进的否定者与别林斯基、巴枯宁、赫尔岑、杜勃罗留波夫等著名活动家,这些"真诚的否定者"之间的联系。① 这是颇有意味的。

巴扎罗夫是一个唯物论者,他热爱科学,注重实践,强调对事物进行具体分析,反对抽象地夸夸其谈。但他的哲学思想中又不免夹杂着庸俗唯物论的成分。比如,他只提倡实用科学,而反对一般科学。尤其对待文学艺术,更持偏激态度。他把艺术、诗歌等看作是资产阶级的东西而加以否定。在他看来,艺术只是"赚钱的艺术或者'医好痔疮'的艺术";他认为拉斐尔一钱不值,说"一个好的化学家比二十个诗人还有用",甚至普希金的诗也毫无用处。这种全盘否定艺术的态度客观上反映了60年代某些民主主义者的偏颇观点,对此作家是不赞同的。

巴扎罗夫性格坚强,精力旺盛,富有战斗精神。在贵族心目中,他是"一头猛兽"。他声称自己不是罗亭式的人物,与那些只尚空谈、缺乏行动、性格软弱的"多余人"迥然不同。他脚踏实地,埋头工作,潜心科学研究。在与巴威尔的论战中,乃至在后来的决斗中,都表现出他的力量、自信和战斗精神。在论战中,他沉着冷静,居高临下,锋芒毕露,咄咄逼人,三言两语即击中要害,显示出不可压倒的气势。气急败坏的巴威尔又借故挑起决斗。巴扎罗夫没有让他的贵族虚荣心得逞,带着几分蔑视、几分儿戏的态度,轻而易举地将他打垮。巴扎罗夫把破坏旧事物,"把地面打扫干净"视为己任,甚至临死前都念念不忘:"我还要完成许多事情,我不要死。为什么我要死呢?我还有使命,因为我是一个巨人!"这种顽强的战斗精神确实体现了革命民主主义者的本质特征。

---

① 《屠格涅夫文集》第12卷,俄文版,1956年,第339页。

作为艺术典型,巴扎罗夫是对现实生活的概括。他的原型是屠格涅夫认识的一位外省青年医生,他的尖锐而独到的见解令作家惊叹。屠格涅夫回忆道:"照我看来,这位杰出人物正体现了那种刚刚产生、还在酝酿之中、后来被称为'虚无主义'的因素。这个性格给我的印象很强烈。"①于是他就"聚精会神地倾听和观察",将他看到的当时许多青年的性格特征集中概括在巴扎罗夫身上。这一形象在很多方面反映了60年代平民知识分子的朝气、力量和精神风貌。屠格涅夫在1861年10月30日给卡特科夫的信中谈到巴扎罗夫时写道:"在我的心目中,他确实是当代英雄。"②对这个人物,作家主要是肯定的,他将这位"新人"作为主人公,调动种种艺术手段塑造他的鲜明形象,并将其置于小说情节和人物体系的中心,这无疑是小说的突出成就。但同时也应看到,巴扎罗夫身上还存在着不少弱点和缺陷,还有许多与民主主义者格格不入的东西,这反映了作家世界观的矛盾和思想上的局限性。

作家一方面表现了巴扎罗夫与人民的密切联系,一方面又把他与人民对立起来,强调他对人民的不信任和不理解。他本来自人民,熟悉人民,平易近人,仆人们都喜欢他,把他看作是自己人,在他面前无拘无束;农家孩子们像小狗一样跟在他后面奔跑、嬉戏。然而,巴扎罗夫有时又嘲笑人民,厌恶他们,认为俄国农民是神秘的未知数,俄国人民愚昧无知,他们"相信打雷的时候便是先知伊里亚驾着车在天空跑过",他讥讽"农民情愿连自己的钱也搜刮去送给酒店,换个醺醺大醉"。他愿意为人民的福祉而奋斗,可是他又抱怨人民蒙昧、不觉悟,不禁哀叹道,当最后一个农民住进干净的白色小屋的时候,"我身上要长出牛蒡来了",流露出对人民的不信任和悲观态度。当然,他批评农民的消极落后意识无可厚非,这是他的先进性的表现,但他对人民的讥讽和悲观怀疑态度并不是革命民主主义者的特征,而是作者思想局限性的表现。

屠格涅夫强调巴扎罗夫对贵族制度及其原则的批判与否定,但又把他写成一个怀疑一切、否定一切、只破坏不建设的"虚无主义者",夸大了他的批判否定精神中的盲目性和偏激性,突出了他思想上的不成熟。如上文所说,在作者看来,"虚无主义者"就等同于"革命者"。然而,真正的民主主义者(如车尔尼雪夫斯基等)既不像巴扎罗夫那样粗暴地否定古代文化遗产和文学艺术,也不像他那样只是一味地否定而缺乏明确的行动纲领和革命理想。显然,屠格涅夫笔下的巴扎罗夫没有达到一个真正革命者的水平,他只是一个有缺陷的"新人"形象。

---

① 屠格涅夫:《回忆录》,人民文学出版社,1983年,第87页。
② 《屠格涅夫文集》第12卷,俄文版,1956年,第325页。

在巴扎罗夫短促的人生历程中,作者还安排了一段他与贵妇奥津左娃的爱情插曲。对这段罗曼史,评论界历来有不同看法。有的认为这段爱情经历是为了表现巴扎罗夫具有爱的能力;有的认为作家力图通过这一情节表明爱情和感情是不容否定的;有的认为这段爱情是反常的,不符合人物性格发展的逻辑,是对巴扎罗夫形象的歪曲;而有的则认为这段感情纠葛更深一层地体现了巴扎罗夫的丰富的精神世界,如此等等。我们认为,要解开巴扎罗夫与奥津左娃的爱情之谜,必须从主人公的矛盾性格出发,而这种矛盾性又是作家一手造成的。

在作者笔下,巴扎罗夫是一个坚强、冷峻、有时近乎粗鲁的、富有阳刚之气的男子汉。他鄙视柔情蜜意,嘲笑浪漫主义的爱情"是荒唐,是不可宽恕的愚蠢"。他认为,为了"女人的爱"而"灰心丧气,弄得什么事都做不成,这种人不算一个男子"。同时,作者又说他"很喜欢女人和女性美"。而奥津左娃不仅聪明、美丽、优雅,而且与那种忸怩作态的贵妇人不同,"她有着独立的和相当坚强的性格","自尊心很强","最厌恶庸俗";她阅历很深,饱经沧桑,经历过巴扎罗夫"经历过的同样的艰苦"。她喜欢巴扎罗夫,因为"他有那些锋利的见解,她在他身上看见了一种她从未见过的新东西"。总之二人在心灵上有某些相通之处。奥津左娃说:"我们之间有太多的……共同点太多了。"正因为如此,巴扎罗夫对这个女人产生了强烈的感情,"只要一想到她,他的血马上沸腾"。诚然,巴扎罗夫性格冷峻、刚毅,但他毕竟是一个活生生的人,一个血气方刚的青年,他同样渴望爱和被爱。何况爱情本来就是一种难以理喻、非常奥妙的复杂感情,它时常与理性发生冲突,并且冲破理性的束缚,升腾为一种狂热的、不可抗拒的魔力。当这种感情在巴扎罗夫心中沸腾时,他爱上了奥津左娃,这是人之常情,没有什么不可理解的。这段情节恰恰展示了这个"虚无主义者"的性格的另一面:在他那冷漠严肃的外表下还隐藏着儿女柔情。

但是,当巴扎罗夫向奥津左娃表示爱情时,却遭到拒绝。尽管巴扎罗夫常说:"一个女人中了你的意,你就想尽方法达到你的目的;要是达不到目的——那你就掉过背走开——世界大得很。"然而,实际上,当他达不到目的时,他沮丧地发现,对她掉头不顾,"他也没有力量办到"。巴扎罗夫毕竟是一个坚强的男子汉,他终归还是"掉过背去",离开了奥津左娃。一场感情风暴过去了,然而他对奥津左娃的思念并没有彻底泯灭,理性与情感的搏斗仍在心灵深处悄悄进行着。他曾振奋精神,埋头工作,想以"狂热工作"驱散失恋的阴影。可是工作热情过去后,苦恼、烦闷、厌倦又袭上心头。他意志消沉,精神颓唐,往日意气风发的风采不见了。最后,在弥留之际,他对奥津左娃仍念念不忘,直到这位贵妇人赶来在他的额头送上轻轻的一吻,精神上得到一点安慰,这才瞑目了。在屠格涅夫的作品中,爱情往往是检验男主人公的试金石,《父与子》中亦然,所不同的是,此次着重检验的不是巴扎罗夫的意志和品质,而是他所信奉的理论和原则的价值。事实证明,巴扎罗夫那套硬邦邦、冷冰冰的理论一旦遇到软绵绵的感情就土崩瓦解了。屠格涅夫想以此证明,这种理论是经不起日常生活检验的。他设置这段爱情插曲的主要用意即在于此,也就是说,归根结底在于否定巴扎罗夫所信仰的那套"虚无主义"理论。作家的思想偏见又在这里表现出来。

屠格涅夫虽然肯定巴扎罗夫的出现是历史的必然,虽然承认他较之贵族知识分子更有力量,更富有朝气,但他作为一个渐进的改良主义者,并不赞成巴扎罗夫的那种激烈的否定精神,也不希望他的事业取得胜利。因此,他让巴扎罗夫在临死前对自己和自己的事业产生了深深的怀疑:"俄国需要我。……不,明明是不需要我。那么谁又是俄国需要的呢?"屠格涅夫在给斯鲁切夫斯基的信中谈到巴扎罗夫时写道:"我幻想一个阴沉、野蛮、高大的人,半个身子从泥土里长出来,他坚强、凶狠、正直,但是仍旧注定要灭亡,因为他毕竟还站在'未来'的门口。"①屠格涅夫以其锐利的目光发现了刚刚"从泥土里长出来"的新人,可是认为他是站在"未来"的门口的过渡性人物,没有什么前途,"注定要灭亡";同时,他也不真正了解他们,无法具体展现他们的生活和行动,更没有魄力和勇气将其与 60 年代革命民主主义者的革命活动联系起来。于是,作家就在巴扎罗夫的生活刚刚开始时,同对待英沙罗夫一样,过早地宣判了他的"死刑",给这一形象涂上一层悲剧色彩。据作家的亲戚 H. A. 奥斯特罗夫斯卡娅回忆,在处理巴扎罗夫的结局时,屠格涅夫感到棘手和无奈:"是的,我确实不知道拿他怎么办。当时我察觉到出现了某种新东西,我发现了一些新人,但是我无法想象他们将如何行动,他们会有什么结果。我只好或者完全沉默,或者写我知道的东西。我选择了后者。"②

巴扎罗夫的形象之所以存在这些矛盾,一方面有历史的客观原因,另一方面是由于作家的主观原因。从客观上讲,50 年代末 60 年代初,平民知识分子刚刚登上历史舞台,尚处于童年时期,还很幼稚,确实还有这样那样的弱点和不足,这是时代的局限性。从作家的主观原因来看,屠格涅夫虽然捕捉到了平民知识分子的典型,但他不能准确地把握其本质特征,无力分清其主流和支流,于是就主次不分地一股脑概括在巴扎罗夫的形象上。更何况,作家又把自己的、本不属于平民知识分子的某些思想观点加在巴扎罗夫身上,使这一形象变得更矛盾、更复杂了。尽管如此,巴扎罗夫仍然是屠格涅夫独创的一个强有力的正面艺术形象,是俄罗斯的第一个"新人",他在俄罗斯文学史上的重要意义是不能忽视的。

---

① 《屠格涅夫文集》第 12 卷,俄文版,1956 年,第 341 页。
② 《同时代人回忆屠格涅夫》第 2 卷,俄文版,第 67 页。

与巴扎罗夫对立的是"父辈"的代表人物——贵族巴威尔和尼古拉兄弟。巴威尔表面上标榜自己"是一个具有自由思想而且拥护进步的人",实际上是一个顽固、保守的贵族阶级的卫道士。他心目中没有祖国,从服饰到谈吐,极力炫耀英国绅士派头,完全拜倒在西欧文化面前。他从心眼里瞧不起普通人民,和农民谈话时,"他皱着眉头,一边闻着香水",同时又操着斯拉夫派的腔调,极力赞赏农民身上的宗法制落后意识,说农民"喜欢保持古风,他们没有信仰便不能生活"。他心灵空虚,萎靡不振,无所事事,终日沉溺在对往日那场水月镜花的爱情游戏的回忆中,却又摆出一副捍卫贵族制度的骑士架势,极力维护贵族的所谓"原则"、"尊严"和"荣誉"。他敌视民主进步青年,第一次见到巴扎罗夫就将其视为眼中钉,对他恨之入骨,几次发起攻击,蓄意挑起论争。但在论战中,他总是被巴扎罗夫的民主真理和强大气势所压倒,狼狈败下阵来。随后他又借口挑起决斗,欲置巴扎罗夫于死地,结果又遭惨败。这场决斗,从动机到行动,彻底暴露了巴威尔的卑劣和无能。巴扎罗夫说他是个"古董",他是没落的、垂死的贵族阶级的代表,他和他的阶级正在走向坟墓。他在决斗中负伤后,他的头静静地放在枕头上,作者意味深长地写道:"好像是一个死人的头。……他的确是一个死人了。"

　　与巴威尔略有不同,弟弟尼古拉是一个温和的自由主义者。他性格软弱,心地善良,多愁善感。他比顽固不化的巴威尔更清醒,不得不承认他们的日子已经过去了:"看来我们已经到了要定做一口棺材,把两只手交叉地放在胸口的时候了。"为了适应时代的要求,他读书、研究、实行农事改革,以摆脱困境,可是这些改良措施实行起来"却好像没有上油的轮子,老是轧轧地发响"。他的村庄农舍倒塌,谷仓倾斜,麦场荒废,农民衣衫褴褛,牲畜瘦弱不堪,一片萧条破败景象。事实证明,自由主义改革是无济于事的,它挽救不了贵族阶级日薄西山、气息奄奄的命运。对巴扎罗夫,他的态度比较温和,虽然不同意他的观点,却不敢直接对抗,在民主主义力量面前,他甘拜下风。尼古拉温和的自由主义立场同屠格涅夫有些相似,因此,作家对这个人物表示了更多的同情。

　　尼古拉的儿子阿尔卡狄虽然年龄上是"子辈"人物,但他并不属于巴扎罗夫的民主主义阵营,他在思想上与"父辈"并没有矛盾。他一度接近、甚至崇拜巴扎罗夫,不是由于信念的一致,而不过是出于年轻人的一时热情,赶时髦,冒充进步、民主罢了。他只是巴扎罗夫的暂时的同路人,实际上他对自己的导师并不真正理解,在思想感情上与"父辈"更气味相投,因而他有时不能忍受巴扎罗夫对"父辈"的嘲笑、讽刺,常为伯父巴威尔辩护。当他爱上贵族小姐卡捷琳娜之后,很快就被后者所"改造",沉溺在贵族的享乐生活中,原来那一点点热情和新潮思想也随之烟消云散,最终与巴扎罗夫分道扬镳了。分手时,巴扎罗夫一针见血地说:"你不宜于过我们那种痛苦的、清寒的、孤单的生活,你没有锐气,没有愤恨……你不宜于做我们的事……譬如说,你们不肯战斗……我们却要战斗……你是个很好的人,不过你是个软软的、自由派的少爷……"小说结尾,阿尔卡狄继承父业,成了一个"精明热心的农场主"。

不论巴威尔、尼古拉,还是阿尔卡狄,屠格涅夫都是把他们作为贵族中的佼佼者来描写的,如果这些人物尚且如此软弱、萎靡,心胸狭窄,目光短浅,毫无作为,那么,其他的芸芸众生就更不值一提了。正如作家在谈到小说的创作意图时所说:"我的整部小说都是反对把贵族作为进步阶级的……审美感使我挑选的正是贵族中优秀人物,以便更正确地证明我的主题:倘使奶油是坏的,那么牛奶就更不用说了。"①

作为现实主义作家,屠格涅夫的艺术原则是:"准确而有力地再现真实,才是作家的最大幸福,即使这种真实同他的个人爱好并不相符。"②他就是依据这样的艺术原则刻画人物的。虽然由于作家世界观的矛盾,给巴扎罗夫的形象造成了某些缺陷,但他毕竟把这位民主主义平民知识分子放在了小说的中心位置,让他在精神上战胜和压倒了贵族,显示了强大的力量和战斗精神;尽管作家的同情在贵族方面,但他毕竟把贵族人物写成巴扎罗夫手下的败将,一如巴尔扎克那样"他看到了他心爱的贵族们灭亡的必然性,从而把他们写成不配有更好命运的人"③,真实地、正确地表现了"民主主义对贵族阶级的胜利",平民知识分子取代贵族知识分子的时代特征和历史趋势。这是现实主义的胜利。

由于《父与子》反映了两大阵营的斗争,提出了重大的社会问题,又因为作家世界观的矛盾而导致巴扎罗夫性格的复杂性,所以小说一发表,立即在社会上激起巨大反响,在思想界、文学界引起了长期的、热烈的争论,其激烈程度"如火上浇油",令屠格涅夫感到震惊。更让他感到意外而难以理解的是,贵族自由主义者和民主主义者都责难他,双方都不讨好。民主主义阵营的一些人士,如《现代人》的安东诺维奇,没有真正理解《父与子》的社会意义,将它与反虚无主义小说等同起来,指责作家歪曲了巴扎罗夫的形象,把他写成一个轻视人民、粗暴否定一切的虚无主义者,认为这是对民主主义者的诽谤,是对青年一代的恶毒讽刺和攻击。而保守派和自由派则谴责作家不应该让巴扎罗夫在精神上压倒贵族,不应该夸大他的优点,并对他顶礼膜拜。只有皮萨列夫和他主编的《俄国言论》对《父与子》表示欢迎,并给予基本正确和公允的评价。他肯定了巴扎罗夫的典型

---

① 《屠格涅夫文集》第12卷,俄文版,1956年,第340页。
② 屠格涅夫:《回忆录》,人民文学出版社,1983年,第129页。
③ 恩格斯:《致玛·哈克奈斯》,《马克思恩格斯选集》第4卷,人民出版社,1972年,第463页。

意义和社会作用,认为他是"年轻一代的代表",并且将他与车尔尼雪夫斯基的《怎么办?》中的主人公联系起来,指出他们都是"新人"形象。这些截然不同的评价表明了作家世界观的复杂矛盾。不过话又说回来,一部作品问世后,得到一致好评或者一致否定似乎都不好,最好是一石激起千重浪,一些人叫好,一些人责骂。而《父与子》恰好就是这样一部作品。

《父与子》是一部典型的社会思想小说,其重心放在社会问题的争论上,情节的展开,主题的揭示,性格的刻画,都是通过人物的思想冲突和论战来实现的。因此,精彩的对话是这部小说最突出的艺术特点。作家主要是通过对话来刻画人物性格。人物的语言极富个性:巴扎罗夫的语言简练、明快、犀利、深刻,经常运用比喻和民间口语;巴威尔的语言则冗长、造作、傲慢,夹杂着外国字眼;尼古拉的语气比较温和,流露出感伤的情调;阿尔卡狄常常是随声附和,缺乏主见。也正是由于小说建立在争论的基础上,所以小说的整体语言风格不同于《罗亭》和《贵族之家》,弱化了对大自然景物的描写,也鲜见弥漫于贵族庄园的那种抒情气息和描写"多余人"时的细腻心理分析。

第五节 屠格涅夫的小说艺术

屠格涅夫曾经说过,对于一个作家来说,重要的是要有自己的"声音",自己的"音调","一个有生命的、富有独创精神的才能卓越之士,他所具有的主要的、显著的特征也就在这里"[①]。那么,作为一位卓越的小说艺术家,屠格涅夫所独具的特殊"音调"、显著特征是什么呢?我们认为,屠格涅夫艺术上最突出、最为人所称道的特点就是——敏感、简洁、优美。敏感是作家观察、把握生活的能力,简洁是作家提炼、剪裁、结构生活素材的本领,优美则是再现生活的艺术效果。这三者体现了屠格涅夫整个艺术创作过程中所遵循的原则。

他"用自己锐敏、慈爱的心灵"为俄国革命服务

屠格涅夫具有极为敏锐的艺术嗅觉,他善于感知和洞察尚处于"青萍之末"的时代风云的变幻,发现社会生活中出现的新动向、新思想、新要求和新人物,并且及时地在自己的创作中反映出来。杜勃罗留波夫谈到作家这一特点称赞道:"他很快猜到了新的要求,猜到了渗透进社会意识的新的观念,在他的作品中通

---

① 《俄国作家论文学劳动》第 2 卷,俄文版,第 712—713 页。

常[一定]注意到(只要情势许可)那些已经轮到、已经开始朦胧地扰乱社会的问题……我们要把屠格涅夫君在俄国公众中间所得到的成功,很大部分都归给作者对社会中充满生气的弦索的这种敏感,归给这种立刻对刚刚开始渗透进优秀人们意识里的高贵思想以及真诚的感觉表示反应的才能。"①民意党人称他是"正直的预言家",他"用自己锐敏的、慈爱的心灵同情了俄国革命,甚至为俄国革命服务"②。

  屠格涅夫就以这种特殊敏感的艺术目光追踪着俄国社会生活的动态和动向,并且通过他的创作反映出来。他的小说,尤其是他的长篇小说真实记录了俄国40至70年代,即从农奴制度过渡到资本主义制度这一历史时期的社会运动和社会思潮。40年代,是他"用以前任何人都没有这样接近的角度,接近了人民",赞美农民的美好心灵和聪明才智,满怀同情描写他们备受摧残的痛苦生活,对农奴制度表示了谴责和抗议;是他首先用"多余人"这一名称概括了贵族知识分子的性格特征,并始终在关注和探索不同社会条件下贵族知识分子的社会作用和历史命运;当平民知识分子登上历史舞台时,又是他塑造了俄国文学史上第一个"新人"的形象,并在民主主义和贵族自由主义"两种历史倾向、两种历史力量"的斗争中展现了平民知识分子的优势和力量,反映了平民知识分子取代贵族知识分子而成为俄国社会发展的推动力的必然趋势;70年代,他又及时描写了民粹派"到民间去"的活动……他的小说的主人公罗亭、拉夫列茨基、巴扎罗夫、涅日达诺夫等作为特定时代社会力量和社会思想的代表,都与19世纪俄国社会发展的某一阶段紧密相连。总之,屠格涅夫的小说洋溢着时代精神,反映了俄国社会生活的变迁,因此,他的六部长篇小说被誉为俄国社会思想发展的"艺术编年史"。可以说,不研究屠格涅夫的作品,就不能很好地了解19世纪中叶的俄国历史。

  屠格涅夫的长篇小说反映的是俄国社会发展的动向,是关系到国家的前途和命运的问题。但是,他从来不直接描写社会生活中的重大事件,即所谓的重大题材,他感兴趣的是日常生活,多是贵族的庄园生活,其中贯穿着男女青年的爱情故事。通过平凡日常生活的描写和其中人物的活动、思想、精神、命运以及人物性格之间的矛盾冲突,折射出时代的风云变幻,反映社会生活的某些本质特征。这种大处着眼,小处着手,以小见大,举重若轻的本领,不仅表现了屠格涅夫的敏锐细腻的观察、感受能力,更显示出其功力之深厚,艺术之精湛,非大才能、大手笔者莫能为之。

---

① 《杜勃罗留波夫选集》第2卷,上海译文出版社,1983年,第263页。
② 转引自赫拉普钦科:《作家的创作个性和文学的发展》,上海人民出版社,1977年,第410页。

简洁是他"伟大的外在标志"

简洁是艺术才能的集中体现。屠格涅夫继承了普希金散文的这一优秀传统,并在自己的创作中发扬光大,从而形成他的小说艺术的显著特点。屠格涅夫的简洁决不是简单、粗略、浅显、干瘪、枯燥,而是紧凑、凝练、浓缩、精致、细腻。亨利·詹姆斯说,简洁是屠格涅夫"伟大的外在标志"[①]。

屠格涅夫的简洁首先表现在作品的结构上。他的作品不是史诗性的,长篇小说类似中篇,规模不大,但内容高度浓缩。他不追求广阔的生活画面和宏大的背景描写,而是截取生活中的几个关键性的片段,故事所经历的时间比较短暂,少则几天,多则不过几个月。他的小说情节简单,结构严谨,从不以引人入胜的故事和曲折复杂的情节取胜,更没有巧合、误会、悬念之类的噱头。故事情节多是单一线索,不枝不蔓,条理清晰,这样使内容更集中,矛盾更突出。情节发展从容不迫,但很紧凑,主要人物登场后,情节马上展开,矛盾激化,迅速推向高潮,然后急转直下,引向结局。《罗亭》、《父与子》即是最好的例证。罗亭一出现在拉松斯卡娅夫人的客厅,就与皮加索夫话不投机,展开辩论;他充满激情的话语博得了娜塔丽娅的爱情,二人在阿夫久欣池塘边的约会使小说达到高潮;在这次约会中,罗亭的懦弱性格暴露无遗,二人遂分手,紧接着就是尾声。整个故事实际上只经历了六七天。《父与子》中,巴扎罗夫来到玛利因诺庄园的第二天就与巴威尔吵了起来,中间安排了一段爱情插曲,然后是一场决斗,巴扎罗夫告别庄园,回到父母家中没几天即病殁殒命。屠格涅夫的小说一气呵成,起、承、转、合,顺畅自然,决不拖泥带水。

屠格涅夫小说的简洁还表现在作品人物的配置和刻画人物的艺术手法上。他的小说人物少,情节围绕着一两个、两三个人物展开,不关重要的人物一律舍去,这样可以节省下笔墨去着力塑造主要人物,使人物形象更加鲜明突出。

在人物刻画上,屠格涅夫也有其独特之处。对人物肖像,他从不做工笔细描,而是运用写意笔法,勾勒出人物的鲜明特点。罗亭"高高的身材,背稍有些驼……面貌不端正,但是显得聪明而富有表情,一双灵活的、水汪汪的深蓝色眼睛",显示了他的聪慧和沧桑感。巴扎罗夫高大魁梧,红色的大手,宽阔的前额,绿色的大眼睛,下垂的连鬓胡子,无不表现出他的自信和力量。丽莎的肖像是通过拉夫列茨基的目光来描写的:"苍白的、娇嫩的脸,眼睛和嘴那么严肃,目光又

---

① 亨利·詹姆斯:《屠格涅夫和托尔斯泰》,《文艺理论研究》,1982年,第2期。

是那么真挚天真……步履那么轻盈,声音那么文静",还有那一笑不笑地凝神沉思,都彰显出她温柔、娴静、内向的性格。对叶琳娜则突出她那一对亮闪闪的灰色大眼睛,"从那专注而微似惊怵的面部表情,那清澈而变幻莫测的目光,以至那似乎勉强的微笑和那柔和而又似急促的声音,全可感到一些神经质的、电似的、匆遽而又激烈的什么"。叶琳娜热烈的、不安分的、追求自由的个性从这简洁的勾画中透露出来。如此等等,不一而足。

屠格涅夫小说中的人物登场时其性格已基本定型,很少有发展演变的过程。所以,他描写人物着重写其现在,很少详细地叙述人物的过去及其性格形成的历史,即使写人物的"前史",也是通过作者的插叙或补白略做交代,以作为对现状的补充。唯一的例外就是《贵族之家》中拉夫列茨基的"前史"竟占去10章的篇幅。在刻画人物上,他不像冈察洛夫那样进行静态描写,而是将人物置于激烈的思想冲突之中,动态地展示其性格。他的作品中,人物营垒分明,互相对峙,总是就各种问题进行辩论,如罗亭与皮加索夫,拉夫列茨基与潘申,巴扎罗夫与巴威尔等。论战中,通过人物之间的对比和反衬,显示出各自不同的性格特点。屠格涅夫刻画人物性格,不像托尔斯泰那样从不同的角度表现它的丰富性、多样性和矛盾性,而是突出人物性格中最鲜明、最典型、最有代表性的东西,如罗亭的能言善辩,英沙罗夫的爱国激情,巴扎罗夫的"虚无主义",丽莎强烈的宗教观念,叶琳娜的勇敢、执著等等。这些人物无不给读者留下深刻印象。

心理描写是作家刻画人物的重要手段,在这方面,同样表现了屠格涅夫简洁的特点。托尔斯泰善于写人物"心灵的辩证法",即对心理发展变化的过程进行细致入微的分析;陀思妥耶夫斯基则喜欢将笔触探入人物意识的深层,表现人性中善与恶的搏斗。屠格涅夫对以上这种琐细、冗长、模糊的心理描写颇有微词。他的心理描写手法别具一格。一般来说,他对人物的心理变化过程不做过细的描写——当然这不是绝对的,他的作品中也有一些表现人物心理活动过程的精彩段落,但即使这样的描写,也不失简洁、明确的特点——而更注重写心理变化的结果,即通过人物的语言、动作、表情、眼神,乃至语调来表现其内心的波动,手法简练、明快、含蓄。他认为:"诗人应当是一个心理学家,然而是隐蔽的心理学家:他应当知道和感觉到现象的根源,但是表现的只是兴盛和衰败的现象本身。"① 1862年他在评论奥斯特罗夫斯基的《穷嫁娘》的文章中又说道:"心理学家应该隐藏在艺术家身上,就像骨骼隐藏在活生生的、温暖的躯体里,它是作为稳固而又看不见的支柱为躯体服务的。"② 当然,我们这里不是品评三位艺术大师

---

① 《古典文艺理论译丛》第3册,人民文学出版社,1962年,第183页。
② 《屠格涅夫文集》第11卷,俄文版,1956年,第142页。

的心理描写手法之高下,而是指出他们各具特色,各有千秋。

试举几例说明屠格涅夫心理描写的特点。

《贵族之家》中。正当拉夫列茨基对丽莎渐渐产生感情的时候,他突然在报纸上看到妻子的死讯。此时,作家写道:"拉夫列茨基穿上衣服,走到花园里,沿着一条林荫道来回踱着,直到天亮"。作家虽然只字未提拉夫列茨基的内心感受,但读者完全可以猜想到他此时的复杂心情:对妻子突然死去的震惊和不安,对以前所走过的人生道路的感慨和懊悔,还有精神上的解脱和对未来幸福的希冀等等。八年之后,拉夫列茨基造访丽莎出家的修道院,昔日的两个恋人又相遇了。当丽莎从拉夫列茨基的身边经过时,"她一直向前走去,一眼不曾望他,只是朝他这一边的眼睛的睫毛却几乎不可见地战栗了,她的消瘦的脸面更低垂了,而她的绕着念珠的、紧握着的手的手指,也互相握得更紧了"。这里同样没有直接描写人物的心理,然而通过丽莎那细微的、几乎难以察觉的动作、神情,她那未曾熄灭的爱情,难言的隐痛,无限的伤感,复杂的心境,不都流露出来了吗?真是万千心腹事,尽在不言中,此时无声胜有声。这段描写可谓是传神之笔。

再如,《前夜》中有一段描写叶琳娜窗前的沉思:"她凭着开着的窗,注视着窗外的黑夜,许久许久,她凝望着那暗黑的、低沉沉的天空;于是,她站起来,摇摇头,把头发从脸旁甩到脑后,而同时,自己也不知道为什么,把自己的裸露的、冰冷的手臂伸出去,伸向天空;接着,她把手臂垂下来,跪在床边,把脸偎在枕上;尽管在汹涌的激情之前她极力想要抑制自己,但是,奇异的、不可思议的、燃烧似的热泪,却不由自主地从她的眼里流出来。"这段由一连串的动作组成的文字,巧妙地表现了一位妙龄少女青春期的躁动不安的情怀,这种心理是微妙的,朦胧的,难以言传的,而作者表达得也委婉含蓄,意蕴无穷,留给读者自己去咀嚼、体味、想象。还有,当伯尔森涅夫把罗亭决定要离开的消息告诉叶琳娜的时候,她的脸一下子"变得惨白了","什么,为了什么?"她说道,"不自觉地把伯尔森涅夫的手紧紧地握在自己的已经冰冷的手里"。当她得知英沙罗夫之所以离去是因为爱上她时,她"把他的手握得更紧,她的头也垂得更低,好像是,她想要对一个外人隐藏那突然涌到她整个面孔和颈项上来的燃烧的羞愧的红晕",她无法自持,"眼泪如川水般地涌出她的眼睛,她跑回自己的房里去了"。用不着作家去剖析叶琳娜的心理,她的只言片语、动作、表情、神色就已经将心里的秘密坦露无余,省去作家多少笔墨。总之,屠格涅夫的心理描写别有韵味,自成一家,与托尔斯泰、陀思妥耶夫斯基构成三足鼎立之势。

"我容易感受诗意"

优美是屠格涅夫小说的另一个重要特点。如果我们把托尔斯泰称为史诗诗人,那么屠格涅夫则可称为抒情诗人。屠格涅夫本人也承认:"我容易感受诗意。"[①]的确,他是一个富有诗人气质的小说家,是散文中的普希金,他的小说具有高度的诗意美和抒情美,很多篇章堪称清新瑰丽的抒情诗,处处显示出诗的意境和诗的韵致,精致高雅,优美动人。读着他的作品,仿佛一股甘美的清泉缓缓流入心田,沁人心脾,令人陶醉,给人以巨大的艺术享受。

屠格涅夫的小说之所以具有醇厚的诗意美和抒情美,首先是由作家独特的艺术气质决定的。如上所述,屠格涅夫是富有诗人气质作家,他的文学道路是从写抒情诗开始的,晚年又以《散文诗》封笔,他是小说家兼诗人的"两栖"作家。所以,他容易感受生活中诗意,也善于发现和撷取生活中的"诗"。而且,屠格涅夫的性格中有一种"迷人的忧郁"(福楼拜评语),他把这种忧郁带入创作中,使他的作品流露出淡淡的哀伤,隐隐的惆怅,轻轻的叹息,特别能撩拨人的心弦。再者是由于屠格涅夫保持着浪漫主义传统。他早年曾醉心于浪漫主义诗歌,之后,浪漫精神始终渗透在他的创作之中,成为他抒情性的基础,给他的小说增添了诗意的、理想化的色彩和热烈的感情。最后,更深层次的原因在于他的美学观。他是美的崇拜者,他认为,美是"唯一不朽的东西",唯美成为他的艺术追求;他热中于在大自然、艺术、人性、爱情、生死这类永恒主题中去发掘美,将生活升华到诗的境界和理想的高度。正是这些因素造就了屠格涅夫独特的艺术风格。

屠格涅夫小说的抒情美首先表现在对俄罗斯大自然的诗意描绘上。屠格涅夫是大自然的歌手,是风景画巨匠,在这方面,俄国作家中无人能出其右,连托尔斯泰也自叹弗如,由衷地称赞道:"这是他的拿手本领,以至在他以后,没有人敢下手碰这样的对象——大自然。两三笔一勾,大自然就发出芬芳的气息。"[②]《猎人笔记》自不待言,其他小说中都有许多极为精彩的景物描写。在作家的生花妙笔的点染下,俄罗斯的山峦丘陵、森林草原、湖泊小溪、田园茅舍、花草鸟虫,无不生机盎然,如诗如画;春日秋夜、朝霞夕阳、雨丝云片,也都流光溢彩,绚丽多姿。大自然在他的笔下有了生命,有了灵性,有了感情,读者也感觉到了她特有的色彩、声音、光影、气味。徜徉在作家营造的自然景色的诗情画意之中,不禁令人陶然心醉,流连忘返。

---

① 《古典文艺理论译丛》第 3 册,人民文学出版社,1962 年,第 192 页。
② 转引自 C. M. 彼得洛夫主编《19 世纪俄国文学史》第 2 卷,俄文版,1963 年,第 293 页。

作家描绘自然景物,决不是为了写景而写景,而是或寄托情思,或借景抒情,或烘托气氛,或创造意境,或传达人物的感情,着意做到写景与抒情相结合,情景并茂,意趣隽永。在屠格涅夫的作品中,景物描写一般都伴随着男女主人公内心感情的波澜起伏,与人物彼时彼地的感受紧密相连,即所谓的物我相通,主客体交融,自然景物成为人物心境的外化。例如《贵族之家》中,拉夫列茨基与丽莎在花园一起垂钓、畅谈,爱情遂在他心中萌生。傍晚,在送走丽莎后回家的路上,他心情无比舒畅,"夏夜的魅力包围着他,周围的一切显得那么出人意外的异样,同时又是久已熟悉的,那么甜蜜。远近的一切都静止了——远处的景色也朦胧可见,青春的、如花盛开的生命就显现在这片静谧之中"。马儿精神饱满地跑着,鹌鹑快乐地啼叫,弦月放射着清辉,清新的空气涌入胸际。拉夫列茨基欣喜异常,想道:"好吧,我们还要生活下去……"明丽、温馨的月夜美景反映了主人公的喜悦心情,而喜悦心情又一扫他心头的阴霾,激发起重新开始生活的愿望。再如,《前夜》的结尾,英沙罗夫携叶琳娜回国途中游览了水乡名城威尼斯。小说对这座"美的城"那瑰丽神奇、如梦如幻的风光作了尽情渲染,有力地表现了一对志同道合的青年新婚之后的幸福心情;而这美丽景色又与随之而来的悲剧结局形成鲜明对照,从而产生了震撼心灵的艺术效果,令读者为主人公的不幸命运扼腕叹息。无怪乎冈察洛夫对屠格涅夫说:"诗和音乐——这就是你的手段。"[①]

　　屠格涅夫不仅是俄罗斯大自然的歌手,而且是描写纯真爱情,特别是塑造他心爱的少女形象的艺术大师。他的小说的抒情美也在这里突显出来。爱情描写几乎贯穿了他的每一部小说,这给他的作品平添了浓郁的柔情蜜意。在他的笔下,爱情决不是与主题无关的点缀,他描写的爱情纠葛总是蕴涵着深刻的社会内容。在男女青年的爱情之中,透露出他们对美好理想的追求和对有意义的事业的渴望,表现出他们对扼杀人性的社会环境和落后道德观念的否定。这种爱情是健康的、高尚的,体现了主人公,特别是女主人公的心灵美。此外,作家还常常用爱情来检验主人公的道德品质和精神境界,坚强者会经受住爱情的考验,懦弱者则会败下阵来,从而将他们的灵魂和价值展示在读者面前。

　　屠格涅夫满怀深情塑造了一系列光彩照人、令人倾倒的俄罗斯少女的形象。打开他的小说,这些被称为"屠格涅夫家的姑娘们"向你款款走来,其中有清新自然、热情奔放的阿霞,端庄秀丽、感情深沉的娜塔丽娅,温柔娴雅、冰清玉洁的丽莎,果敢坚强、白璧无瑕的叶琳娜,勇于献身、富有公民激情的玛利安娜,妖艳迷人、冷酷无情的伊丽娜……这座少女画廊中,真是群芳斗妍,婀娜多姿,她们各有

[①] 转引自普斯特沃依特:《屠格涅夫——语言艺术家》,俄文版,第307页。

不同的性格,各有自己的命运和归宿。作家还善于以洞烛幽微而又富有诗意的笔触揭示这些情窦初开的妙龄少女内心的隐秘,将她们的青春的欢乐、幸福、烦闷、苦恼、焦虑、躁动、不安、希望、期盼等微妙心绪表达出来。如杜勃罗留波夫所说:"屠格涅夫君,这个纯洁的、理想的女性之爱的歌唱家,他是这样深刻地透进年轻无邪的处女的灵魂,把她理解得这样完整,带着这样兴奋的颤动,这样热烈的爱描写她的最好的时刻,使得我们在他的故事中能够感觉到她处女胸怀的波动、悄悄的叹气、温和的眼光,能够听到激动的心灵的每一下跳动,因此我们的心就由于深沉的感动而茫然失措,而停止了,欢乐的眼泪也将一次次涌到眼睛里来……"[1]

  屠格涅夫的小说的诗意美和抒情美还表现在作品的音乐性上。他的每部小说几乎都写到音乐,处处都回荡着音乐的旋律。他善于从音乐中汲取灵感和艺术手段,运用于小说创作。他常常运用动与静结合,有声与无声交替的手法,赋予作品以内在的节奏感和韵律感。音乐性还渗透在人物性格的塑造中。如在《歌手》中,通过歌声展示了雅克夫的艺术才华;《贵族之家》里,运用音乐刻画了人物的不同性格:道德纯洁、严肃的拉夫列茨基和丽莎喜欢高雅、深沉的古典音乐,风流、放荡的潘申和瓦尔瓦拉则偏爱轻浮、华丽的舞曲。音乐是屠格涅夫烘托气氛、表现人物内心情感的手段之一,其中常被人引用的例子是:月夜,拉夫列茨基向丽莎表达了爱情后,来到音乐家莱姆的寓所,突然,一段热情奔放的钢琴声响起,那美妙的旋律似乎在诉说和歌唱着他溢满心中的幸福,令他激动不已。在屠格涅夫的作品中,直接描写大自然的天籁之声的段落比比皆是,那声音或如激越的交响乐,或如和谐的奏鸣曲,或如抒情的小夜曲,无不荡气回肠,令人心醉。

  至于屠格涅夫的语言那更是堪称美文学的典范,优美、简洁、朴素、清新,没有那种冗长的、夹缠过多的复合句,更不追求生僻怪异的词语,一切都那么准确、明晰、纯净、流畅,如行云流水,生动悦耳,完美得无可挑剔。他的语言之精湛,文体之讲究,不仅在俄罗斯文学中首屈一指,而且享誉世界。

  屠格涅夫是第一个以其独特的创作个性和卓越的艺术造诣获得世界性声誉的俄国作家。丹麦著名文学批评家勃兰代斯称他是俄罗斯小说家中"最伟大的艺术家",甚至说"在整个欧洲文学中,很难遇到更加委婉细腻的心理描写,更加精湛完美的性格刻画"[2]。美国作家亨利·詹姆斯则推崇他是"小说家中的小说家"[3]。即使像法国的福楼拜和莫泊桑这样的巨匠也把他奉为自己的老师。由此可见屠格涅夫在世界文坛上的地位和影响。

---

[1] 《杜勃罗留波夫选集》第2卷,上海译文出版社,1983年,第291页。
[2] 转引自赫拉普钦科:《作家的创作个性和文学的发展》,上海人民出版社,1977年,第423页。
[3] 亨利·詹姆斯:《屠格涅夫和托尔斯泰》,载《文艺理论研究》,1982年第2期。

第九章 70年代现实主义小说的继续发展

第一节 时代的变迁和小说的新特点

农奴制度废除后,70年代的俄国正处于社会的转型期。这个时代的特点,正如列夫·托尔斯泰在《安娜·卡列尼娜》中通过列文的口所说的:"现在在我们这里,一切都翻了一个身,一切都刚刚开始安排。"那"翻了一个身"的东西,就是指农奴制以及与之相关的整个"旧秩序";那"刚刚开始安排"的,则是新兴的资产阶级制度,这个制度本身也孕育着新的、更尖锐的矛盾和危机。

农奴制改革后,俄国的社会矛盾不仅没有缓和,反而更加尖锐、复杂。因为,沙皇政府实行的农奴制改革实际上是对农民的欺骗和掠夺,农民为了获得人身自由和少得可怜的一块"份地",必须付出大量赎金;改革后,农奴制残余大量存在,农民依然缺少土地,受压迫、剥削的情况并没有根本改变,农民依然生活在水深火热之中。其次,农奴制改革为资本主义的发展开辟了道路,资本主义经济迅速崛起,工人阶级队伍随之壮大,城市贫民急剧增加,同时,农村的阶级分化加速进行,有的发财致富,成为富农,跻身于资产阶级的行列;有的则贫困破产,沦为雇佣劳动者,成为工人阶级的后备军。广大工人和城乡贫民与资本主义的矛盾又成为新的社会焦点。70年代,农民骚动、工人罢工有增无减。俄国社会在新兴的资本主义与腐朽的农奴制残余的交织和冲突中艰难地前进。

城乡人民生活状况的恶化,引起了进步知识分子的关注,于是出现了民粹主义运动。俄国民粹主义的先驱是赫尔岑和车尔尼雪夫斯基,他们力图将西欧的空想社会主义和俄国古老的村社制度结合起来,创立了所谓的"俄国农民社会主义"。70年代的民粹派继承和发展了他们的思想。在对待资本主义的问题上,民粹派的观点是错误的。他们不懂得资本主义生产关系取代封建主义生产关系是历史发展的必然规律,认为资本主义不符合俄国国情,视资本主义为祸水,因此,对它持否定和敌视态度。他们同其前辈一样,认为俄国的村社制度体现了平等、友爱和集体主义原则,蕴藏着公有制的因素,是未来社会的基础,可以以村社为桥梁,避开资本主义,直接过渡到社会主义。而且他们还断言,农民是主要的革命力量,依靠知识分子在农民中间的宣传和领导,就能发动农民,掀起革命,推翻沙皇专制制度,建立社会主义社会。于是,1874年,民粹派发起了"到民间去"的运动。很多进步青年知识分子穿上农民的服装,操着农民的语言,过着农民的生活,向农民传播知识,进行革命宣传,试图发动他们起来斗争。尽管民粹派分子对农民的苦难深表同情,并诚心诚意地想帮助他们获得解放,但是他们的理论是唯心的,他们的活动又得不到农民的理解和支持,农民既不相信他们,也不愿跟他们走。因此,"到民间去"的运动很快遭到沙皇政府的镇压而瓦解。

但民粹派运动并未停止。1876年,他们成立了"土地与自由社",1879年又分化为"土地平分社"和"民意党"两个独立的组织,前者主张继续在农村进行宣传,提出把全部土地平分给农民,并实行村社完全自治。后者则把人民鄙视为"群氓",放弃在人民群众中的革命宣传,转而实行密谋暗杀的恐怖活动手段。1881年3月1日民意党人终于把沙皇亚历山大二世炸死在彼得堡街头。但这种个人恐怖行动根本无助于解决俄国社会的基本矛盾,反而使统治阶级乘机变本加厉地进行镇压,强化其反动统治。民粹派组织全部被沙皇政府摧毁,革命民粹主义运动至此结束。尽管民粹派失败了,但他们为俄国解放事业而英勇献身的精神是值得肯定的,70年代民粹派的革命活动是具有进步意义的。列宁对他们给予高度评价,称他们是"俄国社会民主主义的先驱者"。

70年代的小说就在这样的时代背景下发展着。这一时期的小说仍然继续着50、60年代的优良传统,与社会生活保持着密切联系,在反对专制制度,揭露和批判农奴制残余以及资本主义罪恶的斗争中发挥着积极作用。批判现实主义仍然是这一时期小说创作的主导方向。老一代的小说艺术大师如屠格涅夫、列夫·托尔斯泰、陀思妥耶夫斯基等在继续卓有成效地创作,取得了新的成就。屠格涅夫创作了他最后一部长篇小说《处女地》,及时地反映了70年代民粹派"到民间去"的活动。托尔斯泰则完成了第二部优秀长篇《安娜·卡列尼娜》,以惊人的艺术力量描写了改革后俄国在政治、经济、道德伦理、婚姻家庭等方面的矛盾和危机。陀思妥耶夫斯基在最后十年的创作时期,即70年代,连续发表了《群魔》《少年》和《卡拉马佐夫兄弟》三部作品,广泛地反映了农奴制瓦解之后社会生活的急剧变化,揭露了金钱的腐蚀力量使人道德沦丧、灵魂堕落、人性毁灭的悲剧,表现了作家对俄国和人类命运的深切忧虑和思考,同时也充分暴露了他世界观中的固有矛盾。特别应当指出的是,后起之秀萨尔蒂科夫-谢德林不仅在艰难的岁月里高举革命民主主义的思想旗帜,以他主编的《祖国纪事》为舆论阵地,同各种反动势力和思潮进行坚决斗争,捍卫民主主义和现实主义文学的优良传统,而且还在这一时期创作了《一个城市的历史》、《塔什干老爷们》、《戈洛夫廖夫老爷们》等小说,以特有的夸张、讽刺手法,鞭笞了官僚、地主资产阶级的残暴、野蛮和贪婪。70年代,在高涨的革命运动的影响下,曾经写过"反虚无主义小说"的列斯科夫思想开始发生转变。他把目光转向人民,在人民中间寻找改造、变革社会的积极力量。这一时期他推出的代表作《大堂神父》就是他对这一问题思考的产物。

在民粹主义运动中,涌现出一批民粹派作家。他们的作品主要描写改革后俄国农村的变迁和农民的贫困生活,反映民粹派"到民间去"的活动及其遭遇,为俄国小说开拓了新题材,增添了新内容,在体裁和表现手法上有所创新。

在70年代俄国社会急剧变化的形势下,作为现实生活的一面镜子的小说也呈现出一些新的特点。

(一)**主题变化,题材扩大**。如果说50、60年代小说的中心主题是暴露农奴制的腐朽和罪恶,以促进社会的改革,那么到了70年代,随着时过境迁,小说的主题则发生了改变,其焦点集中在揭示改革后资本主义激流冲击下俄国社会生活的变化及新的矛盾冲突。而社会的巨变和新旧矛盾的交织与冲突,使现实生活呈现出纷乱复杂、光怪陆离的状态,为小说创作提供了丰富的素材。所以,与50、60年代相比,小说题材更加广泛,不仅一些传统题材如专制制度的黑暗、官僚地主的压迫掠夺、农民和城市底层人民的苦难等仍被作家续写,而且俄国走上资本主义道路之后出现的许多问题也都在小说中得到了反映:农村的破产与农民的贫困和分化,旧的经济基础的崩溃与精神道德危机,贵族地主阶级的堕落与资产阶级的得势,资本主义势力与城乡无产者的对立,反动统治与广大人民群众的尖锐矛盾,社会巨变中的思想探索和心理冲突,人民的觉醒、反抗与新人的成长等等。70年代的小说创作继续沿着关注现实、贴近现实、再现现实的正确方向发展。

(二)**探索型主人公大量涌现**。在俄国社会的转型期,旧制度的残余大量存在,新制度在迅速崛起,新旧事物的尖锐矛盾激烈地撞击着人们的心灵,使人在生活和意识中都感到动荡混乱、惶惑不安、无所适从，人们已不能再按照原来的样子生活下去，各阶层人物都出现了精神危机。同时，随着资本主义制度在俄罗斯大地上生根，以尊崇人的个性、人的价值和权利为核心内涵的西方人文精神也迅速传播开来，唤醒了人们沉睡的自我意识，一些人开始思考这样的问题：如何面对生活？应该选择什么样的生活道路？人生的意义何在？怎样实现自己的人生价值？等等。于是，进行紧张思想探索的主人公在作家笔下涌现出来，可以说，他们是时代的产儿。

思想探索主人公大致有三种类型：试图脱离原来的生活环境和生活轨道的有思想、有追求的贵族青年；来自平民百姓的反抗者；具有革命思想、愿为人民的解放献身的进步知识分子。

处于世界观激变前夕的托尔斯泰一直在苦苦地为他的贵族阶级、同时也为他自己探求着精神出路，继在《战争与和平》中塑造了正逐步摆脱贵族习性、努力接近人民的安德烈和彼尔两个贵族青年的形象之后，在《安娜·卡列尼娜》中又描写了处于紧张的思想探索中的列文，最后，他在宗法制农民的信仰中找到了精神归宿。同样，安娜也是一个思想探索主人公。她力图挣脱虚伪婚姻和上流社会虚伪的道德原则的枷锁，竭尽全力追求爱情自由和幸福，寻找个性解放的道路，并为此献出了生命。这些人物的思想探求反映出贵族上流社会的精神道德危机。

与托尔斯泰不同，陀思妥耶夫斯基笔下的探索型主人公是来自社会底层的反抗者。最具代表性的当推拉斯柯尔尼科夫。这个小市民出身的穷大学生不甘心挣扎在社会底层的极度贫困和痛苦之中，决心改变自己的命运，要做"不平凡的人"。但是，他的自我意识的觉醒却导致了极端个人主义和犯罪。最后，作家让他用宗教感情平息了心中的反叛情绪，在上帝的怀抱里获得了"新生"。陀思妥耶夫斯基笔下的主人公主要体现了城市底层市民的绝望、挣扎、幻想等情绪。

在民粹派作家的作品中也可以发现农民中间产生的探索型主人公。如扎索季姆斯基的长篇小说的《斯摩林村纪事》中的铁匠克利亚热夫就是一个有觉悟的、为农民探索幸福之路的先进人物。为了使农民摆脱贫困和愚昧，他建立了劳动组合、互助基金会、合作社，开办学校，与农村富农展开斗争，成为享有很高威信的农民领袖。斗争失败后，他离开农村，到城市继续寻找生活真理。再如，卡罗宁在中篇小说《自下而上》中描写了青年农民卢宁对新生活的追求及其心理变化。卢宁怀着对幸福生活的渴望，离开贫穷、愚昧的农村，来到城市，在民粹派革命者的影响和帮助下，思想感情发生了很大变化，成了正在觉醒的工人阶级中的一员。同样是来自人民的思想探索者，但不同的作家对他们的命运作了完全不同的处理，从中可看出作家思想上的巨大差异。

在民粹主义运动中,许许多多的青年知识分子,其中也不乏贵族出身的青年,纷纷来到民间,与农民打成一片,真诚地希望救民于水深火热之中,为俄国的解放事业贡献一切。一些作家,特别是民粹派作家,就描写了这些追求理想、献身革命的先进知识分子的形象。民粹派小说家安·奥西波维奇(1853—1882)的中篇小说《一个非凤非鸦的人的生活插曲》中的主人公彼乔里察是与"多余人"对立的人物,他性格坚强,毫无犹豫、悲观、孤独的情绪,他与人民、人民的生活、人民的事业紧密联系在一起,体现了民粹派革命活动家的特点。另一民粹派小说家兹拉托夫拉茨基在中篇小说《金子般的心灵》中描写了各种类型愿意与人民同命运共呼吸、真诚为人民服务的、有着"金子般的心灵"的知识分子。不过这些人物注重个人道德修养更甚于关注社会政治斗争,在他们身上,革命理想的光辉暗淡了。相比之下,斯捷普尼亚克笔下的民粹派革命者的形象更富有光彩。他的长篇小说《安德烈·科茹霍夫》塑造了对革命事业忠贞不渝、为刺杀沙皇而献身的同名主人公的英雄形象;中篇小说《伏尔加河畔的小房子》描写革命青年符拉基米尔如何以崇高理想和坚定革命信念感召了姑娘卡佳,赢得了她的爱情。此外,屠格涅夫在《处女地》中也刻画了民粹派革命者涅日达诺夫、马尔凯洛夫以及抛弃贵族家庭、追随丈夫投身革命事业的玛丽安娜的形象,尽管由于作家世界观的局限,没有准确地把握民粹派革命者的精神本质,但他仍然把民粹派视为反对沙皇专制的战士,钦佩他们的献身精神。

(三)小型体裁崛起。 就小说体裁来看,70年代长篇小说仍继续繁荣,许多巨著(如上所举)都在此时期问世。与此同时,特写、中短篇小说等小型体裁勃然兴起。这与时代的要求密切相关。70年代急剧变化的社会现实要求文学迅速及时地做出反应,而短小精悍的特写、中短篇小说恰好适应了时代的需求,因此开始繁荣起来,80、90年代仍势头不减。这种小型体裁尤为民粹派小说家所喜爱。特别是特写,它是一种写实文学样式,其特点是描写现实生活中的真人真事,但在细节上可进行艺术加工。社会的急剧变化,生活的无序状态,各种矛盾的交织,以及由此而引发的作家的印象和思考,似乎只有灵活、快捷、直接而又具有高度真实性的特写,才更适合担负起表达这些现象的任务。

(四)表现手法的新探索。 70、80年代转型期俄国的急剧变化的社会现实,引起了小说家的极大关注和兴趣,他们在努力捕捉和再现充满矛盾、瞬息万变的现实生活的同时,也在努力地探索与这种现实生活特点相适应的表现形式和表现手法。

这里特别需要指出的是,陀思妥耶夫斯基首创了一种全新的小说体裁——复调小说。他打破了小说传统的叙事方式,即在作者统一意识的支配下层层展开的模式,变成了不同的思想、不同的声音进行对话的、多声部的复调小说,给小说艺术带来革新。巴赫金指出，陀思妥耶夫斯基所处时代的复杂性、矛盾性和多元性是复调小说产生和成长的土壤①。为了表现动荡、混乱、无序的现代生活，陀思妥耶夫斯基不仅热中于描写那些异乎寻常的、骇人听闻的、畸形病态的现象，如抢劫、凶杀、恐怖、疯狂情欲、精神分裂等等，而且在时空处理、情节结构、性格刻画方面运用戏剧化手法，使矛盾冲突更加尖锐、激烈。另外，他还常常采用怪诞、梦幻、象征等手段，以表现混乱的、病态的社会现实和人们惶惑不安的心绪。

谢德林继承果戈理的传统，将讽刺艺术发扬光大。与果戈理的幽默、滑稽的"含泪的笑"不同，谢德林更多地采用夸张、怪诞的手法，造成强烈的讽刺效果，无情鞭打官僚地主阶级。这一时期，表现手法的创新在民粹派小说家的创作中体现得更突出。在他们擅长的中短篇小说和特写中，常常将对农村生活的真实描写与作家的评论、思考、自白、同农民的对话、文献资料等熔为一炉，创造了一种独特的艺术描写与政论相结合的叙事方式，对丰富俄国小说的艺术手法做出了贡献。

第二节　民粹派小说家

70年代，随着民粹主义运动的开展，一批民粹派小说家登上文坛，如纳乌莫夫、扎索季姆斯基、兹拉托夫拉茨基、涅菲奥多夫、卡罗宁、斯捷普尼亚克以及格·乌斯宾斯基等。这些作家虽然受民粹派的错误理论的局限，致使他们作品的现实主义的表现力受到影响，但是绝不能把他们的小说视为民粹派理论的图解，他们的作品所展示的现实生活要比他们的不切实际的理论广阔得多，丰富得多，而且常常突破和否定其理论框框。诚然，就他们中的每一个人来说，或许不足以与同时代的文学大家相比，但他们作为一个群体，民粹派小说家在俄国文学史上应占有不可忽视的一席之地。俄国文学史上，恐怕没有哪位作家像他们那样亲自深入到农民中间去，认真观察生活，体验生活，搜集素材，那样真实、具体地描写改革后农村的生活和农民的心理变化。所以说，他们的作品对了解资本主义崛起中的俄国现实，特别是农村现实，提供了丰富的资料，具有很大的认识价值。正如高尔基所说："民粹派美文学家的作用，直至今日仍然是俄国社会史上非常可贵的……爱民派美文学家遗下大量的素材，使我们认识我们国家的经济生活和人民的心理特点，他们描写出人民的风俗和习惯、人民的心情和欲望……"②

---

① 见巴赫金：《陀思妥耶夫斯基诗学诸问题》，三联书店，1988年，第63页。
② 高尔基：《俄国文学史》，上海译文出版社，1979年，第381页。

民粹派小说家为俄罗斯现实主义、民主主义文学做出了重要贡献。

民粹派小说家的创作主要围绕两大主题：一是改革后农村在资本主义冲击下的经济破产与阶级分化，农民的生活以及道德、心理的变化；二是民粹派知识分子的革命活动和命运。

尼·伊·纳乌莫夫(1838—1901)是民粹派小说家的主要代表之一。他出生于西伯利亚一官吏家庭，曾就读于彼得堡大学，因参加大学生示威游行于1861年被开除并被捕。后回家乡西伯利亚，在地方和国家机关服务，1869年重返彼得堡，接近民粹派作家圈子。从1884年起他生活在西伯利亚，曾任农民事务官员，所以对农村生活和农民的苦难有深刻了解，对人民充满同情，也使他的作品具有鲜明的民主性。纳乌莫夫的文学创作活动开始于50年代末，70、80年代是他创作的繁荣时期。1874年纳乌莫夫出版了短篇小说集《胳膊扭不过大腿》（又译《弱不敌强》），收集了他此前创作的作品，其中心主题是描写改革后农村富农势力的崛起，揭露富农、商人如何与地方官僚沆瀣一气，狼狈为奸，共同压榨盘剥农民。如《鱼市》一篇写商人马特维奇趁青黄不接时借债给农民，然后当鱼上市时，农民则以鱼抵债。他与乡长勾结起来，按自己规定的最低价钱，强迫农民卖鱼，致使农民年年负债，永无翻身之日，而他却大发横财。《农村商人》中的杂货店老板别尔金低价收购农产品，高价出售商品，是一只吸血的大蜘蛛，人们给他起了个外号叫"绞索"。《尤洛瓦亚》中的商人维仁专门贩卖牲口和鱼，他经常出现在集市上，想方设法坑害、掠夺农民，农民称他为"米洛耶德"（"мироед"），即"土豪"、"恶霸"，直译为"吃掉公社的人"。这个称号形象地勾画出农村商人和富农的嘴脸。纳乌莫夫写了很多这类农村的富农、商人、暴发户，他们的残酷掠夺反映了农村资本原始积累的过程。

《刺猬》一篇描写的是西伯利亚金矿工人的悲惨生活。这些工人实际上都是为生活所迫出外打工的农民。农闲季节，金矿老板就派人到乡下招工。农民予支五六十卢布工钱，既要交人头税又要还债，还要为领取打工证明被村吏勒索几个卢布，这样就所剩无几，家里人仍无法糊口，而他们只能抛家舍业到矿上卖命。在矿上，工人一天要工作十七八个小时，繁重的劳动，恶劣的生活条件，老板巧立名目的盘剥，摧残着他们的肉体和精神。然而，卖命劳动半年，除了种种克扣和被酒馆骗去的钱之外，工人几乎仍然是两手空空，而在家里等待着他们的是嗷嗷待哺的妻儿老小和彻底崩溃的家业。他们就这样年复一年地到矿上做工，继续地狱般的苦役生活，直到血汗被榨干，生命被夺去。

纳乌莫夫的小说以大量的事实和细节再现了农奴制改革后农村生活的巨变以及农村的阶级分化，它像一面镜子，农民从中看到了自己的命运，所以他的作品在农民中有很多读者，在70年代非常流行。然而，纳乌莫夫和其他民粹主义者一样,对农村的这些社会现象产生的原因并不真正理解,他们并不认为,农村的阶级分化、新的剥削者的出现是资本主义在农村发展带来的必然结果,反而认为是一种偶然现象;农村之所以世风日下,罪恶丛生,一些人之所以变得狡诈、贪婪、堕落,主要是受了城市的不良影响,受了"金钱魔鬼"的诱惑。他们不是从经济和社会关系方面去寻找原因,而是归结于抽象的道德。这与他们对待资本主义的历史唯心论有关。他们看不到、也否认资本主义在农村发展的事实。

巴·弗·扎索季姆斯基(1843—1912)也是重要的民粹派小说家,他的代表作长篇小说《斯摩林村纪事》创作于1873—1874年,发表在《祖国纪事》上。小说描写了农村的阶级分化和贫富对立,反映了村社理想的破灭,对了解民粹派运动的历史悲剧具有很大的认识价值。打开小说,展现在读者面前的首先是形成鲜明对比的贫富对立的两种画面。斯摩林村分布在河的两岸,右岸是富农的崭新的楼房,左岸则是贫民的破烂茅舍。贫农们日夜辛劳,除了种田外,还要到手工作坊干活,然而他们的劳动果实却被富农夺去或骗去,终年不得温饱,对他们来说,"人世间的生活并不比终身服苦役来得快乐"。铁匠克利亚热夫带领穷人起来与富农作斗争。他有头脑,有胆识,有组织能力,他虽然不是民粹派革命者,但他相信民粹派的主张,以实际行动努力实践民粹派的改革措施。他组建了互助基金会、消费合作社、打铁业组合,开办学校,力图通过村社与富农抗衡,使农民摆脱愚昧和贫困。但是,最终他失败了。他遭到富农的陷害,被强加上"谋反"的罪名投入监牢。他组织的合作商店被资金雄厚的商人挤垮,互助基金会的钱被富农骗去做生意,学校被勒令关闭。克利亚热夫出狱后发现,他苦心经营的一切已荡然无存。克利亚热夫被迫离开村庄,到城市去寻找出路和真理。当他告别斯摩林村时,回首凝望左岸那片破屋陋舍,不禁感慨万端:"一切都是老样子……还是那些茅棚……还是那条肮脏得不堪入目的街道,还是那些瘦骨嶙峋的牲口……"此时他已认识到:"光靠互助基金会、合作社和劳动组合是不能减轻苦难的!要从更高、更深的地方着手!"他还说道:"什么都没有干成!我呀,哎!坐着洗衣盆怎么能过大海呢!"如何从更高、更深的地方着手?不仅克利亚热夫不清楚,恐怕连作家本人也不能作出回答,但是他已对民粹派的理论表示怀疑。80年代一些民粹派蜕化为自由主义者,他们宣扬"小事物"论,主张帮助农民办学校、医院、合作社、图书馆等等,以为社会主义准备条件。而《斯摩林村纪事》的作者早在70年代就以克利亚热夫的失败否定了这种"小事物"论,昭示了村社理想的破产,实际上是对民粹派的社会乌托邦下的判词。这是扎索季姆斯基从现实生活得出的结论,也是现实主义的胜利。

菲·季·涅菲奥多夫(1838—1902)生于一农奴出身的小工厂主家庭。曾作为旁听生在莫斯科大学历史语文系学习。他早在1858年就开始发表作品。60年代末70年代初他创作了许多描写农民、工人生活的短篇小说和特写。短篇小说集《在农村公社里》(1872)收入了《不交田租的人》、《农民的苦难》、《军人伊万》、《迷路》等优秀作品,这些短篇真实地描写了农民的苦难生活、愚昧无知和不幸命运。这部集子曾被民粹派革命者用作在农民中进行革命宣传的材料,但很快被查禁。涅菲奥多夫只是表现了农民的苦难,但他不能给农民指出一条摆脱苦难的现实出路。他的特写集《我们的工厂》(1872)对工人的艰苦劳动和牛马般的生活作了真实而详尽描述,正确地反映了资本主义生产方式对人的本性的戕害和摧残。但是,在真实的描写中又常常表现出民粹派的错误观点。为了对照工人受剥削的痛苦生活状况,作者往往把过去时代的农村生活理想化。例如书中写道,现在工厂冒烟的地方,以前夏天的时候,那里的一切都"充满积极的、朝气勃勃的生活。夏天结束了,庄稼从田里运回来,并且脱了粒,那景象就变样了。老人休息了……小伙子和姑娘坐在织机旁织麻布……地主本人则离得他们远远的——他们住在京城;谁也不知道什么是赋税:因为大家都负担代役租。那时候人们的性格特点是:性情豪爽,那些地主头脑简单,很实在,非常善良。"一个70岁的老者说道:"大家的生活简简单单,没有任何新花样,可是那时我们都过得很好……不要什么花招,什么事我们都凭纯粹的真理来办,嘿,上帝没有忘记我们。"在作者的笔下,过去时代的农村完全是一幅男耕女织、安宁祥和、世风淳朴的田园景象。到了80、90年代,涅菲奥多夫对农村生活和农民村社的理想化描写在其创作中表现得更明显,与生活的真实性距离愈来愈远了。

尼·尼·兹拉托夫拉斯基(1845—1911)被认为是最能体现民粹派纲领的作家。他生于符拉基米尔一小官吏家庭。曾就学于彼得堡工艺学院,但因经济困难而辍学,回到家乡后开始从事写作。他早期创作的中篇小说《农民陪审员》(1875)反映了农奴制改革后农民担任法庭陪审员这一社会新现象,表现了官方法庭和农民陪审员代表的良知法庭的冲突。该小说使兹拉托夫拉斯基声誉渐起。他的第二部作品是中篇小说《金子般的心灵》(1878),以对比的手法描写了两类人物——过去的"新人"和具有"金子般心灵"的人们,揭示了他们的性格和道德面貌。在作者写来,过去时代的"新人"只是有思想修养的人,他们热衷于政治、哲学、社会主义等理论研究,但却没有找到服务于人民的具体事业,他们身上有某种罗亭式的软弱、犹豫的性格。他们的时代已经过去。与他们形成对照的是那些有着"金子般心灵"的人,其中既有来自人民的代表,也有地主子弟。这些人性格爽朗,没有迟疑不决、矫揉造作的习气;他们主要关注的不是政治思想斗争,对抽象的理论和理想也不感兴趣,而更注重个人道德的完善;他们接近人民,怀着为人民服务的献身精神到农村去,启迪蒙昧,为农民做好事。然而实际上他们并没有成就什么重要事业,也不能给人民指出一条现实的出路。这些人物多了一些务实精神,却少了一些理想光辉,他们的精神面貌折射出70年代后期民粹派理想的幻灭和由此产生的失望情绪。

兹拉托夫拉茨基的代表作是长篇小说《根基》(1878—1883)。在这部作品中,作者怀着深厚的情感描写了村社制度下富有浪漫情调的农村生活,揭示了村社"根基"的破坏以及农民心理的变化。作者的民粹派观点得到鲜明体现。

《根基》的故事情节围绕着农民沃尔克一家三代人的历史展开。祖父莫赛依是个勤劳而有主见的农民,他在外地打工挣了一笔钱,买下地主的一片树林,盖了几间木屋,就带着全家来此居住。随之,其他贫苦农民也陆续迁来,小村庄渐渐兴旺起来。人们在这里过起了仿佛与世隔绝的和平安宁的生活。人们按照古老的村社原则建立起生活秩序,这里没有地主老爷,没有官僚政权,没有专横和压迫,是一片人人平等、充满友爱和光明的乐土。作者赞扬村社,认为村社是农民的生活理想,"农民找不到比村社更为经久耐穿的树皮鞋"。

作者以轻松的笔调描写了村社的生活,给它涂上一层浪漫的、理想化的色彩。例如这样的劳动场面:穿红衬衫的小伙子们在与姑娘眉目传情,农妇们灵巧地捆着麦捆,大家兴高采烈,互相祝贺丰收,一切都显得那么亲切、欢快、美好。小说中还穿插了一章题为《一个农民的梦》,以梦幻的形式描绘了农民村社里"天堂"般的生活。在这个农民王国里,一切权力归村社,每个人既是村社大家庭的成员,又是它的的主人。共同的劳动生活培养了人们的集体主义、团结友爱和平等互助精神。贫苦农民皮曼梦见自己在这里过起了幸福生活。不论是一个农民的梦中"天堂",还是作者对沃尔克村庄的现实生活的理想化,都反映了农民的美好愿望、憧憬和理想,是对农村资本主义化的一种自发的抗拒。

不过,兹拉托夫拉茨基并没有一味沉醉在村社理想之中,并没有对急速变化中的农村现实闭目塞听。农村"邪恶"势力的出现,村社原则的破坏,农民心理的变化,新与旧之间的斗争——这是《根基》所要表现的中心主题。

随着时代的变迁,生活在变化,人们的道德观念和心理也在改变。年事已高的的莫赛依将掌管家业的大权交给了儿子沃尼法吉。儿子在许多方面已不同于父亲,他幻想发家致富,也不反对离开土地到城市去谋生。孙子彼得偏离祖辈的生活和道德轨道则更远。他离开闭塞、落后、贫苦的农村,来到莫斯科,开阔了眼界,学会了技能,还攒了点钱。而且,个人主义的价值观渗透到他的意识中。应该说,彼得的思想变化,是人的自我意识觉醒的表现,是对压制人的个性和独立性的宗法制村社原则的反抗,是对在村社中养成的顺从、屈辱、没有自主和自尊的传统心理的叛逆,是精神上的一种解放和提升,在当时的历史条件下,有其积极的一面。但是,这种个人主义如果不与人民群众的利益结合起来,就会变成极端的利己主义,成为资本主义势力滋长的思想土壤。

彼得自我意识的觉醒恰恰朝着畸形的方向发展,他变成了一个冷酷无情的个人主义者,爱慕虚荣,再也瞧不起愚昧落后的农村和农民。这就必然导致他与村社农民和村社原则的冲突。他回到村里,立刻要求和兄弟们分家,完全脱离了祖辈的大家庭;他收买了周围地主的土地,出租给农民,用租税把农民牢牢地控制在手中;他与殷实富足的农民结亲,与农村的"精明人"交好。彼得的行为扰乱了农村的平静安谧的生活,破坏了村社的集体主义和平等精神,受到多数贫苦农民的反对,但却得到富裕农民的支持,在他周围聚集了一批新富农、商人、店主等。沃尔克村分裂了,仇恨产生了,两个阵营展开激烈斗争。彼得感到无法在这充满仇恨的村庄站稳脚跟,最后只得重回莫斯科。在作者看来,以彼得为代表的这批新出现的富农是破坏村社"根基"的一股邪恶势力,但他并不认为这是改革后俄国农村资本主义发展的必然产物,而是来自城市,来自外部,它不过是村社肌体上偶然生长的一个毒瘤,必须割除。

兹拉托夫拉茨基心目中的理想人物是那些勤劳、善良、温和、乐天知命、体现"人民精神"的农民,如宗法制村社传统的代表者莫赛依·沃尔克,热爱土地、热爱土地上的劳动的鲍利斯·皮曼,好幻想的,富有自由和浪漫气质的米恩·阿法纳西奇等等。

《根基》艺术地再现了村社制度下农村的生活、习俗和农民的心理,同时反映了资本主义势力侵入农村后村社宗法制关系的衰落,表明了作者对农村现实的典型的民粹主义观点。所以,该小说被认为是民粹派文学中一部纲领性的作品。

70年代,兹拉托夫拉茨基还创作了一部特写集《农村的日常生活》(1878),它没有一致的情节线索,却有统一的主题,记述了农村的生活以及作者对这些现象的观察和思考。在这部作品中,作者将对农村生活画面的艺术描绘、与农民的交谈对话和作者自己的评论、沉思有机结合起来,对叙事方法做了有益探索。

兹拉托夫拉茨基站在民粹派的立场上认为,古老的村社制度是俄国人民创造的理想生活方式,所以他始终是怀着深厚的感情去描写农民村社的生活,并把这种生活和村社原则浪漫化、理想化,与残酷的现实相去甚远。难怪高尔基不无挖苦地指出,兹拉托夫拉茨基是一个"甜言蜜语的'骗子'"[①]。不过,作为一个现实主义作家,他的作品也在很多方面客观地反映了村社的"根基"被侵蚀和农村

---

① 《高尔基全集》第25卷,俄文版,第147页。

逐步资本主义化的过程,为读者认识巨变中的俄国农村提供了许多感性知识。

格·伊·乌斯宾斯基(1843—1902)没有直接参加过民粹派运动,但他与民粹派交往密切,同情民粹派,且具有民粹派的思想观点,然而他是一位清醒的、有深刻洞察力的现实主义作家,在很多方面超越了民粹派的理论。例如,他对农村的现实关系有正确的认识和理解,他看到了村社的瓦解和农村的阶级分化;他认为资本主义在农村的发展并不是偶然的,而是不可避免的社会现象;他并没有美化村社和农民,在他笔下,农民并非天生的"集体主义者",他们并不具备什么"村社精神"等等。这些都使他与民粹派不同,比他们高出一筹。

格·乌斯宾斯基出生于图拉省一小官吏家庭。1861年中学毕业后入彼得堡大学法学系学习,但因学潮学校不久即奉命停办,他本想在莫斯科大学继续学业,但家庭无力负担学费而辍学。随后,他一面在《莫斯科新闻》报做校对,一面开始文学创作。

他1862年开始发表作品,很快即成绩斐然,声誉渐起。1866年他完成了第一部大型特写集《遗失街风习》。在这部作品中,作者遵循车尔尼雪夫斯基在论文《不是转变的开始吗?》中提出的"毫不粉饰地写出人民的真实情况"的原则,广泛地描写了图拉省工人、手工业者的穷极潦倒的境况,以及小官吏、小市民专横、愚昧、畸形的生活。之后,乌斯宾斯基发表了中篇小说《破产》(1869—1871)。这部作品虽然也取材于图拉省的现实生活,但要表现的不是那些生活在停滞、闭塞、愚昧之中而不觉悟的人们的悲剧,而是人民的觉醒和自发反抗。主人公米哈伊尔·伊万诺维奇是兵工厂的枪械技师,他已认识到工人受压迫受剥削的悲惨处境和现实生活的不合理,要求作为一个人的起码生活权利,他大声疾呼:"该让平民百姓喘口气了!……要给他们活路呀!……"他不再屈服,想奋起反抗。他因为打了工厂主而被当作"造反分子"驱逐出厂。通过这一工人形象,乌斯宾斯基表达了劳动人民对现存制度的憎恶、反抗意识觉醒和对自由解放的渴望。

70年代,乌斯宾斯基曾两次去西欧旅行。资本主义国家的社会现实使他失望,在欧洲他没有找到理想的生活制度,于是又把希望的目光转向国内,转向农民村社和农民。回国后,他从1877—1879年定居在诺夫戈罗德省和图拉省农村,以自己独特方式参与了"到民间去"的运动,以便亲身体验农民的生活和情感。从此,他的创作也从城市题材转为农村题材。期间,他创作了一系列反映农村生活的作品,如短篇小说集《新的时代,新的忧虑》(1873—1878)、特写集《农村日记》(1877—1880)、《农民和农民的劳动》(1880)、《土地的威力》(1882)等。

格·乌斯宾斯基关注的主要问题是:资本主义关系的发展和给农村带来的严重后果,以及如何抵制资本主义祸水,如何使农民摆脱苦难。他在几乎所有的作品中都揭露和遣责了资本主义的种种罪恶:它造成农村两极分化,使农民贫困、破产,迫使他们离开了土地;它使一切都变成金钱或商品,把艺术当作买卖的对象;它使人性异化,道德堕落。他与民粹派一样,把资产阶级文明视为洪水猛兽、万恶之源,从而全盘否定了资本主义,而没有认识到资本主义相对的进步性。如何抵御资本主义这股祸水呢?乌斯宾斯基对这一问题做了进一步探讨。

在《农民和农民的劳动》中,作家以欣赏的态度描写了农民伊万·叶尔莫拉耶维奇的劳动生活。伊万既非新暴发的富农,也非破产的贫农,他们一家人黎明即起,日出而作,依靠辛勤劳动、勤俭持家,过着自给自足的生活;而田园生活又带来了精神上的充实、满足和快乐。作家赞美热爱土地、勤劳朴实的伊万,赞美诗意般的劳动。伊万是作家心目中理想农民的代表,在他身上寄托着拯救农村经济的希望,把这样的农民看作是抵御资本主义在农村泛滥的力量。但乌斯宾斯基又清醒地看到,伊万那种宗法制的生活方式正在无可救药地遭到破坏,伊万也不知不觉地、一步步被拖进资本主义关系中:他开始接触资产阶级文明的产物洋灯、洋油,进城乘火车等等。作者指出,只要轻轻地一接触资产阶级文明,"数千年的理想的建筑就倒塌了"。为了维护自给自足的自然经济,为了使农民不至于在资本主义文明的腐蚀下"堕落"下去,乌斯宾斯基甚至主张:"必须消灭哪怕梢异于农业制度的一切东西:煤油灯、纺织印花布的工厂、铁路、电报、小酒馆、马车和酒店老板,甚至必须消灭书籍、烟草、香烟、烟卷、西装等等东西。"作家否定资本主义的弊端,但同时也否定了它创造的物质文明,真可谓"泼脏水连孩子也给泼掉了"。

在《土地的威力》中,乌斯宾斯基进一步阐明了这一思想。其中写到一个外号叫"光脚板"的农民伊万·彼得罗夫。他原来勤劳朴实,身强力壮,干起活来轻松愉快;他心灵手巧,样样在行,除了庄稼活外,还是木工和鞋匠。他妻子也是个聪明、漂亮、健壮、麻利的农妇。像他这样的农民,在农村原本是不会受穷的。可是他经受不住外面世界的诱惑,扔下了土地,跑到城里当了装卸工。等口袋里有了一些钱,正如他说,就"给自由惯坏了",于是就开始大吃大喝,肆意挥霍,还染上酗酒这样的瘟疫。他逐渐变得懒散、潦倒、堕落,老婆孩子不管,房子倒塌,他自己穿得破破烂烂,落到了"猪狗不如"的地步。作者说,伊万就属于"农村中那个既没人要,又让人捉摸不透,甚至使俄国这块地方都感到害臊的阶级,即近二十年产生的、不由自主地被人们称为'农村无产阶级'的那个阶级"。于是,作家由此得出结论:一旦有了钱,不再从事农业劳动,农民就会"丧失一切优点",整个生活就变得"一片空虚","很难想象得出有比这更无聊、更庸俗的生活了"。乌斯宾斯基已清醒地看到,农民的堕落,农村无产者的产生,农村经济的凋敝,其根源就在于农民经受不住金钱的诱惑,而离开了自己的根基——土地。在这里,他客观地、真实地反映了资本主义势力侵入农村所引起的社会、经济和阶级关系的变化。这与民粹派的观点是相左的。

既然乌斯宾斯基认为农民的堕落,农村一切恶的产生,在于农民离开了土地,那么,为了使农民保持其传统美德,为了抵制"恶"的产生和蔓延,根本办法就是使农民不脱离土地,永远在土地的威力的控制之下。在作家看来,土地乃农民之本,乃整个社会、国家之源泉。他满怀激情地赞颂土地的威力:"只要人民还在土地的威力的控制之下,只要从根本上来说他们的生存还不能不听命于土地,只要土地的命令主宰着他们的理智和良心,而且充斥他们的生活,那么,绝大多数俄国人民就会耐心而坚强地忍受不幸,就会始终天真烂漫,勇敢刚毅,温顺如赤子,一句话,肩负人间一切重担,为我们所热爱,替我们医治心灵的伤痛,就会保持其刚毅而温顺的天性……我们的人民只要从头到脚,从里到外,全身都沐浴和浸透着土地母亲散发的光和热,就会保持本色,就会具有理智和心灵的一切可贵品质,总而言之,就会保持他们的天性,甚至保持他们的原形……使农民脱离土地,脱离土地带来的心事和利益,使他忘记'务农',那么,俄国人民、人民的世界观、人民发出的热便不复存在。……随之而来的便是空虚的灵魂。"然而,严酷的现实与乌斯宾斯基的愿望背道而驰,土地对农民的威力越来越小,而资本主义金钱的威力却越来越强烈地诱惑着农民离开他们世世代代赖以生存的土地。这种趋势是不以人的意志为转移的。

不管民粹派是否承认资本主义在俄国崛起的客观现实,它还是以不可阻挡的势头迅速发展着,急剧地改变着俄国的社会生活。作为现实主义作家,乌斯宾斯基对此不能视而不见。所以,80年代下半期,他的注意力集中在对资本主义势力的关注和批判上。这一时期,他完成了特写《她使人挺起胸膛》(1885)、特写集《活的数字》(1888)、《罪孽深重》(1888)、《走访移民》(1888—1889)等。乌斯宾斯基不得不承认,资本的威力已超过土地的威力,它使农民失去土地,离开土地,成为无产者、雇佣劳动者、流浪汉。作家用"活的数字"来表现资本的罪恶。资本势力剥夺了劳动者的生存权利,使他们异化为非人,变成"小数"。特写《三个可怕的零》形象地表明了农村人民生活的惨状:政府的教育经费——"0",医院拨款——"0",慈善事业——"0"。在《罪孽深重》中,乌斯宾斯基首次使用"息票先生"这一形象来表现资本主义金钱势力,揭露了"息票"的疯狂贪欲和残酷无情的本质,指出它的存在是建立在劳动者的尸骨之上的。特写《她使人挺起胸膛》将体现人性美的最高理想的艺术品维纳斯与资产阶级的艺术"垃圾"作对比,强调了艺术对人的的精神鼓舞作用,抨击了"为艺术而艺术"的错误观点。

目睹俄国社会经济关系的巨大变化,晚年的乌斯宾斯基承认了资本主义发展的事实,而且他的作品所提供的大量材料,也无可争议地证明了俄国社会这种历史发展趋势,从而推翻了民粹派的理论和乌托邦的幻想。

卡罗宁(原名尼·叶·彼得罗帕夫罗夫斯基,1852—1892)出生于贫穷的乡村神父家庭,没有完成中学学业即参加革命活动,曾几次被捕、坐牢,1881年被流放西伯利亚,在那里度过了5年苦役生活。归来后一直受到警察的监视,生活贫困,39岁时死于肺结核。卡罗宁较之其他一些民粹派作家更深刻地了解农村社会关系和村社制度的内在复杂性、矛盾性,更清醒地洞察农村现实生活的进程,特别是在生命的最后几年,他已认识到民粹派某些观点的错误和有害。

1879年卡罗宁在《祖国纪事》上发表了处女作短篇小说《沉默的人》,此后他一直为该杂志撰稿,直至1884年杂志被查封。1879—1887年他的创作主要描写农村生活。短篇小说集《巴拉什卡村人的故事》(1879—1880)、《琐碎小事故事集》(1881—1883)、中篇小说《自下而上》(1886)等真实地再现了农奴制改革后农村的面貌:村社的衰败,农村的两极分化,少数人发财致富成为富农,多数人贫穷破产沦为雇工。他以自己的作品否定了民粹派对农民村社的粉饰和理想化。卡罗宁并不像乌斯宾斯基和某些民粹派作家那样不加分析地一概将资本主义发展带来的城市文明视为"恶",认为农民一离开土地,来到城市,就被传染、腐蚀,就会堕落。他对此持不同的观点。中篇小说《自下而上》就描写青年农民卢宁从农村来到城市后思想和心理发生的变化。

卢宁一家在泥坑村世代务农,但拼死拼活的劳动换来的只是贫穷、饥饿和愚昧,家业破败不堪。他对这种毫无出路的生活感到愤懑,他厌恶泥坑村里的一切,他渴望幸福,于是他离开农村,到城里寻找工作。他到处流浪,几经坎坷,最后当上钳工福米奇的助手。福米奇是民粹派革命者,在他的影响和帮助下,卢宁发奋读书、学文化,从而开阔了眼界,思想发生了变化。他已不满足于狭隘的个人幸福,开始思考和关注仍在痛苦深渊中挣扎的人们的命运,为不能与他们分享面包、交流思想,为不知如何使全体人民获得幸福而苦恼。这说明他的思想已逐渐摆脱蒙昧状态而上升到新的境界。卢宁进城后,并没有被资产阶级文明所腐蚀而堕落,相反他在精神上有了新的变化、新的追求。当然,这并不一定说明卡罗宁已认识到工人阶级的伟大力量和历史使命,但他确实描写了失地农民向工人阶级转化的过程及其思想意识的变化。这种变化昭示了新的工人阶级的觉醒,这是19世纪末俄国社会出现的新征兆。普列汉诺夫很欣赏卡罗宁的敏锐洞察力,他说道:"卡罗宁的特写和短篇小说的主要优点就在于它们反映了我们当代社会发展中的一个最重要的过程:旧的农村的解体,农民天真精神的消失,人民从幼稚的发展阶段中走出来,并有了新的感情,对事物的新观点和新的精神要求。"

卡罗宁在1888—1892年第二创作阶段主要描写民粹派知识分子的活动和思想面貌。在80年代末90年代初反动势力猖獗,社会思想斗争复杂而激烈的情势下,卡罗宁表现了民粹派知识分子思想上的混乱和迷惑:有的陷入悲观、苦闷,有的信仰托尔斯泰主义,有的转向自由主义……这方面的作品有中篇小说《我的世界》(1888)、《巴鲍奇金》(1888)、《无立足之地》(1889)、《生活导师》(1891)等。

斯捷普尼亚克(原名谢·米·克拉夫钦斯基,1851—1895)是民粹派革命家、小说家,出生于军医家庭。1870年在彼得堡米哈依洛夫炮兵学校毕业之后即在工人和学生中间开展革命宣传工作。1872年他加入民粹派的"恰科夫小组",次年和他的同志们发起"到民间去"的运动。1874年末流亡国外。在国外,他曾参加塞尔维亚人反对土耳其封建压迫的起义和意大利的革命运动。1878年回国后,继续积极从事革命活动,组织筹建《土地与自由》杂志。这一年8月4日,他在彼得堡中心广场,于众目睽睽之下,竟将大批军警保护下的宪兵总长梅津采夫刺死,然后逃之夭夭。此后他再度流亡国外,先后侨居瑞士、意大利和英国,曾与恩格斯会晤并保持通信联系,与普列汉诺夫过从甚密,但未参加后者创办的"劳动解放社"。1895年在伦敦,不慎从火车上坠落,死于非命。

为了向农民作宣传,1873—1875年间,斯捷普尼亚克以农民喜闻乐见的形式和民间语言写过一些故事,如《关于戈比的故事》、《聪明人纳乌莫夫娜》、《甫出龙潭,又入虎穴》、《关于真理和歪理》等,描写农奴制改革对农民的掠夺和改革后新的剥削制度造成的农民的破产,向农民说明他们的苦难命运及其原因,号召他们起来斗争,推翻沙皇专制政权,建立一个符合民粹派纲领的理想社会。他在文学上的主要成就是描写民粹派的革命活动,塑造民粹派革命家的形象。1881年他在米兰一家报纸上以"斯捷普尼亚克"为笔名发表了特写集《地下俄国》,介绍了70年代俄国的革命运动,描述了克鲁泡特金、索非亚·彼洛夫斯卡娅、薇拉·扎苏里奇等革命家的事迹和崇高品德。该书被作者译成俄文,1893年在伦敦出版,后来秘密传入国内,流布甚广,起到很大宣传和鼓舞作用。

斯捷普尼亚克最主要的作品是长篇小说《安德烈·科茹霍夫》(1889)和中篇小说《伏尔加河畔的小房子》(1892)。这两部作品是作者流亡国外时用英文写成的,前者曾于1889年以《一个虚无主义者的事业》为标题在伦敦出版英语单行本,作者去世后,1898年在日内瓦出版俄译本。此后,该书多次再版,给作者带来广泛的声誉。

《安德烈·科茹霍夫》具有自传成分,其中融会了作者本人的体验和感受,但同时它再现的是70年代末期俄国革命斗争的整体画面和特点,描写的是民粹派革命家的概括性典型。小说塑造了民粹派革命家安德烈的英雄形象,表现了他的英勇无畏的献身精神和悲剧性命运。安德烈在国外流亡三年后回到俄国,组织营救狱中战友,但两次越狱均告失败。他认为,只与沙皇政府的走狗和帮凶斗争是不够的,必须消灭反动政权的头子——沙皇。安德烈要求亲自执行这一任务,结果失败,他被捕后惨遭杀害。这一故事情节真实地反映了民粹派将恐怖暗杀作为基本斗争策略的历史事实,也表明了民粹派只强调少数"英雄"人物的历史作用,而视广大人民为"群氓"的错误观点。民粹派革命者为了人民的利益和幸福而斗争,却得不到人民的理解和支持,这正是民粹派运动的悲剧性之所在。小说的意义之一就在于它表现了民粹派运动的特点和历史局限性。

不过,安德烈对革命事业的忠诚和大无畏的献身精神还是感人至深的。作者以无限钦佩的心情从对待友谊、爱情和革命事业的态度等不同侧面展现了安德烈的崇高、美好的心灵。他把营救战友当作自己义不容辞的责任,而把安危置之度外,义无返顾地去执行任务。对祖国的无限忠诚和革命事业的坚定信念将安德烈和妻子达吉雅娜的命运紧密联系在一起,他们同甘共苦,渴望爱情的幸福和人生的欢乐,但是为了人民的解放事业,他们可以赴汤蹈火,牺牲一切。安德烈去刺杀沙皇前与妻子告别的场面是令人感动的。达吉雅娜知道此去凶多吉少,这可能就是最后的诀别,心里矛盾而痛苦,而安德烈坚定地说道:"为了对你的爱而拒绝去行刺吗?这样我觉得自己是个懦夫、骗子,是我们的事业和我们祖国的叛徒。我宁肯在前面首先遇到的脏水沟里淹死,也不愿受到良心的责备而活着……亲爱的,原谅我给你造成的痛苦吧。但你只要想一想,如果我们哪怕能够提前一天结束我们周围种种惨不忍睹的景象,我们自己的一切痛苦又算的了什么?"多么坦荡、无私、高尚的情怀呀!安德烈的命运是悲剧性的,但他的英雄形象和崇高精神不仅鼓舞着一切为正义事业奋斗着的人们,而且对进步文学产生了积极影响。英国作家伏尼契就曾经受到《安德烈·科茹霍夫》的影响而创作了著名小说《牛虻》。

《伏尔加河畔的小房子》通过主人公符拉基米尔的一段爱情插曲表现了革命者的精神感召力。符拉基米尔被捕后,机智地摆脱了押送他的宪兵的监视,跳下火车逃跑了。他偶遇少女卡佳,并在她家的庄园里隐蔽下来。符拉基米尔对这位善良、纯洁的姑娘产生了炽烈的爱情,但他克制着自己的感情。而符拉基米尔的出现也在卡佳平静的心境中激起了波澜。他对卡佳谈到人民、他们的贫穷和苦难,谈到为了人民的幸福而牺牲……卡佳从未听到过这样的讲话,仿佛"给她打开了通向一个新的、尚不知晓的的神奇世界的大门"。一次,警察来搜查,卡佳勇敢地掩护了符拉基米尔,之后又护送他安全离去。卡佳已有未婚夫,那是个春风得意、即将飞黄腾达的年轻官员。然而,卡佳的感情在慢慢起变化,她越来越惦记和思念符拉基米尔。在举行婚礼时,卡佳终于喊出了"不",从而解除了婚约。后来她与符拉基米尔结为伴侣,革命队伍中又增加了新的一员。

这部小说的独特之处在于,它并没有将重点集中在对革命者符拉基米尔的形象塑造,而是从卡佳对爱情和人生道路的最终选择这一角度突现了革命者的崇高理想、坚定信念和大公无私的献身精神的巨大吸引力和感召力。值得称道的是,小说对卡佳与符拉基米尔相遇后她对爱情的重新选择过程中的心理活动和感情的微妙变化,写得细致、自然,层次分明,真实可信。

在俄国小说史上,民粹派小说占有不可缺少的一席之地,它对俄国文学的发展做出了自己的贡献。

首先,民粹派小说家以前人和同时代人所从来未有的接近距离、从来未有的熟悉程度,真实地展示了农奴制改革后俄国农村的生活画面,描写了资本主义崛起所引起的农民的分化和心理变化,再现了民粹派革命者的活动。这对俄国文学题材来说是具有开拓性的。正因为民粹派小说家真实而客观地再现了现实生活,所以,他们的艺术描写往往突破和超越民粹派理论的局限性,使他们的作品具有认识价值和历史意义,使读者从中领略了19世纪后期俄国的社会风貌和历史特点。

其次,在艺术形式上,民粹派小说家特别喜欢采用特写、随笔、短篇小说等体裁。他们一般不在情节的曲折生动性上下功夫,也不在塑造人物性格上刻意求工,而是十分注重真实性,作品中常常引用大量的事实和数字。作者急于发表对事物的感想,因此夹叙夹议,将艺术描写和政论性结合起来就成为民粹派小说的特点。在发展特写和短篇小说体裁上,民粹派小说家做出了贡献。

最后,民粹派小说家努力使自己的作品能被农民读懂,为他们所理解,所以作家们大量使用民间语言,如口语、俗语、谚语,因此颇受群众欢迎,推进了文学语言的大众化和民主化。

第三节 萨尔蒂科夫-谢德林

萨尔蒂科夫-谢德林(1826—1889)是继果戈理之后俄国文坛上的最杰出的讽刺作家,革命民主主义者。他的功绩不仅在于创作了一系列暴露19世纪下半叶俄国社会的黑暗和矛盾的优秀作品,而且他是车尔尼雪夫斯基被流放和涅克拉索夫去世之后俄国进步思想界和文学界的旗手,他作为《现代人》的编辑,特别是《祖国纪事》的主编,把两个杂志办成为当时最进步、最有影响力的刊物,带领文学界同沙皇反动统治和资产阶级自由派作斗争,为俄国解放运动做出了很大贡献。

米哈依尔·叶夫格拉福维奇·萨尔蒂科夫(笔名萨尔蒂科夫-谢德林)于1826年生在特维尔省一地主家庭,父亲性格懦弱,母亲则强悍专横,独揽家业,家庭中充满争执和纠纷。谢德林的童年生活并不幸福,他自幼就与农奴有密切联系。他后来回忆道:"我是在农奴制的环境中长大的,我吃的是农奴奶娘的奶,由农奴保姆带大,一个有文化的农奴教我识字。我亲眼看到这存在了几个世纪的奴隶生活中一切可怕的景象。"这样的生活环境从小就培养了谢德林对农奴制的憎恨和对被奴役者的同情心。

1836年谢德林入莫斯科贵族学校学习,两年后以优异成绩被保送入皇村学校。期间,他深受赫尔岑和别林斯基的革命民主主义思想的影响,并与同学彼得拉谢夫斯基过从甚密,经常参加他主持的秘密集会。1844年谢德林在皇村学校毕业后到军政部供职,不久即加入彼得拉谢夫斯基小组,研究空想社会主义著作,讨论俄国和西欧社会革命问题。这对他革命民主主义世界观的形成有很大作用。

谢德林在皇村学校读书时就开始文学创作,起初写诗歌,是模仿性、习作性的;毕业后转向散文创作。他追随果戈理为代表的"自然派",连续写成了两部描写"小人物"的中篇小说《矛盾》(1847)和《错综复杂的事件》(1848),前者描写贫富悬殊的社会现实以及"小人物"所产生的困惑和矛盾心理,后者表现"小人物"对不平等社会的反叛情绪。这两部作品所透露出的革命倾向和批判锋芒,立刻引起了沙皇政府的注意,作品被查禁,作者也被扣上"妄图撒播业已震撼整个西欧的邪说,图谋不轨,扰乱治安"的罪名于1848年4月被捕,随后被贬谪到边地维亚特卡省。谢德林在那里度过了8年放逐生活。这使他有机会更深入地了解社会和人民,特别是使他更清楚地洞察了外省官僚集团搜刮、蹂躏人民的腐败内幕。他积累了丰富的创作素材。1856年初他获释回到彼得堡后,8月即开始在《俄罗斯导报》上发表特写集《外省散记》,对沙皇专制制度下那群敲诈勒索、怙恶不悛的贪官污吏给以无情揭露和鞭笞。

1858—1862年谢德林先后任梁赞省和特维尔省副省长。在此期间,他亲自参与农村改革,尽力维护农民的利益,"不让农民受欺负"。这自然引起贵族地主的仇视,恶意地称他为"罗伯斯庇尔第二"。1862年,谢德林愤然辞职,应涅克拉索夫之邀,参加《现代人》编辑部的工作。两年中,他写了许多短篇小说、特写、文学评论和政论,就各种社会政治问题同自由派和各种反动思潮展开激烈论战。

谢德林抱着帮助政府当局进行改革的幻想,1865—1868年再次参政,先后担任奔萨、图拉、梁赞省税务署署长。在其任内,他不仅秉公行事,而且经常著文抨击时弊,嘲讽权贵,终为官场所不容,结果被梁赞省省长控告而遭罢黜,并且永不叙用。谢德林从此脱离政界,专事写作。

从1868年起,谢德林和涅克拉索夫再度合作,共同主办《祖国纪事》。1878年涅克拉索夫逝世后,他即接任主编,一直到1884年杂志被查封。谢德林坚持革命民主主义立场,顽强地战斗在文学岗位上,同反动势力和自由派作斗争,反映人民的呼声和要求,将《祖国纪事》办成进步思想界与文学界的讲坛和园地。

1868—1884年在《祖国纪事》工作期间,也是谢德林创作最旺盛、成果最丰硕的年代。他完成了许多优秀作品,如《一个城市的历史》(1869—1870)、《塔什干老爷们》(1869—1872)、《庞巴杜尔先生和庞巴杜尔夫人》(1863—1874)、《外省人旅居彼得堡日记》(1872)、《金玉良言》(1872—1876)、《戈洛夫廖夫老爷们》(1875—1880)、《致婶母的信》(1881—1882)、《现代牧歌》(1877—1883)、《波谢洪尼耶故事》(1883—1884)等。这些作品富有时代感,贴近现实,深刻地反映60年代末至80年代初俄国急剧转变时期的社会生活,揭示贵族地主走向衰亡、资产阶级逐步得势的历史趋势,暴露沙皇专制制度的黑暗腐败,讽刺官僚政客的横行不法,斥责新兴资产者的巧取豪夺,嘲笑自由主义分子的卖身投靠和伪善欺骗,塑造了形形色色的典型形象,具有经久不衰的认识意义和艺术价值。

70年代中期和80年代初谢德林几次出国治病、疗养,先后到过德国、法国、比利时等国。期间,他亲眼观察了西欧的社会现实,将自己的所见所闻所感写成特写集《在国外》(1800—1881)。书中描述了巴黎公社失败后欧洲资产阶级走向反动,撕去资产阶级文明的外衣,暴露了西欧社会的尖锐矛盾,讥笑法国是"没有共和派的共和国"。

1884年4月,沙皇政府以"危害社会安宁"的罪名将《祖国纪事》永远查封。这对谢德林无疑是沉重的打击。但是,面对80年代反动政府黑暗统治和重重压迫,谢德林并没有退缩,他依然紧握手中笔,拖着病弱的身体,坚持创作,完成了《童话集》(1882—1886)、《生活琐事》(1886—1887)和《波谢洪尼耶遗风》(1887—1889)三部作品。为了同严酷的图书审查制度作斗争,谢德林晚年的艺术手法和艺术风格有所改变,他不再运用夸张、尖刻、直露的讽刺形式,而是采取隐晦曲折的春秋笔法,或者朴直的写实风格。《童话集》就采用短小精悍、通俗易懂而又寓意深刻的寓言形式,讽喻现实,鞭打腐恶。如揭露地主老爷们的寄生性的《一个庄稼汉怎样养活两位将军》、《野地主》,抨击反动统治者愚蠢凶残的《熊都督》,嘲笑对统治阶级抱有幻想、相信阶级矛盾可以调和的《信奉理想主义的鲫鱼》,批判卑躬屈膝的奴性心理的《忘我的兔子》等都是脍炙人口的名篇。《生活琐事》反映了80年代下层人民的日常生活和苦难命运。《波谢洪尼耶遗风》是一部自传性作品,描绘农奴制改革前地主庄园的生活画幅,刻画了各类贵族地主形象,以及软弱驯服或敢于反抗的农奴的不同性格。

谢德林唱完他的"天鹅之歌"——《波谢洪尼耶遗风》的三个月后,于1889年5月10日告别人世。

谢德林以他犀利的笔作武器,毕生不懈地与沙皇专制农奴制作斗争。他的作品紧扣时代的脉搏,真实而深刻地反映了19世纪下半叶俄国的现实生活及其矛盾,对社会政治弊端痛下针砭。高尔基说得好:"不假谢德林之力,要了解19世纪下半期的俄国历史,一般地是不可能的……"[1]列宁非常重视谢德林文学遗产的教育作用,指出他"曾经教导俄国社会要透过农奴制地主所谓有教养的乔装打扮的外表,识别他的巧取豪夺的利益,教导人们憎恨诸如此类的虚伪和冷酷无情。"[2]

中短篇小说

谢德林的早期创作中,中篇小说《错综复杂的事件》是比较成功的作品,它大胆而尖锐地提出社会不平等的问题,并力图对这一社会问题产生的根源和解决办法作出回答。主人公米丘林和《外套》中的阿卡基·阿卡基耶维奇、《穷人》中的玛卡尔·杰沃什金这类小人物一样穷困潦倒,饱尝失业的痛苦,为生活苦苦挣扎。他愤愤不平地说:"如果什么地方有我的位置,那我可以做一些事。但是这位置在哪里?它在哪里?"他偶得一梦,梦中看到社会犹如一座大金字塔,一层层都是由人构成,塔顶是沙皇和少数特权阶级,而底层则是像他一样的无权无势的平民百姓,他们已被压迫得不成人形。如何推翻这座金字塔呢?米丘林不知道。有一次,他去看歌剧,当他看到舞台上人民起义的情景时,他激动万分,兴奋地睁大眼睛,注视着人群的每一个动作,真想跑上去,加入起义者的行列。此时,这个小人物觉醒了,他要反抗,要革命,要争取做人的权利。由此可见,谢德林笔下的小人物不再是那种奴性十足、逆来顺受、浑浑噩噩、苟活于世的人,而是关注社会、善于思考、开始觉悟的人了。这是谢德林在处理小人物主题超越前人和同时代人之处。作者力图表明,要解决社会不平等现象以及一切社会矛盾,其途径要在现实生活中去寻找,其根本就在于启迪人的意识,唤醒人的觉悟,让人民起来推翻不合理的、金字塔式的等级制度。小说主题的强烈的政治性和革命性成为沙皇政府迫害作者的口实。

《外省散记》是谢德林流放维亚特卡8年在创作上的收获。这部作品使他一

---

[1] 高尔基:《俄国文学史》,上海译文出版社,1979年,第467页。
[2] 《列宁全集》第13卷,人民出版社,第39页。

举成名。正是从这部作品起,他开始用谢德林做笔名,从此蜚声文坛。

包括30余篇特写的《外省散记》以赤裸裸的真实再现了外省各阶层的生活,刻画了形形色色的官吏、农民、商人、贵族知识分子、分裂派教徒等社会典型。其中最惹人注目的是沙皇政府各级官僚的形象,从县法院的小小书记官到省里的高官、将军、公爵,一一展现在读者面前。作者将沙皇官僚集团的贪污受贿、营私舞弊、横征暴敛、搜刮民脂民膏的罪行诉诸笔端,将他们的丑恶嘴脸暴露在光天化日之下。在《一个书记官的自白》中,通过法院书记官的口,讲述了克鲁托戈尔斯克城官吏们的种种劣迹。在这个小城里,无论是婚丧嫁娶、节日喜庆,还是防疫救火,甚至发现一具死尸,都是贪官污吏们敲诈勒索、饱肥私囊的大好机会。他们把百姓看作是摇钱树,以各种"合法的"的手段搜刮人民,并且用漂亮的谎言掩饰其罪行。《流氓》中的主人公大言不惭地说:"我们不收贿赂,我们是行政机关";"我不能忍受贿赂——去!真恶心!……我只收欠款,至于从哪里弄来,这和我无关。"正是在这群贪官污吏、骗子、寄生虫的欺压、掠夺下,农民才呻吟在水深火热之中。《外省散记》中的许多篇描写了无权的农民的痛苦和不幸,如《阿里努什卡》、《第一次造访》、《弗拉基米尔·康斯坦丁诺维奇·布耶拉金》等。作品的深刻之处在于,在作者写来,这些贪赃枉法的丑行不是偶然的、个别的事例,而是普遍的现象,是整个社会政治制度的弊端使然。但在书的最后,他又相信这些现象将随着时代的前进、社会的变革而消失。这说明谢德林对即将到来的农奴制改革尚存幻想。

《外省散记》发表后引起很大反响,反动势力视若洪水猛兽,大肆攻击;自由主义批评家则认为书中所写的人物和事件仅仅是偶然现象;革命民主派领袖车尔尼雪夫斯基却热情肯定它的深刻社会意义和文学价值。批评家在论《外省散记》的文章中,特别赞赏谢德林创作的真实性和对社会生活的透彻剖析,他指出:"在谢德林以前的作家中再也没有什么人在采用的色彩上把我们的生活场景描画得比他更阴暗的了。没有一个人……用更辛酸的话来鞭挞我们社会中的罪恶了,没有一个人抱着最大的无情向我们揭露社会的痈疽了。"[1]他认为:"《外省散记》不仅是出色的文学现象——这是一本属于俄国生活历史事实之列的高贵而卓越的书。我们的文学现在要以《外省散记》而自豪,将来还将长久地以此而自豪。"[2]

《庞巴杜尔先生和庞巴杜尔夫人》是谢德林1863年至1874年之间写的系列讽刺短篇小说,包括20多篇故事。作品的主人公仍然是形形色色的官僚。如果

---

[1] 《车尔尼雪夫斯基论文学》下卷(一),上海译文出版社,1982年,第434页。
[2] 同上书,第490页。

说《外省散记》描写的是农奴制改革前外省官吏的横行不法、贪污受贿、为非作歹,那么《庞巴杜尔先生和庞巴杜尔夫人》则是写农奴制改革后曾高唱改革的调子邀买人心的官僚政客,博得自由派的名声,窃取官位之后,便抛开假面,依仗权势,搜刮钱财,中饱私囊,暴露出贪婪无耻的本相。

作品标题本身就极富讽刺意味。"庞巴杜尔"一词来源于法国历史。德·庞巴杜尔夫人是18世纪法国国王路易十五的情妇,权倾一时,把持朝政,一切官吏的任免皆听命于她。"庞巴杜尔"后来就成了俄国宫廷用语,专指靠裙带关系飞黄腾达、当上高官的人。书中刻画了各种各样的庞巴杜尔的形象:老庞巴杜尔、新庞巴杜尔、无名的庞巴杜尔、退休的庞巴杜尔、斗争的庞巴杜尔等等。他们或专横跋扈,或昏庸无能,或不学无术,或巧言令色,嘴脸各异,本质相同,构成沙皇官僚的百丑图。《怀疑者》一篇中的市长目无法纪,把自己视为法律之化身,当上司告诫他要注意法律时,他竟大叫道:"既然如此……既然如此……还需要我们这些庞巴杜尔做什么呀!"

系列讽刺短篇集《塔什干老爷们》直面现实生活中的重大事件,描写塔什干老爷们残酷掠夺人民的丑恶行径。1865年,塔什干并入俄国,于是俄罗斯内地的官僚、地主、资产阶级就像蝗虫似地涌入这一地区,开始不择手段地搜刮、掠夺。作者突显出各类剥削者的行为特点:旧式官僚地主的金玉其外败絮其中、精神空虚、寄生腐朽,新兴资产阶级的急切的发财欲、疯狂的贪欲、冷酷残忍、伪善狡诈;同时又从家庭、教育、社会环境等方面揭示了"塔什干人"的世界观和性格形成的原因和过程。在这些掠夺者中间,以残酷、凶恶、粗野、愚蠢而臭名昭著、人称"刽子手"的马克西姆·赫梅洛夫最具代表性。"塔什干人"是一个集合名词,是一个概括性典型,是一切剥削者的写照。作者以讽刺夸张笔法突出了他们的兽性特征,形容他们像"黑猩猩"。"这些类似人一样的东西想要什么呢?他们会为什么而高兴呢?"作者写道:"这个问题可以用一句话解答:'吃!!不管什么都吃,不惜任何代价!'"活现出一副贪得无厌、饕餮成性的丑恶嘴脸。

《金玉良言》是一部短篇小说集,它描绘了一系列新兴资产者——工厂主、老板、店主、高利贷者、富农等和老式剥削者——走向衰败、破产的地主的讽刺肖像。这些人贪婪地盘剥人民,掠夺国家财产,而将他们的可耻嘴脸掩藏在财产、家庭、国家的神圣性的"金玉良言"之下。在这些人物之中,处于中心地位的、刻画得最鲜明的形象是《顶梁柱》中的杰鲁诺夫。农奴制废除之前,杰鲁诺夫不过是一个小本经营的粮食收购商,改革之后20来年,随着俄国资本主义的发展,他趋时趁势,巧取豪夺,干尽伤天害理的勾当,一跃而成为垄断整个地区的大资本家。他拉大旗作虎皮,假国家的名义采购粮食,剥削农民,当农民拒绝按他出的贱价卖粮时,他就给人家扣上"捣乱"、"造反"的罪名;他低价买进,然后高价卖给国家,掠夺国库,中饱私囊;他唆使儿子酗酒,以便与儿媳私通……就是这样一个人,却恬不知耻地声称自己是国家的"栋梁",是"财产、家庭、国家"的维护者。作家斥责道:"杰鲁诺夫不是顶梁柱!他不是维护财产的顶梁柱,因为他只承认属于他个人的财产才是神圣不可侵犯的。他也不是维护家庭伦常的顶梁柱,因为他是个老扒灰头。最后,他更不可能是捍卫国家组织的顶梁柱,因为他连俄罗斯国家的地理边界都不知道……"

在短篇小说集《生活琐事》中谢德林主要关注的是80年代下层人民的生活,其中有苦心经营而又时刻面临破产厄运的农民,贫困的小公务员和大学生,城市手工业者和半无产者,在黑暗生活中挣扎的乡村女教师等等,反映了专制制度、农奴制残余和新兴资本主义给人民造成的苦难,以及小私有者的思想和心理状态。作为民主主义者,谢德林清醒地看到,在专制和贫穷压迫下的大多数人民群众还陷于生活琐事之中,他殷切期望人民能摆脱庸俗生活的桎梏,走上争取自由和解放的斗争道路。同时,作者在书中还批判了走向反动的民粹派,以农村生活发展变化的客观现实否定了他们鼓吹的农民村社是社会主义的萌芽的错误理论。列宁曾多次引用该小说集中《善于经营的农夫》的主人公的形象批驳民粹派否定俄国资本主义发展的谬论。

谢德林的中短篇小说最鲜明的体裁特征是系列化。他作为革命民主主义作家,时刻在密切关注着现实生活的变化和社会思想斗争,他渴望对激动着他的各种社会问题做出及时、迅速的反应,同时又要以更广阔的视角观察生活,对现实进行更深刻的概括。这就决定了他的中短篇小说的系列化特点,如《外省散记》、《庞巴杜尔先生和庞巴杜尔夫人》、《塔什干的老爷们》、《金玉良言》、《生活琐事》皆是。这些系列或以同一主题,或以同一类人物,或以故事的同一地点等构成其内在联系,将零散的生活片断、场景连缀成统一的、广阔的社会生活画面,丰富和加强了作品的容量与内涵。这样,谢德林的中短篇小说既有简洁、灵活的形式,又有综合性的艺术构思,既是迅速干预生活的有力武器,又是反映广阔社会现实的一面镜子。

长篇小说

谢德林的哪些作品可以归入长篇小说之列,对于这一问题存在不同意见。一些人认为,只有《戈洛夫廖夫老爷们》算是长篇小说;另一些人认为,此外,《现代牧歌》、《波谢洪尼耶遗风》也是长篇小说;第三种意见又将《蒙列波避难所》列入此类;第四种意见又在长篇小说名单中增加了《一个城市的历史》、《外省人旅居彼得堡日记》和《庞巴杜尔先生与庞巴杜尔夫人》三部作品;而作者本人则称,

《戈洛夫廖夫老爷们》、《外省人旅居彼得堡日记》、《现代牧歌》是"真正的长篇小说"[①]。当然,这些说法都有各自的道理,不过我们认为,将《庞巴杜尔先生与庞巴杜尔夫人》归入系列短篇小说更为合适。

1869—1870年发表在《祖国纪事》上的《一个城市的历史》是一部卓越的讽刺作品。小说采取编年史的形式,以同一个城市的历史变迁统领全篇,运用怪诞、夸张与现实主义相结合的艺术手法,极尽讽刺、挖苦、揶揄之能事,描写了1731至1826年"愚人城"历任市长的形象。书中列举了21个市长,这些"父母官"有的残酷暴虐,为了追缴两个半卢布的欠税,竟然率领军队征讨,放火烧毁33个村庄;有的颠顶愚昧,焚毁全城的学校,消灭一切科学;有的阴险伪善,表面上伪装开明,允许百姓读书,背地里却声称要严惩不贷;有的荒淫堕落,有八个情妇;有的是饕餮之徒,最后死于贪吃;有的趣味庸俗,专爱唱低级下流的小曲;有的在施政方面一无所长,只会做意大利空心粉……。形形色色的市长形象集中体现了沙皇官僚集团反动、冥顽、残暴、昏庸的本质,是对专制制度的有力讽刺和谴责。

作者运用特有的夸张和个性化的手法,赋予市长们的形象以极其鲜明的个性特点,给读者留下深刻印象。其中最富代表性的是市长布鲁达斯狄和乌格留姆-布尔切耶夫。布鲁达斯狄的脑袋竟是一个空壳,里面装有一个八音盒,只能发出两句话:"我决不容许!"和"彻底消灭!"极其形象地表现了这个官僚头脑空虚、肆意妄为的特点。在他的管辖下,整个城市笼罩在一片恐怖之中。乌格留姆-布尔切耶夫的脸像木头似的,从未露出过笑容,却有一种"想把什么东西撕个粉碎或者咬成两截的神态"。"这幅肖像给人一种十分沉重的印象。一个十足的白痴屹立在观看者面前,他采取了某种阴森怕人的决定,并且立誓要付诸实行……这完全是浑身被堵塞的密不透气的生物,他们不能理解自己同任何现象的联系,所以只知道向前直冲……"显然,这是一个集专横、冷酷、野蛮、愚蠢于一身的专制统治者最完整、最鲜明的典型,使读者自然联想到30、40年代实行暴政的尼古拉一世和反动大臣阿拉克切耶夫以及一切专制暴君。

在这些市长的长期统治下,"愚人城"的居民成了毫无觉悟、麻木不仁、恭顺驯服的愚民和奴隶。一天,市长布鲁达斯狄的脑袋里的那个八音盒因为受潮而失音,几经钟表匠修理仍无济于事,于是全城顿时瘫痪,一片混乱,市民们惊慌失措,仿佛成了无依无靠的孤儿,他们一边哭泣,一边恳求市长帮办来管理他们,甘愿做任人宰割的羔羊。再如,在费尔蒂申科任市长期间,"愚人城"大旱,颗粒无

[①] 《俄国小说史》第2卷,俄文版,1964年,第356页。

收,饿殍遍野。居民屡派代表请愿,恳求市长救民于水火之中,未果。最后,愤怒的饥民无端地怀疑是被市长霸占的有夫之妇阿琳卡妖术作祟,竟将这个无辜的女人从钟楼上推下摔死,其愚昧无知可见一斑。这种写法当时曾遭到一些非议,反动文人指责作者是在"嘲笑人民"。其实,这恰好体现了革命民主主义者的鲜明立场。沙皇统治阶级和保守派总是将温良、恭顺、驯服、逆来顺受当作俄国人民的传统美德加以赞扬,而革命民主主义者则是怒其不争,毫不留情地暴露和批评人民因世世代代受压迫奴役而形成的消极、落后、愚昧、奴性等弱点,目的是为了唤醒人民,使其奋起,为争取人权和自身的解放而斗争。

这部小说是以古喻今之作,假托历史,实指现实,揭露了沙皇专制制度凶残暴戾和反人民的本质。反动文人苏沃林在《欧洲导报》上撰文,企图说明这部作品仅仅是嘲笑过去,与现实无关,妄图抹杀它的现实意义。对这种歪曲,谢德林予以坚决反驳。他在致《欧洲导报》编辑部的信中写道:"这些现象不仅在18世纪存在,而且现在也存在,这就是为什么我认为可以引用18世纪的唯一原因。"①另外,他在1871年4月2日给A.H.陪平的信中更明确地指出:"书评作者认为我的作品是历史的讽刺,这完全是不正确的。历史同我毫不相干,我所考虑的只是现在……'历史的'讽刺完全不是我的目的,而只是一种形式。"

谢德林用五六年时间完成的《现代牧歌》(1877—1883)是一部社会讽刺小说。如果说《戈洛夫廖夫老爷们》是家庭纪事小说,作者将笔墨集中在贵族家庭历史变迁的描写上,那么,《现代牧歌》的情节则突破家庭生活的框架,读者跟随主人公四处奔波的脚步,走向警察局、律师事务所、法庭、报馆、商人之家,又从首都走向外省城市、乡村,将五光十色的人物、场景、现象尽受眼底;主人公的命运也随着情境的变化而沉浮。

小说主人公格鲁莫夫和故事叙述者"我"是温和的自由主义者,两人因为在家中谈论政治、革命而受到当局的怀疑。朋友劝告他们要谨言慎行,他们惧怕了,为了保全自我,他们决心做政治上忠实可靠的公民,从此却步入人生歧途,逐渐堕落下去。他们为反动政府效劳,与警官和各种败类为伍,被卷入伪造票据、重婚罪等丑剧,丧失了人格和尊严。后经审判,证明二人政治上可靠,被无罪释放。他们又成为大工厂库贝什金发行的《文学养料》报的合作者,不但卖力地为工厂的产品做宣传,甚至撰文诅咒和否定人的理智,鼓吹"普遍虚空"。然而,主人公的人性和良知毕竟没有彻底泯灭。当他们回首人生经历,反思所作所为

---

① 苏联科学院俄国文学研究所编《俄国文学史》第9卷,俄文版,1956年,第206页。

时,意识到自己的怯懦、卑劣和道德沦丧,深感羞愧而痛苦。

围绕这一情节线索,小说还塑造了警察局长、密探、恐怖分子、大资本家、律师、卖身投靠的报纸编辑等一系列讽刺肖像,再现了沙皇亚历山大三世上台后的社会政治氛围和反动政权对人民的迫害。小说的主题在于揭露当时俄国社会的黑暗和反动,谴责自由主义知识分子在高压下的变节和背叛。这也是它的现实意义之所在。当然,小说主人公是两个普通的知识分子,他们也是专制政府反动政策的牺牲品。最后,他们的羞耻感苏醒了。作者创作该小说的目的,就在于唤醒人们的良知和羞耻感,对自己的生活和社会行为、对祖国和人民的道德责任感。他在1876年11月25日给安年科夫的信中写道:"现代俄国人生活得很沉重,甚至有些人感到羞愧。不过,感到羞愧的人还不是很多,甚至大多数所谓文化人简直是恬不知耻地活着。唤醒人的羞耻感是当代文学探索最值得可写的题目,我尽可能地触及了这一主题。"[①]但是,羞耻感对人的心灵的净化作用究竟有多大,能产生多大的社会效果,作者在小说结尾又表示他的疑惑。

谢德林晚年写成的《波谢洪尼耶遗风》是一部带有自传成分的作品。但作者又明确表示,不要将他个人和这篇故事的讲述者混为一谈,"在这部作品里,自传成分是很少的","它"不过是集生活观察之大成罢了"。作品以"尼卡诺尔·扎特拉别兹内依的传记"的形式,再现了农奴制改革以前偏僻、闭塞、落后的外省地主庄园的生活。在这部作品中,作者以饱蘸感情的笔触描绘了两类群像——"地主肖像"和"奴隶肖像"。

在"地主肖像"画廊中,谢德林将形形色色、各具典型特征的农奴主展示在读者面前。这里有专横暴戾,善于敛财,而又贪婪吝啬的女地主安娜,她甚至不让孩子们吃饱,而对农奴的残酷压榨就可想而知了;她丈夫却萎靡颓唐,精神空虚,不问农事,整天关在房间里祷告,显示出没落农奴主的特征。还有狠毒残暴,人称"蛇妖"的安菲莎及其"杀人、用鞭子打死人、活埋人、什么都干得出来的"丈夫、刽子手萨维里采夫,安菲莎最后被女奴们活活掐死是她应有的下场;有愚蠢无能,懒惰成性,靠借债、赖帐过着穷奢极欲的生活的贵族长斯特隆尼柯夫,他后来为逃避债务流落国外,沦为餐馆侍役;有惨淡经营,敲骨吸髓地盘剥农奴的"模范主人"普斯托捷洛夫;有名声狼籍,挥霍无度,输掉三份巨大产业的大赌棍、败家精克列谢诺夫;也有为人正派,心地善良,不满现实,但又束手无策,一事无成的贵族知识分子布尔马金……通过这些地主群像,作者无情揭露了贵族地主阶级

[①] 转引自 C. M. 彼得洛夫主编《19世纪俄国文学史》第2卷,俄文版,1963年,第422页。

的寄生性、腐朽性,这个阶级走向衰亡已是历史的必然。

在"奴隶画廊"中,谢德林描写了农奴的生活、命运以及感情、心理。作者主要描写的是家奴。作者之所以对家奴给予更多的关注和同情,是因为他们是农奴中最底层的奴隶,终日处于主人的淫威之下,任其驱使、蹂躏、凌辱,其中女奴所遭受的折磨和痛苦尤甚。在农奴制重轭的压迫之下,他们有的软弱驯服、逆来顺受,有的则不甘屈服、勇于抗争。小说描写了不同性格特点的奴隶形象。村长费多特精通农事,勤勉干练,竭诚为主人效力,是主人忠实可靠的奴仆和得心应手的工具。柯农安于奴隶命运已至麻木不仁的地步,他沉默寡言,面无表情,从早到晚任凭主人驱使,没有一句怨言,没叫过一声苦。女奴安努什卡坚信"不抗恶"哲学,随时宣扬自己那一套"奴隶法典"——"奴隶生活乃是对那些将来能享受永恒幸福的幸运儿的暂时考验",今生甘当奴隶,忍贫受苦,来世才能得到"天国的花冠"。万卡-该隐虽为奴隶,但桀骜不驯,放荡不羁,他以玩世不恭、戏谑诙谐的态度对抗主人的压迫。马芙露莎因为与农奴结婚自己也沦为农奴,但她"决不出卖自己的自由","生为自由人,死为自由鬼",决不向暴力低头,宁死不屈,最后以自杀表示了对农奴制的控诉和抗议……

两个画廊形成鲜明对照,交织成俄国农奴制黑暗凄惨生活的画幅。作者感愤道:"谁能相信,曾经有过这样一个时代:一些人贪婪、虚伪、专横和残忍无情,另一些人却被摧残到了玷污人类形象的境地,两者合在一起,居然叫做……生活?!"这是对农奴制的愤怒谴责。谢德林创作《波谢洪尼耶遗风》时距废除农奴制已经过去二十多年,事过境迁,揭露批判农奴制的课题似乎早已过时,那么,这部作品还有什么现实意义呢?作者指出:"昔日的弊端虽然已经成为陈迹,但是某些迹象却证明,它在消失之际,却把它的毒素遗留下来,形成了新的弊端;社会关系尽管在形式上起了变化,实质上却原封未动。"所以,作者回顾过去,再现农奴制时代的生活,目的就是让人们通过今昔对比,认识到农奴制虽已废除,但其残余、毒素仍大量存在,社会关系的本质并未改变,新兴的资产阶级和资本主义制度甚至以更残酷的手段在奴役、掠夺人民,因此,必须继续奋斗,为彻底消灭奴役制度,清除它在社会生活、人们的思想意识和心理中遗留的毒素而斗争。

《外省人旅居彼得堡日记》和《蒙列波避难所》反映了农奴制改革后俄国政治、经济诸领域里的新变化和新特征。

前者通过一个外省人、对现实尚抱有幻想的贵族知识分子在京都的所见所闻,描写了资本主义的发展所引发的对金钱的崇拜、一夜暴富的欲望、疯狂的冒险和投机以及种种刑事犯罪事件,揭露了"腐朽人物"——贵族地主、农奴主残余和"新的腐朽人物"——新兴资产阶级的肆无忌惮的掠夺。特别是外省人做梦一章,梦幻的假定形式为作家的暴露、讽刺、鞭挞提供了自由而广阔的空间。外省人在梦中梦见自己是个百万富翁,因病面临死亡;他的朋友普罗柯波却乘人之危,不择手段,掠夺了他的财产。由此引起一场诉讼。法庭上,法官却为之辩护,认为普罗柯波是根据"事态情势"行事,完全"符合主流道德",其他人(包括死者的亲属)若处于类似情况,同样也会像他那样做。结果,诈骗犯普罗柯波反而胜诉。这真是黑白颠倒,是非混淆,荒唐之极,彻底暴露了官僚集团的贪赃枉法、为非作歹和统治阶级政治、道德的腐败。作者称普罗柯波之流是"我们时代的真正英雄",他们无处不在,侵占所有的位置,夺去所有的饭碗,施展阴谋。此外,作品还嘲讽了只会说空话、唱高调而毫无作为的资产阶级自由派,尤其是那些被作者称为"不劳而获者"的自由主义新闻记者,他们卖身投靠,充当资产阶级的吹鼓手,为强盗们的掠夺制造舆论,实质上他们也是"掠夺者"。后者则描写了社会各阶级在新的历史条件下的命运:贵族地主的没落,富农和资产阶级的兴起,受双重压迫的农民处境悲惨。小说成功塑造了商人拉祖瓦耶夫和酒店老板柯路巴耶夫新兴资产者的典型形象。

如果说系列化是谢德林中短篇小说的特点,那么他的长篇小说在结构上则类似系列短篇小说之集合。他的每一部长篇小说往往通过或者史事记述,或者贯穿全书的一两个人物,或者故事叙述者串联为一个整体,而各个组成部分又可相对独立成篇。如《一个城市的历史》是以编年史的形式描绘了愚人城市长的百丑图,《戈洛夫廖夫老爷们》和《波谢洪尼耶遗风》描写的是家族的兴衰史,《外省人旅居彼得堡日记》是由一个外省人在京都的见闻连缀成篇,《当代牧歌》则由主人公和故事叙述者的经历构成全书的情节线索,而中间又镶嵌了几个小故事。谢德林的长篇小说的这种结构特点显示了他不拘一格的革新精神。评论界之所以对他的哪些作品应归入长篇小说意见纷纭,其原因即在于此。

谢德林作为果戈理讽刺传统的继承者,他把讽刺艺术发展和提升到新的高度。他认为,讽刺不能仅仅停留在对滑稽可笑的奇闻趣事的调侃上,为公众提供茶余饭后的笑料,讽刺应该成为揭露、打击一切反动、腐朽、垂死的事物的有力武器,应该为激发人民的社会意识、促进人民的正义斗争服务,从而大大加强了讽刺的社会作用。讽刺是谢德林的小说最突出的特点。不过他的讽刺不仅仅局限于对人物外在形象的描写上,而是着重揭示没落阶级人物的畸形、病态心理,表现他们的精神道德的堕落和必然灭亡的命运。他的讽刺是尖锐的、辛辣的,他的笑声是无情的、毁灭性的,其艺术效果不只使读者感到他笔下的讽刺人物卑劣可笑,而且激起强烈的愤恨情绪和与之斗争的决心。他的讽刺作品成为揭露反动势力,教育人民的好教材,对促进俄国解放运动的发展起到积极作用。

《戈洛夫廖夫老爷们》

1875年谢德林在《祖国纪事》第10期上发表了戈洛夫廖夫一家的故事《家法》，接着，又写了《骨肉情》一篇。两篇作品受到读者和批评界的赞许，于是作者决定将戈洛夫廖夫家庭的故事继续写下去。1876年的杂志上又陆续刊登了《家庭的这篇账》、《亲甥女》、《老绝户》和《违禁的家庭之乐》4篇。此后，一直到1880年，最后一篇《结局》才在《祖国纪事》第5期上与读者见面。以上7篇构成一部完整的长篇小说，这一年6月单行本问世时，最后一章《结局》改名为《算账》，书名也由原拟的《一个家庭的历史片段》改为《戈洛夫廖夫老爷们》。

《戈洛夫廖夫老爷们》是谢德林的压卷之作，它通过戈洛夫廖夫家族三代人的描写，展现了地主之家尔虞我诈、勾心斗角、互相摧残、腐朽堕落，直到最后全家灭绝的过程，昭示了贵族地主阶级必然走向衰亡的历史命运。

小说成功地刻画了戈洛夫廖夫一家三代人的典型性格。

母亲阿林娜是个专横独裁、贪得无厌而又极端吝啬的女地主，她大权独揽，是庄园的土皇帝，独来独往，刚愎自用，决断一切。她唯一的生活目的就是盘剥农民，聚敛财富，扩充家业。为此她殚精竭虑，全力以赴，惨淡经营，千方百计把一百五十个农奴的家业扩展到四千个农奴，在她手中，家业兴旺，达到鼎盛时期。然而，对金钱财产的无穷贪欲使她吝啬到极点，到了失去人性的地步。尽管仓库里堆满粮食和各种食品，但是她宁肯任其霉烂，也舍不得让家里人吃饱。她残酷地对待丈夫和儿女，甚至他们一个个相继死去，她也无动于衷，反而因为家庭少了一个负担而暗自高兴。最后，她的大权被二儿子犹杜什卡窃取，被赶出家门。这时她突然发现，她辛辛苦苦"双手筑起来的家庭堡垒崩塌了"，她从一个独断专行的主人变成了一个寄人篱下的卑微食客。她在孤独凄凉中苦度残年，直至死亡。

家族的第二代，阿林娜的三个儿子从小在地主家庭的教养和熏陶下，既有剥削阶级的寄生、自私、冷酷、阴毒、腐朽等共同特征，又有不同的个性。长子斯捷潘虽然受过高等教育，但一无所长，毫无独立谋生能力，是个窝囊废。书中写道："就算是最卑贱的人也还能做点什么，挣得自己的口粮，只有他一个人什么都不会。"他在莫斯科将家产挥霍一空，山穷水尽，走投无路，这个四十岁的浪子只好回到戈洛夫廖沃，寄居母亲之篱下，讨得一口残羹剩饭，苟且偷生，最后酗酒而死。小儿子帕维尔性格孤僻，沉默寡言，难讨母亲的欢心。他从军队退役后，回到家乡，离群索居，孤独地生活在自己的庄园里，萎靡不振，冷漠无情，终日处心积虑地与哥哥犹杜什卡勾心斗角，直到病死。唯独二儿子犹杜什卡精明过人，诡计多端,他骗取了母亲的信任,继承了全部家产。

犹杜什卡是小说的中心人物,是谢德林创作的一个不朽典型。他原名叫波尔菲里·戈洛夫廖夫,此人虚伪奸诈,阴险恶毒,寡廉鲜耻,无情无义,六亲不认,所以兄弟们送了他一个外号叫"犹杜什卡",即"小犹大",恰似出卖基督的叛徒犹大。

犹杜什卡从小耳濡目染,不仅学会了母亲的全部看家本领,而且青出于蓝胜于蓝,比那个女地主更贪婪、更狡诈、更冷酷、更狠毒。他那双"眼睛毒极了,瞅你一眼,就能使你中邪;他的声音也像蛇似的能钻到你的灵魂里,麻痹你的意志。"为了独霸家产,他对潦倒无能、穷途末路的哥哥斯捷潘火上加油,诱其酗酒而死;对生命垂危的弟弟帕维尔刺激、嘲弄、折磨,使其气急败坏,一命呜呼。对母亲,他则虚情假意,花言巧语,奉承讨好,口口声声"亲爱的朋友好妈妈",以博取母亲的欢心和信任。这样,他分得了一份最大最好的产业,继而他又委托母亲经管庄园,待母亲年老体衰,"油水"被全部榨干,他就毫不留情地把她逐出家门。他不但千方百计企图剥夺两个外甥女的财产继承权,而且对自己的亲儿子也毫不怜惜,长子被他逼得自杀,次子因挪用公款即将被捕,他却置之不理,致使儿子被流放并死在途中,三儿子一降生就被他送进了育婴堂。就这样,他要弄种种卑劣手段,不动声色地把财产的竞争者和继承者一个个地消灭掉,将全部家产据为己有。兄弟骂他是"吸血鬼",儿子骂他是"杀人的凶手"。

追逐金钱,搜刮财富,是剥削阶级的本质特征,这种本性已渗透到犹杜什卡的骨髓。他像一只毒蜘蛛,整天盘算着如何布下罗网,吮吸农民的血,是名副其实的"吸血鬼"。他利用一切机会敲诈勒索农民。不管是谁砍伐了他的树木,或者谁家的鸡吃了他的燕麦,牲畜踩了他的庄稼、吃了他草地里的草,或者"只要佃户多耕一寸地,多割一寸地的草,只要交租迟一分钟",他都要拉人到衙门打官司,勒索赔款。而他却恬不知耻地说道:"我可不抢人,强盗才拦路抢劫,我是依法办事……"尤其是青黄不接的时候,他更是趁火打劫,囤积居奇,放高利贷,盘剥农民。犹杜什卡的全部生活内容就是聚敛财富,他把自己的全部"才智"、心思、精力、活动都集中在这一目标上。他终日将自己关在书房里,狂热地拨拉着算盘,不停地计算着,写着,"每一个戈比,每一件东西都要登二十本账册",看着一排排数字不断增长,"扶摇直上",他兴奋地神魂颠倒。在他身上,这种极端的贪婪、疯狂的攫取欲发展成了病态,使他神魂颠倒,想入非非;想象着如何"使别人倾家荡产,孤苦伶仃,吸他们的血";想象着田庄上种种收益——森林、牲口、粮食、牧场,以及罚款、高利贷、灾荒、有价证券等等;想象着邻人的奶牛全都死光,唯独他自己的安然无恙,这样仅牛奶一项就可以赚多少钱;甚至幻想着向死去的人追讨债务……

伪善是犹杜什卡的又一重要特征。分明是贪得无厌的吸血鬼,却偏要装扮成悲天悯人的大善人,企图将他奸诈诡谲的心计、卑劣丑恶的灵魂掩藏在伪善的假面具之下。他时而笑容可掬,一副诚实善良的模样;时而表情变化莫测,令人难以捉摸。他说起话来,满口格言、谚语、宗教箴言,还大言不惭地自我标榜:"真理总归是真理,说谎我就不能容忍。我是同真理一起出生,同真理一起生活,还将同真理一起死去。"其实他是谎言连篇,废话不断。书中写道:"确实有一种脓似的东西从犹杜什卡的高谈阔论里流出来。这不是普通的空话,而是不断流出脓来的发臭的烂疮。""他撒谎,说空话,除此以外,还怕鬼。"他惧怕死后被打入十八层地狱,妄想灵魂能够升入天堂,因此他屋里挂着圣像,摆着神灯,每天摆出一副虔诚的样子,在圣像前祈祷几个小时。"他之所以祈祷,并非因为爱上帝……而是因为他怕鬼,希望上帝给他把鬼赶走。""他知道很多祷文,尤其是对祈祷时的站法深有研究,就是说,他知道何时该翕动嘴唇、滚转眼珠,何时两手合掌,何时又该张开双臂,高高举起,何时要表示深受感动,何时又该规规矩矩地站着画端端正正的十字……他能在祈祷时行礼如仪,同时又能望着窗外,看看是否有人擅自到地窖里去。"总之,犹杜什卡是彻头彻尾的伪君子,是俄国的答尔丢夫。

历史的规律不可抗拒,贵族地主阶级必然走向灭亡。不管犹杜什卡如何机关算尽,苦心经营,都是枉费心机,无法挽回戈洛夫廖夫家族没落的命运。眼看家庭成员一个接一个地死去,家业一天天衰败下去,他自己成了断子绝孙的孤家寡人,孑然一身,穷途末路,苟延残喘。这究竟为什么?他百思不得其解:"为什么都会毁灭?这儿,就在戈洛夫廖沃这个窝里,不是曾经很兴旺吗?出了什么事,到头来竟然落得一根羽毛也没剩下?"他的精神彻底崩溃了,对他来说,"活下去是痛苦的,也没有必要;最需要的是死掉,但是糟就糟在死神不来"。他开始步两个兄弟的后尘,靠酗酒打发日子,甚至产生自杀念头。终于在一个风雪之夜,他步履蹒跚地向母亲的墓地走去。次日晨,人们发现他冻死在路旁。这个家族中仿佛最精明能干的一员落了这样的下场。

犹杜什卡可谓是剥削阶级的贪婪、狡诈、狠毒、冷酷、伪善等恶德丑行之集大成者。作为一个成功的、具有巨大概括意义的典型形象,他不仅是俄国走向灭亡的地主阶级的代表,而且是一切掠夺者、撒谎者、伪善者、叛徒、两面派、口蜜腹剑的阴险家及其险恶心理的体现者。谢德林通过这一形象告诫人们,要善于识别这类人的真实面目,要与他们作斗争,警惕他们对人类社会的危害。这一典型形象的深刻、永恒的意义就在这里。

至于戈洛夫廖夫家族中的第三代——犹杜什卡的两个儿子和两个外甥女,他们连自己的命运都难以把握,更不能继承和维持日益败落的家业了。两个儿子早在铁石心肠的父亲的逼迫之下死亡;两个孤女离开家庭,当了演员,在城市

"文明"、金钱、虚荣的诱惑和腐蚀下,一步步堕落下去,一个自杀,一个病死。这个家族除了彻底毁灭之外不会有更好的命运。

谢德林在创作《戈洛夫廖夫老爷们》的时候,俄国社会和文学界在热烈讨论家庭问题。官方宣扬家庭关系的神圣和牢不可破;反动文人则将地主家庭的生活和风习理想化。谢德林以自己的这部天才作品参与了这场讨论,将地主家庭的腐朽、丑恶、罪孽暴露无遗,宣告了它的灭亡,显示了作者与众不同的革命民主主义的立场和观点。"贵族之家"是俄国作家所热衷的题材。在托尔斯泰、屠格涅夫等作家写来,贵族庄园往往是充满脉脉温情和浪漫诗意,字里行间流露出作家的欣赏和同情。而谢德林的态度则迥然不同,他明确表示:"我们要竭尽全力反对作家企图让读者相信,仿佛每一座地主庄园都是谈情说爱的舞台,或者地主庄园里每一簇花丛下都坐着'绝代佳人'。这样的描写是完全与事实不符的。"在谢德林的笔下,戈洛夫廖沃庄园里完全没有温馨和诗意,有的只是阴谋、欺诈、罪恶、灾祸和死亡,充满阴森、凄冷、令人窒息的气氛。作者写道:"戈洛夫廖沃就是死亡本身,是凶恶的,肚子空空,没有心肝,永远在窥伺新的牺牲品的死神……一切死亡,一切毒害,一切浓疮都是从这儿产生。"小说中每一章都有一两个家庭成员死亡,显示了贵族之家日薄西山,气息奄奄,就要进入坟墓的发展趋势。

谢德林是继果戈理之后的讽刺大师,尖刻、辛辣的讽刺是他小说最突出的艺术特点。与《一个城市的历史》所采用的夸张、怪诞、直露的讽刺手法不同,《在戈洛夫廖夫老爷们》中的讽刺比较含蓄、隐蔽。这种讽刺不是停留在对人物的外部形象的描写上,而主要是通过人物的言行、心理活动和戏剧化场面表现出来。

犹杜什卡是口是心非的伪君子,他巧言令色,两面三刀,言行诡诈。他自幼就善于察言观色,对母亲谄媚讨好。他一面奉承"亲爱的朋友好妈妈,您给了我这么多恩惠","好妈妈!您的心是金子做的",一面又把母亲赶出家门,居然还假惺惺地说:"真是欺人太甚!在这样的时刻……您竟扬长而去!""亲爱的,您可别把我们忘了……我们上您那儿去,您上我们这儿来……像骨肉之间那样!"说一套,做一套,嘴甜心毒,活现出一副虚伪狡诈的嘴脸。再如,去外省剧团当演员的外甥女安宁卡几年后回到家乡,已是亭亭玉立的女人了。犹杜什卡"外甥女,外甥女啊"叫个不停,又是热情款待,又是执意挽留,看上去是一片亲情好意。其实面对美色他早已馋涎欲滴,一双贼眼盯着安宁卡丰满的胸脯溜来溜去,不时拥抱接吻,弄得外甥女很是尴尬。安宁卡临离家时,他又塞给她一张纸条,上写:"今天我做了祷告,祈求上帝把我的安宁卡给我留下。上帝对我说,你抱住她的丰满的小腰枝,把她贴在自己的心上吧。"外甥女骂他:"呸!舅舅,这么下流!"通过犹杜什卡的言与行的自相矛盾,作者既刻画了人物性格,又让他的丑恶灵魂自行暴露在读者面前。

正因为犹杜什卡善于伪装,所以要揭露其真实面目,就需要深入其内心世界,将他不可告人的心底秘密暴露出来。在小说中,对犹杜什卡的心理活动描写最精彩的篇章是他晚年常常沉醉于幻想世界的那种神魂颠倒状态。犹杜什卡的亲人接连死去,连仆人也众叛亲离,他孤家寡人,家道衰败,以前他那么盛气凌人,如今却战战兢兢,潦倒颓丧。所以,他终日独坐书房,沉湎于幻想中,以重温往日的威风,获得心理上的满足。他为自己营造了一个理想世界,让狂妄幻想任意驰骋。他在幻想中制定各种无法实现的计划,与人家打官司,使人家倾家荡产,而他却攫取不义之财;他在幻想中对过去爬得比他快的同僚、曾经欺侮过他的同学、顶撞过他的仆役,甚至过世的母亲、哥哥、姑妈等等都进行了报复;他想象着与去世多年的老家人伊利亚一起巡视各处田庄,计算林场的树木有多少、值多少钱,田里的庄稼有多大收益;他想象着如何把罗网撒向那些走投无路的农民,趁借贷敲诈他们……"这样想着,他就不知不觉地陶醉了,大地从他的脚下消失,他的背上似乎长出了翅膀,眼睛放光,嘴唇抖动着,布满了白沫,脸色则是煞白,显得咄咄逼人。这样胡思乱想,到了后来,他的前后左右都是妖魔鬼怪,他也就闭上眼睛同它们厮杀起来。"人物的心理活动是其性格最真实、最赤裸裸的展现。犹杜什卡的永不餍足的贪欲,他的阴毒、刻薄,都在他近乎病态的、荒诞的心理活动中凸现出来。在这里,作者是将嘲讽寓于心理描写之中。

小说中设置了几个尖锐的戏剧冲突场面,对这种场面的描写,达到了特殊的讽刺效果。例如,弟弟帕维尔已生命垂危,犹杜什卡不怀好意地前去探望。一见面,帕维尔就骂道:"走开,吸血鬼,滚!"而犹杜什卡却嬉皮笑脸地说:"哎——哟——哟,兄弟啊,兄弟,我好心来看你,可你……老朋友,怎么搞的,竟然对亲哥哥说出这种话来。可耻,亲爱的,太可耻了……"又装作关怀备至的样子说道:"走开走开,可我怎么能走啊!要是你喝水,我就给倒点水,长明灯不太亮,我可以拨拨亮,添点儿油。"弟弟不领情,斥责道:"犹大!叛徒,把母亲都赶出家门!"尽管弟弟把他骂得狗血喷头,气得他嘴唇发白,但他是那样善于伪装、作态,他双膝跪下,口中念念有词,为弟弟向上帝祈祷起来。表演完毕,他又和颜悦色地来到病人身边,拐弯抹角地试探弟弟对遗产做何安排。遭到拒绝后,他终于决定走了。"吸血鬼!"他身后传来一声叱骂,"这骂声如此尖刻,他不由得感到热辣辣的,像火烧着一样。"再如,犹杜什卡与次子彼坚卡的那场对话也很典型。彼坚卡赌博输掉三千卢布公款,回家向父亲求援。第二天见面后,父亲似乎很关心地问道:"睡得可安稳?被褥铺得平整吗?臭虫、跳蚤咬了没有?"当明白儿子的来意之后,犹杜什卡的态度骤变,冷冷地说:"这根本与我无关。谁拆烂污谁收拾。喜欢滑雪下山,就得拉橇上坡。理应如此,朋友。"儿子百般乞求,犹杜什卡冷若冰霜,毫不动情。彼坚卡绝望了,冲着父亲大骂一声:"杀人的凶手!"在以上两个场面中,人物就像站在读者面前表演,你来我往,直接交锋,他们之间的矛盾和对话,形成尖锐的戏剧冲突,产生了强烈的艺术效果。在这里,作者通过犹杜什卡的自我表演,自我展示,以及弟弟和儿子对他的态度和评价,揭露了他的伪善面目和狠毒心肠,其中所隐含的讽刺和鞭挞也就显而易见、不言自明了。

第四节 列斯科夫

尼古拉·谢苗诺维奇·列斯科夫(1831—1895)是19世纪下半叶俄国一位独树一帜的小说家。他的思想具有深刻矛盾,创作道路曲折,曾一度与反动文人接近,写出所谓"反虚无主义小说",为进步文学界所排斥,因此,长时期被排在"二流作家"之列。但高尔基认为,列斯科夫是"俄国文坛上一个十分独特的现象:他不是民粹主义者,不是斯拉夫主义者,但也不是西欧主义者,不是自由主义者,也不是保守主义者"[①];又说,他作为语言艺术家,理应与伟大的俄罗斯经典作家并驾齐驱。对这样一位作家,我们应给予客观、公正的评价。好在随着人们对这位作家研究的深入,他的俄国文坛上的地位已大大提升。

列斯科夫出生于俄国中部奥廖尔省一个小地主、小官吏家庭。父亲在省法院供职。他自幼生活在思想保守、充满宗教气氛的环境中,这对作家未来的思想发展有一定影响。列斯科夫16岁时丧父,因家境困难,不得不中断学业,独立谋生。起初他在省法院当办事员,1849年来到基辅,一面在税务局工作,一面在基辅大学旁听。1857年,他辞去公职,到为大地主经管田庄的姨夫手下当差。因事务需要,他受姨夫委托,经常奔走于全国各地,广泛接触了各个阶层、各个行业的人物,特别是亲眼目睹了专制农奴制度下农民的苦难遭遇,加深了对社会和人民的了解,为他后来的文学创作打下了坚实的生活基础。

1861年列斯科夫来到彼得堡,从此踏上文学之路。起初他既写政论、特写,也写小说。他早期的短篇小说以农村题材为主,反映生活中落后愚昧现象,揭露社会弊端,表现出对农民悲苦处境的同情,如《干旱》(1862)、《衰败的事业》(1862)、《一个村妇的一生》(1863,后易名为《穿树皮鞋的爱神》)等。而描写俄国商人家庭的腐败、冷酷的中篇小说《姆岑斯克县的麦克白夫人》(1865)则是一篇风格独特的精巧之作,代表了列斯科夫早期创作的最高水平,曾受到陀思妥耶夫斯基的好评。

---

① 高尔基:《俄国文学史》,上海译文出版社,1979年,第468—469页。

列斯科夫踏入文坛的60年代正是俄国农奴制改革前后阶级矛盾尖锐,社会思想斗争激烈的时期。他虽然对专制农奴制不满,对人民深表同情,具有一定的民主意识,但他的思想比较保守,反对以革命手段变革社会,认为俄国落后,人民不具备革命思想,在这种国情下,革命只会是破坏性的,有害的;他相信所谓"永恒的道德原则",天真地认为,只需通过道德改造和完善,社会弊病就会消除。他曾说过:"我们需要的不是好制度,而是好人。"这与革命民主派的观点是背道而驰的。1862年彼得堡发生大火,谣传是受煽动的大学生纵火。列斯科夫在《北方蜜蜂》上发表文章,要求政府向人民披露真相,严惩肇事者,并揭发背后的"政治煽动者"。此举无异于为沙皇政府制造借口镇压革命运动推波助澜,摇旗呐喊,因而引起进步青年的抗议,也受到民主阵营、甚至自由派的唾弃。处于思想危机时刻的列斯科夫与反动文人卡特科夫接近,并为其主编的《俄国导报》撰稿。期间,他先后创作了短篇小说《麝牛》(1863)和长篇小说《走投无路》(1864)、《结仇》(1870—1871),诋毁"虚无主义者"即革命民主主义者,断言革命运动不符合俄国的国情,是没有前途的。

70年代,在新的日益高涨的革命运动的影响下,列斯科夫的思想发生变化,他重新审视所走过的道路,意识到自己的错误,于是同卡特科夫及《俄国导报》断绝关系。同时,随着他对俄国现实认识的加深,在艺术上也进入成熟境界。此时,他努力在人民中间寻找正面人物和道德楷模,创作了一系列以真诚正直的仁人、义士为主人公的作品,如《大堂神父》(1872)、《着魔的流浪人》(1873)、《在遥远的地方》(1873)、《刻画出的天使》(1873)、《不死的戈洛万》(1880)等。

80、90年代,列斯科夫逐渐接近革命民主主义者,并同列夫·托尔斯泰交往密切,这都对他的思想与创作产生了一定影响,他对社会现实的认识和批判也愈加深刻。这时期他创作的许多短篇小说的中心主题是歌颂劳动人民的创造性劳动、聪明才智和道德力量,鞭挞统治阶级的专横和昏庸。其中代表性的作品有《左撇子》(又译为《图拉城的斜眼左撇子和钢跳蚤的故事》(1881))、《巧妙的理发师》(1883)、《野兽》(1883)、《岗哨》(1887)等。

列斯科夫于1895年2月21日去世。

列斯科夫的小说题材广泛,描绘了一幅幅俄国社会生活的风俗画。作品结构独特,叙事生动,富于戏剧性和幽默感,具有鲜明的民间文学特色,洋溢着浓郁的生活气息。他将文学语言与民间语言巧妙地熔为一炉,语言鲜活,极富表现力。托尔斯泰说他具有"非凡的语言技巧";高尔基则称他为"语言的魔术师",并且认为这位作家影响了他对生活的态度,使他受益匪浅。

中短篇小说

列斯科夫的作品以中短篇小说为主。这些小说题材多种多样，人物形形色色，将读者带入俄国社会生活万花筒般的世界。他的作品一个突出的特点是在农民、工匠、商贩、士兵、僧侣等普通人中间选择主人公和正面人物，描写他们的生活、情感和命运，在这一方面，19世纪的俄国作家无人能与之匹敌。

在他早期创作中，《姆岑斯克县的麦克白夫人》是一篇很有代表性的优秀作品。小说描述商人家庭中发生的一起情杀案，揭示了导致女主人公的不幸命运和犯罪的社会原因。卡杰琳娜本是一个热情奔放、活泼大胆的姑娘，由于家境贫寒，二十三岁的她不得不嫁给一个五十开外的商人作继室。她与丈夫毫无感情可言，婚后五年，没有生下一男半女。丈夫终日忙于业务，撇下她终日独守在空空荡荡、毫无生气的家中，无所事事，寂寞无聊，苦闷不堪。在难耐的烦闷之中，她与青年伙计谢尔盖勾搭成奸，结果被公公发现。为掩人耳目，她毒死公公，接着又与谢尔盖合谋掐死丈夫，最后又对有权与她分享遗产的男孩费佳下了毒手。事情败露后，二人被捕入狱，被判当众鞭打，然后流放西伯利亚。流放途中，卡杰琳娜对谢尔盖仍一片痴情，而谢尔盖却另觅新欢，并恶毒地戏弄、侮辱卡杰琳娜。卡杰琳娜悲愤交加，忍无可忍，一把抓住谢尔盖的新情人，纵身跳入波涛滚滚的河水中。

卡杰琳娜是一个性格复杂的形象。她因家贫无奈嫁作商人妇，在愚昧庸俗的生活环境中，她如囚牢笼，既无爱情，又无其他精神寄托，一个年轻女人所应该享受的欢乐和幸福都被扼杀了。她的不幸是许许多多俄罗斯妇女命运的代表，是值得同情的；她渴望爱情，追求幸福，是无可厚非的；她大胆坚决，对爱情执著真诚，她的用情专一与谢尔盖的朝三暮四形成鲜明对比，她性格中这些好的方面也是值得肯定的。而为了获得和保住她渴望的爱情，她伤天害理、不择手段地去杀人犯罪，则是可怕的，不可宽恕的。作者对卡杰琳娜这种典型的复杂性格把握得十分准确，完全符合生活的真实。她不幸的生活际遇，她犯罪的社会原因，不能不引起读者的深思。

这是一篇社会心理小说。女主人公在商人之家的苦闷无聊，她对爱情幸福的渴望，品尝到爱情欢乐后的愉悦，偷情后的不祥梦魇，犯罪时的疯狂，被情人抛弃后的嫉恨、愤怒、报复等等贯穿整个事件的心理活动，被作者描绘得细致生动，合情合理。女主人公的心理支配着其行为，她的每个外在行为都可以找到内在的心理依据。小说情节跌宕，气氛紧张，有很强的可读性。陀思妥耶夫斯基很欣赏这篇作品，将其刊登在他主办的《时代》杂志上。1934年，著名作曲家肖斯塔科维奇将该小说改编为歌剧上演,深受观众欢迎。

列斯科夫的中短篇小说的一个重要系列是以义士、仁人为主人公的作品。这些人物都是来自民间和社会下层的道德高尚、淳朴善良、富有自我牺牲精神、勇于为他人的幸福而斗争的好人。作家努力发掘和展示这些人物身上所蕴藏的巨大道德力量,希望整个社会以他们为楷模,去恶从善,匡正时弊,改良社会。《着魔的流浪人》、《不死的戈洛万》、《岗哨》是其中的名篇。

《着魔的流浪人》讲述善识马性的农奴伊万艰难曲折、饱经忧患的一生。伊万的父亲是为公爵赶车的农奴,他自幼与马打交道,学会了鉴别马匹的诀窍。因偶犯小错被惩罚,他逃出公爵家门,从此开始四处漂泊。他曾与吉卜赛人一起流浪,又被鞑靼人囚禁达10年之久,之后为骑兵军官挑选马匹,在高加索服兵役15年,还当过小官吏,演过戏,最后进了修道院。他虽然命途多舛,历经磨难,但始终保持着真诚善良的本性。他仗义执言,同情弱者,经常为穷人出主意、讨公道。他甘愿为别人去当兵,而且作战勇敢,被授予乔治十字勋章。在修道院,他预言战争可能爆发,为祖国的命运担心,并表示"为了人民,赴汤蹈火在所不辞"。伊万在人生道路上每经历一次转折,他的生活阅历就增加一分,精神境界也随之提高一步,从一个普通农民逐步成长为一个愿为他人的幸福和祖国的利益而献身的民间勇士。作者赋予这位民间勇士以雄壮、豪迈而自信的气概:"他身材魁梧,脸盘黝黑阔大,铅灰色的头发又浓又卷;这一头灰发确实是亮得出奇。他身上穿着一件修道院小修士穿的法衣,腰上束着修道院的宽皮带,头戴尖顶黑呢帽。……他是个地道的勇士,而且还是个典型的、朴实善良的俄罗斯勇士……看来,他这个人不应该穿这么一件法衣,而应该骑一匹'花斑马',穿一双庞大的树皮鞋,在树林里游荡,懒洋洋地吸着'黑松林里树脂和草莓的香味'"。

《不死的戈洛万》的主人公也是一位道德高洁、舍己为人的义士。戈洛万曾是农奴,获得自由后以养牛和卖牛奶为生。因为他乐于助人,所以人们有事愿同他商量,请他出主意。他还收留了被丈夫遗弃的无依无靠的帕芙拉,待她如一家人。特别是当瘟疫肆虐、民众纷纷被夺去生命的危难时刻,戈洛万将个人安危置之度外,走进茅舍,给病人以力所能及的援救和帮助,"为了众人,戈洛万没有吝惜自己的热血",因此,受到人们的钦慕和尊敬。他消弭瘟疫,普救众生,而他自己却安然无恙,于是人们将他神化,称他为"不死的戈洛万"。其实,戈洛万并没有什么神灵护佑,在奥廖尔城的一次大火中,他不幸丧生。他死后,人们才知道,他与帕芙拉虽然深深相爱,但二人始终清白相处,他们之所以没有结婚,是因为帕芙拉的丈夫还活着。为了不伤害他人,戈洛万情愿牺牲自己的幸福。对这样一个高尚纯洁、光明磊落、"良心比雪还清白的"普通人,读者不能不肃然起敬。

《岗哨》歌颂了普通一兵舍己救人的高尚精神。哨兵波斯特尼科夫在皇宫站岗时,听到有人落水的呼救声和呻吟声,本想立刻去救人,可是他清楚地知道,擅离岗位是哨兵的最大罪行,要受严惩,甚至会被枪毙。经过一番内心里的激烈斗争,他最终还是离开岗位,将落水人救起,马上又回到岗亭值勤。一个路过的军官将获救的人拖上雪橇,向警官报告,谎称是自己将落水人救上来的,贪天之功据为己有,因此获得奖赏。其他各级官吏唯恐因此事而受牵连,于是瞒天过海,将错就错,千方百计隐瞒事情真相。而那个不顾受惩处、冒着生命危险勇敢救人的哨兵却受到鞭刑。这真是黑白颠倒,是非混淆。通过这种对照,愈显示出哨兵的高尚、善良和沙皇官僚的昏聩、残忍。小说的笔调平静、幽默而略带戏谑,然而蕴含其中的讽刺意味却显而易见。

列斯科夫创作的另一中短篇小说系列是歌颂普通人民的聪明智慧和创造才能的作品,如《左撇子》、《巧妙的理发师》、《刻画出的天使》、《野兽》等。

《左撇子》记述了沙皇亚历山大一世朝代一则带有传奇性的历史故事。1812年卫国战争胜利后,沙皇亚历山大一世到欧洲各国游历观光。在英国,英国人为了显示其先进技术,特意送给他一只制作精巧的钢跳蚤。这只跳蚤微若纤尘,只能在显微镜下才能看清,上发条后还能跳舞。皇帝将钢跳蚤带回国内,交给图拉城的工匠。为了证明俄国的技术丝毫不逊于英国,军械匠左撇子和两个同伴立下誓言,要在半个月内创造奇迹。他们废寝忘食,日夜苦干,如期完成任务:他们竟然给钢跳蚤的爪上钉上了掌钉,而且每个掌钉上还刻上工匠的名字。英国人见后大为惊喜,叹服俄国工匠的高超技艺,并以优厚待遇请左撇子留在英国。左撇子谢绝,一心要回到日夜思念的祖国。在回国的轮船上,他喝得酩酊大醉,上岸后不分青红皂白被送到警察局,钱物被搜去,他本人也被折磨致死。

左撇子是俄国普通劳动者中的一员,虽然贫穷卑微,但心灵手巧,无师自通,技艺卓越,富有创造精神;他热爱祖国,一心为国争光,他的绝技征服了英国人;他不为金钱所动而留在国外,一颗赤子之心始终向往着祖国;他关怀祖国的命运,临死前还怀着一片忠心,念念不忘要奏明皇上,希望向英国人学习,不要再用砖块擦枪了,否则,会影响射击的准确性,这可能会决定战争的胜负。作者感叹道,如果听了左撇子的话,克里米亚战争的结局"可能会完全改观"。然而,这位热爱祖国的能工巧匠的命运却如此不幸。他的遭遇反映了沙皇专制制度下一切有才智的劳动者的共同悲剧:他们的聪明智慧、创造才能和报效祖国的满腔热情都被扼杀了。这难道不是社会悲剧吗?从关于左撇子的传奇故事中,读者分明听到了作者对摧残人才的专制政权的谴责和抗议。

《巧妙的理发师》是在真人真事的基础上加工而成。作品中所写的农奴主卡明斯基的剧院于19世纪20年代在作者的故乡奥廖尔一带非常有名。小说描写一对才情横溢的农奴艺人的真挚爱情和悲苦命运。表现多才多艺的农奴的不幸遭遇,是俄国小说的一个传统题材,尼·巴甫洛夫的《命名日》、赫尔岑的《偷东西的喜鹊》、屠格涅夫的《猎人笔记》等皆属此类,列斯科夫又为这一题材增加了一篇佳作。

阿尔卡季是卡明斯基伯爵的专用理发师,并兼任伯爵的农奴剧院的化妆师。他25岁,风华正茂,是个美男子;他技艺超群,堪称"艺术家",他能按照脸型设计适合的发式,根据剧情的需要化妆出不同的神态,甚至连伯爵那副奇丑无比的野兽般的尊容,也能赋予它显得更加神气的表情。然而,这样天才的化妆师不得不含悲忍辱做供伯爵任意驱使的奴隶,"他终生不能外出,而且有生以来手里没有拿过一分钱"。他白天被关在伯爵的化妆室里,随时听候使唤,晚上则到剧院为女演员化妆。但是,压迫和屈辱并未泯灭他美好的人性。他与才貌出众的女演员柳波芙惺惺相惜,彼此爱慕。当心爱的人面临被伯爵糟蹋的危难时刻,阿尔卡季挺身而出,勇敢地带领她出逃,不幸中途被劫回,遭到严刑拷打后被送去当兵。柳波芙则被赶到牲口棚去喂牛。三年后,在战争中立功受勋的阿尔卡季归来,正想为柳波芙赎身时,却遭杀身之祸,死于非命。撇下柳波芙苟活于世,境况凄凉。两个富有艺术才能的青年惨遭摧残,他们的爱情和幸福被剥夺,罪魁祸首是谁呢?是万恶的农奴制度!这篇故事不啻是声讨农奴制度的控诉书。

这篇小说在叙事方面的特点是由故事中的人物之———柳波芙充当叙述者。整篇故事主要是此时已当保姆的柳波芙在心爱的人阿尔卡季的墓前向孩子们诉说当年的一段痛苦经历,而作者在其中不过是起着穿针引线的作用。当事人柳波芙作为叙述者,不仅使故事更加真实可信,具体生动,而且她的诉说满怀感情,缠绵悱恻,哀婉动人,更增强了作品的艺术感染力。

此外,《刻画出的天使》、《野兽》也属于此类。前者写不识字的铁匠马列伊如何以自己的聪明和悟性令英国工程师惊叹不已;后者讲述热爱动物、与动物建立起友谊的农奴驯兽人费拉篷特以博大的爱心和道德力量感化了残暴的农奴主,使其改恶从善的故事。

对社会弊端的讽刺和批判始终贯穿于列斯科夫的创作之中,而且随着他的思想变化和对社会现实认识的日益深刻,到了晚年,其笔锋愈加犀利,批判精神愈加强烈,矛头直指上层统治者、沙皇政府和官方教会。如《虚无主义者》(1882)、《身兼数职的人》(1884)、《温文尔雅的行政手腕》(1893)等。

《虚无主义者》是一优秀短篇。列车上出现的一个形迹可疑的"虚无主义者"立刻在乘客中引起一片恐慌,特别是那个身着法衣的助祭对捉拿革命党显得格外热心,他摇唇鼓舌,蛊惑人心,又是怂恿军人去试探,又是报告列车员去查问,又是亲自出马,协助捉拿革命党,充当警察的帮凶。最后真相大白,原来"虚无主义者"竟是高等法院的检察官,人们的态度骤变,助祭也溜之大吉。这场小小的闹剧嘲讽了当时反动政权和社会庸人将进步青年——即所谓的"虚无主义者"视为洪水猛兽的阴暗而胆怯的心理。

《温文尔雅的行政手腕》的批判力度更为强烈,它无情地揭露了教会和反动政府狼狈为奸共同迫害进步人士的卑鄙阴谋。一向在大学生中间享有威望、有巨大影响力和号召力的某教授突然被进步团体抛弃,学生嘲笑他、攻击他,报刊也拒绝刊登他的文章;一星期后,发现他在城外自杀身亡。这是怎么回事呢?原来这是反动当局精心策划的一个阴谋。宪兵团长伪造了一份秘密报告:为教授申请一笔额外酬金以犒赏他提供的特殊服务。他们故意让与教授有矛盾、心怀嫉妒的某律师偷看了这份报告,随即将文件销毁。律师立刻将此事张扬出去,证明教授是伪装进步、领取政府津贴的卑鄙告密者。当教授自杀后,警察当局又出面证实那份秘密文件纯属子虚乌有。于是,那位律师遂成为无耻的诽谤者而声誉扫地。就这样,反动当局一箭双雕,轻而易举地除掉了进步阵营里的两个人物。而建议并参与这一阴谋诡计的却是道貌岸然的大主教。至此,教会与反动政府互相勾结、共同迫害进步人士的卑鄙勾当暴露在光天化日之下。

小说构思的巧妙之处在于,故事的叙述者恰恰是当年亲身经历此事件的一位政府高官。他以欣赏的口吻讲述了事件的经过,揭示了他们的"温文尔雅"的"妙计"的真相,使故事显得格外真实可信,而更主要的是当事人的自我欣赏实则是自我揭露,自我贬损,自打耳光,大大加强了作品的讽刺效果,也平添了几分幽默感。

《身兼数职的人》通过财政大臣凯克林伯爵寻欢猎艳、与情妇色权交易的丑事,有力抨击了官僚社会的腐败淫荡之风。另外,列斯科夫逝世前写成的《冬日》、《太太和乡下丫头》、《兔子藏匿之处》(均1894)等嘲讽了上层贵族,谴责了沙皇政府对革命者的迫害。

列斯科夫的中短篇小说结构严谨,情节生动,文笔简洁朴实,语言诙谐风趣,广泛运用民谚俗语,绝无书卷气。他的叙事技巧也颇具特点,多是采用讲故事的方式,或民间传说,或趣闻逸事,或所见所闻,而且往往是让故事中的人物自述,娓娓道来,那么自然、真实、可信,字里行间弥漫着浓郁的民间文学气息。

长篇小说《大堂神父》

《大堂神父》是列斯科夫的代表作。在小说中,作者以细腻的笔墨记述了19

世纪俄国外省小城神职人员的日常生活,填补了俄国文学中这一题材的空白,具有开创意义。小说主要描写萨韦利·图别罗佐夫神父及其追随者的悲剧命运,揭露政府当局和官方教会对追求真理和正义的人士的迫害。

小说情节围绕着中心人物萨韦利神父展开。他是旧城大堂的大司祭,60开外的堂堂男子,神采奕奕,还保持着年轻人的火热的心和充沛的精力。"他的一双褐色大眼睛勇武又明亮,毕生不失智慧的光芒",人们在这双眼睛里看到的是"欣喜的神采、忧伤的愁雾、感动的热泪,有时候从那里又喷射出愤怒的火焰,迸发出愤怒的火星,不是爱虚荣、好挑剔的琐屑小人的愤怒,而是君子的愤怒。这双眼睛披露着萨韦利大司祭的正直、诚实的灵魂"。他是一位"义士",热爱祖国和人民,对民族和人民有强烈的责任感;他古道热肠,全心全意为教民服务,敢于仗义执言,为民请命,指斥邪恶,伸张正义,将个人安危荣辱置之度外。他在第一次布道时就谴责某些言行不一的官员"宣誓就职而轻视誓言","以此影射官府衙门";为了庇护贫苦的诵经士卢基扬,他被罚去做苦工;他控诉地主在节假日还要农民做工,"这样一来,人民极端贫困的状况更加恶化",结果受到省长的申斥,并被撤消督司祭的教职;他同情遭受官方迫害的分裂派教徒,而不愿充当卑鄙的告密者等等。

作为一名虔诚的神职人员,萨韦利坚持自己的信仰,执著地追求真理,决不趋炎附势,随波逐流。他所理解的基督教教义的真谛就是人与人之间的关爱与同情,就是社会的公正与平等,反映了人民大众的意愿,其中包含着许多人道主义和民主主义的因素。为了维护他所理解的基督教的真理,他勇敢地揭露现实社会的黑暗现象,奋力与邪恶势力抗争,决不妥协。因此深得教民的信任和爱戴,同时也与官方教会和官僚集团发生冲突而屡遭迫害。那本《蓝皮历书》写下了自他当司祭之日起以后三十多年的日记,其中了反映他与教会和政府当局的矛盾冲突。萨韦利的正义言行经常受到上司的无理申斥、责难,还被警告不要"管闲事,进谗言,打官司"。最后,萨韦利被人诬告,随即被免去大司祭的职务,被贬为下级职员,流放外地。几年之后,经友人多方奔走营救,虽获赦免,返回小城,但心力交瘁,不久即郁郁而殁。人们感念他的功德,全城人为他送葬。

大堂助祭阿希拉·杰斯尼岑也是一位义士。他为人憨厚、耿直、豪放、乐观,火暴性子中蕴藏着侠肝义胆和宽厚待人的品质,"他一个人身上有一千个人的生命在燃烧"。他乐天知命,活得自由、潇洒、无拘无束,身上洋溢着民间壮士的气质。他敬仰、爱戴大司祭萨韦利,把他视为真理的化身,处处维护他的权威和声誉。大司祭被撤职后,阿希拉继续与不义作斗争,为昭雪大司祭的冤案而奔走。大司祭去世后,阿希拉变卖了全部财产,为他建立了一座纪念碑,以寄托自己的哀思,表达人民对毕生追求真理的义士的纪念。

与萨韦利和阿希拉为敌的不仅有教会和政府当局,而且还有来自彼得堡的钦差大臣博尔诺沃洛科夫和他的秘书捷尔莫谢索夫,特别是后者,极其阴险歹毒。捷尔莫谢索夫认定"所谓良心、人格、爱情、尊严之类的高尚情操都是扯淡",他卑鄙无耻,毫无道德原则,人称"老奸巨滑的骗子"。他以前曾是"虚无主义者",后来见风使舵,摇身一变,成了沙皇政权的帮凶。为了使自己赶快由"红"变"白",以捞取向上爬的资本,于是他决定拿教会人士开刀。他选中与教会和政府当局有矛盾的萨韦利。他无中生有,捏造事实,栽赃陷害,亲自杜撰呈文,诬告大司祭"桀骜不驯,坚持异端","其不轨行为……实乃出自种种革命之动机","害莫大焉"。他企图通过这种卑劣手段来显示自己的忠心和才干,以邀功请赏,飞黄腾达。正是由于他的陷害,萨韦利才屡遭劫难,最后含冤而死。列斯科夫特意选择这样一个来自"虚无主义者"阵营的人物作为反面形象,表明他写《走投无路》和《结仇》时的错误观点仍有所流露。

不论萨韦利还是阿希拉,作者突出的是他们的善良、正直、正义,颂扬的是他们嘉德懿行。他们与一切丑恶现象作斗争,用道德力量和善行克服社会弊端,只是希望使社会现实得以改善;他们是虔诚的教徒,笃信东正教,拥戴沙皇,是上帝和皇帝的忠实仆人,而不是现存制度的叛逆者。即使这样,他们仍然为当权者所不容。萨韦利和阿希拉相继死去,他们的斗争和人生都以悲剧告终。事实证明,寄托着作者希望的这些义士仁人无力担当起改造社会的历史重任。

列斯科夫不仅在普通人民中间,而且在贵族中间寻找德行高洁的人物。为此,他在小说中描写了一位五朝元老式的人物——贵夫人普拉多马索娃,穿插了这位贵夫人与农奴尼古拉的一个"老故事"。普拉多马索娃有一副慈悲心肠,她宠爱自己的奴仆侏儒尼古拉,并且爱屋及乌,恩泽波及其全家,将他父母兄嫂都解放为自由人,又为尼古拉储存一笔养老金。尼古拉对主人感恩戴德,忠心效劳,陪伴终生。这位贵夫人还多方资助贫困的大司祭萨韦利,使后者感佩不已。作者努力在"老故事"中发掘"俄罗斯精神"和"永恒的"道德原则,认为这才是解决社会矛盾、革除社会弊病、建立人与人之间和谐关系的救世良方。然而,道德问题代替不了社会政治问题,只向道德呼吁,仅仅通过道德修养来革新社会是行不通的。这反映了列斯科夫世界观的弱点。

《大堂神父》的故事情节平淡无奇,与作者的一些曲折生动、富有戏剧性的短篇小说不同,但在总体上仍体现了列斯科夫小说的风格——浓厚的民间乡土气息。它不仅塑造了民间义士的形象,语言朴实无华,而且在叙事方面也颇具民间故事的特点。小说采用全知全能的叙事方式,作者充当讲故事人,时而介绍人物,时而叙述故事,时而铺陈描写,时而发表议论,品评事物,时而潜入内心世界,窥视人物心理活动……全书分许多章,每章篇幅不长,每到情节转折之处,即戛然而止,以激发读者的兴趣,继续阅读下去,与中国的章回小说有相似之处。

第十章　陀思妥耶夫斯基

费奥多尔·米哈依洛维奇·陀思妥耶夫斯基(1821—1881)是19世纪俄国著名小说家。他的创作反映了俄国农奴制崩溃、资本主义迅猛发展这一急剧转变时期社会生活的许多重要方面,特别是以描写城市各阶层的众生相而在文坛上别开生面。他那愤懑的揭露批判激情,独标一格的现实主义,对人的内心的深入挖掘,使他的作品具有强烈的艺术震撼力。他的艺术才华是无可争议的,同时他的思想和创作又充满矛盾,这些都使他对俄国和世界文学产生了深远影响。

第一节　命途多舛的小说艺术家

陀思妥耶夫斯基1821年11月11日生于莫斯科一所贫民医院的一个医生家里。父亲米哈依尔出身教会阶层,1828年获得贵族称号,是一个思想守旧、性格冷酷的人。母亲出身于商人之家,虔信宗教。这个家庭交往的多是小官吏、小市民、商人等平民阶层的人,这样的社会环境和保守、压抑的家庭气氛在未来作家的思想和性格上烙上了深深的印记。

1838年陀思妥耶夫斯基进入彼得堡军事工程学校。学习期间,他醉心于阅读普希金、果戈理和歌德、席勒、巴尔扎克、雨果等作家的作品,对文学产生了浓厚兴趣。1843年毕业后,在工程绘图局工作了一年即辞职,专事文学创作。

1844年,陀思妥耶夫斯基翻译的巴尔扎克的小说《欧也妮·葛朗台》出版。次年,他的第一部中篇小说《穷人》完成,1846年1月,发表在涅克拉索夫主编的《彼得堡文集》上。这部深化了俄国文学中"小人物"主题的作品得到涅克拉索夫和别林斯基的高度赞扬。处女作的成功,使陀思妥耶夫斯基成为俄国文坛上的一颗新星,步入以果戈理为代表的"自然派"队伍的行列。与别林斯基和进步文学团体的接近,对这位年轻作家的成长产生了良好影响。很快,他又推出了第二部作品《孪生兄弟》(又译《双重人格》、《同貌人》,1846)。小说运用幻觉、想象的手法剖析了人物内在的尖锐矛盾,开拓了"二重人格"的主题,显示出作家的艺术特色。接着他连续发表了《女房东》(1847)、《脆弱的心》、《诚实的小偷》、《白夜》(均为1848)、《涅朵奇卡》(1849)等。40年代,陀思妥耶夫斯基的小说以描写小人物为主,既表现他们备受欺凌的悲惨命运,肯定他们的高尚人格,也揭示他们在毫无出路的处境下的矛盾、病态的心理;作家独特的心理分析才能已显露出来。

由于文艺观上的分歧,从1847年起陀思妥耶夫斯基与别林斯基断绝来往。此时,他迷恋于法国空想社会主义,开始参与彼得拉舍夫斯基小组的活动,并成为其核心人物之一。1849年4月,彼得拉舍夫斯基小组被沙皇政府破获,陀思妥耶夫斯基同其他成员一起被捕,并被判处死刑。当他在刑场上怀着恐怖的心情等待着死神降临时,沙皇尼古拉一世又把死刑改判为四年苦役,尔后就地当兵。1850—1854年,陀思妥耶夫斯基在西伯利亚鄂木斯克要塞度过了四年苦役生活,期满后又被送往塞米巴拉金斯克充当列兵。1856年升为准尉,经友人斡旋,次年得以恢复贵族身份,并重获写作和发表作品的权利。1859年他获准移居特维尔,年底回到彼得堡。

陀思妥耶夫斯基在西伯利亚流放中度过了整整十个春秋!按他的话说,这是"他被活埋和禁锢在棺材里"的时期。这是他人生的炼狱,对他的思想和创作产生了深刻影响。一方面,沙皇政府的残酷迫害使他对俄国社会的黑暗有了切身体验,他对社会和人生的观察、思考更加深刻;同时在流放中他接近了人民,对人民有了更深刻的了解,开阔了视野,丰富了知识,积累了创作素材。另一方面,十年的囚徒生活,使他与整个社会,特别是与俄国的进步力量和革命思潮隔绝了,结果,他的世界观发生了变化。昔日彼得拉舍夫斯基小组的热血青年抛弃了原来的社会主义信念,政治思想向保守、反动方面转化。另外,苦役和流放使他的身心受到严重摧残,他原有的癫痫病更加重了,以至于后来经常发作。这种病不仅损害了他的健康,而且对他的创作也有着潜移默化的影响。他之所以把人物在歇斯底里大发作时那种杂乱无章的心理活动揭示得那么真实,那么深刻,恐怕与他本人犯病时的切身体验有很大关系。

重返文坛后,陀思妥耶夫斯基随即发表了在流放期间完成的两部讽刺性中篇小说《舅舅的梦》(1859)和《斯杰潘契科沃村》(又译《庄院风波》,1859)。接着,两部大型作品《被欺凌与被侮辱的》(1861)和《死屋手记》(1861—1862)相继问世,立刻在读者和评论界引起强烈反映。

作家的第一部长篇小说《被欺凌和被侮辱的》是"小人物"主题的继续,受地主资产阶级瓦尔科夫斯基公爵迫害的史密斯和伊赫缅涅夫两个家庭的悲剧构成了小说的主要情节:瓦尔科夫斯基为了夺取商人史密斯的财产,诱骗他的女儿,达到目的后,竟在她怀孕时遗弃了她,害的史密斯一家沦落彼得堡贫民窟,家破人亡;后来,瓦尔科夫斯基又诬告其田庄总管伊赫缅涅夫侵吞他的财产,夺取了总管赖以生活的仅有的一块田产,为了让儿子阿辽沙高攀有三百万卢布陪嫁的富家小姐,他不择手段地破坏阿辽沙与伊赫缅涅夫之女娜塔莎的爱情,致使娜塔莎被抛弃,几乎毁掉伊赫缅涅夫一家。

瓦尔科夫斯基是作家塑造的第一个资产阶级野心家、骗子手的形象。拜金主义、极端利己主义、卑鄙无耻、贪得无厌、残酷狠毒等恶劣品行在他身上得到集中体现。他赤裸裸地说:"人类一切美德的基础乃是极端利己主义","有意义的就是我个人——就是我自己。一切都为了我,整个世界都是为我创造的";他还公开宣称:"我们需要权势和金钱。"为了满足个人的欲望,他损人利己,巧取豪夺,干尽伤天害理的勾当。这是一个具有时代特征的典型形象,它从一个侧面反映了19世纪中叶俄国社会生活的变迁,即随着农奴制废除,资本主义在迅速发展,金钱势力开始成为社会的主宰。继瓦尔科夫斯基之后,陀思妥耶夫斯基的作品中出现了许多道德沦丧、掠夺成性的资产者的形象。

作家在揭露和鞭挞瓦尔科夫斯基之流的同时,还怀着真挚的同情描写了被欺凌、被侮辱的人们的不幸命运,特别是通过史密斯祖孙三代人的悲惨遭遇,描绘了彼得堡贫民窟令人触目惊心的生活图画,显示了作家的现实主义的光辉。这些被不公正的的社会抛弃到社会最底层的人们,虽然受尽凌辱、摧残,饱尝生活的苦难和辛酸,但他们竭力以自我牺牲精神、高傲的自尊和倔强的意志与恶势力抗争。这种性格在伊赫缅涅夫老人和涅莉母女身上体现的尤为突出。小涅莉是小说中刻画得最鲜明、最有个性的形象。她心高气傲,倔强不屈,她明知瓦尔科夫斯基公爵是自己的父亲,但她宁肯乞讨、受穷,也决不去找他,而且至死也没有宽恕公爵。

作家特别赞赏他笔下的人物那种忍贫受苦、以苦为乐的基督教精神。如娜塔莎所说,"只有受苦才能换取未来的幸福","痛苦可以净化一切"。面对社会压迫,这些小人物虽未失去人的尊严,但是他们逆来顺受,甘愿忍受苦难,而且对苦难津津乐道,将人生的苦杯当作蜜酒来品味。这是一种精神胜利法,一种奴隶哲学,一种被虐待狂的变态心理。这种心理在娜塔莎的形象上表现得特别明显。娜塔莎糊里糊涂地跟着阿辽沙私奔了,她虽然因为这个公子哥儿的轻浮浅薄和朝三暮四而在感情上饱受折磨,而且明知这种爱情不会带来幸福,只会增添痛苦,但她心甘情愿,甚至表示,只要阿辽沙幸福,再大的苦难和牺牲她也能忍受。最后,她被抛弃,可她没有一点怨恨,只觉得自己不幸。娜塔莎的这种爱情是浅薄的、令人费解的。

一方面是对社会不公正的无情揭露和抗议,对被压迫者的悲悯和同情,另一方面又极力宣扬忍耐、顺从,从苦难中体验幸福,用苦难去净化灵魂的宗教思想,作家世界观中的矛盾在这部作品中明显地暴露出来。而这种矛盾始终贯穿在他以后的创作中。

《死屋手记》是陀思妥耶夫斯基这一时期的另一部重要作品。这是作者在西伯利亚服刑期间观察、思考和感受的真实记录。在此之前,还没有一个作家触及过西伯利亚监狱生活的题材,《死屋手记》第一次将俄国这"黑暗王国"中最黑暗的角落暴露在光天化日之下,可以说是沙皇专制统治下俄国社会的真实写照。赫尔岑将该书评价为"一部可怕的作品",并与但丁的《地狱篇》相提并论。

全书以虚构人物、苦役犯亚历山大·彼得罗维奇·高里扬契科夫的手记的形式,以冷静、客观、严峻的笔调,真实再现了沙俄监狱里暗无天日的生活,勾画了形形色色的人物形象,探讨了犯罪的心理和原因。囚犯中虽然也有罪有应得恶人歹徒,他们的冷酷和残暴令人发指,但绝大多数都是善良的、无辜的平民百姓。他们有的是不堪忍受压迫和屈辱而被迫走上犯罪道路的;有的是为了保卫妻女、姐妹不受玷污而杀人的;有的是为了卫护自己的生命和自由而坐牢的;有的是为了"信仰"而甘受磨难的;甚至有的是故意犯罪,宁愿去服苦役,以逃避外面比苦役更难以忍受的痛苦、屈辱的生活。这些人尽管有种种恶习和缺点,并因此而受到惩处,但他们都不同程度上保持着普通人民的美好天性:对劳动的热爱,对自由的渴望,对美好生活的向往,纯洁善良的心灵,爱憎分明的正义感等等。作者不禁大声疾呼:"在这四堵墙里白白葬送了多少青春,突然地毁掉了多少伟大的力量!要知道……这些人都是不寻常的人,他们也许是我们全体人民中最有才华、最强有力的人。但是,他们那强大的力量白白地断送了,不正常地、不合理地、无可挽回地断送了。究竟是谁的错?"作者向迫害人民的沙皇专制政权发出严厉的责问。

《死屋手记》通过监狱酷吏的形象概括了沙俄官僚们的特征,揭露了他们蹂躏人民的暴行。监狱的官吏作为沙皇专制政府的鹰犬,对囚犯拥有生杀予夺的权利,他们公然叫嚣:"我就是沙皇,我就是上帝。"他们滥施淫威,以折磨囚犯为乐事。犯人遭受鞭笞和棒刑,被打得皮开肉绽,是司空见惯。管理要塞的少校凶狠险恶,视犯人为仇敌,犯人对他恨之入骨,又像害怕瘟疫似地怕他。他规定犯人们睡觉时必须向右边侧卧,如果发现有人违反这一规定,必严惩不贷。另一狱吏舍列比亚特尼科夫"在执行刑罚方面好像是一个讲究口味的美食家",酷爱用刑的艺术,把打人当作享乐,每当行刑时,"心里就感到一阵欢欣鼓舞",犯人被打得呼天喊地,他却哈哈大笑,乐不可支。真是人性丧失殆尽!作者认为,犯人也是人,他们也有人的尊严,必须以对人的态度对待他们。这是对沙皇政府的野蛮的监狱制度的否定和抨击。

在《死屋手记》中,作家还探讨了贵族和人民的关系。在苦役期间,陀思妥耶夫斯基深切体会到,那些贵族、政治犯与普通百姓之间隔着"一条无底的深渊"。人民世世代代受农奴制的压迫,对贵族老爷抱有强烈的仇恨,即使他们因为参加革命活动而坐牢,也无论他们多么正直、善良,平民因犯对那些贵族出身的政治犯始终不信任,态度冷漠,甚至鄙视,永远不会把他们当作"自己人"。对平民与贵族革命者之间的矛盾和隔阂,陀思妥耶夫斯基不是从社会根源上寻找原因,而是认为俄国人民笃信东正教,忍耐顺从是他们的天性,而革命思想与人民的这种天性是格格不入的,必然遭到人民的拒斥和反对。陀思妥耶夫斯基的所谓"根基论"已初露端倪。

陀思妥耶夫斯基流放归来后,一面努力创作,同时与哥哥米哈依尔先后创办了《当代》(1861—1863)和《时代》(1864—1865)两种杂志。他在自己的刊物上发表作品,并以此为阵地,同革命民主派展开论战,鼓吹他的"基础论"。1861年他发表论文《——波夫先生和艺术问题》,将杜勃罗留波夫和革命民主派的美学观点简单化、片面化,批评他们坚持艺术的思想性是所谓的"功利主义",会使艺术变成枯燥的说教,强调"艺术性"才是文学的首要原则。他虽然反对"为艺术而艺术",但他的观点实际上在为这种论调张目。在《两个理论家阵地》和其他文章中,他阐明了自己的社会政治观点,他的"根基论"也逐渐明晰起来。他认为,俄国不同于西欧,它应该走自己独特的发展道路。俄国人民自古以来就信仰基督和忠于沙皇,忠君、博爱、宽恕、忍耐、顺从是人民的道德"本源",是俄罗斯民族的"根基";他指责俄国进步知识分子脱离人民,脱离俄国的"根基",他们宣传从西方舶来的社会主义、无神论和革命思想,既不符合俄国的国情,也有悖于人民的道德传统,人民自然不会接受;他呼吁文化阶层应该回归到人民和民族的"根基"上来,从中汲取道德理想和寻求解决俄国社会问题的途径——就是用基督教精神促成上层和人民的和解,实现社会各阶层精神上的团结一致,这才是俄国发展的必由之路。至此,陀思妥耶夫斯基的思想观点已经形成。一方面他对不公正、不平等的现存社会感到不能容忍,他憎恨统治阶级对人民的残暴压迫和掠夺,迫切希望改变社会现状,另一方面又对革命感到幻灭,极力反对用革命手段变革现实;一方面对人民的深重苦难痛心疾首,对被侮辱和被欺凌者寄予深切同情,另一方面又号召人民和解、容忍、顺从,这实际上是在维护沙皇专制制度。思想上的尖锐矛盾构成他的精神悲剧,苦苦地折磨了他一生。

1862年夏,陀思妥耶夫斯基出国,访问了德、意、法、英等国。归来后,根据在国外访问的见闻和感受,写成了《冬天记的夏天印象》一书,对西欧资本主义制度和资产阶级文明进行了批判和否定,并再次鼓吹他的"根基论"。1864年他发表了中篇小说《地下室手记》。作品深刻揭示了与世隔绝的"地下人"的自我中心主义的变态心理,宣扬了与革命民主主义者完全对立的观点,是一本思想内容复杂而深邃的社会哲理小说。

1864年是陀思妥耶夫斯基生活中最不幸的一年,他的第一个妻子和兄长米哈依尔相继病逝,他精神上受到很大打击。特别是哥哥去世后,给他留下了沉重的债务,杂志严重亏损,经济陷入困境。以前出国访问时,他染上了赌瘾,他梦想从轮盘赌中赢钱,好偿还债务,而结果常常是输得精光,经济上更是雪上加霜。此后,贫穷困顿、囊中羞涩就像魔影似地纠缠着他,折磨着他,几乎终生未能摆脱。与屠格涅夫、托尔斯泰这些作家优裕、舒适的生活条件相比,陀思妥耶夫斯基的境遇可谓是天壤之别,对此,他常啧啧不平,又嫉妒艳羡。

为了生活,为了还债,他只能靠手中的一支笔,拼命写作了。1866年,他的长篇小说《罪与罚》开始在杂志上连载,还未最后完成,就已经在公众中引起轰动。这部小说的问世,大大提高了作家在俄国文学界的地位,并给他带来世界声誉。

《罪与罚》尚未竣稿,陀思妥耶夫斯基又与出版商签定一项合同:他必须在1866年11月1日之前完成一部长篇小说,逾期不交,以前全部作品的版权则归出版商所有。距交稿日期仅剩一个月,可他连一个字都没有写。火烧眉毛,于是他聘请了女速记员安娜·格里高利耶夫娜·斯尼特金娜协助,以口授方式,仅用一个月的时间,就完成了长篇小说《赌徒》。小说描写主人公阿列克赛·伊万诺维奇不安于家庭教师这种寄人篱下的卑微职业,幻想着财富和权势,于是把希望寄托在赌博上,结果愈陷愈深,不能自拔,最后堕落成一个到处流浪的可怜巴巴的赌棍。小说融合了作家本人赌博中的体验,所以对冒险家们在赌场上的种种行为和心理揭示得真实而深刻。

《赌徒》的创作成为陀思妥耶夫斯基和安娜相爱的契机,小说完成了,爱情的果实也成熟了。次年,他们举行了婚礼。婚后,作家携妻子出国,在国外旅居四年之久。期间他完成了长篇小说《白痴》(1868)。这是作家继《罪与罚》之后的又一部重要作品,它对农奴制改革后俄国上层社会作了广泛描绘,对金钱势力进行了有力控诉,涉及社会剧变时期诸多思想道德伦理问题。同时他还写成了中篇小说《永恒的丈夫》(1870),并且开始创作《群魔》。

《群魔》于1871至1872年刊登在《俄国导报》上,1873年出版单行本。小说取材于1871年轰动一时的"涅恰耶夫案件"。巴枯宁的信徒、无政府主义者涅恰耶夫在莫斯科建立了反政府的秘密组织"人民惩治会",因其成员彼特罗夫农学院学生伊万诺夫不服从他的领导,并表示要退出秘密团体,于是借口将其暗杀。案发后,参与者被捕,涅恰罗夫逃之夭夭。这一事件本来是俄国解放运动中的一股小小的逆流,真正的革命民主派对无政府主义斗争策略是持反对态度的。但陀思妥耶夫斯基却把它看作是"时代的征兆"和革命的威胁,于是以此为素材创作了《群魔》,对俄国革命运动发射出一支毒箭。

小说主人公尼古拉·斯塔夫罗金是一位将军的儿子,是个纵情声色、寻欢作乐的浪荡公子。他长期生活在国外,脱离祖国和人民,没有坚定的信仰;他精神空虚,缺乏道德原则,不辨善恶,沙托夫说他"不知道一件禽兽般的淫乱行径,跟任何一件丰功伟绩,甚至为人类献身的行动,有什么区别",亦如他自己所承认:"我依然像素来一样可以希望做好事,并从中感到愉快;同时我又希望干坏事,并且也感到愉快。"正是在这种二重人格和互相矛盾的思想支配之下,他常常寻衅滋事,做出一些荒唐无理、不可思议的恶作剧,以侮辱、折磨他人取乐。被他玩弄的莉莎维塔说他"心灵里有一种可怕的、肮脏的和血腥的东西"。他渴望个人权势,怀着这样的目的加入了彼得·韦尔霍文斯基的秘密组织。彼得吹捧他是"领袖"、"太阳"和"偶像",并准备让他假冒"伊凡王子",以号令天下,笼络民心。眼看秘密组织的恐怖活动即将暴露,斯塔夫罗金遂溜之乎也,最后在惶惑、矛盾中自杀。斯塔罗夫金是俄国社会转折时期腐朽、堕落、即将灭亡的贵族阶级的代表。虽然这一形象具有一定的典型性,但作者将这个人物作为他心目中的革命组织的精神领袖,其用意是不言自明的。

小说中的另一个重要人物彼得·韦尔霍夫斯基是以涅恰耶夫为原型塑造的。作家把他写成一个卑鄙无耻的阴谋家和阴险残忍的恶魔。在与斯塔夫罗金的谈话中,他自称:"我是个骗子,而不是社会主义者。"他打着革命的旗号,招摇撞骗,组成以他为首的"五人小组";他们一伙渴望流血,"要宣布毁灭",要煽风点火,制造暴乱:"一场全世界还未曾见过的动乱即将到来……俄罗斯将是一片愁云惨雾,大地也将为古代的神灵哭泣。"为了防止组织人心涣散,彼得以宣布退出秘密组织的沙托夫要向政府当局告密为借口,残忍地将其杀害,致使沙托夫的刚刚分娩的妻子和婴儿也悲惨地死去。总之,在作者的笔下,这是一伙散布谣言、挑拨离间、恐吓讹诈、纵火暗杀的阴谋恐怖分子。作者还借一个人物的口指出,这些虚无主义者和社会主义者就像魔鬼一样附在俄罗斯祖国的身上,他们不会有好下场;而俄罗斯只有摆脱魔鬼之后,才能获得新生。通过彼得之流的言行,作者将一盆盆脏水泼到俄国革命者的头上。其实,这些恶魔同俄国的革命者毫无共同之处。不可否认,彼得的形象是对俄国革命者的歪曲和丑化,但它仍有一定的客观意义：这一形象集中概括了那些披着革命外衣的政治骗子、阴谋家、投机家的特点，反映了俄国革命运动中沉渣泛起的现象，警示人们要提防这类蠹虫混入革命运动。

《群魔》一方面将矛头指向革命者，同时又抨击沙皇官僚机构的庸碌无能，揭露贵族上流社会的腐败堕落，讽刺自由主义者脱离俄国的根基，盲目崇拜西欧，只会高谈阔论，不能解决俄国的社会问题。在作者看来，正是社会政治力量客观上怂恿和助长了俄国"虚无主义"的孳生和蔓延。虽然《群魔》在思想深度上高出于一般的"反虚无主义"小说，但它为这一文学逆流推波助澜，因而受到进步批评界的遣责。

《群魔》的出版使陀思妥耶夫斯基与反动势力接近起来。他结识了一些上层反动人物，并于1873至1874年初担任保皇派梅谢尔斯基公爵发行的《公民》杂志的主编。他在该杂志上陆续发表《作家日记》。《日记》体裁不一，有政论、文学评论、回忆录、随笔、小品、小说，反映了作家晚年的社会、政治和哲学观点。

虽然陀思妥耶夫斯基与反动阵营接近，但决不可以把他的立场与反动派等同起来。作为一个具有深厚人道主义精神的现实主义艺术家，他始终保持着对现存的不公正社会制度的否定和对贵族地主、资产阶级的批判力度，他的创作仍然真实地反映了现实生活的许多本质方面。1875年他在《祖国纪事》上发表了长篇小说《少年》。主人公阿尔卡其是地主维尔西洛夫的私生子，自幼备受歧视，深感屈辱和不平，他幻想发财，成为罗特希尔德式的百万富翁，以图向欺侮他的人复仇。但他深受维尔西洛夫的仆人、笃信基督教精神的马卡尔的思想影响，在他身上美好、善良的情感并未泯灭，因此，他经受住了种种诱惑和腐蚀，没有走向堕落，而保持着心灵的纯洁。小说描写了资本主义的迅猛发展所引起的道德堕落和社会崩溃，反映了金钱统治一切的乌烟瘴气的社会青年一代思想上的苦闷和彷徨。同作家的其他作品一样，小说还宣扬用博爱、宽恕、和解拯救俄国社会的宗教思想。

《卡拉马佐夫兄弟》(1879—1880)是陀思妥耶夫斯基的最后一部作品，可以说是他创作的总结。不论就其思想内容的深刻性，还是刻画人物性格的典型性，以及对社会政治、道德伦理、宗教、哲学等重要问题的探讨，这部小说无疑是作家的优秀作品之一。

1881年初，陀思妥耶夫斯基经过多年的努力奋斗，总算偿清了压在身上几乎喘不过气来的债务。刚刚过了几天比较舒心的日子，就在这一年的2月9日（俄历1月28日）病逝于彼得堡，在牢狱、苦役、贫穷、疾病等磨难中走完了他坎坷的人生旅程。诚然，他的思想和创作充满矛盾，但毋庸置疑的是，俄国农奴制改革后随着资本主义的发展而产生诸多社会矛盾和问题都在他的创作中得到鲜明反映,他以其伟大的天才震撼了全世界,他所建造的艺术丰碑永远为后世所景仰。

第二节 中短篇小说

概括起来,陀思妥耶夫斯基的中短篇小说大致可分为"小人物"主题、双重人格主题、"幻想家"主题、讽刺小说和幻想小说。

(一)"小人物"主题

陀思妥耶夫斯基的文学道路是从写"小人物"开始的。他的第一部中篇小说《穷人》就继承和发扬了"自然派"的传统,以对"小人物"的真挚同情和对其内心世界的深入开掘获得了广泛赞誉。小说以书信的形式叙述一段悲惨故事:父母双亡的姑娘瓦尔瓦拉举目无亲,几乎被迫沦为妓女,贫穷的老公务员杰武什金同情她的遭遇,竭尽全力帮助她;二人在交往中萌生爱情,相依为命,最后为生活所迫,瓦尔瓦拉嫁给地主贝科夫,两个真诚相爱的人不得不忍痛离别。

作家不仅以痛楚、凄凉的笔调描写了社会底层"小人物"的苦难生活,而且展示了他们的美好心灵,将杰武什金的形象塑造得鲜明而丰满。这个小公务员虽然缺乏文化修养,地位卑微,穷困潦倒,软弱怯懦,但却有"无限善良的灵魂和温暖的心"。他富有同情心,认为"生活在底层的备受折磨的人,也是一个人,也是我的兄弟",所以他随时准备牺牲自己去帮助别人。他省吃俭用,对孤苦无依的瓦尔瓦拉给以无微不至的关怀,并以此感到安慰和幸福;他自己就要断炊,还把仅有的二十戈比送给比他更穷的朋友。他的真诚、善良和自我牺牲精神感人至深。在他身上,人的尊严感开始觉醒,已意识到作为一个人所应有的人格和价值。他说,"我毕竟是个人","我在工作,我在流汗","面包是我用劳力挣来的",虽然贫穷,但"贫穷不是罪恶",并不可耻。他坚信自食其力的"高尚的穷光蛋"在道德上远远高出于那些不劳而获的有钱人,那些任意欺凌孤儿的"衣冠禽兽"。同时,贫富对立、社会的不平等已引起他的深思,他愤愤不平地质问道:"为什么会有这样的情况:好人多灾多难,有的人却福星高照?"杰武什金的形象闪耀着作者的人道主义思想的光辉,作家并没有仅仅停留在对"小人物"的悲苦命运的同情上,而是进一步肯定了"小人物"的价值和尊严,表现了他们的美好的精神世界。对此,别林斯基称赞道,通过杰武什金这一人物,作家"告诉我们,在最浅薄的人类天性中蕴藏着多少美好的、高尚的和神圣的东西"[①]。

围绕主人公的遭际,小说还展现了彼得堡底层穷人们凄惨的生活图景:被革职的小官吏戈尔什科夫一家人贫病交加的境遇,穷苦大学生波克罗夫斯基的悲剧,街头卖艺的手风琴手,瑟瑟发抖的乞讨男孩……面对这样的景象,读者无不感到心灵战栗,也感受到了作家悲天悯人的人道主义激情。

小说全部以书信形式构成。书信就是人物的内心独白,这为作者揭示人物的内心活动提供了最直接、最简便的方式。通过这种艺术形式,作家将主人公的性格及其变化、他们的心理活动展示在读者面前。

《穷人》师承果戈理的《外套》,但无论是在人道主义思想的深刻性上,还是在"小人物"性格的刻画上,还是人物心理的开掘上,前者都比后者前进了一步。《穷人》是对"小人物"主题的发展和深化。

继《穷人》之后,陀思妥耶夫斯基早期又创作了一系列以"小人物"为主题的小说。面对来自阶级的、社会的、生活的种种压力,"小人物"往往处于如临深渊、如履薄冰、战战兢兢、惶惶不可终日的心理状态。短篇小说《普罗哈尔钦先生》(1846)就深刻揭示了"小人物"的这种畏惧心理及其所导致的不幸后果。主人公普罗哈尔钦同杰武什金一样,栖身于贫民窟的一所寒酸公寓里,一住就是二十年。他孤僻古怪,小气吝啬,不善交往,离群索居;他经常向人诉说自己的贫穷困窘,甚至连一杯茶也舍不得喝。因为地位卑微和贫穷无助,他对生活感到无穷畏惧,胆怯到了扭曲、病态的地步。他害怕一切:害怕办公机关关闭,丢掉差事和饭碗;害怕微薄的薪俸被人偷去;害怕人家说他"离经判道",等等。他的胆怯传染给其他房客,将潜伏在这些被蹂躏的人们心里中的畏惧情绪撩拨起来,大家也都胆怯起来。由于畏惧和胆怯,普罗哈尔钦变得精神恍惚,举止失常,最后竟一病不起,一命呜呼。具有讽刺意味的是,他死后人们除了在他神秘的"百宝箱"内找到几件破衣烂衫外,竟然在他的垫褥里发现他日积月累、藏匿起来的一大堆钱,形形色色,足有两千五百卢布!无论是他的畏惧,还是他的吝啬,还是他的铢积寸累,无不表现了"小人物"苦涩的生活况味和被扭曲的心理。而在作者的嘲笑中又隐含着多少同情、哀怜和悲伤呀!

《脆弱的心》(1848)与《普罗哈尔钦先生》可谓异曲同工。年轻的小公务员瓦夏由于沉醉于热恋的幸福之中而未能如期完成上司交给的抄写文件的工作,为此他忧心忡忡,寝食不安,既深深自责,更为自己的前途担心,结果心力交瘁,精神失常,被送入疯人院。一颗善良而脆弱的心就这样被残酷的现实压碎了!

[①] 《别林斯基选集》第2卷,时代出版社,1953年,第196页。

《波尔宗科夫》(1848)描写了一个外表可笑可怜而心地正直善良的"小人物"。波尔宗科夫在"愚人节"上被居心不良的上司愚弄,被迫辞职,从此生活无着,只好厚着脸皮四方告借——"用借钱的方式来乞讨"。为了借钱,他千方百计讨好别人,他挤眉弄眼,扮着鬼脸,做出各种表情,"从这张脸上可以看得出他心里真是百感交集":羞愧、怯懦、卑贱,同时又流露出苦恼、屈辱、愤怒和尊严感。作者认为,这个苦命人实际上是"最诚实、最高尚的一个人"。同样,《诚实的小偷》(1848)也勾画了一个虽然堕落,但尚未丧失人性的小偷的形象。以前在某处当过差的叶梅利扬·伊利奇因为酗酒被开除而流落街头。他酗酒成性,潦倒,堕落,不可救药。因为贪恋杯中物,他偷了收留他、并供他吃住的恩人的一条裤子,可他就是不承认。临死前,他终于向恩人坦白了自己的过错,这才瞑目。在被欺凌的"小人物"身上,在堕落的灵魂中,发掘人性真、善、美的因子,是陀思妥耶夫斯基人道主义思想最光辉、最感人的一面。

(二)"双重人格"主题

在社会夹缝中求生存的"小人物",一方面对社会的不公正不时发出愤怒的抗议,一方面又不甘心处于被践踏的地位,梦想飞黄腾达,出人头地,跻入上层社会。这两种意识在他们的灵魂中交锋、搏斗,于是造成了人格的裂变,即双重人格。陀思妥耶夫斯基将"小人物"的这种心理特征表现得淋漓尽致。

中篇小说《孪生兄弟》运用想象、幻觉的手法描写了人物的内心分裂和矛盾斗争,从而开启了"双重人格"的主题。主人公戈利亚德金是性格怯懦、仕途不得志的小公务员,他看到那些阿谀奉承、吹牛拍马的人志得意满,成为生活中的"幸运儿",自己也不甘心"被人践踏着擦来擦去,像一块擦脏皮鞋的破烂布",而想出人头地,作生活中的强者,于是想象中就变成了一个圆滑乖巧、善于钻营的的小戈利亚德金。此人趋炎附势,寡廉鲜耻,阴险狠毒,处处与大戈里奥特金为敌,欺压他,排挤他。这样,一个人就一分为二:一方面是软弱、谦卑、温和的大戈利亚德金,另一方面是卑鄙无耻、残酷无情的小利亚德金;前者代表善,后者体现恶,两种人格对立统一在戈利亚德金这一形象上,互相斗争着。

所谓双重人格,就是人性的异化,即自我异化为非我。这种异化现象归根结底是社会环境对人的压迫、威胁造成的。戈利亚德金人格的分裂是受欺辱的社会阶层的迷惘、绝望而又挣扎、幻想,渴求出路的心理表现。而随着资本主义关系的发展,人性的异化会成为愈来愈严重的社会心理现象。所以,戈利亚德金的形象及其心理特征极具典型性。陀思妥耶夫斯基不仅批判了专制农奴制以及后来资本主义的发展给平民阶级带来的物质方面的深重苦难,而且进一步揭示了它给人们造成的精神上的创伤——人性的异化。在俄国作家中，是陀思妥耶夫斯基第一个描写了资本主义社会人性异化现象，这正是他的创作的独到和深刻之处。《孪生兄弟》曾因为其中的"幻想的色调"而受到别林斯基的尖锐批评，但作者却自我感觉良好，他十分看重这篇作品。1846年他在给哥哥的信中说："戈利亚德金写得很出色，这将是我的杰作……戈利亚德金比《穷人》高出十倍。"我们认为，评价之所以如此不同，其原因在于二人在文学观点上的分歧：批评家坚持的是自然派的现实主义创作原则，而作家奉行的是幻想与现实相结合的幻想现实主义。《孪生兄弟》是一部富有开创性的作品，它不仅是作家此后所执著的"双重人格"主题的奠基作，而且开作家运用幻想来揭示人物内心世界矛盾的艺术手法之先河。

18年之后，陀思妥耶夫斯基又回到双重人格主题。1864年发表的《地下室手记》描写了一个具有畸形的双重人格的"地下人"的形象。他是彼得堡一个贫穷的退休小官吏。以前，他曾有信仰，有理想，有对"崇高而美好"事物的追求，但是，经过多年的世事沧桑，人生坎坷，其理想无法实现，于是自暴自弃，变成了乖僻、变态的"地下人"。他思想发达，耽于思考，洞明世态，愤世嫉俗，但又无力改变现实，心中郁积了太多的痛苦和怨愤；他地位卑微，常遭人歧视和侮辱，但又强持尊严，故作"凶狠"状，决意进行报复，可是他有心无胆，结果总是败下阵来，反过来，他又把满腔的屈辱和愤怒发泄在比他更卑贱、更软弱的人身上；他力图保持独立的的个性和人格，证明自己存在的价值，但又找不到正确途径，而认为人是"品行恶劣"、"忘恩负义"的两脚"动物"，他自己也恶言秽行，成了一个丧失道德原则的自我中心主义者；最后，他离群索居，退缩在"地下室"里，诅咒人生，自我折磨，在自虐中感受"报复"的快意，聊以自慰。总之，他的人格是分裂的：他既凶恶又懦弱，既善良又卑劣，既孤傲自尊又自卑自贱，既欲报复又有阿Q精神，既头脑清醒、洞察一切，又随波逐流、自甘堕落。这是许许多多善于思考而又备受压抑、对社会现实和自身惨状无能为力的俄罗斯知识分子的精神悲剧和无奈的心理情绪。

一般认为，《地下室手记》是一部论战性作品，因为在第一章，主人公针对车尔尼雪夫斯基在《怎么办？》中提出的合理利己主义和社会主义理想进行了针锋相对的批驳。诚然，这种思想交锋是有的，作者确实通过主人公的口表达了自己的某些观点，但是，这仅仅是小说的局部，何况，我们不能将主人公的思想与作者本人的观点等同起来，不能把"地下人"的议论看作是作者的独白。陀思妥耶夫斯基的小说具有"复调"特点，其人物传达出的是超越作者立场的一种独立的思想声音。陀思妥耶夫斯基一再强调，"地下人"是"俄罗斯大多数人"的代表，是"俄罗斯世界中的一个主要人物"。这是一个富有概括意义的形象，他代表了普遍存在的一种命运，一种处世哲学，一种精神状态，一种思想情绪，一种病态心理。而这些意识又都是特定时代和社会的产物。这才是小说的根本主题。

"双重人格"是陀思妥耶夫斯基小说的一个重要主题。以《孪生兄弟》为滥觞，他以后又创造了一系列具有双重人格的人物形象，如《罪与罚》中的拉斯柯尔尼科夫、《少年》中的阿尔卡基、《卡拉马佐夫兄弟》中的德米特里和伊凡等。人格的分裂，人性中两种因素——善与恶的对立和斗争，或统一于一个人物身上，就形成人物的双重人格，如拉斯柯尔尼科夫等人，或由两个人物体现出来，就构成一对互补的所谓"镜像人物"，如大、小戈利亚奥特金。这种"镜像人物"在中外文学中不乏其例。双重人格的对立斗争，既是陀思妥耶夫斯基笔下人物性格的特点，也显示出他心理描写的特色。而作家将人的性格和心理的普遍性和复杂性揭示得那么深刻，那么淋漓尽致，愈显示出这位"人的灵魂的审问者"的笔锋之犀利，功力之深厚。

（三）"幻想家"主题

社会的压迫，不堪忍受的现实生活，迫使"小人物"或者逃避到闭关自守的小天地，成为孤独的遁世者，或者退缩到自己的内心世界，成为做"白日梦"的幻想家。遁世和空想是对庸俗现实的一种反抗，只不过这种反抗过于消极和软弱罢了。

短篇小说《白夜》就表现了"小人物"这种可怜的生存状态。小说采用第一人称的叙事方式。"我"是一个不得志而又颇为清高的穷知识分子，因为与充满尔虞我诈和种种鄙俗关系的社会格格不入，于是离群索居，像蜗牛一样蜷缩在彼得堡角落里的一间阴暗的斗室里，独自过着凄冷、苦闷的生活。孤寂的心渴望交往，渴望倾诉，"全部要求无非只是对我说两句体贴、同情的话"。然而，在那个世态炎凉、人情冷漠的社会中，"小人物"的这一点点要求都得不到满足。孤独之中，他只能遁入自己的"幻想王国"，面壁遐想，在梦幻中建造海市蜃楼，于是，"一个新世界，一种迷人的新生活重又在他面前闪现出灿烂的远景"，他从中得到些许精神上的慰藉。一天夜晚，幻想家邂逅少女娜斯简卡，两颗孤独的心碰撞在一起，迸发出耀眼的火花。他们倾诉衷肠，互通心曲，惺惺相惜，彼此爱怜。那纯洁的心灵，真挚的情感，温暖的话语，以及甘愿为了爱而自我牺牲的精神，感人至深。每天晚上，两个人徜徉在朦胧迷人的白夜中，畅叙情怀，似乎意犹未尽，"明天见，明天见"的深情告别又约定再次相会。如此，四个夜晚过去了，娜斯简卡期盼的恋人终于出现了，姑娘欣喜若狂，随之与恋人一起离去，抛下"我"重又孤零零地徘徊于街头……刹那间，美丽可爱的少女消失了，幸福甜蜜的梦幻破灭了，醒来倍觉无奈、酸楚和凄凉。

这是作家的一篇风格迥异的优秀作品。美妙的意境,动人的诗意,纯真的人物,明朗的风格,洁净的语言,使陀思妥耶夫斯基的小说别开生面。

《女房东》则偏离了社会主题,转向对人的隐秘、病态心理的抽象探索。青年知识分子奥尔狄诺夫也是一位"幻想家",他靠着微不足道的一点遗产过着与世隔绝的生活,闭门治学,"成了孤僻的怪物"。由于必须迁居,他才走出屋门,去寻找新的栖身之所。他像一个出世的隐士,突然来到喧嚣扰攘的都市,五光十色的景象既使他感到新奇、亢奋,也令他头晕目眩。在教堂他偶遇一老者和一年轻女子,那女子令他怦然心动,一时激起他狂热的痴情。他煞费苦心地寻觅她的芳踪,终于做了这位女房东的房客。在好奇心的驱使下,他想方设法探查二人的来历和他们之间的关系,结果发现,老者穆林既是破产商人,又像一位可敬的老者和父亲,又像心怀叵测的巫师;女子卡捷琳娜既像他的女儿,又像他的妻子或情人,还是被他控制的精神奴隶,关系暧昧,神秘莫测。奥尔狄诺夫在与卡捷琳娜的交往中,二人萌生爱情,但后者始终摆脱不了穆林的精神控制,因而未能如愿。奥尔狄诺夫的生活仿佛失去色彩,万念俱灰,更加忧郁、孤僻,"一种类似神秘主义、宿命观念和不可知论的思想开始潜入他的心灵"。

别林斯基认为这篇小说是对马尔林斯基的风格的模仿,叶尔米洛夫断定是受果戈理的小说《可怕的复仇》的影响[①]。这里有浪漫主义的艺术形式——风高黑夜、杀人抢劫、巫师、美女……也有梦魇、歇斯底里、精神分裂……但唯独缺少深刻的社会内容,主题模糊,意蕴朦胧,作家仿佛只是醉心于对主人公神秘关系和隐秘心理、情欲的探索,而脱离了现实生活。这篇作品受到别林斯基的批评,作者自己后来也承认是"最糟糕透顶的东西"。

"幻想家"主题也出现在中篇小说《涅朵琦卡》中。叶菲莫夫是一个地主乐队的穷乐师,他怀着摆脱窘境、成为一个艺术家的梦想要去彼得堡闯荡。分手时,主人给他的临别赠言是:"别喝酒,要用功,莫骄傲。"但是贫困如影随形地纠缠着他,将他的灵感、激情、天赋几乎磨灭殆尽,而他却仍然沉醉在幻想中做着白日梦,狂妄自负,自命不凡,认为自己是旷世奇才,定会一举成名,成为世界上首屈一指的音乐家。然而,屡经挫折,他逐渐灰心丧气,懒散怠惰,自暴自弃,纵酒无度,潦倒堕落,最后在疯狂中死去。叶非莫夫的命运让我们看到,贫穷困窘如何使一个艺术家无立足之地;只沉溺于幻想而不努力奋斗、骄傲自满、懒惰、酗酒,如何断送了一个人艺术才华。小说后多半部分已脱离"幻想家"主题,主要叙述

[①] 详见叶尔米洛夫:《陀思妥耶夫斯基论》,新文艺出版社,1957年,第74页。

叶菲莫夫的女儿涅朵琦卡的成长史,且小说未完成。

(四)讽刺小说

作为"自然派"队伍中的一员,陀思妥耶夫斯基不但发展了果戈理的"小人物"主题,而且继承了他的讽刺传统,他流放归来后。于1859年连续发表了两篇喜剧性的讽刺小说,这就是《舅舅的梦》和《斯捷潘契科沃村及其居民》。

《舅舅的梦》展现了外省贵族地主的庸俗生活和卑劣心理。玛丽雅·亚历山德罗夫娜被认为是莫尔达索夫城的第一夫人,在她周围麇集了这个城市上流社会的各色人物,他们精神空虚,道德低下,寡廉鲜耻,追名逐利是他们最强烈的欲望。为此,他们勾心斗角,搬弄是非,互相攻讦,散布流言蜚语,其中以玛丽雅最富有心计,手段最高明。她贪图K公爵的身份和财富,就施展一切手段,千方百计地要将自己年轻貌美的女儿齐娜嫁给这个衰朽的老头子。K公爵何许人也?此人年轻时寻欢作乐,追逐女人,挥霍无度,荡尽家产。不料,晚年时他又意外地继承了大笔遗产,成了拥有四千个农奴的大庄园主。可是他已老朽不堪,而且残缺不全,他身上的一切几乎都是假的:假发、假须、假牙,右眼是玻璃的,左腿是木头的……全身支离破碎,仿佛"是由一些碎块拼凑起来的"。他整天还修饰打扮,涂脂抹粉,穿着时髦,装腔作势,神气活现。这样行尸走肉竟然成了人们艳羡、崇拜、巴结、逢迎的对象。K公爵形象以其夸张性和象征性表现了贵族阶级的腐朽堕落。

小说的标题是《舅舅的梦》,所以作者在"梦"字上大作文章。玛丽雅对K公爵极尽奉承讨好之能事,急切盼望攀龙附凤、骗取钱财的好梦成真;齐娜的追求者莫兹格里亚科夫因为遭到拒绝,图谋报复,决意拆台,于是极力哄骗舅舅K公爵,说他向齐娜求婚那只是一场梦,实际上并未发生;而老朽昏聩的公爵也糊里糊涂地认为,似乎真的做了一个追香猎艳的美梦;结果,玛丽雅的阴谋破产,在众人面前出丑现眼,那些心怀嫉妒的太太们幸灾乐祸,讥笑她在做白日梦,到头来不过是一场空。通过这场梦,对不同的人物、不同的阴暗心理做了淋漓尽致的揭示,小说的喜剧效果和讽刺意味也由此尽显出来。

《斯捷潘契科沃村及其居民》则描写斯捷潘契科沃田庄的主人、退伍上校罗斯塔涅夫围绕自己的婚姻同食客福马·福米奇的一场斗争。早年丧偶的上校爱上了贫穷的家庭女教师,但上校的母亲及备受赏识的福马欲将女教师撵出家门,要他续娶精神不正常、但继承了巨额遗产的老姑娘塔姬扬娜·伊万诺夫娜。心地善良然而性格软弱的上校在巨大压力下进退两难,幸亏上校的外甥、即故事的叙述者"我"的劝说和鼓励,他才起来捍卫自己的爱情,有情人终成眷属,一场风波以喜剧收场。

小说最大的亮点在于塑造了一个答尔丢夫式的人物——福马·福米奇的形象。他早年曾担任过公职,从事过文学,但平庸无能,一事无成,为了混碗饭吃,他来到上校的继父克拉霍特金将军身边,成了寄人篱下的一名食客。为了取悦于将军,他扮演各种动物,摆出各种姿势,充当供人开心解闷的小丑。期间,他忍气吞声,阿谀奉承,备受屈辱,心中郁积了太多的怨恨。等到将军去世,他感到扮演丑角的时代已成为过去,于是摇身一变,判若两人。"卑鄙的灵魂摆脱压迫后便要压迫别人",他要为过去的遭遇索取补偿,进行报复,要发泄心中积累的嫉恨和怨毒。这个猥琐、卑怯的小人一下子表现出强烈的自尊心,妄自尊大,乖张任性,不可一世,动辄即训斥别人,在庄园里称王称霸。他不学无术,却道貌岸然,自吹自擂,装腔作势,满口道德良心、责任义务,一副正人君子的模样,居然迷惑了很多人,成为人们心目中的权威和偶像。他善于伪装,巧于随机应变,他被愤怒的上校驱逐出家门,眼看成为丧家之犬,于是摇唇鼓舌,花言巧语,并且成全了上校与家庭女教师的婚姻,原来要破坏这场婚姻的阴谋策划者成了促成双方幸福的大恩人。福马是一个失意时卑躬屈膝,得意时专横霸道、甚至比主子还狂妄恶毒的小人,是一个厚颜无耻的伪君子。这样的形象,这样的性格,是俄国农奴制社会的畸形产物。

(五)幻想小说

陀思妥耶夫斯基晚年陆续发表的《作家日记》中,有两篇作家本人视之为"幻想小说":《温顺的女性》(1876)和《一个荒唐人的梦》(1877)。这是两篇比较优秀的作品。

《温顺的女性》讲述了一个令人心碎的故事。一个16岁的温柔少女父母双亡,寄人篱下,受尽折磨,两个可恶的姑姑欲将她当作商品卖掉,无奈只好接受一个41岁的当铺老板的求婚,匆匆出嫁。由于缺乏感情,二人无法沟通,先是争吵,随之是默默无语,相对无言,最后是彼此视同陌路,日益疏远。仅仅过了一年,这个姑娘就捧着圣像跳楼自杀了。一朵鲜花未及盛开就这样被窒息了。究竟是什么摧折了她年轻的生命呢?——是那个冷漠的、死气沉沉、缺少爱和温情的世界:"一切都死了,到处都是死人。只有一些人,而包围他们的是沉默——这就是世界。"小说结尾,作家通过丈夫的口发出了这样的呼唤:"人们,彼此相爱吧!"

虽然小说的副标题是"幻想的故事",但"它本身是极度真实的",作者是在当时发生的一个贫苦的年轻姑娘、一个女裁缝跳楼自杀事件的影响下写成的。作者之所以称之为幻想故事，主要是指的它的叙述形式。故事的叙述者是丈夫，他怀着惊恐和困惑的心情回忆事情的经过，寻找种种理由，解释其中的原因，有推论，有揣测，有疑惑，前后矛盾，一切都是他自己的主观想象，此其一；其二，他自言自语、断断续续地向某个看不见人诉说着，而这个人将一切记录下来，然后经过作者的加工整理，于是就有了这篇作品。作者在"作者告白"中对此作了解释，并且指出，雨果的《一个死囚的末日》采用的就是这种手法。

《一个荒唐人的梦》也有一个副标题——"幻想小说"。小说描写一个对世上的一切感到"都无所谓"的"荒唐人"偶得一梦，梦见来到一个星球，在这里，展现在他面前的是"一种伟大辉煌的、万象更始的、充满活力的新生活"：树木葱茏，鲜花盛开，鸟儿歌唱；这里的人们天真淳朴，快乐安详，和睦相处，没有嫉妒，没有纷争，共同组织成一个大家庭；他们学问高深，有着"无所不包的博爱感情"，与整个宇宙息息相通。这是"没有被人类罪恶所玷污的一片净土"，是令人向往的幸福天堂！但是，由于"我"的到来，随之带来的地球上的"文明"像"鼠疫菌"似地污染了这块净土，于是，人们学会了说谎，萌发了私欲，欺诈、邪恶、仇恨、暴行、奴役、苦难等百弊丛生，纯洁无暇的人类乐园逐渐变成了充满罪恶的可怕世界。那么如何恢复失去的乐园呢？梦醒后的"荒唐人"决心"传道去"，他的救世之道就是："必须像爱自己一样去爱别人"。

这实际上是一篇哲理小说。作者运用梦幻的艺术手段描绘了一个乌托邦式的理想社会，表达了他关于"人类的黄金时代"的幻想，同时，宣扬了他一贯坚持的通过"爱"的普遍传播达到人类和谐的宗教救世思想。

这两篇作品虽然内容迥异，但有共同的思想基础，那就是落脚点都在一个"爱"字上。作者呼唤爱，鼓吹用爱抚慰心灵，用爱疗治社会，用爱拯救人类，这是贯穿他的全部创作的主导思想。

第三节 《罪与罚》

《罪与罚》是陀思妥耶夫斯基60年代最重要的作品，它标志着作家的小说创作的成熟和独特艺术风格的最后形成，正是这部作品给他带来世界性的声誉，从而使他跨入俄国和世界伟大作家的行列。

《罪与罚》的构思在作家头脑里并非一次完成，而是经历了一个逐渐变化、完善、明晰的发展过程。1865年6月8日他在给阿·克拉耶夫斯基的信中谈到，他要写一部题名为《醉汉》的长篇小说，其内容不仅要描写酗酒问题，还涉及家庭和儿童教育问题①。同年9月,陀思妥耶夫斯基在给《俄国导报》主编卡特科夫的信中又讲述了另一部小说的构思:"这是一次犯罪的心理学报告"——一个被学校开除的大学生由于受到"社会情绪中明显表现出来的某些思想"的影响,杀死了一个放高利贷的老太婆,抢走她的钱;犯罪后,难以承受的道德良心折磨最终促使他投案自首②。之后,作家将这两种构思有机地整合起来,形成一个统一的整体,其中既有马尔美拉多夫的酗酒,也有拉斯柯尔尼科夫的犯罪,于是《罪与罚》诞生了。1866年,这部长篇小说在《俄国导报》上分期发表。

《罪与罚》以60年代彼得堡为背景,将城市底层人民的极度贫困、备受欺凌以及酗酒、卖淫、杀人、抢劫等社会罪恶赤裸裸地暴露出来,同时深刻地揭示了被压迫的小市民阶层的挣扎、反抗、绝望、幻想等复杂的思想和心理,反映了俄国资本主义关系的发展所引起的尖锐的社会矛盾,探讨了道德伦理、哲学思想、宗教信仰等问题。

在小说中,作家以震撼人心的笔力展现了城市底层生活的可怕图景。在彼得堡贫民窟的狭小、肮脏、窒闷的公寓里,生活着形形色色的走投无路的不幸者。大学生拉斯柯尔尼科夫家境贫寒,由于缴不起学费,只好辍学谋生,不久又失业。因为久未付房租,房东甚至不再供给伙食。他衣衫褴褛,饥肠辘辘,备受煎熬。妹妹杜尼雅在地主家当家庭教师,遭到主人的侮辱,反而被赶出家门;为生活所迫,她违心地打算嫁给律师卢仁。拉斯柯尔尼科夫明知道这门没有爱情的婚姻不过是变相卖身,本不愿妹妹为了家庭、为了帮助自己完成学业做出这样的牺牲,但又别无他计。一家人陷入一筹莫展的困境之中。

在困境中挣扎的何止拉斯柯尔尼科夫一家?马尔美拉托夫一家人的命运更悲惨。马尔美拉多夫是个小公务员,因为人际关系被辞退而失业。眼看妻子疾病缠身,孩子们不得温饱,作为一家之主,他的心都碎了,但又束手无策,只会借酒浇愁,麻醉自己。为了一家人免于饿死,长女索尼雅被逼为娼,靠每天用肉体换来的几个卢布维持生活,受尽蹂躏。拉斯柯尔尼科夫说,摆在索尼雅面前有三条路:投河,进疯人院,或者腐化堕落。索尼娅也曾想投河自尽,了却一生,但是想到自己一死,一家人即衣食无着,坐以待毙,因此只得继续忍受下去。对穷人来说,自杀甚至也是一种奢望。马尔美拉多夫喊道:"这样的日子活不下去!""走投无路是一种什么样的境遇?得让每个人有条路可走啊!"这是怎样绝望的、撕心裂肺的哀号啊!一天,马尔美拉多夫酒醉回家,在路上被富人的马车轧死。他死后,患肺病的妻子卡捷琳娜·伊万诺夫娜精神失常,带着三个孩子在大街上又

---

① 陀思妥耶夫斯基:《书信集》第1卷,俄文版,1928年,第408页。
② 同上书,第418—419页。

唱又跳,向行人乞讨,最后咯血而死。悲惨的命运使她再也不相信上帝,临死前,她满怀怨恨说出了亵渎上帝的话:"他是慈悲的,可是对我们却不!""我没有罪,用不着神父。上帝应当宽恕我,他知道我受了多少苦……如果他不宽恕,那就随它去吧!"陀思妥耶夫斯基总在鼓吹宗教救世思想,要人们相信,大慈大悲的上帝能拯救人们出苦海,但残酷的现实又使他不得不承认宗教的虚伪性,他世界观中的矛盾在这里表现出来。

  此外,小说中还写到了阴暗、肮脏的穷街陋巷;酒馆里喝得醉醺醺的、吵闹哭号的失意的人们;遭到凌辱的、在街头蹒跚而行的少女,后面跟着不怀好意的男人;一个女工投河自尽,污浊的河水刹那间将她吞没;街头卖唱的歌女……作者毫不留情地撕下了彼得堡的表面豪华的帷幕,将其黑暗的角落和孤苦无依的人们的地狱般的生活暴露出来,显示了他的现实主义的巨大批判力量。

  资本主义的发展加剧了俄国社会的两极分化,既有马尔美拉多夫这样被侮辱和被欺凌的穷人,也必然有卢仁、斯维德里加依洛夫之流作威作福的地主资产阶级。两极世界形成鲜明对照和尖锐对立。

  律师卢仁是拉斯柯尔尼科夫的妹妹杜尼雅的未婚夫。此人贪婪、冷酷、伪善、诡诈而不择手段,是一个满身铜臭气的市侩,一个极端利己主义者。他信奉的是"人不为己,天诛地灭"的人生哲学,赤裸裸地说道:"你爱人,首先爱你自己,因为世界上的一切都是以个人为基础的。"他唯一看重的是金钱,因为"金钱能提高他的身价",能使他出人头地。他对婚姻问题的考虑完全是出于个人的利害打算;他要娶一个出身贫寒、贤淑、美貌、有学问、有教养的姑娘为妻,这样一方面会对他感恩戴德,崇拜他,服从他,任他摆布,同时又会襄助他飞黄腾达,名利双收。为此他相中了杜尼雅。但这门婚姻遭到拉斯柯尔尼科夫的强烈反对。为了达到自己的目的,卢仁一面在他们母子、兄妹之间制造矛盾,挑拨离间;一面又无中生有,造谣说拉斯柯尔尼科夫将家里寄给他的仅有的几个钱给了妓女索尼雅,并栽赃陷害后者,污蔑她是小偷,借以贬损拉斯柯尔尼科夫的名誉,造成他与母亲、妹妹的不和,以便最终占有杜尼雅。最后,杜尼雅彻底认清了卢仁的本来面目,称他是"卑鄙毒辣的人"。这一形象是俄国农奴制废除后逐渐得势的新兴资产阶级的典型。

  斯维德里加依洛夫则是走向没落的地主阶级的代表。他本来已穷途末路,债台高筑,玛尔法·彼得罗芙娜用三万银卢布将他从债务拘留所里"赎买出来",并与他结婚,从此起死回生,成为巨富,过着荒淫无耻的寄生生活。他认为自己的行为不受任何道德原则的约束,可以为所欲为。为了满足自己的淫欲,他干出了各种伤天害理的勾当。他残酷迫害农奴,将仆人菲里普折磨致死;他曾奸污一个聋哑少女,逼得人家上吊自杀;他调戏家庭教师杜尼雅,结果杜尼雅反被赶出家门；他鞭打妻子，最后竟将她毒死。刚刚埋葬妻子，他就跑到彼得堡寻花问柳。在这里，他骗上了一个十九岁的姑娘做自己的未婚妻，同时又疯狂地追求杜尼雅。他先是用金钱收买，未能得逞，继而又偷听拉斯柯尔尼科夫与索尼雅的谈话，掌握了他犯罪的秘密，以此威胁杜尼雅，逼其就范，甚至企图强奸她。最后，他的一切阴谋伎俩破产了，欲望得不到满足，内心极度空虚，失去生活的兴趣，于是开枪自杀，结束了他肮脏、罪恶的一生。作家着重强调了此人的精神空虚和道德沦丧，这一形象反映了农奴制改革后贵族地主阶级的腐败、堕落。在形象体系上，斯维德里加依洛夫是拉斯柯尔尼科夫的"镜像人物"，反映了后者性格中"最卑劣、最愚蠢的一个方面"。前者自称他俩是"一丘之貉"，而后者则常常觉得他仿佛是自己的"幻觉"。斯维德里加依洛夫的死象征着拉斯柯尔尼科夫的另一重人格的毁灭，从而为他的自首消除了心理障碍。

在《罪与罚》中，作家不仅描写了城市底层人民生活的辛酸和不幸，而且他的笔触又向其内心世界深入开掘，揭示了他们深层的思想意识和心理。这主要是通过主人公拉斯柯尔尼科夫的形象来体现的。

俄国农奴制废除后，资本主义迅猛发展起来。在资本主义的冲击下，市民阶层发生两极分化：一小部分人发财致富，成为资产阶级暴发户；大部分人则沦为资本主义的牺牲品，贫穷、破产，被抛入社会底层。小市民是一个动摇的、不稳定的阶层，他们过着贫穷、屈辱的生活，一方面痛恨那些为富不仁的掠夺者，对不公正的社会发出愤愤不平的抗议；同时又不甘处于被人践踏、蹂躏的地位，对富贵荣华艳羡不已，梦想有朝一日时来运转，飞黄腾达，成为人上人。这两种意识在他们的灵魂中搏斗着，从而造成人格的分裂。同样，市民知识分子也发生分化。一些人接受了先进思想，成为民主主义者，走向理性的反抗道路；而另一些人则受到资本主义发展而产生的个人主义和无政府主义思想的毒害，误入歧途。拉斯柯尔尼科夫就是后一类人的代表。陀思妥耶夫斯基作为市民阶层的代言人，在小说中，通过拉斯柯尔尼科夫的形象，将小市民的那种典型的心理特征，即他们的挣扎、反抗、幻想及其思想意识中的弱点表现的淋漓尽致。

法科大学生拉斯柯尔尼科夫本来是一个聪明敏感、正直善良、乐于助人的青年，但在贫穷生活的折磨下，他变得阴郁、孤僻，甚至冷漠无情、麻木不仁了。他孑然一身，蜗居在像棺材般的斗室里，整天躺在破旧不堪的沙发榻上，苦思冥想着如何摆脱困境。他耳闻目睹的同样是孤苦无助的穷人们任人欺凌，在苦难中挣扎、呻吟，而那些有钱有势的地主资产阶级却作威作福，横行霸道。善恶对立、贫富悬殊的残酷现实，两种截然不同的命运，引起拉斯柯尔尼科夫深思，使他逐渐形成一种"理论"，并在杂志上发表了题为《论犯罪》的文章，阐述了这一理论。

他认为,世界上的人可分成两类:"平凡的人"和"不平凡的人"。前者是芸芸众生,不过是"繁殖同类的材料",只能俯首帖耳,唯命是从,做任人宰割的奴隶;后者是少数,可以不受法律和道德规范的约束,可以"跨过尸体和血泊"、逾越一切障碍而为所欲为,成为统治者,像拿破仑一样"主宰世界"。这显然是一种"超人"哲学,是资本主义残酷竞争、两极对立的社会现实产生的一种观念,或者说是资本主义社会"人对人是豺狼"、弱肉强食的法则的一种反映。

既然权力属于强者,属于"不平凡的人",那么他拉斯柯尔尼科夫为什么不能成为这样的人物呢?为了证实自己的理论,为了检验自己是否能成为一个"不平凡的人",有没有权力为所欲为,于是他决定进行一次"实验"——杀死了那个放高利贷的老太婆,同时,慌乱中又杀死了她的妹妹。行凶前,他的思想斗争十分激烈。一方面他感到这种念头"卑鄙"、"下流"、"可恶"、"荒唐透顶",极力想摆脱掉;另一方面,他从马尔美拉多夫一家的悲惨遭遇和自己家庭的困境看到了那些被压迫被侮辱的人们的不幸命运,这似乎又印证了他的"理论"的正确性,更坚定了他犯罪的决心。

对于这次犯罪的动机,拉斯柯尔尼科夫前后有不同的解释,时而说是因为贫穷,他要把抢来的钱作为生活费,完成自己的学业,将来走上独立的生活道路;时而说他杀人主要不是为了钱,而是想知道,他是否敢于胆大妄为,"俯身去拾取权力",是否可以做"不平凡的人";时而又说他杀死老太婆是想"为大众造福","想要做人类的恩人"等等。对犯罪动机前后矛盾的不同解释,说明他犯罪的原因是复杂的,既有客观的,也有主观的,是多种因素促成的。他贫穷潦倒,陷入走投无路的绝境,正如马尔美拉多夫所说:"走投无路是一种什么样的境遇?"为贫穷所迫,为了活下去而去犯罪,归根结底,是不合理的社会造成的。在这里,作家揭示了资本主义社会里人们被迫铤而走险、杀人越货的社会原因。不论是拉斯柯尔尼科夫的杀人,还是马尔美拉多夫的酗酒,还是索尼雅的卖淫等等,其根源皆在于不合理、不平等的社会制度。同时,他的犯罪也有其主观原因,那就是这种荒唐行为是在他的所谓"理论"指导下进行的。他妄想成为"不平凡的人",或者做主宰世界的拿破仑式的统治者,或者做施恩于人类的救世主。不论前者还是后者,都是从"我"出发,其实质都是资产阶级个人主义。正如他反复表明的:"我杀人只是为了我自己,只为了我个人。"这种个人主义思想毒害了拉斯柯尔尼科夫的灵魂,造成了他人性的异化和心理的变态。于是他采取了个人主义和无政府主义的手段与社会对抗。然而,这种反抗手段根本不能消灭社会的不平等,也不能改变大多数被压迫者的命运。

陀思妥耶夫斯基还把拉斯柯尔尼科夫的荒谬"理论"及犯罪行为无端地与60年代的所谓"虚无主义"——即革命民主主义思想联系在一起,以此证明主人公的所作所为受到当时的社会思潮的影响。为此,作者特意安排了这样一段情节:一次,拉斯柯尔尼科夫在酒馆听到一个青年军官和一个大学生在谈话,大学生说,那个放高利贷的老太婆心肠狠毒,贪得无厌,活在世上不仅毫无意义,而且为害别人,如果杀死这只吸人血的"蜘蛛",用她的钱去救济人,就可以使许多家庭免于贫困和死亡,这可是一件功德无量的事。这种说法与拉斯柯尔尼科夫的念头不谋而合,更坚定了他犯罪的欲望。作者企图以此说明,这种暴力思想在当时的青年中普遍存在,这都是受了"虚无主义"的毒害。这里,我们不妨再引用一条论据。在随后创作的小说《白痴》中,作者通过一个人物(列别杰夫)的口说道:那些"虚无主义者"认为,"只要你很想得到什么东西,那么你就有权不在任何障碍面前止步,哪怕为此杀死八个人也在所不惜。"这种说法与拉斯柯尔尼科夫的"理论"如出一辙。显然,陀思妥耶夫斯基是将矛头指向了以车尔尼雪夫斯基为代表的革命民主主义者。其实,拉斯柯尔尼科夫的"理论"以及他的无政府主义的个人反抗与革命民主主义者的暴力革命思想完全是风马牛不相及,毫不相干。

  拉斯柯尔尼科夫的"实验"失败了,他的"理论"破产了。事实证明,他无法超越法律和道德规范,不能成为拿破仑那样的"不平凡的人"。他杀人之后,双手沾满鲜血,灵魂颤栗了,精神崩溃了,陷入无限痛苦之中。他感到与整个人类脱了节,仿佛用一把剪刀"把自己和一切人和一切往事截然剪断了"。他在孤独和恐怖中忍受着良心的折磨。他对索尼雅说:"难道我杀死了老太婆吗?……我杀死的是我自己,不是老太婆!我就这样一下子毁了自己,永远毁了!"他心里想到:"我杀死的不是一个人,而是一个原则!我破坏了一个原则……"这个原则,在作者看来,就是俄国人民的道德基础——基督教的"爱"的原则。拉斯柯尔尼科夫杀死了别人,同时也杀死了自己的良心;毁灭了别人的生命,同时破坏了人民的道德法则。因此,他必定既受到外在的、法律的、肉体的制裁,也受到内在的、精神上的、道德良心的惩罚。然而,作家强调,重要的不是前者,而是后者。所以,小说以大部分篇幅描写拉斯柯尔尼科夫杀人后的紧张、激烈思想斗争和复杂而矛盾的心理活动。为了对付警察局的侦查,逃避法律的制裁,他销赃灭迹,欺骗撒谎,费尽心机;他六神无主,坐立不安,疑神疑鬼,梦魇缠身,大发歇斯底里,频于疯狂;他难以消除负罪感,良心受着拷问和折磨……总之,拉斯柯尔尼科夫经受了一次精神上的苦刑。

  陀思妥耶夫斯基以拉斯柯尔尼科夫的失败结局既否定了他的"理论",对资产阶级的极端个人主义思想给予了批驳,也否定了他的暴力反抗手段,意在表明,谁一旦迷信暴力思想,走上暴力道路,就必然任意妄为,必然导致精神崩溃和人性毁灭。

  作家既然否定了拉斯柯尔尼科夫的反抗道路,那么给他指出了一条什么样的出路呢？如何使他那堕落的灵魂复活呢？陀思妥耶夫斯基给他指出的唯一出路就是忏悔、赎罪和皈依上帝，用基督精神净化自己的灵魂，通过受苦受难而走向新生。当拉斯柯尔尼科夫对索尼雅坦白说他杀了人，该怎么办时，索尼雅说道，立刻去站在十字街头，双膝跪下，先吻被你玷污了的大地，然后向全世界承认"我杀了人"，那么上帝就会宽恕你，使你获得新生。经过痛苦的思想斗争，拉斯柯尔尼科夫果然这样做了，随之投案自首。最后，在索尼雅的爱情的温暖下，在基督精神的感召下，他甘愿以受苦来赎罪，洗涤自己的灵魂，他逐渐恢复了心灵的纯洁和平静，道德上获得新生，精神上复活了：在他那"病容满面、苍白的脸上已经闪烁着新的未来和充满再生和开始新生活的希望的曙光"。其实这也是陀思妥耶夫斯基给在苦难中挣扎的人们指出的一条出路，他仿佛在向人们大声呼吁："忍耐顺从吧，相信上帝吧，上帝会拯救你脱离苦海！"这显然是错误的。陀思妥耶夫斯基无情地暴露了资本主义社会的罪恶，彻底否定了它的弱肉强食的道德原则，对"被欺凌和被侮辱的"表示了深切同情，但他除了乞灵于宗教外，找不到解决社会矛盾的正确途径，不能为苦难的人民指出真正的出路。这是他世界观的矛盾，也是他的悲剧。

与拉斯柯尔尼科夫在精神上形成对照的是索尼雅。她是作家的理想人物，是俄罗斯人民固有的道德观念的体现者。她虔信上帝，隐忍顺从，温和善良，对人充满爱，富有牺牲精神。对她来说，爱和苦难是融为一体的，正是因为对人满怀爱心，正是为了她所爱的人（父母、兄弟、姐妹）能够活下去，她才甘愿自我牺牲，当了妓女，甘愿背负沉重的十字架，忍受肉体和精神上的折磨。她总是怀着罪孽深重的忏悔心情去承担加在她身上的一切苦难，把忍受苦难当作赎罪。她爱得越深，忍受苦难的毅力越坚强；反之，正是她所承担的苦难的深重和忍受苦难的顽强毅力，她身上才闪耀着更加强烈的爱的光辉。作家把她看作是人类苦难的象征。拉斯柯尔尼科夫俯伏在地吻她的脚，说道："我不是向你膜拜，我是向人类的一切痛苦膜拜。"通过这一形象，作家宣扬了基督教的仁爱、宽恕、忍耐、自我牺牲和受苦受难精神。正是在索尼雅的鼓励和感召下，拉斯柯尔尼科夫归依了上帝，从而走向了新生。索尼雅的形象作为作家鼓吹宗教思想的传声筒是苍白无力的，但作为俄罗斯人民传统道德观念的体现者则是有代表性的。

《罪与罚》是一部优秀的社会哲理小说，它不仅深刻揭示了资本主义在俄国的土地上扎根后所引起的尖锐的社会矛盾，而且反映了那个时代在思想道德领域所激起的冲突，作家又把这些矛盾和冲突提升到哲理的高度加以描写和探讨，提出了善与恶、罪与罚、群氓与超人、暴力与仁爱、堕落与拯救等问题，使作品具有丰富而深刻的思想内涵。小说给读者留下不可磨灭的印象的是作者描绘的那幅令人战栗的俄国资本主义社会的真实图画,读者听到的是被践踏被蹂躏的人们所发出的呻吟和抗议,作品激发的是人们对不合理社会的憎恨,而不是作家对宗教的呼吁,不是关于忍耐、顺从、苦难的说教。这就是作品的客观效果。

《罪与罚》作为陀思妥耶夫斯基的代表作,体现了他的小说的基本艺术特征。

这部作品将凶杀案件的紧张情节与对城市底层生活的素描有机结合起来,彼得堡贫民窟的惨不忍睹的生活景象构成了故事发生的背景和拉斯柯尔尼科夫的生活环境。正是这种生活环境为主人公的扭曲性格和病态心理的形成提供了依据,也是他的所谓"理论"产生及其犯罪的客观的社会根源。如此,正确处理了典型环境与典型性格的关系。

有的论者称《罪与罚》是社会心理小说,因为它用了三分之二的篇幅描写主人公犯罪前后的心理活动。这种心理活动不是一般人的正常的心绪变化,而是一个罪犯处于"罪与罚"斗争中的高度紧张、矛盾、痛苦到极点的心理状态,甚至是失去理智的、难以自控的、飘忽不定的下意识活动。表现这种心理活动,作家主要采用了内心独白、幻觉、梦境、精神错乱、歇斯底里等手法,充分显示了陀思妥耶夫斯基独特的心理描写技法。

小说具有侦探-惊险小说的某些特点,矛盾冲突尖锐、激烈,富有戏剧性,情节跌宕起伏,进展迅速,紧张得让人喘不过气来。

第四节 《白痴》

1866年末《罪与罚》完成后,陀思妥耶夫斯基于第二年9月马上着手长篇小说《白痴》的创作,并从1868年第一期《俄国导报》上开始连载,一年之后,即1869年1月告竣。

与《罪与罚》不同,《白痴》描写的不是彼得堡底层人民的生活,而是将画面集中在道德沦丧、人欲横流的贵族地主和官僚社会,以一个女子的遭遇谴责了资产阶级金钱势力对美的亵渎和践踏,表现了美的毁灭的悲剧性主题。

女主人公纳斯塔霞·菲利波夫娜的悲剧命运是整部小说的核心,所有情节都围绕这一核心展开。在给梅什金公爵留下深刻印象的那张照片上,读者最初欣赏到她的倩影:"她穿着一件式样非常素雅的黑绸衫;头发看来是深棕色,梳成一般的家常式样;眼睛又深又黑,有个若有所思的前额,面部表情既热烈又似乎很傲慢。""她的脸色倒还愉快,可是她受过很大的苦。"这张脸上仿佛含有无限的骄傲和轻蔑,几乎是仇恨,同时还有一种轻信的、无比天真的神态。公爵不禁惊叹道:"真美呀!"这张脸不仅显示了迷人的女性美的魅力,而且写着她的性格和心理特征:不平凡的阅历,深思的头脑,内心潜藏的痛苦和仇恨,热情、高傲而又纯朴、天真的个性。然而红颜命蹇,在那个弥漫着铜臭气和淫荡之风的社会里,绝色美人纳斯塔霞成了金钱势力的玩物和牺牲品,美被淹没在污泥浊水之中。

纳斯塔霞身世凄凉,自幼失去怙恃,被大地主托茨基收养。十二三岁时,小姑娘已出落成聪明伶俐的美人坯子,引起了托茨基的注意,于是聘请家庭教师,对她精心培养。十六岁那一年,纳斯塔霞竟被托茨基占有,被迫做了他的情妇,成了他寻欢作乐的对象。从此拉开了她的命运悲剧的序幕。托茨基厌倦之后,欲将她抛弃,再攀上一门门当户对、人才两旺的婚姻。这引起了纳斯塔霞的愤怒,她决意报复,托茨基只好暂时搁置结婚的念头。后来,他又阴谋以七万五千卢布做陪嫁,将纳斯塔霞嫁给叶潘钦将军的秘书加尼亚,然后和将军的大小姐结婚。这实际上是一桩卑鄙无耻的交易:托茨基虽然付出了七万五千卢布,但与有钱有势的将军之女结婚,得到的陪嫁远远超过付出;对于叶潘钦来说,这门婚姻可谓一举两得,既为女儿找到殷实富有的佳婿,同时他还想把自己垂涎已久的纳斯塔霞据为情妇,为此他特意准备了一条昂贵的珍珠项链,打算在纳斯塔霞生日那天送给她,作为进一步实现其目的铺垫;至于加尼亚,他对这门婚事也是求之不得,因为可以坐收七万五千卢布的陪嫁,另外,即使上司叶潘钦将军勾搭他的妻子,他不仅不会阻拦,反而会受宠若惊。他们各怀鬼胎,唯独纳斯塔霞被视为金钱交易的牺牲品。纳斯塔霞识破了他们的阴谋,断然拒绝这门婚事。后来,梅什金公爵向她求婚,她也拒绝了,最后违心地嫁给商人罗戈任,结果惨死在他的刀下。

孤零无依的纳斯塔霞像商品一样被标价卖来卖去,生活中经历了太多痛苦和屈辱,因此形成了矛盾、畸形的心理:一方面,在乌烟瘴气的社会里,与周围那些卑鄙、自私、虚伪的势利之徒、拜金狂、淫棍、俗物相比,她自觉是高尚的、清白的、纯洁的,另一方面她又有不幸的人生经历,心灵受到严重创伤,认为自己是堕落"荡妇",因此自惭形秽,自轻自贱;一方面,她向往新生活,渴望真挚的爱情,而同时又难以摆脱自卑感,只好破罐破摔,继续在污泥浊水中挣扎。处于那些利欲熏心、灵魂丑恶的金钱势力的包围之中,一个孤立无援的弱女子,高傲不驯、玩世不恭、嬉笑怒骂成为她自卫和反抗的唯一手段。她蔑视托茨基、叶潘钦、罗戈任、加尼亚之流,对觊觎她的美色、企图收买她、占有她的人满怀强烈憎恨和复仇心理,哪怕"不顾体面地戕害自己",哪怕"流放到西伯利亚服苦役",也要对她深恶痛绝的那些人进行报复和羞辱。她对金钱势力的蔑视和抗议在她的生日晚会上达到了顶峰。

纳斯塔霞的可贵之处在于,她虽身陷金钱社会的泥淖里却出污泥而不染,虽一无所有却对金钱毫不动心。她看透了嗜钱如命的加尼亚的肮脏灵魂,在生日晚会上,她当众挖苦他道:"你为了三个卢布会爬到瓦西里岛去。""像你这样的人,为了金钱是会杀人的! 现在这种人全都贪得无厌,他们被金钱弄得神魂颠倒,就像昏了头似的! 连一个孩子都想去放高利贷! ……你真是个不要脸的家伙!"她将加尼亚狠狠地戏弄了一番,对他说:我要欣赏欣赏你的灵魂,这是十万卢布,我现在把它扔进火里,你当着大家的面,伸手到火里去取,如果取出来,十万卢布全是你的! 说罢,便将罗戈任收买她的一大捆钞票扔进壁炉里,周围发出一片惊叫。加尼亚呆呆地盯着熊熊燃烧的火焰,眼看十万卢布即将化为灰烬,"苍白的脸上浮现出疯了般的笑容"。他经受不住这种精神苦刑,轰然倒地,昏了过去。而纳斯塔霞对金钱势力的鄙视和郁积在心中的报复情绪却在这场游戏当中得到了宣泄。这一场面被作家渲染得有声有色、惊心动魄,堪称世界文学中的精彩篇章。

在纳斯塔霞所处的污浊环境中,唯有梅什金公爵是最理解她、信任她的人。公爵同情她的不幸遭遇,认为"从地狱里出来"的她是无辜的、清白的,她的灵魂是纯洁的。他怀着兄弟般的真挚情感尊重她、爱护她,欣赏她的美,珍惜她的美,真正懂得她的美的价值。在她的生日晚会上,加尼亚在等待着她宣布与他结婚的决定,罗戈任则以重金收买她美色。前者是骗局,后者是陷阱。梅什金公爵不愿意她再次成为牺牲品,为了使她摆脱厄运,便在大庭广众面前向她求婚。纳斯塔霞深受感动,说他"真是一个好人",是她的"恩人"。但是,纳斯塔霞无法接受梅什金的爱。因为她懂得,公爵向她求婚只是出于对她的一片恻隐之心,而不是真正的爱情,她的自尊和高傲使她不愿意接受别人的同情、怜悯和施舍。再者,她虽然真心地爱着梅什金,但强烈的耻辱感和自卑感又使她不能去勇敢爱,在她眼中,梅什金是道德纯洁的象征,而自己是堕落的、有罪的,她实在不忍心再去玷污他,不愿意毁灭他的幸福。因此,她犹豫再三,最终还是拒绝了梅什金。就在她与梅什金在教堂举行婚礼时,罗戈任出现了,她大喊一声;"救救我吧! 带我走!"罗戈任把她抱进马车,急驰而去。心高气傲的纳斯塔霞需要的是真正的爱情,而不是同情和怜悯;她情愿牺牲自己,也不愿伤害和连累她所爱的人;她宁肯公开的、光明正大地将自己拍卖,也不容忍包藏祸心的假仁假义。这就是纳斯塔霞的性格!

无论纳斯塔霞多么高傲,无论她怎样挣扎和抗争,但在群狼的包围之中,她最终难逃毁灭的命运——她被罗戈任杀害了。梅什金公爵认为:"美可以拯救世界。"纳斯塔霞所体现的美不仅不能拯救世界,反而被毁灭了。在这个畸形的社会里,一切美好的事物都会遭到毁灭——这就是小说所要表达的中心思想。作家以美的毁灭向金钱社会提出了抗议。

纳斯塔霞的命运是一场悲剧,但她不甘示弱,始终顽强地抗争着,与作家笔下那些软弱的、逆来顺受的小人物比较起来,这一形象显得尤为丰满、鲜明、有力。

在《白痴》中,陀思妥耶夫斯基用来对抗丑恶的社会现实、疗救社会、表达美好理想的人物是梅什金公爵。

农奴制废除后,俄国社会进入历史的转折时期,俄国向何出去、俄国"怎么办"的问题成为一切有识之士关注的焦点。因此,各阶级的思想家们各抒政见,指点江山,激烈论辩,企图引领社会发展之潮流。文学界也就正面人物问题展开讨论,作家们努力在创作实践中探索和塑造寄寓自己的社会和道德理想的正面人物形象,以期对迫切的社会问题做出回答。陀思妥耶夫斯基作为有独特见解的思想家和作家,自然不会置身于这场关于正面人物的探讨之外。他在创作《白痴》时写信给他的外甥女索·亚·伊万诺娃说:"长篇小说的主要思想就是要描写一个正面的美好的人物。世界上没有比这更困难的事了,尤其是现在。所有的作家,不仅是我们的,甚至所有欧洲的作家,不论是谁,只要一描写正面的美好的事物,总是感到无能为力。因为这个任务过于重大。美是理想,而理想,无论是我们,还是文明的欧洲,都还远未形成。"[①]陀思妥耶夫斯基自然不会赞同车尔尼雪夫斯基笔下"新人"的形象,他反其道而行之,在《白痴》中塑造了一个基督式的正面的美好的人物——梅什金公爵。

梅什金自幼父母双亡,身患癫痫症,好心的地主帕夫利谢夫收养了他,并送他去瑞士治病。梅什金长期生活在乡间,远离尘寰,在大自然的怀抱中,与天真烂漫的儿童为伍,没有被世俗所污染,也没有受过什么高深的教育,因此,在"发育、心灵、性格,也许甚至在智慧方面",完全是一个孩子。几年之后,他从瑞士回到俄国。他不谙世事,不了解社会,不善于交际,且貌不惊人,常被人看作是"白痴"。但作家称梅什金是"基督公爵"(甚至连外貌都与基督相象:清癯瘦削、讨人喜欢的面孔,流露出忧郁神色的大眼睛,尖尖的、灰白的小胡子等等)他从国外回到祖国,仿佛基督降临人间,用他那伟大的、包容一切的爱去拯救沉沦在罪恶和苦难中的人们。梅什金公爵头顶圣洁的光环,像孩子般纯洁善良,襟怀磊落,坦诚无私,没有金钱欲望,心怀悲天悯人之志,以博大的仁爱之胸怀拥抱人们,希望消除仇恨和欺诈,建立友爱和睦的人际关系,使人间充满阳光和幸福。他讲述了在瑞士时的一段经历。贫女玛丽被人诱骗后又被抛弃,众人都认为她伤风败俗而责骂、羞辱和唾弃她,甚至连母亲也不可怜她。孤苦无依、贫病交加的玛丽忍受着难以想象的痛苦和折磨。唯有梅什金认为她是无辜的、不幸的,不仅自己安

---

① 陀思妥耶夫斯基:《书信集》第2卷,俄文版,1928年,第71页。

慰她、帮助她，而且用仁爱精神浇灌孩子们的心田。在他的教导下，孩子们不再欺负玛丽，并且接近她、喜欢她、爱她。周围的人也受到感染，逐渐改变了对玛丽的态度。濒临死亡的姑娘在精神上得到极大安慰，幸福地告别了人世。回到俄国后，梅什金仍然怀着一颗赤诚的爱心去善待每个人，去拯救不幸者，去化解人们之间的隔阂和矛盾。这特别表现在他对纳斯塔霞的爱情和对情敌罗戈任的关系上。

同对玛丽的爱一样，梅什金对纳斯塔霞的爱不是男女之间的爱慕之情，而是对被侮辱和被损害者的同情和怜惜，希望以无私的爱温暖她的心，拯救她跳出火坑，帮助她走向新生。这是一种基督式的爱，是一种恩赐和施舍，是一种自我牺牲，高傲的纳斯塔霞自然不肯接受。梅什金对纳斯塔霞的爱使他与罗戈任处于尖锐矛盾之中。为了消除对方的敌意，他曾主动向罗戈任解释他与纳斯塔霞的关系，可是罗戈任根本不买帐，视他为不共戴天的情敌，曾躲在暗处想把他杀死。事后他又写信给罗戈任，说他已经忘记一切，只记得一个结拜兄弟罗戈任，而不记得向他举起刀来的那个罗戈任。他鼓吹博爱、宽恕、容忍与和解；他介入生活，企图以救世主的姿态调和矛盾，化解纠纷，使人们和谐相处。然而，他的说教和行为既不能使不幸者摆脱厄运，也不能使作恶者改弦更张，更无力改变丑恶的现实。他千方百计想挽救的纳斯塔霞毁灭了，他自己也发疯了，成了名副其实的白痴。在与邪恶势力的对抗中，"基督公爵"梅什金彻底失败了，残酷的现实粉碎了作家的道德理想，社会上仍然是魑魅横行，豺狼当道，一片黑暗。小说蒙上一层悲观主义的色彩。作家的美好理想破产了，然而现实主义却赢得了胜利：陀思妥耶夫斯基终究没有违背生活的真实，梅什金公爵的失败客观上证明，作家那一套道德说教不是什么济事良方，根本不能改变不合理的社会现实。

与《罪与罚》相比，《白痴》所描绘的社会生活画面更加广阔，人物更加多彩多姿。我们跟随主人公的脚步来到了叶潘钦将军的客厅、商人罗戈任的寓所、纳斯塔霞的生日晚会、巴甫洛夫斯克的别墅、小官吏列别杰夫的木屋……从而目睹了彼得堡社会各阶层、特别是上流社会的日常生活，结识了围绕在主人公周围的形形色色的人物，领略了他们的思想、感情、性格和心理。

托茨基是贵族地主兼大资本家，表面温文尔雅，道貌岸然，自认为是受过欧洲文明熏陶的有教养的绅士，实则是一个不可救药的色鬼，一个所谓的"杰出的美女鉴赏家"。他是纳斯塔霞的保护人，然而，这个孤女十六岁时就被他玷污了，此后每年夏天他就来她居住的"快乐村"住上几个月，"安静地、幸福地、有趣地、美妙地""享受"一番。他玩弄纳斯塔霞厌烦之后，又把她当作另一桩婚姻交易的筹码，继续欺骗她、侮辱她。虽然他深知纳斯塔霞心里充满轻蔑和怨恨，并存心要报复他,但他有恃无恐,凭仗他的财富和地位,他可以采取任何"完全无罪的毒辣手段"对付她,而纳斯塔霞"哪怕在法律上"也不能伤他一根汗毛。作家撕去他的假面具,暴露出他伪善、丑恶、卑鄙的本质。这是一个贵族地主阶级道德堕落的典型。

罗戈任是富商之子,自幼受的家庭教育使金钱法则渗透到他的血脉和灵魂之中,他成为金钱势力的化身。他相信金钱万能,金钱能买到一切;在他看来,一切都是商品,爱情、婚姻也可以像商品一样进行交易。他把父亲对金钱的贪欲变成了对女人的疯狂情欲,不惜重金购买纳斯塔霞的美色,这种所谓的"爱情"散发着浓烈的铜臭气。然而他根本无法领会:美是高尚的,是不能买卖的;爱情是纯洁的,不能成为商品。罗戈任可以把纳斯塔霞据为己有,但不能赢得她的心,获得她的爱。最后,他在嫉妒、恼怒和绝望中将纳斯塔霞杀害,充当了毁灭美的直接凶手。

小说还描写了叶潘钦和伊沃尔金两位将军和他们的家庭。叶潘钦虽然不是名门之后,但深谙处世之道,他巴结钻营,顺应潮流,经过一番奋斗,如今不仅是地位显赫的将军,而且是事业发达、财源茂盛的大地主、大实业家、大富翁,堪称上流社会的头面人物。然而体面的身份掩藏不住内心的卑劣,他与托茨基沆瀣一气,共同策划了买卖纳斯塔霞的肮脏交易;身为三个女儿的父亲,还妄想染指纳斯塔霞的美色。他的家庭成员中唯有小女儿阿格拉娅与众不同。诚然,她娇生惯养,傲慢任性,但聪明,有主见,不肯随波逐流;她厌倦周围的生活环境,"不想做将军的小姐",要彻底改变自己的社会地位;她向往一种新的、不平凡的生活,并准备为此而做出牺牲。最后,她违背父母的意愿,嫁给了一位流亡国外的波兰伯爵,还加入了"波兰复兴委员会",在波兰人民的民族解放事业中找到了自己的命运归宿。阿格拉娅的形象代表了俄国贵族阶级内部出现的一种分化和叛逆力量,体现了这个阶级分崩离析的历史发展趋势。

伊沃尔金是落魄的退役将军,年老体衰,穷途末路,潦倒颓唐。他嗜酒如命,吹牛撒谎,鼠窃狗偷,尊严丧尽,成为人们的笑柄。这一形象是统治阶级颓废没落的体现者,伊沃尔金一家是陀思妥耶夫斯基作品中经常出现的那种"偶合家庭",充满庸俗、势利的小市民气,成员之间貌合神离,互相嫉恨,家庭日趋解体。长子加尼亚是家中的"暴君",为人贪婪、嫉妒而又雄心勃勃,一心想升官发财、出人头地,金钱和权力是他狂热追逐的目标,为此他不惜干出伤天害理的勾当。他直言不讳地说:"既然要干下流事,那就彻底地干,只要能得到好处就行。"书中的一个人物(伊波利特)说他是"最厚颜无耻、最自满自负、最庸俗讨厌的凡夫俗子的一个典型和写照"。

《白痴》在人物形象,特别是女主人公纳斯塔霞的塑造上显示出作家深厚的艺术功力。这个无奈地周旋于上流社会的、被侮辱被损害的女子那种既真诚又富有心计、既善良又报复心强、既高傲又自卑、既渴望新生又自暴自弃的独特性格和矛盾心理刻画的精当细腻,丝丝入扣。不过作家自己也承认:"小说中许多地方写得匆忙,许多地方拖泥带水,不很成功……"①我们赞同作家的自我批评,颇有同感。

小说共分四部,一、四部很精彩,二、三部则多缺憾。第一部紧紧围绕女主人公的婚嫁问题展开情节,暴露势利之徒的阴谋伎俩,至纳斯塔霞在生日晚会上将十万卢布付之一炬的惊心动魄的场面,达到高潮。第四部是全书的结尾,要交代人物的命运结局。纳斯塔霞反复再三,终于决定与梅什金结婚,正在举行婚礼之际,她突然改变主意,跟随罗戈任而去。情节急转而下,喜剧陡然变为悲剧——随后,公爵就看到纳斯塔霞的尸体。她究竟为什么被杀死?小说未作交代,留待读者去思索。这样的结局既出了意料,思之又在情理之中,极具匠心。二、三部中,女主人公几乎不见踪影,倒蔓生出一些新的情节和人物。第二部用了一半篇幅叙述某个布尔多夫斯基冒充帕夫利谢夫之子与梅什金争夺遗产的情节,第三部又插入伊波利特的故事和他的"自白"——"我的必要的解释",既与主题关系不紧密,又累赘拖沓。这样,小说的在整体结构上就造成了失衡——虎头、豹尾、水蛇腰。那么,这种"拖泥带水"的缺陷是什么原因造成的呢?作家解释说:"我维护的不是小说,而是我的思想。"(同上)是啊,作家为了维护和阐明自己的"思想",于是就把布尔多夫斯基、伊波利特等青年写成了虚无主义者和利己主义者,借以诋毁革命民主主义者;于是就把梅什金公爵当作传声筒,大发宏论,攻击无神论和社会主义:"无神论!在我国……只有……那些失去了根基的特殊阶层才不信上帝……就连社会主义也是天主教和天主教本质的产物!社会主义跟它的兄弟无神论一样,是从绝望中产生的……它要满足嗷嗷待哺的人类精神上的需要,不是凭基督,而是凭暴力拯救人类!这也是一种凭借暴力获得的自由,这也是一种凭借剑与血取得的统一!"即便陀思妥耶夫斯基这样的艺术家也不免陷入"为了思想牺牲艺术"的偏颇。

但是,还是那句老话:瑕不掩瑜。《白痴》仍不失为一部优秀作品。

第五节 《卡拉马佐夫兄弟》

《卡拉马佐夫兄弟》是陀思妥耶夫斯基的最后一部作品。该作品在作家的头

---

① 《陀思妥耶夫斯基选集·书信选》,人民文学出版社,1986年,第223页。

脑中孕育了30年之久。作家在西伯利亚服苦役期间,曾结识了一个被控为杀父凶手的犯人伊里仁斯基,并在《死屋手记》第一章中记述了他的罪行。《死屋手记》第一章发表后,陀思妥耶夫斯基收到西伯利亚的来信,得知伊里仁斯基蒙受的是冤案,已经昭雪;而真正的弑父凶手是他的弟弟,12年之后,弟弟良心发现,投案自首,终于真相大白。这一冤案给陀思妥耶夫斯基留下深刻印象,他决定以此为素材创作一部作品,但迟迟未付诸实践。直到30年之后,即1878年7月才动笔。经过两年零四个月的紧张劳动,一部洋洋百万余言的宏篇巨著问世了。

《卡拉马佐夫兄弟》以作家惯用的凶杀和犯罪事件为题材,通过一桩弑父案件,展现了广阔的现实生活图景,提出并探讨了一系列极其重要的社会政治、哲学、宗教、伦理道德等问题。小说无论就其题材特点,还是就其人物系列,还是作家对社会问题和人类命运的哲理思考及其所暴露出的思想矛盾,乃至艺术表现手法,都是陀思妥耶夫斯基一生创作的艺术总结。

陀思妥耶夫斯基所生活的时代是一个矛盾重重和混乱不堪的时代,社会信念动摇,传统道德观念瓦解,一切都分崩离析,一切都颠倒了,不仅社会生活秩序在崩溃,而且家庭关系也失去其稳定性。因此,描写"偶合家庭"成了他创作中的一个重要主题。他想通过对"偶合家庭"及其成员的解剖反映时代的特点,人们道德观念的动摇与迷误,并力图找到解决的途径和办法。卡拉马佐夫一家就是这样一个"偶合家庭"。这个家庭父不父,子不子,兄弟阋墙,勾心斗角,互相仇视,直至最后导致一场弑父惨剧,家庭彻底崩溃。

一家之长费多尔·卡拉马佐夫年轻时是一个食客,依赖于豪门富户之家,扮演供人取乐的小丑角色,吃闲饭混日子。后来利用种种卑劣手段,积累了十万卢布的家产,成为外省的殷实地主和高利贷者。此人精明狡诈,冷酷狠毒,自私贪婪,荒唐好色,厚颜无耻,没有任何道德观念。他曾两次结婚,第一个妻子婚后发现丈夫是个无耻之徒,离家出走;第二个妻子被他折磨至死,撇下三个孩子他全然不顾,都由亲戚抚养成人。他荒淫好色,甚至奸污了一个丑陋的疯女人,生下私生子斯麦尔加科夫;老头子晚年仍淫欲不减,与长子德米特里争夺风流女人格鲁申卡。他大言不惭地表示要把这种龌龊的生活一直过到底。他嗜钱如命,妄想独霸财产,一点也不分给儿子们。他自称"完全是个性情毒辣的人"。他的所作所为引起儿子们的极端蔑视和仇恨。这是一个恶魔式的人物,小丑、恶棍、独夫集于一身,贪婪、卑鄙、淫荡汇于一流,既是腐朽没落的地主,又是资产阶级暴发户,融合了福马·奥皮斯金、瓦尔科夫斯基、斯维德里加依洛夫、托茨基的特征。高尔基指出:"这无疑是俄罗斯的灵魂,无定形的、光怪陆离的、既怯懦又大胆的,但主要是——病态而又恶毒的灵魂。"

长子德米特里是退伍军官。他性情暴躁,耽于情欲,承认自己"爱淫荡"、"爱残忍",是"一只恶毒的昆虫","是个卡拉马佐夫"。在军队时,他放浪不羁,纵酒作乐,肆意挥霍。他的上司,一位老中校因挪用公款而陷入困境,德米特里帮助他度过难关,于是他以此为条件,企图占有中校的女儿卡捷琳娜。姑娘怀着感恩思想愿意嫁给他。退役后,他带着卡捷琳娜回到家乡,又喜新厌旧,爱上格鲁申卡,对未婚妻冷淡。他的弟弟伊凡却钟情于卡捷琳娜,决心把她从哥哥手中夺去,其父费多尔又垂涎于格鲁申卡。于是父子兄弟三人陷入"多角"情感纠葛之中,明争暗斗,不可开交。德米特里尤其对父亲恨之入骨,对他拳脚相加,大打出手,甚至扬言要杀死他。伊凡却幸灾乐祸地说:"一条毒蛇咬另一条毒蛇,两个人都是活该。"

同陀思妥耶夫斯基笔下的许多人物一样,在德米特里身上,天使与魔鬼融为一体,"圣玛利亚的理想"和"所多玛城的理想"同时并存。作家在表现他的堕落和卑劣的同时,又力图揭示他内心高尚、善良的一面。以德米特里自己的话说:"尽管我下贱卑鄙……尽管与此同时我在追随着魔鬼,然而上帝啊,我到底也是你的儿子。"因此,他那堕落的灵魂不时又迸发出天良的火花。例如,他本想乘人之危占有卡捷琳娜,但一转念又慷慨地、无条件地对卡捷琳娜施以援手;他真诚地爱格鲁申卡,同情他的遭遇;他虽然极端憎恨父亲,但终归没有成为弑父凶手;人间的苦难引起他的深思,被欺辱者激起他的悲悯之情,他对弟弟阿辽沙说:"今天世界上受苦的人太多了,所遭受的苦难太多了!你不要以为我是披着军官制服的禽兽,终日酗酒荒唐,我差不多一直在想这个,想着受屈辱的人。"德米特里身上善的因子成为他后来精神"复活"的基础。

次子伊凡自幼离开家庭,靠富有的亲戚抚养长大,并有幸上了大学。与德米特里不同,他崇尚理性,头脑清醒,善于思考,不信上帝,是唯物论者和无神论者。他对现实生活不满,认为现存世界不合理,"建立在荒诞上面",浸透了"血和泪"。他同情人民的苦难,特别不能容忍无辜的孩子们所遭受的摧残和折磨。在"叛逆"一章,他激动而愤怒地向弟弟阿辽沙讲述了一桩桩骇人听闻的残害儿童的暴行:异族侵略者虐杀婴孩,其残忍较野兽有过之而无不及;农奴的男孩玩耍时不留心用石块将地主的一只猎犬的腿弄伤,地主竟下令把男孩的衣服扒光,驱使一群猎犬将这孩子撕成碎块;一些"有教养的"的父母挖空心思、用五花八门的手段虐待孩子等等。伊凡不禁诘问道:"假使大家都该受苦,以便用痛苦换取永恒的和谐,那么小孩子跟这有什么相干呢?……我完全不明白他们为什么也应该受苦,他们为什么要用痛苦去换取和谐?"他表示决不接受这种"最高的和谐",因为"这种和谐的价值还抵不上一个受苦孩子的眼泪"。他认为,谁都"没有权利为被撕碎的孩子的痛苦而去宽恕迫害者"。伊凡这番亵渎上帝的论调被阿辽沙称为是"叛逆"。从伊凡对世界不公正的评判和对人民的深重苦难的同情来看,他无疑是一个人道主义者。

伊凡否定了上帝和上帝创造的世界,否定了基督教宣扬的宽恕、和解精神,对不合理的现存秩序表示了抗议,但他对人类的前途十分悲观,认为自由、和谐的社会理想永远不会实现,由此走向否定一切道德原则的虚无主义,成了一个冷酷的犬儒主义者和个人主义者。他的人生信条是:"既然没有灵魂不死,就没有道德,一切都可以做。"他虽然表面上没有参与父亲和哥哥之间的争夺,但他坐山观虎斗,希望"一个混蛋把另一个恶棍吃掉"。尽管他不是弑父凶手,然而他那种"一切都可以做"的理论对斯麦尔加科夫影响极大,实际上他是后者杀父的教唆犯,是思想上的凶手。在伊凡身上,人道主义和反人道主义奇怪地结合在一起。在陀思妥耶夫斯基小说的人物形象体系中,他是斯塔夫罗金、拉斯柯尔尼科夫的继续和发展。案发后,伊凡经受不住良心的折磨,承认自己是"凶手",最后精神错乱了。这是作者对他不信上帝的精神上的惩罚。

斯麦尔加科夫是白痴女人丽萨维塔被老卡拉马佐夫强奸后所生的私生子,他一出生,母亲即死去,由老仆人格里戈里养大,后来当了卡拉马佐夫家的厨师。在家庭中,他处于奴仆的地位,然而骨子里却浸透了卡拉马佐夫性格。他乖僻、贪婪、冷酷、狠毒;因为长期在卑贱屈辱处境下,心中充满太多的怨毒,所以仇视一切;他信奉伊凡宣扬的"一切都可以做"的人生哲学,公然宣称为了个人利益,可以背叛自己的信仰。他想到巴黎开饭馆,为了筹措资金,他杀死了老卡拉马佐夫,抢走三千卢布,并嫁祸于人。如果说伊凡是弑父罪行的思想上的教唆犯,那么斯麦尔加科夫则是伊凡的理论的实践者,他可以说是伊凡的"二重人格",体现了后者性格中卑劣、下流的一面。事情败露后,他畏罪自杀。此人作为恶的体现者,与代表善的阿辽沙相对立。

唯有小儿子阿辽沙仿佛置身于这场家庭纷争之外。他是见习修士,在修道院跟着德高望重的佐西玛长老研修教义。他心地纯洁,善良仁慈,胸怀博爱精神,希望消除人间的苦难和世俗仇恨,实现人类的和谐和幸福。他以诚待人,宣扬和解,调停纠纷,化解矛盾,深得大家的信任和喜爱。小说结尾,他遵照佐西玛的遗愿,离开修道院,走向尘世,在生活中经受磨练,决心"为全人类而受苦",为其理想而奔波、奋斗。这是同梅什金一样的人物,寄托着作家的理想。

卡拉马佐夫家族成员之间的尖锐矛盾最终导致了一场惊心动魄的家庭惨剧:父亲被杀,斯麦尔加科夫上吊,德米特里被流放,伊凡精神失常。对这场家庭惨剧,除了阿辽沙之外,每个家庭成员都有不可推卸的责任。卡拉马佐夫一家尽管性格各异,矛盾重重,但都具有一种"原始的、疯狂的、粗野的"力量,一种共同的气质,都被这种气质紧密联系着——这就是所谓的"卡拉马佐夫性格",其具体表现是卑鄙、自私、残忍、堕落。卡拉马佐夫一家的复杂关系和尖锐矛盾是农奴制废除后俄国社会人与人的畸形关系的缩影,反映了社会生活的混乱和不合理。而"卡拉马佐夫性格"则是这种病态社会的产物,是伴随资本主义迅速发展而产生的"人不为己天诛地灭"的道德观念和疯狂占有欲急剧膨胀的产物。作家对这种腐蚀人、毒害人的"卡拉马佐夫性格"给予了狠狠鞭挞。

对卡拉马佐夫家族成员之间的矛盾和仇杀,西方文学评论界有两种分析方法。一种是从左拉的自然主义理论,即生物遗传学的角度入手,认为这一家的矛盾斗争,其根源皆出于固有的"卡拉马佐夫性格"。贪婪、狠毒、自私等卑劣品行的因子由父亲遗传给儿子,因此导致了父子之间的仇恨和凶杀。从遗传学的角度解释一个家族的共同性格和气质有一定的道理,但仅仅从这一点解读还不够,因为文学毕竟不是生物学,文学是人学、社会学,仅以生物学观点解释文学现象会掩盖文学作品所揭示的社会内涵。

另一种是心理批评方法。弗洛伊德正是从《俄狄浦斯王》、《哈姆雷特》和《卡拉马佐夫兄弟》这三部作品的研究中提出他的著名的"俄狄浦斯情结"理论的。在陀思妥耶夫斯基的这部作品中,德米特里因为与父亲争夺格鲁申卡而憎恨父亲,扬言要杀死他。虽然事实上他并不是杀人凶手,但他有杀父动机,所以弗洛伊德认为他在"感情上"杀死了父亲,这也是"杀父娶母"的"俄狄浦斯情结"的一种表现形式。"俄狄浦斯情结"是建筑在"泛性论"基础上的,而"泛性论"已被大多数学者所否定,那么"俄狄浦斯情结"也就不能认为是一种普遍规律,更何况这种潜意识"情结"又无法被现代科学手段所证明。

至于陀思妥耶夫斯基本人也同某些古典作家一样,不善于历史地、具体地考察社会问题,而往往是脱离社会根源而抽象地看待现实生活中的罪恶,特别是人性的弱点。他相信人性恶是与生俱来的、根深蒂固的,是无法根除的。所以他并不认为"卡拉马佐夫性格"是病态社会的产物,而笼统地、抽象地认为是人类固有的弱点,这种人性恶不仅导致了卡拉马佐夫家族的道德沦丧、相互仇恨和最后毁灭,而且使人类陷入苦难的深渊。

陀思妥耶夫斯基固然暴露了"卡拉马佐夫性格"的丑恶,但作家的用意不仅仅在于暴露,他同时通过这一家庭成员的生活和道德的堕落,要对社会出路和拯救人类的问题做出回答,总之是对人类命运的思考。既然人性恶是人类苦难的根源,那么,要疗治社会弊端,使社会和谐发展,要消除人们之间的仇恨和纷争,使人类从苦难深渊中解脱出来,仅靠社会改革是无济于事的,唯一的、最根本的救世之道就是向上帝呼吁,就是用基督精神完善人的道德,使人弃恶从善。这一思想在小说中是通过佐西玛长老和阿辽沙来体现的。这师徒二人极力鼓吹基督教教义,满口的仁爱、宽恕、驯顺、容忍、受苦等训诫之词,劝人戒恶扬善,宣扬基督精神是拯救灵魂、拯救人类的法宝。佐西玛长老说:"如果有什么东西即使在我们这个时代也能起保障社会的作用,甚至使罪人本身得到改造、重新做人,那就唯有反映在人的良心中的基督的法则。"

另外,作家还通过人物的结局和归宿表现了自己的宗教救世思想。德米特里并非杀人凶手,但由于司法机关的昏聩,无视证据的模糊和矛盾,他无辜地被判处二十年苦役。在审判期间,德米特里做了一个梦,梦见一场火灾将农舍烧毁,瘦骨嶙峋、乳房干瘪的妇女抱着嗷嗷待哺的婴孩。看到这幅黑暗、贫穷的灾后惨景,德米特里心中涌起一种从未有过的怜惜之情,他"想为大家做点什么事情,让婴孩再也不哭,让婴孩干瘦黎黑的母亲再也不哭,让世上再也没有人流泪";他的心在燃烧,燃起一种奔向光明和新生的热望。从此,他的思想发生了根本变化,他认识到自己整个生活的罪恶,真心实意地表示忏悔,决心洗心革面,改邪归正,重新做人。所以他虽被冤枉也不抱怨,甘愿"背负沉重的殉难者的十字架"去服刑,要为一切人承担罪责,为全人类的苦难去赎罪,通过受苦来洗净自己,从而实现精神"复活"。作家在这里宣扬了和解、顺从、受苦受难可以净化人的心灵的思想。

伊凡的结局与德米特里恰恰相反。伊凡是无神论者,否认宗教和上帝;他不满现实,同情不幸者,向往合理的社会;陀思妥耶夫斯基通过他的口发表哲学议论,提出很多社会问题。同时,作家又把他写成一个鼓吹"一切皆可妄为"、否定一切道德原则的虚无主义者和个人主义者。斯麦尔加科夫正是在他的教唆下去犯罪的,这样,作家就把无神论者、革命者、社会主义者的思想观点与"卡拉马佐夫性格"混为一谈,统统集中在伊凡身上,把他写成一个具有二重人格的人物。后来,斯麦尔加科夫犯罪后上吊自杀,伊凡从这个凶手身上看到了自己的罪恶,结果精神失常。通过伊凡及其结局,作家意在表明:信仰无神论,否定宗教,亵渎上帝,背离仁爱、宽恕的基督精神,必定走上犯罪道路,导致道德堕落、精神崩溃。

其他人物的命运归宿也是按照作家的道德理想发展的。尽管德米特里屡次给卡捷琳娜造成精神上的伤害,但她最后宽恕了负心汉,并且主动陪同他去西伯利亚服苦役。格鲁申卡是一个被侮辱被损害、遭际可怜的女性,她满怀嫉恨,决意报复。但她高傲冷酷的外表下尚有一颗善良的心,玩世不恭的人生态度掩藏着内心的痛苦。德米特里的被捕和判刑在她的心灵中激起很大震动,她觉得这一切祸端都是由她引起的,心里感到十分内疚。由此,她的生活态度改变了:她不再嫉恨她的情敌卡捷琳娜,放弃了对侮辱她的人进行报复的想法,她开始了新生。

《卡拉马佐夫兄弟》作为陀思妥耶夫斯基的收山之作,提出了重要的政治、哲学、宗教、伦理道德等问题，同时，作家世界观中的矛盾也得到了集中体现。

小说的第二部的第二卷《赞成和反对》是了解作家思想的关键篇章，特别是其中的《叛逆》和《宗教大法官》两章，通过伊凡与阿辽沙的对话和议论，集中反映了作家的思想矛盾。伊凡对阿辽沙说："我们首先需要解决永恒的问题，这才是我们所关心的。"又说，我们"讨论的不是别的，而是全宇宙的问题：有没有上帝？有没有灵魂不死？而那些不信上帝的，就讲社会主义和无政府主义，还有怎样按照新方式改造全人类等等；结果还是一码事，是同一个问题的两面"。的确，有神还是无神，信仰上帝还是否定上帝，顺从还是反叛，用什么方法拯救社会和改造人类，等等，实在是全球的、永恒的问题，是时刻困扰着陀思妥耶夫斯基、令他终生都在思考和探索的问题。

在小说中，陀思妥耶夫斯基千方百计地试图证明，否定上帝必定导致犯罪，背离宗教道德就会堕落。然而他对自己所鼓吹的宗教思想又一再表示怀疑和动摇。他通过无神论者伊凡的口发表了许多亵渎宗教和上帝的言论。在《宗教大法官》一章中，伊凡杜撰了一个16世纪宗教大法官的故事。这个宗教大法官认为，人是"软弱和低贱的"，没有道德，叛逆成性，必须用"奇迹、神秘和权威"去统治他们，而且要打着宗教的旗号，以基督的名义进行，以便蒙蔽人们。另外，作家又通过不同人物的口屡次宣称，"上帝只是一种假设"，为了社会秩序，"如果上帝不存在，就应该把他造出来"。这岂不是连作家自己也承认，宗教、上帝、基督都是一种虚设，都不过是统治阶级蒙蔽、欺骗、愚弄人民的工具罢了？既然这样，那么人们不禁要发出一连串疑问：作家本人到底相信不相信上帝的存在？他如此卖力地鼓吹宗教思想，其目的又何在？

陀思妥耶夫斯基由衷同情人民的不幸遭遇，在小说中，他描绘了一幅幅触目惊心的人间苦难的图画：残暴的地主驱赶猎犬将儿童撕成碎片；黧黑瘦弱的母亲站在火灾后的废墟上，怀中抱着痛苦的婴儿；退伍上尉斯涅吉辽夫一家人贫病交加的窘境；疯女丽萨维塔的悲惨命运……伊凡问虔诚的宗教信徒阿辽沙：对那个驱使猎犬去撕咬孩子的地主应该怎么办？阿辽沙毫不犹豫地说："枪毙！"伊凡又问道：假如必须或不免要在孩子们的眼泪上面建造一座人类幸福的大厦，你答应不答应？对方回答："不，我不能答应。"一方面，陀思妥耶夫斯基通过他的传声筒佐西玛长老和阿辽沙大力宣扬顺从、宽恕、和解，要在受苦受难中获得幸福，得到再生；另一方面，他又深切同情人民的苦难，真实地暴露苦难，对那些造成人民的痛苦、让母亲和孩子无辜流泪的迫害者不能容忍、宽恕、和解。作家思想中的矛盾是显而易见的。不过，他所坚持的现实主义原则战胜了他无力的说教。

第六节 小说艺术的开拓与创新

陀思妥耶夫斯基是一位既师承传统又不囿于传统的天才作家,他与时俱进,不断以创新精神在小说园地探索、开拓,赋予小说艺术以新的因素、新的内涵,使其更富有现代性,为丰富和发展世界小说艺术做出了不可磨灭的贡献,从而确立了他在世界文坛上的重要地位。高尔基当年曾对他的错误思想进行过严厉批评,但对他的艺术才华却极为赞赏,指出:"托尔斯泰和陀思妥耶夫斯基是两个伟大的天才;他们以自己的天才的力量震撼了全世界,使整个欧洲惊愕地注视着俄罗斯,这两个人都跻入了莎士比亚、但丁、塞万提斯和歌德这些伟大人物的行列,与他们并列而无愧。"[①]陀思妥耶夫斯基独树一帜的小说艺术令人瞩目。

"我对现实(艺术中的)有自己独特的看法"

我们通常把陀思妥耶夫斯基称为批判现实主义作家,但是无论就其本人对现实主义的理解,还是就他的小说创作来看,都有别于19世纪通行的那种严整有序、清晰明朗、像生活一样真实的传统的现实主义。他对现实主义有独到的见解,一再强调说:"我对现实(艺术中的)有自己独特的看法,而且被大多数人称之为几乎荒诞的和特殊的事物,对于我来说,有时构成了事物的最本质。"[②]从这段话中我们可以看到他对现实主义的"独特看法":首先,他认为,现实主义不在于对生活表面现象的真实描绘,而在于要反映生活最本质的东西;其次,在创作中,他特别注重表现那些"几乎荒诞的和特殊的事物",认为这更能揭示现实的本质。因此,他把自己的现实主义称之为"最高意义上的现实主义"和"虚幻的现实主义"。

这种"最高意义上的现实主义"表现在创作上,首先就是他对那些异乎寻常的、出人意外的事物和现象极感兴趣,特别热中于描写那些畸形的、病态的、骇人听闻的、不可思议的、难以置信的现象,如凶杀、自杀、抢劫、恐怖活动、犯罪心理、精神分裂、二重人格、歇斯底里,以及社会底层人们的酗酒、卖淫、惨不忍睹的赤贫、难以忍受的苦难、令人心碎的悲剧等等。这样的题材和描写几乎遍及他的每一部作品。陀思妥耶夫斯基认为,社会本身就是不正常的、畸形的、病态的,这些异乎寻常的事物和现象正是不正常的社会生活的正常的反映,恰恰表现了现实

[①] 高尔基:《文学论文选》,人民文学出版社,1958年,第1页。
[②] 《陀思妥耶夫斯基论艺术》,漓江出版社,1988年,第329页。

的本质。

陀思妥耶夫斯基不仅热衷于描写那些不同寻常的事物和现象,而且特别关注畸形的社会环境对人的精神世界——思想、性格、心理等方面的影响。他塑造了一系列"二重人格"的人物形象,深刻揭示了资本主义社会人性的异化(戈里亚奥特金、拉斯柯尔尼科夫、伊凡·卡拉马佐夫等);他暴露了得势的资产阶级暴发户和没落的贵族地主的丑恶心灵(瓦尔科夫斯基、斯维德里加依洛夫、托茨基、费多尔·卡拉马佐夫等);他展现了不平等社会的被侮辱与被欺凌者既反抗又怯懦、既自尊又自卑、既高傲又谦卑的病态心理(杰武什金、涅丽、纳斯塔霞·菲利波芙娜等);他描写了处于激烈矛盾冲突中人物的精神分裂和歇斯底里……现实的客观世界对人的精神世界的影响是一种更深层次的影响,所以,对人物的精神层面的深入挖掘也就更能深刻地反映社会现实的本质,就是更高意义上的现实主义。

读屠格涅夫的作品,你会被它那带有淡淡的哀婉情调的抒情美所陶醉;读托尔斯泰的作品,你会被它的广阔的画面、恢弘的气势和深邃的历史感所征服;而读陀思妥耶夫斯基的小说则有完全不同的感受,你的心灵会受到猛烈的撞击而有一种沉重的压迫感,一种咬啮心灵的痛楚感,你似乎与作品中的人物融为一体,和他们一起经受命运的煎熬,一起发出令人战栗的、绝望的呼号。这就是不同作家所表现出的不同的创作个性。

其次,陀思妥耶夫斯基的"虚幻现实主义"还体现在表现手法上。对以上所列举的那些特殊的、不同寻常的、出人意外的事物和现象,陀思妥耶夫斯基往往采用夸张、怪诞、梦幻、象征等"虚幻"的、超现实主义的手法表现出来。现实中的那些丑恶现象经过作家的艺术放大镜和曲光镜的放大和变形,就显得更突出、更畸形、更丑恶、更面目可憎。作家之所以认为他的创作方法更能反映现实的本质,其道理即在于此。西方作家推崇陀思妥耶夫斯基为现代派的鼻祖,主要就是着眼于他对人性异化、人的孤独感、病态心理、潜意识的描写,以及他的超现实主义的艺术手法。无疑,陀思妥耶夫斯基仍然属于批判现实主义作家的行列,他不是现代派,但不可否认,在某些艺术手法上,他确实开启了现代派的先河,他丰富了现实主义的艺术表现手法,这是他对现实主义的贡献。

"他创造出一种全新的小说体裁"

20年代末,苏联著名文艺理论家巴赫金在其《陀思妥耶夫斯基诗学诸问题》(1929)一书中首先提出了所谓"复调"(полифония)和"复调小说"(полифонический роман)的理论,指出:"陀思妥耶夫斯基是复调小说的首创者。

他创造了一种全新的小说体裁。"①这一富有创新意义的观点受到卢那恰尔斯基的赞赏,在学术界引起很大反响。

"复调"即"多声部",系音乐术语,指由几个独立声部组成而又彼此谐和、形成统一整体的乐章。那么,什么是"复调小说"呢?其"复调"形式具体表现在哪些方面呢?巴赫金对陀思妥耶夫斯基的"复调小说"做了这样的概括:"有着众多的各自独立而不相融的声音和意识,由具有充分价值的不同声音组成真正的复调——这确实是陀思妥耶夫斯基长篇小说的基本特点。"②又说:"复调小说整个渗透着对话性"③。就是说,不同的人物以各自不同的、独立的声音在顽强地表现自己,在进行"对话",使小说呈现出"复调"、"多声部"的特点,这就是"复调小说"。具体说来,"复调"形式表现在作者与人物的关系、人物之间的关系、人物性格与心理结构、作品结构等方面。

首先从作者与人物的关系来看。巴赫金认为,传统小说是"独白"式的,即作者以全知全能的权威在小说中君临一切,统摄一切,驾驭一切;情节布局、人物描写、性格发展、人物之间的矛盾冲突等等,都服从于作者的统一指挥,都取决于作者的个人意志。虽然人物众多,但人物的思想意识实际上都从属于作者,只存在着作者一个人的声音,读者听到的仅仅是作者的独白。巴赫金的这一论断过于绝对了。在小说艺术发展初期,作者在作品中的个人作用确实很突出,人物缺乏个性和独立性,总是受作者的摆布。随着小说艺术的不断发展和完善,作者渐渐退居幕后,主观性的表露愈来愈少,而人物的个性则愈来愈鲜明,独立性愈来愈强,他们不再是作者随意操纵的木偶,而是按照自身性格发展的逻辑在行动。

陀思妥耶夫斯基打破了小说传统的叙事方式,将作者一个声音的"独白"变成多个不同声音的"对白",给小说艺术园地带来革新之风。在他的作品中,人物是具有独立意识的主体,几乎超越作者的意志而存在。他们争辩、议论、发生矛盾冲突、行为处事,都不受作者的支配,而是与作者处于同等的地位,与作者同样是一种"对话"关系。人物性格的主体性和独立性在这里体现出来。当然,人物的这种主体性和独立性是与传统小说比较而言,是相对的,而不是绝对的。因为,无论人物怎样独立,他们总是作者根据作品的总体构思而创造的,总是摆脱不了作者的干预和影响。陀思妥耶夫斯基笔下的人物也不例外,他塑造的理想人物不必说,他们往往是作家思想的传声筒,其他人物的结局和归宿不也是作家思想立场和主观意志的体现吗?

---

① 巴赫金:《陀思妥耶夫斯基诗学诸问题》,三联书店,1988年,第30页。
② 同上书,第29页。
③ 同上书,第76页。

其次从作品人物之间的关系来看。巴赫金称陀思妥耶夫斯基是"伟大的思想艺术家"。在他的作品中,思想成为艺术描写的对象;他的主人公都是"思想的人",每个人都有一种"伟大而却没有解决的思想",他们的整个生活首先在于"要弄明白思想"①。"地下室人"自称由"思想脱胎而出",他始终处于对世界、人生和自我的怀疑之中;拉斯柯尔尼科夫一心想弄明白:他能不能成为可以"为所欲为"的"不平凡的人"?无神论者伊凡的人生信条是:既然没有上帝和灵魂不死,也就无所谓道德,也就"一切皆可妄为";渗透商人罗戈仁的血液的是金钱欲,他顽固地相信:金钱能买到一切;而主宰索尼娅、梅什金、阿辽沙的思想的则是一个"爱"字等等。陀思妥耶夫斯基塑造了一个个"思想的形象",每个形象都是思想的载体,都有自己独特的声音,而且都在顽强地表现自己,为自己争辩,在捍卫自己的立场。这样,在陀思妥耶夫斯基的作品中,不仅人物明显地分为善与恶、肯定与否定两大系列,而且,人物之间的关系构成了多种对位组合,比如:

拉斯柯尔尼科夫—波尔菲里　　　　（罪—罚）
拉斯柯尔尼科夫—索尼娅　　　　　（暴力·反叛·利己主义—忍耐·顺从·自我牺牲）
波尔菲里—索尼娅　　　　　　　　（肉体惩罚—精神拯救）
梅什金—罗戈仁　　　　　　　　　（道德·纯洁—金钱·堕落）
梅什金—纳斯塔霞　　　　　　　　（爱·温良—憎·抗争）
罗戈仁—纳斯塔霞　　　　　　　　（卑劣—美好）
阿辽沙—伊凡　　　　　　　　　　（有神论—无神论）
阿辽沙—斯麦尔加科夫　　　　　　（博爱·善良—仇恨·残暴）
德米特里—伊凡　　　　　　　　　（忏悔赎罪·道德新生—背离上帝·精神崩溃）

人物之间的这种对位组合彼此对立,相互依存,构成一对矛盾,或形成鲜明对照,或发生有形和无形的冲突,或进行有声和无声的辩论,总之,形成人物之间的一种对话关系——不同思想之间的对话关系。陀思妥耶夫斯基正是在不同思想的对话和碰撞之中铺展故事情节,刻画人物性格,进行道德褒贬,并将小说提升到哲理的高度。

第三,从人物性格和心理结构来看。陀思妥耶夫斯基把"发现人身上的人"视为自己文学创作的根本宗旨。所谓"人身上的人",即人身上的另一重人格,人的意识深层中的另一种欲望。本着这一宗旨,陀思妥耶夫斯基在俄国小说中开辟了一个"双重人格"的人物画廊——戈里亚奥特金、"地下室人"、拉斯柯尔尼科夫、德米特里、伊凡等等。双重人格在性格和心理结构上表现为"复调"式或"对

---

① 巴赫金:《陀思妥耶夫斯基诗学诸问题》,三联书店,1988年,第128—131页。

白"式。在双重人格人物身上,天使与魔鬼、灵与肉、善与恶、高尚与卑贱、罪行与忏悔、堕落与复活等两种对立因素奇妙地融为一体。在他们的性格矛盾和心理矛盾中,我们听到两种观点、两种声音在争辩,"我"同自己的 alterego(另一个"我")对话,此即所谓的"微型对话"。拉斯柯尔尼科夫的心理结构最为典型。他是一个贫困潦倒、挣扎在社会底层的无业青年,却异想天开地想成为拿破仑式的人物;他本善良、正直,富有同情心,却要去杀人抢劫,图财害命。杀人前,他绞尽脑汁反复思考着是做"平凡的人"还是"不平凡的人",两种思想激烈斗争着。犯罪后,他一方面极力为自己的行为辩解,另一方面又受到良心的谴责,罪与罚、自首与抗拒,在互相争论。伊凡既愤怒声讨欺压善良无辜者的罪行,同时又鼓吹"一切皆可妄为"的谬论。

为了表现"人身上的人",陀思妥耶夫斯基在刻画双重人格时,常常把人物身上某种异己的隐秘意识由另一个人物体现出来,变抽象为具象,化无形为有形,这样就塑造出一对相互映衬的形象。如大戈里亚奥特金——小戈里亚奥特金、拉斯柯尔尼科夫——斯维德里加依洛夫、伊凡——斯麦尔加科夫或伊凡——魔鬼等。后者是前者的隐秘心理和潜意识中欲望的化身,体现了他的另一重人格——恶、卑劣、愚蠢、堕落的一面。这一对形象的对白和辩论也呈现出"复调"式,反映了人物内心深处的矛盾斗争。

最后,"复调"特点还表现在小说结构上。用不同的声部、不同的变调表现同一主题,在音乐上称为"对位法"。这一特点在《地下室手记》的结构上体现得最明显。这部小说由三部分组成:第一部分全部是主人公的论战性和哲理性的内心独白,阐明他自己的思想观点;第二部分描写主人公的几段经历,主要叙述他怎样遭受欺辱,而他又怎样去欺辱一个可怜的妓女;第三部分是悲剧性结尾。各部分笔调不同:第一部分是思辨性的,第二部分是描写性的,第三部分是概括性的,而且各部分之间也缺乏紧密联系。但是,各部分都是同一主题的变奏,都在以不同的声音表现着同一主题,即在现实生活的重压下一个小人物人格的分裂和异化,灵魂的扭曲和心理的变态。

"人的灵魂的伟大审问者"

人是一个谜,一个难解的谜。特别是人的内心世界,那更是一个包罗万象的小宇宙,它不仅是现实的反映,而且是民族的、历史的、文化、思想、道德观念等种种因素的积淀。人的内心世界的丰富性和复杂性是无穷无尽的。丹麦著名文学史家勃兰兑斯指出,文学之根本宗旨就是要表现人的思想、感情和心理,他说:

"文学史,就其最深刻的意义来说,是一种心理学,研究人的灵魂,是灵魂的历史。"①陀思妥耶夫斯基的观点与勃兰兑斯的说法不谋而合,他明确表示:"人们称我为心理学家:不对,我只是最高意义上的现实主义者,即刻画人的心灵深处的全部奥秘。"②在他看来,只有探索人的心灵深处的奥秘,才称得上是最高意义上的现实主义。在这里,他特别强调了对人物内心世界的深入开掘对反映现实的重要意义。独特而深刻的心理描写是陀思妥耶夫斯基的现实主义的特点之一。

陀思妥耶夫斯基的心理描写的独到之处在于,他感兴趣的、而且独擅胜场的是揭示人物的那种飘忽不定、难以捉摸的下意识、畸形变态的心理、精神失常、梦幻、梦魇、歇斯底里等反常的、混乱的精神状态。《罪与罚》中对拉斯柯尔尼科夫犯罪前后的心理活动的描写就体现了作家的这一特点。在拉斯柯尔尼科夫身上,现实与理想、善与恶、爱与憎、崇高与卑劣的撞击达到了极限,使他处于难以解脱的矛盾和难以忍受的痛苦之中。作家着力描写的就是主人公这种情势下的高度紧张的心理状态。作家深入到拉斯柯尔尼科夫的内心深处,与他一起思考,一起犯罪,一起痛苦,一起忏悔,一起经受良心的折磨,因此才将他的心理活动描绘的那么真实生动、细致入微,才造成震撼心灵的艺术效果。

鲁迅先生将这种心理描写称之为"精神苦刑",说陀思妥耶夫斯基是"人的灵魂的伟大审问者",对他的人物进行审判,实行"精神上的苦刑",把他的人物置于万难忍受的逆境中和巨大的精神痛苦中去受折磨,受煎熬,使人物发出撕心裂肺的呻吟和号叫,并且层层解剖他们的灵魂,把心灵中的隐秘赤裸裸地暴露出来。拉斯柯尔尼科夫所经受的正是这种"精神苦刑"。

为了揭露人物心灵的隐秘,陀思妥耶夫斯基最常用的手法之一是内心独白。拉斯柯尔尼科夫的犯罪动机这种隐蔽的心理活动,他犯罪之后的疑神疑鬼、神魂颠倒的矛盾心理,就是通过内心独白揭示的。

另外,作家常常通过人物的下意识活动来表现其心理错乱。例如,拉斯柯尔尼科夫作案后,他六神无主,坐立不安,不由自主地来到他行凶的房间,对在那里干活的工人说:"地板洗过了,没有血吗?……老女人和她的妹妹都在这里被杀了,这里有一大滩血哩!"工人听了莫名其妙,以为他是疯子。在这种下意识心理活动的支配下,他经常在言谈话语中,不自觉地露出马脚。他犯罪之后,深深地陷入恐怖和孤独之中,他常常神志不清,大发歇斯底里,失去自我控制,头脑里出现各种凌乱印象,任意识自由流动,心理活动杂乱无章,毫无条理,这就是所谓的

---

① 勃兰兑斯:《十九世纪文学主流》第一分册,人民文学出版社,1988年,第2页。
② 《陀思妥耶夫斯基论艺术》,漓江出版社,1988年,第390页。

意识流。

陀思妥耶夫斯基特别注重描写幻觉、梦魇。他在《罪与罚》中写道:"一个有病的人常常做印象异常鲜明的梦,梦跟现实异常相似,有时梦非常可怕,但梦境和梦的过程如此逼真,并且充满了如此巧妙的、异想天开的,而在艺术上又与整个梦完全相适应的各种细节,如果不是做梦,这个做梦的人即使是普希金或屠格涅夫那样的艺术家也想象不出这些细节哩。"在《卡拉马佐夫兄弟》中他又说了几乎同样的话。作家善于通过对梦幻的描写,深入人物意识的底层,揭露其心灵的隐秘。如拉斯柯尔尼科夫作案前一天,他在涅瓦河的彼得罗夫岛的树林中做了一个梦,梦见童年时车夫用皮鞭抽打一匹驽马,直到用铁棍将它击毙的残忍一幕。目睹这样的暴行,他忍无可忍,他叫喊着冲过人群,跑到那匹马跟前,抱着它那血淋淋的头吻起来,又吻它的眼睛、它的嘴,接着,他跳起来。紧握两个小拳头,发疯似地朝车夫扑去。梦醒后,他浑身是汗,胆战心惊地叫道:"天哪!难道,难道我真的会拿起斧头砍她的脑袋,打碎她的脑壳……"拉斯柯尔尼科夫的童年代表了他潜存在意识深层中善良,这善良不能容忍暴行,也抗拒他正在策划的凶杀犯罪。这段梦境反映了人物心中善与恶的激烈冲突。拉斯柯尔尼科夫作案后,那个被害的老太婆的影子总是纠缠着他,他心神恍惚,噩梦缠身。一天,他梦见走在街上,一个陌生人向他招手;他跟着那人走进一幢楼,里面空无一人。忽然,他看见那个放高利贷的老太婆坐在角落里,对着他狂笑,于是他拿起斧头砍去。可是他越砍,老太婆笑得越厉害。他惊恐万状,慌忙逃命,可到处是人,无法逃脱。这个噩梦突出表现了主人公杀人后的恐怖心理。再如《卡拉马佐夫兄弟》中,伊凡最后精神错乱了,小说结尾就描写了他头脑中出现的幻觉。伊凡坐在那里,忽然看见一位绅士派头的坐在面前,又觉得此人像魔鬼。二人开始对话,现实与幻觉交织在一起。这个魔鬼就是伊凡深层意识中的靡菲斯特,代表了他人性中的恶,集中暴露了他灵魂中丑恶的一面。

"对戏剧形式的深刻爱好"

陀思妥耶夫斯基对小说艺术的创新还体现在戏剧化上。他把戏剧的许多表现手法运用到小说创作中,从而促成了小说诗学与戏剧诗学的有机融合。

陀思妥耶夫斯基堪称结构情节的艺术大师。他将侦探小说的元素引入自己的创造,把惊险情节与社会现实结合起来。他善于设置紧张、曲折的故事情节,而且故事情节迅速发展的过程中,又经常使其发生突变、转折,设下埋伏,制造悬念,使小说的矛盾冲突始终保持着尖锐、紧张而又扑朔迷离、神秘莫测的情势,时刻激荡着读者的心弦。陀氏的小说通常不做铺垫,一开始即直接切入,摆出尖锐的矛盾冲突，使读者立刻进入紧张的气氛中。如《罪与罚》开篇伊始，就将主人公置于走投无路的生活困境和难以承受的精神煎熬之中，从而导致他的铤而走险、杀人犯罪。接着就是道德和良心的折磨，做"平凡的人"还是做"不平凡的人"的心理交锋，抗拒和侦查的较量，投案自首与企图逃避法律惩罚的权衡……其间，拉斯柯尔尼科夫几次想对索尼娅说出真相而欲语又止，几次想投案自首而又突然变卦。小说情节环环相扣，一波三折，波澜起伏。《卡拉马佐夫兄弟》围绕着弑父惨剧铺展情节，而家庭中的每个成员都有作案的动因和嫌疑。谁是真正的凶手？这一悬念始终吊着读者的胃口，小说情节也就在这一悬念的推动下步步进展，直到真相大白。《白痴》的情节环绕着女主人公纳斯塔霞展开。她的命运受托茨基、罗戈任、加尼亚和梅什金等几种力量所左右。小说开始后，迅速推向高潮。纳斯塔霞在生日晚会上对觊觎她的美色的那些人嘲弄、羞辱一番后，竟然随罗戈任而去，让人意想不到。以后，她又在罗戈任和梅什金之间摇摆不定，在与公爵举行婚礼时又突然逃离。小说就在出人意料的转折、突变、悬疑中演进着，纳斯塔霞的命运起伏时刻牵动着读者的神经。陀氏的这种情节设置艺术极富戏剧性，它唤起读者强烈的期待心理，从而积极参与到阅读中去，并从中获得审美愉悦的享受。

小说是叙述的艺术，而戏剧则是对话的艺术。对话在戏剧中的作用是无可替代的，它是铺展情节、推动矛盾冲突发展、刻画人物性格和心理的最重要的艺术手段。所以说，对话是戏剧的根本特征。陀思妥耶夫斯基的小说充分体现了戏剧的这一特征。他的小说是全面对话型的，不仅有代表不同思想的各种人物之间的"大型对话"，而且有人物自我——即"我"同另一个"我"——的"微型对话"。这样的对话在陀氏作品中比比皆是，如拉斯柯尔尼科夫同侦察员波尔菲里之间的辩论，拉斯柯尔尼科夫同索尼娅的交谈，伊万同斯梅尔加科夫、伊万用魔鬼、戈里亚奥特金同小戈里亚奥特金的对话等等。这种对话针锋相对，唇枪舌剑，你来我往，气氛紧张。另外，陀氏还善于设计精彩的戏剧化场面，如纳斯塔霞的生日晚会、卡拉马佐夫家在修道院里的家庭聚会和法庭审判、马尔美拉托夫葬礼后的回丧饭等。形形色色的人物在这里聚集一堂，仿佛在戏剧舞台上尽情地扮演自己的角色。不论是对话，还是戏剧化场面，都是各种人物在自我表白、自我表演、自我展示，他们各自的思想、品行、性格和内心的隐秘，人物之间的矛盾冲突，人物与人物的关系等，都毫无中介地、直接地展示在读者面前。这种戏剧化的"展示"较之"叙述"更直观、更鲜活、更生动、更艺术。

戏剧是舞台艺术。不论多少人物，不论多么错综复杂的事件，都要在小小的舞台上展现出来。由于舞台条件的限制，就决定了戏剧的时空必须是紧凑、浓缩、集中。陀思妥耶夫斯基的小说对时空的处理与戏剧有异曲同工之妙。巴赫金指出："陀思妥耶夫斯基艺术观察的一个基本范畴，不是形成过程，而是同时共存和相互作用。他观察和思考自己的世界,主要是在空间的存在里,而不是在时间的流程中。因此便产生了对戏剧形式的深刻爱好……其结果,甚至一个人的内心矛盾和发展阶段,他也在空间里戏剧化……"①陀氏似乎把一切都视为同时共存的事物,着重在空间里而不是在时间里加以描写和表现。而且他的作品中空间不大,故事大多发生在彼得堡,有时在外省小城;时间也不长,不像托尔斯泰小说的时间跨度往往是几年、十几年,甚至一个时代。所以,陀氏的小说节奏急骤,进展迅速,《罪与罚》的情节进程总共不过十来天,而且笔墨主要集中在拉斯柯尔尼科夫从犯罪到自首的四五天内。《白痴》从早晨写起,当晚纳斯塔霞的生日晚会即将小说推向高潮;第二、三、四部的时间长度虽然有半年,但小说的描述也集中在矛盾冲突的几个时间点和剖面上。陀氏写人物通常不写他的生平经历,也不写其思想、性格形成和发展的过程。人物一出场,其性格已基本定型,他的所作所为都是"现在时",都在此时此刻的空间里展示出来。陀氏描写人物的心理活动,也不像托尔斯泰的"心灵辩证法"那样细腻刻画人物心理发展变化的过程,而是将焦点凝聚在某一时刻人物的心理空间上,并且将这一心理空间强化、放大,浓墨重彩地、纤毫毕见地描写人心的战场上天使和魔鬼、人性和兽性、善与恶的冲突和搏斗。

  作者隐退,将作者的"叙述"变为戏剧化的客观"展示"是现代小说的特征。陀思妥耶夫斯基对小说戏剧化的探索显示了他的创新精神和超前意识。

---

① 巴赫金:《陀思妥耶夫斯基诗学诸问题》,三联书店,1988年,第59—60页。

第十一章 八九十年代小说的演变和发展

第一节 多元化文学流派语境中的小说新景观

19世纪最后20年是俄国历史上社会急剧动荡、革命暴风雨即将来临的时期,进步与反动、民主与专制、光明与黑暗两种历史力量进行着激烈较量,各种政治派别和集团都在历史舞台上尽情表演,各种社会思潮纷纷涌现,都力图规划和影响俄国的发展道路和前途。这个时期的社会政治形势的特点是:反动势力猖獗,民粹派蜕变,资产阶级自由主义盛行,无产阶级革命思想发展。

1881年3月1日民意党人的一颗炸弹炸死了沙皇亚历山大二世。但这一恐怖行动并未导致他们预期的革命的到来,相反,新上台的亚历山大二世强化反动统治,实行高压政策,剿杀革命力量,查封进步刊物,禁锢社会思想,一个黑暗、残暴的反动统治时代开始了。俄国革命运动一时处于低潮时期。

在反动势力的高压政策下,民粹主义经受不住严酷斗争的考验,放弃了以革命斗争方式推翻沙皇专制制度的纲领,蜕化为自由主义民粹派。他们鼓吹"小事物论"和文化万能论。这种论调认为,革命时机未到,尚需等待;当前的任务主要是推广文化教育事业,做一些力所能及的"小事",如开办学校、图书馆、诊疗所、农民银行等等,改善农民的生活状况。这实际上宣扬妥协,是用点点滴滴的改良代替革命斗争,他们已滑向自由主义立场。而随着资本主义的迅速发展,代表资产阶级利益和政治诉求的资产阶级自由主义盛行,它打着君主立宪、地方自治、民主自由的旗号,向沙皇专制制度发起挑战。另外,托尔斯泰宣扬的"不以暴力抗恶"和"道德自我完善"的学说获得了不少信徒,形成一股所谓的"托尔斯泰主义"思潮,在社会斗争复杂激烈的年代起到了麻痹、毒害人民意识的消极作用,对俄国解放运动产生了不良影响。

　　反动势力的猖獗是压制不住进步力量的。在艰难岁月里,以谢德林为代表的革命民主主义者仍在坚持自己的思想路线,继续进行斗争。同时,民粹派中的先进分子也抛弃迷误与幻想,开始寻找新的革命理论,研究马克思主义。民粹派中的普列汉诺夫、扎苏里奇等人于1883年在日内瓦建立了"劳动解放社"。这是俄国第一个马克思主义组织,从此,揭开了马克思主义与俄国革命运动相结合的序幕。此时,在俄国国内,第一批马克思主义小组和团体也相继建立,社会民主主义运动发展起来。在此基础上,列宁于1895年在彼得堡成立了"工人阶级解放斗争协会",三年后,俄国社会民主党组建。从此,按照列宁的说法,俄国解放运动进入第三个阶段——无产阶级革命时期。无产阶级革命力量同自由主义阵营中的激进派联合起来,向沙皇专制发起攻击,革命运动又出现新的高潮,1905年终于爆发了俄国第一次资产阶级大革命。延续三千多年的沙皇专制制度已日薄西山,气息奄奄。

　　80、90年代的俄国小说就是在这样的社会文化氛围中发展演变的。而这一时期思想文化斗争的复杂性、激烈性就决定了小说向多元化发展。批判现实主义的一统天下被打破,自然主义、现代主义相继出现,无产阶级文学也崭露头角,小说呈现出流派繁多、异彩纷呈的特点。

　　在诸多小说流派中,传统的批判现实主义仍是主流。托尔斯泰、谢德林等老一辈作家仍宝刀不老,继续保持着创作的活力。托尔斯泰于70年代末80年代初完成世界观转变之后,其作品的人民性和批判性更加强烈,80、90年代完成了《伊万·伊利奇之死》、《克莱采奏鸣曲》、《复活》等中、长篇小说,将批判现实主义推向顶峰。谢德林晚年则完成了《童话集》、《生活琐事》、《波谢洪尼耶遗风》等作品。被称为"70年代小说家"的一批民粹派作家兹拉托乌拉茨基、扎索季姆斯基、卡罗宁、纳乌莫夫等仍在卓有成效地进行创作。马明—西比利亚克于80年代发表了其代表作《普里瓦洛夫的百万家私》和《矿巢》。英年早殇的迦尔洵为文学宝库贡献了许多短篇佳作。斯塔纽科维奇和加林—米哈依洛维奇则将新的题材引进了文学。契诃夫和柯罗年科双星并峙,成为小说界的中坚。

　　90年代批判现实主义作家队伍又增添了一批新生力量,如维·维·魏列萨耶夫(1867—1945)、亚·伊·库普林(1870—1938)、伊·阿·布宁(1870—1953)等。

　　魏列萨耶夫于1887年开始文学创作。他的成名作《走投无路》(1895)描写了一位年轻医生满怀热情和献身精神到霍乱流行地区去防疫治病,他夜以继日拼命工作,却不被人理解,结果被当作传播瘟疫的巫师活活打死。小说反映了民粹派幻想的破灭,表现了一代青年"走投无路"的痛苦情绪。随后在小说《时尚》(1897)中描写了民粹主义者在与马克思主义者展开的一场辩论,并且后者战胜了前者,表明马克思主义已成为时代的新潮,只有信仰马克思主义,才能摆脱绝境,走向新生。短篇小说《扎里奇》(1899)、《匆匆》(1899)、《万卡》(1900)等描写了农民贫困与破产;中篇小说《两种结局》(1899—1903)则表现了作者对革命无产阶级的关注与同情。世纪之交动荡年代的知识分子的命运是魏列萨耶夫创作的重要主题,自传性小说《医生手记》(1900)反映十月革命前青年知识分子的生活和思想情绪,并探讨了社会、道德、婚姻等问题。魏列萨耶夫在文坛辛勤耕耘60年之久,其创作一直延续到第二次世界大战,是俄国许多重大历史事件的参与者和见证人。他的创作就是一部浓缩的时代纪录。

库普林自1894年从军队退役后开始写作。他凭借自己的丰富经历,创作了各种题材的、形形色色的小说。而引起评论界关注的是中篇小说《摩洛》(1896),作品真实地再现了冶金厂工人受资本家残酷剥削的触目惊心的情景。小说以精确的细节和形象的比喻描写"张着血盆大口"的工厂,冒着烟的烟囱,睁着"巨大的红色眼睛"的熔炉,以古代腓尼基和迦太基宗教中凶神摩洛象征摧残人性的工业文明,对榨取工人血汗的资本家痛加谴责。中篇小说《决斗》(1905)使库普林誉满全国。小说暴露了沙皇军队的黑暗内幕,鞭笞了腐败无能而又残暴成性的沙俄军官。在长篇小说《亚玛》(又译《火坑》,1909—1915)中,作者将其艺术触角深入到鲜人涉足的领域——俄国妓院生活,揭露了资本主义社会的罪恶的卖淫现象,真实地表现了妓女备受凌辱的悲惨生活。小说带有自然主义色彩。

布宁17岁时即开始发表诗作,从90年代起,主要致力于小说创作。他早期的小说以农村题材为主。短篇小说《在山丘上》(1892)、《荒野》(1895)、《安东诺夫卡的苹果》(1896)等描写贵族庄园的没落,充满对往昔生活的缅怀,为逝去的时代唱挽歌。《丹尼卡》(1892)、《故乡的消息》(1892)、《天涯海角》(1895)等则展现了农村贫穷落后面貌和农民的悲惨生活处境。布宁的小说注重人物性格的刻画和心理描写,长于气氛和情调的渲染,语言简洁明快,颇受当时读者的喜爱。十月革命之后,布宁流亡国外。

随着无产阶级登上历史舞台,反映其思想和愿望的无产阶级文学也应运而生。虽然无产阶级文学与批判现实主义文学在世界观、文艺观、题材、人物与环境的关系等方面有很大区别,但总体上仍然遵循现实主义的根本原则,理应归入现实主义这一大流派。正因此,后来称之为社会主义现实主义。对这一命题,始终存在着争议,甚至遭诟病,此是后话,兹不多述。

第十一章　八九十年代小说的演变和发展

无产阶级文学的奠基人是高尔基,他于90年代初开始文学创作,他的早期作品分为浪漫主义和现实主义两大类。前者如《马卡尔·楚德拉》(1892)、《少女和死神》(1892)、《伊则吉尔老婆子》(1895)和《鹰之歌》(1895),在这类作品中,作家以高昂的激情歌颂自由、光明以及勇于斗争、敢于献身的英雄气概,鞭挞庸俗自私、苟且偷安的市侩哲学。后者如《叶美良·皮里雅依》(1893)、《阿尔希普爷爷和廖恩卡》(1893)、《切尔卡什》(1895)、《二十六个和一个》(1899)等短篇小说。这些作品以生活在社会底层的工人、破产农民、流浪汉、小偷等为主人公,描写了他们的苦难生活,表现了他们豪爽不羁、热爱自由的个性以及对现存秩序的愤怒和反抗情绪。

1899年,高尔基发表了他的第一部长篇小说《福玛·高尔杰耶夫》。小说通过几个商人的活动,展现了俄国资本主义的兴起和发展的过程,揭露了资产阶级残酷掠夺的本性。另一部长篇《三人》(1900)描写三个青年所选择的不同的生活,否定了追逐钱财和因循苟且的人生态度,肯定了走向人民和革命的正确道路。高尔基的早期创作为俄国小说提供了新思想、新题材和新人物,预示着一种崭新文学的诞生。

此外,高尔基在文学创作的组织、推广工作方面进行不懈努力。1900年他参加知识出版社的工作,使其成为团结民主主义作家的中心,并出版《知识文集》,为繁荣文学创作做出了重要贡献。

正是在高尔基的影响下,亚·绥拉菲莫维奇(1863—1949)走上革命文学道路,成为俄国早期无产阶级文学作家之一。他是80年代末开始写作的。他早期的短篇小说《在浮冰上》(1887)、《冰雪荒漠》(1890)、《扳道工》(1891)、《小矿工》(1895)等反映工农大众奴役般的劳动、贫苦生活和悲惨境遇,表现了对劳动人民的深切同情,但没有写出他们的觉醒和反抗。随着他的思想的不断提高,其创作也发生了很大变化。1905年革命期间创作的一组短篇小说《夜间》、《葬礼进行曲》、《街上的尸体》、《红光》等描写了工人的秘密集会、庄严的示威游行、农民的起义,表现了工农群众的英勇斗争,洋溢着昂扬的战斗精神和乐观情调。

高尔基和绥拉菲莫维奇的早期创作为无产阶级文学奠定了基础,并将俄国现实主义文学推上了一个新阶段。

80年代,自然主义出现于俄国文坛。自然主义作为19世纪后半期至20世纪初期的一种世界性的文学思潮是资本主义工业革命的产物,是在实证主义哲学基础上构建起自己的理论观点的。而俄国自然主义文学的兴起,也正是随着80、90年代俄国资本主义的迅猛发展而来的自然科学繁荣、不同形式的实证主义哲学的流行等条件促成的。另外,"自然主义"一词在俄国文学中早已有之。

早在19世纪40年代就有人攻击果戈理赤裸裸地描写现实是"自然主义"。当然,19世纪40年代的"自然派"就起源学和现象学来看与世纪之交的自然主义有很大差别,但它们毕竟存在着传统上的联系。就外因来讲,俄国自然主义是在法国自然主义影响下产生的,是后者在俄国文坛激起的回响。1875—1880年,俄国的《欧洲导报》杂志连续6年刊登了左拉的《巴黎来信》,这些书信系统地阐述了他的自然主义理论观点。同时,他的小说也陆续被介绍进来。这一切自然对俄国作家产生了影响。许多作家竞相模仿,俄国自然主义遂形成一股潮流。

以左拉为代表的自然主义将真实性作为文学的首要标准,强调"小说家的最高的品格就是真实感"。不过自然主义只强调绝对的客观性、真实性和精确性,而忽视对生活现象进行分析、概括、提炼,忽视典型化,则趋于偏颇。但不可否认,在文学的本质特点,即真实性原则上,自然主义与现实主义是完全一致的,它们都要求真实地描写现实,照生活原来的样子表现生活。因此,可以说自然主义是沿着现实主义轨道运行的,它是在新的历史条件下现实主义的衍化和变异,是现实主义大河上的一条支流,或者说是现实主义大树上的一个分枝。现实主义与自然主义有着天然的联系,所以,在讲到俄国自然主义流派时,有的论者认为,以契诃夫为代表的80年代的作家和围绕在高尔基的"知识出版社"周围的"知识派"作家"这就是世纪之交的俄国自然主义的两代人"①。这样不加区分地将80、90年代的俄国作家归入自然主义流派,恐怕过于笼统和宽泛了,但同时也说明,俄国现实主义与自然主义之间有着千丝万缕的联系,其界限不甚明显。

俄国自然主义的代表人物当属勃勃雷金。

彼·德·勃勃雷金(1836—1921)在长达近60年的文学生涯中,创作了百卷之多的作品,成果可谓丰硕,却没有得到评论界应有的关注和评价,反而经常受到冷遇和指责。为此他常常感到委屈和愤愤不平。因为勃勃雷金促成了左拉的《巴黎来信》的发表,因为他在创作中坚持不带先入为主的偏见,对所描写事物保持客观、不予置评的态度,只将观察的事实和材料移入作品中的宗旨,所以他被认为是自然主义的追随者、俄国的左拉的信徒。诚然,勃勃雷金的创作准则与自然主义理论有一致之处,但他也曾对左拉学说中的生物遗传论提出过异议。只因为长期以来,评论界对自然主义思潮没有给予恰如其分的评价,常常将"自然主义"当成贬义词,所以勃勃雷金也不免受到株连。不过,从上世纪80年代起,俄国评论界对他的看法大有改变。

60年代末,涅克拉索夫曾邀请勃勃雷金为《祖国纪事》的撰稿人。1870年他

---

① 见俄罗斯科学院高尔基世界文学研究所编《俄罗斯白银时代文学史》Ⅰ,敦煌文艺出版社,2006年,第142页。

在该杂志上发表了长篇小说《可信的美德》,小说反映了农奴制改革后俄国知识分子的精神探索。主人公是"忏悔贵族"、"渐进主义者"克鲁基岑。他向往社会革新,期望俄罗斯祖国走向新生。他努力探寻能够改造俄国生活的"可信的美德"。于是他以记者的身份来到法国巴黎,遇到来法国发财的俄国商人和受过西方教育、鄙视祖国的企业家。在那里,他目睹了炫耀奢华和财富的光怪陆离的生活,领略了现代文明,但就是没有发现"可信的美德",也没有找到足以寄托希望、引导俄国走向未来的人。对欧洲失去信心的克鲁基岑又回到俄国,想在祖国开拓自己的事业。他对手工业中的劳动组合很感兴趣,认为这种类似农民村社、由古老的连环保制度结合起来的工业生产形式是"必须抓住的杠杆"。只是这种劳动组合需要加以改造,使其从富农的控制和剥削下解放出来。可见,克鲁基岑信仰的是民粹派的主张。小说反映了俄国知识分子向民粹派思想的历史转变过程。

1887年发表的长篇小说《按另一种方式》又回到了俄国知识分子精神探索的主题。勃勃雷金紧紧追随时代的步伐,在小说中触及了马克思主义同民粹派的斗争。70年代的革命民粹主义者拉苏金从流放中归来,立即成为大学生们崇拜的英雄。尽管他头上有着英雄主义的光环,但已明显地表现出他已落后于时代和理论上的软弱无力。马克思主义者舍马杜罗夫是个平凡的人物,但在争论中批驳和战胜了拉苏金。历史力量在"按另一种方式"排列组合,旧的革命派——民粹主义者和新的革命派——马克思主义者在新的历史条件下形成了敌对关系。当然,处理这种主题,对勃勃雷金来说是力不从心的,可是,同时代作家中又有谁能处理好这一问题呢?

勃勃雷金最成功的作品是描写俄国资本主义发展历程的三部曲——《生意人》(1873)、《中国城》(1882)和《瓦西里·焦尔金》(1892)。

在《生意人》中,作者描写了形形色色的资产者——老奸巨猾的金融大亨、不择手段的掠夺者、从破产贵族中分化出来的机敏的商人以及卖身投靠的记者、律师等等。在他的笔下,这些商人、企业家、资产者都精明能干,在一切方面都胜过衰朽的贵族阶级,他们是走运的胜利者,但作者既不欣赏,又不鄙视他们;同时将他们暴发的秘密和原始积累的罪恶暴露在光天化日之下。勃勃雷金敢于正视现实,这应该说是现实主义的胜利。在《中国城》中,作者对莫斯科古老的商业繁华地区——中国城的客栈、商场、饭店、办公室、贵族俱乐部、贵妇人的沙龙以及活跃在其中的各色人物做了穷形尽相的描写。这五光十色、喧嚣嘈杂的莫斯科商业中心的典型环境构成了主人公活动的背景和舞台。帕尔屠索夫审时度势,从世袭贵族摇身一变而成为生意人。他花言巧语,精于计算,外号人称"乞乞科夫"。他一心追求发财致富,梦想有朝一日跻入有钱人的行列。为达目的,他与女工厂主斯塔尼岑娜结婚。这桩婚姻象征着贵族与资产阶级势力的结合。另外,小说还真实地展现了工厂的日常生活:工人们苦役般的劳动,恶劣的生活环境,工人的非人的生活状况。在这一方面,应该说,勃勃雷金在作家同仁中是先行者之一。

引起读者和评论界关注的是长篇小说《瓦西里·焦尔金》。特别令人感兴趣的是小说塑造了一个与众不同的"另类"资产者的形象。主人公瓦西里·焦尔金是一个出身农民的成功商人。作者力图将高度的修养、独立的见解、农民的质朴与资产者的顽强进取心、精明机敏、残酷凶狠集于焦尔金一身,赋予他复杂的二重性格。正如他本人所承认的:"我身上有两种力量在斗争:一种是凶恶的,另一种是真诚的。"他既是强盗、骗子,同时又极力战胜自己的兽性,清洗身上的恶。他声称自己"不是为了'钱罐子'而是为全民的事业而工作"。作者把焦尔金视为可以将俄罗斯引向可靠发展道路的新兴力量,显然是把这一形象理想化了。不过,勃勃雷金力图通过内心斗争辩证地展示主人公复杂、矛盾、多维的性格,这样的形象较之当时文学中一写到资产者,就是那种庸俗、贪婪、残酷的单一性格的扁平人物更具有艺术性。勃勃雷金的这种艺术探索是值得肯定的。高尔基承认,他在小说《福马·高尔杰耶夫》中塑造的商人雅可夫·马雅金的形象就借鉴了《瓦西里·焦尔金》的艺术经验。

在80、90年代的俄国作家中,勃勃雷金是首先描写刚刚登上历史舞台的工人阶级及其斗争主题的作家之一。

长篇小说《牵引力》(1898)表现了俄国工人阶级形成的过程。小说标题富有哲学意味。农民受着两种牵引力的作用:他们一方面被土地的威力所吸引,眷恋着农村;另一方面又受着城市的诱惑,向往着去工厂挣钱。小说深刻地揭示了农民的这种社会心理,表现了农民被吸引进城市而逐步解体的不可遏制的过程。正是从农民中间形成了新的社会力量——工人阶级。《大纠纷》(1908)则描写了1905年革命中的工人斗争。小说以家庭纪事的形式展开。家庭中的女儿叶琳娜深受民意党人革命精神的影响,思想坚定,倾向布尔什维克;儿子德米特里软弱,倾向于孟什维克。兄妹二人经常就俄国社会民主运动中的思想问题和革命形势发生争论。他们的母亲和祖父也热衷于政治,都被吸引到1905年的革命旋涡之中。小说既表现了当时布尔什维克与孟什维克之间的政治论争,还描写了工人的罢工和莫斯科的街垒战。这都是当时俄国文学很少触及的极其重大的、严肃的主题。

尽管长期以来,勃勃雷金受到过多的指责,甚至给他贴上"资产阶级的辩护士"的标签,但有见地、有眼光的作家还是对他的文学活动给予了公允的评价。契诃夫说:"勃勃雷金是一个严谨勤奋的人。他的小说为研究时代提供了大量资料。这一点不应该忘记。"① 高尔基则认为:"勃勃雷金是一位对一切新的'时代潮流'十分敏感的作家,他很善于观察,但是却用'自然主义'的手法进行创作,总是过于匆忙地对自己的观察做出概括……批评界公正地指责他为读者所做那些概括,他的材料是不足的,他匆忙地表现'新潮流'及特点时陷入了'照相式'和'实录性'。"② 这两位作家的意见大致概括勃勃雷金创作中强的和弱的方面。

19世纪的最后十年,现代主义文学思潮在俄国兴起,最先出现的是象征主义。就其世界观来说,叔本华的悲观主义、尼采的非道德主义和"超人"崇拜为俄国象征主义提供了哲学基础,而逐渐兴盛起来的带有神秘主义色彩的俄国宗教哲学思潮(其代表人物有索洛维约夫、舍斯托夫、别尔加耶夫、布尔加科夫等)对俄国象征主义的产生有着巨大影响。就美学而言,西欧19世纪末期的象征派对俄国象征主义诗学的形成有着决定性作用。90年代,法国魏尔兰、马拉梅、兰波和比利时的梅特林克的诗歌涌入俄国,为俄国象征派诗人提供了范例和借鉴。可以说,俄国是从西方接受的象征主义遗产。而面对19世纪末俄国社会"山雨欲来风满楼"的剧烈动荡形势和无产阶级革命的蓬勃兴起,资产阶级社会产生的世纪末的危机感和悲观情绪,则是象征主义产生的精神土壤。

俄国象征主义的奠基人是德·梅列日科夫斯基,他在《当代俄国文学的衰落原因与新流派》(1893)一文中断言,俄国文学正在走向衰落,他把希望寄托在"新艺术"身上,这种"新艺术"的基本要素包括"神秘的内容、象征和艺术感染力的扩大"。在这三大要素中,象征被置于核心地位。该文被认为是俄国象征主义的宣言。1894年,三册题名为《俄国象征主义者》的诗集连续问世,作者是初出茅庐的年轻诗人布留索夫。这是俄国象征主义的处女作。之后,一批渴望诗歌革新的诗人遂聚集在象征主义的大旗下。但作家对象征主义的理解并不一致。有的人把象征主义仅看作是文学流派,有的则认为是世界观。象征主义的基本特征是追求意在言外的艺术效果,即运用象征的艺术手法传达出形象的能指层面(指物层)后面潜藏的所指层面的寓意,而且这种寓意具有多义性和无限性。

象征主义者都敏锐地感受到社会的动荡不安,仿佛有一种大难临头的预感,因此他们的心头都不同程度地萦绕着一种挥之不去的世纪末的颓废情绪:消沉、悲观、失落、孤独、幻灭、绝望、逃避现实等等。但切不可将象征主义与颓废派等同起来,对其作品与艺术上的得失,要进行具体分析和评价。

俄国象征主义者绝大多数是诗人,其艺术成就主要在诗歌领域。但并不仅

---

① 转引自库列绍夫:《19世纪70—90年代俄国文学史》,俄文版,高尔基出版社,1983年,第329页。
② 《高尔基文集》第25卷,俄文版,国家文学出版社,1950年,第307页。

仅局限于诗歌,象征主义者的创作意识也使小说别具一格。不过与诗歌相比,其成就与影响还是略逊一筹。

德·梅列日科夫斯基是以散文创作为主的象征主义流派作家。他的代表作是著名的长篇小说三部曲《基督与反基督》——《众神之死:叛教者尤里安》(1895)、《众神复活:列奥纳多·达·芬奇》(1900)和《反基督:彼得和阿列克赛》(1905)。三部曲描写了基督与反基督两种思想对立与斗争的三个历史阶段:罗马帝国时期、文艺复兴时期和俄国彼得大帝时期。第一部展现了罗马皇帝尤里安统治时期基督教与多神教的斗争。作者认为,基督教和多神教代表了两种真理:前者鼓吹禁欲,追求精神上的完善,是关于天堂的、精神的真理;后者主张热爱人间的美、享受生活的欢乐,是关于人间的、肉体的真理。两种真理相互冲突、斗争,任何一方都未取得胜利。而作者期望这两种真理将来能融为一体。第二部表现了文艺复兴时期在教皇、国务活动家、思想家、艺术家中间展开的基督与反基督的思想斗争。在小说中处于中心位置的达·芬奇。作者把这位天才塑造成一个虔诚的基督徒与世俗之人、灵与肉矛盾共存的多面形象。第三部通过彼得一世和皇太子阿列克赛两个艺术形象表现了基督精神和反基督精神的斗争。在作者笔下,彼得是一个既背离基督真理,又背离"俄国思想"的人物,他的改革事业使俄国误入歧途。与彼得对立的是阿列克赛,他是基督精神的体现者,但他性情软弱,内心充满矛盾,不是理想的王位继承人。他被彼得处死,以殉难告终。在梅列日科夫斯基看来,三部曲所描写的这三个人类发展阶段中基督与反基督两种原则的斗争具有普遍的象征意义,它构成了世界的思想发展史。三部曲还体现了作者的宗教思想:天堂的基督教与人间的多神教通过斗争而融为一体,整合成为一种新的理想的宗教,即继旧约、新约之后的所谓"第三约言"宗教。三部曲将神话传说与与古代风习的描写熔为一炉,再现了那些逝去的时代的风貌,对一些历史人物如罗马皇帝尤里安、艺术家达·芬奇、彼得大帝、皇太子阿列克赛等人物的性格和心理刻画逼真可信,给人留下深刻印象。

费·索洛古勃(1863—1927)创作了两部反映外省庸俗、沉闷生活的长篇小说《噩梦》(1895)和《卑劣的魔鬼》(1905)。前一部小说的主人公是心地纯洁善良、但意志薄弱的中学教师洛金。面对周围人的鄙俗、自私、贪婪、冷酷,他心里十分痛苦。他想组织互助会,以便大家互相沟通,互相帮助,但遭到人们的怀疑和反对,甚至被同事们所排挤。绝望的洛金想杀死卑鄙的督学,以发泄心中的愤懑,结果他自己反被诬蔑传播霍乱而几乎被暴怒的人群活活打死。洛金无力改变周围死气沉沉的生活环境,他自己也成为社会的牺牲品。《卑劣的魔鬼》是索洛古勃最重要的作品,也是象征主义的代表作之一。小说继承果戈里的讽刺传统,对1905年大革命前夕俄国外省生活及生活在其中的形形色色的人物进行了出色描绘。县城的市长、首席贵族、参议会主席、警察局长等上层人物无一不是卑劣渺小的庸俗之辈;普通市民阶层也都酗酒、玩牌,制造流言蜚语,互相算计,道德低下,没有任何精神追求。庸俗、停滞、窒息是这个外省小城生活的突出特点。在这样的生活环境中,小说突出描写了中学教师别列多诺夫的可鄙形象。此人是一个患狂躁症的病态人物,且迟钝冷漠、自私贪婪、觊觎名利、淫荡好色。作者认为,别列多诺夫是同时代人的写照。这个人物成为俄国文学中优秀的讽刺形象之一。在作者的笔下,这两部作品中外省小城的生活是整个现实的物质世界的象征。这里的一切是丑恶的、荒谬的,没有真善美的立足之地;而且这个世界是不可救药的,是毫无希望的。两部小说都弥漫着一种悲观主义情绪。悲观主义成为索洛古勃整个创作的哲学基础。

之后,安·别雷(1880—1914)创作了力图对俄罗斯人民与知识分子的关系作出象征主义的历史哲学解释的《银鸽》(1909)和反映1905年大革命的《彼得堡》(1913—1914)。不过,这属于20世纪文学范畴,这里不再涉及。

处于80、90年代俄国社会急剧动荡、思想斗争激烈、各种文学思潮纷纷涌现的情势下的小说也在发展变化着,并呈现出许多新的特点。

首先,小说园地已不是批判现实主义小说的一枝独秀,同时还出现了自然主义、象征主义以及以高尔基为代表的新的现实主义小说。各种流派的小说既互相冲突、碰撞、争鸣,又互相渗透、借鉴、影响,你中有我,我中有你,共存共荣。自然主义与现实主义有着天然的联系,许多现实主义作家在创作理念和创作方法上(如契诃夫、库普林等)都与自然主义有共同之处。而象征主义作家也继承了俄国文学的传统,在密切关注现实、反映现实、描写环境、刻画人物等方面都吸取了现实主义的成功经验。同时,现实主义也以开放的姿态探索新的表现形式和方法,以一种全新的面貌出现在读者面前。如迦尔洵在小说《棕榈》、《红花》中,柯罗连科在《林啸》、《火光》等作品中,高尔基在早期浪漫主义小说中都成功地运用了象征主义手法。契诃夫的客观、冷静、不做道德判断的叙事立场,精神迷惘、"没有中心"的各种人物,开放式的情节结构等等都体现出现代小说的特征。总之,各种流派的互相影响和借鉴,使作家在艺术表现上获得了更多的自由和空间,使80、90年代的小说在艺术风格和手法上更不拘一格,丰富多彩。

80、90年代的俄国文学中出现了一种新的浪漫主义思潮。这是社会的激烈动荡而引起的不同社会情绪在文学中的反映。有些作家由于即将来临的社会大变革,特别是正在酝酿中的无产阶级革命风暴而忧心忡忡、慌恐不安,于是逃避现实,美化过去,在创作中表现出一种悲观怀旧情绪(如布宁)。而有些作家面对旧世界的崩溃和新世纪的到来而感到激动、兴奋、昂扬,于是他们的作品洋溢着积极乐观、热情激越、奋发向上的情调。这在契诃夫、柯罗连科和高尔基的早期小说中都不乏其例。再如象征主义。象征主义与浪漫主义有其灵犀相通之处，因为浪漫主义对崇高精神和理想的赞美符合象征主义的审美追求。所以说，从整体上讲，象征主义本身就蕴含着一种浪漫主义精神，尤其是诗歌，小说亦然。再者，象征主义所追求的神秘化就决定了这一流派的小说家常常从神话中寻找象征意象，或者演绎神话，借以表达小说的深层意蕴。梅列日科夫斯基的三部曲《基督与反基督》就运用了大量神话传说。索洛古勃的小说中也有很多神话成分，既有人所共知的古希腊和圣经中的神话，也有他自创和改写的神话。虚幻奇诡的神话传说赋予象征主义小说以浓厚的浪漫主义色彩。

80、90年代的小说题材更广泛，主人公更加多样化。这一时期俄国急剧变化的社会现实为作家提供更加广阔的题材范围，作家不再仅仅局限在贵族家庭、农村、城市底层等传统题材，而开始向前人未曾涉足的新的领域进军。柯罗连科把读者带到了西伯利亚的监狱、驿站、流放犯移民村；马明-西比利亚克第一次将乌拉尔矿区的日常生活展现在读者面前；斯塔纽科维奇的《海上故事》率先描写了俄国海军舰队的生活；库普林的笔触深入到红灯区亚玛街，将俄国社会的溃疡和妓女的卖笑生涯暴露在光天化日之下；绥拉菲莫维奇首次表现了工人的斗争和示威游行；勃勃雷金的小说反映了俄国资本主义发展的历程，为认识和研究那个时代提供了大量资料……小说题材的扩展将更加丰富多样的人物引入文学。文学主人公可谓五花八门，千姿百态：新兴的资产者、"善于经营"的农民、生意人、工人、士兵、船工、淘金者、无业游民、流浪汉、妓女、乞丐、强盗、囚犯等等。特别是大量的平民百姓、小人物成为小说的主角，这是文学主人公趋向民主化的标志。

从小说体裁来看，继70年代短小体裁蓬勃兴起之后，80、90年代中短篇小说仍保持繁荣的强劲势头，而长篇小说则显出走向低潮的趋势。这主要是因为急遽变化中的俄国现实要求文学迅速做出反映，而简短灵活的中短篇小说更适应这种要求。老一辈作家托尔斯泰、谢德林、列斯科夫晚年以创作中短篇小说为主；"80年代作家"如契诃夫、柯罗连科、迦尔洵等都是中短篇小说家；90年代登上文坛的魏列萨耶夫、绥拉菲莫维奇、布宁、库普林等也都是从创作中短篇小说开始其文学试步的。短小体裁虽非大制作，但主题多样、风格各异的中短篇小说如五彩缤纷的小花将80、90年代的文学园地装点得赏心悦目，生机盎然。

第二节 现实主义小说家

在俄国80、90年代的小说创作中，现实主义小说家仍然是主力军。不仅老一辈作家仍壮心不已,笔耕不辍,如夕阳晚霞,辉煌灿烂,而且涌现出一批新秀,给小说队伍增添了活力,其中的佼佼者如迦尔洵、马明-西比利亚克、斯塔纽科维奇、加林-米哈依洛夫斯基等等,当然,其领军人物是柯罗连科和契诃夫。

弗·米·迦尔洵(1855—1888)是80年代的著名的小说家,他的创作生涯短暂,作品数量不多,但他那独具特色的社会心理短篇小说使其赢得了广泛声誉,也使他在俄国小说史中占有重要的一席之地。

迦尔洵出生于一军人家庭,母亲思想进步,曾与60年代的革命者有联系,为此,家里两次被搜查。迦尔洵的家庭教师、后来成为他的继父扎瓦茨基是一秘密团体的成员,因参加革命活动被流放。这样的家庭环境对迦尔洵民主主义思想的形成有很大影响。

1874年迦尔洵入彼得堡矿业学院学习。1877年俄土战争爆发。这是沙俄以帮助斯拉夫兄弟民族获得解放为名,实则是争夺霸权的一场战争。迦尔洵还认识不到战争的性质,他怀着青年人的一腔热情,投笔从戎。他历尽艰辛,亲眼目睹了战争的残酷和沙俄军队的黑暗内幕。这段经历成为他日后创作的题材来源之一。迦尔洵从军当年的8月在保加利亚境内的一次战斗中负伤,不久即退役,此后专事创作,在《祖国纪事》等刊物上发表了许多优秀作品。

迦尔洵心地善良,胸怀正义,悲天悯人,疾恶如仇;又因他患有遗传性精神病,感情脆弱而易冲动,于是形成一种敏感、忧愤、抑郁、悲观的所谓"迦尔洵气质"。他同情民粹派"到民间去"的活动,面对民粹派运动失败,特别是随后反动势力的猖獗和俄国的黑暗现实,他痛心疾首。1880年,他的友人、民意党人姆洛杰茨基因刺杀内务大臣而被处死。迦尔洵精神上受到极大刺激,精神病再次发作,住院两年多,不得不中断写作。此后,在疾病的不断折磨中,他仍坚持创作。不幸,1888年3月9日他终于在极度悲观和苦闷中跳楼自杀,年仅33岁,他的艺术之花还未盛开就凋谢了,实在令人唏嘘痛惜。

迦尔洵的文学创作活动仅有十年左右,其成就主要是短篇小说。他的小说的主题之一是对俄土战争的再现,如《四天》(1877)、《胆小鬼》(1879)、《勤务兵与军官》(1880)、《士兵伊万诺夫的回忆》(1883)等。这一组作品是作者参加俄土战争的经历和体验的记录,表现了作家对战争的思考和强烈的反战情绪。《四天》一经在1877年10月号《祖国纪事》发表,即引起极大反响,一举成功。小说写主人公在一次战斗中负伤,昏迷中醒来,发现自己孤零零地躺在战场上,旁边是被他刺死的土耳其士兵的尸体。在伤痛和饥渴的折磨中,他不禁追问:为什么要进行这场战争?为什么命运把他们驱赶到这里?"千里行军来到这里,一路上挨饿、受冻、备受暑热之苦,最后躺在这里受尽折磨,——难道这一切仅仅是为了夺去这个可怜的人的生命吗?"被他杀死的土耳其士兵和他一样,"家有年迈的母亲。每当黄昏时分,老人将倚着茅屋的柴门,久久地凝视着遥远的北方:她那爱子,她那养家活口的人是不是即将归来?"——这一切究竟是谁的罪过?谁是真正的"杀人凶手"?主人公的疑惑表达了作者对战争的谴责,并进而引发读者的共鸣和深思。《胆小鬼》对《四天》中提出的问题作出了更为明确的回答。主人公并非胆小鬼,他之所以不愿意去当兵打仗,并不是因为他贪生怕死、苟且偷安,而是因为他认为"战争是共同的灾难,共同的痛苦"。《勤务兵和军官》《士兵伊万诺夫的回忆》两篇是沙俄军队日常生活和战斗场面的写实,表现了被驱赶上战场的无数普通士兵的无谓牺牲,揭示了战争的残酷、违反人性和毫无意义,谴责了沙皇军官的空虚无聊和对士兵的虐待。

迦尔洵的小说的第二个主题是对现实生活中的不公正、不合理的丑恶现象的批判。如《一件意外的事》(1878)和《娜杰日达·尼古拉耶芙娜》(1855)暴露了资本主义社会普遍存在的卖淫现象,渗透着作家对被凌辱的妓女的同情,鸣响着要彻底消灭这种摧残妇女的社会罪恶的呼唤。前一篇中的小公务员尼基金爱上了妓女娜杰日达,她是一个有文化教养的少女,因为生活所迫而沦为妓女,饱受蹂躏,心灵扭曲。尼基金想帮助她跳出火坑,走向新生,但她不相信任何人,也失去对生活的信心。尼基金的努力失败了,由于失望而开枪自杀。《娜杰日达·尼古拉耶芙娜》是《一件意外的事》的续篇,继续讲述娜杰日达的遭遇。小说描写了两种对妓女持不同态度的知识分子。画家洛巴金找来妓女娜杰日达作模特,在交往过程中,他对她的同情、爱怜和尊重温暖了娜杰日达的心,她渐渐改变了生活态度,放弃卖笑生涯,过着简朴生活,二人产生了真挚的爱情。而评论家别索诺夫则对娜杰日达持截然不同的态度,虽然他曾与这个妓女有长时期的交往,但他内心里鄙视她、唾弃她,认为这类风尘女子道德堕落,不堪救药,只把她当作玩物,不肯向她伸出援手,并且处心积虑地阻挠画家洛巴金与娜杰日达来往。而当发现二人深深相爱时,他又妒火中烧,最后竟开枪打死了娜杰日达。作者对别索诺夫这类冷酷、自私、虚伪、以居高临下的傲慢态度对待被侮辱被损害着的人予以斥责。

第三个主题是歌颂追求自由和勇于斗争的献身精神。在其代表作之一、短篇小说《红花》(1883)中,作者沿用所有描写狂人的小说的惯用技法,将主人公写成因受不合理不公正的社会现实的压迫而发疯的狂人,在他的荒诞行为中透露着对周围环境的反抗,他的癫狂语言中又常常迸发出真理的火花。小说采用象征主义手法,在主人公的意识中,花园里的那朵火红的罂粟花是人世间暴力和罪恶的化身,他决心要摘掉它,以消除人间的苦难。在精神极度亢奋和癫狂中,他不顾众人的阻挠,终于摘除了那朵红花,他自己也精疲力竭,献出了生命;在与人世间的罪恶的斗争中,表现出可贵的英勇行为和自我牺牲精神。柯罗连科称赞这个短篇是一颗"珍珠",它"以非常凝练的形式展开了一整部自我牺牲和英雄事业的精神悲剧,这悲剧十分鲜明地表现着人类精神的高度美。"

迦尔洵的另一佳作《棕榈》(1880)则赞美了为自由而斗争的不屈精神。小说描写一棵美丽的棕榈树,不愿生长在温暖的花房里,向往自由和光明,渴望生活在广阔的天地和明媚的阳光下。对它来说,暖房就是牢房,它决心冲破樊笼,摆脱束缚,哪怕粉身碎骨,也要呼吸一下外面世界的自由空气。于是,他不顾其他植物的嘲讽和阻挠,顽强地长啊长啊,终于有一天冲破房顶,高傲地耸立起它那高大挺拔的树冠。然而此时已是暮秋,棕榈经受不住风霜雪雨的侵袭,不久即凋零、枯萎、死亡了。作家运用浪漫主义和象征主义的艺术手法,既讴歌了自由战士的斗争精神,也表现了他孤军作战的悲剧。这篇小说使人联想到高尔基的《鹰之歌》。向往广阔天地的棕榈和渴望搏击长空的鹰,它们都为实现自己的崇高目标而奋不顾身,它们是自由精神和英雄气概的象征,寄托着作家的道德理想。而嘲讽棕榈的各种植物和诅咒鹰的蛇,则是苟且偷安、庸俗卑琐的市侩习气的概括,对此作家给予了否定和鞭笞。两篇小说有异曲同工之妙。

《信号》(1877)一篇描写了两个生活态度截然不同的巡道工。瓦西里对社会的不公正愤愤不平,他憎恨这人比豺狼还贪婪、狠毒的世界,他不堪忍受上司的欺辱,在有理难伸、告状无门的情况下,他竟不顾后果,破坏铁路,以发泄满腔仇恨。而老实、温良的谢苗则听天由命,安分守己,满足现状;然而危机时刻,他舍生忘死,挽救了列车和旅客的生命。小说反映了作家的思想矛盾:一方面号召积极的反抗斗争,另一方面又肯定隐忍、驯顺的生活态度和舍己为人的博爱精神,流露出某些托尔斯泰主义的思想观点。

此外,迦尔洵还创作了反映他的艺术观点的《画家》(1979)以及《并无此事》(1882)、《癞蛤蟆和玫瑰花的故事》(1884)、《青蛙旅行记》(1887)等寓言、故事、童话等。

迦尔洵与契诃夫同为这一时期的著名短篇小说家,但他与后者的客观、含蓄、蕴藉不同,其作品有着鲜明的倾向性,洋溢着悲怆的英雄精神。在作品结构上,多采用对照原则,通过人物之间的对比和反衬,塑造鲜明的形象,表现作家的道德褒贬。叙事形式上,多采用第一人称的自述、日记、回忆等,便于对人物内心世界的刻画和开掘,将人物隐秘、复杂、丰富的心理活动呈现出来。艺术风格上,富有强烈的浪漫色彩和象征性,从而增强了作品主题的寓意和张力,发人深思。迦尔洵为俄国短篇小说的发展作出了贡献。

马明-西比利亚克(1852—1912)以长篇小说创作著称,当80、90年代长篇小说趋于低潮时,他的作品就凸显出其独特的地位。他原名德米特里·纳尔基索维奇·马明,出身于一贫穷的神父家庭。他的家乡在乌拉尔工矿区,从小就熟悉工人的艰苦劳动条件和贫困生活,对工人充满同情。中学时曾参加进步青年小组,受到车尔尼雪夫斯基的革命民主主义思想的影响。1872年他入彼得堡外科医学院学习,后转入彼得堡大学法律系。他很早就表现出对文学的爱好,大学时代即在报刊上发表作品。1877年他回到故乡乌拉尔。1891年后定居彼得堡,直至逝世。

马明的长篇小说多是描写19世纪下半叶俄国资本主义发展时期乌拉尔地区的社会生活,从而开辟了俄国文学的一个新的领域。农奴制改革后乌拉尔地区资本主义的迅猛发展以及引发的各种矛盾冲突,资产阶级的残酷剥削掠夺,厂矿工人非人的劳动条件及其心理,该地区仍带有改革前宗法制特点的生活习俗等等,这是他给俄国小说注入的新元素,也是他对俄国文学作出的贡献。

80年代发表的两部长篇小说《普里瓦洛夫家的百万家私》(1884)和《矿巢》(又译《矿山里的小朝廷》1884)是马明的代表作。前者的故事情节围绕着争夺普里瓦洛夫家的一笔巨大遗产展开。主人公谢尔盖·普里瓦洛夫从彼得堡回到家乡乌捷尔,不仅要继承百万家产,而且带来了一套经济改革计划,打算按着民粹派的理论建立劳动组合,创办作坊,并且让工人管理自己的事业,以减轻工人的负担和所受的剥削,想以此补赎自己祖辈的罪孽。而这笔巨大遗产早就让周围所有的人垂涎三尺,于是围绕着这百万家产,各种阴谋诡计就上演了。特别是谢尔盖的监护人,野心勃勃的波洛沃多夫,为了达到掠夺遗产的目的,施展种种卑劣手段,甚至让自己妻子以其色相去勾引谢尔盖。最后,他作为银行的襄理,将现款卷逃一空,离开俄国。各色人物为争夺遗产而勾心斗角,充分暴露了资产者的自私、贪婪和卑鄙。谢尔盖的乌托邦式的经济改革方案得不到众人的支持而告失败,表明了民粹派幻想的破灭。他虽说没有步父辈之后尘,但也没有找到自己的生活道路,而且他的婚姻也不幸福。为此,他灰心丧气,开始借酒浇愁。小说的力量在于以无可辩驳的历史真实性揭露了工场和矿山的主人残酷剥削工人的罪恶,揭示了俄国资产阶级原始资本积累的秘密,具有很大的认识价值。

争夺,争夺,资产者为争夺金钱、财产上演了多少丑剧、闹剧!《矿巢》描写的是对立的两个集团为争夺矿区领导权(实则是利益)而进行的一场斗争。以库卡尔斯基工场总管理的妻子,大权独揽、精明强干的拉伊萨为首的一方,千方百计要保住多年在握的工场经营管理权;而地方自治会主席捷丘耶夫以及其他几个工厂的管理人员则对工厂总管理处的领导大权虎视眈眈,他们串通一起,暗地策划,酝酿夺权,取而代之。双方准备在工场主拉普捷夫从彼得堡来乌拉尔视察时摊牌。但那个只知享乐、对工厂事物漠不关心且一窍不通的纨绔子弟拉普捷夫对这场纠纷未作明确判断就匆匆离去,这场斗争也就不了了之,拉伊萨一派仍旧掌权。应该说,这部作品在情节设置上有缺陷,矛盾冲突不尖锐,情节发展缓慢,这不能不对主题思想的深入挖掘和艺术表现力有所影响。

小说有力的方面首先是真实描写了乌拉尔地区工人遭受剥削、压榨的惨状。虽然农奴制早已废除,但在边远的乌拉尔地区,农奴制残余还大量存在。以前的农奴主摇身一变而成为资本家,他们既是地主又是工场主。而丧失土地的农民不得不到工场去出卖劳动力,在工资低廉、劳动条件极其恶劣的情况下,遭受更原始、更惨重的奴役和剥削,实际上他们仍然是农奴工人,其生活状况与农奴时代没有什么差别。小说再现了矿工的悲惨处境。在地下矿井里采矿原本是苦役犯干的活,农奴制废除后却变成了工人的劳动。由于极度贫穷,为了多挣几个钱,他们只得到矿井里去工作,仅仅三十几岁,体力即被榨干而丧失劳动力,不得不靠儿子养活,于是,儿子又只好到矿上去卖命。如此恶性循环,世世代代永远不得翻身。矿工个个"面黄肌瘦","疲惫不堪",脸上露出"沮丧绝望的神色";老工人那"弯得像车轭一般的背,屈曲的膝头,颤抖的畸形的双手",就是他们苦难命运的写照。

与工人的悲苦处境形成鲜明对照的是资产者、老爷的骄奢淫逸。拉普捷夫家的库卡尔斯基工场区占地五十万俄亩,其中有七个工场以及大片山林和许多村庄,比得上欧洲的一个小王国。其主人就靠榨取千千万万农奴工人的血汗而过着穷奢极欲的寄生生活。小说中写到,拉普捷夫一家在巴黎、维也纳、意大利建造了许多像宫殿一样的豪宅和别墅;这些俄国的王孙公子的挥霍无度、荒淫无耻、胡作非为"使整个欧洲吃惊"。这个家庭的不肖子孙在"外国文化和自己的财产交相压迫下",很快腐败、退化、堕落,平均寿命不超过四十岁。新的一代工场主拉普捷夫未老先衰,对一切都无所用心,对生产、经营更是一窍不通,唯一的爱好就是女人和美食。作家马明或许并不了解俄国历史发展的规律,但这部小说客观地启示人们,新兴的、烙印着许多封建宗法制残余的俄国资产阶级,并不是一个富有生命力的阶级,资本主义并不能使俄国走向新生。

康·米·斯塔纽科维奇(1830—1903)是19世纪末一位重要的小说家,而且是为了追求民主主义信念而与自己出身的贵族阶级彻底决裂的光辉典范。他是海军上将米·尼·斯塔纽科维奇之子,他的祖父和曾祖父都是水兵。1857年入海军士官学校,1860年参加环球航行。这次远航在他的创作生涯中起了重要作用,描写水兵生活的最初几篇特写于60年代初发表,1867年以《环球航行纪实》为题出版单行本。此后,他踏上文坛。1872年起他为进步刊物《行动》撰稿,1881年参加编辑部的工作,两年后成为发行人。在该杂志工作期间,彻底确立了他的民主主义立场。1884年因为与俄国革命侨民有联系而被捕,并流放西伯利亚

(1885—1888)。流放归来,因进步刊物《祖国纪事》、《行动》被查封,斯塔纽科维奇只好利用《俄国思想》、《俄国财富》、《俄国新闻》、《欧洲导报》等合法刊物发表作品。

斯塔纽科维奇的长篇小说概括起来有两大主题:一是表现农奴制改革后的社会条件下平民知识分子、进步青年对高尚、有益的事业的追求及其命运;二是对现代社会的根本弊端、政府官僚机构的不法行为、资产阶级的贪婪、自由主义者蜕变和堕落等等的揭露和批判。

他的第一部长篇小说《没有出路》(1873)描写了一个平民知识分子对有益的社会活动道路的探寻。正直、真诚的平民知识分子格列布·契列米索夫无力改变周围庸俗、龌龊的环境,他决定尝试另一种更为隐蔽的斗争方式。他到工厂主斯特列卡洛夫家当家庭教师,帮助主人的工人,教他们识字,说明他们的权利,还组织医疗救助等等。他的这些行为自然不能见容于工厂主,于是他在宪兵的押送下离开了城市。他又来到农村,希望能为改变农民的困苦处境而有所作为,但同样遭到迫害。小说结尾,曾经坚强自信的格列布如今衣衫褴褛,饥肠辘辘,孤苦伶仃。但他并未放弃为人民的利益、为人类真理而斗争的理想。回顾自己的生活道路,他不抱怨、不悔恨,临死前,他愉快地听着未婚妻奥尔迦对未来的期望和打算,相信她会在自己所选择的艰苦、然而光辉的道路上奋力前进。

在不合理、不公正的社会,像格列布这样的青年,他们的知识、智慧、思想得不到发展,他们的高尚追求难以实现,他们的生活没有出路。得势者只能是那些追名逐利、投机诈骗、厚颜无耻之徒。昔日的贵族老爷,如今摇身一变而成为大工厂主的斯特列卡洛夫,为了讨好生意合伙人、省首席贵族柯罗索夫而不惜用妻子作交易,尽管二人明争暗斗、互相撕咬,但为了有利可图的"共同事业",他们又相互勾结,狼狈为奸。对这些人来说,发财致富的大门总是敞开的。两类人物截然不同的命运暴露了社会制度的根本弊端,如果这样,那么俄国社会的发展也是"没有出路"的。

小说《两兄弟》(1879)继续了上一部作品的主题。两兄弟尼古拉和瓦西里的不同的生活道路构成了小说的主要情节。他们的父亲早年曾是彼得拉舍夫斯基小组的成员,晚年仍一直受到迫害。弟弟瓦西里从小受到父亲的教育、影响,树立起高尚信念,勇于为真理而斗争。当农民与地主发生冲突而闹事时,他秉持正义,坚决为农民辩护,为此被流放西伯利亚,并死于苦役中。哥哥尼古拉则走的是另一条道路。大学时代他一度言辞激烈,曾因阅读禁书而被捕。但他很快随风转舵,动摇变节,抛弃了大学时代的思想追求,当了律师,成为地主资产阶级的辩护士,生活中万事亨通。

斯塔纽科维奇对那些在世风日下、道德堕落的社会环境中仍坚守自己的高尚理想、仍保持着斗争热情的青年知识分子予以肯定和赞扬。而在《一生的经历》(1895)中则叙述了一个社会底层青年勇敢开辟人生道路的故事。流浪儿安东什卡漂泊于彼得堡街头，栖身于贫民窟，他当过乞丐，摆过地摊，在专门剥削童工的作坊里干活……虽然遭受了种种磨难和不幸，但并没有丧失生活的勇气。他凭着坚强的毅力学会了识字，后来又修完工厂技校的课程，当了学徒工，期间他曾受到一位年老的"六十年代人士"的良好影响。长大成人的安东已成为工长助理，并与有着"不安分的思想方法"的司机叶尔莫莱耶夫结为好友。作家肯定了安东不甘沉沦、勇于进取的积极生活态度，也表现了60年代民主主义思想传统和现代进步工人阶级对俄国社会生活潜移默化的影响，尽管他对工人阶级并不了解。

斯塔纽科维奇的许多作品揭露了沙俄官僚机构的黑幕，描写了农奴改革后的社会条件下贵族资产阶级为聚敛财富而展开的角逐，嘲讽了自由主义者的变节和堕落。《毫无顾忌的人》(1893)通过三位部长接替换任的故事情节，暴露了沙俄官场的黑幕。每个部长走马上任时无不信誓旦旦，表示"无私地服务于祖国"；以阿谀奉承、溜须拍马为能事的报刊也总是对其表示欢迎，期望新官不再重蹈前任的覆辙，但这类希望总是落空。因为，在这些官僚的花言巧语的掩饰下是公然的贪赃枉法、营私舞弊和厚颜无耻。在这个官僚世界里，没有信念，没有法律，没有责任义务，没有道德良心，没有任何神圣的东西，对他们来说，一切都"毫无顾忌"。他们像走马灯似地一任接替一任，你方唱罢我登台，实则是一丘之貉。小说尖锐的暴露性引起书报检查机关的极大关注，指责这部作品是对彼得堡上层官僚的"诽谤"和"影射"，因此而被从作者的第一部作品集中删除。

在《旋涡》(1881)中，斯塔纽科维奇描绘了彼得堡上层人物——如伯爵、将军、热心"革新"的自由主义者、著名企业家、律师等等——为猎取财富而施展诡计、明争暗斗、互相倾轧的闹剧。在这勾心斗角的浑浊的"旋涡"中，最志得意满的人物是沃留宁。他是俄国驰名的企业家，他的公司遍及全国各个城市；他的头上围绕着光环，有着各种头衔：慈善协会的秘书、地方自治会议员、"俄国煤炭协会"的创始人、"工业贸易促进协会"的著名发言人，等等。他一方面残酷压榨工人的血汗，同时又花言巧语，吹嘘自己如何关心那些"贫穷的、不幸的、辛勤工作的老百姓"。这是一个在俄国80年代日益得势的资产阶级的典型形象。

在斯塔纽科维奇看来，思想上的动摇变节、诽谤告密、谄媚邀宠是最卑鄙可耻的行为。在长篇小说《祭司》(1897)中，作家将笔触深入到一个文学很少涉足的领域，反映了农奴制改革后莫斯科大学教授们的日常生活和思想道德面貌。小说围绕着主要事件——某个"思想有害"的教授的诞辰纪念会展开。在纪念会上，妄自尊大、爱慕虚荣、善于辞令、华而不实的教授扎列契内依甜言蜜语，其他人也对那位教授大加奉承。随之,心怀嫉妒的年轻教授纳依杰诺夫向当局告密,他断章取义,捏造情报,似乎纪念会上的发言有政治影射之嫌。他还怂恿他的学生在报纸上发表文章,对出席纪念会的教授们进行攻击、诽谤。这时,扎列契内依胆怯了,其他自诩为进步思想传统的"捍卫者"、"科学的祭司"的教授们也对自己在纪念会上的言语不慎表示懊悔。后来,纳依诺夫的阴谋终于被揭穿。事后,甚至那位真正热爱真理、严厉谴责纳依杰诺夫卑劣行为的兹勃鲁耶夫教授也不禁为自己的命运担心:"我真害怕会失去我的两百五十卢布……想到我可能会丢掉自己的位子,心里就感到发紧。"小说表现了80年代反动时期在沙皇统治的高压下俄国知识分子的胆小怯懦、思想上的变节、道德的堕落,同时映射出当时严酷的社会形势和时代氛围。

斯塔纽科维奇开拓了俄国文学的新领域,将俄国海军舰队的生活引入文学,创作了中短篇小说集《海上故事》(1886—1903)。作家凭借自己早年的航海经历和体验,生动地描写了舰队的生活,塑造了海军各种典型人物和性格。其中有威严凶狠、刚愎自用的统帅;有坚定勇敢、关心爱护下属的将军;有贪图虚荣、炫耀逞能的上校;有外表平凡无奇、缺乏魅力,实则具有高尚心灵和宽广胸怀的大尉;还有欺下媚上、虐待士兵的军官等等。普通水兵的典型也形形色色,大部分人勤恳朴实,温顺忍耐,另一部分人则执著于探求真理,富有反抗精神。这些水兵之中也不乏天生的乐天派、幻想家和哲学家。士兵是穿上军装的农民,他们体现了俄罗斯人民善良、勇敢、坚韧,热爱祖国的优秀品格。《海上故事》题材新颖,艺术精致,是斯塔纽科维奇的顶峰之作,曾荣获普希金奖金。

民主主义精神的彰显,对社会迫切问题的关注,反映现实生活的丰富性,政论风格的尖锐性,构成了斯塔纽科维奇小说的思想艺术特点。

加林-米哈伊洛夫斯基(1852—1906)是19世纪80、90年代的民主主义作家。原名尼古拉·格奥尔基耶维奇·米哈伊洛夫斯基。出生于军人家庭。1878年于彼得堡通讯学院毕业后,曾参加铁路建设,任工程师。80年代初为民粹派运动所吸引,于是迁居农村,在萨马拉省自己的庄园里进行社会改革试验,以证明"村社生活方式"的生命力,但未成功。此次经历和体验,他在自己最初的特写集《农村中的几年》(1892)中作了描写。对民粹派运动失望后,开始接近马克思主义小组,并为马克思主义杂志《萨马拉通讯》、《生活通报》撰稿,在家中掩护革命者。他结识了高尔基,参加了后者主持的《知识》出版社的活动。米哈伊洛夫斯基于90年代初步入文坛。他的短篇小说反映了农村的贫穷、破产和阶级矛盾的加剧,如《俄国农村的圣诞前夜》(1893)、《农村全景》(1894)等;描写了技术知识分子和工人的形象,提出了必须建立合理生活的思想,如《不同的方案》

(1888)、《实习》(1903)等。他的最著名的作品是描写"转折时期"青年一代的命运的四部曲——《焦玛的童年》(1892)、《中学生》(1893)、《大学生》(1895)和《工程师》(1907)。1898年,作家作了一次环球旅行,《朝鲜、满洲里和辽东半岛游记》(1899)和《环球旅行》记录了他的旅途见闻和观感。

四部曲构成一个完整的中篇小说系列,它以传记的形式描述了主人公精神发展的四个阶段,展现了一代青年知识分子的命运,提出了环境对个性形成和发展的影响,年青一代的培养和教育,知识分子与人民的关系等许多值得深思的问题。

前三部描写的是主人公焦玛·卡尔达舍夫的童年和青少年时期的生活。这正是俄国80年代至90年代初反动势力猖獗时期。复杂的、不正常的社会环境对人,特别是青年人的个性形成和精神发展具有毁灭性影响。作家否定了托尔斯泰的道德自我完善的学说,认为"人的恶习"从根本上来说是"时代的弊病",要挖掘个性扭曲的根源,必须在整个社会生活条件中去探寻。所以,与托尔斯泰的自传性三部曲《童年》、《少年》、《青年》着重通过主人公的自我分析、道德自我完善来展现其精神成长的过程不同,米哈伊洛夫斯基的四部曲的前三部则强调周围的社会大环境、从家庭到学校整个教育制度如何毒害了主人公的思想感情,扭曲了他的性格,使其变成一个缺乏意志和信念的庸人。

小说从叙述主人公的童年开始。焦玛的父亲是一位将军,严厉而古板,除了要求儿子绝对服从,并且为一些琐事斥责、处罚他之外,父子之间没有任何精神上的交流。在对儿子的教育上,母亲瓦西里耶芙娜起着特殊的作用。她竭力防止焦玛接受街头"坏伙伴"的影响,以其虚伪的教育扼杀了儿童的美好的天性,使儿子养成自私、傲慢、挥霍、懒惰、无所事事等贵族纨绔子弟的恶习。从童年、中学到大学时代,小说的情节集中在主人公每个生活阶段的某些事件、行为、表现上,以揭示其成长过程中的性格特点。在每个生活阶段,卡尔达舍夫既有高尚精神之亮点,也有堕落、耻辱之时刻,善举往往伴随着劣行,中学时,他曾被孤儿伊万诺夫的真诚、自尊和见识所吸引;他曾接近研读革命民主主义批评家皮萨列夫著作的学习小组,并一度对杜勃罗留波夫的作品感兴趣。大学时,他曾想攻读笛卡儿、黑格尔;曾决心与酒馆、俱乐部的狐朋狗友断绝关系,潜心读书,做一个品行端正的正派人,做一个学者。但是,这些他都不能坚持到底,反而沿着道德堕落的道路滑下去。作家以一个"非英雄化"的庸人的形象,表现了在停滞的、黑暗的80年代普遍存在的道德退化、背弃理想、利己主义泛滥的社会氛围下一代青年委靡不振、迷惘失落的精神状态。

在四部曲的形象体系中,与卡尔达舍夫形成鲜明对比的是几个民粹派革命者的形象。革命民粹派小组的领袖、平民知识分子伊万诺夫被赋予巨大的精神力量和道德之美,他的命运归宿是被流放西伯利亚服苦役。卡尔达舍夫中学时代的同学格林卡,意志坚强,目标明确,虽为巨大家产的继承人,但他毅然踏上了荆棘丛生的革命道路,誓为真理、正义和自由而奋斗。甚至连卡尔达舍夫的妹妹玛尼雅也加入革命的行列,选择了与哥哥走的完全不同的生活道路。他们都在为献身于人民解放的事业中找到了自己的位置。作家虽然认为民粹派运动在历史上是徒劳无功的,但赞赏他们的献身精神和英雄行为。这与卡尔达舍夫的昏昏噩噩、庸庸碌碌的生活态度真是霄壤之别。

四部曲的的最后一部《工程师》继续描写主人公的生活道路,但与前三部相比,卡尔达舍夫已有了很大变化。他已感受到他所生活的环境的庸俗、保守和窒闷,他想摆脱困境,寻找新的生活。于是他离开家庭,投身于劳动生活。在大自然的怀抱中,在劳动集体中,卡尔达舍夫的道德得以重塑,精神得以提升,他成为一个服务于社会的优秀的测绘工程师。小说中预示,他将沿着这条接近人民的道路继续前进。这里,作家强调了人民、大自然、劳动对促进人的精神复活和道德新生的巨大意义。

围绕着卡尔达舍夫的命运变迁,四部曲再现了19世纪末俄国的家庭、学校、社会等领域的五光十色的生活,提出了许多发人深思的社会、政治、思想、教育等问题,高尔基甚至称赞四部曲是一部"完整的史诗"[①]

第三节 契诃夫

安东·巴甫洛维奇·契诃夫(1880—1904)是19世纪末俄国批判现实主义的杰出代表之一。他既是世界著名的短篇小说家,又是戏剧革新者。他继承和发扬俄罗斯文学的优秀传统,以精湛的艺术作品广泛地反映现实生活,揭露社会溃疡,讨伐反动腐恶,鞭笞市侩庸俗,憧憬光明未来,呼唤"新生活万岁"。他的短篇佳作简洁凝练,质朴自然而又含蓄隽永,标志着世界短篇小说发展的一个高峰,给后世留下不谢的芬芳。

契诃夫出生于塔甘罗格城一个小商人家庭。他的祖先是农奴,祖父才赎身获得自由。父亲离开农村,后来在塔甘罗格城开了一片杂货铺;1876年,因为不善经营而破产。父亲带领全家迁居莫斯科,留下契诃夫独自在家乡,一面上学,一面做家庭教师,艰苦度日。1879年中学毕业后,契诃夫进入莫斯科大学医学院学习。这时,他开始写作,很快即有收获。1880年3月,他以"安东沙·契洪

[①] 《高尔基文集》第17卷,俄文版,国家文学出版社,1950年,第80页。

特"为笔名在《蜻蜓》杂志上首次发表了两篇作品——《给有学问的邻居的一封信》和《在长篇、中篇等小说中最常见的是什么?》。从此,他踏上文学创作道路。1884年他大学毕业后,他一面行医,一面写作。他开玩笑地说,医学是他的"发妻",而文学则是他的"情妇"。

契诃夫开始创作的80年代,正值俄国历史上最反动、最黑暗、最沉闷的时期,进步报刊被查禁,能合法出版的都是一些轻松、幽默的刊物,如《蜻蜓》、《蟋蟀》、《花絮》、《闹钟》等。契诃夫创作初期,思想尚不成熟,又缺乏经验,而且为了多挣稿费,养家糊口,就为这些刊物写了大量短小的诙谐幽默、滑稽可笑的故事。年轻的作家思想活跃,文思泉涌,他在一封信中谈写道:"轻松的喜剧题材在我的头脑里太多了,它们一个劲儿要往外钻,就像巴库的石油一样。"[①]1884年,他的第一部短篇小说集《梅尔波梅尼的故事》问世,两年后,第二部小说集《五颜六色的故事》出版。1887、1888两年中,《在黄昏》、《天真的话》和《短篇小说集》三部文集又相继发行。其创作力之旺盛,收获之丰硕,令人惊叹。难怪老作家格里戈罗维奇称赞他"具有真正的天才"。1888年契诃夫获科学院普希金奖金,从此成为文坛上的一颗明星。他来到人文荟萃的彼得堡,受到文艺界的热烈欢迎。

然而,此时的契诃夫还没有树立明确的世界观。他对当时各种政治派别、社会思潮不感兴趣。他声称:"我不是自由主义者,不是保守主义者,不是渐进主义者,不是僧侣,又不是冷眼旁观的人。"他只想"做一个自由的艺术家",他"心目中最神圣的东西是……最最绝对的自由。"[②]当然,不为各种"主义"、"思潮"所左右,可以使心灵摆脱种种羁绊,任思想在自由王国里驰骋;可以使他冷静、客观地观察生活,真实、深刻地反映现实。但是,作为一个作家——人类灵魂的工程师,必须具有明确的世界观,有鲜明的是非观,有强烈的责任感,才能成为人民的喉舌,才能很好地服务于社会。契诃夫恰恰就因为自己缺乏一个"中心思想"而苦恼。此种心境反映在小说《没意思的故事》(1889)中。主人公是一位赫赫有名的老教授,当他的学生因苦于找不到明确的人生道路而向他请教"应如何生活"时,他却沮丧地说"我不知道"。老教授不得不痛苦地承认,直到一生的残年,才发现自己生活中缺乏"中心思想",自己的一生不过是一个"没有意思的故事"。这是一个缺失崇高理想和明确世界观的知识分子的精神悲剧,也是作者的自我批判。

契诃夫正在经历着紧张的思想探索。为了更深刻地了解社会,更广泛地接触生活,也为了摆脱精神上的苦恼,1890年4月,他不顾身体羸弱,不辞旅途艰辛,千里迢迢到沙皇政府流放犯人的库页岛旅行。在那里,他对近万名囚犯和居

---

① 转引自安·屠尔科夫:《安·巴·契诃夫和他的时代》,中国社会科学出版社,1984年,第11页。
② 《契诃夫论文学》,人民文学出版社,1958年,第96页。

民进行了访问和调查,亲眼目睹了流刑犯所经受的非人折磨,对沙皇政府的黑暗统治有了进一步了解。他得出结论:库页岛简直就是一座地狱!

当年12月,契诃夫回到莫斯科。库页岛之行,使他加深了对俄国专制制度的认识,更加明确了作家的使命,他逐渐克服不问政治的思想倾向,断绝与反动报刊的关系,渴望以笔作武器,同专制、暴力、丑恶、不义作斗争。库页岛归来,他随即写了旅行札记《库页岛》(1893—1894),以大量的真实调查材料和所见所闻,揭露了沙皇专制制度的黑暗和残酷;特别是他创作的中篇小说《第六病室》(1892),不啻为一篇痛斥沙皇政府野蛮统治的控诉书,在整个社会引起极大震动。

1892年,契诃夫全家迁居莫斯科附近的梅里霍沃庄园。此时,他更加关心人民的疾苦,积极投身社会活动。他开办学校,主持医疗分区的工作,免费为穷人治病,参加防治霍乱和赈济灾民的活动。他旗帜鲜明,勇于为正义而斗争。1897年,他关注法国反动派诬陷犹太人军官德莱福斯的案件,同情和支持作家左拉为此冤案辩护的崇高行为;1900年他被选为科学院名誉院士,当1902年由于政治原因沙皇政府当局取消授予高尔基的名誉院士称号时,他立即与柯罗连科发表声明,放弃院士称号,以示抗议;1903、1904年,他不止一次在经济上资助为争取民主自由而受到监禁和流放的青年学生……一个坚定的民主主义者站在我们面前。

90年代是契诃夫创作的高峰时期。他的作品题材无比丰富,广泛地反映了社会生活的各个方面,涉及许多重大的社会问题,除了揭露沙皇专制制度的《第六病室》外,还有反映农村资本主义势力发展和农民赤贫的《农民》(1897)、《在峡谷里》(1900),批判错误的社会思潮的《带阁楼的房子》(1896)、《我的一生》(1896),谴责知识分子因循保守和庸俗堕落的《套中人》(1898)、《醋栗》(1898)、《姚内奇》等。与80年代的作品中隐约流露出来的忧郁、哀伤情调相比,90年代的作品的音调则更加昂扬、乐观。作家对俄罗斯祖国的未来充满信心,渴望新生活的来临。他逝世前一年写的短篇小说《未婚妻》(1903)中的娜嘉冲出鄙俗、空虚的小市民家庭环境去寻找新生活,就表现了1905年革命前夕作家那种期盼、憧憬、兴奋的心情。契诃夫90年代的小说不仅题材广泛,而且思想更加深刻,艺术已臻炉火纯青之境界。

契诃夫又是伟大的戏剧家,在写小说的同时,还创作5部多幕剧《伊万诺夫》(1887)、《海鸥》(1896)、《万尼亚舅舅》(1897)、《三姊妹》(1901)、《樱桃园》(1903)和一些独幕剧,对戏剧艺术的革新作出了重大贡献。

契诃夫已是享誉欧洲的作家,但他从未停止过医生的工作。他一手拿听诊器,一手握笔,既医治人们肉体上的疾病,又疗救国民的灵魂和社会的溃疡。但疾病却过早地夺取了这个燃烧自己、照亮别人的"非常好的人"(高尔基的评语)的生命——1904 年 7 月 15 日年仅 44 岁的契诃夫谢世。英年早逝,令人叹惋。

80 年代的小说

契诃夫一生共创作了 470 多篇小说。1888 年以前,他迫于生计,匆忙写作,有时一年要写 100 多篇。1889 年 12 月,他在自己创作十周年纪念日前夕写的一封信中,对以前的作品作了十分苛刻的评价:"许多特写,杂文,蠢话,通俗喜剧,无聊故事,许多错误和荒谬,数十斤写满字的纸张……却没有一行在我心目中是有严肃的文学意义的东西。"①确实,为了迎合当时庸俗刊物的口味,1883 年以前契诃夫写了一些流于粗俗肤浅、逗人发笑的故事,后来出版文集时,他毫不留情地将这些作品全部舍弃。但在 80 年代的创作中,仍有许多具有深刻社会意义和艺术品位的优秀之作,轻松幽默中蕴藏着无情的嘲讽和鞭挞,令人捧腹后又发人深思。这些作品主要有两类:一是揭露、讽刺沙皇专制警察制度和小人物的卑贱的奴性心理,如《在钉子上》、《胖子和瘦子》、《小公务员之死》(均 1883)、《变色龙》(1884)、《普里希别叶夫中士》(1885)等;二是满怀深切同情描写劳动人民的不幸命运,如《哀伤》(1885)、《苦恼》(1886)、《万卡》(1886)、《渴睡》(1888)等。当然,这种概括是有局限性的,契诃夫作品的主题要丰富得多。

《变色龙》几乎是人人皆知的名篇。警官奥楚蔑洛夫神气活现地在广场上巡查,金匠诉说一只狗咬了他的手,于是警官命令调查此事,决意给狗的主人一点颜色看。但听说这是某将军的狗,他顿时感到紧张,浑身发热,马上责骂起金匠来。又有人说这狗不是将军家的,警官又态度骤变:"这是一条野狗,打死它!"最后弄清楚那条狗是将军哥哥的,警官又觉得浑身发冷,随即称赞小狗真伶俐,"一口就咬破了这家伙的手指头,哈哈哈……"围绕着"谁是狗的主人"这一话题,奥楚蔑洛夫竟五次变脸,活现出一副看风使舵、反复无常、趋炎附势、欺下媚上的奴才相!

《普里希别叶夫中士》突出刻画了一个忠实为沙皇政权效劳的走狗形象。契诃夫常常以姓氏寓意人物的本质特征。"普里希别叶夫"就概括了那些以欺压、蹂躏他人为目的的统治阶级的鹰犬的典型特征(注:该姓氏来自俄语"пришибить",打死、打伤之意。)中士早已退伍,在地方上又没有一官半职,但他自愿充当反动政权的走狗,以监视、镇压百姓为己任。他不许人们成群结伙,不

---

① 转引自安·屠尔科夫:《安·巴·契诃夫和他的时代》,中国社会科学出版社,1984 年,第 173 页。

许人们唱歌,不许晚上点灯;还暗中盯女人的哨,生怕她们行为越轨;他把那些不合他的规章的人记入黑名单,向政府当局报告……普里希别叶夫中士是压制人民自由、窒息一切进步思想的黑暗势力的代表,是沙皇专制制度的产物,是80年代反动时代的象征。同"变色龙"一样,普里希别叶夫也成为著名的文学典型。

正是在沙皇专制统治的重压下,在不合理的等级制度下,才造成了一些小人物的畸形的、卑贱的奴性心理。契诃夫对这种丑恶现象给予了尽情嘲讽。

在《钉子上》写小官吏斯特鲁奇科夫在自己生日时邀请几位同事到家中作客,当他们兴致勃勃地来到家里时,发现门厅的钉子上挂着一顶崭新的制帽。他们面面相觑,脸色发白——原来他们的上司已捷足先登,正在享受女主人的款待。无奈,主人只得悄悄领着同事们到小酒店等候。一个多小时过去了,他们又回到家里。可是,钉子上又换成了一顶貂皮帽子,客厅里传来一位大人的说话声。他们只好再去小酒店等候。直到晚上七点多种,钉子才空了出来。几个饥肠辘辘的小官吏总算吃上了馅饼。这篇仅有一千来字的小说写得极为简练、含蓄,构思巧妙。两个大人物并未出场,两顶帽子即是身份和地位的标志,令奴性十足的小官吏望而却步。

《小公务员之死》把这种奴性心理表现的淋漓尽致。一个小公务员在剧院看戏时,无意中打了个喷嚏,唾沫溅到坐在前排的一位将军的秃顶上。小官吏惶恐不安,三番五次找将军赔礼道歉,弄得将军不堪烦扰,将他赶出家门。小官吏惶惶不可终日,竟一命呜呼。这个小公务员在大人物面前那种卑躬屈膝、奴颜婢色、诚惶诚恐,既可笑又可怜。

《胖子和瘦子》写两个童年时代的朋友偶然在车站邂逅,满怀喜悦,交谈甚欢。但是,当瘦子知道胖子如今已是三等文官大员时,吓得脸色发白,立刻换了一副嘴脸,一口一个"大人"地恭维起来,奴才相毕现。等级制度毁灭了人与人之间的真挚感情。

此外,《优柔寡断的人》(1883)、《胜利者的胜利》(1883)、《假面》(1884)等作品反映了权势和金钱如何践踏了人的尊严,造就了一些软弱者的奴性和市侩习气。

强权、专横与驯服、奴性,恰如一个钱币的两面,都是不平等、不合理的社会的产物,契诃夫对两者都深恶痛绝。俄国进步作家如普希金、果戈理、陀思妥耶夫斯基等对受压迫欺凌的"小人物"满怀人道主义的同情心。而契诃夫则对丧失人格和尊严、自卑自贱的"小人物"及其奴性心理进行了嘲讽,对他们的谴责、鄙薄多于同情、怜悯。其实,这是对产生这种丑恶现象的社会制度的揭露和批判。

契诃夫对奴颜媚骨的"小人物"给予了指责,而对下层劳动人民的痛苦和不幸则表示了深切同情。作家展现了一幅幅动人心魄的生活画面,揭示了表面上平淡无奇的日常生活中所隐含的巨大悲剧。

《哀伤》讲述了一个老镟匠的悲苦遭遇。镟匠格里高利冒着暴风雪送病危的妻子去医院途中，回忆起自己的苦难生活。40年来，除了贫穷、吵架、酗酒外，老两口没有品尝过生活还有什么其他的滋味。他觉得老太婆可怜，实在对不起她，他多么希望能够生活从头再来，他一定会善待老伴。然而，悔之晚矣，老伴在去医院的途中死去，他痛心不已。而且，他自己也因严寒冻坏手脚而被截肢。他将怎样生活下去呀？

《苦恼》写马车夫姚纳的独生子病死后，心里非常痛苦。他总想找人谈一谈，以减轻内心的悲伤和绝望，但在熙熙攘攘的彼得堡大街上，人们脚步匆匆，都在忙于自己的事情，没有人听他的唠叨，无奈，他只得对自己的老马诉说心中的苦恼。人向马诉说衷肠，这是多么令人酸楚的情景！人与人之间的冷漠无情可见一斑。

在《万卡》中，作家怀着深沉的忧虑描写了资本主义制度下孩子们所遭受的苦难。九岁男孩万卡从乡下来到城里，在鞋店当学徒，力不胜任的劳动折磨得他筋疲力尽，还经常挨打挨骂。孤独无助的他只好给爷爷写信，诉说自己的不幸，盼望爷爷接他回家。最后，他在信封上写上："寄乡下祖父收。"这真是绝妙的一笔！这是一封没有地址的信，既表现了孩子的天真幼稚，又暗示了没有人能帮助万卡脱离苦海。这更加强了小说的悲剧性。同一主题的作品还有《渴睡》。13岁的小保姆被日夜不停的工作煎熬得神智昏迷，竟把主人家又哭又闹的娃娃掐死，然后高兴地笑着，倒在地板上，"酣睡得和死人一样"。作者没有再写下去，等待小保姆的是什么样的命运，可想而知。

1888年，契诃夫发表了优秀中篇小说《草原》，仿佛以此对80年代的创作作了总结。小说的主人公、九岁的孩子叶果鲁什卡跟随舅父坐着马车到远处去读书。小说以孩子的目光为叙事视角，通过他在旅途中的观察、见闻和感受，描绘了大草原的优美景色，表现了草原上人们生活，其中凝聚着作家对人民和祖国命运的沉思。

与契诃夫的许多幽默、滑稽的讽刺作品迥然不同，《草原》更像一篇充满诗情画意的散文诗。作家在对草原景色的描绘中，不时切入饱含激情的抒情插笔。契诃夫描写自然景色的卓越才华在这里得到充分体现。在作家的笔下，辽阔的大草原被赋予无限的生命力，千变万化的色彩组成一幅绚丽多姿的风景画；各种各样的声音汇成一部雄伟壮丽的交响乐。这一切使人感到"美的胜利，青春的朝气，力量的强大，对生的渴望"。草原是俄罗斯祖国的象征。作家通过对草原景色的描绘，抒发了对祖国的赞美和热爱之情。而这种赞美和热爱又与作家的忧思结合在一起："在美的胜利中，在幸福的洋溢中，透露着紧张和痛苦，仿佛草原知道自己的孤独,知道自己的财富和灵感在这个世界上白白荒废了,没有人用歌曲称颂它,也没有人需要它;在这欢乐的闹声中,人听见草原悲凉地、无望地呼号着:歌手啊!歌手啊!"

草原是美丽的,祖国是可爱的,然而现实生活却是丑恶的。草原上的主人不是勤劳、朴实、智慧的人民,而是贵族、地主和"像凶猛的老鹰"一样辗转草原上的瓦尔拉莫夫这类追逐金钱、财富的商人。这些人不配做草原的主人,俄罗斯大地应该由英雄的人民来主宰。作者通过叶果鲁什卡的想象,呼唤人民英雄的出现:似乎在草原宽阔的大道上,古代的巨人、勇士骑着高头大马,驾着战车,飞驰而来。作者借小主人公的口感叹道:"要是真有那些人的话,他们跟这草原和大道相配起来会是多么合适啊!"

90 年代的小说

从 90 年代至 1904 年逝世,是契诃夫创作的全盛时期,其作品广泛地反映了俄国社会的许多重要问题,具有深刻的思想内容和巨大的艺术概括力。他的最著名、最优秀的作品绝大部分产生于这一时期,而且主要集中在以下三个主题:

一、揭露沙皇专制制度、批判各种错误理论的主题。

沙皇专制制度奄奄一息的时候,更加暴露出它的反动、暴虐和黑暗。面对这样的现实,一些人不是号召人民勇敢地与之斗争,而是鼓吹这样那样的主义、理论,欺骗、麻痹人民。契诃夫在抨击专制制度的同时,也批判了当时流行的托尔斯泰主义、"小事物论"等社会思潮的伪善和无用。

中篇小说《第六病室》是契诃夫库页岛之行的直接产物。这可谓俄罗斯文学中对沙皇俄国的黑暗、野蛮揭露得最尖锐有力的作品之一。

在外省一家混乱不堪的医院里,有一处专门安置精神病人的第六病室。四面是竖着尖钉子的围墙,窗户上装着铁栏杆;里面阴暗、肮脏,臭气熏天,令人窒息。看守人尼基塔野蛮、凶恶、残暴,经常肆无忌惮地殴打病人。他是专制暴力的象征。第六病室内关着一个疯子格罗莫夫。他患被虐狂症,敏感多疑,一天到晚心惊胆战,担心警察逮捕他,把他关进监狱。显然,这是社会压迫的结果,是反动的 80 年代警察特务横行、白色恐怖笼罩全国的社会环境所造成的。格罗莫夫虽然精神错乱,但是在他因恐惧苦苦折磨而痛苦的脸上却"显出智慧和理性"。他不满现实,反对压迫,向往光明的未来:"他讲到人的卑鄙,讲到践踏真理的暴力,讲到将来终有一天会在地球上出现灿烂的生活,讲到时时刻刻使他想起强暴者的冷酷和残忍的铁窗";他相信真理一定会胜利,"美好的时代总要来的"。这类"很难写到纸上的"大逆不道的话自然不能见容于反动当局,所以他才遭到迫害,被当作疯子关进第六病室。格罗莫夫的遭遇概括了当时有思想、有正义感、敢于讲真话的知识分子的命运。

小说中另一主要人物是主持医院工作的医生拉京。他善良、正直,有思想,但性格软弱,处世消极,是"不以暴力抗恶"学说的信徒。他明明知道医院里混乱不堪,贪污盗窃成风,敲诈勒索公行,看守人尼基塔毒打病人,病人受尽折磨,他却无动于衷,不敢与之斗争,只沉湎在读书、喝酒之中,以求得内心的恬静与满足。他宣扬"蔑视痛苦,永远知足"的人生哲学,要人们忍受痛苦,因为"痛苦可以使人达到精神完美的境界"。这种不抵抗主义极端有害,它是麻痹人民思想的精神鸦片,它助长了反动势力的气焰。作者借格罗莫夫的口对这种理论进行了有力抨击:"我们关在铁格子里面,长期幽禁,受尽折磨,可是这很好,合情合理,因为这个病室跟温暖舒适的书房之间根本没有什么分别。好方便的哲学:不用做事而良心清清白白,并且觉得自己是大圣大贤⋯⋯不行,先生,这不是哲学,不是思想,也不是眼界开阔,而是懒惰,托钵僧作风⋯⋯浑浑噩噩的麻木。"结果,拉京也自食其不抵抗哲学之恶果:他因为经常与格罗莫夫探讨各种问题也被当成"疯子"关进了第六病室。这时,他才觉悟,认识到"不以暴力抗恶"理论是错误的,应该起来斗争。但为时已晚,他被看守人毒打一顿,第二天就一命呜呼了。通过这一形象,作者批评了知识分子的消极软弱、逃避现实和苟且偷安,也揭露了托尔斯泰的不抵抗主义的荒谬、虚伪和反动。

阴森可怖的第六病室就是专横、野蛮、暴虐的沙皇专制俄国的缩影。作家谴责了曾经一度"占据"他的心灵的托尔斯泰主义,号召人们起来与黑暗势力斗争。在暗无天日的第六病室,在这座沙皇专制的大监狱里,作家通过格罗莫夫的口又一次发出了热情洋溢的呼唤:"新生活的黎明会放光,真理会胜利,那时候节日会来到我们的街上!"在反动、黑暗的年代,作家仍表现出对祖国美好未来的坚定信念,是值得嘉许的。

中篇小说《我的一生》表达了作家对托尔斯泰鼓吹的"贵族平民化"主张的思考。小说主人公违抗父命,脱离贵族家庭,走上以体力劳动独立谋生的道路。他的叛逆行动在家庭、社会引起强烈震动,招致许多鄙视和怀疑,他自己也陷入困惑和痛苦之中。连追随他一起走"平民化"道路的爱人后来也离他而去。小说显示了契诃夫对"贵族平民化"的矛盾态度:他一方面肯定贵族青年的叛逆精神,另一方面又对这种主张提出了质疑。

《带阁楼的房子》是一篇抨击"小事物论"的小说。画家以第一人称的口吻讲述了在乡下结识了一位年轻的姑娘丽达,她精力旺盛,热心公益事业,愿意为农民做好事,终日为地方自治会的选举、办学校、图书馆、医务所、给人看病、分发小册子等奔忙。她因为热中于这些"小事物"而变得鼠目寸光,枯燥乏味,甚至冷漠无情。在一次争论中,画家对这种"小事物论"进行了严厉批驳:"在当前情况下,那些医务所啦,学校啦,图书啦,医药啦,只是有助于奴役人民。人民被一条巨大的锁链锁住了,您不去砸开锁链,反而往上面添新的环子……";"用医院和学校帮助他们,但这不是帮助他们摆脱枷锁,恰恰相反,这是进一步奴役他们……"作者否定了自由主义者宣扬的"小事物论",认为企图通过点点滴滴的改良来改变人民的生活处境完全是徒劳无益的,反而是麻痹、迷惑人民,妨碍他们起来砸碎身上的奴隶的锁链。至于画家所说的什么"发明各种代替劳动的机器","把人们从沉重的体力劳动中解放出来",把自由的时间"献给科学和艺术"啦,什么精神自由啦……对这类不切实际的高谈阔论,作者也并不赞同。那么,究竟如何打碎人民身上的锁链呢?如何改变人民的生活处境呢?作者没有作出明确的回答,他只是客观地描写了两种思想观点的代表人物以及他们之间的分歧,以期引起读者的思考。

二、抨击庸人及庸人哲学的主题。在这类作品中,契诃夫遣责了知识分子的因循守旧、胆小怕事和庸俗的小市民习气。

《套中人》是契诃夫的优秀作品之一。小说集中塑造了俄国文学史上一个不朽的典型形象——极端保守、害怕新事物、极力维护现存制度的知识分子别里科夫。作者以夸张的笔法勾勒了外形:他即使在晴朗的天气里也要穿雨鞋、带雨伞,而且还要穿羊毛衫和棉大衣;他戴着墨镜,把脸藏在竖起的衣领里,还用棉花堵上耳朵。他不仅把自己装在套子里,而且把随身带的各种东西都装在不同的套子里。他墨守成规,唯恐生活发生什么变动,他的一句口头禅是:"千万可别闹出什么乱子来!"

别里科夫不仅可笑,而且是一种可怕的力量。他是反动的 80 年代的产物,是顽固保守势力的代表。他仇视人性和自由,千方百计扼杀新生事物,凡是违背政府法令、不合规矩的事,虽然与他毫不相干,他都要猜疑、探听、干预,并向当局告密。他和普里希别叶夫中士一样,不是什么政府官员,而是一个普通的中学教师,却心甘情愿充当专制制度的卫道士,这就使这一形象具有更广泛的社会性,从而在社会上形成一股强大的邪恶势力。别里科夫之流之所以可怕,不仅在于他把自己装进套子里,更严重的是他企图把人们的思想束缚起来,把整个社会也装进套子里,不让社会前进一步。这才是最可怕的!别里科夫压得人们喘不过气来,全城的人都提心吊胆,什么都害怕:不敢开晚会,不敢大声说话,不敢写信,不敢交朋友,不敢读书写字……全城的人,包括那些思想正派的人,都忍气吞声,听任别里科夫的辖制,像蜗牛一样缩进自己的壳里,过着浑浑噩噩、庸庸碌碌的生活。这同样是一种可怕的套子式的生活。这种沉闷、停滞的生活正是当时俄国社会现实的特征,也是产生套子式的人物和套子式的理论的社会土壤。不铲除这种社会土壤,别里科夫式的人物就不会绝迹,社会就不会前进。作者借书中人物伊万·伊万内奇之口大声疾呼:"不能再这样生活下去了!"这呼声不仅表现了作家对旧生活的憎恶和对新生活的渴望,而且代表了时代的要求,体现了社会意识的觉醒。

契诃夫不仅批判了资产阶级知识分子顽固保守、害怕变革的别里科夫气质,而且嘲笑了他们精神世界的庸俗、空虚及其津津乐道的所谓"幸福生活"。他一向对庸俗的市侩生活和习气恨之入骨,他永远是庸俗的无情揭发者和审判官。

《醋栗》与《套中人》有着外在和内在的联系,不仅《套中人》中听故事的猎人伊万·伊万内奇在本篇中成了故事的叙述者,而且小说的主人公尼古拉·伊万内奇也是一个蜗居在自己的庄园里、陶醉在个人幸福中的"套中人"。小公务员尼古拉·伊万内奇一生的最高理想就是购买一片带有醋栗的庄园。为了实现这一梦想,他拼命攒钱,后来还娶了一个有钱的、既老又丑的寡妇,他节衣缩食,过着半饥半饱的生活,以至于不到三年老婆就被他折磨死了。最后总算实现了自己的梦想。当了庄园主后,他老了,发福了,胖得像头猪。望着庄园里生长的醋栗,眼里含着一泡泪水,兴奋地说不出话来。他一边津津有味地吃着醋栗,一边啧啧地说道:"多么好吃呀!"其实,醋栗还酸得很。他一生所追求的幸福,不过是一种苦涩不堪的庸俗生活,而他却悠然自得,实在渺小而可怜。作家在抨击佣人的庸俗生活的同时,还通过伊万·伊万内奇的口提出了人需要什么,人为什么活着,什么是幸福等引人深思的问题,从而将小说提升到哲理的高度。

《姚内奇》描写了一个知识分子在庸俗生活环境中的堕落。姚内奇本是一个朝气蓬勃、热心工作的青年医生,他来到某城,这里的生活是那样寂寞单调、枯燥乏味,令人难以忍受;就连被认为最有教养、最有才情的图尔金一家也俗不可耐。姚内奇经受不住诱惑和腐蚀,在小市民生活的泥潭中越陷越深,他原有的一点思想和热情逐渐消失殆尽。四年过去了,他变成了一个肥头大耳、头脑空虚、贪婪冷酷、满身铜臭气的守财奴。他的最大乐趣就是每天晚上从一个个衣服口袋里往外掏钱,望着那黄黄绿绿的、带着各种气味的票子,他眉开眼笑,乐不可支(这使我们联想起老葛朗台深夜玩赏金币的情景)。小说有力地披露了令人窒息的庸俗生活以及人在这种环境中的蜕变和沉沦。

名篇《带叭儿狗的太太》以充满柔情的笔调描写了一场婚外恋。成家立业的银行职员古罗夫一直过着空虚无聊的生活,他惯于在女人堆里寻求艳遇,但从心眼里又看不起她们。一次,在滨海城市雅尔塔度假时邂逅带叭儿狗的太太安娜。这位美丽、纯真、羞怯的少妇不禁令古罗夫心旌摇荡,他原来设想的一场逢场作戏的露水姻缘演变成炽烈的真正的爱情之火。假期结束,他们只好分手,天各一方。然而,强烈的思念之情又使他们冲破种种障碍,频频幽会,过着躲躲藏藏的双重生活。古罗夫想和人谈一谈自己的爱情感受,但又无人可谈,没有人理解他。这次爱情经历使他改变了对生活的看法,他越来越感到自己和周围的人所过的生活是多么荒唐无聊、索然无味:"大吃大喝,狂赌滥饮……残缺不全、毫无朝气的生活,只是一堆糟粕,但你逃不掉也走不开,简直和被关在疯人院或苦役营毫无二致。""怎么才能从这不堪忍受的枷锁中解脱出来呢?"——他找不到出路。小说主题思想表现了真挚爱情与庸俗生活环境的矛盾。高尔基很欣赏这篇作品,他在给作者的信中说:"您以您的篇幅不大的短篇小说做着一件意义巨大的事情:唤起人们对浑浑噩噩、半死不活的生活的厌恶。让那种生活见鬼去吧!"[①]

同一主题的作品还有《语文教师》。小说写青年教师尼基京与他心仪的姑娘玛莎结婚后,一度沉浸在安宁、幸福的家庭生活中。可是渐渐地他对这种单调、平庸、琐屑的生活厌烦起来,他觉得个人的小天地之外,还有另外一个世界,他热切地想到那另一个世界去。从此,他隐约地感到,幸福的梦幻破灭了,"而新的、叫人心神不安而又自觉自愿的生活已经开始了,这种生活与平静的生活和个人的幸福是不协调的"。他在日记中写道:"天哪……我给庸俗团团包围啦。这些无聊的、毫无价值的人,这些盛着牛奶和酸奶的坛坛罐罐,这些蟑螂,这些愚蠢的女人……没有比庸俗更可怕,更可耻,更可厌了。我要从这里逃出去,今天就逃出去,不然的话我会发疯的!"——尼基京觉醒了,他要冲破庸俗的罗网,去寻找新的生活。

尽管由于思想上的局限,契诃夫对新生活的图景是朦胧的,对如何开辟新生活也不甚了然,但他无情地鞭打庸俗,热烈呼唤新生活,其实就反映了90年代俄国社会意识的觉醒,准确地把握住了时代的本质特征,起到了振聋发聩,启迪人心的作用,对一个现实主义作家来说,这已是难能可贵了。

三、农村生活主题。农奴制改革后,80、90年代资本主义在农村迅速发展起来。农民在专制制度和资本主义的双重压迫下大批破产,已经到了极度贫穷和走投无路的地步。这不能不引起长期生活在农村的契诃夫的密切关注。而民粹派却无视当时俄国社会演变的残酷现实,认为俄国可以避开资本主义的发展阶段。契诃夫在作品中以赤裸裸的真实展现了农民贫穷、愚昧的生存状态和农村资本主义的发展,无可辩驳地否定了民粹派的理论。

《农民》描写农民出身的仆役尼古拉因病带着妻子从莫斯科回到乡下,可是在农村,包围着他们的是贫穷、疾病和愚昧。在小说中,作者以朴实的、毫不夸张的笔调描绘了一幅农民备受压迫、贫病交加、麻木不仁、愚昧落后的凄惨图画:农

[①] 《高尔基文学书简》上册,人民文学出版社,第66页。

民劳动繁重,收获稀少,住处狭窄、肮脏,任何帮助也得不到,他们生活得"比牲口还要糟";那些有钱有势的、爱财的、贪心的人"到村子里来只是为了欺压农民、掠夺农民、吓唬农民";男人们酗酒,把所有的东西都拿去换酒喝,醉后就毒打老婆,发泄心中的郁闷和怨气;人们聚在一起,"谈来谈去总离不开穷和病",对穷人来说,死并不可怕,"反而惋惜死亡这么久还不来",农民最怕得病,生了病怎么办?死又死不了,治又没钱治,只能活受罪。尼古拉最后就是被庸医抽掉24罐血死去的。农民的生活已濒临绝境。

中篇小说《在峡谷中》则展现了资本主义在农村的发展和金钱势力的猖獗。故事围绕着齐布金一家的生活展开。齐布金是杂货店的老板,有两个儿子,他为在警察局当暗探的大儿子阿尼西姆而骄傲,也为美丽能干的二儿媳阿克西尼娅而自豪。但阿尼西姆因为制造假币而被判刑,阿克西尼娅为了独霸家产,竟用开水活活烫死大儿媳莉芭刚刚生下的男孩,并把嫂嫂逐出家门。她独揽家庭大权,让老齐布金在孤苦中度过风烛残年。

齐布金是农村新兴资产阶级——富农的代表。他既经营杂货店,又放高利贷,贩卖私酒,用种种卑鄙刻薄的手段盘剥农民,吸农民的血。他的大儿子举行婚礼时,一个村妇愤怒地诅咒道:"你们吸饱了我们的血,强盗,叫你们死了才好!"齐布金威风八面,派头十足,外出时,他身穿讲究的礼服,马车上套着三百卢布一匹的高头骏马,家人簇拥着把他送上车。他"痛恨农民,讨厌他们",此时要是有农民到他面前请托什么事,诉什么苦,他就毫不客气地把他们轰走。然而,这个傲慢的老头子得到了报应。他大权旁落后,威风扫地,成了孤苦伶仃、几乎被遗忘的人。小说最后的一个场面颇具讽刺性。以前,齐布金最讨厌有事相求的人或者乞丐出现在他面前,现在角色调换了,曾被他鄙视和欺压的人看到他可怜兮兮地站在路旁,就掏出一块荞麦饼递给他,他立刻接过来,吃起来,"他的嘴唇抖着,眼睛里满是泪水"。

阿克西尼娅是老齐布金的接班人,其精明、贪婪、狠毒比老齐布金有过之而无不及。她脸上"总是带着天真的笑容",这笑容甚至当她干出伤天害理的事情时仍挂在脸上;她那对一眨也不眨的眼睛,长脖子上的小脑袋,苗条的身材,再配上她那身绿衣服,看上去活像"一条毒蛇"。为了独霸家产,她什么丧尽天良的丑行、暴行都干得出来:她公然杀害襁褓中的侄儿,接着又把其母亲莉芭赶出家门。她不仅不受惩罚,反而步步进逼,势力越来越大。她掌控家中大权,经营杂货店,又办起砖场,与人合伙开公司、开饭馆,她到处发号施令,全村的人都怕她。阿克西尼娅的得势与残忍反映了农村资本主义"黑暗势力"的发展和猖獗。

此外,《新别墅》(1899)也反映了农村的贫穷落后以及贫富之间的矛盾。工程师库切罗夫在农村购置了一块土地,建起一幢别墅。他和妻子希望与农民和睦相处，努力做些慈善事情。但是，他们的善意遭到农民的冷遇和敌视。尤其是他们的新别墅、华丽的马车、富裕安乐的生活与周围农民的贫苦处境形成鲜明对照。农民愤愤不平地说："想必不论在那个还是在这个世界上我们都没有福气，好运统统落在阔人身上了。"新别墅的主人之所以与农民格格不入，得不到他们的理解和信任，就在于贫与富之间隔着一条鸿沟，存在着深刻矛盾。最后，库切罗夫夫妇只得卖掉别墅，离开农村。

契诃夫这一组以农村生活为主题的作品真实地展现了农村的阶级分化和尖锐矛盾、新兴富农的得势和掠夺、农民的贫穷破产和濒临绝境的生存状况。尽管作家并没有直接指出解决问题的办法，但小说的客观描写已经合乎逻辑地表明：必须实行坚决、彻底的社会变革，舍此，农村别无出路。

契诃夫小说的美学特征

在俄国小说发展史上，契诃夫所建树的功勋在于：他把短篇小说这种艺术形式和写作技巧推向了前所未有的高峰。他那简洁精致、独标一格的作品历来为人所称道。

契诃夫善于从平淡无奇的日常生活中披沙拣金，发现具有典型意义的事物，提炼、琢磨成艺术品，来反映社会现实的本质。他的作品不写所谓的"重大题材"，也没有曲折离奇的故事情节和惊心动魄的场面，他所写的都是一些司空见惯的日常生活琐事，或者一个场景，一个片断，一个侧面，然而思想内容却极其深刻。从人向马倾诉衷肠透视出世态炎凉、人情冷漠（《苦恼》），从老人送妻子看病概括出劳动人民的悲惨命运（《哀伤》），由打喷嚏小事折射出不平等社会造成的小人物的奴性心理（《小公务员之死》），通过狗咬人事件揭露沙皇专制的警察制度和奴才走狗的可耻嘴脸（《变色龙》），一个普通教师的日常生活反映了沙皇专制统治下社会生活的停滞和窒闷（《套中人》）……这些作品虽篇幅短小，但蕴涵丰厚，以小见大，透过表面看来平凡琐屑的生活现象，揭示生活的底蕴，暴露出其中隐藏着的尖锐矛盾和巨大悲剧。对此，同时代作家伊·列·谢格洛夫评论道："在契诃夫一篇简短的小说中所感受到的俄罗斯，比在勃勃雷金所有的长篇小说中所感受的还要多。"[1]此种功力，非具有敏锐的艺术慧眼和巨大的艺术概括力不可。

简洁、精练、朴素是契诃夫小说的显著特点。简练被一切作家奉为圭臬，古

---

[1] 《文学遗产》第68卷，1960年，第482页。

今中外,莫不如此。特别是短篇小说,因为篇幅有限,更需要长话短说,切忌赘冗漫衍。作为短篇小说巨匠,契诃夫深谙其中三昧,所以他的至理名言是:"简洁是才能的姊妹。"①简洁不是简单,而是精致、浓缩,是简短的形式凝聚着充实的内容。而要简洁,就要毫不吝惜地把与主题和人物性格无关紧要的多余的东西删去,这样,小说才能紧凑严密,也更鲜明而富有表现力。他以雕刻做比喻,说明要把人的脸雕刻出来,就必须把这块石头上不是脸的地方全部剔除掉。所以说,写作的艺术,就是删削的艺术。而要做到删繁就简,言简意赅,就要求作家具有更高超的艺术功力和技巧。在这方面,契诃夫堪称楷模。

在结构上,契诃夫的小说情节简单,短小精巧,布局严谨。他历来主张小说要开门见山,不要做过多铺垫,故事最好从中间写起,矛盾立即展开,使读者马上进入事件的中心。如《我的一生》,一开头写主任把"我"训斥一顿,随之把"我"辞退了。"我"与父亲、家庭的矛盾立刻尖锐起来,人生道路的选择严峻地摆在"我"面前。至于"我"为什么被辞退,则没有交代。《第六病室》开篇就直奔目标,描写第六病室的恶劣环境,使读者仿佛置身于阴暗、窒闷、肮脏、臭气熏天的如监狱般的病房里,不禁为这"特别的、阴郁的、罪孽深重的景象"所震惊。《普里希别耶夫中士》则直接从对话开始:"普里希别耶夫中士,您被控在今年九月用言语和行动侮辱本县警察日金、村长阿利亚波夫……"而且通篇都是对话,故事情节、人物性格都通过对话表现出来,省去多少作者的叙述文字!契诃夫还善于通过戏剧化的场面将矛盾冲突和人物性格集中展现出来。如《在钉子上》、《胖子与瘦子》、《变色龙》等皆是很好的例证。这种戏剧化的"展现"较之"叙述"所产生的艺术效果更鲜明、更生动,是一种更简练、更富有表现力的艺术手法。

在人物设置上,契诃夫也本着简洁的原则。他的小说中只安排一两个、两三个主要人物,其余人物则作为陪衬,略加勾画,以突出主要人物。即使对主要人物,他既不做全面的生平介绍,也不做精雕细刻的肖像描写,以免引起读者的审美疲劳;而是抓住最能体现人物性格的特征或细节,像画漫画似的,寥寥数笔,画龙点睛,就把人物神形兼备地勾勒出来。如对《在峡谷中》阿克西尼亚形象的描写,突出她的苗条身材、长脖子、小脑袋和一眨不眨的眼睛,活像一条蛇。她的狡猾、歹毒的性格即凸显出来。《第六病室》中的看守人尼基达矮身材,红鼻子,脸相严厉而枯瘦,拳头特别粗大,一副"草原的看羊狗的神情"。一看就是一个野蛮、凶恶的打手形象。《套中人》中别里科夫长相如何,作者并没有描写,而是通过他生活中的一系列细节来刻画。如他总是穿着大衣、套鞋,戴着墨镜,甚至用

---

① 《契诃夫论文学》,人民文学出版社,1958 年,第 154 页。

棉花堵着耳朵,还随时带着雨伞。他的雨伞总是装在套子里,其他一些零碎东西也总是装在各种大大小小的套子里。一个逃避现实生活的"套中人"的形象跃然纸上。契诃夫笔下的人物形象虽然着墨不多,却活灵活现,深深烙在读者的脑海里而终生难忘。

简洁的手法还表现在对人物的心理描写上。短篇小说因为篇幅有限,不可能对人物的心理进行细致入微的刻画,只能使用更简洁的手法去揭示人物的内心活动。所以,在心理描写上,契诃夫不同于托尔斯泰和陀思妥耶夫斯基,而把屠格涅夫视为同道。他说:"在心理描写上也要注意细节。……最好还是避免描写人物的精神状态;应当尽力使得人物的精神状态能够从他的行动中看明白。"①如《变色龙》中以狗的主人为转移,警官的心情几起几落,但作者没有直接去写他的心理活动,而是通过他把大衣时脱时穿这一细节,生动地表现了他心情的变化。在《姚内奇》中,表现主人公从一个单纯的、热心工作的青年堕落成一个庸俗的守财奴这一精神演变过程,作者也采用了极为简练的手法:第一次进城是步行,一路上还哼着歌;一年之后,第二次进城他坐上了自己的两匹马拉的马车;又过了四年,第三次进城他则坐着铃声叮当作响的三套马车,发胖的车夫穿着号衣。再如,姚内奇每天晚上津津有味地数钞票这一细节暴露了这个守财奴的空虚、贪婪的心理;作者又通过这一细节,表现了姚内奇与叶卡捷琳娜再次见面时内心的波澜起伏。面对他曾经那么热烈地追求的姑娘,往事历历在目,姚内奇"心里的火花越烧越旺",他开始诉说生活中的委屈。可是他突然想到了那些红红绿绿的钞票,于是"他心中的火花熄灭了",心中想道:"幸好那时我没有娶她"。对金钱的贪欲泯灭了心中的爱情之火。《小人物》中的小公务员勤奋工作了整整十年,薪水还不到两卢布,精神极其苦闷。他看到一只蟑螂,抓起来狠狠地朝玻璃上一摔,把它活活摔死。对一个无权无势的小公务员来说,这一行为细节是非常典型的,他只能把满腔的怨恨、愤懑、冤屈、痛苦、无奈等复杂心情发泄到一只小小的蟑螂身上。通过一个动作、一句话,甚至一个眼神表达人物内心活动,此类例子,不胜枚举。

契诃夫小说的语言简洁凝练,朴实无华,晓畅自然。他善于用新颖、朴素而又富有表现力的词句,对那种老套子式的陈词滥调"存在着几乎是生理上的厌恶"②。高尔基称赞道:"作为文体家,契诃夫在我们当代文学家中是唯一掌握了'言简意赅'的高超写作艺术的。"③

---

① 《契诃夫论文学》,人民文学出版社,1958年,第27页。
② 同上书,第411页。
③ 高尔基:《论文学》,苏联作家出版社,1953年,第27页。

客观、含蓄是契诃夫小说的美学品格。他一贯主张："艺术家不应当做自己人物和他所说的话的审判官，而只能做他们的不偏不倚的见证人。"①他还说，作家的态度"越是客观，所产生的印象就越强烈。"②所谓客观，不偏不倚，决不是否定文学的思想倾向性，而是不赞成作家进行赤裸裸的说教，或者在作品中直接表白自己的意图；作家应该退居幕后，将自己完全融于作品的情节和形象体系中，通过作品的情节、场景和人物形象使自己的思想感情自然而然地流露出来。例如在《苦恼》、《万卡》、《渴睡》等作品中，契诃夫只是客观、冷静、不动声色地描写下层劳动者和儿童的生活遭遇，并没有直接表露自己的情感态度。但是，每个读者都是从中感受到作家对他的主人公的深切同情，都会对他们的不幸遭际产生深刻印象，心灵受到强烈震撼。

契诃夫在自己的作品中既不做全知全能的上帝，也不充当居高临下的教师爷角色，将自己的说教和观点强加给读者。他充分尊重、相信读者，认定作品应该是作者与读者共同创造的，作品中言未尽意之处，"读者自己会加进去"。他认为，对于艺术家来说，重要的是"正确地提出问题"，而不是"解决问题"③。所以，他的小说的结局往往是没有结果的，是"开放式"的。这也体现了他的小说的客观和含蓄。例如万卡写好信后，写下地址："寄交乡下的祖父收"。然后，满心欢喜地将信塞进邮筒；一个钟头后，就抱着美好的希望酣然入睡了，还梦见祖父在念信……可是，这是一封没有地址的信，万卡的求助是枉然的，他的不幸遭遇是没有结果的。《渴睡》的结尾异曲同工，小保姆的未来命运引起读者的联想和忧虑。《未婚妻》结尾，女主人公娜佳离家出走了。她走向何方？什么样的命运在等待着她？她的归宿如何？对这类问题，作者没有或者不可能给出答案；而不同的读者也会做出不同的回答。《语文教师》的最后，主人公尼基京决心从包围着他的庸俗环境中逃离出来，那么他将选择什么样的生活呢？《草原》的结尾，小主人公叶戈鲁什卡将面临刚刚开始的新生活，"这生活会是什么样呢？"《带叭儿狗的女人》中倾心相爱的男女主人公想摆脱那种躲躲藏藏，天各一方，长久不能相会的尴尬局面，但是"怎么才能从这种不堪忍受的枷锁中解脱出来呢？"他们不知怎么办，等等。这些都是没有结局的故事。作家不把话说尽、说透，留下意犹未尽的弦外之音让读者去思考、想象、补充，这样的小说才耐人咀嚼，回味无穷。

幽默、讽刺与抒情熔于一炉使契诃夫的小说别具一格。契诃夫是一位目光

---

① 《契诃夫论文学》，人民文学出版社，1958年，第87页。
② 同上书，第209页。
③ 同上书，第110页。

敏锐的作家,他善于从现实生活中捕捉和挖掘那些可笑、可恶、可憎的一切不合理现象,给予嘲讽和鞭挞。在他早期的作品中,读者看到的多是幽默、诙谐、滑稽、可笑,而随着他对生活认知的深化,他的幽默、诙谐、滑稽逐渐变成严肃的、尖锐的嘲笑和讽刺。契诃夫追求的决不是为了笑而笑,不论是幽默、诙谐,还是嘲笑、讽刺,其中无不蕴涵着作家的是非臧否、道德褒贬和情感爱憎。他揶揄小人物的愚昧、落后、懦弱和奴性,但从他的笑声中我们仿佛看到了作家眼眶里饱含着的辛酸泪水,仿佛听到了他那颗纯真的心所发出的深沉叹息。这是一种"含泪的笑"。他讽刺市侩的庸俗,嘲笑官场的丑态,鞭答为反动统治效劳的鹰犬,透过种种可笑的场景,我们感受到作家对丑恶而残酷的社会现实的憎恶和否定,以及由此而产生的郁闷和忧愤。通过情节、场景和人物形象使作者的主观情感自然而然地流露出来,这可称之为"内在的抒情",是小说中最可称道的艺术手法。

契诃夫还善于借助人物的口抒发情感。当然,不能将作者与小说中的人物完全等同起来,但不能排除有时作者又将人物作为自己的代言人以传达自己的声音。这种情况下,作者与人物即合而为一。例如《套中人》和《醋栗》中的那位兽医、民主主义者伊万内奇就与作家在思想方面有许多共同之处。作家通过他的口一方面嘲笑"套子式"的人物和"套子式"的生活,痛斥市侩的"个人幸福"的狭隘、庸俗、自私,同时对现实生活慷慨评说:"你们看一看这种生活吧:强者骄横而懒惰,弱者无知而且跟牲畜那样生活着,处处都是叫人没法相信的贫穷、拥挤、退化、酗酒、伪善、撒谎……"发出了"不能再这样生活下去了"的呐喊。《未婚妻》中,作家通过娜佳的心理活动表达了对新生活的渴望:"啊,只求那种光明的新生活快点来才好……这样的生活早晚会来的!"

此外,借景抒情也是契诃夫常用的一种手法,这里不再赘述。

简洁、精巧的形式,凝练、浓缩的内涵,客观、冷静的叙事,含蓄、蕴藉和意犹未尽,"开放式"的结尾——契诃夫小说的这些特点是富有开创性和革命性的。这使他的作品超越了传统小说的模式而具有20世纪现代小说的品格。契诃夫站在世纪的交接点上,承前启后,为俄国小说艺术注入了新的元素,为其发展开拓了新的道路。

第四节 柯罗连科

符拉基米尔·加拉克季奥诺维奇·柯罗连科(1853—1921)是19世纪末20世纪初俄国杰出的现实主义作家。他以中短篇小说享誉文坛,其作品具有浓郁的浪漫主义气息和抒情色彩,笔势雄奇,文采绚丽,篇篇皆精工巧作。他与契诃夫比肩而立,组成19世纪末20世纪初俄国文坛上的双子星座,熠熠生辉。他德艺双馨,广受赞誉。高尔基尊他为"导师",认为托尔斯泰逝世后,他是"唯一能够引领"俄国文学前进的作家①。

柯罗连科出生于乌克兰沃伦省日托米尔城一个县法官家庭。他15岁丧父,孤儿寡母艰难度日,依靠母亲的辛苦操劳完成中学学业。1871年他考入彼得堡工学院,但不久即因经济困难而辍学,从事绘图、校对等工作,以维持生计。1874年又入莫斯科彼得洛夫农学院,他接近革命青年,阅读禁书,管理秘密学生图书馆,参加学生集会;他同情民粹派的事业,并为参加"到民间去"的活动做准备。1876年因参与起草并递交反对校方专制的集体抗议书而被开除学籍。一年之后,他来到彼得堡,入矿业学院学习。期间,他开始文学创作,1879年发表了处女作、短篇小说《探求者的生活插曲》,描写一个追求真理的青年探索为人民利益而斗争的道路的艰苦历程。同年,因涉嫌印刷和散布革命传单而被捕,随之流放到维亚特卡省的格拉佐夫县偏远的新垦小屯。这里甚至不成其为村庄,只是一些分散在森林和沼泽中的孤零零的木屋。1880年柯罗连科又被押解回维亚特卡,被羁押在解送犯人的监狱。狱中,他创作了短篇小说《雅什卡》,描写一个农民因为反抗地方当局而被当作疯子囚禁以及在狱中继续斗争的故事。在这里,柯罗连科又被怀疑与流放犯有联系和被诬蔑逃跑,是年判处流放西伯利亚,被安置在彼尔姆居住,受到警察的监视。1881年8月他因为拒绝向新登基的沙皇亚历山大三世宣誓效忠而再次被捕,并受到严厉惩处,当作最危险的"国事犯"被流放到遥远的东西伯利亚雅库特州阿姆加村。他干农活,缝皮鞋,在这里度过了三年艰苦生活。他与当地居民友好相处,赢得了人们的尊敬与爱戴。后来他调侃地说,他"被送到民间去,花的是公家的钱"。

六年的监禁、流放生活使柯罗连科在思想、意志上受到了磨练,开阔了视野,丰富了生活,更深入地了解了社会,熟悉了劳动人民,也为创作积累了丰富的材料。流放期间,他领悟到笔是他战斗的武器,文学应该是他终生从事的神圣事业。他不顾生活条件之艰苦勤奋耕耘,创作了一批以西伯利亚的囚犯、流浪汉、农民、船工、乞丐等为主人公的短篇小说《怪女子》(1880)、《马卡尔的梦》(1885)、《索科林岛人》(1885)、《在坏伙伴中》(1885)等。然而这些作品当时难以与读者见面。

1885年柯罗连科获准从流放地归来,定居在诺夫哥罗德。在这里,他经常肩负背囊,沿伏尔加河和凯尔热涅兹河旅行,考察民情民俗,纪录民间人物、场景

---

① 见俄罗斯科学院高尔基世界文学研究所编:《俄罗斯白银时代文学史》Ⅱ,敦煌文艺出版社,2006年,第6页。

和语言,搜集创作素材,连续发表了《林啸》(又译《呼啸的山林》1886)、《嬉闹的河流》(1892)、《盲音乐家》(1896)、《哑口无言》(1896)、《瞬间》(1900)等优秀作品。此外,他还写了许多特写、政治通讯等。《巴甫洛沃特写》(1890)真实地展现了资本主义侵入农村后小手工业者所遭受的残酷剥削和贫困破产,以无可辩驳的事实否定了民粹派的错误理论。特写集《在荒凉的地方》(1890)描写资本主义秩序和关系如何无孔不入地渗透到俄罗斯偏僻、荒凉的角落,破坏了那里的古老传统和风习,反映了俄国新旧交替时代的特点。《饥饿的年代》(1892)记录了1891—1892年伏尔加河沿岸所遭受的严重饥荒的惨状,揭示了灾荒的真正原因在于农奴制残余的存在和地方官僚的专横残暴,驳斥了官方的谎言。这部特写被书报检查机关认为是鼓吹农民革命思想而受到非难。

柯罗连科除从事文学创作外,作为民主主义者,还积极参与社会活动,充当人民的代言人,仗义执言,维护正义,与反动当局进行斗争。高尔基回忆道,在法庭上,在地方自治局代表会议的大厅里,在宗教游行队伍里,都可以看到他的身影,"没有任何一个地方事件不引起柯罗连科的镇定的关注"[①]。

1895年维亚特卡省穆尔坦村的乌德穆尔特族农民被诬告杀人祭神而判处苦役。沙皇政府此举之目的是为了煽动民族仇恨。柯罗连科感到震惊,他以新闻记者的身份参加了此案的诉讼。他在法庭上演说,在报纸上发表文章,义正词严,揭露法庭,为农民辩护,最终事件得以重审,七个农民被宣告无罪。

1896年柯罗连科迁居彼得堡,参加尼·米哈依洛夫斯基主持的民粹派杂志《俄国财富》编辑部的工作,后者去世后,于1904年成为该杂志的主编。但在许多问题上,他与民粹派的观点不同。1900年他当选为科学院名誉院士。1902年,为抗议非法撤消高尔基当选的院士资格,他联合契诃夫,一起发表声明,放弃自己的院士称号,显示了一位民主主义作家是非鲜明的立场和刚直不阿的态度。

柯罗连科满怀热情迎接1905年俄国第一次大革命。他在报纸上发表文章揭露反动派的阴谋;在《波尔塔瓦报》上发表公开信,要求立即审判血腥屠杀波尔塔瓦省索罗庆采村农民的警察讨伐队的头子菲伦诺夫。几天后,后者被暗杀。本来菲伦诺夫被暗杀与柯罗连科的公开信之间没有任何联系,而反动的"黑色百人团"的报刊却有用心地诬蔑作家"教唆暗杀",妄图借此对他进行迫害。柯罗连科连续发表一系列文章(这组文章以《索罗庆采悲剧》为题于1907年集结出版),对反动派的诽谤予以有力反击。1905年革命失败后,他发表了特写集《司空见惯的现象》(1910)揭露沙皇政府制造白色恐怖、迫害人民的暴行。该书一问

---

① 彼得洛夫主编《19世纪俄国文学史》第2卷,俄文版,1963年,第775页。

世,立即被查禁。此外,柯罗连科还与沙皇政府残害犹太人的暴行进行坚决斗争。柯罗连科维护正义、反抗邪恶的社会活动赢得了进步团体和人士的赞誉。

从1905年起,柯罗连科开始撰写大型回忆录《我们同时代人的故事》,至1921年逝世前仓促结稿,全书共四卷。这部与赫尔岑的《往事与随想》、托尔斯泰的自传三部曲相媲美的长篇巨著记录了作者童年、少年、青年、维亚特卡流放、东西伯利亚雅库特流放各个生活阶段的经历,广泛涉及19世纪60年代至80年代俄国的历史事件和社会斗争,既是作者的思想发展史,又是一部具有重要历史意义的文献。

柯罗连科晚年还写了不少文学评论和作家回忆录,如《论格列勃·乌斯宾斯基》(1902)、《回忆车尔尼雪夫斯基》(1904)、《冈察洛夫和"年轻一代"》(1912)等。其中最出色的是1908年为庆祝托尔斯泰八十寿辰而写的两篇文章。

1912年12月25日柯罗连科逝世。

小说创作

柯罗连科的小说都是中短篇。他的小说创作与他的人生经历有着紧密联系。他的青春岁月差不多有九年是在监禁和流放中度过的。之后又被迫在下诺夫哥罗德居住十年。在这19年中,他有机会广泛接触下层劳动人民——西伯利亚的流刑犯、苦役犯、车夫、流浪汉、逃亡者、船工、农民、乞丐等。他熟悉这些人的生活和心理,深切感受到他们勇敢、坚强的性格和身上所蕴藏的巨大力量。所以,歌颂俄罗斯人民以及他们的反抗精神和对自由、幸福的追求,就成为柯罗连科小说的基本主题。

柯罗连科创作的第一类作品是西伯利亚系列小说,如《雅什卡》、《怪女子》、《索科林岛人》、《无家可归的费德尔》、《玛鲁霞的新垦地》、《严寒》等。这一组作品在西伯利亚艰苦、严峻的大自然背景下,描写了囚犯、流刑犯、苦役犯、流浪汉的生活,刻画了他们的鲜明形象和顽强个性。

《雅什卡》是柯罗连科于1880年在解送犯人的监狱中创作的。小说主人公雅什卡是一个因为公然对抗地方政府当局和揭发"不公正的长官"而被当作疯子关进监狱中的农民。他不承认自己有任何罪行,不承认当局的审判。即使被关进牢房,失去自由,他仍不屈服,对那些"违法者"、"反基督者"对他的迫害提出大声抗议。雅什卡相信古老的基督的"公正法律",声称自己拥护上帝,拥护"伟大的陛下"。他反对现实中的恶,却相信抽象的善,体现了俄国农民思想的两面性。所以作者说,在雅什卡身上看到了"神话和现实主义的混合物"。但作者看重的是雅什卡那种不甘屈服的性格,那种勇敢的反抗精神,以及不合理现实激发出来的愤怒情绪。

同样是1880创作、直到1905年才得以问世的短篇小说《怪女子》(又译为《奇女子》)继续了《雅什卡》所表现的反抗和顽强不屈的主题。小说塑造了一位年轻的民粹派女革命者莫洛佐娃的形象。她面色苍白,身体羸弱,患着肺病,在宪兵的押解下,踏上了流放西伯利亚的遥远路途。旅途的艰险,深秋的严寒,病痛的折磨,死亡的威胁……什么都不能摧毁她顽强的意志。她的坚强不屈,她的崇高尊严和献身精神,甚至令押送她的解差加夫里洛夫肃然起敬,使他"永远也忘不了那位性格刚强的姑娘"。小说中写道:"折磨她可以,……可是要使她屈服……这种人是不会屈服的。"年轻的姑娘病死在流放地,而不知情的老母亲还在来西伯利亚的途中满怀希望地期待着与女儿相见呢。

小说赞扬了女革命者永不动摇的革命精神,同时提出知识分子与人民的关系问题。小说之所以称年轻的女革命者是"怪女子",就在于她的孤傲、偏激。农民出身的解差加夫里洛夫心地善良,真诚同情她的遭遇,但她以轻蔑的态度拒绝他的帮助和照顾,将他与统治者等量齐观,视他为永远不会宽恕的"敌人"。作者通过流放犯梁采夫的口称她是"一个宗派主义者",对民粹派视人众为"群氓"、蔑视人民的错误态度提出了批评。

《索科林岛人》描写以乌拉尔人瓦西里为首的一批囚犯逃出索科林岛(暗指流放犯人的萨哈林岛),寻找自由生活的故事。小说详细描写了他们在逃亡之路上所经历的无数非同寻常的艰难险阻,但任何困难都无法摧毁他们追求自由的顽强意志。作家强调,他在瓦西里身上"看到的只是充满热情和力量、强烈渴望自由的年轻生命"。年轻流浪者的故事给他留下深刻印象,使他"热血激荡",他仿佛听到"广袤与自由的召唤,大海、森林和草原的召唤"。小说结构严谨,饱含激情,受到契诃夫的高度评价,称它是"近来最杰出的一篇作品","一部优美的乐曲"①。

渴望自由的主题同样表现在短篇小说《无家可归的费奥多尔》中。主人公费奥多尔还是孩子时就跟随身为农民的父亲一起流放西伯利亚,他在流放的道路上、在狱中长大成人,"监狱和流放培养了他",使他变得坚强不屈。牢房禁锢不住他那渴望自由的心,他曾13次被抓,又13次逃跑;他几乎走遍西伯利亚,从乌拉尔到阿穆尔的漫漫长路上,绰号"别斯波里尤德内依"(俄语бесприютный意为"无家可归的人")的费奥多尔远近驰名。在一次押解途中,费奥多尔与12年前第一次押送他的准尉邂逅。准尉官运亨通,如今已是上校,他有妻室儿女,家庭

---

① 《契诃夫论文学》,人民文学出版社,1958年,第57页。

幸福美满。面对身穿囚服、满头白发、神情疲惫、无家可归的老相识费奥多尔,上校为自己的仕途成功而洋洋得意。分手时,费奥多尔用"燃烧着的目光"送别上校,"他的脸变得可怕,咬紧的牙关吱吱作响"。上校离去后,费奥多尔嚎啕大哭——这是积压在心中的屈辱、痛苦和愤恨的宣泄,他大声质问:"我为什么要受到惩罚?"——这是对不公的社会的愤怒控诉!

此外,短篇小说《严寒》也涉及了流刑犯逃亡的主题。

中篇小说《玛露霞的新垦地》将读者带到了西伯利亚的流放犯移民村。在这里,我们听到了流放犯讲述的从监狱中逃跑的经历和他们在蛮荒地区艰苦创业的情景,见识了他们的生活和婚姻状况。小说描写了流放犯移民中的两种生活态度。英勇剽悍的斯杰潘,有的人说他"算条好汉",是"一个不同凡响的、叱咤风云的人物",有的则说他是"怪人"、"恶魔"、"勇敢的无赖","只会干仗"。他豪放不羁,爱抱打不平。当雅库特人遭到鞑靼人的抢劫而倾家荡产时,他挺身而出,大显身手,帮助雅库特人打退鞑靼人的袭击,为此惹上一场官司。他不安分,不满足于现状,宁肯到处流浪,也不愿蜗居在玛露霞的小村落当主人。季莫菲则是另一种性格。他结实、粗壮,"像个长满青苔的树墩",他只喜欢默默无闻地种地,任劳任怨地干活,是个典型庄稼汉。他一讲起自己如何在原始森林里伐木开荒的"英雄史",眼睛就闪闪发光。一心过安定平静的日子的玛露霞最终选择了性格平稳、老实的庄稼汉季莫菲而离开了豪爽、不安分的斯杰潘。这样的结局表现了农民对正常的、和平的劳作生活的渴望。

柯罗连科的第二类作品是以穷苦农民、乞丐、马车夫、船工、守林人等人物为主人公的小说。作者满怀同情地描写了这些处于社会底层的人们的苦难生活,以有力的笔触表现了他们对不合理社会现实的愤怒和反抗,以及对自由、幸福生活的渴望。

《马卡尔的梦》叙述了农民马卡尔的贫苦凄凉的生活。马卡尔一生命运多蹇,到处碰壁;他当牛做马,拼命干活,却一贫如洗,不得温饱,且受尽欺凌。于是他常常借酒浇愁,喝醉后痛哭流涕,发出令人心碎的哀号:"天哪,这是什么样的生活啊!"圣诞之夜,他又喝得酩酊大醉,酣睡中他梦见自己死后被带到阎王托依翁老爷面前接受审判,并且将他一生的所作所为放在衡量善与恶的天平上称一称。面对审判,他不禁"胸中怒潮汹涌,仿佛茫茫的草原上深夜刮起了大风暴"。平时不善言谈的马卡尔竟变得伶牙利齿,他慷慨陈词,滔滔不绝,诉说自己所受的种种压迫和所过的悲惨生活,发泄心中的怨愤:村长、审判长、县警察局长逼他缴税,牧师逼他交赡养费;贫穷饥饿逼他,严寒酷暑、阴雨干旱逼他;前妻生病去世,无钱安葬;大儿子被抓去当兵,不知尸骨被抛在何方;剩下他与后妻年老体衰,孤苦伶仃,无依无靠,在极度贫困中挣扎⋯⋯小说采用民间故事传统的梦幻形式,不仅真实地描写了农民的贫苦生活,而且传达出他们对不合理现实的强烈愤懑和反抗,表现了他们人格尊严的觉醒。

农民的生活充满苦难,被社会抛弃到城市底层的人们的命运同样悲惨。中篇小说《在坏伙伴中》(1885)再现了城市底层贫民的生活图景。小说通过甘愿与城市贫民、流浪汉、乞丐为伍的孩子瓦夏的目光描写了他们痛苦屈辱的生活和他们的精神世界。这些沦落到底层的人们无家可归,只能栖身于古堡地下室或教堂的地下墓穴中;他们食不裹腹,常常以乞讨为生。但他们对相同命运的人充满同情,相互支持,患难与共,而对那些庸俗保守的小市民却极端蔑视,决不"向他们逢迎献媚,宁愿自己动手去拿,也不愿向人哀求"。作者满怀同情,描写了两个流落街头的孩子瓦莱克和玛露霞。他们没有童年的幸福,没有享受过家庭的温暖,来到人间便面临着生活的苦难。小女孩玛露霞身体矮小、瘦弱,四肢纤细,面色苍白。阴暗墓穴里的冰冷、坚硬而又残忍的灰石头仿佛幽灵似的缠住了这个小姑娘,"吮吸着她的红晕、眼睛的光芒和动作的灵敏"。最后,由于缺乏食物和阳光,小姑娘病死。"地下室的灰石头终于夺走了她的小生命"。小说渗透作家深厚的人道主义精神,饱含对不公社会的抗议和对不幸人们的同情。

被压迫者的愤怒情绪有时会爆发为对压迫者的公开反抗。《林啸》是一篇富有传奇色彩的小说,它叙述了一个复仇的故事。在一个暴风雨即将来临的傍晚,地主老爷带着猎手来到守林人罗曼的小屋,支使他带领猎手去沼泽地打鸟,自己却留下来,欲对守林人的年轻妻子图谋不轨。岂料罗曼早已得知地主的诡计,于是夜里悄悄潜回家中,将这个荒淫无耻的地主杀死。此时,狂风怒号,雷声轰鸣,森林呼啸,暴风雨来临。这是俄罗斯人民潜藏的力量和郁积的愤怒的象征,这力量和愤怒终于爆发了!

被社会排挤到底层的不幸的人们,虽然备受压迫和欺辱,但他们仍保持着高尚的道德和人性。这在短篇小说《杀人犯》中体现得尤为突出。小说主人公、西伯利亚的农民费德尔·西林不仅受到官吏的欺凌,而且命运不济,父母双亡,妻儿同殁,最后一点家产也因为安葬亲人被牧师据为己有。于是他孑然一身,四处流浪,去寻找生活的真理,寻找"主持公道的人"和"按神的信条生活"的地方。可是,他不仅没有找到生活的真理,反而被当做流浪汉抓进监狱。狱中他遇到了一个虔诚的"忏悔者"教派的老教徒,被这个残臂老头的花言巧语所迷惑,误认为他就是自己所寻找的主持公道的人而对他倍加信任,唯命是从。其实,此人是一个与审判长相互勾结、狼狈为奸、抢劫杀人的团伙的头目,是个"地道的魔鬼"。出狱后,经残臂老头的介绍,无家可归的西林在不知情的情况下误入抢劫团伙。一天夜里,他被派遣运送一位带着3个孩子去西伯利亚流放地寻夫的年轻夫人。在一片密林中,跟踪西林的残臂老头突然出现,迫使他杀害母子4人。此时,西林才看清老头的狰狞面目。紧急时刻,他头脑清醒,善恶分明,仗义行侠,毫不犹豫地杀死了唆使他犯罪的歹人,保护了女子和孩子们的生命。小说的意义在于肯定了这个"杀人犯"身上善良、正义和人性之美。

《嬉闹的河流》则表现了人民身上潜在的巨大力量。主人公久林是维特鲁加河上的一名船工,平时他神情冷漠,醉眼惺忪,无精打采,懒洋洋的。可是当他撑起船在奔腾咆哮的河流中与风浪搏斗时,立刻精神振奋,动作敏捷,坚决果断,指挥若定,懒散神情不见踪影。一旦渡船脱离危险,他又故态复萌。久林是俄罗斯人民的代表,这一形象体现了俄罗斯人民身上所潜藏的非凡力量,这力量一旦释放出来,可以成就任何英雄壮举,可以创造任何丰功伟绩。

喧闹的维特鲁加河是久林形象的衬托。平时,河水轻轻地拍打着堤岸,静静地流淌着。可是,几场大雨后,维特鲁加河就喧闹起来,它蕴藏的威力就显示出来:"活泼的水流波浪滚滚地奔腾着,冲击着,旋转着,卷着一个个旋涡,然后又散开,向前奔流。"奔腾的大河,危急的时刻,方显出英雄本色;严峻的自然背景更彰显出坚强的个性。

短篇小说《哑口无言》(又译《语言不通》)是柯罗连科去芝加哥参加世界博览会后的成果之一。但作者强调这不是关于美国的全面纪录,而是一个俄国普通农民第一次看到美国所得到的印象。乌克兰农民马特维·洛津斯基怀着寻找理想生活的梦想来到纽约。异邦文明使他感到眼花缭乱,无所适从,加之语言不通,马特维遇到了很多困难,也闹了不少笑话。但是,面对金元王国、唯利是图、人情冷漠、警察的追踪、报刊的侮辱歧视,这个被文明世界视为"穿长袍的野蛮人"的马特维始终保持着健全的理智、人的尊严、善良的天性和同情心。身处异国他乡,对祖国的思念之情不禁袭上心头:"他忽然想起了覆盖着厚厚的柔软白雪的平原、叮叮咚咚的铃声、道路两旁高高的针叶林以及面对飞驰而来的三套马车急忙让自己的雪橇转弯的人们的那种眼神。"在美国没有实现幸福生活梦想而感到失望的马特维萌生了回国的念头:"回去吧,回国吧!……"

柯罗连科的第三类小说是表现追求自由、光明和幸福的作品。随着19世纪末20世纪初俄国社会大变革的临近,这一主题的音调愈来愈响亮、高亢、激越。

中篇小说《盲音乐家》是柯罗连科的代表作。小说通过一个音乐家的成长和以自己的音乐才能为人民服务的故事,提出了个人幸福和人生意义的重大问题。

主人公彼得·波佩利斯基生下来就是盲童,但却有特殊的音乐天赋。马车夫约西姆的悠扬木笛声和乌克兰优美的民间乐曲唤起了他对音乐的热爱。

然而,双目失明使他感到自己被生活抛弃,内心十分痛苦,逐渐养成了孤僻、忧郁、粗暴的性格。

在彼得的生活道路上,马克西姆舅舅起了很大作用。马克西姆年轻时曾参加过意大利的民族解放运动,被敌人砍成残废,只好离开部队回到家乡。他决心用自己的全部心血培养彼得,使他"在战斗的行列里当一名新兵,为人生的事业而奋斗"。他引导彼得领悟人生的意义,使他懂得个人的不幸与人民的苦难比较起来是微不足道的;脱离人民,在自己的小天地里过着与世隔绝的生活,是不可能获得真正幸福的。他让彼得离开家庭,到民间去漫游。彼得接触广阔的世界,了解人民的苦难、欢乐和希望,理解了生活的意义和真正的幸福,他用音乐表达人民的喜怒哀乐,成了一个人民的音乐家。

在小说的结尾,盲音乐家在基辅市场上举行了自己的第一次公演,听众都陶醉在那真挚的、优美的旋律之中:"他把自己对大自然的强烈感情和民间曲调巧妙地糅合在一起,然后通过这种即兴曲不时地跳跃出来。那富有立体感、优美悦耳的、色彩绚丽的乐曲源源不断地在大厅里扬起——乐曲时而不断增强,形成庄严的颂歌,时而逐渐减弱,变得低沉、凄凉和忧伤。有时,乐曲宛如暴风骤雨时的雷鸣,滚过浩浩长空,响彻万里云霄;有时乐曲犹如平静草原的清风,吹拂着古坟上的杂草,勾起人们对昔日那朦胧梦想的幽思和缅怀。"动人心弦的音调愈来愈激越有力地倾泻出来,这已不再是"昔日那种个人的、自私的、痛苦的怨诉,也并非由于失明而发出的痛苦的、烦恼的呻吟",而是表达人民心中闪耀的、生气勃勃的、清新明朗的、流动的、快乐的、光明的声音。

他终于复明了,这是精神上的复明,这是比眼睛复明意义更重要的复明。"他对生活的真正感受在他心灵中已取代昔日他那失明的、自私的、不可抑制的痛楚。他已感觉到他人的痛苦,同时也感觉到他人的欢乐……现在,他能提醒那些幸福的人们想起不幸的人……"《盲音乐家》表达了这样一种深刻的哲理:一个人只有将自己与广大人民群众联系起来,与人民同命运、共呼吸,献身于人民,才能领悟人生的意义,才能找到真正的幸福。

在短篇小说《瞬间》中,作家以高昂的浪漫主义激情描写了一个被囚禁在孤岛上的革命者在暴风雨之夜,从海上出逃的故事。西班牙革命者胡安·基阿茨被囚禁在海岛上堡垒的牢房中,他渴望着自由,遥望着故乡,"期待在崇山峻岭中又闪烁着战斗的火光";他时刻准备着,一旦革命发出召唤,立刻去参加战斗。一年,两年……十年过去了,但他对自由的信念不曾动摇,他的战斗激情并未泯灭。在一个暴风雨的夜晚,海浪汹涌,狂风怒吼,他的内心像大海一样翻腾。他仿佛听到战友的呼唤,毫不犹豫地驾起一叶小舟,置生死于度外,从海上出逃。虽然他很快被惊涛骇浪吞没,但这自由的、真正生活的一瞬间抵得过苟且偷安的一生。

《火光》是一篇仅有几百字的微型小说,又是一篇优美的抒情散文,表达了对胜利、对光明的坚定信心。在航船的前方,在黑暗的山脚下,突然有火光闪烁。

它战胜黑暗,闪耀着、吸引着你,给人希望。而生活的意义就在于不断地追求、奋斗,只要抱有坚定的信念,就有希望,就能达到胜利的彼岸。作者写道:"生活总是在那阴暗的两岸之间流逝,而火光还离得很远。还要使劲划桨……可是毕竟……毕竟在前面——有火光!"这篇富有哲理、充满激情的优美散文诗在读者特别是青年中产生了很大影响,在1905年俄国大革命前夕,它被理解为革命斗争的号召书而广为传诵。

艺术特点

在题材和人物上,柯罗连科偏爱选择广袤、偏远的西伯利亚发生的事件,以及生活在这片土地上的具有鲜明个性和坚强性格的人物,如囚徒、流刑犯、流浪汉、农民、船工、车夫等等。跟随这些人物,我们走进了西伯利亚的监狱、牢房、犯人羁押站、驿站、移民村。苍莽、茂密的原始森林,勒拿河畔一望无际的雪原,稀稀落落、炊烟袅袅的木屋,飞驰的雪橇,马铃叮咚的驿车……作家以浓墨重彩描绘的一幅幅明丽画面展现在我们面前。通过这些人物,我们领略了俄罗斯人民的优秀品质和英雄性格,以及他们身上潜藏的巨大力量。柯罗连科的作品富有浓郁的异域风情和地方色彩。他把俄国作家很少描写的题材和人物引入文学,在开拓西伯利亚这块文学处女地方面,柯罗连科作出了杰出的贡献。

在创作方法上,柯罗连科主张采用现实主义与浪漫主义相结合的手法。在他的小说中,客观的真实描写常常饱含着浪漫主义元素和激情。作为现实主义作家,他非常注意观察生活,随时在记事本中纪录下他感兴趣的事物、场景和人物,作为他日后创作的素材。他笔下的人物都来自现实,都有其生活中的原型。如马卡尔的原型是雅库特州阿姆加村的农民扎哈尔·齐古诺夫,柯罗连科流放时曾住在他家。久林的原型是维特鲁加河上的一名船工,小说发表后,这名船工也名声鹊起,有些读者曾特意前往那里一睹他的风采。《索科林岛人》的素材也是阿姆加村一居民向作家提供的。柯罗连科对这些素材进行加工、提炼,不仅塑造成艺术典型,而且赋予他们以浪漫主义色彩,使其更鲜明、生动,更富有光彩。如不惧艰难险阻、一心追求自由的索科林岛的逃亡者,与风浪搏斗中一展俄罗斯人英雄本色的船工久林,危机时刻挺身救美的"凶手"西林,在暴风雨中痛快淋漓复仇的守林人罗曼,坚贞不屈,宁肯享受瞬间的自由也不愿苟且偷生的西班牙革命者……无不给读者留下深刻印象。

柯罗连科将密林、监牢、黑店、阴谋、杀人、抢劫、复仇等浪漫主义元素引入作品,从而营造出曲折离奇、引人入胜的情节和紧张、神秘的气氛。这一手法的运用在《杀人犯》中体现得最为突出。而在《林啸》中,对森林呼啸的渲染和复仇故事的描写二者结合得极为巧妙,恰如一部优美的乐曲。"这座森林的呼啸声,从来没有停息过——这声音平稳而悠远,像是从远方回荡来的隐隐钟鸣,这声音沉静而含蓄,像是没有填词的曲调,它仿佛在回忆依稀的往事。"作者以富有诗意的笔触描写了原始森林苍劲雄伟、威严凛然的图景。在这样的气氛中,老人回忆往事,讲述那段复仇故事。森林的喧嚣贯穿始终,特别是罗曼向地主老爷复仇之后,"这时候,一场真正的狂风暴雨在森林里铺开了,松林间的呼啸声纷至沓来,狂风怒吼,雷声轰鸣。"呼啸的森林既为富有传奇色彩的复仇故事提供了背景,同时传达出被压迫者潜藏的愤怒、仇恨和力量。柯罗连科总是在严峻、雄奇、森然的西伯利亚大自然的背景下,展开富有传奇色彩的故事,安置性格非凡的人物,三者互相映衬,相得益彰。

在艺术风格上,柯罗连科的小说具有浓郁的抒情美。在这方面,他是屠格涅夫传统的继承者。他的小说大多采用第一人称的叙事方法。叙述者娓娓道来,仿佛与读者面对面亲切交谈。叙述者往往是事件的目击者或参与者,与小说主人公感同身受,经历和体验着人物的喜怒哀乐。仍以《林啸》为例。老人向来访者讲述起森林暴风时的怒吼和风清日朗时的低唱,森林之王的传说,被埋葬的小娃娃的孤魂变小鸟的趣闻,哥萨克奥巴纳斯美妙的演奏和歌声,地主和罗曼的故事……老人的叙述饱含感情,富有强烈的抒情色彩,动情处慨叹不已,读者不由得也被感染了。

抒情插笔是柯罗连科经常运用的抒情手段。这种抒情插笔有时安插在小说开端,有时置于结尾。在这些段落,作者直抒情怀,大发感慨。如在《索科林岛人》结尾,逃亡者的冒险经历引起"我"无限遐想,"我"仿佛站在高高的悬崖上眺望,看到一只山鹰在天空展翅翱翔,感到自由的风吹拂着"我",不禁使我热血激荡。"我问自己,为什么这个故事铭刻在我心中,——不是因为路途的艰辛,不是因为苦难,甚至不是流浪中难以忍受的寂寞,而是自由意志的诗意?为什么从他那里我感到的是广袤与自由的召唤,大海、森林和草原的召唤?……"这里,我们听到了流放中的作家渴望自由的心声。在《嬉闹的河流》篇末,作者心潮起伏,"为什么一到这条恬静的河上,和这个质朴的,没有条理的,放荡不羁的,总是受到酗酒的痛苦折磨的摆渡人久林在一起,心情就这样轻松自由呢?……可爱的久林啊!可爱的、愉快的、顽皮的、嬉闹的维特鲁加河啊!以前我在什么地方和在什么时候见过你们呢?"这里既有作者对以前流放途中渡过维特鲁加河时的感伤回忆,又抒发了对以久林为代表的俄罗斯劳动人民的热爱之情和维特鲁加河引发的对故乡的眷恋。

柯罗连科的有些作品通篇洋溢着抒情美和音乐美,读起来心旷神怡,令人陶醉。如名篇《火光》,音调铿锵,节奏鲜明,意蕴隽永,不啻一篇优美的散文诗。《盲音乐家》也是一部抒情性极强的作品。其中对自然景色的生动描绘,特别是对春天景色的描写,可谓诗情画意,读来赏心悦目——春溪潺潺,汨汨不断;淡绿色的嫩草破土而出;草地上一片积水,宛若一泓湖水;朵朵白云,徐缓飘荡,犹如河中正在融化的浮冰;一幢幢茅舍雾霭缭绕,黑油油的田野热气腾腾;山毛榉沙沙作响,云雀啁啾啼啭……春回大地,万物复苏。春天意味着新生和希望。它象征着主人公将走向光明。小说还处处荡漾着歌声、木笛和钢琴声,那优美旋律在耳畔缭绕——时而高亢激越,时而舒缓悠扬,时而活泼欢悦,时而哀怨忧伤。《盲音乐家》堪称一部芬芳馥郁而又美妙动听的散文作品。

同屠格涅夫、契诃夫一样,柯罗连科也是一位讲究语言艺术的小说家。他博采众长,广为吸收,纯正优美的俄语,散发着乡土气息的方言俚语,富有表现力的民间语言等等,他运用起来都得心应手,恰到好处,这赋予他的作品以丰富多彩、生动活泼的语言风格。

第十二章　托尔斯泰

列夫·尼古拉耶维奇·托尔斯泰(1828—1910)是 19 世纪俄国批判现实主义文学最杰出的代表,世界最伟大的艺术大师之一。他的创作标志着批判现实主义文学的最高成就,他的三部煌煌巨著《战争与和平》、《安娜·卡列尼娜》和《复活》彪炳史册,传世不衰。列宁对他和他的艺术给予了高度评价,说这位天才的艺术家"不仅创作了无与伦比的俄国生活的图画,而且创作例如世界文学中第一流的作品"[①],称他的创作是"俄国革命的一面镜子"。高尔基则说:"不认识托尔斯泰,就不能认为自己认识祖国,也不能认为自己是个文化的人。"[②]

第一节　走向"天国"的人生旅程

托尔斯泰于 1828 年 9 月 9 日(俄历 8 月 28 日)诞生于莫斯科以南约 200 公里的图拉省城附近一座古老的贵族庄园——雅斯纳亚·波良纳。他的童年很不幸,两岁丧母,九岁丧父,由姑母抚养长大。和当时其他贵族子弟一样,小托尔斯泰是在家里接受的启蒙教育。童年时代,他就显露出特有的文学艺术天赋。1841 年,托尔斯泰举家迁居喀山。1844 年,16 岁的托尔斯泰考入喀山大学东方语文系,次年转入法律系。因对大学教育不满,他未完成学业即于 1847 年退学,又回到家乡雅斯纳亚·波良纳。

---

① 《列宁选集》第 2 卷,人民出版社,第 370 页。
② 高尔基:《俄国文学史》,上海译文出版社,1979 年,第 505 页。

一年前,托尔斯泰四兄弟和妹妹正式分家,他分得雅斯纳亚·波良纳庄园和周围几个村庄。回到故乡后,他一面制定庞大的学习计划,刻苦自修,一面经营自己的庄园,并试图改善农民的生活条件,兴办学校等等。但是,他的农事改革计划失败了,因为农民对地主老爷始终抱着不信任的态度。此种情况,他后来写进了中篇小说《一个地主的早晨》里。1851 年,托尔斯泰与哥哥尼古拉一起去高加索从军。高加索的军旅生活增加了他的见闻和感受,戎马倥偬之中,他开始进行文学创作。于是,在俄罗斯文学灿烂辉煌的星空,一颗新星放射出熠熠光辉。

1852 年,24 岁的托尔斯泰发表他的处女作《童年》,这部作品与他以后不久完成的《少年》(1854)和《青年》(1856)构成了自传性三部曲。三部曲描写贵族少年尼古连卡从童年到青年时期的生活、对周围事物的内心感受以及精神成长过程。

1853 年俄国和土耳其之间爆发克里米亚战争。次年,托尔斯泰离开高加索,前往克里米亚,参加了激烈的塞瓦斯托波尔保卫战。他在最危险的第四号棱堡担任炮兵连长,战斗中表现得异常勇敢。根据在战争中的所见所闻和切身感受,他创作了《塞瓦斯托波尔故事》(1855—1856),真实地再现了战争的本来面目,为他日后创作《战争与和平》作了准备。

军旅生活期间,托尔斯泰还创作了反映战争生活的短篇小说《袭击》(1853)、《伐林》(1855),描写贵族青年腐化堕落的短篇小说《台球房记分员笔记》(1853),中篇小说《一个地主的早晨》和《哥萨克》也在此时期开始创作。

托尔斯泰初登文坛即展现出卓越的艺术才华和独特的风格,得到文学界的好评,视他为俄国文学"新的希望",并开始把他与一些大作家相提并论。

1855 年底,托尔斯泰退伍,来到彼得堡,受到文学界的欢迎,遂被邀请为进步杂志《现代人》的撰稿人。

1856 年托尔斯泰完成了三部曲的最后一部《青年》,同时还发表了中篇小说《一个地主的早晨》、《两个骠骑兵》和短篇小说《暴风雪》。

1857 年托尔斯泰第一次出国旅行,先后访问了法国、瑞士、意大利和德国。期间,他留心考察西欧的社会生活,目睹了资本主义社会的种种丑恶现象,对资产阶级文明大失所望。这种厌恶情绪反映在他此间创作的短篇小说《卢塞恩》(1857)中。

50 年代末,随着农奴制改革日益提到日程,俄国思想界、文学界的矛盾和斗争也愈加激烈,《现代人》杂志周围的作家形成明显对立的两大阵营——民主派和自由派。由于托尔斯泰此时还站在贵族立场上,所以在两派的文学论争中,他倾向于贵族自由派,并于 1859 年与屠格涅夫等人离开《现代人》,而与"纯艺术论"者、自由派的代表人物德鲁日宁接近。

"纯艺术论"的美学思想给托尔斯泰的创作带来损害。他的创作偏离时代和社会的重要问题,而且数量很少,只写了几篇探讨抽象的生与死(《三死》)、幸福与痛苦(《家庭幸福》)和艺术美(《阿尔伯特》)的小说,在评论界和读者中反映冷淡。他心灰意冷,甚至一度想放弃写作。他的创作暂时陷入低潮。

灰心失望之际,托尔斯泰回到故乡,把主要精力集中在办教育上。他认为,要彻底解决俄国农村贫穷落后的问题,要消除阶级的对立,当务之急就是普及国民教育。为此,他创办了农民子弟学校,亲自为孩子们编写启蒙课本和读物,还发行教育杂志《雅斯纳亚·波良纳》。为了办好教育,托尔斯泰于1860年第二次出国访问,考察欧洲各国的教育情况。

在国外访问期间,托尔斯泰得知农奴制改革的消息。对沙皇政府实行的这次改革,他持否定态度,对遭受掠夺和剥削的农民深表同情。1861年回国后,他担任了地主和农民之间的调解人。当双方发生争端时,他常常站在农民一边,竭力维护农民利益,因而引起贵族地主的"切齿痛恨"。不久,他只好提出辞职,全力以赴投入教育事业。

1862年9月,托尔斯泰同索菲亚·安德列耶夫娜·贝尔斯结婚。婚后的幸福生活给他带来欢乐、平静和安谧,他的创作激情重又燃烧起来。这一年,他几年前开始创作的《哥萨克》(1862)竣稿,还完成了以农民生活为主题的中篇小说《波里库什卡》(1862)。从此,他的创作进入全盛时期,一部部辉煌巨著相继问世,汇成波澜壮阔的艺术长河。

50年代末60年代初,是俄国社会的大转折时期,在这历史关头,每个阶级都在关注着自己的命运。托尔斯泰作为一个贵族作家,同样在思考着贵族阶级的命运和前途。同时,关于俄国人民的历史作用问题,也是当时思想界探讨的重要议题。托尔斯泰在克里米亚战争中亲眼目睹了人民群众的巨大力量、爱国热情和英雄性格。正是这样的人民,在1812年卫国战争中挺身拯救了祖国,书写了俄国历史的光辉篇章。托尔斯泰想通过对1812年那场全民动员、团结一致、共同御敌的伟大卫国战争的研究,来探讨贵族阶级与人民的关系、作用和命运,力图从中给自己的阶级、给俄国社会指明一条出路。从这一愿望出发,托尔斯泰开始了一部长篇小说的构思,从1863—1869年经过六年的辛勤劳动,终于完成了世界文学中的不朽巨著——《战争与和平》。

托尔斯泰完成《战争与和平》之后,就进入了社会急剧变化、充满尖锐矛盾的70年代。农奴制改革后,旧的制度迅速瓦解,资本主义迅猛发展,农村自然经济崩溃,农民贫穷、破产。资本主义给农民带来更深重的苦难。作为一个伟大的艺术家,托尔斯泰决不会站在时代的大门之外,成为现实生活的冷漠旁观者。相反，改革后俄国社会的巨大而深刻的变化引起了他的极大关注和焦虑，加强了他对社会问题的探索。因此，在创作方面，他必然从历史题材转向当代社会生活题材。

正是在这样的背景下，托尔斯泰于1877年完成了他的第二部长篇小说《安娜·卡列尼娜》。这部作品反映了作家对农奴制改革后一系列社会和道德伦理问题的思考。与60年代的作品相比，我们看到，在这部小说中，托尔斯泰对贵族阶级的批判大大加强了，对资本主义势力的抗议更加激烈，对日趋贫穷、破产的农民更加同情。主人公列文的农事改革和失败，他的紧张、痛苦的思想探索，都折射出作家本人对农民问题和地主与农民的关系的关注和忧虑，对贵族阶级（包括作家自己）何去何从的沉思和困惑。这一切说明托尔斯泰思想矛盾的加剧，预示着他世界观的激变即将发生。

1879—1880年俄国发生全国性大灾荒，农民的处境苦不堪言，阶级矛盾激化，农民运动风起云涌，革命形势空前高涨。托尔斯泰密切关注着国内形势的发展，而最引起他忧思的是人民的悲惨境况。他深入到人民中间访贫问苦，参观监狱和兵站，参加人口调查，广泛接触底层人民，了解社情民意。他对无权百姓所遭受的苦难痛心疾首，对剥削阶级的骄奢淫逸有了进一步认识，对自己的不劳而获的寄生生活深感罪恶、可耻。这一切在他的思想中引起了激烈的斗争，他决心与他出身的贵族地主阶级彻底决裂。这样，托尔斯泰经过长时期的、执著的思想探索，终于完成了世界观的突变。他在这个时期写的《忏悔录》(1878—1880)中对世界观的转变过程作了详细叙述。

托尔斯泰与贵族地主阶级决裂，转到宗法农民的立场上，成为宗法制农民思想情绪的表达者。此后，他在自己的言论和创作中，一方面对沙皇专制制度给予猛烈抨击和彻底否定，另一方面又极力鼓吹"道德自我完善"和"不以暴力抗恶"思想。他的思想和创作中的矛盾，既反映了几个世纪以来受压迫的农民对旧制度的强烈仇恨、愤怒反抗和对美好生活的渴望，同时也反映了他们政治上不成熟和革命的软弱性；既表现了农民运动的威力，也表现了它的弱点。所以说，他的学说——"托尔斯泰主义"是反映1861—1905年俄国资产阶级革命准备时期宗法制农民的种种矛盾的一面镜子。

托尔斯泰世界观的转变对他以后的艺术创作、生活方式和家庭关系等都产生了很大影响。

他坚决否定贵族地主阶级的特权，无情谴责以前的寄生生活，他表示："必须不过寄生生活，而去过真正的生活。……人一生的任务就在于拯救自己的灵魂。为了拯救自己的灵魂，必须按照上帝的意旨生活……必须抛弃生活中的一切享乐,要劳动,驯服,忍耐,有怜悯心"①。托尔斯泰按照新的信仰改变着自己的生活方式和习惯。他辞退了贵族的一切社会职务,财产和家务皆由妻子全权处理,自己不再过问;他戒酒戒烟,不吃肉,只吃素食;他清晨即起,挑水、劈柴,参加田间劳动,帮助穷苦农民耕种收割,在乡间田头经常看到"穿着农夫粗布衣裳的俄罗斯伯爵"和"扶犁耕耘的艺术家"(柯罗连科语)。——他像农民一样过着简朴的生活。

托尔斯泰新的生活原则与妻子和其他一些家庭成员的传统观念发生了冲突,特别是与妻子的分歧越来越大,关系日益疏远、冷漠,他在自己家里感到孤独、郁闷、痛苦。于是,离家出走的念头一天天强烈起来。

托尔斯泰世界观的转变同样深刻影响了他80、90年代的艺术创作。在他后期的创作中,最突出的特点,一是人民性大大加强了,普通劳动者的形象及其生活在他的作品中占有愈来愈重要的地位;二是现实主义的批判力量空前加强,同时他思想上的矛盾和弱点也表现得更加明显。

这一时期,他特别热中于民间文学的搜集、整理,从中吸取艺术营养,并创作了许多人民喜闻乐见的民间故事,不过这些故事渗透着顺从、容忍和不以暴力抗恶的宗教思想。他还写了一些反映人民生活和要求的戏剧,如《黑暗势力》(1886)、《教育果实》(1891)等。尤其在小说创作方面,他依然激情奔涌,笔力遒劲,硕果累累。他连续发表了抨击私有制的中篇小说《霍尔斯托梅尔》(1885),反思人生意义和目的的《伊万·伊利奇之死》(1884—1886),批判资产阶级婚姻、家庭关系的腐败和虚伪的《克莱采奏鸣曲》(1891),揭露沙皇暴政、赞扬山民真诚豪爽、坚强不屈的《哈吉穆拉特》(1904)等,尤其是完成了对沙皇专制的政治和经济制度进行全面否定、标志着俄国批判现实主义高峰的长篇杰作——《复活》。

在托尔斯泰的晚年创作中,政论占有重要地位。作家满怀正义,抨击时弊,声讨腐恶,揭露官方教会,抗议专制暴政,笔锋犀利,如匕首投枪,直指要害。这一篇篇檄文被沙皇政府视为洪水猛兽而屡遭查禁、围剿,托尔斯泰本人也引起统治者的切齿痛恨。1901年,官方教会以"邪教徒"、"叛教分子"等罪名革除了他的教籍。

托尔斯泰的世界观转变后,一直在鼓吹放弃个人财产和特权,努力实行平民化。然而,他和他的家庭依然在原来的贵族地主的优越环境中,过着安逸、奢侈的生活,他为没有彻底实行自己的学说而深感痛苦自责,寝食不安。他几次想离家出走,但总是犹豫不决。他不能再这样踟蹰不前,为了"拯救自己的灵魂",他

---

① 《忏悔录》,《托尔斯泰文集》第15卷,人民文学出版社,1989年,第56页。

决心冲出家庭这座"没有栅栏的监狱",融入平民百姓之中,去过他向往已久的简朴生活——即"按照上帝的意旨生活"。这才是他的精神家园,才是他理想的"天国"。

于是,1910年10月28日凌晨,82岁高龄的托尔斯泰悄悄离开了他生于斯长于斯的雅斯纳亚·波良纳庄园,去寻找他理想的"天国"。但是,不幸途中偶染风寒,结果于11月7日晨病逝于一个小车站,从而结束了他辛勤的文学创作、紧张的思想探索、执著于平民化道路的一生。

第二节 中短篇小说

同许多作家一样,托尔斯泰的文学道路是从中短篇小说创作开始的。虽然给他带来世界声誉的是他的长篇巨制,但中短篇小说小说创作始终贯穿他整个文学生涯,不仅题材广泛,直面生活,而且在某些方面较之其长篇小说更直接、更明显地反映了他的思想观点及其矛盾,所以说,这是他的文学遗产中不可忽视的一部分。

托尔斯泰的中短篇小说题材可归纳为以下几类。

一、战争小说

1851年托尔斯泰赴高加索从军,这段军旅生活为他的小说创作提供了丰富的素材,于是描写战争和军队生活的"高加索故事"诞生了。短篇小说《袭击》记述了一次俄国部队袭击高加索山民的战斗经过。志愿兵"我"作为叙事者以敏锐的目光观察和透视了军官们在战斗中的不同表现和不同心理:朴实真诚,没有豪言壮语,但在战斗中却沉着镇定的大尉赫洛波夫;爱慕虚荣、装腔作势、故意炫耀"骑士派头"的中尉罗森克兰茨;天真纯朴,阅历浅薄,以罗曼蒂克的目光看待战争,第一次参加战斗就无畏牺牲的年轻准尉阿拉宁等等。作家一面用诗意的笔调描绘高加索奇异壮丽的自然景色,一面又以写实手法真实地表现了战争的流血和死亡,两相对照中,作家不禁感叹道:"难道在这迷人的大自然中,人的心里能够留存愤恨、复仇或者非把同胞灭绝不可的欲望吗?人的心里一切不善良的东西,在接触到大自然,这般直接体现了美和善的大自然的时候,似乎都应该荡然无存啊。"在这感叹中,我们听到了作家对沙皇政府镇压山民的谴责和反战的呼声。《伐林》则聚焦于普通士兵,分析了各类士兵的特点,刻画了一系列士兵的形象,如正直、厚道、诚信的韦连丘克,作战勇敢但性情古怪、嗜酒贪杯的安东诺夫,天性乐观、风趣幽默的快活人奇金,温和善良、助人为乐的老兵日丹诺夫等。

作者写道:"在真正的俄罗斯士兵身上,您永远不会看到吹牛、蛮干,危险临头时发愁、急躁;相反,他们性格的特征却是谦逊、纯朴,能把危险置之度外,而从中看到完全别的东西。"这样的士兵同那些领取双薪却贪生怕死,怀着追名逐利、捞取勋章的卑劣目的来到高加索的贵族军官形成鲜明对照。通过对比,作者表达了自己的道德褒贬。

在托尔斯泰的早期战争小说中,根据其参加克里米亚战争的亲身经历和见闻写成的《塞瓦斯托波尔故事》占有重要地位。它包括三篇具有特写风格的小说:《12月的塞瓦斯托波尔》、《5月的塞瓦斯托波尔》和《1855年8月的塞瓦斯托波尔》。第一篇描写了塞瓦斯托波尔保卫战初期激战的情景。这里没有描写个别人的遭遇,而是塑造了塞瓦斯托波尔保卫者集体的英雄群像。这些没有姓名的普通士兵朴实、乐观、英勇、顽强,在枪林弹雨中,沉着坚定,从容不迫;面对流血牺牲,处之泰然,视死如归。是什么力量和精神鼓舞着他们呢?作者指出:"这原因就是俄国人心里的一种羞涩的、难得形诸于色的,但是藏在每个人心灵深处的感情——对祖国的爱。"本篇歌颂了俄国普通士兵的崇高的爱国主义和英雄主义精神,而在《5月的塞瓦斯托波尔》中则谴责了贵族军官的自私、虚荣和怯懦。士兵们在为保卫祖国浴血奋战,而贵族军官孜孜以求的却是借战争升官发财。作者一针见血地揭露了他们的卑鄙心理:"他们中间每个人都是小拿破仑,都是小魔鬼,只是为了多添一颗星或是多拿三分之一的薪金,他们愿意立刻挑起一场战斗,杀死上百个人。"上尉米哈伊洛夫、副官卡卢金、加利钦公爵等都是此类人物。最后一篇《1855年8月的塞瓦斯托波尔》围绕着科泽尔佐夫兄弟的战斗经历描写了塞瓦斯托波尔保卫战最后的战斗情景。经过一番激战,城市失守,战士们怀着沉痛、愧疚的心情撤离了他们英勇奋战、撒遍鲜血的英雄城,并表示了收复失地的决心和信心。

《塞瓦斯托波尔故事》在《现代人》上发表后,得到涅克拉索夫的好评,他在给作者的信中写道:"这正是俄国社会目前所需要的东西:真实——果戈理死后俄国文学中残留得那样少的真实。"①托尔斯泰不仅不回避战争的流血和死亡,真实地再现了战争的残酷性,而且刻画了战争中人物的不同性格,深入剖析了他们的精神面貌和心理活动,从而开创了描写战争的现实主义传统。托尔斯泰的早期的战争小说,特别是《塞瓦斯托波尔故事》为他日后创作《战争与和平》积累了艺术经验。

40年之后,托尔斯泰又回到了高加索战争这一主题。从1896年至1904

---

① 转引自贝奇柯夫:《托尔斯泰评传》,人民文学出版社,1981年,第41页。

年，作家断断续续写了九年，其间十易其稿，在垂暮之年，完成了最后一部中篇小说《哈吉穆拉特》。虽然这部作品反映的也是沙俄军队镇压高加索山民的事件，但不论就其展现的社会生活的丰富性，还是就其主题思想的深刻性，都远远超越了早期的战争小说。

小说塑造了高加索的不同凡响的山民领袖哈吉穆拉特的复杂形象。哈吉穆拉特是反抗沙俄压迫的伊斯兰教缪里德运动的积极拥护者和参加者，是教派领袖沙米尔手下的一员骁将和山民拥戴的州长，因为与沙米尔结下私仇，于是他投奔俄国，欲借重沙俄的军队对沙米尔进行报复。仅仅为了一己私利即背叛民族解放运动，哈吉穆拉特的行为是应否定和谴责的，他是不值得同情的。但随着托尔斯泰思想的变化，他对哈吉穆拉特的态度也由鄙视逐渐转为肯定，特别是出于他对专制暴政——不论是沙皇尼古拉的欧洲式的暴政还是沙米尔的亚洲式的暴政——的痛恨，他便按照自己的道德原则，将哈吉穆拉特塑造成一个不畏强权、富有反抗精神的艺术形象，通过他的悲剧对沙皇的专制暴政发出声讨。

令托尔斯泰赞赏的是哈吉穆拉特的那种没有被"文明"所污染的山民的自然本色：朴实真诚，勇敢豪爽，桀骜不驯，坚强不屈。他虽然归顺沙俄，但他不卑不亢，始终保持着自己的尊严和个性，不甘做任人摆布的奴才；他热爱自己的家乡和人民，时刻为亲人的命运担忧，一旦发现自己受骗上当，俄军无意助他复仇的时候，即毅然逃离，结果遭到俄军的追杀，英勇战死。小说中作家热情赞美那棵被车轧过，伤痕累累，但依然顽强挺立的牛蒡花，这牛蒡花是蓬勃生命力的象征，是不屈不挠的哈吉穆拉特的象征。

托尔斯泰给哈吉穆拉特的形象增添了一轮英雄主义的光环，而给沙皇尼古拉一世及其官僚、亲信、佞臣涂上了可笑的讽刺色彩。在作家笔下，俄国大小官僚从下至上，直到高加索总督沃龙佐夫、陆军大臣切尔内绍夫等，无不是骄奢淫逸、权欲熏心、阿谀逢迎、投机钻营之徒。作家还将矛头直指最高统治者尼古拉一世，塑造了俄国文学史上第一个专制暴君的鲜明的讽刺形象。小说突出描写了他那"扁平的额头"，"长长的大白脸"，"冰冷和呆滞"的表情，"昏沉的眼睛"，"发直的、毫无生气的目光"，活现出一副专横暴虐、冷酷无情而又昏庸无能的嘴脸。他凭着"残忍的、疯狂的、不正当的最高统治者的意志"发号施令，命令在高加索推行砍伐森林、烧光房屋、毁灭粮食的计划；他怀着对波兰人民的刻骨仇恨，判处一个波兰学生一万二千下鞭刑，他明明知道这比死刑更残酷，却假惺惺批示"我们没有死刑，并且我也不愿意使用死刑"；他指示对那些骚动的农民通通"按军法从事"……沙皇的黩武主义和专制暴政给人民带来深重灾难。按照沙皇的既定政策，俄国军队洗劫了高加索的一个山村，烧杀抢掠，村民萨多家破人亡；俄国农民被迫应征入伍，而"当兵就等于死"，许多士兵被战争夺去了生命。阿夫杰耶夫即是一例；战争使生灵涂炭，小说中一个人物道出了战争的残酷的真相："战争！什么战争啊？一句话，全是刽子手。"通过这些情节，托尔斯泰鞭挞了沙皇的专制暴政，谴责了这场毫无意义的战争。

二、思想探索小说

思想探索是贯穿托尔斯泰整个创作的重要主题。踏上文学之路伊始，这一主题就引起他的浓厚兴趣，他连续创作了三部曲《童年》、《少年》、《青年》以及《一个地主的早晨》、《哥萨克》等小说，反映了作家早期的思想探索和道德思考。

三部曲描写了主人公尼古拉·伊尔杰尼耶夫从童年到青年时期的生活和精神成长过程。这一形象具有自传性质，再现了托尔斯泰早年生活和思想的某些特征。尼古连卡生活在优越、安逸的贵族家庭，父母关爱，仆人呵护，娇生惯养，沐浴在童年的幸福和欢乐之中，不知道贫穷和愁苦的滋味。他天真善良，富有同情心，怀着一颗爱心对待周围的人。不过，贵族阶级的习性已在他身上明显表现出来。他认为得到仆人的照顾、侍候是天经地义的，丝毫没有感到有什么不平等。尼古连卡敏感，爱观察思考，好自我分析。现实生活的种种印象呈现在他面前，他逐渐发现，周围世界还普遍存在着伪善、冷酷和丑恶，人与人的关系并不是他想象的那么和谐和友爱。在《童年》中，作家怀着对童年的深情回忆，以细腻、动人的笔调描写了一个儿童的生活，他对周围世界的感受，他的心灵成长和性格的逐步形成。

尼古连卡离开彼得罗夫斯克庄园，踏上去莫斯科的路程。从此，他告别了童年时代，步入少年时期。《少年》继续描写主人公性格的进一步发展和他的意识觉醒。莫斯科之行使他第一次接触到贵族庄园以外的世界，增长了见识。一路上他看到形形色色的陌生人——女巡礼者、农夫、农妇、马车夫、店主等，这些人与庄园里那些对主人毕恭毕敬的农奴不同，他们对伊尔杰尼耶夫一家视为陌路，甚至连看都不看一眼。更令他震惊的是那个在滂沱大雨中跟着他们的马车奔跑的衣不遮体的老乞丐，为的是得到一个可怜的铜板。在马车上家庭教师的女儿卡坚卡对他说："你们富——有彼得罗夫斯克，我们穷——妈妈什么也没有。"而这是他从来没有想到的。他看到，世界上还有另外一些人，过着与他们一家完全不同的生活，他第一次认识了以前他从未意识到的社会真相：贫与富的两极对立。这是他精神发展的一大进步。这一进步引起了他对自己、对生活、对他接受的传统观念的深思。

《青年》记述伊尔杰尼耶夫对生活的新的体验，特别是他的大学生活。与涅赫留多夫公爵的友谊对他的精神成长有很大影响，使他对人生、对生活的目的有了新的看法。他确信人类的使命在于力求道德完善，这样就可以"使全人类改邪归正，消灭人类的一切罪恶和不幸"。于是他把"道德自我完善"作为自己的人生目标。在大学同学中，他观察到了社会阶级的分野：一方面是养尊处优、傲慢虚伪、不学无术的贵族少爷，另一方面是顽强正直、勤奋好学、充满青春活力的平民子弟。后者赢得了他的好感和敬佩，而对贵族阶级优越性则产生了怀疑。他不满意自己，对自己的贵族阶级偏见感到懊悔，他的自我分析加强了，道德更新的要求更迫切。托尔斯泰拟定在第四部《青春》中继续描写伊尔杰尼耶夫的思想探索和精神发展，但这一构思未能实现。伊尔杰尼耶夫是作家塑造的思想探索者的第一个形象，之后，他演化为各种不同的追求道德自我完善的忏悔贵族，从而构成了最引人注目的探索主人公形象画廊。

创作三部曲时，托尔斯泰还完全站在贵族地主的立场上，他虽然描写了贵族生活的空虚和道德的伪善，表现出对贵族社会的批判态度，但他美化了地主庄园生活，给它涂上浓重的田园诗般的色彩。他一方面表现了普通人民的真诚、无私、朴实的高尚品德，但同时又特别赞美仆人的容忍、顺从、自我牺牲的奴性心理和宗教情感。此外，托尔斯泰笔下的主人公那种自我剖析、批判，道德自我完善等性格特征已显现出来，他思想中的保守观点已初露端倪。

较之三部曲，思想探索主题在《一个地主的早晨》中表现得更深刻。主人公力图探索在农奴制度下改善农民生活、调和地主和农民的关系的道路，在解决现实生活的矛盾中寻找道德自我完善的途径。年轻的涅赫留多夫公爵心中充满一个信念："爱和善即是真实和幸福。"在这一信念的鼓舞下，他认为"既快乐又高尚的工作"就是帮助农民摆脱贫困，使他们富足，受教育，纠正恶习，提高道德。这是任他驰骋的广阔天地，是他灿烂、幸福的前程！于是他怀着这样的"崇高、光辉"的理想，毅然中断大学学业，来到他的田庄，决心为农民行善，做个"好东家"。

涅赫留多夫深入农家，访贫问苦。目睹农民的贫穷境况，他心情沉重，"仿佛想起自己犯下了什么无法赎补的罪过而痛苦不堪"。他抱着一种赎罪的心理，广行善举，施舍财物，救济穷人，想方设法减轻农民的负担，改善他们的生活。但是，令他惊异和不解的是，他的诚心和善意得不到农民的信任和理解，他们对农事改革极为冷淡。问题在于，他虽有行善的热情，但他认识不到千百年来农奴制度所造成的农民和地主之间的矛盾是不可调和的，农民对地主始终抱有敌视、怀疑和戒备心理，认为老爷们的任何计划、措施、办法都是圈套和欺骗，都是对农民的掠夺。另外，他的慈善行为，主要是出于赎罪的愿望，想寻求良心上的安慰和个人的幸福。他还认识不到，要改善农民的境遇，就必须彻底消灭农奴制度，把土地交还给农民，而不是靠地主老爷的道德良心和"鸡零狗杂"的慈善行为。一年多过去了，涅赫留多夫的事业毫无成就，农民依然贫穷，他不但没有体验到幸福,心中反而交织着疲倦、羞惭、无奈和懊恼。他的希望破灭了。此时,他不由地羡慕起那个怡然自得、赶着大车在各城市之间自由来往的赶脚的青年农民伊柳什卡来,脑海里产生了一个念头:"为什么他不是伊柳什卡啊!"在这里,托尔斯泰的"平民化"思想初次显示出来。

《一个地主的早晨》的另一艺术成就是创造了一系列农民的形象,如勤劳、自信,但却挣扎在赤贫中的伊万·丘力斯,年轻力壮、头脑诡诈、被主人称为"无赖、懒汉"的怪人尤赫万卡,既不愿为老爷也不愿为自己干活、终日昏昏欲睡的达维德卡,善于经营的、殷实富裕的杜特洛夫等等。尽管他们境遇不同,性格各异,但有一种共同的态度——那就是对地主老爷的怀疑和潜在的敌意。通过这些艺术形象,作家真实地描写了农民的生活、情感、心理和对事物的看法,揭示了地主和农民的不可调和的利益和横亘在他们之间的不可逾越的鸿沟。

这篇小说是托尔斯泰根据自己的亲身经历创作的,反映他这一时期对农民问题的关注和思考。小说得到车尔尼雪夫斯基的好评,但可惜没有写完。

"平民化"问题在《哥萨克》中得到进一步探讨。小说的情节与普希金的长诗《茨冈》相似。贵族青年奥列宁对城市上流社会空虚无聊的享乐生活感到厌倦,于是离开彼得堡,到高加索从军,希望在新的生活中找到心灵的慰藉。生活在高加索雄伟壮丽的大自然的怀抱里,与勤劳淳朴、勇敢剽悍、自由自在的哥萨克在一起,奥列宁感到心胸开朗、快乐幸福。特别是那个饱经沧桑、豪爽乐观、与大自然融为一体的老猎人叶罗什卡对他产生了很大影响。他的精神得到了净化,他开始思考生活的意义:"应当怎样生活呢?为什么我以前是不幸福的呢?……为什么我现在是幸福的?以前我为什么而生活?"他豁然顿悟,认识到幸福的真谛"是爱,是自我牺牲"和"为他人而生活"。根据这一新的见解,他回忆并重新审视了自己以前"醉生梦死的生活",批判自己的利己主义,为自己的过去而羞愧。于是产生了更新自我、改变生活的念头:扔掉一切,加入哥萨克籍,娶一个当地姑娘,和哥萨克一起打猎、捕鱼、出征。但是,奥列宁的贵族的劣根性未除,没有摆脱根深蒂固的阶级偏见和习性,这使他在哥萨克心目中始终是一个"外来人"。不久,他爱上了哥萨克姑娘玛丽亚娜,他的自私本性又暴露出来,刚刚建立起来的生活信念又崩溃了。他疑惑地反问道:"为他人而生活,做善事!为了什么?"他说他心里"只有对自己的爱和只有一个愿望——爱她",他不再爱别人,不会为别人"祈求幸福",认为"自我牺牲——这都是胡扯和荒谬。"他不能与哥萨克休戚相关,命运与共,他的爱情遭到玛丽亚娜的拒绝,哥萨克对他也表示冷淡,最后他只得离去,重新回到贵族上流社会。奥列宁既没有获得新的生活,也没有得到精神上的更新,他的思想探索无果而终。

这篇小说的重要意义在于:托尔斯泰第一次尖锐地提出了从贵族社会"出

走",与贵族阶级决裂的问题,表现了返回大自然和走平民化道路愿望。奥列宁思想探索的失败表明,作家对"出走"到何处去、如何走平民化道路,还不甚明了;他在被他理想化了的哥萨克社会中寻找这条道路,是不现实的。托尔斯泰仍在积极地求索着。我们知道,后来他在俄国宗法制农民中间找到了平民化的道路。

三、社会批判小说

托尔斯泰的现实主义的光辉和力量首先体现在它的暴露性和批判性上。他的中短篇小说矛头直指社会现实,剔肤见骨,直达本质。随着70年代末他的世界观的转变,他的笔锋更加尖锐犀利,同时,他世界观中的弱点、他的道德说教也表现的愈加明显。

《卢塞恩》是托尔斯泰1857年第一次访问西欧时创作的唯一的短篇,其中心思想是否定资产阶级文明。作者叙述了在瑞士旅行时目睹的一件小事:在风景秀丽的卢塞恩小城,傍晚传来阵阵悠扬悦耳的歌声。一个矮小瘦弱的流浪歌手在街头卖唱,听众中有很多富有的绅士。艺人一首歌一首歌地唱下去,但当他拿着帽子向听众讨钱时,竟没有一个人肯给一个小钱,反而对他指手画脚,冷嘲热讽。这在欧洲或许是一件司空见惯的小事,但作者认为它比"报章和史籍所记载的事实更重大、更严肃,并且具有深远的意义",因为它透视出资本主义社会自由、平等、博爱口号的虚伪和人与人之间的关系的冷漠无情。作者愤怒地质问道:"你们这些自由、博爱的民族的儿女⋯⋯怎么能用冷酷和嘲笑来回答一个求乞的不幸者给你们的那种纯洁的快乐呢?"怎么"没有人类的恻隐之心呢"?他进而对资本主义社会制度给以猛烈抨击:"你们的共和国真是个糟透了的共和国!⋯⋯这就是你们的平等!"托尔斯泰批判了资本主义文明的弊端,同时也否定了资本主义相对的历史进步性。他揭露了社会的丑恶现象,却又认为人是"不幸的可怜虫",无力分辨善恶,也无法改变世间的邪恶,唯一的"永不犯错误的指导者"是"主宰全世界的神明"。托尔斯泰从清醒的现实主义和愤怒的揭发批判最后又走向了向"精神"呼吁。

1861年托尔斯泰第二次出国旅行期间听到了废除农奴制的消息,途经布鲁塞尔时创作了中篇小说《波利库什卡》,两年后发表。小说讲述了一个令人心酸的故事:农奴波利库什卡沾染上酗酒和偷窃的恶习,名声狼藉,备受歧视,生活饥寒交迫。但在女主人的道德规劝、开导下,他决心痛改前非,重新做人。一次,女主人派他进城去取一笔款子,他为得到主人的信任而自豪,在种种诱惑面前,他不为所动,决心不负重托,完成主人交给的差使,以证明自己的诚实和尊严。可是,鬼使神差,不慎将钱丢失,波利库什卡无法向主人交代,只得悬梁自尽。

波利库什卡是农奴制度的牺牲品。他的贫穷、奴性乃至酗酒、偷窃等恶习，归根结底都是农奴制压迫所造成的。要彻底改变农民的贫困境遇，要使他们摆脱恶习，就必须消灭罪恶的农奴制度。而像小说中所描述的那样，"善良"的女地主用小恩小惠（如免除兵役）来改善农民的命运，用福音教义劝戒使他们道德更新，那其实是作家的道德说教，是在鼓吹他的救世药方。尽管波利库什卡想悔过自新，想以诚实不欺来证明自己经受得住人性的考验，但最终仍未逃脱悲惨的结局。这表明，在农奴制度下，农民是不会有好命运的。

小说通过波利库什卡的悲惨遭遇，提出了金钱罪恶的问题。波利库什卡丢失金钱，他的自杀，以及之后婴儿的死，妻子的发疯，这一连串的灾祸都是"金钱魔鬼"招致的。那笔钱失而复得后，女地主也感受到它的不祥："这是一笔可怕的钱，它惹出了多少事啊！"主人如同害怕瘟神一样拒不接受，将它送给杜特洛夫。夜间，杜特洛夫梦魇缠身，化身为波利库什卡的恶魔出现在他面前，想要掐死他。"唉，钱呀，钱呀，许多罪恶都是它造成的！"——杜特洛夫说。农奴制废除后，资本主义金钱势力必将大行其道，横扫一切旧的经济、社会关系，给人民带来新的苦难。尽管托尔斯泰对这个新出现的资本主义敌人不甚理解，但他第一次在自己的创作中提出了金钱万恶的主题，显示了这位作家—思想家的敏感。屠格涅夫对这篇小说的震撼人心的力量非常惊异，连呼："巨匠，巨匠！"

中篇小说《霍尔斯托梅尔》进一步揭露了贵族地主、资产阶级自私的本质。早在1856年托尔斯泰就想写一篇以马为主人公的小说，可是1861年方着手创作，两年后完成，后来又作了重大修改，1886年才正式发表。

小说以拟人化的手法描述了一匹马坎坷的一生。花斑骟马霍尔斯托梅尔饱经沧桑，它被卖来卖去，任人驱使，受尽折磨，不幸、苦难伴随它一生，从一匹体态健美、快步如飞的骏马变成了瘦骨嶙峋、伤痕累累、衰弱无力的老马。花斑骟马从丰富的阅历中体验到了世态的炎凉和人类的自私本性，它终于明白，人们拼命追求的是"把尽可能多的东西叫做自己的"，津津乐道的是"我的，我的，我的"，这种贪得无厌的占有欲"不过是人称之为所有感和所有权的那种人类的低级的、兽性的本能罢了"。这里，作者通过马的沉思无情揭露了剥削阶级的丑恶面目，抨击了私有制的罪恶。小说还将霍尔斯托梅尔与骠骑兵军官谢尔普霍夫斯克伊的两种截然不同的生活作了对比。前者的一生是在艰苦的劳动中度过的，他把自己所有的一切奉献给了为人们服务，它是劳动人民的象征，体现了他们的优秀品质。而后者则在挥霍无度、吃喝玩乐中虚度光阴，他腐朽堕落的生活毫无意义。两种生活的鲜明对比进一步加强了作品的批判力度。

1903年创作、1911年发表的《舞会之后》是托尔斯泰晚年的短篇珠玉之作。它是根据作家的哥哥谢尔盖·托尔斯泰在喀山大学就读时的一段经历写成的。

小说以40年代尼古拉一世统治时期为背景,暴露了统治者的虚伪和残暴,矛头直指沙皇专制暴政。主人公瓦西里耶维奇爱上了Б上校的女儿瓦莲卡,舞会之后,他陶醉在幸福之中,对生活"充满了爱"。清晨,他信步来到上校家,在门前广场上,可怕的一幕映入他的眼帘:一队士兵正在用夹鞭刑惩处一个士兵,受刑人被打得皮开肉绽、鲜血淋淋。出乎他意料的是,指挥这次酷刑的竟是Б上校。乐曲悠扬、舞姿翩翩的舞会转瞬之间变成了残暴的、血淋淋的酷刑场面;舞会上那位仪表堂堂、神采奕奕、亲切和蔼的父亲与刑场上恶狠狠的、凶相毕露的刽子手判若两人;主人公的幸福快乐心情旋即被厌恶痛苦之感代替。急转直下的情节,场景气氛的巨大反差,主人公心绪的急剧变化,这些构成强烈对比的艺术手段大大增强了作品的戏剧效果和艺术感染力。

四、婚姻、家庭小说

托尔斯泰的中短篇小说不仅直击诸如农奴制度的罪恶和农民的悲苦命运、地主与农民的不可调和的矛盾、资本主义"文明"和金钱势力、专制暴政等迫切的社会问题,而且涉及这个社会的道德基础——爱情、婚姻、家庭问题。早年创作的《家庭幸福》和晚期的《克莱采奏鸣曲》、《魔鬼》是一组以爱情、婚姻、家庭为主题的小说,作者揭示了畸形的两性关系所潜藏的道德危机和给婚姻、家庭、社会造成的巨大危害。

《家庭幸福》的叙事者、女主人公玛丽娅以第一人称的口吻讲述了婚姻、家庭生活和夫妻之间感情的变化。玛丽娅爱上了比他大20岁的监护人谢尔盖·米哈伊雷奇,婚后,夫妻二人在庄园里过着平静、幸福的田园生活。可是,彼得堡的一次旅行完全改变了他们的生活。上流社会的享乐、浮华、虚荣的社交生活玷污了玛丽娅纯洁的感情,她沉溺其中,乐不思蜀。从此,夫妻之间感情淡漠,彼此隔膜,心灵之间仿佛横着一条无形鸿沟。虽然最后女主人公又回到乡间的家庭生活,但往日的爱情"变成了一种宝贵的、不能复返的回忆"。小说表现了贵族上流社会生活对人的腐蚀作用和"家庭幸福"的致命危害。

《克莱采奏鸣曲》较之《家庭幸福》更贴近现实,揭露更深刻。作者通过其代言人、主人公波兹内舍夫的口以辛辣、尖刻的语言愤怒抨击了建立在肉欲基础上的荒淫无耻的两性关系,暴露了贵族资产阶级的婚姻、家庭中的虚伪、污浊和丑恶。那些老爷们出入青楼妓院,寻欢作乐,过着荒淫无度的生活,他们却认为这是正常的,有益于健康的。而"为民操劳的政府"和拿着官俸的医生还"制定出一套实行正确的、井然有序的淫乱的办法"。"女人不过是供男人玩乐的工具":小姐们是婚姻市场上任人挑选的商品,做父母的甚至高高兴兴地把女儿嫁给患梅毒的好色之徒；太太们则坦胸露背、卖弄风情，不择手段地勾引男人，同娼妓毫无二致，区别仅在于"短期的妓女通常被人看不起，而长期的妓女却受到人们的尊敬"。总之，波兹内舍夫说，整个上流社会卑鄙无耻的生活简直就如同"一所彻头彻尾的大妓院"。

波兹内舍夫像许多贵族青年一样过着放荡生活。结婚后，因为与妻子没有共同的精神追求，缺乏心灵上的契合，夫妻关系仅仅建立在肉体联系上，所以龃龉不断，以至互不信任，彼此憎恨。后来，波兹内舍夫发现妻子红杏出墙，与人私通，一怒之下，将妻子杀死，酿成家庭惨剧。在这里，托尔斯泰揭露了贵族资产阶级婚姻、家庭关系中的虚伪和欺骗，遣责了缺乏道德约束、建立在"肉欲"基础上的两性关系。作家一面对"肉欲"进行猛烈抨击，断言"肉欲"是"一种必须与之斗争的可怕的恶"，一面极力宣扬宗教禁欲主义，认为只有通过"节欲和贞洁"，即铲除各种情欲，尤其是七情六欲中最强烈、最凶恶、最顽固的"性爱和肉欲之爱"，才能实现人类的理想。其实，畸形的两性关系，腐败的道德观念，婚姻的危机，家庭的悲剧等等，其根源在于腐蚀人的社会环境，而宗教禁欲主义的药方是解决不了社会问题的。

主人公从青年时代一直到家庭悲剧的叙述是他对自己生活的检讨和忏悔，是他的情感体验和内心自白，自始至终贯穿着对自我心理的剖析和对妻子心理的揣测。作品在心理分析方面有的地方达到惊人的程度。同时，小说又用政论文的笔调写成，整篇作品围绕着爱情、婚姻、家庭问题的辩论展开，特别是主人公为了说明自己的观点，辩驳论争，大发议论，充满道德说教。显然，这种文体与小说体裁的艺术要求是不相符的。

《魔鬼》继续对"肉欲"大张挞伐。贵族主人公叶夫根尼和波兹内舍夫一样，为了所谓"有益于身心，醒神益智"，而与各种女人厮混，回到庄园，又与农妇斯捷潘尼达私通。结婚之后，他与妻子开始了幸福愉快的新生活，断绝了与斯捷潘尼达的关系。可是，一年之后，当他再次遇见年轻健美的斯捷潘尼达时，不禁欲火中烧，六神无主，仿佛鬼迷心窍，难以自持。他鄙视自己，为自己的不可救药而痛苦不已。他下定决心，竭尽努力，但枉费心机，无法抗拒"魔鬼"的诱惑。为了摆脱肉欲的罪恶，拯救自己的灵魂，叶夫根尼最后开枪自杀。作者同时还为小说设计了另一种结局：主人公将情妇枪杀。两种悲剧结局说明一个问题："肉欲"如同"魔鬼"，一旦被它缠住，就会堕入罪恶的深渊。托尔斯泰进一步指出问题的严重性：所有的人和叶夫根尼一样，都患有同样的精神病；沉溺于"肉体享乐"必将导致道德堕落，给人、家庭和社会造成毁灭性影响。同《克莱采奏鸣曲》一样，托尔斯泰又在《魔鬼》的篇首引用福音书，企图用宗教禁欲主义来抵御泛滥的"肉欲"，用"永恒"的基督教真理来疗治社会弊病。可见，他并没有找到解决婚姻、家庭问题的真正途径。

五、生与死、灵与肉主题小说

生与死、灵与肉是文学的永恒主题,但托尔斯泰不是停留在空泛的、抽象的哲理性思考上,而是紧密结合现实生活,叩问并力图回答这样一些问题:人生的意义何在?如何面对死亡?如何对待人世的虚荣和世俗享乐?如何在灵与肉的斗争中完善道德、提升人性?而且和他的其他小说一样,在对这一主题的探讨中倾注了巨大的批判热情。

最早探讨生与死问题的是1858年创作的短篇小说《三死》。小说描写了一个贵妇人、一个农民、一棵树三种不同的死。贵妇人一辈子养尊处优,虚荣、自私、欺骗,她病入膏肓,却怨天尤人,她贪生怕死,拼命抓住生命不放,临死都给别人带来许多烦扰和痛苦。她的死渺小可怜,令人厌恶。那个农民一生勤劳,活得自然、塌实;面对死亡,他心情坦然,顺乎自然,死得从容安详,死前还不忘助人为乐,将自己的一双靴子送给别人;无论生还是死,他都比贵妇人高尚得多。那棵树生长在大自然的怀抱中,生机勃勃,质朴美丽;它死得也安静、庄严,死得其所,将自己的躯干贡献给人们——它被做成一个十字架立于那个农民墓前。作家通过三种死的对比诠释了生与死的意义。

中篇小说《伊万·伊利奇之死》以卓越的心理描写艺术透视了一个官员面临死亡时的内心感受和思绪变化。伊万·伊利奇凭借他勤于职守、精明审慎的处世之道,仕途得意,官运亨通,步步高升。正当他一帆风顺、踌躇满志的时候,却病入膏肓,死神降临。他的同事,一些所谓朋友,听说他得了不治之症,个个暗自高兴,庆幸"死的是他,而不是我",他们考虑的只是趁机得以递补晋升、增加薪俸;他的妻女则忙于自己的事务,对他不痛不痒,淡然置之。总之没有一个人理解他、同情他、关心他、可怜他。周围是一片虚伪、冷漠和自私,濒临死亡的他感到"可怕的孤独"。痛苦折磨之中,他回顾了自己的人生道路:一生中除了求学、结婚、家庭琐事之外,就是埋头公务,亦步亦趋,循规蹈矩,蝇营狗苟,追名逐利,此外,再也没有什么了。直到临死,他才恍然大悟,自己的一生原来是那么庸俗、空虚、渺小和毫无意义!他才意识到,自己的整个一生"统统错了",他过去和现在赖以生存的一切不过是"掩盖了生与死的可怕的大骗局"。但是,"这是为什么呢?"——他百思不得其解。他就带着这样的困惑走向了另一个世界。

其实,造成伊万·伊利奇的悲剧的根本原因就在于沙皇俄国腐败的社会制度和官僚制度。作者指出:"伊万·伊利奇过去的生活经历是最简单、最平常,但也是最可怕的。"他是官僚机构中的衮衮诸公中的一员,他的生活方式、人生经历是典型的、具有代表性的。正是死气沉沉的官场中的权势等级、阿谀奉承、尔虞我诈、名缰利锁等等摧残了人的灵魂,扼杀了人的感情,使许许多多与伊万·伊利奇一样的官吏变成了心灵空虚、麻木不仁、没有人性的官僚机器和傀儡;正是因为他们为之效力的沙皇专制政权和社会的腐败,他们的人生才毫无意义和价值。虽然小说中没有一句直接谴责社会的话,但一个官吏的生与死的潜在意义赋予作品以巨大的暴露和批判力量。另外,小说对每个读者都有启迪意义,它告诉人们,人的一生应该怎样度过才不会感到惭愧和遗憾。

短篇小说《主人和雇工》在托尔斯泰看来或许具有重大的教诲意义,但我们认为这纯粹是为了道德说教而臆造的一篇失实的作品。商人布列胡诺夫生活的唯一目标就是发财致富,幻想成为百万富翁。追求钱财的狂热使他丧失了人性,他利欲熏心,残酷掠夺,不择手段;对雇工尼基塔无耻欺骗,克扣工钱。就是这样一个贪婪自私的敛财奴,在暴风雪中眼看就要冻死的时候,突然"上帝"降临在他身上,良心发现,人性觉醒,用自己的身体覆盖在冻僵的尼基塔身上。此时,他体验到"一种特别庄严的感动"和"一种特殊的、他从未体验过的欢乐","他觉得他就是尼基塔,而尼基塔就是他"。瞧,主仆的界线消除了,人与人的矛盾没有了,大家都是"上帝的奴仆"。结果,他自己被冻死,而尼基塔得救了。我们并不否认,恶人可以向善,道德可以更新,但要有一定的条件,要有转变的过程。像布列胡诺夫这样的人突然幡然悔悟,舍己救人,这是缺乏生活依据的,起码是不典型的。显然,作家是通过这样的情节在鼓吹基督教的拯救作用。

《谢尔盖神父》也是一篇宣扬宗教道德的作品。小说描述了谢尔盖神父在灵与肉的斗争中如何战胜诱惑、清洗罪孽、逐渐接近上帝的一生。

卡萨茨基公爵原是禁卫骑兵连连长,才华出众,英俊潇洒,前途辉煌。就在他与美丽的宫廷女官结婚的前夕,发现未婚妻曾是沙皇的情妇,于是他毅然斩断情丝,弃绝尘世,遁入空门。在修道院中,他谨遵教规,刻苦修行,成为德高望重、众人敬仰的谢尔盖神父。但他自觉"六根未净",内心里一直在同两个魔鬼、两个敌人——"怀疑和肉欲"进行斗争。期间,他经受了两次考验。第一次,漂亮的寡妇马科夫金娜前来挑逗、勾引他,面对色情,他虽然心旌摇荡,但他砍断手指,惩戒自己,在灵与肉、信仰与诱惑的斗争中,理智占了上风,他坚持住了。而马科夫金娜也在他的感召之下彻底改变自己的生活,落发出家了。第二次,谢尔盖神父的晚年,在为商人的女儿看病时,他却被那个脸色苍白、有"很诱人的女性体态",而且"性欲很强,但智力迟钝"的少女征服了,犯了淫欲之罪。在第二次诱惑面前,他败下阵来。他感到罪孽深重,骂自己是色鬼、罪人、骗子和渎神者;他虽然"也曾有过几分真诚为上帝服务的心",但却"被人世的虚荣玷污了"。他心想:"是的,对于像我这样为了人世的虚荣而活着的人,上帝是不存在的。但是,我要去寻找他。"为了清洗自己的灵魂,为了拯救自己,谢尔盖神父悄然离开隐修的山洞,重返人间,做一个靠施舍为生的游方僧,在苦难中经受磨砺。他摆脱了世俗的虚荣和享乐,感悟到:"世俗之见具有的意义越小,他就越强烈地感觉到上帝。"

小说的环行结构——离开尘世进入修道院,又从隐修回归尘世,以及两个情节高峰——两次诱惑和考验,都突出了作品的宗教道德教诲的主旨:弃绝肉欲,抛却俗念,不断提升灵的境界,方能接近心中的上帝。仍然是禁欲主义的说教。

六、民间故事

托尔斯泰世界观转变之后,为了向广大人民宣传他的学说,于1881—1886年期间创作了一系列民间故事。这些故事大多取材于民间传说和古俄罗斯典籍《训诫集》——圣徒传和劝善小说集,都有浓厚的宗教道德教化色彩,有的号召"按照上帝的方式"生活,行善助人,扶危济困(《哪里有爱哪里就有上帝》、《两个老头》);有的宣扬基督教的博爱思想(《人靠什么活着》);有的鼓吹忏悔赎罪和宽恕一切,要以德报怨,切勿以恶报恶(《忏悔的罪人》、《纵火容易灭火难》、《教子》)等等。这些故事都是对基督教教义的艺术阐释,体现了它的真与善的内涵,同时,另一方面,对人民的教化上,又有"精神鸦片"的消极作用。

其中也有一些作品贯穿着强烈的批判精神,颇具讽刺意味。《傻子伊万的故事》中描写三个兄弟治下的三个王国。大哥谢苗的王国里征召了许多士兵,建立了庞大的军队,开设工厂,制造枪炮,凡是他想得到的东西,就派军队抢掠,只要有人违抗他的意志,就派士兵去镇压。二哥大肚皮塔拉斯的王国里苛捐杂税多如牛毛,搜刮民脂民膏,百姓不堪忍受。而傻子伊万的王国里既没有军队,也不征赋税,也不需要金钱,国王和百姓一样,大家都靠劳动为生,生活富裕,王国里唯一的法律就是:无论是谁,手上没有茧子就不能上饭桌。这里表现了作家的乌托邦的社会理想。故事的暴露性是显而易见的:它痛斥了专制政权的穷兵黩武和对人民横征暴敛,嘲讽了特权阶级不劳而获的寄生生活。此外,《一个人是否需要很多土地》谴责了土地私有和掠夺者的贪婪;《蜡烛》反映了压迫者的残酷和农民的反抗情绪,同时也宣扬了"不以暴力抗恶"思想;《鸡蛋大的麦粒》表现了对古代宗法制生活的赞美和对现代私有制的否定等等。

民间故事是为普通百姓,特别是农民而创作的,所以作家运用了人民喜闻乐见的艺术形式:广泛采用民间的神话、传说、谚语、俚语;句法简单、明快,没有冗长的复合句式;语言大众化、口语化,明白晓畅,通俗易懂;没有作家所擅长的深刻、细腻的心理描写。总之,托尔斯泰力求做到,如他自己所要求的,要使作品能够让"看院子的、赶马车的和做粗活的厨娘们"理解和接受。

第三节 《战争与和平》

《战争与和平》经历了一个长期、复杂的构思过程。

贵族阶级在全民族生活和社会进程中的历史作用和命运,一直是托尔斯泰关注和思考的问题。为此,他把目光集中到曾做出一番轰轰烈烈的事业的那些贵族精英——十二月党人身上,1856 年就计划写一部题名为《十二月党人》的小说。后来托尔斯泰在《战争与和平》序言草稿中写道:"在 1825 年,我的主人公已经是一个成年的、有家室的人了,为了了解他,我需要转到他的青年时代。而他的青年时代正值俄国光荣时代 1812 年。我又一次抛弃了我开始写的,从 1812 年写起……如果我们取得胜利的原因不是偶然的,而实质上在于俄国人民和士兵的性格,那么,这种性格在我们遭到挫折和失败的时候就应当表现得更鲜明。"于是,作家又将时间向前追溯,要让"许许多多男女人物经历 1805、1807、1812、1825 年"的历史事件。[①] 从这里可以看出《战争与和平》的构思脉络。起初,作家的注意力主要集中在贵族家庭生活纪事上,后来,在写作过程中,构思不断改变。他阅读和研究了大量的历史资料,进一步认识到人民群众在 1812 年卫国战争中所起的决定性作用。因此,贵族家庭纪事情节压缩了,人民群众的抗敌斗争、真实的历史事件和历史人物的活动的描写加强了,社会生活画面更加广阔。这样,小说的容量大大扩大了,内涵更加丰富,主题更加深刻、厚重,成为卷帙浩繁的史诗般巨著。小说最初名为《皆大欢喜》,后改为《战争与和平》,这一题名与史诗的宏伟规模和浩大气势更为贴切。

《战争与和平》将读者带到了 1805 年到 1825 年十二月党人起义前夕那充满戏剧性的重大历史事件的时代。小说以保尔康斯基、别祖霍夫、罗斯托夫和库拉金四大贵族家庭生活为线索,以 1812 年卫国战争为中心,在战争与和平、前方与后方的纵横交织的描写中,再现了许多重大的历史事件,反映了整整一个历史时期的俄国社会风貌。小说描写的人物达五百多个,上至皇帝、大臣、将帅、公卿、贵族,下至小官吏、士兵、商贾、农民,广泛展示了各阶级、阶层的生活、思想、情绪和心理,提出了许多政治、社会、哲学、道德等问题;小说突出了人民战争的思想,描绘了一幅全民奋起,同仇敌忾,保家卫国的雄伟壮阔的历史画卷。

人民、民族命运的主题和英雄主义精神是构成史诗的基本要素。贯穿《战争与和平》的恰恰就是这样的主旋律。托尔斯泰在一篇未发表的文章中写道:"我

---

① 《战争与和平·序》(初稿),《列夫·托尔斯泰文集》第 14 卷,人民文学出版社,1992 年,第 12—13 页。

努力写人民的历史。"①他还说过:"在《战争与和平》中我喜欢人民的思想。"

这一基本思想首先表现在作家对人民的歌颂和对人民在战争中决定性作用的肯定。托尔斯泰正确地认为,人民群众是战争胜负的决定因素,1812年卫国战争之所以取得胜利,根本原因在于人民奋起、英勇抗敌的结果。在小说中,他热情讴歌了俄国人民的崇高爱国主义精神和顽强不屈的英雄气概。小说中描写了三次战役——申·格拉本战役、奥斯特里茨战役、波罗金诺战役——以及人民群众的游击战争。作家是生死考验的激烈战斗中,在祖国危亡的关头去揭示人民的英雄性格的。上尉图申是普通士兵的代表。他是来自人民的下级军官,矮小,瘦弱,其貌不扬,动作拙笨,畏怯嗫嚅,完全没有军人的风度,更不会夸夸其谈,自我炫耀。然而在战斗中,他却表现出无比的英勇,建立了英雄功勋。在申·格拉本战役中,在寡不敌众的情势下,那些贵族军官丢下部队,仓皇逃窜,他却奋不顾身,指挥自己的炮队,坚守阵地,顽强战斗,击退敌人的进攻,掩护部队撤退。再如,保卫莫斯科的波罗金诺战役,士兵们深深懂得,这次战役关系着祖国的存亡,所以,战斗前夕,他们自动地不喝酒,换上干净衬衫,严阵以待,迎接即将到来的激战。战斗中,虽然伤亡惨重,但士兵们斗志昂扬,随时准备为国捐躯。

小说突出反映了1812年卫国战争的全民性。在祖国生死存亡的时刻,全民总动员,投入到抗击侵略者的战斗中。当法国军队侵入俄国后,商人宁肯把自己的店铺付之一炬,也不留给法国人;农民情愿把干草烧掉,也不肯以高价卖给法军。莫斯科撤退时,人民响应号召,不惜打破坛坛罐罐,毁掉财产,留下一座空城,置敌人于孤立无援的危险境地。俄国人民又不顾什么战争"规则",纷纷拿起斧头、矛枪、棍棒作武器,开展游击战,打击侵略者,使敌人陷入人民战争的汪洋大海之中。托尔斯泰创造了许多游击战士的英雄形象,如勇敢机智的游击队长捷尼索夫,一个人消灭了二十个侵略者的威震四方的农民吉洪,一个月内俘虏了数百名敌人的教堂执事,英勇杀敌的女英雄瓦西里莎等等。全民的游击战显示了巨大威力,令敌人胆战心惊。拿破仑一再抱怨这种战争违反常规,俄国上层社会也感到拿起棍棒打仗是一种耻辱,但托尔斯泰看到了全民游击战争的伟大意义,他赞颂道:"人民战争的巨棒以全部威严雄伟的力量举了起来,并且不问任何人的趣味和规则,不考虑任何东西,愚笨而单纯的,但合乎时宜地举了起来,落下去打击法军,直到侵略者的军队全部消灭。"《战争与和平》是宏伟壮丽的爱国主义英雄史诗,其主角就是俄国人民。托尔斯泰歌颂了俄国人民在卫国战争中建树的丰功伟绩,这是他世界观中强的、进步的一面。

---

① 《战争与和平·尾声》(初稿片断),《列夫·托尔斯泰文集》第14卷,人民文学出版社,1992年,第27页。

人民战争必须由了解人民群众的愿望、善于组织人民的力量的统帅来领导。正是从与人民的关系出发，托尔斯泰塑造了俄军统帅库图佐夫的形象。当不可一世的拿破仑率领大军入侵俄国时，这位德高望重的耆将临危受命，担当起挽狂澜于既倒的重任。他心怀祖国，情系人民，是俄罗斯民族精神和人民意志的体现者，他的一切谋略和活动，都始终如一地向着"一个更崇高、更符合全民意志的目标"。库图佐夫深知，战争胜负的决定因素在于广大士兵和士气，所以，他接近士兵，密切关注士兵的战斗情绪，并善于引导和鼓舞士气，使其转化为战斗力。这是他积多年作战之经验而克敌制胜的法宝。在军事会议上，他从祖国和全民的利益出发，高瞻远瞩，着眼大局，力排众议，英明决断，毅然作出放弃莫斯科的大胆决定，显示了一位英明统帅的远见卓识。但是，由于托尔斯泰的历史观中的宿命论思想，他又把库图佐夫写成一个顺从天意的、历史事件的消极的静观者。

　　托尔斯泰在小说结尾集中阐明了自己的历史观。他的历史观有着明显的矛盾。首先，他否定了资产阶级史学家认为帝王将相等个别人物创造历史的观点，肯定人民群众是推动历史发展的决定力量。基于这种观点，他正确地表现了人民在战争中的决定性作用。但同时他又认为，"人类事件的过程是由上天决定的"，只有神"能够凭自己的意志决定人类运动的方向"，人不过是"历史的不自觉的工具"，人民群众是一种"蜂群式"的力量。在托尔斯泰看来，人民群众的行动是盲目的、无意识的，只能服从神的意志。这样就陷入历史唯心主义的泥淖。作家世界观的局限使他无法对历史发展的规律做出正确、科学的解释。

　　托尔斯泰一方面非常有力地表现了俄国人民奋起抗敌的英勇战斗精神，同时又在众多的积极反抗侵略者的英雄士兵中，突出描写了一个宗法制农民卡拉达耶夫的形象。此人温驯善良，忍耐宽容，安贫乐道，听天由命，相信来世，不抗恶。他的口头禅是"受苦一阵子，活上一辈子"，"永远不要拒绝监狱和讨饭袋"，还说："我们过得很好，我们是真正的农民。"这是一个宗法制农民的典型。他的不抵抗主义、逆来顺受与人民的爱国主义和英雄主义精神是格格不入的。在全国人民奋勇抗敌的雄伟壮阔的画面上，这个人物显得极不协调。这是托尔斯泰赞美宗法制农民、鼓吹不以暴力抗恶思想进一步发展的体现。

　　《战争与和平》中，"人民的思想"表现的另一个方面是：作家把对人民的态度和与人民的关系作为评价贵族的标准。托尔斯泰认为，贵族只有接近人民，才会有高尚的道德情操和丰富的精神世界，才会对俄罗斯祖国有强烈的感情；反之，贵族越是脱离人民，精神越贫乏，道德越低下。正基于此，托尔斯泰对远离人民的宫廷和上层贵族予以无情的揭露和谴责，而对比较接近人民、保持着俄罗斯民族古风和淳朴的宗法制关系的庄园贵族则给予了肯定和赞许。

与俄国人民的崇高爱国主义精神形成鲜明对照的是上层贵族对祖国命运的漠不关心。当人民与侵略者浴血奋战时,他们却躲在京城,照样过着奢华无度的生活,照样在醉生梦死、寻欢作乐,照样在勾心斗角、追名逐利。他们脱离人民,脱离民族文化传统,崇洋媚外,以讲法语为荣。这些人没有丝毫爱国情感,当侵略者的军队已经践踏俄国的土地时,他们却在客厅里以谄媚的口气颂扬拿破仑,嘲笑人民的爱国热情。有的王公大臣因为惧怕拿破仑,而主张议和。他们漠视祖国和人民的命运,他们一生所追求的"只有一件最重要的东西,就是他们自己的最大利益的满足,就是卢布、勋章、升官"。

在这帮贵族中,库拉金一家是典型的代表。库拉金公爵是身居要职的廷臣,老奸巨滑,善于钻营,贪婪而伪善。他无耻地窃取别祖霍夫伯爵的遗嘱,以攫取人家的财产,还以欺骗手段撮合遗产继承人彼尔和他女儿爱伦的婚姻。爱伦是交际花,是上流社会最无耻、最放荡的女人。祖国的危亡似乎与她毫不相干,法国军队兵临莫斯科时,她一心所想的却是赶快与彼尔离婚而另觅新欢。库拉金的儿子阿那托里是个纨绔子弟、赌徒、流氓、恶棍,他欺骗纯真无邪的娜达莎,并策划拐骗娜达莎的卑鄙阴谋。通过库拉金一家,托尔斯泰揭露和鞭挞了心目中没有祖国、利欲熏心、道德堕落的上层贵族。

托尔斯泰对另一类贵族,即庄园贵族,如罗斯托夫、保尔康斯基家族,进行了赞扬。他认为这些贵族与上层贵族不同,他们富有爱国精神和民族自豪感。战争爆发后,这两个家族的子弟都毅然从戎,加入到保卫祖国的战斗行列。老保尔康斯基公爵还组织民团,打击侵略者。在战争血与火的洗礼中,年轻的贵族子弟经受了考验和锻炼,有的人领悟了人生的意义,努力探索自我完善的道路;有的人为祖国献出了年轻的生命,如安德烈、别加。在描写贵族庄园生活时,托尔斯泰的笔端流露出那么多脉脉温情。罗斯托夫家的传统宗法制生活习俗被涂上一层柔美的色调,显得那么亲切、温馨,主仆关系那么融洽、和谐;在这田园诗般的生活中,青年们谈情说爱,欢声笑语,一片欢乐。尤其是冬猎、圣诞节出游和假面舞会等场面,作家以生花妙笔渲染得绚丽缤纷,绘声绘色,洋溢着俄罗斯民族风情的浓郁气息,极富艺术感染力,堪称世界文学中的华采篇章。不过,在这里,农民的真实生活看不见了,地主和农民的矛盾被掩盖起来。托尔斯泰把贵族庄园的生活美化了,理想化了。

既然托尔斯泰肯定了庄园贵族,那么自然就在他们中间寻找理想人物。贵族中的精华是进步的青年知识分子,其代表人物就是安德烈·保尔康斯基和彼尔·别祖霍夫。这两个人都经历了曲折复杂的生活道路和内心发展历程,都在努力探索人生意义和接近人民的途径。

小说一开始，出现在读者面前的安德烈是个身材匀称、外貌英俊的青年，从他那倦怠的目光和冷淡的神情中已流露出他对贵族上流社会的厌恶和不满。我们在这个青年贵族身上看到了奥涅金的影子。但可贵的是，安德烈具有严肃的生活态度和积极行动的能力，他毅然离开了众人向往的彼得堡，投入到反对拿破仑的战争中。此时的安德烈对战争还抱着天真浪漫的幻想，还怀有强烈的追求荣耀和英雄业绩的虚荣心。但是不幸，他在奥斯特里茨战役中负伤。他孤独无助地躺在战场上，仰望着庄严、静穆、辽阔的苍穹，感到个人是那么渺小，为虚荣而奔忙又是多么无意义，"一切皆空，一切都是虚妄"。于是他抛弃了虚荣心，但同时对生活也感到迷茫和悲观。他隐居庄园，过着几乎与世隔绝的生活。与活泼热情的娜达莎相遇后姑娘的爱情使他重新振奋起来，鼓起他生活的风帆。1812年卫国战争爆发后，他满怀爱国热情走上前线。他不像其他贵族军官那样蹲在司令部里，而是和士兵并肩战斗。士兵的爱国热情和勇敢精神深深地感染和教育着他，他不断克服贵族的傲慢和虚荣，与士兵和睦相处，生死与共，深得士兵的喜爱，亲切地称他是"我们的公爵"。在波罗金诺战役中，他不幸负伤殒命。临死前，他读着福音书，接受了"永恒的"博爱原则，领悟了人生的真谛。显然，托尔斯泰将自己的思想观点加到了主人公身上。

彼尔是叶卡捷琳娜时代的显宦别祖霍夫伯爵的私生子，继承遗产后成为俄国年轻的富豪。他从巴黎回到彼得堡后，过着懒散、安逸的生活，并且稀里糊涂地和爱伦结了婚。妻子的放荡、堕落使他看到了上流社会的腐败、伪善和无耻，他十分痛苦，甚至感到绝望。他开始思考人生的意义："什么是坏？什么是好？应该爱什么，恨什么？活着为什么？……什么是生活？"但他对这些问题无法做出回答。在心神无主的情况下，他参加了秘密宗教团体"共济会"，想从事慈善事业，用宗教消除人世的罪恶，拯救人的灵魂。后来他发现"共济会"是个骗人的组织，他深感失望。他又回到自己的庄园，实行农事改革，减轻农奴的负担，但同样没有得到什么实际成果。他既没有得到人生的目的和意义的答案，也没有找到自己的生活道路，思想陷入苦闷迷惘之中。

1812年的卫国战争唤醒了彼尔，使他的生活发生了根本性转变。在战争中，他接近人民，得到了锻炼，逐渐抛弃贵族习气。特别是在波罗金诺战场上，他目睹了战争的惨烈，深切感受到普通士兵身上所体现出的坚毅、勇敢、乐观的俄罗斯人民的性格。于是他产生了做一个普通人、过简朴生活的愿望。这种思想激发了他重新安排生活和更新精神道德的热情。他渴望与全国人民一道，为保卫祖国贡献力量，作出牺牲。当法军占领莫斯科后，他没有撤退，而是主动留下来，装扮成马车夫，想刺杀拿破仑，"不成功便成仁"。可惜他错过了时机。不过，他不顾生命危险，从大火中救出一个孩子，又保护一女子免受法国强盗凌辱。他被俘后,在俘虏营里结识了卡拉达耶夫。在他看来,这个农民就是他向往已久的内心和谐的化身,因此他全盘接受了卡拉达耶夫宣扬的顺从天命,为上帝而活着,爱人如己等一套思想观点,从而在精神道德上获得新生。在小说结尾,作者暗示他参加了十二月党人的秘密团体,并且作为主要创始人之一而为团体的工作奔忙。如此,彼尔的命运归宿与作家的"不以暴力抗恶"的思想又产生了抵牾。

安德烈和彼尔是托尔斯泰的作品中经常出现的具有丰富精神世界、不断进行思想探索的人物形象。他们思想探索的过程,就是逐步接近人民的过程。通过这两个人物的生活道路和内心发展历程,托尔斯泰力图表明,贵族只有接近人民,走"平民化"的道路,特别是向宗法制农民(如卡拉达耶夫)的道德标准看齐,进行道德自我完善,贵族阶级才会有出路。这是作家为贵族阶级开出的自我拯救的药方。

《战争与和平》中还有一个优美动人、极富艺术魅力的形象,这就是娜达莎。这个黑眼睛、大嘴巴的姑娘并不是漂亮美人,但却有一种独特的风韵和迷人的魔力。她清纯活泼,像一团火,像春风,热情奔放,活力四射。她的热情,她对生活的热爱,时刻感染着周围的人。她使安德烈重新燃起生活的希望,使彼尔不再感到人生的冷漠、迷茫。她的纯真可爱,她的丰富情感,她的美妙歌声,她的翩翩舞姿,她在春夜月光下的无边遐想,甚至她因为一时冲动而险些做出荒唐蠢事,等等,都令人心醉神迷,为之倾倒。作家强调,娜达莎性格的完美和精神世界的丰富,根植于俄罗斯民族文化和民族感情的土壤中。她虽然出身于贵族,但她与那些心目中没有祖国、没有民族感情的上流社会的妇女不同。她喜欢具有民族风格的音乐和舞蹈,厌恶上流社会所醉心的外国歌剧;她热爱大自然和乡间生活;她更热爱自己的祖国,同情人民。从莫斯科撤退时,她极力劝说母亲,宁肯卸下自家的行李财产,也要让出马车运送伤兵。这发自内心的爱国主义情怀感人至深。无疑,娜达莎是托尔斯泰笔下最为光彩照人的少女形象。

然而,在小说结尾,娜达莎结婚后,她几乎判若两人。往日她脸上的勃勃生气消退了,她的美妙歌声听不到了,身体发胖了,不再注意修饰打扮,整天忙于家务,侍侯丈夫和抚养孩子,沉浸在家庭幸福之中。这里实际上表明了托尔斯泰对妇女问题的看法。他认为,女人结婚之后,就应该安静地生活在家庭的小圈子里,相夫教子,做一个贤妻良母,这才是她应尽的社会责任。托尔斯泰提出这一问题,显然是有论战性质的。当时车尔尼雪夫斯基在小说《怎么办?》中提出了妇女解放问题,认为妇女只有走出家庭,投身于有益的社会活动,争取与男子平等的工作权利,妇女才能解放。托尔斯泰对此持反对态度,而主张妇女回归家庭,这样才能保持传统的宗法制家庭关系不被破坏。这表现了托尔斯泰对妇女问题的保守观点。

同时,我们在小说中也看到,婚后的娜达莎失去了少女时的风采,却多了些成熟女性的魅力;昔日的勃勃生气消退了,但仍然保有一颗热情的心,只是这种热情更加内在、深沉;她虽然整天忙于家庭事物,但她并没有因此而变得目光短浅,灵魂空虚,感情庸俗。她挚爱、信任丈夫,与丈夫灵犀相通,关心、理解和支持他所献身的革命事业。我们相信,如果彼尔最后加入十二月党人起义的行列,那么娜达莎会毫不犹豫地追随丈夫踏上去西伯利亚的道路。这是符合这位富有爱国情感和正义感的妇女的性格发展逻辑的。这里,思想—道德家的托尔斯泰与艺术家的托尔斯泰又发生了矛盾。按照他的道德观,他让娜达莎回归家庭,做了贤妻良母;而根据人物性格发展的逻辑,他又让娜达莎关注社会政治活动,成为十二月党人革命事业的支持者。

《战争与和平》在世界文学史上竖立起一座巍峨的艺术丰碑,它的问世震撼了俄国和世界文坛。屠格涅夫断定:"这样的东西全欧洲除了托尔斯泰以外没有人写得出来。"①英国作家高尔斯华绥说它是"古今最伟大的著作";法国作家罗曼·罗兰则称赞它是"现代的《伊利昂记》"②。

《战争与和平》作为一部描写整个民族命运的史诗,恢宏的结构、严整的布局是其最突出的特点。小说反映了整整一个历史时期的社会风貌,广阔的历史画面,无比丰富的内容,包罗万象的生活,形形色色的人物,如何将这一切组成统一的整体,这是颇费匠心的,唯有托尔斯泰这样的大手笔才能驾驭。高尔斯华绥称赞作家在这部作品中能巧妙地同时处理两大题材,仿佛技艺高超的骑手同时骑两匹马一样,那么得心应手,应付自如。确实如此。小说的内容分为两大部分:历史事件和家庭纪事。历史事件主要是战争,是历史真实的再现,家庭纪事是和平生活,是艺术虚构。这两大部分由四个贵族家庭生活贯穿起来,四个家庭又通过其成员之间的爱情、婚姻等关系联结在一起。这样,以四大家族的家庭纪事为情节线索,按照编年史的时间顺序,战争与和平、前线与后方、上层与下层,纵横交织,构成一个疏密有致的网络。作家采用类似电影镜头的切换手法,从一个场景跳到另一个场景,头绪繁多,转换迅速;情节发展张弛有度,摇曳多姿,而又有条不紊。充分显示了托尔斯泰的无与伦比的艺术功力。

《战争与和平》广泛运用了对比手法。激烈的战争场面与宁静的和平生活,人民群众的爱国热情与上流社会对祖国命运的漠不关心,庄园贵族的朴实与宫廷贵族的腐败,普通士兵的英勇与贵族军官的畏怯。还有人物之间的对照,体现

---

① 转引自贝奇柯夫:《托尔斯泰评传》,吴均燮译,人民文学出版社,1981年,第277页。
② 《欧美作家论列夫·托尔斯泰》,中国社会科学出版社,1983年,第183、48页。

人民意志的库图佐夫与野心勃勃的拿破仑，内心世界丰富、积极进行思想探索的安德烈、彼尔与精神空虚、道德败坏阿那托里；纯洁的娜达莎与放荡的爱伦，随和朴拙的彼尔与严肃骄矜的安德烈等等，通过对比，人物的性格特征更突出、更鲜明。

此外，托尔斯泰的独特的心理描写手法——"心灵的辩证法"在《战争与和平》中得到了更充分的展示。

最后需要提及的是，小说中有大段大段的关于历史、哲学、宗教、道德的插叙，这既是这部作品的一大特点，同时，从小说艺术上来看，又是它的一大缺陷。虽然这些论述有助于理解作家的思想和作品的主旨，但小说是形象化的艺术，作家的思想应寓于形象之中，直白的、冗长的说教对作品的艺术性会造成损害。这是小说艺术之大忌。当时评论界不少人曾对此提出批评。所以，1873年小说再版时，托尔斯泰将这些插叙抽出来，单独成篇，附录于作品之后。可是后来的版本又恢复了原貌。托尔斯泰就是这样一位执拗的思想艺术家，为了思想，他宁肯牺牲艺术。

第四节 《安娜·卡列尼娜》

1870年2月托尔斯泰曾对妻子谈到，他打算写一部取材于当代生活的小说，内容是关于一个上流社会的有夫之妇的不贞行为以及由此造成的悲剧。不过，三年之后，即1873年3月作家才动笔。小说的构思深深地激动着作者，仅用了50天，即初步完成。之后，作家就开始以他素有的一丝不苟的作风一次又一次地反复修改，修改时间竟达四年之久。起初，托尔斯泰只是想写一部家庭小说，女主人公安娜是一个违背道德原则而受谴责的人物。但在修改过程中，作家看到，安娜的悲剧不是她个人的过错，而是社会造成的。于是，他改变了原来的构思，加强和充实了社会内容，深刻揭示了女主人公悲剧的社会原因，作家的同情也随之转向安娜一边。这样，作品就远远突破了原来的狭隘家庭小说的局限，成为一部广泛展现农奴制改革后俄国社会的急剧变化和复杂矛盾、具有丰富内容和深刻主题的社会问题小说了。

小说最初取名为《两段婚姻》、《两对夫妻》，最后定名为《安娜·卡列尼娜》。小说在1875—1877年的《俄国导报》上陆续刊登，1878年出版单行本。

《安娜·卡列尼娜》由两条平行而又紧密相连的的情节线索组成。安娜——卡列宁——伏隆斯基的情节与城市生活联系在一起，通过安娜的悲剧着重揭露了贵族上流社会的腐败、虚伪、冷酷，反映了这个社会的精神道德危机。列文——吉提的情节则与农村生活联系在一起，它主要反映了70年代俄国农村的面貌,表现了农村自然经济在资本主义冲击下迅速瓦解,暴露了农民与地主之间不可调和的矛盾,同样揭示了俄国社会的危机。两条情节线索组成稳固的拱型结构,从不同的角度描写了农奴制改革后俄国广阔的社会生活和错综复杂的矛盾,形象地反映了俄国社会"一切都翻了一个身,一切都刚刚开始安排"的历史转折时期的时代风貌。

"奥勃隆斯基家里,一切都混乱了。"小说开头这句富有象征意义的话集中概括了这个时代的特点。不仅是奥勃隆斯基一家,上至贵族上流社会,下至农村,整个俄国社会一切都颠倒了、混乱了。皇族后裔奥勃隆斯基公爵家境日衰,债台高筑,不得不拍卖祖传产业,妻子杜丽为贫困而忧虑不安。很多贵族地主都资产阶级化了,他们抛弃贵族的尊严,醉心资产阶级"文明",沉溺于追逐金钱和寻欢作乐之中。有的贵族,如尼古拉·列文,则鄙弃贵族生活,断绝与贵族阶级的关系,成为本阶级的叛逆。而作为彼得堡上流社会的代表,以莉蒂亚·伊万诺夫娜伯爵夫人为首的年老贵族集团和以培脱西·特维尔斯卡娅公爵夫人为首的年青贵族集团,或以伪善、假道学抗拒资产阶级思想的冲击,或道德败坏、荒淫无耻、醉生梦死,表现出一种世纪末情绪。至于外省贵族社会,同样是乌烟瘴气,混乱不堪。他们结党营私、勾心斗角、攻奸诋毁,把议会选举变成一场闹剧、丑剧。在资本主义的进逼下,俄国农村的经济基础土崩瓦解,地主没落破产,农民更加贫困。面对农村的巨变和诸多难以解决的矛盾,列文忧心忡忡而又束手无策,甚至到了想自杀的地步。至于安娜更是始终处于种种不祥之兆和噩梦的恐怖之中,预感到某种惨变和大祸即将临头。总之,整个作品笼罩着一种混乱、紧张、惶惑、不安的气氛,突显出处于激变中的俄国70年代的时代氛围。小说的情节就在这种氛围中铺展开来。

安娜——卡列宁——伏隆斯基这条情节的焦点是安娜的悲剧。安娜是什么样的人物呢？她的出场如惊鸿一瞥,给人留下难忘的印象。

安娜为调解哥哥奥勃隆斯基的家庭纠纷,从彼得堡来到莫斯科。在火车站,她第一次邂逅到车站迎接母亲的伏隆斯基。下车时,安娜与伏隆斯基不由自主地互相对视了一眼。"在那短促的一瞥中,伏隆斯基已经注意到了有一股被压抑的生气在她脸上流露,在她那亮晶晶的眼睛和她的朱唇弄弯曲了的笑容之间掠过。仿佛有一种过剩的生命力洋溢在她的全身心,违反她的意志,时而在她的眼睛的闪光里,时而在她的微笑里显示出来。"被压抑的生气,过剩的生命力,对生活的渴望——这是安娜最突出的性格特点。这种强烈的感情任何力量也扼杀不了,终有一天会像火山般爆发出来。

安娜的一生是一个悲剧。当她刚刚踏入生活的大门时,就是十分不幸的。她还是天真无邪的少女时,就由姑母做主嫁给了一个比自己大二十多岁的高官显贵卡列宁，成了建立在金钱和利害关系上的买卖婚姻的牺牲品。

卡列宁是一个道貌岸然的大官僚，他埋头公务，献身事业，在上流社会看来，他俨然是"正人君子"。而实际上他的灵魂十分丑恶。他思想僵化，顽固保守，虚伪自私，冷酷无情，除了追逐功名利禄外，对一切都毫无兴趣，他不懂爱情为何物，根本不考虑、也不理解安娜的感情需要，作者写道，"在思想感情上替别人设身处地着想"是一种同他"格格不入的精神活动"。安娜说他"不是人，他是木偶！……是一架官僚机器"。像安娜这样一个真挚诚实、感情丰富、强烈渴望生活和爱情的女人，和这个枯燥乏味的木偶生活在一起，自然感到非常痛苦。而卡列宁则认为，即使夫妻之间没有感情，甚至妻子不贞，也要维持夫妻和家庭的表面形式。后来他确实是根据这样的原则行事的。当他发现妻子有"外遇"时，他拒绝离婚，一怕影响自己的名誉地位，二是可以将安娜置于尴尬的地位，给她造成更大的痛苦和折磨。他的虚伪和自私由此可见一斑。安娜对这种极其虚伪的道德原则和夫妻关系十分憎恶，简直无法容忍。

70年代，随着资本主义在俄国的土地上逐步扎下根来，资产阶级的意识形态也在猛烈地冲击着封建道德观念的壁垒。这种冲击甚至在俄国封建专制社会最稳固的阶层——贵族上流社会也激起了回响，并导致传统道德的危机和贵族阶级家庭关系的解体。正是在这种时代潮流的影响下，安娜的尊严感苏醒了，萌生了追求个性解放、爱情自由和新生活的强烈愿望。

和伏隆斯基的相遇唤醒了安娜沉睡的爱情和对自由幸福的向往。她说："我不能再欺骗自己，我是一个活人，我没有罪，上帝造就了我，我要爱情，我要生活。"而上流社会则认为，即使夫妻之间没有爱情，也要维持一种表面的家庭关系，哪怕你背地里偷鸡摸狗。安娜向这种虚伪的旧礼教提出挑战："我要撕破这虚伪之网，它要把我压住，要怎样就怎样吧，什么也比虚伪和欺骗好些。"安娜的大胆追求自然与贵族上流社会发生了冲突。

小说对贵族上流社会进行了深刻有力的揭露。围绕着安娜的有三个贵族集团：一个是以卡列宁为代表的冷酷无情、尔虞我诈的官僚集团；第二个是以利蒂亚·伊万诺夫娜伯爵夫人为首的，由年老色衰、虔信宗教的贵夫人和自命不凡的男子所组成的集团，其特点是极端的伪善；第三个是以培脱西·特维尔斯卡娅公爵夫人为首的青年贵族集团，其特点是道德败坏、荒淫无耻。在神圣婚姻和合法家庭的遮羞布的掩盖下，在贵族上流社会，丈夫、妻子互相欺骗，淫乱、不贞习以为常，他们不以为耻，反以为荣，但就是不给妇女按照人的本性的要求去爱、去生活的权利。起初，上流社会那些贵妇人、伪君子为安娜和伏隆斯基拉线搭桥，极力撮合，但是，当他们发现，安娜的爱情不是上流社会那种司空见惯的风流韵事，而是包含着对社会的虚伪道德的否定时，就再也不能原谅她了。于是，攻击、诽谤、污蔑、诅咒铺天盖地而来,将一盆盆脏水泼在安娜头上,必置她于死地而后快。

安娜以全部的力量和勇气与上流社会顽强抗争。她牺牲名誉地位,坚决同丈夫决裂;顶着社会舆论的强大压力,公开与伏隆斯基一起生活,一起出入社交场合。她的诚实、勇敢、傲然不屈、光明磊落,使她在贵族妇女中如鹤立鸡群。

然而,安娜的爱情追求注定以悲剧告终。

安娜的悲剧既有外因也有内因。首先,她与卡列宁的矛盾,实质上是个性解放与封建专制制度的矛盾。她和丈夫那种没有爱情的夫妻生活是以合法的婚姻、合法的家庭的名义而受到法律、教会、道德和社会舆论的保护与支持。所以,安娜面对的不仅是卡列宁,还有他背后的整个贵族上流社会、整个专制制度这样强大的对手,而她却是单枪匹马,孤军奋战,无力与之抗衡,她不可能冲破黑暗势力的罗网。

其次,安娜的爱情对象的选择是错误的。她把伏隆斯基过于理想化了。安娜之所以爱上伏隆斯基,是因为在她所生活的圈子里,在她所接触到的人之中,实在没有比伏隆斯基更好的人了。她在伏隆斯基身上一厢情愿地寄托着自由爱情和幸福生活的理想。然而,她错了,她的选择就孕育着悲剧。伏隆斯基出身贵胄,年轻、英俊、风流倜傥,但他不过是"彼得堡花花公子的典型",心智贫乏,感情庸俗,"女人和马是他的全部精神需要"。他追求安娜虽然不能说完全是逢场作戏,其中有爱,但更多的是强烈的虚荣心。他深深懂得,能够征服安娜这样既有地位又非常迷人的贵妇人,上流社会会把他视为英雄,他的声望会提高百倍。安娜惊人的美,她的炽烈爱情,可以使伏隆斯基的虚荣心得到暂时满足,但他并不真正理解安娜,也体会不到安娜为和他相爱所付出的沉重代价。贵族阶级的道德观念、生活方式已根深蒂固地渗入他的灵魂,安娜的爱情并不能彻底改造他,他不会为了安娜而放弃名利地位并与上流社会决裂。所以,他对安娜的热情不可能持久。当伏隆斯基看到自己的同事一个个飞黄腾达,而安娜的爱情却成了他的"锦绣前程"的障碍,成了他重返上流社会寻欢作乐的阻力时,他的热情就一天天冷淡下来。安娜的反抗一个接一个地失败了。她没有了家庭,失去了心爱的儿子,她像抓住一根救命稻草一样,把最后的希望寄托在伏隆斯基的爱情上,但希望破灭了。她完全绝望了。

其三,安娜身上既张扬着追求个性解放的勇气,又背负着传统道德观念的沉重枷锁。内心里的尖锐矛盾,难以承受的精神负担,是导致她的悲剧的内因。她,一个自幼接受贵族社会教养和熏陶的贵妇人,始终受着旧礼教的束缚。一方面她觉得自己是个活生生的女人,追求自由幸福的爱情是人性的合理要求,她是无罪的;另一方面又因为没有尽到贤妻良母的职责而感到羞愧和自责。为了个人的爱情,她不得不背叛丈夫,忍痛撇下爱子。她觉得自己是自私的,是一个"不道德的"、"堕落的"女人。因此,一种负罪感时刻咬啮着她的心,心在隐隐作痛。安娜的灵魂在有罪和无罪之间受着煎熬。内心的矛盾,心理上的失衡,沉重的罪孽感,其苦何堪,只能一死了之。

另外,安娜虽然感受到个性解放之风,但囿于贵族社会的教养,她无法冲破贵族生活的藩篱,也不理解个性解放的真正意义。她不能像车尔尼雪夫斯基笔下的薇拉那样的新女性,不仅做自己爱情、婚姻的主人,而且走出家庭,投入到有益的、广阔的社会活动中去。安娜的追求是勇敢大胆的,但目标是狭隘的。她将爱情看作是生活的全部内容,爱情是她唯一的精神支柱,一旦爱情的希望破灭,她也就失去了生活的勇气,走上了不归路。

安娜看透了整个社会的虚伪无耻、冷酷无情,感到在这个社会再也无法生活下去,她宁为玉碎,不为瓦全,于是卧轨自杀。在告别人世时,她满腔悲愤地呐喊道:"这全是虚伪,全是谎话,全是欺骗,全是罪恶!"这是对黑暗腐朽社会的有力控诉!

安娜的悲剧有着深刻的社会原因,是政治、法律、宗教、道德、舆论的罪恶力量压制和摧残了安娜的真挚感情和旺盛的生命力,并最后把她逼上死路。通过安娜的悲剧,托尔斯泰撕下了贵族上流社会的假面具,暴露了它的堕落、腐败、伪善、冷酷的本质,从而激起人们对这个社会的憎恶和否定。

安娜作为罪恶社会的牺牲品托尔斯泰是同情的,但他的态度还是有所保留的。这里就不能不提到小说的卷首题词:"伸冤在我,我必报应。"对这句话的含义历来有不同理解。有人认为是针对安娜的;有人说是指向置安娜于死地的社会;有人说题词表达的不是对人的愤怒,而是对这个缺乏爱的世界的愤怒;有的人认为安娜违背了自然法则,她的死是自然法则对她的报复等等。我们还是听一听托尔斯泰自己的解释吧。1907年魏列萨耶夫请托尔斯泰的女婿苏霍金向作家询问题词的含义,托尔斯泰说道:"我选这个题词,正如我解释过的,只是为了要表达这样一个思想:人犯了罪,其结果是受苦,而所有这些苦并不是人的,而是上帝的惩罚。……我要表达的就是这个意思。"[①]这就是说,安娜所遭受的痛苦、折磨,以至她最后的死,都是上帝对她的惩罚。这里的上帝,我们认为有双重含义:既是基督教的上帝,又是托尔斯泰所说的"心中的上帝",即道德、良心。托尔斯泰作为道德家,认为家庭是社会的基础,妇女应该做家庭中的贤妻良母,恪守妇道,尽自己的社会职责,不能为了追求自由爱情和个人幸福而破坏家庭关

---

① 《同时代人回忆托尔斯泰》(下),上海译文出版社,1984年,第439—440页。

系,给家庭造成不幸。安娜就是因为违背了作家极力维护的这一"永恒"的道德原则,所以她才在追求爱情和幸福的道路上遭受了种种痛苦和折磨,最后死在火车轮子底下。这是至高无上的上帝对她的裁决,也是她的良心的自我惩罚。

在小说中,托尔斯泰用另外两个妇女的命运与安娜做了对比。吉提也曾迷恋过伏隆斯基,但她迷途知返,没有放任自己的感情泛滥开去,后来与列文缔结美满姻缘,组成和谐家庭。杜丽因为丈夫的不忠而痛苦,但她顾全大局,委曲求全,宽恕了丈夫,维系了家庭的完整。这是托尔斯泰的理想的贤妻良母型的妇女形象。相比之下,安娜的行为应该受到谴责,但托尔斯泰认为,上流社会没有资格谴责她,因为上流社会更坏、更无德、更无耻;惩罚她的只能是上帝,是良心。小说中屡次通过人物的对话表达了这样的思想。这里,我们看到了托尔斯泰身上艺术家和道德家的矛盾。作为艺术家,他鲜明有力地表现了安娜蓬勃的生命力和丰富感情,描写了她对生活的热爱、对爱情和幸福的执著追求,而且以巨大的说服力揭示了安娜悲剧的社会根源,对她寄予了同情。这在小说中站主导地位。同时,作为道德家,他又让安娜受到上帝和良心的谴责和惩罚。艺术家和道德家的冲突实际上反映了托尔斯泰世界观的矛盾。

无论怎么说,自从小说问世起,安娜始终以她那鲜明的、卓尔不群的形象和不惜以死向罪恶社会抗争的不屈精神激动着读者的心,成为俄国文学中优美妇女画廊中最具艺术魅力的、永世不朽的典型。安娜的形象是托尔斯泰最伟大的艺术创造之一。

如果说安娜—卡列宁—伏隆斯基的情节线索与城市生活联系在一起,反映了托尔斯泰对道德问题的思考和探索,那么列文—吉提的情节线索则与农村生活联系在一起,表现了作家对农村问题的关注和忧虑。这条情节线索是围绕列文的形象而展开的。列文的形象具有明显的自传性质,它在许多方面反映了作家这一时期紧张的思想探索,他对当代许多社会问题的思考,以及寻求这些问题的答案的尝试。

列文是一个在农奴制改革后仍抱着宗法制原则不放的贵族地主。他厌恶城市生活和上流社会的社交活动,他努力经营庄园,亲自参加田间劳动,把全部精力放在农事上。在上流社会看来,他是一个"粗野"而"无能"的人。反之,列文则鄙视那些自以为很有教养,实际上饱食终日、无所用心的城市贵族,更看不起那些利欲熏心、"用二十戈比就可以收买的"资产阶级。在上流社会,他特立独行,落落寡合,是贵族地主中一只"白乌鸦"。

农奴制改革后,资本主义势力迅速发展,农村自然经济开始崩溃,商人、新兴资产阶级在农村横冲直撞,成为生活的主人,而贵族地主则如落花流水,日趋败落。在小说中,我们看到,贵族之家(如奥勃隆斯基)经济拮据,入不敷出,只好拍卖祖辈留下的田产、森林。那个新兴的暴发户、商人廖宾宁带着"鹰一样的、贪欲的、残酷的表情",乘着包着铁皮的、结结实实的马车,带着塞得满满的钱包,在全省各个角落出现,施展投机家的狡猾手段,用低价收买贵族地主的土地、森林。这些情况反映了农村经济的变化。列文目睹了这些变化,但他并不理解变化的原因,他既对贵族地主的破产感到忧虑和痛心,又对资产阶级的贪婪和掠夺深恶痛绝。他竭尽全力维护地主的经济地位,煞费苦心地经营农事。他不同意过去像农奴主那样用鞭子强迫农民的办法,也坚决反对走西欧的道路,采取资本主义经营的方式。他企图寻找一条既保存地主土地占有制,又能使农民生活富裕起来的道路,用他的话说,就是进行一场伟大的"不流血的革命","以人人富裕和满足来代替贫穷,以利益的调和一致来代替互相敌视"。为此,他在自己的庄园搞起了农事改革,让农民以"股东"的身份与地主合伙经营农业,收获按股份进行分配,以期建立地主与农民之间的和谐关系。显然,他改革的目的是为地主阶级寻找出路,是为了挽救日益衰败的地主经济。但这不过是幻想而已。因为,在保存地主土地占有制的前提下,地主与农民之间根本就没有什么"共同利益"可言,他们的关系不可能和谐一致。他的改革之所以举步维艰,并最终归于失败,归根结底在于他不肯放弃地主土地占有制。然而,列文对此却懵懂无知,茫然不知所措。

列文的农事改革在很大程度上说明了俄国正处于历史的十字路口。也就是说,俄国何去何从,需要做出抉择。列文经常听到地主们谈论关于收成、雇佣工人等问题,他想到:"也许这在农奴制度时代并不重要,在英国也不重要。在那两种情况下,农业的条件已经确定了,但是现在,在我们这里,当一切都翻了一个身,一切都刚刚开始安排的时候,这些条件会采取怎样一种形式问题,倒是俄国的一个重要问题。"这番话倒是切中肯綮地说明了处于转折期的俄国历史的特点。农奴制废除后,俄国经济究竟应该采取什么样的形式,这既是列文努力探索的问题,也是整个俄国社会所面临的问题。

列文的农事改革失败了,他灰心丧气,陷入严重的精神危机之中。他苦苦思考人生的意义:人为什么而生?生又是为了什么?他在各种哲学著作中求索,但始终找不到答案。他悲观绝望,甚至想自杀,正当此刻,他遇到了宗法制农民弗克尼奇,正如彼尔在人生道路上遇到卡拉达耶夫一样。弗克尼奇宣称他是"为了灵魂而活着","为了上帝而生活"。列文似乎从中得到启示,领悟了人生的真谛,感到"上帝就在自己的心中"。列文从对社会问题的探索到最后皈依宗教,这是他不敢正视矛盾、逃避现实的表现,实际上,他没有从宗教中获得精神解脱,也不可能从中找到苦恼着他的那些问题的答案,他对现实和未来仍充满迷惘和困惑。

列文这个"比任何人都更俄罗斯化"的人物形象,与俄国当代迫切的社会问题紧密联系在一起,他的思考、探索、迷茫,既折射出俄国19世纪70、80年代社会转型期的各种矛盾,也反映了托尔斯泰世界观激变前夕的思想矛盾。

托尔斯泰是小说艺术的革新家,他打破了长篇小说的单一情节线索和一对男女主人公的封闭式的传统模式,而在《安娜·卡列尼娜》中设置了两条平行的情节线索,讲述了两个家庭的故事,力求更广泛更全面地反映生活,从而创造了一种新型的、广阔而自由的小说。

对这种结构方式,当时国内外不少文学家、评论家颇有微词,认为这部作品实际上包括互不相干的小说,而托尔斯泰却把它们捏合成一部,因而造成该小说"结构松散","没有建筑学"。而托尔斯泰认为,这种看法是错误的,他追求的恰恰就是这种独特的拱型建筑的结构样式,并且以此而感到自豪:"圆拱衔接得使人觉察不出什么地方是拱顶。而这正就是我所致力以求的东西。这座建筑物的联接不靠情节和人物之间的关系(交往),而是靠一种内在的联系。"①

安娜—卡列宁—伏隆斯基与列文—吉提两条情节,中间以奥勃隆斯基、杜丽这两个人物为纽带,将两个家庭的故事联结为一个整体,形成一座浑然而严整的拱桥。

小说严谨的整体结构不仅表现在由人物之间的关系而形成的外部联系上,而且更表现在其内在的密切联系上。前一条情节与城市生活和贵族上流社会相联系,它通过安娜的悲剧表明了封建传统道德观念所受到的挑战和出现的危机;后一条情节与农村生活相联系,它通过列文的农事改革的失败,揭示了地主与农民之间不可调和的矛盾,以及农村经济关系的新变化。这两条情节,殊途同归,一个在道德领域,一个在经济领域,从不同的角度反映了俄国70年代这样一个历史转折时期的社会面貌及时代特征。同时,安娜与列文,尽管他们之间有种种不同,但两人都在按照自己的内心要求追求理想生活,探寻人生的意义。安娜的追求落空了,最后在虚伪、欺骗、污蔑、毁谤的妖风毒雾中自杀;而列文经过苦苦探索,似乎悟出人生的真谛——就是"为了上帝,为了灵魂活着",就是要"爱人如己"。一成一败,形成对比,其中蕴含着作家的思想导向。所以,这两条情节线索,如同一个钱币的两面,或者说同一主题的两种变奏,相辅相成,互相映衬,以其深层的、内在的紧密联系使小说构成一个整体。这就是所谓的复调式结构。由此可见作家的匠心独运。

---

① 转引自贝奇柯夫:《托尔斯泰评传》,吴均燮译,人民文学出版社,1981年,第258页。

《安娜·卡列尼娜》将艺术重心放在人物的思想感情和内心体验上,所以心理描写尤为出色,作家的"心灵辩证法"的特点得到淋漓尽致的表现。安娜对爱情的渴求、内心的矛盾和痛苦,列文的思想探索、对人生意义的思考,被作家描写的特别丰富、细腻、复杂、激烈,精当而鲜明地表现了不同人物的不同性格。赛马中安娜的心潮起伏激荡;安娜病榻前两个情敌卡列宁与伏隆斯基的微妙的心理活动;安娜探望爱子时所表现出来的强烈母爱和内疚心情;她自杀前夕乘着马车驶过莫斯科街道时杂乱无章的心绪等等,都是心理描写的精彩篇章。

第五节 《复活》

长篇小说《复活》的素材来自一个真实的故事。1887年6月的一天,托尔斯泰的友人、彼得堡某法院的检察官阿·费·柯尼到雅斯纳亚·波良纳做客,向作家讲述了他们审理的一个案件:一个名叫罗萨莉娅·奥尼的妓女被控告偷了嫖客一百卢布。审判时,一个贵族青年陪审员发现,被告就是几年前他客居一位亲戚家时,被他诱奸的那个16岁的养女。贵族青年深受良心谴责,请求与女犯会面,并表示愿意和她结婚,以补赎自己的罪过。这个故事给托尔斯泰留下深刻印象,遂萌生以此为情节骨架写一部小说念头。他从1889年开始动笔,断断续续,直到1899年完成,辛勤经营共十载。创作过程中,作家反复修改,六易其稿,小说容量逐渐扩大,主题不断深化,将女主人公的遭遇同对现存制度的揭露、批判有机结合起来,最终将这部作品锻造打磨成俄国批判现实主义的登峰造极之作。

在《复活》中,托尔斯泰以空前未有的批判力量和激情,从沙皇专制制度的经济基础——地主土地占有制,到上层建筑——政府官僚机构、法庭、监狱、教会等,给予了全面、彻底的否定,无情地撕下了贵族资产阶级的一切假面具,暴露了国家政权反人民的本质。同时,作家又极力鼓吹不以暴力抗恶和道德自我完善,托尔斯泰主义的所有弱点暴露无遗。他从贵族转移到宗法农民的立场之后,世界观中的矛盾在小说中得到充分体现。所以说,《复活》是托尔斯泰思想探索的总结。

《复活》交织着两个主题:一是暴露社会罪恶,抨击沙皇专制制度;另一个是描写人的堕落和精神复活。两个主题有机联系在一起,即主人公的堕落是社会造成的,而人的精神复活又是作家鼓吹的消灭社会罪恶、调和社会矛盾的途径和药方。

暴露社会罪恶的主题是通过玛丝洛娃的冤案和聂赫留朵夫为这一冤案奔走上诉过程中的所见、所闻、所感来表现的。小说揭示了俄国社会的复杂矛盾,猛烈抨击了沙皇专制的国家制度、法律、教会和地主土地占有制。

小说一开始，展现在读者面前的是一场丑剧——法庭审判。这是沙俄的官场现形记。坐在被告席上的是无辜的玛丝洛娃，而坐在审判席上的却是一群昏聩无能、卑鄙无耻的官僚政客。审判过程中，他们心怀鬼胎，作家逐个暴露了他们丑恶的内心世界。庭长急于与情妇幽会，盼望审判及早结束；一个法官因与妻子吵架，担心回家后是否能吃到午饭；另一法官在考虑自己的胃病的新疗法；副检察官在玛丝洛娃曾呆过的妓院里寻欢作乐了一夜，以至开庭前还没有阅读有关文件。就是这样一些人操纵法庭，掌握着人民的生杀予夺大权。他们玩忽职守，草菅人命，不问是非曲直，把蒙受冤屈的玛丝洛娃判处四年苦役，发配西伯利亚。

为了减轻玛丝洛娃的厄运，聂赫留朵夫上下奔走，到处求情。他所接触的各级官僚，或者是假仁假义、口蜜腹剑的伪君子，或者是残忍凶狠、嗜血成性的刽子手。副省长马斯林尼科夫是鄙俗和伪善的化身，他一面下令鞭打犯人，一面以富有人道心肠的犯人的"慈父"自居。前国务大臣恰尔斯基是个典型的毫无原则的官僚，他一生最关心的是"从国库里多捞金钱和勋章"，此人却凭着阿谀奉承之术爬到官阶的最高位，成为国家的"柱石"。大理院大法官渥尔夫自认为是"具有骑士的名誉心的人"，可是他在任波兰总督时，残杀、监禁、流放千百个无辜的人，他却把此类暴行看作是"高尚、勇敢、爱国主义的伟业"。彼得保罗要塞司令克里斯冒特男爵冷酷、残忍，毫无人性，他引以自豪的是曾因在波兰、高加索大肆屠杀人民而获得白十字勋章；在他的管辖下，囚禁在监牢里的政治犯 10 年内就有半数死掉。在这样一群专门以迫害人民为能事的贪官污吏的暴虐统治下，冤狱遍于国中，监狱中的犯人大都是无辜的，正如聂赫留朵夫所说："在当代俄国，正直的人唯一适当的去处，就是监狱！"而真正的罪犯却逍遥法外。那些不法官吏犯下种种罪行，不但受不到惩治，反而在政府机关"坐着首长的交椅"；有的按其罪行应该判处苦役，可是却被派往西伯利亚做省长去了。之所以如此黑白颠倒，是非混淆，作家进一步指出，问题不仅仅在于掌权者的昏庸腐败、贪赃枉法，更主要在于法律的虚伪、不公正。聂赫留朵夫认识到："所有这些人的被捕、监禁、流放，其实并不是因为他们侵害了什么正义，或者犯了什么法，只不过因为他们是障碍，妨害官吏和富人享用他们从老百姓那里搜刮来的财产罢了。"托尔斯泰借聂赫留朵夫的口得出结论："法律只不过是一种工具，用来维护那种对于我们的阶级有利的、现行的社会制度罢了。"可谓一语中的！

在《复活》中，托尔斯泰对沙皇专制制度的精神支柱——官方教会进行了尖锐的讽刺，暴露了它毒害、欺骗、压迫人民的实质。描写监狱中礼拜仪式的场面具有极大的讽刺性：一面是司祭一本正经地念着骗人的祈祷词，一面是犯人们的镣铐在叮当作响。作家无情地戳穿了宗教仪式的虚伪和荒唐，以辛辣的笔调揭露了教士们如何用表面上庄严、神圣的礼仪和气氛掩盖着最卑鄙的欺骗和对犯人的痛苦漠不关心。他们举行各种宗教仪式，目的就是为了骗钱，为了"得到一笔收入，足以赡养他的家属"。托尔斯泰对官方教会的抨击是如此沉重有力，以至于当时的审查机关把描写监狱祈祷仪式的整个三十九章斧削得只剩下五个字："礼拜开始了。"

托尔斯泰在托波罗夫这个人物身上进一步暴露了官方教会的卑鄙和伪善。身为宗教会议议长的托波罗夫，作家指出，"是一个缺乏基本的宗教感情、缺乏人类的平等和友爱的思想的人"，他自己什么都不信仰，却坚信俄国人民需要宗教。他对宗教的态度就如同养鸡的人相信用腐肉喂鸡是必要的，腐肉令人厌恶，但鸡喜欢吃，因此就应当用腐肉来喂鸡。这一比喻有力说明，官方教会不过是统治阶级愚弄、毒害、麻醉人民的精神鸦片，是维护其残暴统治的工具。

托尔斯泰对沙皇官僚机构和官方教会的猛烈揭露和抨击，表达了几个世纪以来俄国农民由于封建农奴制的压迫、官僚的横暴和劫掠，以及教会的欺骗和讹诈而积累下来的无数的愤怒和仇恨，表达了农民的民主情绪。

在《复活》中，托尔斯泰怀着痛苦和激愤的心情，以震撼人心的艺术力量描绘了俄国农村经济的瓦解和农民的悲惨境况。在农村，映入聂赫留朵夫眼帘的是一片凄凉破败的景象：摇摇欲坠的小木屋；农民一贫如洗，个个骨瘦如柴；又黑又瘦、青筋暴露的老太婆；长着两条罗圈腿、站都站不稳的小男孩；特别给人留下沉重印象的是全村最穷的女人阿尼霞怀中那个像小老头似的、没有血色的、扭动着"像蚯蚓般瘦腿"的婴儿……农民们愤恨地说："这比当年农奴的日子还要糟啊！"托尔斯泰通过聂赫留朵夫的口痛心地感叹道："儿童大量夭折，妇女担任力不胜任的工作"，"人民正在纷纷死亡"。他以追根究底的大无畏精神指出："人民贫困的主要原因就在于人民仅有的能够养家活口的土地，都被地主们夺去了。"他大声疾呼："土地是不可以成为财产的对象的，它不可以成为买卖的对象，如同水、空气、阳光一样。一切人，对于土地，对于土地给予人们的种种好处，都有同等的权利。"托尔斯泰彻底否定了地主土地占有制，表达了农民对地主剥削的仇恨、丧失土地的痛苦和夺回土地的强烈要求。

最后，《复活》还描写了城市底层人民的凄惨生活，反映了农民和资本主义的矛盾。资本主义侵入农村，给农民带来新的灾难，失去土地的农民被迫流入城市，成为资本主义剥削、掠夺的对象，照样在水深火热中挣扎，生活甚至"比在乡下还要糟"。泥炭工人讲述了他们凄苦而繁重的工作：整天泡在水里干活，从日出到日落，拼死拼活干了两个多月才挣了十个卢布。还有鞋匠、洗衣妇、油漆工、货车夫、乞丐等等，无一不在饥寒交迫中熬煎。底层人民的辛酸痛苦和上流社会的骄奢淫逸，两个世界的鲜明对比凸现出俄国社会的尖锐矛盾和深刻危机。

在《复活》中，托尔斯泰的揭露和批判力量达到了最高峰，他成为沙皇专制制度的激烈的抗议者、愤怒的揭发者和伟大的批判者。他作为俄国宗法制农民的代言人，表达了他们的思想、情绪、愿望和要求。这是他世界观中进步的一面。

托尔斯泰是伟大的批判者，更是深刻的思想家，他不仅对沙皇专制制度痛加揭露和鞭挞，同时还提出了消除社会罪恶、调和社会矛盾、建立"人间天国"的救世之道。这就是他极力鼓吹的不以暴力抗恶和道德自我完善。这一思想是通过男女主人公的命运、堕落和复活来表现的。

加拿大的原型批评理论家弗莱在其《批评的剖析》中提出这样的精辟见解：文学总的说来是"移位的"神话。意思是说，文学是神话的变种，神话是各类文学的原型。各种文学作品以不同的形式讲述着同一个故事：即神由生而死而复活的故事，或者是只讲这个故事的某一部分、某一环节。而神的这个生死轮回的完整故事是大自然春夏秋冬四季更替的象征。

如果用原型批评理论来观照托尔斯泰的作品，也就是从宏观上考察他的整个创作，我们会惊奇地发现，他的许多小说塑造的是一种类型的主人公——聂赫留朵夫式的忏悔贵族，表现的是同一个主题——人的精神上的生、死、复活这样一个神话原型主题。高尔基说："托尔斯泰创作的基本主题，是这样一个问题：如何在混乱的俄罗斯生活中替这个善良的俄罗斯贵族少爷聂赫留朵夫找到一个合适的地位。"①聂赫留朵夫在不同的作品中以不同的名字出现，尼古连卡、奥列宁、安德烈、彼尔、列文等等，尽管他们的个性和命运不同，但他们精神发展大致都经历了这样的历程：青春焕发，胸怀理想和对事业的追求，努力探索人生的意义；遭到挫折和失败后即悲观失望，甚至颓唐堕落，陷入精神危机；经过一番内省和道德自我完善，最后在宗教中得到精神慰藉，从而心灵复苏，又获新生。其演变轨迹呈U字形。有的作品只是描写了其中的某一阶段，如自传性三部曲表现的是主人公青少年时期的内心体验和精神成长。这些思想探索者都是托尔斯泰的精神和心理肖像，他们人生的U形轨迹则是他本人一生思想探索历程的写照。

而《复活》最典型体现了这一神话原型主题。这部作品本身就是一种神话构思，不仅书名具有神话意味和色彩，而且男女主人公聂赫留朵夫和玛丝洛娃的生活道路和心路历程也与许多神的故事一样，经历了新生、死亡、复活几个阶段。

聂赫留朵夫的生活和精神发展经历了三个阶段：青春时期、堕落时期和复活时期。

---

① 高尔基：《俄国文学史》，上海译文出版社，1979年，第487页。

聂赫留朵夫出身贵族之家,大学期间,曾接触到资产阶级民主思想,受到良好影响。他阅读了英国资产阶级社会学家斯宾塞的《社会动力学》,第一次认识到土地私有制的不合理,于是他身体力行,把从父亲继承下来的土地分给农民,还就土地问题写过一篇论文。青年时代的聂赫留朵夫纯真、正直,积极向上,追求真理,"乐于为一切美好的事业献身"。正是在这一时期,他不曾顾虑出身和地位,与姑母家的养女兼女仆卡秋莎产生了爱情,初恋的感情是美好而纯洁的,没有搀杂任何邪念。一对相爱的青年在丁香花丛中追逐、嬉戏的情景,多么浪漫,多么富有情趣!这是聂赫留朵夫生活和精神发展的第一个阶段,其中充满了蓬勃的朝气,青春的欢乐,爱情的温馨,生活的希望。这就如同表现神的新生、恋爱的神话故事一样。小说中将聂赫留朵夫初恋的背景设置在初夏,大自然中一切都生气勃勃,欣欣向荣,恰到好处地映衬了主人公清新、健康的精神面貌。

　　以后,聂赫留朵夫来到彼得堡,参加了沙皇的禁卫军。腐败的沙皇军队是藏污纳垢之所,是使人堕落的泥坑。3年的军队生活使聂赫留朵夫完全变了样,他堕落成一个挥霍无度、荒淫放荡、精神空虚、专爱享乐的彻底的利己主义者。在这里,托尔斯泰揭露了社会环境对青年人的腐蚀、毒害作用。正是在此时,聂赫留朵夫路过姑母的庄园,怀着兽性的、肉欲的邪恶念头玩弄了卡秋莎,随后又抛弃了她,将这个少女推向火坑。此后,聂赫留朵夫一直过着腐败堕落、养尊处优的寄生生活。这是他的堕落时期,也就是他的精神、道德、人性的死亡时期,它暗合了神话中神的死亡。聂赫留朵夫诱奸卡秋莎正值初冬,河水结冰,万木萧杀的自然背景对应着主人公精神上的死亡。

　　10年之后,聂赫留朵夫与玛丝洛娃在法庭上的偶然相遇是他的生活和思想发生转变的开始。听了玛丝洛娃犯罪经过的陈述,他看到,正是由于他的罪恶行径,玛丝洛娃才被逼得一步步沉沦下去,并被诬告为杀人犯,被判处4年苦役,流放西伯利亚。他思想上引起很大震动,开始意识到自己的罪过所造成的严重后果。由此他回顾了过去的生活道路,认识到10年来自己的生活是那样虚伪、丑恶、肮脏,他骂自己是"流氓"、"坏蛋",感到自己是那么卑鄙、可憎。于是他开始了所谓"灵魂的大扫除",决心冲破一切虚伪的罗网,要说老实话,做老实事,要对玛丝洛娃承认自己有罪,请求她饶恕,要竭尽全力帮助她,减轻她的厄运,并决定陪同她去西伯利亚,跟她一起受苦,如果必要的话,就跟她结婚。当他决定清洗自己的罪恶,与过去决裂的时候,小说的自然背景恰恰是春回大地,万物复苏的季节,这寓意着主人公人性的苏醒,灵魂的重生。

　　聂赫留朵夫开始赎罪。在为玛丝洛娃奔走上诉过程中,他到农村,到城市,到京城,到西伯利亚,广泛接触社会,接触人民,他的眼界开阔了,对社会有了更深刻的了解。在农村,农民贫穷、破产、死亡的悲惨情景使他震惊,令他同情。他认识到,农民赤贫的原因是因为他们赖以生存的土地被地主剥夺了,认识到土地制度的不合理,于是他放弃自己的土地,并分给了农民。在城市,他目睹的是疲惫、消瘦的马车夫、洗衣妇和蓬头垢面的乞丐,更感到自己和城市老爷们的寄生生活的可耻。在监狱中,他了解了沙皇司法机关的黑暗,发现冤狱不仅仅是玛丝洛娃一人,狱中关押的犯人都是无辜的百姓,从而对沙皇专制机构的腐败和法律的反人民的本质有了较清醒的认识。

聂赫留朵夫赎罪的过程,就是他批判本阶级并逐步脱离本阶级的过程,逐步接近人民的过程,逐步提升道德的过程。当然,这个过程不是一帆风顺的,其中必然有激烈的思想斗争,有痛苦,有迷茫,有迟疑,有动摇。而且从小说的最后结局来看,他也没有彻底背叛自己的阶级,最终也没有归附到人民这方面来。他虽然努力探索社会问题,对一些问题有比较清醒的认识,但他并没有找到变革现实的道路。最后,他似乎在《福音书》里找到了人生的答案,找到了解决社会矛盾的方法,那就是"人们在上帝面前要永远承认自己有罪","要永远宽恕人,要宽恕无数次",大家都这样做,那么,"人类社会的全新结构就会建立起来"。聂赫留朵夫心胸豁然开朗,于是"一种新的生活开始了"。托尔斯泰认为,聂赫留朵夫身上"精神的人"战胜了"动物的人",从而在精神上、人性上"复活"了。这样,聂赫留朵夫经历了新生、堕落和死亡、忏悔和复活三个阶段,完成了他生活和精神发展的全过程。

托尔斯泰在聂赫留朵夫形象的塑造上,我们认为,主要有两点不妥。一是将聂赫留朵夫性格的发展变化归结为"精神的人"与"兽性的人"的斗争。作家认为,人身上都存在着"精神的人"与"兽性的人"的矛盾。当聂赫留朵夫堕落时,作家说是"兽性的人"压倒了"精神的人";当他忏悔赎罪时,则是"精神的人"战胜了"兽性的人",于是人性复活了。这显然是一种唯心主义观点。聂赫留朵夫的堕落也好,复活也好,不能从抽象的人性中寻找原因,只能从社会的影响中寻找依据。存在决定意识,他的思想和性格的发展变化是随着社会环境的变化而变化的。二是托尔斯泰把聂赫留朵夫最后接受宗教博爱主义视为人性的复归,精神的复活;他不仅把宗教博爱主义看作道德自我完善的最高境界,而且进一步作为一种救世药方推荐给公众。这种说教不但是空想,而且是有害的。

玛丝洛娃的生活和精神历程大致也经历了三个阶段。

玛丝洛娃是一个被侮辱被损害的平民妇女的典型形象。托尔斯泰第一次选择这样的平民妇女作为主人公,这是他世界观转变之后的新现象。作家满怀深厚的同情描写了玛丝洛娃的不幸遭遇。

玛丝洛娃来自社会底层,是农奴的私生女,被聂赫留朵夫的姑母收养,做了她家的女仆。这个十七八岁的少女,纯洁善良,正值豆蔻年华,天真无邪,不谙世事,信赖人,真诚地爱着聂赫留朵夫,憧憬着美好生活。这是她的新生时期。

自从被聂赫留朵夫欺骗和抛弃后,玛丝洛娃开始认识到人与人之间的对立和不平等,从此她再也不相信人,不相信善了。她被赶出家门,到处漂泊、流浪,到处受到欺凌和折磨,最后沉沦到社会最底层,当了妓女。悲惨的遭遇使她深刻体验到社会的黑暗、残酷和虚伪,她感到,在这个社会上,"人人都是为自己活着,为自己的享乐活着,所有关于上帝和善的那些话,全是欺人之谈"。但她不了解社会罪恶的根源,不知道生活为什么这样苦,不知道为什么大家互相敌视。于是她就吸烟、喝酒,过放荡生活,以此来麻醉自己,暂时忘掉生活的痛苦和辛酸。多年的妓院生活使玛丝洛娃身心遭受到巨大创伤,她由一个天真、善良、纯洁的姑娘变成了麻木、病态的人,后来又蒙受不白之冤,被判刑流放。这是她的堕落与死亡时期。玛丝洛娃的遭遇与堕落不是她个人的过错,而是罪恶的社会造成的。托尔斯泰令人信服地揭示了平民妇女玛丝洛娃的苦难命运的社会根源,向黑暗社会提出了严正抗议。

虽然长期的堕落生活损害了玛丝洛娃的美好心灵,但她毕竟来自人民,她身上劳动人民的朴实、真诚、善良的优秀品质并未彻底丧失,这是她后来走向新生的道德基础。在监狱中,她和那些与她同命相怜的平民百姓生活在一起,看到横遭迫害的决不仅是她一个人,而是千千万万大众,于是她本能地把自己的命运与他们联系在一起。她同情、关心那些难友,诚心诚意帮助他们,她请求聂赫留朵夫为别人的冤案上诉,而对自己的案件却处之泰然。由于和劳动人民相处,加之聂赫留朵夫的忏悔和关怀,玛丝洛娃的思想感情在悄悄发生变化,一个正常的、真正的人的情感又在她身上渐渐复苏了:她戒掉烟酒,不再卖弄风情,拒绝男人的纠缠。

尽管托尔斯泰极力证明,是聂赫留朵夫的忏悔赎罪促使玛丝洛娃精神复活的,然而,她的最终复活、她真正走向新生是与那些政治犯接触之后完成的。在流放西伯利亚途中,她与政治犯生活在一起,这使她增长了很多见识,正像她自己所说:"像这样的见识,按我原来的那种生活,我是一辈子也得不到的。"政治犯舍己为人、为人民的解放而斗争的高尚品德感动着玛丝洛娃。她称这些政治犯是"好得出奇的人","她不但从来没有见过,甚至是连想也无从设想的"。在这里,她看到了龌龊现实中的一片新天地,这里的人们是无私的,人与人之间的关系是平等的,互相尊重的。最后,她拒绝了聂赫留朵夫的求婚,而和政治犯西蒙松结合在一起,从而开始了新生。她从一个堕落的、精神病态的妓女变成了一个正常的妇女——她真正复活了。

同解释聂赫留朵夫复活的原因一样,托尔斯泰对玛丝洛娃复活原因的解释同样是错误的。作家强调,聂赫留朵夫的忏悔、赎罪是玛丝洛娃精神复活的动因。聂赫留朵夫对玛丝洛娃认罪、赎罪,她就不仅饶恕了他,而且又深深地爱上了他。她之所以拒绝与他结婚,是怕连累他,是为了让他去过自己的幸福生活。显然,作家在鼓吹他那套爱人、爱自己的仇人,宽恕人、宽恕无数次的"爱的法则",宣扬爱的神奇与威力,极力表明,正是这伟大的"人类之爱"和不以暴力抗恶的精神,促使玛丝洛娃实现了精神、道德的复活;这伟大的"人类之爱"可以填平阶级对立的鸿沟,实现人与人之间的和谐与友爱。

通过聂赫留朵夫和玛丝洛娃这两个形象和他们的复活,托尔斯泰竭力宣扬的无非是这样的思想:统治阶级是有罪的,他们应该像聂赫留朵夫那样去忏悔、赎罪,努力进行道德自我完善,以求得人民的宽恕和谅解;被压迫阶级则应像玛丝洛娃那样,本着不以暴力抗恶的精神饶恕统治阶级的罪行,不要以牙还牙,以眼还眼。总之,对立双方都要永远承认自己在上帝面前有罪,要彼此宽恕,人人相爱,这样,"暴力就会自行消灭",一个没有暴力、没有压迫、自由平等的"人间天国"就建立起来了。这就是托尔斯泰开出了解决社会矛盾的灵丹妙药。正如列宁所说,作为俄国千百万农民思想情绪的表现者,托尔斯泰是伟大的,而作为发明救世新术的先知,托尔斯泰是可笑的。

当然,我们并不否认,托尔斯泰主义有这样那样的弱点,特别是在19世纪末俄国的具体社会形势下,确实起到麻痹人民群众的作用,给即将到来的革命运动造成不良影响,列宁正是从当时的革命形势出发,对托尔斯泰的学说进行了严厉批评。但是,我们又不能不承认,伟大作家那真挚的、深厚的人道主义和宽广的、拥抱世界的博爱胸怀,是多么令人感到亲切、温暖;他心中涌动着的对人类的终极关怀和普救世界的殷殷之情,是多么令人敬佩;他号召人们注重自我省察、自我修养,不断向真善美的道德理想境界攀登的呼声,与人性复归的人类社会发展的总趋势是那么契合一致。当时过境迁,暴力革命过去之后,社会进入和平发展时期,需要构建和谐的社会关系的时候,托尔斯泰的学说就愈发彰显出其积极意义。多一些爱和宽容,少一些仇恨和暴力,是整个人类社会所期望的。

第六节 文学巨擘的艺术特质

托尔斯泰不仅描绘了无与伦比的俄国生活的图画,而且创造了世界文学中第一流的作品。在层峦叠嶂、群山竞秀的世界文学风景线上,托尔斯泰无疑是一座高峰;他巍然屹立于世纪之交,博采众长,海纳百川,是现实主义小说艺术的集大成者。他的艺术世界是取之不尽的宝藏,他的艺术天才是多方面的,艺术手法是多样的,我们只能择其要者以飨读者。

"史诗形式的伟大创造者"

人们通常把屠格涅夫称为抒情诗人,而把托尔斯泰称为史诗诗人。这种评价抓住了两位大师的艺术个性。德国著名作家托马斯·曼称赞托尔斯泰的创作中"栖息着一种史诗的天然伟力";匈牙利文艺理论家卢卡契推崇他是"史诗形式的伟大创造者"①。托尔斯泰堪当此论。他的长篇巨制所表现的重大的主题,宏伟的艺术构思,深邃的历史感,包罗万象的内容,深厚的生活底蕴,宏大的叙事,雄健的风格,都造就了他的小说的史诗品格。

卢卡契在论述小说的史诗性特征时指出,黑格尔把"客体的整体性"作为史诗式的表现的首要条件,如果作品缺乏这种"整体性",也就是说,如果它不包括"属于主题的每一重要事物、事件和生活领域",作品就是不完整的,也就很难称之为史诗性的。而且,这种"客观的整体性"与人物的命运紧密相联,构成人物命运的典型环境,而不仅仅是一种背景②。托尔斯泰的长篇小说就具备这种"客体的整体性"。

被罗曼·罗兰称为"现代的《伊利昂记》"的《战争与和平》以广阔的视野纵览了1805—1820年的重要战役和重大事件,记录了历史的足迹,再现了时代的风云,以高亢激越的旋律谱写了一曲全民奋战、保家卫国的英雄主义颂歌。从欧洲战场的对垒到俄国的人民战争,从皇帝宫廷、最高参谋部到普通士兵和平民百姓,从炮声隆隆的战场到和平安宁的家庭生活,从战争中的悲欢离合到日常生活中的生老病死,从对民族命运的思考到人生道路的探索……小说在读者面前铺展开一幅绚丽多彩的历史画卷,万象纷呈,应有尽有,包括了揭示作品主题的、特定历史时代的"每一重要事物、事件和生活领域"。作家将人物的遭际与民族的命运结合起来,将人物置于重大历史事件的旋涡之中,通过人物的命运反映历史事件的变幻,而历史事件又决定着人物的命运。这就是典型人物与典型环境的辩证关系。托马斯·曼称《安娜·卡列尼娜》为"现代史诗",在这部作品中,城市生活画面与农村生活画面交相辉映,呈现在读者眼前的忽而是京都贵族沙龙的社交活动,忽而是外省的议会选举;忽而是灿烂辉煌的豪华舞会,忽而是春意盎然的农村牧场;忽而是赛马,忽而是游猎;忽而是关于文学、绘画、音乐的议论,忽而是农事改革的实施……安娜、列文以及奥勃隆斯基们、廖宾宁们就在其中生活

---

① 《欧美作家论列夫·托尔斯泰》,中国社会科学出版社,1983年,第389、571页。
② 参阅卢卡契:《托尔斯泰和现实主义的发展》,《欧美作家论列夫·托尔斯泰》,中国社会科学出版社,1983年,第571—574页。

着、拼搏着、追求着心中的梦想,并显示出各自的性格特点和命运归宿。在《复活》中,聂赫留朵夫的足迹遍及地主庄园、法庭、监狱、首都大理院、农村茅舍、去西伯利亚的三等车厢、客栈、总督府、流放所等等,他和玛丝洛娃也就随着环境的变化而沉浮着,并最终实现了精神、道德的蜕变。托尔斯泰的作品总是把对五光十色的社会生活和形形色色的人物的描绘与对社会、政治、历史、哲学、宗教、道德、伦理、婚姻、家庭等问题的哲理性思考紧密结合起来,画面壮阔,蕴涵丰厚,准确而深刻地反映了俄国某个历史时期的社会风貌。"《战争与和平》、《安娜·卡列尼娜》和《复活》合在一起,就构成了包括19世纪俄国生活的'三个时期'的一种三部曲,其中每个时期都标志着它发展中的某一转折阶段。"[①]

屠格涅夫、陀思妥耶夫斯基和托尔斯泰号称俄罗斯文学中的"三驾马车"。屠格涅夫钟情于贵族庄园生活,其作品简洁、凝炼、唯美,他好比是一驾精致、考究、轻巧的轿式马车。陀思妥耶夫斯基则热衷描写城市市民生活,作品中充满光怪陆离的景象和喧嚣嘈杂的声音,他仿佛是一辆奔跑在城市街道上的出租马车,行色匆匆,在为生存而奔忙中尽览现实生活之种种怪现状。而纳入托尔斯泰的艺术视野的是整个社会生活和所有激动着他的重大社会问题,他的作品如浩瀚的大海,题材丰富,囊括万有,思想厚重,意蕴深邃,反映了俄国农民资产阶级革命时期的时代特点;他是时代的代言人,被誉为"俄国革命的镜子";他就像一辆载重马车,庞然大物,负载沉重,奋力地行走在历史发展的大道上。当然,任何比喻都是有局限的,但毋庸置疑的是,就作品的"客观的整体性"和史诗性表现来说,托尔斯泰是首屈一指的,俄国作家中无人能出其右。

"这英雄不是别的,就是真实"

托尔斯泰在《塞瓦斯托波尔故事》中写道:"这个故事里的英雄是我全心全意热爱的。我要把他的美尽量完善地表达出来,因为不论过去、现在和将来他永远都是美的。这英雄不是别的,就是真实。"托尔斯泰自踏上文学道路开始,就高高举起真实性的旗帜,并把它作为一生的"文学宣言"而恪守不渝。在他看来,真实性是艺术家的起码标准,也是真正才华的标志。他说:"艺术家只是由于这点他才是艺术家;他不是按照他的希望去了解事物,而是按照事物的本来面目去了解事物。"这话切中艺术真实性之真谛。当然,忠于生活,按照生活的本来样子表现生活,绝不是照相似的照搬照抄,而是根据生活的逻辑和情理,进行想象、虚构、

[①] 《俄国小说史》第2卷,俄文版,苏联科学院出版社,1964年,第274页。

加工、创造,以达到生活真实与艺术真实的高度统一,如此才能表现出生活之真、事物本质之真。托尔斯泰正是本着这样的原则进行创作的。

艺术真实性体现在托尔斯泰创作的各个方面。

生活如同一条大河,奔腾向前,永不停息。托尔斯泰的创作忠于生活,所以他的作品就像生活之流那样,其突出的特点,就是它的流动性、动态感。他的小说不以紧张、激烈的故事情节取胜,也没有传统小说的起始、展开、高潮、结尾那样刻意的起、承、转、合,而是像生活一样自然而然地演变、发展;生活没有停滞,人物的命运变迁也未终止,故事也就没有完结。所以,托尔斯泰的小说的结尾给人以似了非了的感觉。《战争与和平》写到战争结束,人们在这次历史事件中的悲欢离合也有了结局。但是,彼尔参加了十二月党人的秘密组织,他的人生步入新的阶段。这一结尾仿佛是向作家未完成的长篇小说《十二月党人》的过渡。《安娜·卡列尼娜》如果仅以女主人公的悲剧命运为主题,那么到第七部安娜卧轨自杀小说就该结束。但作家的构思更深更广,小说的容量更丰富。安娜的故事结束了,列文的故事还在继续;小说结尾,他受到农民弗克尼奇的启示,似乎在宗教中领悟了生活的真理,但他思想上的矛盾并未真正解决,他的困惑、他的思想探索仍将继续下去。同样,《复活》结尾,聂赫留朵夫在《福音书》中找到解决社会矛盾的答案,精神"复活"了,于是,"一种全新的生活开始了"。接下来,作家还想创作《复活》的续篇,描写聂赫留朵夫在西伯利亚的生活,但这一构思未能实现。总之,托尔斯泰摈弃了传统小说的封闭式的情节模式,采用开放性的、流动性的结构,这不仅更符合变动不居的生活实际,而且扩大了长篇小说的容量,这是对传统小说艺术形式的革新和突破①。

托尔斯泰小说的动态感还体现在人物形象塑造上。他笔下的那些主人公都是探索型的,始终在滚滚红尘中寻寻觅觅,苦苦求索,其性格不是恒定不变的,所以,作家从来不对人物性格特征作集中的、概括的刻画,而是随着小说情节的展开和情势、环境的变换而发展衍化,在生活之流中揭示其性格的矛盾性、复杂性和多样性。彼尔从一个温和淳厚而又软弱、懒散的贵族青年,经过不懈地思想探索,最后成为接受十二月党人的革命思想的时代先锋。纯洁无邪、热情奔放、魅力无穷的娜塔莎竟然经受不住纨绔子弟阿纳托里的诱惑,想同他私奔;莫斯科撤退时又表现出那么可贵的爱国感情;婚后则变成了不事修饰、热情消退、一心扑在家务上的家庭主妇。列文这个善于思考和探索的青年贵族,在对爱情幸福和农事改革理想的追求中,经历了踌躇满志、悲观失望、屈辱痛苦、焦虑烦恼等情感

---

① 参阅夏仲翼:《托尔斯泰和长篇艺术的发展》,《托尔斯泰研究论文集》,上海译文出版社,1983年,第175—193页。

体验,直到在宗教中获得精神慰藉,如此等等。对人物肖像的描写,托尔斯泰也不像巴尔扎克、果戈理那样进行一次性的、静态的精雕细刻,而是随着情节的进展,将人物形象一步步地、动态地展现出来。安娜的肖像描写即是典型的例子。在小说中,安娜没有一个完整的肖像画,她的形象是通过伏隆斯基、列文、吉提等人的观察、感受和印象,在家庭、舞会、剧院、赛马场、画室等场合,逐步显示出不同的侧面、不同的风姿:纤巧的双手,高挑的身材,乌黑卷曲的头发,宽阔丰满的肩颈,浓密睫毛下的亮晶晶的灰色眼睛,端庄娴雅、美丽迷人的脸上的柔情蜜意,特别是时而在目光中、时而在微笑里透露出来的被压抑的生气和过剩的生命力……对一个人的认识不是一览无余、一次完成的,而是逐步深入,才能识得其"庐山真面目"。所以,这种动态的肖像描写更符合生活的逻辑,也避免了刻意、呆板而更显得新鲜、生动、灵活。托尔斯泰的心理描写注重人物心理变化的过程,即心灵的运动。他的"心灵的辩证法"同样体现了流动性的特点(下面详述)。

　　托尔斯泰作品的真实性还表现在人物的主体性上。所谓主体性是指人物一经创造出来,就是一个具有独立思想、独立性格的活生生的人,他就要按照自己的思想、性格的逻辑行动,而不是受作家随意摆布的木偶。一个作家越是有才能,他对他的人物越是无能为力,反之,一个蹩脚的作家总是任意摆弄他的人物,让人物按照作家本人的意志行动。托尔斯泰作为伟大的艺术家,他是充分尊重生活的逻辑和人物性格的逻辑的。安娜自杀,聂赫留朵夫与玛丝洛娃最后没有结婚,即是例证。有人抱怨托尔斯泰太残忍,他不该让安娜死在火车轮子底下,对此,他回答:"有一次普希金在自己的友人中间说:'你们瞧,我的达吉雅娜做了什么——她出嫁了。我完全没有料到她会这样做。'关于安娜·卡列尼娜,我也可以这么说。我的男女主人公有时会做出我不希望的事情来。一般说来,他们所做的是实际生活中通常做的,而不是我希望有的事情。"①安娜的死完全是她所处的情势、她的性格、她的内心矛盾诸因素所导致的必然结果。对聂赫留朵夫和玛丝洛娃最后关系的处理亦然。托尔斯泰原来准备让二人结婚,可是当小说创作接近尾声时,他改变了主意。他觉得如果让他们结婚,就违背了小说所揭示的人物之间的对立关系的总趋势,必然削弱小说的批判力量。一天早晨,托尔斯泰把改变主意后的结尾告诉夫人,夫人说:"自然是这样,不能结婚,我早就说过这一点,如果结婚了,那就作假了。"②因为,聂赫留朵夫之所以要与玛丝洛娃结婚,主要是出于怜悯、忏悔和赎罪的心理,而怜悯、赎罪不等于爱情。玛丝洛娃最后似乎又爱上了聂赫留朵夫,觉得他毕竟还是个好人,为他陪同自己到西伯利亚

---

① 《同时代人回忆托尔斯泰》(上),上海译文出版社,1984年,第366页。
② 《列夫·托尔斯泰论艺术和文学》第2卷,俄文版,苏联作家出版社,1958年,第512页。

而感动。但是,现在的玛丝洛娃已非少女时代天真纯洁的卡秋莎,经过这么多年痛苦生活的体验,她清楚地意识到,她与贵族老爷之间隔着一条鸿沟。她感觉到,聂赫留朵夫只是为过去的罪过忏悔赎罪才向她求婚的,而西蒙松却是真心爱她。她不需要聂赫留朵夫的怜悯和自我牺牲,也不愿意连累他,妨碍他去过自己的生活。因此,她拒绝了聂赫留朵夫,而与西蒙松结合了。《复活》最后这样处理人物之间的关系是符合现实主义精神的。当然,托尔斯泰有时也违背人物的主体性,将自己的思想观点强加于人物,使其充当道德说教的传声筒,这种情况下就往往流于败笔。

正因为托尔斯泰在描写人物时坚持了动态原则,所以他笔下的人物形象都栩栩如生,给人以非常真实的感觉。高尔基赞叹道,托尔斯泰的作品都是"以惊人的而近乎神奇的力量写成的"①,他"描写出来的人物是那么生动、真实,以至'想用手指去碰'他们一下"②。

"心灵的辩证法"

车尔尼雪夫斯基在评论托尔斯泰的早期作品时就精辟指出,心理分析是"使他的创作才能具有力量的一种极重要的特质",就发现了他独特的心理描写的艺术特点。批评家指出:"托尔斯泰伯爵才能的特色是:他不是局限于描写心理过程的结果——这过程本身也引起他的兴趣,——托尔斯泰伯爵善于描写这种内心生活的依稀可以捉摸的现象,这种现象此起彼伏,十分迅速,而又无穷多样。"③他将这种独特的心理描写艺术称为人类"心灵的辩证法",意思是说,托尔斯泰善于揭示人物各种各样的思想感情发生、发展、变化以至相互矛盾的复杂演变过程、演变规律,这是一种动态的、辩证发展的过程。

从总体上说,托尔斯泰创造的贵族探索者的形象,从尼古连卡到聂赫留朵夫,都经历了复杂的精神发展过程,这一过程就是人物心灵运动的历史,人物的心路历程。自不赘言。

托尔斯泰善于写人物在某种具体情势下的心理的发展变化,或者突然的逆反转折。如《战争与和平》中尼古拉·罗斯托夫从军队中请假回家,在一次赌博中一下输了四万多卢布,心情沮丧地回到家里,而家中却充满一片欢乐气氛。作者就描写了这种情势下尼古拉的心理变化。起初,他心情懊恼,听到娜塔莎在唱

---

① 高尔基:《俄国文学史》,上海译文出版社,1979年,第504页。
② 《论托尔斯泰的创作》,上海文艺出版社,1958年,第64页。
③ 《车尔尼雪夫斯基论文学》下卷(一),上海译文出版社,1985年,第267页。

歌,十分厌烦。慢慢地不由得被妹妹的美妙歌声所吸引、所感动,心情随之开朗起来,觉得生活中的一切不幸和烦恼都无关紧要,真正美好的东西是超然物外的。最后他自己心不由己地跟着唱了起来,心里溢满欢愉和幸福。尼古拉的心理活动从懊丧—厌烦—感动—开朗—欢乐的发展变化过程被作家描写得层次分明,清晰自然。

再如安娜偷偷回家看望儿子时的心理活动。见到心爱的儿子,安娜心里充满喜悦、爱恋、痛苦、焦灼的复杂心情,而且还夹杂着一种自我谴责的内疚之情,她觉得对不起丈夫。因此她对谢辽沙说:"爱他,他比我好,比我仁慈,我对不起他。"可是当他离开时,迎面正好撞见卡列宁。一见丈夫,原来对他的厌恶和憎恨一下子又涌上心头。正是这个人心怀鬼胎,夺走她的儿子,将母子二人活生生拆散,利用她爱子心切之情故意折磨她、惩罚她。安娜的心理陡然发生逆转,由对丈夫的愧疚之情转而变为深深的痛恨。于是她加快脚步,差不多跑一般地走出了房间。安娜心理的变化是真实的,合情合理的。

描写人物心理的突变和转折的例子很多,如安娜去莫斯科之前心如止水,归来时邂逅伏隆斯基之后心里陡起波澜;卡秋莎满怀兴奋去车站等候聂赫留朵夫,结果失望而归;聂赫留朵夫在玛丝洛娃的案件审判前后的思想变化等等,人物的心理截然不同。在此情况下,托尔斯泰通过人物心理活动的突变表现了他们的命运的重大转折。

内心独白是托尔斯泰揭示人物心理活动最常用的艺术手段。内心独白是人物在特定的环境和情势下产生的典型的心理活动,与人物的性格完全一致,所以,把这种心理活动揭示出来,就进一步刻画了人物性格。例如,当卡列宁发现安娜已与伏隆斯基发生了爱情之时,他并不过于激动和气愤,而是为了家务事而影响了他的事业感到惋惜;他冷静地想用适当的办法劝说安娜回心转意。于是,措辞的形式和顺序就像政府报告一样在他的脑子里形成了:"第一,说明舆论和礼仪的重要;第二,说明结婚的宗教意义;第三,如果必要,暗示我们的儿子可能遭遇的灾难;第四,暗示她自己可能遭受的不幸。"这段内心独白极其鲜明地表现了卡列宁的性格。此人是一架官僚机器,是个木偶,他在夫妻关系中注重的不是感情,而是婚姻的表面形式;他所担心的是社会舆论对他的社会地位、功名利禄和声誉的影响。他的思维方法和心理活动方式也是根深蒂固的官僚主义式的、教条式的。这段内心独白从形式到内容都表现了卡列宁的虚伪、冷酷、自私,精神世界的贫乏和僵化。

安娜的内心独白则表现了截然不同的性格特征。当安娜读完卡列宁劝她回心转意的信之后,她回忆起婚后8年来所过的那种没有爱情的屈辱生活,想到丈夫对她的生命的伤害和摧残,她看透了丈夫的本性,看透了包围着她的虚伪、谎言和欺骗,决心冲破一切罗网,争取生活和爱情的权利。对周围社会环境的透彻分析和洞察,长期被压抑的感情的猛烈爆发和反抗,是安娜这段内心独白的特点。从这里我们听到了一个在生活上、精神上受戕害、受折磨的妇女对虚伪道德的抗议,听到了她发自心底的"要爱情、要生活"的呼唤,也看到了她决不向旧礼教屈服和追求个性解放的意志。这段心理描写很好地刻画了安娜的坦诚、磊落、勇敢的性格。

　　托尔斯泰的内心独白艺术手段具有自己的特点,他决不孤立静止地描写人物的心理活动,而是在动态中展现其心理变幻。安娜自杀前那一大段纷杂错乱的内心独白最具代表性。安娜因为刚刚和伏隆斯基发生争吵,在去拜访嫂嫂杜丽以及其后去车站的路上,她十分痛苦,百感交集,思绪万千。马车在街道上奔驰,她的心潮随着的瞬息万变的景物而起伏翻腾着,眼前的种种印象和由此引发的思绪交错在一起:忽而回忆起遥远的少女时代;忽而联想到现在的屈辱地位;忽而又想到丈夫和儿子;忽而觉得自己与吉提在互相嫉妒和仇视,由此她领悟到"生存竞争和仇恨是把人们联系起来的唯一东西";接着又想到她与伏隆斯基的渐渐冷淡的爱情,"爱情一结束,仇恨就开始了",关系已破裂,再想弥合裂痕已不可能了;一切都让人生厌,"那么为什么不把蜡烛熄了呢"? 突然间,她与伏隆斯基初次相逢时那个工人被火车压死的情景浮现在她的脑海里,于是"她醒悟到该怎么办了"……安娜的这段内心独白如同患热病的病人的谵语,从一件事忽然跳到另一件事,断断续续,真实地表现了一个几乎失去理智的人的心理活动的特点。这段心理描写颇似现代派的意识流,但又有区别。首先,这段内心独白是人物陷入极度悲痛、绝望的感情旋涡中这种特定情势下恍惚、纷乱的精神状态的真实写照,而不是没有来由地、故弄玄虚地一任意识恣意奔流、泛滥;其次,虽然这段心理活动是不连贯的、跳跃式的,但又不同于某些现代派笔下那种非理性的、隐晦的、杂乱的意识流,尤其是安娜卧轨前的那段思考既是动态的,又是明晰的、富有理性的。

　　景物描写在文学作品中是司空见惯的,但每个作家描写自然景物的用意不同,或展现故事情节发展的自然背景,或烘托气氛,或抒发情感,或为了增强作品的生动性等等。而托尔斯泰则往往是通过自然景物描写表现人物的思想情绪和心理动态,在这种情况下,他所描写的自然景物只是人物心目中反映出来的印象,是人物心绪的折射,景物与人物心理互相映衬,融为一体。我们举一个众口称赞的例子加以说明,就是《战争与和平》中对老橡树形象的描写。

　　安德烈公爵第一次负伤后,万念俱灰,在自己的庄园里过着几乎与世隔绝的生活。此时,他看到的老橡树活像一个丑陋、孤独的怪物,并由此引起许多忧郁、绝望的念头。一个月后,安德烈在罗斯托夫庄园遇到娜塔莎,她的青春朝气、激情和欢乐强烈地感染了安德烈,重新激起他的憧憬和希望,心情随之豁然开朗。归途中,安德烈发现那棵老橡树完全变了样:枝繁叶茂,郁郁葱葱,生机盎然。托尔斯泰写老橡树,其实是在写人物的心境,借老橡树的形象,反映了安德烈心理变化的过程。这样的例子还很多,譬如安德烈负伤后躺在战场上,托尔斯泰以辽阔、崇高、庄严的天空引起他的沉思,来表现主人公此刻的心理;安娜从莫斯科回彼得堡时,她眼中呼啸的暴风雪象征着她邂逅伏隆斯基后心中掀起的情感风暴;列文的求婚被吉提接受后,作家通过对他所看到的上学的孩子、阳光下闪耀飞翔的鸽子、新烤的散发着香味的面包等景物的描写,传达出他无比喜悦和幸福的心情等等。以景寓情,借景抒情,景由情生,情景交融,这是托尔斯泰景物描写的特点。

此外,通过人物的一颦一笑、一举一动,甚至语言的音调等来表现人物的微妙心理,此类例子在托尔斯泰作品中不胜枚举。

任何一个高明的作家,绝不是为了故弄玄虚而进行心理描写的,而是为了更好地塑造人物、刻画性格。人的心灵是一个无限复杂、变幻无穷的世界。一个人不仅是社会的人,同时也是一个有着特殊感情和心理的人,所以,文学的主体性的要义就是要真正地把文学当作人学,不仅要写社会的人,更要透视人的深层意识,揭示人的心灵之奥秘,否则,就不足以表现人物性格的多面性、复杂性和丰富性。在这方面,托尔斯泰的文学遗产为我们提供了取之不尽的宝藏。

结束语

俄国小说从11世纪的孕育到19世纪末达到辉煌的顶峰,经历了近千年的发展道路。在其发展的历史长河中,俄国小说博采众长,兼收并蓄,形成了自己鲜明的民族特点。

首先,俄国小说与现实生活有着紧密联系。俄国长期处于沙皇专制统治下,沙皇政府对政治和思想文化领域严密控制,千方百计压制、扼杀自由民主思想。在这样一个被剥夺了言论自由的专制国家里,只有文学冲破重重审查,以曲折隐晦的形式传达出人民的心声。赫尔岑在《论俄国革命思想的发展》一书中写道:"对于没有社会自由的人民,文学是唯一的讲坛,在论坛的高处,人民把自己的愤怒的呐喊和良心的呼声诉诸于公众。"这就是为什么俄国文学较之欧洲文学具有更鲜明的使命感和功利性的原因。进步作家、批评家都把文学作为表达人民的愿望和要求的工具,作为与专制农奴制斗争的武器。所以别林斯基、车尔尼雪夫斯基、杜勃罗留波夫等都号召作家要面向现实,贴近生活,要把现实生活赤裸裸地再现出来。他们把是否真实地描写现实生活作为衡量作品优劣的首要标准,坚决批判脱离现实或"为艺术而艺术"的不良倾向,从而大大促进俄国现实主义文学的发展。

俄国小说根植在社会生活的土壤中,俄国各个历史阶段的迫切社会问题,人民的呼声和要求,五光十色的生活画面,都在小说中得到反映。19世纪上半叶之前,俄国面临的主要任务是与专制农奴制做斗争。揭露专制农奴制的黑暗,反映劳动人民、特别是农民的苦难处境,探讨如何废除农奴制,启迪蒙昧,唤醒人民起来斗争等等,都在这一时期的小说中反映出来。19世纪下半叶俄国社会的主要问题是继续清除农奴制残余,以及如何解决资本主义发展而引发的尖锐的社会矛盾和社会危机。那么,批判地主资产阶级对人民的压迫、掠夺,反映资本主义给人民带来的贫穷、破产以及造成的种种社会罪恶,呼唤新生活的到来等等,就成为作家的创作主题。总之,俄国小说以其高度的现实主义展现了俄国人民解放斗争和社会发展的历史进程,反映了时代脉搏的跳动。

其次,俄国小说具有深刻的人道主义精神。这特别表现在对普通人民的命运的关注和同情上。直到19世纪,俄国始终是一个农业国家,农民问题是俄国革命的首要问题。与西欧文学着重描写资本主义文明在城市生活中引起的种种矛盾不同,农民问题在俄国文学中占有突出地位。作家们或真实描写专制农奴制度下农民的苦难生活,或赞美他们的伟大力量和聪明才智,或表现他们的愤怒和反抗。而在陀思妥耶夫斯基的作品中,读者则看到了城市底层人民的触目惊心的生活景象,听到了他们的呻吟、呐喊和抗议。小人物主题是贯穿19世纪俄国小说的一道独特风景线,从普希金到契诃夫,许多作家都为发展这一主题作出了贡献,既满怀悲悯地描写了小人物的不幸命运,展现了他们的丰富、美好的内心世界,又批评了他们卑贱的奴性心理。

俄国小说的人道主义的深厚内涵不仅表现在对普通人民的关注和同情,而且表现在对整个人类命运的思考和终极关怀。这一点在托尔斯泰和陀思妥耶夫斯基这两位世界级艺术家的思想和作品中体现得尤为突出。托尔斯泰终生关注人的精神和灵魂,孜孜不倦地探求人类的最高道德境界是什么以及如何达到这种境界。他把爱的原则视为人的道德修养的理想境界,号召人们不断完善自我,向人类的道德理想奋力攀登。他进而又把爱的原则作为救世药方,深信人人按照这一原则去修身,一个自由平等、人人相爱的人间天国就会出现。陀思妥耶夫斯基发出的叩问是:人类如何才能走出罪恶和苦难的深渊?他的答案是:只有通过宗教信仰,人的精神才能复活,社会才能得到改造,人类最终才能得到拯救而走向新生。尽管可以说他们的救世之道是幼稚的、空想的、错误的,但不能不承认,他们的学说的拥护者和信仰者,至今仍不乏其人;不能不承认,他们对人的关怀已达到全人类性的广度和深邃的哲学高度,这在同时代的欧洲作家中是极为罕见的。

第三,俄国小说有进步的、系统的文学批评理论为指导,从而保证了小说艺术始终沿着正确的轨道运行。几乎与小说发展、繁荣的同时,俄国的文学理论研究和文学批评也活跃起来,其杰出代表是别林斯基、车尔尼雪夫斯基和杜勃罗留波夫。

俄国的文学理论和文学批评具有这样的特点:一是其代表人物都是革命民主主义者,是进步思想界和文学界的旗手,这就决定了他们的理论观点的先进性。二是他们的美学观建立在当时哲学的最高成就的基础上。别林斯基的美学观起初受黑格尔唯心主义哲学的影响,后来转变到唯物主义立场;车尔尼雪夫斯基是费尔巴哈的信徒,是19世纪俄国唯物主义的伟大代表;杜勃罗留波夫遵循两位前辈的传统,其美学观和文学理论始终立足于唯物主义。三是俄国的文学理论具有完整的体系,艺术的本质和目的、艺术与现实的关系、文学创作规律(抽象思维和形象思维)、艺术的真实性和典型化、思想与艺术(内容与形式)等问题,都有全面的论述,从而为现实主义小说提供了坚实的理论支撑。俄国的文学理论是西方美学史黑格尔之后的重要阶段。相比之下,同一时期欧洲的文学理论方面的建树要逊色得多。四是俄国的文学理论研究不是在纯理论的象牙之塔内兜圈子,而是密切结合文学创作实践,将理论变为文学批评的武器,指导文学创作,扶正祛邪,推动文学事业沿着正确的方向发展。而且俄国进步文学批评家将文学批评活动与俄国的社会斗争紧密联系起来,自觉为俄国人民的解放斗争服务。鲜明的目的性,高度的思想性,革命的战斗精神,是俄国文学批评较之欧洲的文学批评的优点所在。有人诟病别、车、杜的文学理论和文学批评过于功利和偏激,然而这是俄国社会斗争的尖锐性使然,是俄国人民的解放斗争所决定的,不能因为他们的偶尔偏颇而否定其主流和功绩。

第四,俄国小说闪耀着理想主义的光辉,正面人物形象更突出、更鲜明。法国大革命失败后,欧洲的现实竟是一幅令人失望的讽刺画,"理性王国"的幻影消失了,随之,欧洲文学的理想主义的光彩也暗淡下去。而俄国却是另一种情况。由于俄国社会发展滞后,直到19世纪上半叶,它还在农奴制的桎梏下蹒跚,"理性王国"的晨曦尚未照临俄国。生活在黑暗现实中的人们,急需从理想中得到精神上的慰藉和鼓舞,俄国需要理想,俄国渴望理想。因此,车尔尼雪夫斯基要求文学要成为"生活的教科书",作家们也积极干预生活,力图对现实生活中提出的问题作出回答,努力塑造正面人物,为人们树立行为、道德之典范。奥涅金、毕巧林不愿在醉生梦死中虚度一生,憧憬更有意义的生活,尽管他们不知道这种生活是什么样子;罗亭的热情的话语燃烧着信仰的火焰,号召人们追求人生的理想;叶琳娜、娜达丽娅、玛丽安娜等"屠格涅夫家的姑娘们"敢于同封建家庭决裂,表现出对自由、事业和理想的渴望;安娜·卡列尼娜冲破传统观念的束缚,大胆追求爱情自由和个性解放;巴扎洛夫在为实现未来的理想清扫地面;车尔尼雪夫斯基笔下的"新人"心系祖国和人民的命运,不遗余力地为革命理想而奋斗;民粹派作家塑造的革命家勇敢地走向民间,为革命事业献出了生命;即便是托尔斯泰心爱的"忏悔贵族"涅赫留朵夫们也在努力进行道德自我完善,探求人生的意义,逐步走上接近人民的道路……当西欧随着理想的暗淡、英雄时代的逝去,小说中供人效仿的正面人物形象日益薄弱、苍白的时候,而俄国作家们却塑造出一系列为理想主义光辉所照亮的性格鲜明的正面人物形象。当然这些形象并非完美无缺,他们都有各自的缺陷和局限,都打着作家世界观的烙印。

第五,心理描写是俄国小说的突出艺术成就。俄罗斯是一个具有强烈的宗教意识的民族。在上帝面前,人们总是自觉罪孽深重。而疏解和消除这种罪恶感的方法就是忏悔。忏悔就是自我分析,就是一种内心独白。俄国作家非常熟悉俄罗斯民族的这种心理特点。运用艺术手法,将这种心理自我分析真实地再现出来,就是心理描写艺术。

大部分俄国小说家都注重刻画人物的心理活动,善于运用这一艺术手法来表现人物的性格。这成为俄国小说的悠久传统。早在18世纪,卡拉姆津就在《苦命的丽莎》中对女主人公的心理活动作了细致描写;继之,普希金、莱蒙托夫、果戈理为心理描写奠定了坚实基础。尤其是莱蒙托夫,他在《当代英雄》中所展示的出色的、多样的心理描写艺术手法,为后世作家树立了典范。后来,屠格涅夫、冈察洛夫等又进一步发展了心理描写艺术,最后将这种艺术手法推向顶峰的是托尔斯泰和陀思妥耶夫斯基。俄国文学中的三驾马车——屠格涅夫、陀思妥耶夫斯基、托尔斯泰的心理描写艺术各具特色,皆为人所称道,并对欧洲小说的心理描写艺术产生了深远影响。

俄国小说是宝贵的文学遗产,它是属于全人类的,永远为世界人民所珍视。

主要参考书目

1. Д.С.Лихачёв:«История русской литературы XI-XVII века»,«Просвещение»,1985.
2. Д.Д.Благой:«История русской литературы XVIII века»,«Государственное учебно-педагогическое издательство просвещения РСФСР»,1960.
3. «История русской литературы»(в 10-х томах),«Академия наук СССР»,1956.
4. С.М.Петров:«История русской литературы XIX века»(в 2-х томах),«Государственное учебно-педагогическое издательство министерства просвещения РСФСР»,1963.
5. В.И.Кулешов:«История русской литературы 70-90-х годов XIX века»«Высшая школа»,1983.
6. «История русской литературы»(в 4-х томах),«Академия наук СССР»,«Наука»,1981.
7. В.В.Кусков, Н.Н.Прокофьев:«История русской литературы»,«Просвещение»,1990.
8. В.И.Фёдров:«Русская литература XVIII века»,«Просвещение»,1990.
9. Н.Н.Скатова:«История русской литературы XIX века»(вторая половина)«Просвещение»,1991.
10. «История русского романа»(в 2-х томах),«Академия наук СССР»,«Издательство Академии наук СССР»,1962—1964.
11. Б.С.Мелах:«Русская повесть XIX века»,«Наука»,1973.
12. «Русская повесть XVIII века»,«Государственное издательство художественной литературы»,1954.
13. «Русская повесть первой трети XVIII века»,«Наука»,1965.
14. 曹靖华主编:《俄国文学史》(上册)(修订版),北京大学出版社,2007。
15. 高尔基:《俄国文学史》,上海译文出版社,1979。
16. 《俄罗斯白银时代文学史》,《俄罗斯科学院高尔基文学研究所》,敦煌出版社,2007。
17. 翁义钦:《欧美近代小说理论史稿》,黑龙江人民出版社,1994。
18. 刘宁、程正民:《俄苏文学批评史》,北京师范大学出版社,1992。
19. 布斯:《小说修辞学》,北京大学出版社,1987。
20. 《别林斯基选集》(1—3卷),上海译文出版社,1979—1980。
21. 《车尔尼雪夫斯基论文学》(上、中、下),上海译文出版社,1978—1983。
22. 《杜勃罗留波夫选集》(1、2卷),上海译文出版社,1983。
23. 《屠格涅夫研究》,上海译文出版社,1989。
24. 《托尔斯泰研究论文集》,上海译文出版社,1983。
25. 贝奇科夫:《托尔斯泰评传》,人民文学出版社,1981。
26. 巴赫金:《陀思妥耶夫斯基诗学诸问题》,三联书店,1988。
27. 叶尔米洛夫:《陀思妥耶夫斯基论》,新文艺出版社,1957。
28. 《陀思妥耶夫斯基论艺术》,漓江出版社,1988。
29. 《契诃夫论文学》,人民文学出版社,1958。